ADAM
Der G

Buch

Wieder einmal bricht die Engländerin Dr. Libby Bass, Wissenschaftlerin mit dem Spezialgebiet Meeressäuger, zu einem Forschungsprojekt auf. Der neue Auftrag in Neuseeland ist zwar hochinteressant,
sein Ausgang aber ungewiss: Libby soll die Existenz eines Delfin-
schwarms in einer Bucht der Tasmanischen See, dem Dusky Sound,
nachweisen. Begleitet wird sie von ihrer 12-jährigen Tochter Bree,
die nichts so sehr hasst, wie Veränderungen und es allmählich leid
ist, mit ihrer Mutter um die Welt zu vagabundieren.
Bei ihrer Ankunft erwartet die beiden eine Wildnis von magischer
Schönheit. Doch dieses Paradies ist von skrupelloser Profitgier be-
droht. Ein Tourismusunternehmen plant den Bau eines gigantischen
schwimmenden Luxushotels mitten im Dusky Sound. Und nur einer
wagt es, den Investoren die Stirn zu bieten: John-Cody Gibbs, ein
Amerikaner in dessen Haus Libby und Bree eine Wohnung beziehen,
hat mit seiner früheren Lebensgefährtin Mahina jahrelang gegen die
Pläne der Tourismusindustrie gekämpft. Mahina, eine eingeborene
Maori, war John-Codys Seelengefährtin und große Liebe. Niemand
besaß ein tieferes Wissen über das Land und die See als sie. Und
Mahina war es auch, die John-Cody die Liebe zur Natur und ihren
Geschöpfen – vor allem den Walen – gelehrt hat.
Im gemeinsamen Kampf für eine unberührte Natur entwickelt sich
zwischen Libby und John-Cody schließlich eine immer leidenschaft-
lichere Zuneigung. Doch Intrigen, aufgewühlte Naturgewalten und
die Schatten der eigenen Vergangenheit stellen ihre Beziehung auf
eine harte Probe. Denn John-Cody hat schon einmal die Liebe seines Lebens gefunden – und verloren…

Autor

Adam Armstrong, Jahrgang 1962, ist in England geboren und aufgewachsen. Heute lebt er als allein erziehender Vater zweier Töchter in Norfolk. Sein Debütroman »Der Ruf des Berglöwen« sorgte
bei Erscheinen in Großbritannien für größte Begeisterung, stand in
den Niederlanden wochenlang auf Platz 1 der Bestsellerliste und war
auch beim deutschen Publikum ein beachtlicher Erfolg.

Von Adam Armstrong ist bei Blanvalet außerdem erschienen:

Der Ruf des Berglöwen. Roman (35794)

Adam Armstrong

Der Gesang der Wale

Roman

Aus dem Englischen
von Gloria Ernst

BLANVALET

Die Originalausgabe erschien unter dem Titel
»Song of The Sound« bei Bantam Press,
Transworld Publishers, The Random House Group Ltd., London.

Umwelthinweis:
Alle bedruckten Materialien dieses Taschenbuches
sind chlorfrei und umweltschonend.

Der Blanvalet Verlag ist ein Unternehmen
der Verlagsgruppe Random House

1. Auflage
Vollständige Taschenbuchausgabe November 2004
Copyright © der Originalausgabe 2001 by Adam Armstrong
Copyright © der deutschsprachigen Ausgabe 2003
by Blanvalet Verlag, München,
in der Verlagsgruppe Random House GmbH
Umschlaggestaltung: Design Team München
Umschlagillustration: Corbis/Michael Pole
Satz: Uhl + Massopust, Aalen
Druck: GGP Media GmbH, Pößneck
Verlagsnummer: 36168
UH · Herstellung: Heidrun Nawrot
Made in Germany
ISBN 3-442-36168-0
www.blanvalet-verlag.de

Für Kim –
in Liebe

Prolog

Dass die beiden vom FBI waren, wusste John-Cody in dem Moment, als sie hereinkamen. Er saß gerade hinter der Bar, stimmte seine Gitarre und lauschte dem Gelächter einer Gruppe an einem der Ecktische. Samstagabend in Hogan's Hotel in McCall: Er bereitete sich gerade auf den ersten Teil seines Auftritts vor. Hogan ließ ihn zuerst immer hinter der Bar arbeiten und dann zwanzig Minuten lang spielen, damit die Gäste in Stimmung kamen. Danach stand er bis zu seinem zweiten Auftritt wieder hinter der Theke. John-Cody war das recht. Wenn seine Musik gefiel, konnte er allein schon vom Trinkgeld zwischen den Auftritten seine Miete zahlen. In dieser Woche lief das Geschäft jedoch zäh. Draußen lag einfach zu viel Schnee, ganz zu schweigen von den Depressionen, die die Leute im Februar gewöhnlich überkamen.

Er starrte die FBI-Agenten in ihren streng geschnittenen Anzügen an. Beide hatten sie kurz geschorene Haare. In einer Cowboybar wie dieser fielen sie sofort auf. Er fragte sich einen Moment lang, warum er überhaupt hierher zurückgekommen war: Er wusste doch, dass sie ihn irgendwann kriegen würden. Eigentlich hatte er auch gar nicht bleiben wollen, er hatte nur seine Gitarre holen und sich dann wieder auf den Weg machen wollen. Es war Hogan gewesen, der ihn überredet hatte. Hogan hatte, genau wie Nancy und Lisa, die abends abwechselnd bedienten, gern einen Mann an der Bar. Und John-Cody arbeitete schnell und zuverlässig. Was sein Alter betraf, so machte er sich seit seiner Zeit als Frontmann einer Bluesband in New Orleans immer ein paar Jahre älter. Er war damals gerade siebzehn, als sie zum ersten Mal groß herauskamen, und überzeugt davon, auf direktem Weg an die Spitze zu sein. Diese

Überzeugung wurde an seinem achtzehnten Geburtstag jedoch gründlich zerstört.

»He, Gib.« Ein Cowboy von einer Ranch in der South Camas Prärie hielt eine leere Flasche in die Luft. »Wo bleibt der Nachschub. Ich hab keine Lust, den ganzen Abend zu warten.«

»Kommt sofort.« John-Cody rutschte von seinem Barhocker und stellte die Gitarre in ihren Ständer, dann nahm er eine Flasche Bier aus dem Kühlschrank und öffnete sie.

Der Cowboy fischte ein Bündel Dollarnoten aus seiner Hosentasche, zog eine heraus und warf sie auf den Tresen. »Der Rest ist für dich.«

John-Cody klopfte mit den Fingerknöcheln auf die hölzerne Bar.

Lisa stellte sich neben ihn. Sie hatte blond gefärbte Haare und rosa lackierte Fingernägel, bei denen er sich jedes Mal fragte, ob sie echt waren oder nicht. Sie goss einen Schuss Whisky in ein Glas und füllte es mit 7Up auf. Die Kohlensäure knisterte auf den Eiswürfeln. »Hogan will dich sofort auf der Bühne sehen, Gibby«, sagte sie. »Also beweg deinen Hintern.«

John-Cody spürte das leichte Kribbeln in seinen Handflächen, das sich immer einstellte, wenn er live vor Publikum spielte: eine Art Nervosität, die ihn dazu trieb, so gut zu spielen, wie er konnte. Die Anwesenheit der FBI-Leute verstärkte dieses Gefühl noch. Bis jetzt hatten sie ihm keine Beachtung geschenkt, aber wenn er erst einmal zu spielen anfinge, wüssten sie sofort, dass er es war, den sie suchten. Er warf einen Blick zur Tür, doch dort versperrte eine Traube von Gästen jeden Fluchtweg. Die Hintertür war, wie immer, abgesperrt und zweifach verriegelt. Außerdem wartete vor dieser Tür sicher irgendein Hilfssheriff auf ihn.

Trotz seiner ausweglosen Lage war er ruhiger, als er es sich je hätte vorstellen können; vermutlich, weil er bereits seit dem Augenblick, in dem ihn Hogan zum Bleiben überredet hatte, ahnte, dass sie kommen würden. Er war ein wirklich guter Gitarrist, und so etwas sprach sich schnell herum. Selbstgefälligkeit und Vertrautheit: Er hätte weiterziehen sollen, so wie er das eigentlich vorgehabt hatte. Er berührte Lisa im Vorbeigehen, und ihr Parfum stieg ihm in die Nase: Für seinen Geschmack war es zu süß, obwohl es aufreizend weiblich wirkte. Er nahm den leicht verbrannten Geruch wahr, den der Föhn in ihrem Haar hinterlassen hatte, außerdem eine Spur weiblichen Schweißes. Einer der FBI-Agenten lehnte jetzt an der Bar und sah ihm direkt in die Augen. Er war Mitte Zwanzig, hatte blaue Augen und eine spitze Nase. »Hallo«, sagte er.

»Hallo.«

Sie sahen einander einen Moment lang an. »Mein Name ist Muller.« Er machte eine Kopfbewegung zur Gitarre hin. »Sie sollten am besten gleich spielen, falls Sie das gerade vorhatten. Wir wollen hier schließlich keinen Aufstand riskieren.«

»Ich habe zwei Auftritte.«

»Heute nicht.«

John-Cody nahm seine Gitarre, trat durch die Aussparung in der Bar und ging zur Bühne.

An diesem Abend würde Louise ihn mit ihrem Gesang begleiten. Sie war drei Jahre älter als er und trat seit ungefähr eineinhalb Jahren in der Gegend auf. Ihr Vater machte die schönsten Eisskulpturen der Stadt. Wenn der erste Schnee fiel, begannen die Leute in ihren Gärten, Skulpturen zu modellieren, die im Lauf des Winters steinhart wurden. Louises Familie wohnte in einer Nebenstraße, die von der Hauptstraße nach Cascade abging. In ihrem Vorgarten konnte man zur Zeit ein eisiges Abbild der Apollo 11 bestaunen.

Sie saß gerade zusammen mit ihrem Freund bei einem Drink, einem Landarbeiter, der John-Cody immer unverwandt und böse anstarrte, wenn er auf der Bühne stand. Das tat er bei jedem Mann, der sich Louise auf mehr als zehn Meter näherte. Es war seine Art, andere wissen zu lassen, dass er Louise als sein persönliches Eigentum betrachtete. Er tanzte nie, und er klatschte nie Beifall, noch sang er je mit, er starrte John-Cody nur mit diesen beiden kleinen Drillbohrern an. Zuerst nervte das John-Cody ziemlich, dann aber stellte er fest, dass er nach achtzehn Monaten Gefängnis diesem Blick durchaus gewachsen war. Er tippte Louise kurz auf die Schulter, worauf sie ihm zunickte. Dann ging er auf die Bühne und wartete, bis sie sich aus Billys Armen befreit hatte. Billy ließ sie nur missmutig weg. John-Cody schloss sein Mikrofon an, spielte ein kurzes Riff und begann dann mit einem New Orleans Gitarrenblues aus dem Jahr, in dem sie in der Bourbon Street gespielt hatten.

Nach einer kurzen Pause spielte er eine weitere Melodie, auch ein eigenes Stück, im Stil von James Booker. Die Bar war heute voll wie nie, und er fragte sich, ob es nicht doch irgendeine Möglichkeit gäbe, dem FBI zu entwischen. Die Cowboys standen in ihren dicken Wintersachen herum und tranken Bier aus der Flasche. Ein paar Gäste aus der Stadt hatten die Barhocker mit Beschlag belegt und drängten sich zwischen den Tischen.

Während Louise an das Mikrofon trat und ihr Kleid glatt strich, spielte John-Cody weiter und beobachtete dabei die beiden Beamten, die jetzt am Ende der Bar standen. Ihre Aura kontrollierter Selbstsicherheit war ihm nur allzu vertraut. Genau in diesem Augenblick öffnete sich die Tür, und der Sheriff trat herein. John-Cody verlor alle Hoffnung. Falls es überhaupt eine Fluchtmöglichkeit gegeben hatte, gehörte sie jetzt ganz sicher der Vergangenheit an.

Er spielte sich ein letztes Mal die Seele aus dem Leib. Er hielt den Kopf gesenkt und dachte an die Auftritte mit seiner Band in New Orleans. Da er eine Sonnenbrille trug, konnte niemand die Angst in seinen Augen sehen. Wann immer er kurz aufblickte, stellte er fest, dass ihn die Agenten nicht aus den Augen ließen.

Dann spielte er seine erste Coverversion, Janis Joplins Fassung von »Bobby McGee«: Louise nahm das Mikrofon aus der Halterung und ging auf der Bühne hin und her, während sie sang. John-Cody warf einen kurzen Blick zur Bar. Die beiden in ihren langen Mänteln beobachteten ihn weiter. Plötzlich lief ihm ein eiskalter Schauer über den Rücken. Prompt verspielte er sich, und es war allein Louises kräftige Stimme, die ihn rettete. Er schloss die Augen und ließ langsam die Luft durch seine Zähne entweichen, während er sich vorwarf, in dieser Stadt geblieben zu sein. Drei Monate nach seiner Haftentlassung hatte er die Grenze zwischen den Bundesstaaten überquert, weil er in Washington einfach keine Arbeit fand. Washington D. C. – mehr wollte man ihm nicht zugestehen. Hogan hatte ihm seinen alten Job wieder gegeben, außerdem kannte John-Cody viele Leute in McCall. Sie akzeptierten ihn, obwohl sie wussten, weshalb man ihn damals eingesperrt hatte. Seine Bewährungshelfer in Washington hatten sich alle Mühe gegeben, ihm das Leben so schwer wie möglich zu machen. Sie unterhielten gute Beziehungen zum Sheriff und zur Staatspolizei; in ihren Augen hatte er sich eines der schlimmsten Vergehen schuldig gemacht. Ohne Arbeit hatte er jedoch keine Chance, deshalb trickste er sie aus und machte einen Abstecher über die Berge nach Idaho.

Jetzt starrten ihn alle an. Im Publikum war es sehr still. Louise hatte ein ruhigeres Lied angestimmt, und er zupfte die Saiten mit dem Daumennagel. Die FBI-Männer hatten inzwischen auf den Hockern an der Bar Platz genommen. Ihre Mäntel hingen offen herunter. Unter Mullers Jackett erkannte John-Cody deutlich eine Ausbuchtung an seiner Achsel. Die Show schien ihnen sogar zu gefallen. Muller grinste John-Cody boshaft an, als dieser ihn ansah, und tippte sich spöttisch grüßend an die Schläfe. John-Cody wurde plötzlich übel. Das Blut in seinen Adern schien langsamer zu fließen. Der Auftritt war bald zu Ende, und dann gab es für ihn kein Entkommen mehr, es sei denn, er schaffte es irgendwie an der Bar vorbei zum Eingang. Die beiden Agenten schienen zu spüren, dass er bald fertig war, jedenfalls stand Muller auf und ging auf die Hand voll Gäste zu, die vor der Bühne tanzten. John-Cody beobachtete ihn. Der Mann erwiderte seinen Blick. Er trug ein breites Lächeln zur Schau, während er langsam auf ihn zukam, sorgfältig bedacht, niemandem auf die Füße zu treten. Sein Partner an der Bar trank noch einen Schluck, bevor er seinen Mantel zuknöpfte.

Sein Auftritt war zu Ende. Louise steckte das Mikrofon wieder in den Ständer, Beifall erscholl. Nur ein einzelner Betrunkener hinten in der Ecke pfiff und buhte. Louise verließ die Bühne. Sie wurde schon von Billy erwartet, der den FBI-Mann misstrauisch anstarrte. John-Cody stellte seine Gitarre ab und strich mit den Fingern noch einmal über die Griffleiste. Er hoffte, dass Hogan sie für ihn aufbewahren würde, so wie er das beim letzten Mal getan hatte.

Er richtete sich auf und sah Muller direkt in die Augen. Der Mann war groß und ziemlich muskulös. Er sah John-Cody mit kaltem Blick an, wie gesplittertes Eis.

»Sie sind John-Cody Gibbs.«

»Und Sie sind vom FBI.«

Muller grinste wieder und zeigte strahlend weiße Zähne, während er mit seinen Fingern in seiner Manteltasche spielte und etwas Metallisches klimpern ließ. »Sie haben Ihre Bewährungsauflagen verletzt.«

»Ich habe lediglich die Bundesstaatengrenze überquert. Ich hatte keine andere Wahl. In Washington habe ich keine Arbeit gefunden.«

Der Mann verzog sein Gesicht zu einer Grimasse: John-Codys Gründe interessierten ihn augenscheinlich nicht. Warum sollten sie auch? Er tat schließlich nur seine Pflicht. Er zog seine Hand aus der Tasche und hielt John-Cody Handschellen vors Gesicht. »Umdrehen.«

Jetzt wurden die Gäste aufmerksam und beobachteten, was dort vor sich ging – Leute, die ihn kannten, die sein Gitarrenspiel schätzten. John-Cody fragte sich, wie lange es wohl dauern würde, bis sie kapierten, dass er an diesem Abend keinen zweiten Auftritt mehr haben würde. Er sah dem Agenten in die Augen, taxierte ihn, wusste aber sofort, dass es keinen Sinn hatte, sich gegen die Festnahme zu wehren. Muller war groß und durchtrainiert, und John-Cody hatte sich nicht einmal im Gefängnis mit irgendjemandem geprügelt. Er atmete tief aus, drehte sich um und hielt Muller seine Handgelenke hin. In der Bar wurde es plötzlich sehr still, er hörte die Handschellen einschnappen und spürte, wie sie in die empfindliche Haut über seinen Pulsadern einschnitten. Der Agent drehte ihn wieder zu sich herum, warf seinem Partner einen kurzen Blick zu und nickte. Er sagte kein Wort, nahm jedoch sein Abzeichen heraus und steckte es an seine Brusttasche, so dass jeder sehen konnte, wer er war.

John-Cody ließ seinen Blick über die Gesichter der Gäste wandern und fragte sich, ob irgendjemand etwas sagen, ob sich jemand für ihn einsetzen oder sonst irgendwie eingreifen würde. Aber nichts geschah. Das hier waren sehr ruhige, sehr selbstsichere Regierungsbeamte, und selbst der hitzigste und streitlustigste Einheimische würde es sich zweimal überlegen, bevor er sich mit ihnen anlegte. Die Leute wichen zurück und bildeten eine Gasse, als er abgeführt wurde. An der Tür legte ihm der zweite FBI-Agent die Hand auf die Schulter.

»Das war's dann wohl«, sagte er. »Schnell und reibungslos.«

Muller öffnete die Tür. John-Cody blieb stehen, als ihm ein kalter Wind ins Gesicht blies. »Ich brauche meinen Mantel.«

Die Agenten zögerten, sahen sich an. Muller wollte wissen, wo der Mantel sei. John-Cody sagte, er hinge hinter der Bar, worauf Muller zu Lisa ging und sie bat, ihm den Mantel zu geben. Sie sah ein wenig verblüfft aus, als sie ihm das Kleidungsstück über den Tresen reichte. Muller bedankte sich. Während er zur Tür zurückging, suchte Lisa John-Codys Blick. Ihre Verwirrung war ihr deutlich anzusehen. Er zuckte mit den Schultern, dann stand er auch schon draußen auf dem Bürgersteig, wo ihm der eisige Wind durch die Kleidung pfiff.

Die Agenten hatten ihren Wagen direkt vor der Bar geparkt. John-Cody wurde auf den Rücksitz verfrachtet. Er setzte sich auf die Handschellen und zuckte zusammen, als das Metall ihm in die Gelenke schnitt. Er überlegte einen Moment lang, ob er die Männer bitten sollte, ihm die Handschellen abzunehmen oder seine Hände wenigstens vor dem Körper zu fesseln, aber er wusste aus Erfahrung, dass sie das niemals taten.

Muller nahm auf dem Beifahrersitz Platz, während sich sein Partner ans Steuer setzte, den Motor anließ und die Scheibenwischer einschaltete, um die Windschutzscheibe vom Schnee zu befreien. Er ließ den Motor eine Weile laufen. »Vielleicht sollten wir den Kerl hier für heute Nacht im Gefängnis unterbringen und erst morgen weiterfahren.«

John-Cody wartete auf Mullers Antwort. Sie redeten über ihn, als wäre er nicht da.

»Könnten wir machen.« Muller schob den Ärmel hoch und warf einen Blick auf seine Armbanduhr. »Aber es ist erst halb zehn«, sagte er. »Ich denke, wir sollten noch ein paar Meilen hinter uns bringen. Der Highway ist sicher schon geräumt.«

»Wie sind Sie eigentlich hierher gekommen?« Das waren John-Cody erste Worte. Muller legte seinen Arm über die Rückenlehne seines Sitzes.

»Haben Sie was gesagt?«

»Ich wollte wissen, von wo Sie gekommen sind. Ich bin nämlich sicher, dass man die Straße nach Lewiston bei dem Schnee nur mit einem Vierradantrieb schafft. Also sind Sie nicht über Lewiston gekommen, oder?«

Muller zog eine Augenbraue hoch. »Sie wollen die Nacht also tatsächlich hier im Gefängnis verbringen?«

»Ins Gefängnis komme ich sowieso. Da ist eines wie das andere.«

»Sie sind wohl ein richtiger Klugscheißer, was?«

»Nein. Ich wollte nur –«

»Halten Sie den Mund.« Muller drehte sich wieder um und befahl seinem Partner: »Fahr los.«

Der Fahrer legte den Gang ein, und sie setzten sich in Bewegung.

John-Cody rutschte auf der Rückbank hin und her: Von McCall nach Lewiston – das bedeutete bei diesen Witterungsverhältnissen mindestens sechs Stunden Fahrt. Ab Lewiston führen sie dann nach Westen in Richtung Küste weiter. Vorausgesetzt, er kam direkt nach McNeil Island zurück. Da er aber die Auflage hatte, sich alle vierzehn Tage bei seinem Bewährungshelfer in Seattle vorzustellen, fuhren sie ihn vielleicht stattdessen zuerst dorthin. Wie auch immer, das endgültige Ziel seiner Reise war das Gefängnis.

Die beiden Beamten unterhielten sich leise miteinander, während sie aus der Stadt herausfuhren, vorbei an Vorgärten mit Schneeskulpturen, die hell im Mondlicht schimmerten. Der Fahrer fluchte leise, als der Wagen auf der abschüssigen Straße ein wenig ins Rutschen kam. John-Cody saß auf seinen Händen und starrte ihre Hinterköpfe an, den militärischen Bürstenschnitt des Fahrers, seinen ausrasierten, geröteten Nacken, manchmal auch Mullers Profil, wenn dieser sich zur Seite drehte, um mit seinem Partner zu reden. Er versuchte, eine etwas bequemere Sitzposition zu finden, obwohl er genau wusste, wie aussichtslos dieses Unterfangen war, ganz gleich, wie viel er auch herumrutschte. Wenn man ihm schließlich die Handschellen abnahm, wären seine Handgelenke wundgescheuert und seine Hände wegen der schlechten Durchblutung taub. Neun Monate in Freiheit, und jetzt war ihm das Gefängnis wieder sicher. Er dachte an die ersten achtzehn Monate der dreijährigen Freiheitsstrafe, zu der man ihn verurteilt hatte. Die Zeit im Staatsgefängnis war sehr hart für ihn gewesen; er wollte auf keinen Fall wieder dorthin zurück.

Der Fahrer war inzwischen sichtlich mutiger geworden, denn draußen huschte die Landschaft jetzt schnell vorbei. Links und rechts der Straße erstreckten sich weiße Felder bis zu den silbrig grauen Bergen. Die Straßenverhältnisse waren besser, als er angenommen hatte, aber die Temperatur lag weit unter null Grad, und auf den ungeschützteren Streckenabschnitten gab es sicherlich Glatteis. Er dachte an die Täler und die hohen Bergpässe zwischen hier und Grangeville: Angenommen, sie schafften es bis dorthin, dann mussten sie über Winchester und Lewiston und anschließend weiter über die regennasse Straße nach Seattle fahren.

Die Männer unterhielten sich so leise, dass er ihre Stimmen nur noch als Murmeln wahrnahm und kaum ein Wort verstand. Er saß völlig krumm auf der Rückbank, immer bemüht, seine Hände so weit wie möglich zu entlasten. Der Plymouth war neu und roch geradezu penetrant nach poliertem Vinyl. Seine Gedanken schweiften zur Bar und den Gesichtern der Gäste zurück: zu den Cowboys, zu Louise und ihrem sexbesessenen Freund. Er fragte sich, warum ein Mädchen wie Louise überhaupt mit einem derart primitiven Mann zusammen war. Sie hatte Gefühl, liebte die Musik, und sie wusste, wie man Rhythmus und Text miteinander verbinden musste, um die Sinne anzusprechen. John-Cody hätte seine Hand dafür ins Feuer gelegt, dass Billys einzige Lektüre seit der Highschool aus seinem Gehaltsscheck und dem Sportteil der Zeitung bestand.

Ihm ging plötzlich durch den Kopf, dass er Hogan jetzt wieder im Stich ließ. Als das FBI ihn zum ersten Mal geschnappt hatte, war der alte Mann ebenfalls zugegen gewesen. Sie hatten gerade zusammen auf dem Bürgersteig vor der Bank gestanden, um die Einnahmen des Wochenendes einzuzahlen. Hogan hatte einfach nur wie angewurzelt dagestanden und mit offenem Mund zugesehen, wie die Beamten ihm Handschellen anlegten und ihn auf den Rücksitz ihres Wagens verfrachteten. Man hatte ihm in Lewiston den Prozess gemacht und ihn zu drei Jahren Gefängnis auf McNeil Island verurteilt. Als er das Gefängnis vorzeitig verlassen durfte, hatte er darum gebeten, nach Idaho entlassen zu werden, wo Hogan für ihn bürgen würde, aber das hatten sie nicht getan – ein weiterer Beweis dafür, wie nachtragend sie waren. Hogan stellte ihm, als er damals bei ihm aufgetauch war, nie irgendwelche Fragen, und er stellte auch keine, als er achtzehn Monate später wieder vor seiner Tür stand. Er drückte ihm einfach seine Gitarre in die Hand, bat ihn zu bleiben und gab ihm seinen Job zurück.

Erinnerungen an das Gefängnis stiegen in ihm hoch. Bilder, Gerüche und Geräusche, die er an dem Tag, als er durch das Gefängnistor in die Freiheit getreten war, auf der Stelle verdrängt hatte. Jetzt überschwemmten sie ihn regelrecht. In seiner Magengrube breitete sich schale Übelkeit aus. McGuire mit seinem hageren, verkniffenen Gesicht, Dallallio und Mamba, der große Schwarze vom Mississippi, der in Kalifornien drei Staatspolizisten getötet hatte, wären bestimmt noch da. Sie und all die anderen, denen es größten Spaß gemacht hatte, ihn zu terrorisieren, die ihn, wenn sie ihn zu fassen bekommen hätten, vergewaltigt, verstümmelt oder sogar ermordet hätten.

Er hatte die achtzehn Monate schließlich doch irgendwie überstanden, ohne dass man ihm etwas angetan hatte und ohne in einen einzigen Kampf verwickelt worden zu sein. Die Schließer hatten ihm eine akustische Gitarre überlassen, und das hatte ihn wahrscheinlich gerettet. John-Cody konnte schon Gitarre spielen, bevor er laufen lernte, und hatte ein unfehlbares musikalisches Gedächtnis, dank dessen er jeden Song spielen konnte, den man von ihm hören wollte.

Jeden Samstagnachmittag gab es im Gefängnishof also eine Art Jamsession. Mamba, Dallallio und McGuire, den drei miesesten Typen in seinem Trakt, gefiel seine Musik, und sie machten allen unmissverständlich klar, dass John-Cody, solange er für sie Gitarre spielte, unter ihrem persönlichen Schutz stand. Mamba wurde von allen gefürchtet, und als sich seine Entscheidung herumgesprochen hatte, verbesserte sich Codys Situation auf geradezu dramatische Weise.

Die drei wären zwar immer noch dort, aber es bestand so gut wie keine Aussicht, dass man ihn wieder im selben Trakt unterbringen würde. Die Bullen wussten von dem Deal mit Mamba und den anderen, und irgendetwas sagte John-Cody, dass bei der Auswahl der Zelle eine gute Portion Gehässigkeit mitspielen würde. Der Gedanke machte ihm Angst, und die Übelkeit in seiner Magengrube wuchs.

Nach zwei Stunden Fahrt erreichten sie schließlich Cascade, wo sie auf den Parkplatz einer Gaststätte rollten. Muller streckte sich gähnend, dann sah er über seine Schulter und erklärte John-Cody, er solle sitzen bleiben, weil er nämlich nirgendwohin ginge. Der Fahrer stieg aus und stapfte durch den Schnee auf die wackelige Holztreppe zu, die zum Gasthaus führte. Er kam mit zwei Styroporbechern Kaffee zurück und reichte sie durch das Beifahrerfenster. Keiner der beiden sah nach hinten, keiner von ihnen sagte etwas zu John-Cody, der auf der Rückbank saß und den frisch gebrühten Kaffee roch.

»Ich geh eben mal pinkeln«, sagte der Fahrer.

Muller schlürfte geräuschvoll seinen Kaffee und verschluckte sich fast dabei. John-Codys Hände waren inzwischen vollkommen taub. Am Handgelenk, dort, wo oberhalb des Metalls das Gefühl wieder begann, pochte es. Muller nahm eine Zigarette aus der Schachtel und ließ sein Zippo aufschnappen. Der Rauch zog nach hinten und stieg John-Cody in die Nase. Er drehte den Kopf zur Seite, während er an das zerknautschte Päckchen Lucky Strikes in seiner Tasche dachte.

Der Fahrer kam zurück, trat den Schnee von seinen Schuhen und stieg ein. Er fröstelte und bewegte seine Schultern in kreisenden Bewegungen, dann nahm er den Deckel von seinem Kaffeebecher. Jetzt ging Muller auf die Toilette. Der Fahrer drehte sich zu John-Cody um. »Wollen Sie einen Schluck?«

»Ja, bitte.« John-Cody rutschte auf der Sitzbank nach vorn, während der Agent ihm den Becher hinhielt.

»Aber verschütten Sie nichts.«

John-Cody trank einen Schluck Kaffee und verbrühte sich dabei fast den Mund. Der Agent nahm den Becher wieder von seinen Lippen und sah ihn an.

»Sie hätten einfach Ihre Zeit absitzen sollen.«

»Das habe ich getan.«

»Sie wissen ganz genau, was ich meine.«

John-Cody schürzte die Lippen und zuckte mit den Schultern.

»Soll ich Ihnen auch einen Kaffee holen?«

»Ich habe Geld.« John-Cody lächelte. »Und ich habe auch Zigaretten.« Er sah über seine Schulter gewandt den Türgriff an. »Wäre es möglich, dass Sie mir die Handschellen abnehmen? Mir fallen nämlich bald die Hände ab.« Er nickte in Richtung des Türgriffs. »Sie können mich ja mit einer Hand dort anketten. Da kann ich genauso wenig weg. Es dauert schließlich noch Stunden, bis wir in Seattle sind.«

»Woher wissen Sie, dass das unser Ziel ist?«

»Weil dort meine Bewährungsstelle ist.«

Der Mann nickte. »Warten Sie, bis mein Partner wieder da ist, dann sehen wir weiter.«

Nachdem er das Ganze mit dem Fahrer diskutiert hatte, starrte Muller eine Weile vor sich hin, dann holte er Luft, drehte sich in seinem Sitz herum und prüfte die Festigkeit des Türgriffs. »Also gut.«

Er öffnete die hintere Tür und zog John-Cody in die Kälte hinaus, wo dieser dann in knöcheltiefem Schnee stand, während Muller die Handschellen aufschloss.

»Machen Sie bloß keine Dummheiten, Freundchen. Es ist nämlich so verdammt kalt hier draußen, dass Sie, selbst wenn ich sie nicht erschießen würde, bestimmt nicht weit kämen.«

John-Cody stand zitternd in der Kälte, während Muller die Handschellen aufschloss, ihn sofort in den Sitz drückte und eine Hand am Türgriff ankettete. John-Cody war dankbar, als Muller die Tür zuwarf und er wieder im Warmen saß. Der Fahrer hatte unterdessen auf den Stufen zum Gasthaus gestanden und die Aktion beobachtet, um sicherzugehen, dass alles reibungslos ablief, bevor er hineinging und noch einmal Kaffee holte. Muller hatte wieder auf dem Beifahrersitz Platz genommen, der Motor lief, und aus dem Auspuff stieg eine Wolke von Abgasen auf. Der Fahrer kam mit dem Kaffee zurück. John-Cody saß jetzt relativ bequem. Er trank seinen Kaffee, während sie bereits wieder durch die Nacht nach Norden fuhren.

Die Straße stieg stetig an. Schließlich erreichten sie die Hochebene, wo das Wetter zu dieser Jahreszeit von einer Sekunde zur nächsten umschlagen konnte. Hier oben begann es Ende November zu schneien, und der Winter dauerte bis Mai. Die Schneepflüge waren zwar jeden Tag im Einsatz, um die Hauptstraße zu räumen, trotzdem lag stets eine geschlossene Schneedecke. Der Schnee am

Straßenrand türmte sich manchmal über drei Meter hoch. Bei starkem Wind fielen die Flocken waagerecht, so dass man vollkommen die Orientierung verlor. Wenn man dann nicht genau wusste, was man tat, war man so gut wie tot.

Und irgendetwas sagte John-Cody, dass diese beiden FBI-Agenten nicht wussten, was sie taten. Sie wechselten sich von Zeit zu Zeit beim Fahren ab und hielten dazu jeweils kurz am Straßenrand an. Beide fuhren ziemlich schnell und lachten jedes Mal, wenn das Heck ausbrach. Ihre Sorglosigkeit beunruhigte ihn. John-Cody war zwar nicht sicher, vermutete aber, dass sie zur Außenstelle in Seattle gehörten, also aus einer Gegend kamen, wo es im Winter oft regnete. Sie kannten zwar Bodennebel und den nasskalten Nieselregen, den der Winter vom Pazifik brachte, mit den Witterungsverhältnissen auf den Hochebenen von Idaho war das jedoch in keiner Weise zu vergleichen. Er hätte sie gern gebeten, vorsichtiger zu fahren, vor allem in den Bergen südlich von Grangeville, aber ihm war klar, dass sie nicht auf ihn hören würden. Joe Fulton fuhr mit seinen Sattelschlepper die Route von Boise nach Lewiston fast jeden Tag. Erst an diesem Abend hatte er in Hogans Bar erzählt, wie gefährlich die Straße dort, wo man den Fels gesprengt hatte, war. Anscheinend versuchte man schon seit Jahren, diese Stecke zu verbreitern.

Sie kamen immer höher. Die Straße führte in engen Kurven auf und ab, aber die beiden Agenten schienen entspannter denn je. Muller rauchte wieder und bot John-Cody ebenfalls eine an.

»Wir werden also die Nacht durchfahren«, sagte John-Cody.

Muller sah ihn an. »Was haben Sie denn gedacht, Mann? Sie sind doch nicht etwa scharf auf ein Motelzimmer?«

John-Cody nahm einen Zug und blies langsam den Rauch aus. »Sie sollten sich vielleicht ein bisschen mehr Zeit lassen. Diese Straße kann nachts ganz schön tückisch sein.«

»He, Mann.« Der Fahrer sah in den Rückspiegel. »Bleiben Sie einfach ganz ruhig sitzen, o.k.? Wir sind diese Straße gestern schon gefahren.«

»Gestern hat es aber nicht geschneit.« John-Cody lehnte sich zurück, rauchte seine Zigarette und sah auf das weiße Hochland hinaus, das sich jetzt rechts, wo der Hang steil abfiel, unter ihnen ausbreitete.

Plötzlich spürte er, wie das Heck ausbrach. Der Fahrer riss das Lenkrad herum, und John-Cody nahm die Welt nur noch als weiße Spirale wahr. Reifen quietschten. Jemand fluchte. Angst lag in der Stimme. Dann rutschte der Wagen von der Straße und den Hang hinab. John-Cody hörte, wie Metall riss und Glas splitterte. Er hing plötzlich kopfüber im Wagen, so dass ihm die Hand, die am Türgriff festgekettet war, fast abriss.

Schwärze. Ein heftiger Schmerz klopfte in seinem Handgelenk. Ein merkwürdiger Geruch drang in sein Bewusstsein, er konnte ihn aber nicht identifizieren. Dann musste er wohl seine Augen geöffnet haben, denn er sah einen gelben Lichtstrahl, der einen verschneiten Hang erhellte. Ein verschneiter Hang. Er erinnerte sich wieder: das Auto, die beiden FBI-Agenten und das Gefängnis, das in Seattle auf ihn wartete. Plötzlich spürte er, wie ihm die Kälte unerbittlich in die Knochen kroch, dann sah er, dass die Windschutzscheibe des Wagens fehlte und die beiden Agenten reglos in ihren Sitzen hingen. Das Auto schien jetzt wieder auf den Rädern zu stehen, neigte sich aber gefährlich nach links. Er wischte mit seiner freien Hand über die beschlagene Fensterscheibe und erblickte hundert Meter unter sich den Talgrund.

Immer noch saß er einfach nur da und wusste nicht, was er tun sollte. Dann merkte er, dass sich die Tür, gegen die er geprallt war, völlig verzogen hatte und sich der Türgriff, an dem seine Handschellen angeschlossen waren, gelockert hatte.

»Hallo.« Das Wort platzte förmlich aus seinem Mund heraus. »Leben Sie noch?«

Keine Antwort. Er beugte sich nach vorn, spürte einen Widerstand an seinem Handgelenk und zog fest an: der Türgriff löste sich aus seiner Verankerung, und er konnte seinen Arm frei bewegen. Die Innenraumbeleuchtung war ausgefallen, der Schnee reflektierte jedoch das Scheinwerferlicht. Er sah Blut auf Mullers Gesicht. Er tastete an seinem Hals nach dem Puls. Einen Augenblick glaubte er schon, Muller sei tot, dann jedoch spürte er ein schwaches Klopfen. Er untersuchte den anderen Agenten. Auch hier konnte er den Puls spüren: Beide waren also nur bewusstlos. Plötzlich wurde ihm klar, dass er frei war, doch gleichzeitig nahm der Geruch in seinem Verstand konkrete Gestalt an. Benzin. Offensichtlich war der Tank geplatzt und es lief Kraftstoff ins Wageninnere. Er rutschte vorsichtig über die Rückbank und öffnete die gegenüberliegende Tür.

Dann stand er im Schnee, zehn Meter unterhalb der Straße, wo das Auto mit dem Kofferraum an einem Baum hängen geblieben war. Reiner Zufall, dass sie nicht unten im Tal lagen. Die beißende Kälte schlug ihre Zähne wie ein wildes Tier in sein Fleisch; er zitterte heftig. Schließlich übernahm sein Instinkt die Kontrolle über seinen Körper, und er begann, sich den verschneiten Hang hinaufzuarbeiten. Endlich stand er wieder auf der Straße. Einen Augenblick lang hatte er jede Orientierung verloren, aber die Nacht war klar, und das Mondlicht tauchte den Schnee in silbrig graues Licht. Er vergewisserte sich, wo Norden war, dann erkannte er, wo er sich befand: ungefähr zehn Meilen südlich von Grangeville. Immer noch stand er da und überlegte, was er tun sollte, während er zu den beiden bewusstlosen Männern unten am Hang hinuntersah, die angeschnallt in ihren Sitzen saßen. Sie würden sterben, wenn er keine Hilfe holte. Immer noch rührte er sich nicht: Dies hier war seine große Chance. Er konnte fliehen. Er hatte sich mit jeder Meile, die sie hinter sich ließen, erbärmlicher gefühlt. Ihm war jedes Mal, wenn er auch nur an das Gefängnis dachte, der Schweiß ausgebrochen. An dem Tag, an dem man ihn aus der Haft entlassen hatte, hatte er geschworen, dass er lieber sterben würde, als sich jemals wieder einsperren zu lassen. Jetzt stand er frierend auf einer Straße, die Freiheit unverhofft zum Greifen nah. Er fühlte sich so lebendig wie selten zuvor in seinem Leben. Aber es gab diese beiden Männer, die sterben würden, wenn er ihnen nicht half. Na und? Was bedeuteten sie ihm schon? Es sind menschliche Wesen, hörte er plötzlich die Stimme seines Vaters in seinem Kopf. Es spielt keine Rolle, wie jemand seinen Lebensunterhalt verdient, mein Sohn: Jeder muss seine Familie irgendwie ernähren. Aber er bleibt doch immer noch ein menschliches Wesen. Dann hörte John-Cody das Knirschen eines Getriebes ein Stück weiter unten im Tal und sah, als er die Straße hinunterschaute, das Licht von zwei Scheinwerfern.

Er stellte sich mitten auf die Straße, als der Truck um eine Kurve bog und sich die nächste hinaufarbeitete, in der ihr Fahrzeug von der Fahrbahn abgekommen war. John-Cody hatte inzwischen den Reißverschluss seiner Jacke geschlossen und die Handschellen so weit seinen Arm hinaufgeschoben, dass er sie unter dem Ärmel verstecken konnte. Dann hob er beide Arme und winkte, worauf der Fahrer zurückschaltete. Die Scheinwerfer blendeten ihn. Dem Fahrer gelang es, ohne Bremsen zu halten. Als der Truck stand, zischte die Druckluft der Handbremse. John-Cody ging auf die Tür zu, die sich jetzt öffnete. Der Fahrer schaute ihn von seiner Kabine herab an: Er war groß und stämmig und trug eine dicke Wollmütze. Ein dichter, schwarzer Bart bedeckte sein Kinn.

»Gibt's ein Problem, Partner?«

John-Cody berichtete von dem Unfall, und der Fahrer nahm eilig eine Taschenlampe aus einem Fach im Führerhaus. Er ließ den Lichtstrahl über das Wrack wandern, das immer noch am Rand der Schlucht von dem Baum gehalten wurde.

»Sie waren in dem Wagen dort unten?«

John-Cody nickte. »Da sind immer noch zwei Typen drin. Sie sind bewusstlos. Ich saß hinten. Hab ich wohl Glück gehabt.«

»Verdammt großes sogar.« Der Fahrer kratzte sich am Kopf, während er überlegte. »Kommen Sie mit. Bis Grangeville sind es noch zehn Meilen. Dort können wir dem Sheriff den Unfall melden.«

John-Cody nickte und stieg zu ihm in die Kabine. Der Fahrer legte knirschend einen Gang ein, löste die Handbremse und ließ den Truck sanft um die Kurve rollen. Dann fuhren sie auf der anderen Seite des Berges hinunter. Sie mussten noch einen weiteren Pass überqueren, bevor sie die Camas Prärie erreichten, wo man im Schneegestöber schnell die Orientierung verlor. Diese Nacht war jedoch absolut windstill und klar, wenn auch sehr kalt. Frisch fallender Schnee gefror auf dem Boden sofort zu Eis. Der Fahrer trug eine Jagdjacke und schwere, wasserfeste Stiefel. In der Kabine seines Trucks roch es nach billigen Zigarren. John-Cody warf einen Blick auf die Pin-up-Fotos an der Decke.

»Wo kommen Sie her?«, fragte ihn der Fahrer.

»Aus McCall.«

Der Mann streckte ihm die Hand entgegen. »Merv Clayton.«

»John-Cody Gibbs.«

»Wer sind die beiden in dem Wrack?«

»Zwei Typen, die ich nicht kenne. Sie haben mich in Cascade mitgenommen. Kannten die Straße wohl doch nicht so gut, wie ich dachte.« John-Cody hielt inne. »Im Wagen hat es eben nach Benzin gerochen.«

Der Mann nickte. »Wir sind bald in Grangeville. Solange es keinen Funken gibt, kann eigentlich nichts passieren. Melden Sie den Unfall dem Sheriff, mein Sohn. Er wird das Wrack bergen lassen.«

Er hielt in der Hauptstraße von Grangeville vor dem Büro des Sheriffs. Er selbst musste mit seinem Truck am Morgen in Lewiston sein und wollte deshalb so schnell wie möglich weiterfahren. John-Cody bedankte sich, stieg aus und verharrte einen Augenblick auf dem Bürgersteig, während er die Leuchtschrift über dem Büro des Sheriffs anstarrte. Er war sich der Ironie dieser Situation nur allzu deutlich bewusst. Dann schüttelte er den Kopf, blies die Backen auf und dachte an die beiden FBI-Agenten, die in dem Autowrack bald erfrieren würden. Er ging ins Büro, erzählte dem Hilfssheriff dieselbe Geschichte wie dem Trucker und beschrieb ihm die Unfallstelle. »Sie können das Wrack nicht verfehlen«, sagte er. »Es liegt direkt unter der Kurve, bei den gesprengten Felsen.«

»Setz dich dorthin, mein Sohn.« Der Hilfssheriff zeigte auf die Bank neben dem Wasserkühler. »Du musst mich begleiten. Ich verständige nur noch den Rettungsdienst.« Er verschwand in einem der Nebenräume. Jetzt oder nie: John-Cody zögerte noch einen Augenblick, dann ging er in die Nacht hinaus. Er schlich vorsichtig die Straße entlang, bis er zu der großen Amoco-Tankstelle an der Kreuzung gelangte. Er stand im Schatten des Motelkomplexes, als der Wagen des Hilfssheriffs mit Blaulicht um die Ecke bog und sich schnell in Richtung Süden entfernte. Er wartete ab, bis die Rettungsfahrzeuge ebenfalls vorbeigefahren waren, dann überquerte er die Straße und ging zu der Tankstelle, zu der eine Gaststätte gehörte. Dort sah er sich den Truck, mit dem er gekommen war, genauer an. Der Fahrer war gerade dabei, sich vor der Weiterfahrt nach Lewiston mit einer ordentlichen Mahlzeit zu stärken. John-Cody fand ihn am Tresen, wo er einen Kaffee trank: Er setzte sich zu ihm, und die Kellnerin schenkte auch ihm eine Tasse ein. Er hielt sie mit seiner freien Hand – die andere, an der immer noch die Handschellen hingen, hatte er in die Tasche geschoben – und ließ den heißen Kaffeedampf sein Gesicht wärmen. Der Fahrer drehte sich zu ihm um.

»Haben Sie den Sheriff gefunden?«

»Yessir.«

»Dann wollte er Sie also nicht dabeihaben?«

»Ich habe dem Hilfssheriff genau beschrieben, wo das Wrack liegt, aber ich muss genauso dringend nach Lewiston wie Sie.«

Der Fahrer tupfte sich den Mund mit dem Handrücken ab. »Nun, das ist eine lange und verdammt kalte Nacht«, sagte er. »Ich denke, ich könnte durchaus ein bisschen Gesellschaft brauchen, damit ich wach bleibe. Kommen Sie, ich nehme Sie mit.«

Zwei Tage später saß John-Cody auf einer Bank mit Blick auf den Hafen von Bellingham und aß ein in Wachspapier gewickeltes Sandwich. Hier lag kein Schnee, aber vom Pazifik wehte feuchter, kalter Wind, der durch die kleinsten Zwischenräume in seiner Kleidung kroch. Trawler säumten die Hafenmauern, kleine Küsten- und große Hochseeschiffe, die alle zu einer Kette aus rostigem Eisen verbunden waren. Sie tanzten auf der Dünung im Hafen, die Glocken an ihren Masten klingelten und die kupferfarbenen Taue stöhnten heiser. Über seinem Kopf schrie eine einsame Möwe, schoss tief über das Wasser dahin und flog schließlich aufs offene Meer hinaus. John-Cody aß sein Sandwich auf, faltete das kühle Papier sorgfältig zusammen und steckte es in seine Tasche. Auf der anderen Seite der verlassenen Straße bewegte sich das verbeulte Metallschild einer baufälligen Hafenkneipe im Wind.

Es lag Regen in der Luft. John-Cody konnte ihn riechen, genau wie die steife Brise ihm sagte, dass sich irgendwo da draußen am Horizont ein Sturm zusammenbraute. Er hatte keine Ahnung, was aus den beiden FBI-Agenten geworden war, hoffte jedoch, dass der Hilfssheriff sie noch rechtzeitig gefunden hatte. Das Glück war ihm hold gewesen, und jetzt stand er hier an der Westküste eben jenes Landes, das ihn so gnadenlos verfolgte. Aus dem Eingang der Bar schallte Gelächter bis zu ihm herüber und erinnerte ihn an Hogans Bar. Er dachte an seine Gitarre und hoffte, dass Hogan auf sie Acht gäbe.

Er trank nur selten etwas, genau genommen war er ohnehin noch zu jung dafür. Es hatte jedoch nie jemand seinen Ausweis sehen wollen, vor allem nicht nach seiner Entlassung aus dem Gefängnis, als er diesen typischen müden Ausdruck in seinen Augen hatte. Er schlug den Kragen seiner Jacke hoch und prüfte, wie viel Bargeld noch in seiner Brieftasche steckte. Es waren nur noch ein paar Dollar. Er hatte an dem Abend, an dem man ihn verhaftet hatte, nicht einmal mehr Zeit gehabt, das Trinkgeld aus dem Glaskrug neben der Kasse an sich zu nehmen. Er sah die wenigen zerknitterten Scheine an und kam zu dem Schluss, dass es in der Bar wärmer wäre als hier draußen und dass er mit einem Schuss Whisky im Blut die Kälte weniger spüren würde, wenn er heute Nacht im Freien schlief.

Obwohl er nur ein paar Gäste sah, ging es in der Kneipe hoch her. John-Cody setzte sich an die Bar und legte einen Dollar auf den Tresen. Ein verdrießlicher Barkeeper mit mexikanisch wirkenden, schrägen Augen warf sich ein Handtuch über die Schulter und sah ihn fragend an.

»Was möchten Sie?«

»Einen Old Crow, pur. Und dazu ein Glas Wasser.«

Der Barkeeper knallte ein Whiskeyglas vor ihn auf den Tresen.

John-Cody schüttelte eine Lucky Strike aus seinem zerknautschten Päckchen und steckte sie sich an, dann ließ er seinen Blick durch den Raum schweifen. Verschiedene Schiffssteuerräder, außerdem Teile von Fischernetzen und ein Wandgemälde, das Walfänger aus früheren Zeiten in ihren Langbooten zeigte, schmückten die Wände. John-Cody trank langsam seinen Whiskey und hörte der lautstarken Unterhaltung zu, die an einem Tisch vor dem Fenster geführt wurde. Dort saßen fünf Männer, von denen einer, ein dicker Seemann Mitte Fünfzig, unter dessen Kappe ein paar Haarsträhnen hervorlugten, offensichtlich das Wort führte. Er hatte ein großes Bier und ein Glas dunklen Rum vor sich auf dem Tisch stehen und gestikulierte wild mit seinen schmutzigen Händen, während aus seinen Schweinsäuglein Blitze schossen.

»Wo zum Teufel ist Gonzales?«

Keine Antwort.

»Ist er abgehauen oder was?«

»Ich glaube, er hatte Streit mit seiner Freundin«, sagte einer der Männer.

»Dieser verdammte Mexikaner. Wann kriegt er endlich sein Privatleben in den Griff? Wir legen in zwei Stunden ab. Der Kapitän reißt mir den Arsch auf, wenn die Mannschaft nicht vollzählig ist.«

In John-Codys Kopf begann sich eine Idee zu formen. »Was ist denn dort drüben los?«, fragte er den Barkeeper.

»Das ist die Mannschaft der *Hawaiian Oracle*«, brummte der Mann. »Ihnen geht ein Mann ab.«

»Wohin fährt ihr Schiff?«

»Keine Ahnung. Vermutlich nach Hawaii.« Der Barkeeper schlurfte wieder davon. John-Cody trank seinen Whiskey aus, nahm seine Zigaretten und ging zu dem Tisch hinüber. Er stellte sich vor den dicken Maat.

»Was starrst du mich so an?«

»Der Barkeeper hat mir gesagt, dass Ihnen ein Mann fehlt.«

Der Maat kniff die Augen zusammen und musterte John-Cody von oben bis unten. »Soll das heißen, dass du einen Job brauchst?«

John-Cody hielt seinem Blick stand, obwohl er innerlich zitterte wie Espenlaub. »Das soll heißen, dass ich seinen Job will.«

»Bist du schon mal zur See gefahren?«

»Nun, ich kann jedenfalls die Dredgebolzen rausschlagen, ohne dabei gleich jemanden umzubringen.«

Ein paar der Seeleute lachten. Der Maat deutete mit einem Kopfnicken auf den freien Stuhl. »Setz dich.«

John-Cody folgte der Aufforderung, wobei er ihm weiter fest in die Augen sah. Er hatte nicht die geringste Ahnung von der Hochseefischerei: Das mit den Dredgebolzen wusste er nur, weil er zufällig einmal gesehen hatte, wie sie in den Trockendocks in New Orleans entrostet wurden.

»Zeig mir deine Hände.«

John-Cody hielt ihm die Hände hin. Der Seemann zog erstaunt die Augenbrauen hoch: John-Codys Hände waren von der harten

Arbeit im Gefängnis rau und schwielig. Dann sah er ihm wieder in die Augen. »Du siehst aus, als wärst du noch ziemlich jung«, sagte er.

John-Cody bedeutete dem Barkeeper, er solle ihm noch einen Whiskey bringen. »Ich bin auch noch ziemlich jung. Was spielt das für eine Rolle?«

Wieder lachten die Männer. John-Cody starrte den Maat an. »Sie wollen in zwei Stunden ablegen, und mit mir wäre die Mannschaft wieder komplett.«

Der Maat sah ihn mit schmalen Augen und schief gelegtem Kopf an. »Ich kann dir aber nicht versprechen, dass du den vollen Anteil bekommst.«

John-Cody erwiderte seinen Blick. »Darüber können wir noch reden«, sagte er.

1

FÜNFUNDZWANZIG JAHRE SPÄTER

Die Stewardess schenkte ihr Wein nach, während Libby auf den Videobildschirm starrte und über die Ereignisse der letzten Wochen nachdachte: Wie schnell alles gegangen war, nachdem sie sich entschieden hatte, das Angebot des Marine Studies Centre anzunehmen. Bree war in dem Sitz neben ihr eingeschlafen. Der Kopfhörer ihres Walkmans baumelte um ihren Hals.

Der Job am Sea Life Centre, den Libby aufgegeben hatte, war von Anfang an nur eine Teilzeitstelle gewesen, und alle Beteiligten waren sich bereits bei ihrer Einstellung darüber klar gewesen, dass sie für diese Aufgabe sowohl überqualifiziert als auch unterbezahlt war. Das Delfinbeobachtungsteam hätte sie ebenfalls gern behalten, aber sie konnte ja von ihrer neuen Arbeitsstelle in Neuseeland aus Kontakt mit ihren ehemaligen Kollegen halten.

Libby warf einen kurzen Blick zu Bree hinüber. Sie waren fast ein Jahr lang in Frankreich gewesen, und Bree hatte sich dort gerade richtig eingelebt: Kein Wunder, dass sie kein einziges Wort sagte, als Libby ihr von dem neuen Job in Neuseeland erzählte. Libby bedauerte sehr, schon wieder ihren Wohnsitz wechseln zu müssen. Ihr Haus in Wimereux bei Calais, nur zwei Minuten vom Meer entfernt, war für Bree ideal gewesen – einer der wenigen Vorteile, die der Umzug nach Frankreich gebracht hatte. Das Wochenende hatten sie und ihre Freunde immer am Strand verbracht und ihr Haus dabei als Umkleidekabine und Speiselokal in einem genutzt. Zu ihrer Schule lief sie nur fünfzehn Minuten den Berg hinauf: Das war in vielerlei Hinsicht perfekt gewesen. Bree hatte jedoch keine Ahnung von der astronomisch hohen Miete gehabt und dass das, was Libby am Sea Life Centre und nebenbei mit dem Projekt im Golf von Biscaya verdiente, nicht ausreichte, sie beide zu ernähren. Sie hatte das Haus gemietet, eben weil es so perfekt für Bree war, und Bree hatte sich, ungeachtet der fremden Sprache, schnell an das neue Leben gewöhnt. Doch dann gab es Probleme. Libby lag mit der Miete drei Monate im Rückstand, und ihr Vermieter schickte eine Mahnung nach der anderen. Libby schauderte, als sie daran dachte: Bree würde niemals erfahren, wie knapp sie der Obdachlosigkeit entgangen waren. Ihre prekäre finanzielle Situation war schließlich der ausschlaggebende Grund dafür gewesen, den Job in Neuseeland anzunehmen.

Sie strich Bree zärtlich über die Haare; das Mädchen drehte im Schlaf seinen Kopf weg. Libby lehnte sich wieder in ihrem Sitz zurück. Sie dachte an ihr altes Team zurück und daran, welche Sorgen sie sich alle um eine Schule Großer Tümmler gemacht hatten, die zwischen Poole Harbour und Guernsey pendelte. Einige Freiwillige beobachteten fast ständig ihre Bewegungen von der Küste aus mit Teleskopen, vor allem nachdem ein Hochgeschwindigkeitsfährdienst zwischen der Insel und dem Festland eingerichtet worden war. Professor Tom Wilson leitete das Projekt. Er hatte mit Libby Kontakt aufgenommen, als die Delfine plötzlich aus ihrem angestammten Gebiet verschwunden waren. Wilson war ein anerkannter Experte für Cetaceen, jene Ordnung von Meeressäugern, der auch Wale, Delfine und Tümmler angehörten. Die Delfine waren kurze Zeit nachdem die Fähre den Betrieb aufgenommen hatte, verschwunden, und Wilson vertrat die These, dass der Lärm des Schiffsmotors die Akustik ihres Territoriums störte. Da Libby sich auf die Kommunikation von Delfinen und Walen spezialisiert hatte, wollte er unbedingt ihre Meinung hören.

Sie selbst war immer noch nicht sicher, ob das Schiff tatsächlich Schuld am Verschwinden der Delfine trug. Möglicherweise gehörten der beobachteten Gruppe nur männliche Tieren an, und diese hatten sich einfach nur einer anderen Delfingruppe im Ärmelkanal angeschlossen, um sich zu paaren. Auch diese These war plausibel und hätte das plötzliche Verschwinden der Tiere erklärt. Als die Gruppe aber nicht wieder zurückkehrte, begann sie, sich ernsthaft Sorgen zu machen.

Ein Bekannter, ein alter Fischer aus Boulogne, hatte ihr erzählt, dass er die Tiere früher regelmäßig gesehen hatte, jetzt jedoch nur noch einem einsamen Delfin begegnete. Einzeln anzutreffende Delfine hatten Libby schon immer fasziniert. Delfine waren von Natur aus gesellig und schlossen sich in der Regel zu Gruppen zusammen. Bei einzeln umherstreifenden Exemplaren handelte es sich daher in der Regel um Mitglieder eines Gruppenverbands, die diesen nur hin und wieder verließen, um allein zu schwimmen oder um sich vorübergehend einer anderen Gruppe anzuschließen. Möglicherweise, um sich zu paaren und dadurch den Genpool gesund zu erhalten. Manchmal handelte es sich jedoch um echte Einzelgänger, Tiere, die ihren Sozialverband auf Dauer verließen und eigene Wege gingen. Warum sie sich so verhielten, war bisher nicht erforscht: Ein einzelner Delfin hatte es wesentlich schwerer. Die Jagd gestaltete sich für ihn zwangsläufig viel schwieriger, da er, um ein Beutetier mittels Echolot ausfindig zu machen, nicht mehr von den vielfältigen Schallimpulsen der Gruppe profitieren konnte.

Libby schloss die Augen, registrierte, wie die Stewardess ihr Tablett mitnahm, und erinnerte sich an den Augenblick, als sie den Direktoren des Sea Life Centre mitgeteilt hatte, dass sie nach Neuseeland gingen. Diplomatie war noch nie ihre Stärke gewesen, und deshalb war Pierre auch so schockiert gewesen. Der arme Pierre, er tat ihr wirklich Leid. Pierre war Meeresbiologe, und Libby hatte den Job in Frankreich vor allem ihm zu verdanken: Das Centre plante ein Delfinarium, und man hatte sie um ein Gutachten gebeten.

Sie kam damals gerade aus Punta Norte in Argentinien zurück, wo sie ein Jahr lang Orcas studiert hatte. Danach suchte sie nach etwas Dauerhaftem. Tom Wilson hatte zu diesem Zeitpunkt bereits wegen der Delfine im Ärmelkanal Kontakt mit ihr aufgenommen. Sie und Wilson hatten zusammen in Cambridge studiert, sich seitdem jedoch nicht mehr gesehen. Libby hatte drei Jahre für Greenpeace gearbeitet, bevor sie und Bree nach Harvard gezogen waren, damit sie dort ihre Promotion beenden konnte. Ihre Doktorarbeit über die Kommunikation der Cetaceen war eine der besten, die Wilson je gelesen hatte.

Ihre Arbeit für das Delfinbeobachtungsprogramm war mehr wert, als man ihr zahlen konnte, aber sie hatte gehofft, mit dem, was sie dort und am Sea Life Centre verdiente, wenigstens über die Runden zu kommen. Wie sich herausstellte, war das jedoch nicht der Fall gewesen. Aber sie wohnte bereits in dem Haus in Wimereux, und sie hatte Bree bereits in der neuen Schule angemeldet. Es war zu spät gewesen, um noch etwas zu ändern.

Die arme Bree. Sie hatte bereits sechs Schulen hinter sich, dabei war sie erst zwölf: sechs verschiedene Schulen in sechs verschiedenen Ländern mit drei verschiedenen Sprachen. Die Cetologie war ein ziemlich heikles Forschungsgebiet, denn man musste dorthin gehen, wo es Arbeit gab, und das konnte durchaus in einigen sehr abgelegenen Gegenden der Welt sein. Libby hatte es bislang irgendwie geschafft, Leib und Seele zusammenzuhalten, ohne ihre Eltern auch nur einmal um finanzielle Unterstützung bitten zu müssen.

Pierre war sehr enttäuscht gewesen, als sie ihm von Neuseeland erzählt hatte. Sie hatten eng zusammengearbeitet, und anfänglich war ihre Beziehung auf die Arbeit beschränkt gewesen. Er war achtunddreißig und lebte von seiner Frau getrennt. Die Scheidung lief bereits. Seine beiden Töchter, die ältere genau so alt wie Bree, lebten bei ihm. Es tat Bree gut, gleichaltrige Freundinnen zu haben. Die Mädchen verstanden sich problemlos, es gab weder Gehässigkeiten noch Eifersüchteleien. Schon bald verbrachte Libby einen Großteil ihrer Freizeit mit Pierre und seinen Kindern. Bree mochte Pierre; sie schien immer deutlich ausgeglichener in seiner Anwesenheit. In ihrem Leben hatte es niemals eine Vaterfigur gegeben, zumindest nie für längere Zeit, und das wurde mit Pierre zusammen offensichtlich. Er war Franzose, ein großer, gutmütiger Mann, der seine Töchter ständig knuddelte und küsste. Er knuddelte auch Bree. Libby war sich zuerst nicht sicher gewesen, was sie davon halten sollte, aber Bree schien es glücklich zu machen, dass man sie wie ein Familienmitglied behandelte.

Libby war über zwei Jahre lang Single gewesen. Ihre Arbeitsstation in Punta Norte hatte ziemlich weitab gelegen, und sie war versucht gewesen, das Angebot ihres Vaters anzunehmen und Bree auf ein englisches Internat zu schicken. Andererseits hatte ihr seit Brees Geburt die Missbilligung ihrer Eltern sehr zu schaffen gemacht.

Bree war das Ergebnis eines One-Night-Stands, damals vor dreizehn Jahren auf einer Party in Los Angeles. Es war eine dieser Partys gewesen, zu der die Gäste irgendwelche Freunde mitbrachten, die niemand sonst kannte, eine klassische kalifornische Strandparty eben, bei der Tequila und Bier in Strömen flossen, auf der man Haschisch rauchte, nackt in der Brandung badete und sich beim Sex am Lagerfeuer vergnügte. Libby hatte viel zu viel Tequila getrunken, und das Ganze hatte damit geendet, dass sie mit einem Mann schlief, von dem sie nicht einmal wusste, wie er hieß. Sie erinnerte sich am nächsten Morgen nur noch vage an alles, außerdem war sie sowieso auf dem Sprung nach Mexiko. Zwei Wissenschaftler hatten dort ein Boot gechartert, um die Grauwale zu studieren, die jedes Jahr aus der Arktis kamen, um sich fortzupflanzen. Es war bekannt, dass Grauwale von allen im Ozean lebenden Tieren auf ihren Wanderungen die weitesten Strecken zurücklegten. Libby interessierte sich vor allem für ihre navigatorischen Fähigkeiten, die sie aus nächster Nähe beobachten wollte. Sie befand sich gerade im praktischen Jahr ihres Studiums: Von ihrer Schwangerschaft erfuhr sie erst, als sie schließlich zum Arzt ging, weil ihre Periode zum dritten Mal ausblieb. Die Blutung hatte auch früher manchmal ausgesetzt, und sie hatte sich schon öfter vorgenommen, die Pille zu nehmen, um ihren Zyklus zu regulieren, hatte es dann aber doch immer wieder vergessen.

Sie hatte ihren Eltern nichts verschwiegen. Schonungslose Ehrlichkeit ihnen gegenüber war ihre Taktik, seit sie erfahren hatte, dass der Job ihres Vaters darin bestand, Delfine für den Einsatz im Krieg auszubilden. Vielleicht ging es ihr sogar darum, ihn zu verletzen, je tiefer, um so besser. Als Bree dann zur Welt kam, wollte Libby unter allen Umständen verhindern, dass ihre Eltern Einfluss auf ihre Tochter nahmen. Bree war ihre Tochter, zwar ungeplant und unerwartet, aber sie war ihr Fleisch und Blut, und Libby liebte sie mit jeder Faser ihres Herzens.

Am schwierigsten war es für sie beide in Punta Norte gewesen, wo sie Bree selbst unterrichten musste, da sich die nächste Schule in einem kleinen Dorf befand, das fast fünfzig Kilometer entfernt lag. Als sie schließlich nach Frankreich kamen, hatten sie schon seit einer kleinen Ewigkeit wie Einsiedler gelebt. Bree war hocherfreut gewesen, so schnell ein paar gleichaltrige Freundinnen zu finden, ungeachtet der Tatsache, dass sie nur Französisch sprachen. Libby, die sich allein fühlte, hatte sich Pierre angeschlossen.

Pierre hatte sich von Anfang an in sie verliebt, das merkte sie daran, wie er sie ansah, wie er lächelte und dass er ständig schlechte Witze riss. Er suchte ihre Nähe, wenn sie miteinander arbeiteten, und er tauchte auch sonst immer dort auf, wo sie sich gerade aufhielt. Es störte sie nicht. Er war nicht unattraktiv, er war amüsant, extrovertiert und unternehmungslustig. Schon bald ließen sie die drei Mädchen in der Obhut seiner Haushälterin und Putzfrau und gingen öfters miteinander aus. Libby fing an, sich französische Filme anzusehen, und aß in einer Vielzahl verschiedener Restaurants Meeresfrüchte. Mit einem Wort: Ihr Sozialleben war so abwechslungsreich wie schon seit Jahren nicht mehr.

Eines Samstagabends, als sie mit Bree zusammen bei Pierre übernachteten, wurden sie dann ein Liebespaar. Bis zu dieser Nacht hatte Libby immer im Gästezimmer geschlafen, während die drei Mädchen darauf bestanden, sich gemeinsam ein Zimmer unter dem Dach zu teilen. An diesem Abend hatten Libby und Pierre jedoch eine Menge getrunken und waren schließlich miteinander im Bett gelandet. Libby hatte das am nächsten Morgen zutiefst verunsichert, weil sie plötzlich die Schatten der Vergangenheit einholten. Pierre war ein toller Mann, aber sie liebte ihn nicht, und sie wusste selbst damals schon, dass sie ihn eines Tages sehr verletzen würde. Sie hatte sich vorgenommen, ihr Verhältnis langsam abkühlen zu lassen, aber nachdem sie miteinander geschlafen hatten, war das mehr als schwierig. Und dann überraschte Pierre sie eines Abends mit der Frage, ob sie ihn heiraten wolle.

Sie hatten zusammen zu Abend gegessen, in einem Restaurant an einem Berghang mit fantastischem Blick auf die Küste am Cap Gris Nez. Pierre hatte den besten Tisch bestellt, draußen auf der Veranda, mit der Abendsonne im Rücken, so dass Libby nicht geblendet wurde. Unter ihnen lag der mit Felsen übersäte Strand, wo grüne und blaue Wellen zwischen den Steinen plätscherten. Nicht eine Wolke war zu sehen. Es war das Ende eines weiteren unglaublich schönen Tages. Pierre saß ihr gegenüber und tunkte den Saft der Miesmuscheln mit knusprigem Brot auf.

»Was denkst du gerade?«, fragte er sie.

»Ach nichts, nur dass das heute wieder ein traumhafter Tag war. Wie viele solcher Tage hatten wir jetzt schon? Zehn hintereinander? Das ist wunderschön, Pierre, aber es ist irgendwie auch nicht normal.«

Pierre lehnte sich zurück. Sein Gesicht war von der Sonne gerötet, aber es hatte noch keine Bräune angenommen. Er trug ein kurzärmliges Hemd, blonde Härchen bedeckten seine Arme. Libby beobachtete ihn, wie er sie beobachtete, und wurde mit einem Mal verlegen. Er hatte die Angewohnheit, mit seinem Blick über ihr Gesicht zu wandern wie ein Reisender, der neue Pfade und Wege sucht. Es war weniger aufdringlich als entnervend, als sähe er dort Dinge, von deren Existenz sie keine Ahnung hatte.

»Pierre, bitte starr mich nicht so an.«

»Wie starre ich dich denn an?« Plötzlich erschien ein schmerzlicher Ausdruck auf seinem Gesicht.

»Du weißt schon, was ich meine. Du verschlingst geradezu mein Gesicht mit den Augen. Ich hab dir das schon einmal gesagt.«

Er lachte, lehnte sich zurück und verschränkte die Arme vor seiner Brust. Er fing an, ein wenig dicker zu werden. Ein kleiner Bauch, wie ihn die meisten Männer bekamen, auch wenn sie alle schworen, schlank und rank zu bleiben, zeichnete sich bereits ab. Libby konnte dort, wo das Hemd über seinem Nabel spannte, einen kleinen Fleck Haut sehen.

»Ich bewundere dich eben, Libby. Du bist sehr schön.« Er beugte sich wieder nach vorn, ein frivoles Lächeln auf den Lippen. »Mit deinen dunklen Augen und Haaren und deiner makellosen Haut ...« Er streckte die Hand aus und strich mit den Fingerspitzen leicht über ihren Unterarm. »Da ist keine Narbe, kein Pigmentfleck, du bist einfach wunderschön.«

Libby zog ihren Arm weg und legte ihre Hände in den Schoß. »Hör auf, Pierre. Du bringst mich in Verlegenheit.«

Wieder lehnte er sich zurück. »Englische Frauen! Ihr könnt einfach nicht mit Komplimenten umgehen.«

»Wenn dich das so stört, dann such dir doch ein französisches Mädchen.«

Plötzlich lag eine gewisse Anspannung in der Luft. Sie wusste selbst nicht genau, warum: Seine Worte waren völlig unverfänglich gewesen, eben das, was ein Mann sagte, wenn er verliebt war. Sie nahm jedoch instinktiv seine Stimmung wahr, und da sie bereits einen Verdacht hegte, reagierte sie abwehrend. Sie schaute an ihm vorbei aufs Meer hinaus, auf dem sich weiße Schaumkronen bildeten und stellenweise graue Flecken. Möwen schrien und stürzten sich auf die Speisereste, die die Spaziergänger am Strand zurückgelassen hatten. Sie hörte, wie sich die Wellen am Strand brachen, und dachte plötzlich an die Kiesstrände von Punta Norte, wo die Orcas auf der Jagd nach Seehunden aus dem Wasser schossen. Als Bree das zum ersten Mal gesehen hatte, hatte sie voller Entsetzen aufgeschrien.

»Libby.« Pierre hatte jetzt ihre Hand genommen und sah sie über den Tisch hinweg ernst an. »Es tut mir Leid. Ich wollte nicht ...«

»Nein, mir tut es Leid.« Libby drückte seine Hand. »Ich war gerade ziemlich schnippisch. Du darfst das nicht so ernst nehmen.«

Pierre nickte der Kellnerin zu und zeigte auf die Weinflasche. Sie brachte ihnen eine weitere, und Pierre schenkte nach. »Arbeitest du gern im Centre?«, fragte er sie dann. »Ich meine, ich weiß, dass deine Aufgaben deinen Fähigkeiten nicht entsprechen. Aber es sieht aus, als könnte sich das bald ändern, meinst du nicht?«

»Das hängt davon ab, ob ihr tatsächlich Delfine bekommt.« Libby sah ihm jetzt direkt in die Augen. »Und es hängt davon ab, wozu ihr sie einsetzen wollt. Ich will nicht mit dressierten Delfinen arbeiten, Pierre. Ich finde die Vorstellung, sie durch Reifen springen zu lassen, ziemlich abschreckend.«

»Dein Vater.« Pierre lehnte sich zurück und drehte den Stiel seines Weinglases zwischen den Fingern. Libby hatte ihm von den Aufgaben ihres Vater in der britischen und amerikanischen Marine erzählt. Er hatte Delfine dressiert und ihnen Haftladungen auf den Rücken gebunden, damit sie diese an den Rümpfen »feindlicher« Schiffe anbrachten.

»Unsere Delfine werden bestimmt nicht durch Reifen springen müssen, Libby.«

Sie starrte ihren Teller an. »Das weiß ich. Das Centre ist wirklich eine großartige Einrichtung, Pierre, versteh mich bitte nicht falsch. Ich bin mir nur nicht sicher, ob es der richtige Platz für Delfine ist.«

»Nun, das werden wir sehen. Das ist unter anderem der Grund, weshalb ich dich wollte. Du sollst herausfinden, ob ein solches Delfinarium wissenschaftlichen Nutzen hätte oder nicht.« Er leerte sein Glas in einem Zug und schenkte sich sofort ein weiteres ein.

Libby zog eine Augenbraue hoch. »Solltest du dich nicht ein bisschen zurückhalten? Du musst noch fahren, vergiss das bitte nicht.«

»Mach dir keine Gedanken.«

»Ich mache mir aber Gedanken. Ich will nicht, dass du einen Unfall baust und meine Tochter zur Waise wird. Sie muss schon auf ihren Vater verzichten, darum ist mir doppelt daran gelegen, dass sie nicht auch noch ihre Mutter verliert.«

»Libby.« Pierre runzelte irritiert die Stirn.

Libby bemerkte ihre Streitlust selbst, konnte jedoch nicht sagen, warum sie sich so aggressiv verhielt. In den letzten paar Wochen hatte Pierre ihr gegenüber offensichtlich ernstere Absichten entwickelt. Sie hatte das gespürt. Es hatte kleine Veränderungen in seinem Verhalten gegeben, manchmal seufzte er merkwürdig, wenn sie im Bett lagen. Unter der Dusche oder in der Badewanne folgten ihr seine Blicke jetzt noch sehnsüchtiger als früher. Die Situation machte sie auf unbestimmte Weise nervös: Sie wusste nicht, was auf sie zukam, und das beunruhigte sie. Ihre Arbeit am Centre gestaltete sich nicht besonders befriedigend; man forderte sie in keiner Weise. Sie hatte bereits im Stillen entschieden, dass dies kein Job für die Ewigkeit war. Außerdem hatte sie kein Geld, und sie vermisste die Wale. Das Letzte, was sie jetzt gebrauchen konnte, waren zusätzliche Komplikationen in ihrem Leben.

Mit den Delfinen zu arbeiten machte ihr wirklich Spaß, aber sie dachte immer häufiger an die großen Bartenwale und deren – noch weitgehend unerforschte – Kommunikation. Sie hatte die Nordkaper in Kanada und die Südkaper vor Feuerland studiert. Sie hatte ein Jahr lang die Hydrofondaten wandernder Blauwale im St. Lawrence Strom analysiert, nachdem die US-Regierung ihr Zugang zu den Aufzeichnungen ihrer Unterwasserstationen gewährt hatte, deren

Aufgabe darin bestand, die Bewegungen sowjetischer U-Boote zu überwachen.

Dies war das einzige Mal gewesen, dass sie ihren Vater gebeten hatte, sich für sie einzusetzen und einen seiner ehemaligen NATO-Kameraden in Amerika anzurufen. Er hatte ihr die Türen geöffnet, das musste sie fairerweise zugeben. Man hatte ihr eine Standleitung zu den Hydrofonen zur Verfügung gestellt, und sie hatte den größten Lebewesen der Erde gelauscht, wie sie über eine Distanz von hundert Kilometern miteinander kommunizierten. Sie hatte nie aufgehört, darüber zu staunen: Was genau teilten sich die Wale mit? Übermittelten sie überhaupt etwas, oder dienten die Laute lediglich der Orientierung?

Sie dachte an die verschwundene Delfinschule, um die Wilson sich solche Sorgen machte. Die Hydrofone hatten seit neun Monaten keinen einzigen Ton mehr aufgefangen. Was war mit den Delfinen geschehen? Hatte der Lärm der Fähre ihre Kommunikation gestört und sie aus ihrem Territorium vertrieben?

»Libby.« Pierres Stimme riss sie aus ihren Überlegungen. »Du bist mit deinen Gedanken ganz woanders.«

»Entschuldige, Pierre. Du hast Recht, ich war tatsächlich nicht bei der Sache. Aber ich muss mir über so vieles klar werden.«

»Zum Beispiel über Bree«, stellte er fest. »Du hast ihretwegen ein schlechtes Gewissen, nicht wahr?«

Libby starrte ihn an, ohne sofort zu antworten. Sie hatte Bree gegenüber tatsächlich so etwas wie ein schlechtes Gewissen: Es störte sie, dass sie ihr nicht einmal sagen konnte, wie ihr Vater hieß, aber sie wurde deshalb nicht von Schuldgefühlen gequält, wie viele das von ihr erwarteten. Sie war damals nicht einmal zwanzig Jahre alt gewesen, und plötzlich eine ledige Schwangere. Eine Abtreibung hatte sie jedoch nicht ein einziges Mal in Erwägung gezogen, und jetzt arbeitete sie Tag und Nacht, um ihre Tochter zu ernähren, sie zu kleiden und für ihre Ausbildung zu sorgen.

Als sie von der Schwangerschaft erfuhr, hielt sie sich gerade in Mexiko auf, und dort kam Bree dann auch zur Welt. Schon ein paar Wochen nach der Entbindung befanden sie und ihre Tochter sich wieder auf dem Forschungsschiff. Libby hatte keine andere Wahl gehabt. Bree brauchte schließlich etwas zum Essen und zum Anziehen, und dieses Forschungsprojekt war die einzige Möglichkeit gewesen, Geld zu verdienen. Sie hatte keine Zeit gehabt nachzuforschen, wer damals auf der Party gewesen war und wie dieser blonde Typ geheißen hatte.

Pierre sah sie über den Tisch hinweg an. Er schien ihre Gedanken zu erraten. »Du kannst an der Situation durchaus etwas ändern.«

Sie zog ihre Nase kraus. »Was denn? Nach zwölf Jahren ihren Dad ausfindig machen, indem ich mir die Gästeliste einer Strandparty ansehe? Das Problem ist nur, dass es nie eine solche Liste gab. Ich bin auf das, was damals passiert ist, nicht gerade stolz, Pierre. Alles, woran ich mich erinnere, ist, dass er blond war.«

»Genau wie Bree.«

»Ja, genau wie Bree.« Bree war jetzt schon zwölf, hoch aufgeschossen und dünn. Mit ihren schlacksigen Armen und Beinen sah sie aus wie eine Stabheuschrecke. Sie hatte bereits erste Pickel und winzige, knospende Brüste, die sich kaum unter ihrem Bikini abzeichneten. Ihre langen blonden Haare trug sie, wie ihre Mutter, zum Zopf geflochten, aber das war, jedenfalls was das Äußere betraf, auch schon die einzige Ähnlichkeit zwischen den beiden. Bree hatte eine wesentlich hellere Haut, blaue Augen und eine kleine Stupsnase. Sie war ein ebenso intelligentes Kind, wie Libby es gewesen war, und mit Sicherheit genauso dickköpfig.

»Nein, diese Art Veränderung habe ich nicht gemeint.« Pierre nahm einen Schluck Wein.

Libby kramte in ihrer Tasche nach den Camels. Als sie endlich das zerknautschte Päckchen gefunden hatte, nahm sie eine Zigarette heraus und zündete sie an der brennenden Kerze an, die zwischen ihnen auf dem Tisch stand.

»Was dann?«

Pierre blies die Backen auf und ließ die Luft langsam wieder entweichen, wobei er mit seinem Mund ein kleines O formte, so wie manchmal, wenn er nicht wusste, was er sagen sollte. Libby spürte plötzlich ihren Herzschlag. Das Klopfen in ihrer Brust erinnerte sie an das laute Schrillen einer Alarmglocke.

»Libby.« Er nahm wieder ihre Hände und fixierte sie mit diesem ernsten Ausdruck, den sie in letzter Zeit öfter bemerkt hatte. »Ich möchte, dass du mich heiratest.«

Libby starrte ihn an. Plötzlich war ihr Mund staubtrocken. Sie starrte ihn einfach nur an, während seine Worte in ihrem Kopf widerhallten. *Ich möchte, dass du mich heiratetest.* Nicht: *Willst du mich heiraten?*, sondern: Ich möchte, dass du es tust. Das war ein Unterschied.

Sie saßen sich lange Zeit schweigend gegenüber. Pierres Gesicht war noch stärker gerötet als sonst, er schien auf einmal sehr verlegen. Dann sah sie an ihm vorbei aufs Meer hinaus. Am Horizont konnte sie die Klippen von Dover erkennen, gekrönt von einem Streifen Grün. Sie hörte, wie die Wellen an die Felsen brandeten und sich das Wasser dann mit einem saugenden Geräusch wieder zurückzog. Pierres Gesicht verschwamm am Rande ihres Blickfelds.

»Libby.«

Sie wandte sich ihm wieder zu, dann starrte sie ihre Zigarette an, die im Aschenbecher verbrannte. Plötzlich störte sie der Rauch. Bree lag ihr ständig in den Ohren, sie solle mit dem Rauchen aufhören. Bree – sie war es, die Pierre meinte. Bree brauchte einen Vater, zumindest nach Pierres Meinung. Libby war sich in diesem Punkt jedoch gar nicht so sicher: Sie und Bree redeten nicht viel darüber. Seit Libbys Mutter Bree über die Umstände ihrer Zeugung aufgeklärt und ihr erzählt hatte, was danach geschehen war, war dies ein heikles Terrain zwischen ihnen. Libby hatte ihrer Mutter bis heute nicht verziehen, dass sie ihrer Enkelin alles erzählt hatte. Es ging nur sie und Bree etwas an: Sie hatte mit ihr darüber sprechen wollen, wenn sie, Libby, die Zeit für gekommen hielt. Diese Sache war viel zu wichtig, als dass sie ihr von einer übereifrigen oder enttäuschten Großmutter aus der Hand genommen werden durfte.

»Es würde sicher gut mit uns funktionieren, Libby. Wir drei und meine beiden Mädchen.«

»Pierre«, sagte Libby sanft, »du bist doch noch nicht einmal geschieden.«

»Aber ich werde es bald sein. Es kann nur noch ein paar Monate dauern. Die Papiere sind schon alle eingereicht.«

»Und du findest es wirklich richtig, über eine zweite Ehe nachzu-denken, obwohl du die erste noch nicht einmal beendet hast?«

»Libby, das ist vorbei. Es ist Geschichte. Jetzt bist du es, die ich liebe. Wir könnten alle so glücklich werden.«

Libby hielt abwehrend ihre Hand hoch: Das war zu viel. Es war zu viel, und es ging ihr viel zu schnell. »Bitte, Pierre. Lass mich ein-fach in Ruhe darüber nachdenken.« Sie stand auf. »Machen wir einen Spaziergang?«

Pierre warf ein paar Geldscheine auf den Tisch und trank sein Glas aus. Libby ging bereits den Weg an den Klippen entlang und entfernte sich von dem Restaurant. Die Sonne brannte zwar nicht mehr auf ihre Schultern, lag aber immer noch warm auf ihrer Haut. Von der See her wehte nicht der leiseste Windhauch.

Das monotone Brummen der Flugzeugtriebwerke drang in ihre Ge-danken, und Libby öffnete die Augen: Sie sah, dass Bree aufgewacht war. Sie hatte sich ihren Kopfhörer aufgesetzt und starrte aus dem Fenster, wo tief unter ihnen ein dicker, weißer Wolkenteppich zu sehen war. Libby wusste, dass es richtig gewesen war, Pierres Antrag abzulehnen. Sie hätte es auch ungeachtet ihres wachsenden Schul-denberges und des Jobangebots in Neuseeland getan. Sie hatte Bree von Pierres Antrag erzählt, bevor sie sich endgültig entschieden hatte. Bree war völlig verwirrt gewesen, aber das war sie in letzter Zeit ohnehin ständig. Es wurde immer schwieriger für sie, herauszu-finden, was ihre Tochter wirklich dachte. Sie behielt so vieles für sich, machte alles mit sich selbst aus: Wirklich herzliches Einver-nehmen zwischen Mutter und Tochter kam so selten vor, dass Libby Brees Verschlossenheit inzwischen völlig normal erschien. Aber viel-leicht war sie ja auch völlig normal für ein zwölfjähriges Mädchen: Sie hatten sich immer sehr nah gestanden, hatten es aber noch nie für nötig gehalten, dies nach außen zu demonstrieren. Libby war in allen Dingen offen und ehrlich, viel zu offen, wie ihre Eltern fanden, die sie immer noch davon zu überzeugen versuchten, ein englisches Internat sei das Beste für Bree. Ihr Vater hatte sogar angeboten, die Kosten zu übernehmen. Es kam Libby oft so vor, als wollten ihre El-tern all die Fehler, die sie bei ihr gemacht hatten, an ihrer Enkelin wieder gutmachen. Libby dachte darüber nach. Sie war von sechs Kindern die Jüngste, als Einzige immer noch unverheiratet und füllte keine bürgerlich-konventionelle Rolle aus. Vielleicht wollten ihre Eltern noch alles geregelt wissen, bevor sie starben?

Bree nahm die Kopfhörer ab und sah ihre Mutter an. »Lässt du mich bitte vorbei? Ich muss aufs Klo.«

Libby lächelte sie an, stand auf und trat in den Gang hinaus. Bree vermied es, ihr in die Augen zu sehen. Eine Hand auf der Rückenlehne des Vordersitzes, verließ sie die Sitzreihe. Dann setzte sie sich den Kopfhörer wieder auf und reihte sich in die Schlange vor der Toilette ein. Seufzend nahm Libby wieder in ihrem Sitz Platz. Sie wird drüber hinwegkommen, sagte sie sich. Nur ein paar Monate, und alles wird vergessen sein.

Sie wusste, dass Bree den beruflichen Ehrgeiz ihrer Mutter für den Umzug nach Neuseeland verantwortlich machte, aber das war nicht der wirkliche Grund, genauso wenig wie Pierre. Bree hatte nicht die leiseste Ahnung, mit welchen finanziellen Schwierigkeiten sie in Frankreich hatte kämpfen müssen. Der Job in Neuseeland war für Libby geradezu ein Geschenk des Himmels gewesen.

Sie war, als sie den *New Scientist* durchblätterte, auf eine Anzeige gestoßen, in der eine auf zwei Jahre befristete Stelle ausgeschrieben wurde. Es ging bei dem Projekt zwar nicht um Wale, aber die Stelle interessierte sie trotzdem, weil sie praktisch an ihre Arbeit im Ärmelkanal anknüpfte. Die Universität von Otago hatte zusammen mit dem neuseeländischen Umweltministerium im Fjordland, im Südwesten von Neuseelands Südinsel, ein neues Forschungsprogramm ins Leben gerufen. Es ging um den Doubtful Sound, von dem man annahm, dass dort eine ortstreue Schule von Großtümmlern lebte. Es wäre die südlichste Großtümmlergruppe der Welt. Schon seit einigen Jahren berichteten Fischer und Touristenführer über Delfine im Dusky Sound, der sogar noch weiter südlich lag. Jetzt sollte ein Wissenschaftler prüfen, ob es so weit im Süden tatsächlich Delfine gab. Außerdem wollte man erste Erkenntnisse darüber gewinnen, ob die Praxis des so genannten Whale Watching die Tiere störte. Ein Schwerpunkt der Untersuchung würde sich also mit Fragen der Akustik befassen, da die Fjorde eine einzigartige Umgebung für die Studie boten. Libby war für ebendiese Aufgabe besonders qualifiziert, also bewarb sie sich um den Job und wurde bald darauf zu einem Bewerbungsgespräch in ein Londoner Hotel eingeladen.

Das Gespräch fiel zeitlich mit einer Konferenz des World Wide Fund for Nature zusammen, die sie ohnehin hatte besuchen wollen. Als Tagungsort hatte man ein Docklands Hotel gewählt, was Libby als etwas zu protzig empfand, doch der WWF versuchte, sich ins Blickfeld der Öffentlichkeit zu bringen, und diese Konferenz war für die Zukunft der Blauwale in der Südsee zweifellos von fundamentaler Bedeutung. Forscher aus der ganzen Welt kamen zusammen, ebenso wie Umweltjournalisten und Studenten. Libby stellte fest, dass sie viele der Teilnehmer schon kannte. Mit einigen hatte sie bereits zusammengearbeitet, mit anderen stand sie per Internet in ständigem Kontakt, und wieder andere hatte sie bei anderen Konferenzen kennen gelernt. Sie hatte schon lange erkannt, dass man auch in der akademischen Welt darauf angewiesen war, sich gut zu präsentieren, wenn man an den wirklich interessanten Projekten mitarbeiten wollte: Begabung und ein guter Ruf reichten nicht aus.

Sie hatte besonderen Wert auf ihre Kleidung gelegt. Normalerweise trug sie Jeans und Sweatshirts, an diesem Tag aber legte sie sogar Make-up auf, das ihre hohen Wangenknochen und ihre dunklen Augen betonte. Sie trug ein Kostüm, das einzige, das sie besaß, ein marineblaues Ensemble, dessen Rock knapp über dem Knie endete. Ihre Beine hatte sie sorgfältig mit Wachs enthaart und ihre Füße in ein Paar Pumps gezwängt, das sie schon seit Jahren nicht mehr getragen hatte. Ihr schwarzes Haar hatte sie zu einem französischen Zopf geflochten. Sie sah gut aus, und sie wusste es. Bree hatte darauf bestanden, dass sie bei der Konferenz einen guten Eindruck machte. Bree ahnte jedoch nicht, dass sie sich nicht für die Konferenz, sondern für das Bewerbungsgespräch solche Mühe gab und dass sie, falls ihre Bemühungen nicht fruchteten, beide in Kürze auf der Straße stünden.

Das Bewerbungsgespräch sollte Dr. Stephen Watson führen, der in erster Linie nach London gekommen war, um einen Vortrag über die Anzahl und Verteilung der Blauwale in der Südsee zu halten. Libby beobachtete, wie gelassen und selbstsicher er seinen von einer computergesteuerten Diashow gestützten Vortrag hielt und seinen Zuhörern etliche neue Ergebnisse präsentierte. Gelegentlich lockerte ein Witz seine Ausführungen auf. Er war ziemlich klein, hatte rotblondes Haar, blaue Augen und einen Schnurrbart. Außerdem trug er eine Nickelbrille. Er war Libby schon seit einiger Zeit ein Begriff, sie waren sich jedoch nie persönlich begegnet. Watson war einer der ganz wenigen Walexperten, den sie vorbehaltlos respektierte.

Sie wollten sich nach dem Mittagessen treffen. Während des Vortrags fragte sie sich unwillkürlich, wie viele der im Saal Anwesenden er ebenfalls zu einem Bewerbungsgespräch eingeladen hatte. Doch es könnten nicht allzu viele Kollegen sein, weil das ausgeschriebene Gehalt nicht gerade üppig bemessen war und den meisten ein auf zwei Jahre befristeter Vertrag zu wenig Sicherheit bot. Sie fragte sich auch, warum sich das Ministerium nicht einfach für einen Doktoranden entschieden hatte, und genau diese Frage stellte sie Watson dann auch zuerst, als er sich in der Mittagspause zu ihr an den Tisch setzte.

»Das Bewerbungsgespräch findet erst heute Nachmittag statt«, antwortete er.

»Ja, aber wir können uns doch auch jetzt ein wenig unterhalten.« Libby sah ihm in die Augen. Er lächelte sie an.

»Wir sind uns noch nicht vorgestellt worden«, sagte er. »Steve Watson.«

»Liberty Bass.« Sie schüttelte seine Hand. »Warum also nehmen Sie keinen Doktoranden? Das ist bei einem solchen Projekt doch die Regel.«

Watson nickte. »Wenn es nach dem Umweltschutzministerium gegangen wäre, dann hätte man das auch getan.« Er griff nach seiner Gabel. »Die Identifizierung – also der Nachweis, ob es im Dusky Sound tatsächlich eine Delfinschule gibt oder nicht – dürfte keine Schwierigkeiten bereiten. Eine vergleichbare Studie hat trotzdem mehr als drei Jahre dafür gebraucht und nicht nur zwei, wie wir veranschlagt haben.«

»Hält sich Carsten Schneider nicht bereits im Doubtful Sound auf?«, fragte Libby.

»Ich sehe, Sie haben Ihre Hausaufgaben gemacht.«

»Natürlich. Das ist angeblich die südlichste Großtümmlerschule der Welt. Ihre Fortpflanzungsgewohnheiten müssen wirklich außergewöhnlich sein.«

»Das sind sie auch.« Watson beugte sich auf seinem Stuhl nach vorn. »Wie ich schon sagte: Die Identifikation ist nicht das Problem. Das Umweltschutzministerium wollte einen Doktoranden oder Diplomanden haben, ich aber habe sie überzeugen können, dass sie, wenn sie wirklich wissen wollen, welchen Einfluss die Touristen haben, einen Experten für Akustik brauchen.«

»Sie haben ihnen aber ganz offensichtlich nicht gesagt, wie viel ein solcher Experte normalerweise kostet.«

Er lachte. »Nun, Sie haben sich auch so beworben.«

»Ja, das habe ich.« Libby sah ihn jetzt ruhig an. »Aber ich bezweifle, dass sich viele Bewerber mit meiner Qualifikation bei Ihnen melden werden.«

»Das sehe ich auch so.« Er legte seine Gabel wieder auf den Teller. »Die Beobachtung von Meeressäugern ist in Neuseeland ein großes Geschäft, Liberty. Wir sind auf den Tourismus angewiesen: Er ist ein wichtiger Teil unserer Wirtschaft. Bis heute wurden jedoch nur wenige Studien über den Einfluss des Whale Watching durchgeführt. Sie wissen wahrscheinlich von den Pottwalen vor Kaikoura.«

»Ich habe darüber gelesen. Zu welchen Ergebnissen sind Sie gekommen?«

»Es gibt noch keine aussagekräftigen.« Watson sah sie an. »Aber erzählen Sie mir von dem Delfinprojekt, an dem Sie mitarbeiten.«

Libby stützte ihr Kinn auf ihre Fäuste. »Wir sind einmal im Monat rausgefahren und haben die Veränderungen in ihrer Aktivität zwischen Portsmouth und Bilbao beobachtet. In diesen Gewässern leben über dreizehn verschiedene Walarten. Das ist erstaunlich, wenn man bedenkt, dass der Walfang seinen Ursprung im Golf von Biscaya hat.«

Watson lehnte sich zurück und signalisierte der Kellnerin, ihm noch etwas zu trinken zu bringen. »Ist was dran an der Geschichte mit der Delfinschule und der Kanalfähre?«

»Es ist noch zu früh für eine endgültige Bewertung, aber ich denke, der Einfluss könnte gravierend sein. Die Delfine sind jetzt seit fast einem Jahr verschwunden. Durchaus möglich, dass die Fähre ihr Echolot stört, aber das wissen wir, wie gesagt, noch nicht mit Bestimmtheit. Es könnte auch sein, dass es sich bei den Tieren nur um Männchen handelt und sie diese Gewässer auf der Suche nach Weibchen verlassen haben. Es ist uns nie gelungen, ihr Geschlecht zu bestimmen.« Sie zog die Schultern hoch. »Es ist wie bei fast allem, was wir machen, Steve. Wir stehen erst am Anfang.«

Watson nickte. »Für Fjordland gibt es große Pläne. Das Gebiet ist immer noch unberührte Wildnis, aber es wollen mehr Menschen ebendiese Wildnis erleben. Der Milford Sound wird schon jetzt von Touristen überschwemmt, und auch Doubtful Sound entwickelt sich immer mehr zur Touristenattraktion. Als Nächstes steht dann sicher der Dusky Sound auf der Liste. Wir müssen unbedingt wissen, welche Auswirkungen der Tourismus auf diese Gegend haben wird, sonst werden alle Entscheidungen auf rein wirtschaftlicher Basis gefällt.« Er zog eine Grimasse. »Es wird sehr viel Druck von oben ausgeübt. Wie ich schon sagte: Das Land ist auf den Tourismus angewiesen, aber wir müssen verantwortungsvoll damit umgehen.«

Libby sah ihn wieder an, während sie ihr Kinn immer noch in ihre Handfläche stützte. »Steve, auf der ganzen Welt gibt es niemanden, der besser qualifiziert wäre, die Kommunikation von Cetaceen zu untersuchen, als ich.«

»Das weiß ich.«

»Dann bekomme ich also den Job?«

Watson lehnte sich zurück und lachte. »Alles, was man mir über Sie gesagt hat, ist wahr.«

»Wer ist ›man‹?«

»Das globale akademische Establishment.«

»Dann haben Sie bestimmt nichts Gutes gehört.«

»Nun, das hängt davon ab, wie man es betrachtet.« Watson stützte sich auf seine Ellbogen. »Soweit es mich betrifft, hat der Job schon in dem Moment Ihnen gehört, als ich Ihre Bewerbung in der Hand hielt. Ich verstehe nur nicht, warum Sie ihn überhaupt wollen.«

Bree setzte sich auf den Toilettensitz im Flugzeug und nahm einen Block Schreibpapier und einen Stift aus ihrer Tasche. Sie legte den Block auf ihren Schoß und begann zu schreiben.

Lieber Dad,

ich weiß, dass es schon eine Ewigkeit her ist, seit ich dir geschrieben habe. Na ja, es war erst vor ein paar Monaten, aber mir kommt es eben vor wie eine Ewigkeit. Es gab eine Zeit lang auch wenig zu berichten, aber jetzt ist doch wieder einiges passiert. Kannst du dir vorstellen, dass ich diesen Brief im Klo eines Flugzeugs auf dem Weg nach Neuseeland schreibe? Wir werden in Singapur zwischenlanden, aber unser Ziel ist Neuseeland. Ich kann es einfach nicht glauben, Dad. Ich war in Frankreich so glücklich. Ich hatte endlich ein paar Freundinnen, und in der Schule lief es auch ganz gut. Zuerst dachte ich, dass sie sich nur mit mir abgeben, weil ich Engländerin bin und deshalb irgendwie interessant für sie. Jetzt aber bin ich mir sicher, dass sie mich wirklich mochten, und das war cool. Du weißt ja über die vielen Schulen Bescheid, die ich schon besucht habe, weil Mum mich ständig um die ganze Welt zerrt. Nie wollte sich jemand mit mir anfreunden, weil alle wussten, dass ich sowieso nicht lange bleiben würde. Aber vielleicht konnten sie mich auch einfach nur nicht leiden, ich habe keine Ahnung. Aber das spielt jetzt alles keine Rolle, weil Mum mir das nun schon wieder antut. Hat sie mich denn überhaupt lieb? Sie denkt niemals an mich. Ich bin so unglücklich, ich könnte heulen. Als sie mir das mit Neuseeland gesagt hat, habe ich tatsächlich geweint, und am Flughafen in England, als wir uns von Oma und Opa verabschiedet haben, auch. Mum hat es nicht gemerkt, weil ich mir sofort das Gesicht gewaschen habe. Ich war in Frankreich so glücklich, Dad, und jetzt tut sie mir das schon wieder an. Ich hatte gerade Freunde gefunden, und jetzt zwingt sie mich, sie wieder zu verlassen. Kein Wunder, dass mich kein Mensch mag. Ich bin ja nie lange genug irgendwo. Ich platze herein und verschwinde dann jedes Mal wieder, wenn Mum einen neuen Job annimmt. Dabei ist der hier noch nicht mal gut. Ich habe gehört, wie sie sich mit Pierre darüber unterhalten hat. Pierre ist der Typ, von dem ich dir erzählt habe, der, den sie nicht heiraten wollte. Er sagte, der Job sei Blödsinn, er sei nur auf zwei Jahre befristet und danach hinge sie völlig in der Luft. Wenigstens hatten wir in Frankreich ein cooles Haus. Mum sagt, dass wir in Neuseeland in einem Homestay wohnen werden. Ich weiß nicht einmal, was ein Homestay ist.

Was soll ich nur machen, Dad? Ich wünschte, du wärst hier. Dir würde schon eine Lösung einfallen. Ich versuche, cool zu bleiben, aber das fällt mir ziemlich schwer. Wie soll ich nur je wieder neue Freunde finden? Was ist, wenn ich sie blöd finde? Oder wenn sie mich blöd finden? Ich sterbe, wenn sie Pom zu mir sagen.

Himmel, ich wünsche mir so sehr, du wärst jetzt bei mir. Ich fühle mich wirklich entsetzlich. Und dann ist da noch etwas – Mum wird Delfine im Dusky Sound beobachten. Ich habe diesen Sund auf der Karte gesucht, dort kommt man nur mit einem Boot oder einem Flugzeug oder so hin. Es gibt kein einzige Straße. Wir werden in Manapouri wohnen, einem Ort, der meilenweit vom Dusky Sound entfernt ist. Wird Mum mich in Manapouri allein lassen, oder wird sie mich bei irgendjemandem unterbringen, während sie mit den Delfinen schwimmen geht?

Ich habe die Nase derart voll, dass ich am liebsten auf der Stelle tot umfallen würde. Was soll ich nur machen, Dad? Ich weiß einfach nicht mehr weiter.

Alles Liebe, deine Bree.

2

John-Cody wachte auf der Couch in seinem Büro auf und wusste zuerst nicht, wo er war. Albträume krallten sich wie Fledermäuse an die Innenseite seines Schädels. Er blieb einige Augenblicke liegen, konzentrierte sich auf seine Atmung und betrachtete die Karte von Fjordland über ihm. Mahina hatte sie gemacht: Sie hatte alle verfügbaren Karten im größten erhältlichen Maßstab gekauft und sie – zusammengefügt zu einer einzigen, großen Fläche – an die Decke geheftet. Wenn jemand zu ihnen ins Büro kam, um sich wegen eines Segeltörns zu erkundigen, forderte sie die Leute stets auf, sich rücklings auf den Boden zu legen und das Gebiet auf diese Weise zu studieren.

John-Cody rieb sich mit den Handballen die Augen: Er hörte den Wind pfeifen und den Regen auf das Wellblechdach prasseln. Ihm wurde plötzlich bewusst, dass dies seit einem Jahr die erste Nacht war, die er nicht auf seinem Boot verbracht hatte. Der Schmerz war heftig, schlimmer denn je, und dabei gab es noch so viel für ihn zu tun: Genau ein Jahr war es jetzt her, und Mahinas letzter Wunsch wollte erfüllt sein. Er ging durch die Schiebetür nach draußen und blieb einen Moment auf der hölzernen Veranda stehen. Sein Blick fiel auf das kleine Stück Sumpfland, das sie zusammen bepflanzt hatten: Der See des trauernden Herzens lag ruhig vor ihm. Nur kleine Wellen kräuselten sich. Die mächtigen Kepler Mountains erhoben sich dunkel zum Himmel und zogen sich weiter nach Westen bis zur Tasmansee. Vor ihnen lagen die stillen, wesentlich flacheren Cathedral Peaks. John-Cody schloss die Augen und sah im Geiste Fraser's Beach mit dem abgestorbenen Eukalyptusbaum vor sich, und Mahinas Lieblingsstein, auf dem sie immer gesessen und nachgedacht hatte und der, als er das letzte Mal dort unten gewesen war, halb vom Wasser überspült wurde. Es hatte in diesem Frühjahr viel geregnet, und wenn der Wetterbericht Recht behielt, würde es noch mehr Regen geben. Der Wind spielte mit seinen langen, silbergrauen Haaren, die ihm bis zur Mitte des Rückens reichten. Vor vielen Jahren, im Gefängnis, hatten sie ihm den Kopf geschoren. Seitdem hatte er niemanden mehr an seine Haare herangelassen, niemanden außer Mahina, die sie Stunden lang gebürstet hatte.

Der Schmerz drückte auf seine Brust, als hätte ihm jemand einen Tritt versetzt: Ein ganzes Jahr lang hatte er jeden Tag beim Aufwachen diese zerrissene Leere in sich gespürt, und heute war es nicht anders. Er biss sich auf die Lippen und zog mit zitternden Händen Tabak und Papier aus der Gesäßtasche seiner Jeans. Er hatte Mahina halb versprochen, mit dem Rauchen aufzuhören und seine Lungen und sein Herz zu schonen, aber er hatte es einfach nicht geschafft. Bedächtig drehte er sich jetzt eine Zigarette und setzte sich dann auf die Veranda, um sie in Ruhe zu rauchen.

Der erste Tui des Morgens rief am Waldsaum auf der anderen Seite der Straße, wo ein ungeteerter Weg zum Strand hinunterführte. Mahina hatte entlang der gesamten Veranda Futterstellen für die Vögel eingerichtet. Sie hatten eine kleine Brücke gebaut und Nägel hineingeschlagen. Auf diese spießte sie Apfelstückchen, die die Glockenvögel dann fein säuberlich herunterleckten. Der riesige Fuchsienbaum vor dem Fenster ihres gemeinsamen Schlafzimmers war frühmorgens stets der Lieblingsplatz dieser Vögel gewesen.

Er stand auf, sah auf seine Uhr und schürzte die Lippen. In zwanzig Minuten würde Tom das Z-Boot anlassen und die Arbeiter nach West Arm bringen, wo zur Zeit ein Tunnel gebaut wurde. Er wollte mit diesem Boot mitfahren, zuerst aber musste er noch zum Haus gehen. Er warf den Zigarettenstummel weg und ging, den See zu seiner Linken, mit schweren, müden Schritten die Waiau Street hinauf. Gestern noch hatte er mit seinem Boot in Deep Cove gelegen und sich vor dem heutigen Tag gefürchtet, was er empfinden und ob er überhaupt damit fertig werden würde. Und er hatte Angst vor dem gehabt, was danach kam. Ein Jahr lang hatte er an nichts anderes gedacht, als im Gat zu tauchen und einfach nicht wieder an die Oberfläche zu kommen, aber die Zeit dafür war noch nicht gekommen. Er hatte Mahina etwas versprochen, und heute würde er dieses Versprechen einlösen: Vielleicht erschreckte ihn der Gedanke an das, was danach möglich war, so sehr.

Es war auf den Tag genau vor einem Jahr gewesen. Das Feuer im Kamin war fast heruntergebrannt, und er war in seinem Liegesessel eingenickt. In jenen Tagen schlief er nur wenig, stets wachsam, und war sich immer bewusst, was gerade vor sich ging, wie auf See, wo ihn die zarteste Bewegung, das leiseste Geräusch oder der feinste Geruch unweigerlich aufweckten. Bei der kleinsten Veränderung war er sofort hellwach und stand neben ihrem Bett. Sie bat ihn dann um das Morphium, das man ihr verschrieben hatte, oder darum, sie draußen zu betten, selbst bei kaltem Wetter. Sie hatte ihn gebeten, weiter seine Törns zu fahren und Alex die organisatorischen Dinge regeln zu lassen, während der letzten Tage hatte er jedoch alle Fahrten abgesagt und sich neben sie auf das Bett aus Farnwedeln gelegt, das er zwischen der Fuchsie und der Buche für sie zurechtgemacht hatte.

Sie pflegte zum Himmel hinaufzuschauen, wo sie Dinge sah, die ihm entgingen. Sie zeigte ihm die Gesichter der Götter, erzählte ihm immer wieder die Geschichte von Rangi und Papa und wie ihr Sohn Tane Mahuta sie, die sich vereinigt hatten, trennte, um zwischen ihnen die Welt zu formen. Sie erzählte, dass der Regen Rangis Tränen waren, die er um seine verlorene Liebe Papa, die Erde, weinte. Mahina deutete dann stets auf die Wolkenformationen und erinnerte ihn an den nordwestlichen Himmelsbogen, wo der Wind graue und weiße Wolken auftürmte, so dass es aussah, als hätte Gott Farbe und Pinsel genommen und während der Nacht den Horizont angemalt.

In dieser letzten Nacht jedoch war er eingenickt: Mahina hatte am Abend eine besorgte Bemerkung über sein graues Gesicht, die dunklen Ringe unter seinen Augen und seine fahle Haut gemacht. Sie hatte ihre Hand auf seine Wange gelegt, als er ihr das Morphium gab. Dann verdrehte sie die Augen, und ein Lächeln spielte um ihre Lippen. Sie hatte gescherzt, dass sie, wenn sie noch öfter high sein wollte, eben mehrmals sterben müsse.

»Du wirst nicht sterben«, hatte er gesagt.

Sie hatte seine Wange noch einmal berührt. Ihre Finger waren dünn und zerbrechlich, die Haut hing locker an ihrem Arm. Nur wenige, kostbare Monate zuvor, als sie noch nichts von dieser heimtückischen Krankheit ahnten, war sie so kraftvoll und schön gewesen wie an jenem Tag, als er sie zum ersten Mal gesehen hatte. Er dachte wieder daran, wie schnell die Krankheit von ihr Besitz ergriffen hatte: wie gebrechlich ihr Körper war, doch wie stark und absolut unbeugsam ihr Geist.

Mahina wusste, dass sie sterben würde. Sie hatte dagegen angekämpft, solange sie konnte. Als ihr schließlich klar wurde, dass der Kampf verloren war, teilte sie ihm ruhig mit, ihre Zeit sei gekommen. Die Geister ihrer Ahnen flüsterten ihr schon aus der Ewigkeit zu, und dies sei nun der richtige Zeitpunkt, zu ihnen zu gehen. Der Wein war in seinem Mund getrocknet, und er hatte mit zusammengebissenen Zähnen ins Feuer gestarrt, um seine Angst zu verbergen. Er weigerte sich, an ihren Tod zu glauben, wusste aber gleichzeitig, dass sie Recht hatte. Ein einziger Blick in ihr Gesicht sagte es ihm. Sie war ausgemergelt und bleich, ihre Gesichtshaut dünn und rissig wie altes Pergament.

Sie erzählte ihm, dass sie eben in ihrem Bett gelegen und sich unter der Decke merkwürdig schwerelos gefühlt hätte. Das Fenster stand offen, der Regen hatte aufgehört. Nur das Trappeln der Fuchskusus war jetzt noch von Zeit zu Zeit auf dem Dach zu hören. Während sie dort lag, hörte sie in den Bäumen, die ihren Garten säumten, den Schrei eines Kuckuckskauzes. Eine plötzliche Stille lag über allem, und Mahinas Sinne waren mit einem Mal aufs Äußerste geschärft. Sie roch den süßen Duft der Manuka, auf deren Blättern noch die Regentropfen der letzten Nacht lagen. Sie spürte, wie sich die Rinde von der Fuchsie löste, und nahm im Geist dunkle Ovale wahr, groß wie Untertassen, als der Fuchskusu sie aus deren Zweigen heraus ansah. Sie atmete vollkommen mühelos, fast so, als gehöre der Atem in ihrer Brust schon nicht mehr ihr selbst. Dann hörte sie den Kauz zum zweiten Mal rufen und wartete still, während sie den grünen Tränenstein fest umklammerte, den Tangi-wai, den sie in der Anita Bay gefunden hatte, damals, als ihre Mutter noch lebte und sie und Jonah noch klein waren. Dann erscholl der Ruf des Kuckuckskauzes ein drittes und letztes Mal, und sie starrte an die Decke, bevor sie sich, erstaunt über ihre Schwerelosigkeit, auf ihren Ellbogen stützte.

»John-Cody.«

Er war in seinem Sessel eingeschlafen, aber er wachte sofort auf, als sie nach ihm rief. Sie brauchte ihre Stimme weder zu erheben, noch brauchte sie ihn ein zweites Mal zu rufen: Er stand bereits in der offenen Tür zum Schlafzimmer, das der Feuerschein erhellte.

Jetzt stand er in der Straße, in der sie gemeinsam gewohnt hatten, und starrte in der Dunkelheit die Mauern ihres Hauses an. Es war eingeschossig, und sie hatten es wie ein Blockhaus geplant, bevor Mahina entschied, es in zwei Abschnitte aufzuteilen, damit ihnen ein kleines Apartment für Bed-and-Breakfast-Touristen zur Verfügung stand. Das war, bevor sie mit dem Chartergeschäft begonnen hatten. Er hatte zu dieser Zeit noch als Fischer gearbeitet und ihr Einkommen mit lebend gefangenen Rehen für die neu gegründeten Wildbretfarmen aufgebessert.

Die Vorderseite des Hauses dominierten Bäume und Büsche. Er konnte den Flachs erkennen und auch den hageren, nackten Lanzenbaum. Plötzlich überschwemmten ihn Erinnerungen. Sie drangen betäubend wie Äther in sein Gehirn: Mahinas lachendes Gesicht, ihr alter, nachdenklicher Vater und Jonah, ihr wild dreinschauender Waitaha-Bruder, der ihn gebeten hatte, in Zukunft auf der *Korimako* mitfahren zu dürfen, damit er ihrem Andenken stets nahe sein konnte.

Der Mond zog zwischen den Wolken seine Bahn und tauchte die kiesbestreute Straße in silbriges Licht. Bald würde der Morgen dämmern, Tom würde schon unten am Pearl Harbour auf ihn warten. Er überquerte die Straße und ging die Auffahrt an der linken Seite des Hauses hinauf zur Rückseite, wo das dunkle, vorhanglose Fenster ihres Schlafzimmers die Mauer beherrschte. Der Garten war ein einziges Labyrinth aus Bäumen, Sträuchern und einigen kleinen Gebäuden: die Hütte, in der er seine Gitarren aufbewahrte, der Holzschuppen und der alte, ausrangierte Caravan, in dem sie beide, als sie noch jung gewesen waren, die Südinsel bereist hatten.

Er lebte jetzt seit fünfundzwanzig Jahren in Neuseeland, zweiundzwanzig davon war er mit Mahina zusammen gewesen. Nacht für Nacht, Tag für Tag, getrennt nur dann, wenn er auf See war. Bis zum letzten Jahr, als die Schmerzen in ihrem Rücken unerträglich wurden und die Spezialisten in Invercargill ihnen schließlich sagten, dass sie Lymphdrüsenkrebs hatte und ihre Überlebenschancen gleich null waren. Sie hatte nur noch sechs Monate gelebt, in denen der körperliche Verfall so grausam schnell voranschritt und ihr so rasch die Lebenskraft nahm, dass sie am Ende förmlich um Erlösung flehte.

John-Cody sah sie durch die Schlafzimmertür hindurch an. Sie streckte die Arme nach ihm aus. Da wusste er, dass es so weit war. Sie hatte ihm immer gesagt, dass sie wissen würde, wann ihre Zeit gekommen sei, und dass sie dann auch bereit wäre zu sterben. Jetzt sah sie so aus, als wäre sie bereit. Auf ihrem Gesicht lag eine vollkommene Ruhe, ihre Falten waren weniger deutlich zu erkennen, und obwohl sie gebrechlich, dünn und schwach wirkte, strahlte ihre Schönheit ungemindert.

»Trag mich bitte nach draußen«, flüsterte sie ihm zu. »Ich möchte nicht in meinem Bett sterben.

Sie zeigte keinerlei Angst, also durfte auch er keine zeigen: Er lächelte sie an. Als er sich zu ihr hinunterbeugte, fielen ihr seine langen Haare ins Gesicht. Sie ergriff mit einer Hand die Spitzen und atmete den Duft ein.

»Ich fand es immer wunderbar, wie du riechst, John-Cody. Das zumindest werde ich mitnehmen.«

Er konnte sie ohne Mühe heben. Sie bestand nur noch aus Haut und Knochen, war leicht wie eine Feder. Draußen spulte die Morgendämmerung ihre ersten zarten Lichtfäden ab wie glitzerndes Garn. John-Cody blieb kurz an der hölzernen Bank und dem Tisch stehen, wo sie nachts so gern gesessen und sich unterhalten hatten. Mahina schmiegte sich eng an ihn: Die Arme schlang sie um seinen Nacken, so dass ihre Lippen seine Wange berührten und er ihr Haar leicht und flaumig auf seiner Haut spürte. Er trug sie zur Hauptstraße und über die Waiau Street bis zum Ufer des Lake Manapouri, dem See des trauernden Herzens, der schwarz und ruhig in der Dunkelheit vor ihnen lag.

Seine Stiefel knirschten auf dem Kies, als er sie zu Fraser's Beach hinuntertrug, während Sierra, die das Wasser gerochen hatte, vorausrannte.

»Es ist so still«, flüsterte Mahina.

John-Cody antwortete nicht, aus Furcht, seine Stimme könnte versagen. Der Kloß in seinem Hals schien ihn fast zu ersticken. Er suchte sich vorsichtig zwischen den Buchen hindurch seinen Weg und passte auf, dass die Zweige sie nicht kratzten. Als er schließlich den kiesigen Strand betrat, war sie so still, dass er einen Moment lang glaubte, sie schon verloren zu haben. Dann bewegte sie sich in seinen Armen und sah zum Pearl Harbour hinaus, wo der große, weiße und nackte Blaugummibaum stand, dessen Äste sich steif wie versteinerte Gliedmaßen gegen den Stechginster, das Buschwerk und die kleineren Manukas mit der schwarzen Rinde abhoben.

»Sieh dir den Eukalyptus an«, flüsterte sie. »Sieh nur, welche Erhabenheit im Tod liegt.«

»Du darfst so etwas nicht sagen.« Seine Augen füllten sich mit Tränen, sie aber nahm seine Wangen in beide Hände und drückte sie, bis sich seine Lippen zu einem O formten.

»Jetzt werde bloß nicht sentimental. Nicht jetzt: nicht, wo ich kurz davor stehe, auf die längste Reise meines Lebens zu gehen.«

»Du wirst nirgendwohin gehen.«

John-Cody ging mit ihr in den Armen am Ufer entlang, über feuchte Steine, die an seinen Stiefelsohlen klebten.

»Du hast Recht. Ich gehe nirgendwohin«, sagte Mahina. »Jedenfalls nicht sofort. Ich möchte nämlich noch auf dich aufpassen. Ich muss sicher sein, dass es dir gut geht.« Wieder nahm sie sein Gesicht in ihre Hände und drückte es mit aller Kraft. »Nicht nur dir, sondern auch meinem Vater und Jonah: Du musst dich um Jonah kümmern, John-Cody.«

»Nein, du musst dich um Jonah kümmern. Er ist schließlich dein Bruder.«

Sie standen jetzt vor Mahinas Lieblingsstein, auf dem sie immer gesessen und nachgedacht hatte. Bei Tageslicht sah er rein weiß aus, jetzt im Dämmerlicht aber war er grau gesprenkelt. Die Sonne stand im Begriff aufzugehen, hatte jedoch die Takitimu Mountains im Osten noch nicht überstiegen, und im See spiegelte sich noch die Nacht.

»Ich werde schon bald nicht mehr da sein. Also wirst du auf ihn aufpassen müssen.«

John-Cody setzte sich auf den Stein. Zu dieser Stelle war sie jeden Tag gegangen, allein oder mit Sierra. Dort hatte sie gesessen, den Blaugummibaum zu ihrer Linken, während sich der See vor ihr bis zu den Cathedrals und den Kepler Mountains erstreckte.

»Du wirst noch da sein«, sagte er. »Du wirst nirgendwohin gehen. Du darfst mich jetzt nicht einfach verlassen.«

»Aber ich muss dich jetzt verlassen. Und das weißt du auch. Ich habe den Kuckuckskauz gehört, John-Cody. Ich habe ihn in den vergangenen zwei Nächten gehört und eben wieder. Er hat mich dreimal gerufen.«

John-Cody stand jetzt im Schutz des Hauses, direkt an der Wand, dort, wo tiefe Schatten lagen. Er starrte die dunklen Äste der Fuchsie an und spürte Enge in seiner Brust. Dann ging er über das kleine Stück Rasen und bückte sich zu dem ausgehöhlten Baumstamm hinunter. Mit größter Vorsicht nahm er das Steingutgefäß heraus, das dort seit einem Jahr gestanden hatte, und legte es in die Leinentasche über seiner Schulter. Zu Fuß brauchte er zum Pearl Harbour zehn Minuten. Er nahm den Weg, auf dem er gekommen war, am Büro vorbei, dann zu der Kurve und schließlich zu der stillen Bucht, wo er vor vielen Jahren gefischt hatte. Dort lagen die Boote von Southland Tours, mit denen die Touristen über den See gefahren wurden. Er ging mit schnellen Schritten, die Tasche über der Schulter und eine Hand auf die kalte Oberfläche des Gefäßes gelegt, damit es nicht hin- und herbaumelte.

»Vergiss nicht, dass du es mir versprochen hast.« Die Lippen nah an seinem Ohr, flüsterte sie es ihm zu.

»Ich werde es bestimmt nicht vergessen.« John-Cody starrte auf den See hinaus, wo die ersten goldenen Lichtreflexe einen Pfad über die Wasserfläche zeichneten. Die Sonne ging hinter ihnen auf, der

Himmel war völlig klar: Es würde ein perfekter Frühlingsmorgen werden.

»Sag es mir. Sag mir, was du tun wirst.«

Er sah ihr in die Augen. Seine Stimme brach, als er versuchte, die Worte zu formulieren. »Du willst verbrannt werden, und deine Asche soll im hohlen Stamm der Fuchsie ruhen.«

»Ein Jahr lang, von heute an gerechnet, nicht von dem Tag, an dem ich verbrannt werde.« Wieder nahm sie sein Gesicht fest in ihre Hände. Er konnte in ihren Fingern spüren, wie wichtig ihr das war. »Ich möchte ein Jahr lang auf dich aufpassen. Du wirst mich brauchen. Das weiß ich.« Dann hielt sie inne, schloss halb die Augen. Wieder fürchtete er, sie zu verlieren. Ihre Lider flatterten, und noch einmal sah sie ihn voller Gelassenheit an. »Aber danach musst du mich freigeben, hast du mich verstanden? Mich freigeben, John-Cody Gibbs, und dann vergiss mich, denn auch ich werde mich nicht mehr an dich erinnern.« Ihre Worte klangen barsch, ihr Gesicht war starr und angespannt. »Ich werde für immer fort sein, ich werde den Atem der Ewigkeit spüren.«

Mahina legte den Kopf an seine Schulter, dann löste sie ihren Griff um seinen Nacken und nahm seine Hand. Sie öffnete seine Finger, dann spürte er etwas Kaltes, Glattes auf seiner Haut. Als er hinsah, lag dort der Tangi-wai, der Splitter Pounamu-Grünstein, den Mahina seit ihrer Kindheit bei sich trug. Sie sah auf die undurchsichtige Oberfläche des Sees hinaus und lächelte. Das Sonnenlicht zog jetzt goldene Streifen auf dem Wasser. Die Gipfel der Cathedrals hoben sich strahlend vom Himmel ab.

»Es wird ein wunderschöner Tag«, flüsterte sie.

Dann ging sie. Er spürte, wie der Atem ihren Körper verließ: Ihre Gliedmaßen wurden schlaff, ihr Kopf rollte auf seine Brust. Der Blaugummibaum stand nackt und still da. Das Wasser umspülte seine Füße, und Sierra, die zwischen den Steinen herumgesprungen war, blieb plötzlich wie angewurzelt stehen und sah zu ihnen herüber.

Er hatte Mahinas Leichnam zum Haus zurückgetragen und dann Jonah und ihren Vater Kobi angerufen, der noch immer in Naseby lebte. Kobi hatte dort die alte Gemischtwarenhandlung gekauft, die bis zu diesem Zeitpunkt lediglich als Warenlager diente, und hatte sich eine Einzimmerwohnung hineingebaut: einen großen Raum, mit Dach, Kamin und allem. Jonah, der gerade in Omakau arbeitete, wollte Kobi abholen. Er hatte sich zunächst gegen eine Einäscherung ausgesprochen, die eher der osteuropäischen Herkunft ihres Vaters entsprach als den Waitaha-Traditionen ihrer Mutter. Als John-Cody ihm jedoch den Grund nannte, erhob er keine Einwände mehr. Kurz darauf bat er John-Cody, auf dem Boot als Crewmitglied mitfahren zu dürfen. Jonah besaß eine Skipperlizenz aus der Zeit, als er für Ned Pole Langustenboote gefahren hatte. Doch als Mahina krank wurde, gab er den Job bei Pole auf.

Tom steuerte das Z-Boot im Stehen, während John-Cody dasaß und den leise sprechenden Bauarbeitern auf den Bänken hinter ihm zuhörte. Auf halbem Weg über den See stand er auf und sah zu, wie die Sonne langsam das Tal erhellte. Als er sich wieder umdrehte, stellte er fest, dass Tom ihn beobachtete.

»Wie geht's, Kumpel?«

John-Cody gelang ein Lächeln. »Es ging mir schon besser.«

»Dachte ich mir.« Tom warf einen bedeutsamen Blick auf die Leinentasche. »Alles in Ordnung?«

John-Cody nickte.

»Wirst du wieder auf dem Boot wohnen?«

»Ich weiß es noch nicht. Mal sehen, wie ich mich fühle.«

»Ich hoffe, die *Korimako* ist in ordentlichem Zustand. Du weißt ja, wie sehr Mahina sie geliebt hat.«

John-Cody lächelte und zog ein Päckchen Tabak aus seiner Tasche. »Sie ist so gut in Schuss wie noch nie, Tom.«

»Das ist gut so.« Tom klopfte ihm auf die Schulter und sah dann wieder nach vorn durch die Windschutzscheibe, auf der Gischtflocken klebten, die die Bugwelle aufgewirbelt hatte.

Die Überfahrt dauerte fünfundvierzig Minuten, dann legten sie bei West Arm am Kai des Wasserkraftwerks an. Es war erst acht. John-Cody war froh, dass er so früh aufgebrochen war, denn um diese Zeit waren noch nicht so viele Kriebelmücken unterwegs. Er hatte er sein Insektenschutzmittel auf dem Boot vergessen. Am Kai ging es zu dieser frühen Stunde noch ziemlich ruhig zu; die ersten Touristengruppen, die zum Nationalpark wollten, würden erst später eintreffen. Das Informationszentrum mit seinem grünen Dach wirkte vor den Bergen, die sich zwischen dem Lake Manapouri und den Meeresfjorden erhoben, geradezu winzig. Die Bäume klebten regelrecht an den Hängen und wuchsen dicht an dicht in den Tälern: Silberbuchen, dazwischen Rot- und Bergbuchen, Marmorblatt, weiter oben am Pass Weinbeeren und am Ufer Kahikatea und Rimu. Mahina hatte diese Gegend den letzten Garten Tanes, des Gottes des Waldes und der Vögel, genannt.

Sie gingen von Bord. Tom deutete auf den Fahrer eines der Firmentaxis, das über den Berg zum Ausgang des zweiten Tunnels fahren würde, wo bei Deep Cove Millionen Liter Wasser in den Sund gepumpt wurden. Der Fahrer nahm John-Cody ein Stück mit, schwieg aber, da er spürte, in welcher Stimmung sich sein Fahrgast befand. John-Cody hatte ihn während des letzten Jahres, als er auf dem Boot gewohnt hatte, ein paar Mal gesehen. Alex, die das Büro leitete, war mit John-Cody über Bord-Land-Funk in Kontakt geblieben und hatte die wenigen Ökotouren organisiert, die er noch geführt hatte. Sie hatte ihn immer wieder gedrängt weiterzuarbeiten, auch wenn das Boot mit dem Geld aus Mahinas Lebensversicherung jetzt abbezahlt war. Sie erklärte ihm, dass Mahina dagegen gewesen wäre, alles aufzugeben, was sie in den letzten zehn Jahren so mühevoll gemeinsam aufgebaut hatten. In den Sunden von Südwest-Neuseeland waren gegenwärtig zweiundzwanzig Charterboote im Einsatz, und ihres war das einzige, das nicht dem Fischfang diente.

Der Fahrer setzte ihn auf der Straße oberhalb seines Kais ab. Sie hatten den Liegeplatz erst ein Jahr vor Mahinas Tod genehmigt bekommen. Es war dies mit ziemlicher Sicherheit die letzte Erlaubnis, die das Umweltministerium erteilt hatte. Die *Korimako* lag dort vor Anker, strahlend weiß im grellen Sonnenlicht, das auf das Wasser herabbrannte. John-Cody lief der Schweiß den Rücken hinunter, und er spürte, dass der Riemen der Tasche seine Schulter wund gerieben hatte.

Er stellte die Tasche vorsichtig auf der Sitzbank ab, die um den Tisch im Salon herumlief, dann stieg er den vorderen Niedergang zum Maschinenraum hinunter und tastete nach dem Lichtschalter. Er ging streng nach Vorschrift alle Sicherheitskontrollen durch, bevor er den Hilfsmotor anwarf. Jetzt hatte er die nötige Energie für die Generatoren und konnte nach oben gehen, um sich einen Kaffee zu machen. Er stand einen Moment lang mit feuchten Händen auf der Brücke, bevor er schließlich den Zündschlüssel umdrehte und der massive Gardner-Motor zum Leben erwachte. Er schaltete auf Leerlauf, dann löste er zuerst die Leinen vorn und am Heck und schließlich die Spring, die er zusammenrollte und auf den Kai legte. Instinktiv betätigte er dreimal das Horn, dann schob er den Gashebel langsam nach vorn und legte ab. Wenige Augenblicke später tuckerte er schon Deep Cove hinauf, während die Schiebetüren des Ruderhauses offen standen und er eine Tasse Kaffee trank.

Jonah hatte Mahinas Vater mit dem Auto aus Naseby abgeholt, nachdem ihn John-Cody angerufen hatte. Die Fahrt zu ihm dauerte sechs Stunden. Als sie eintrafen, hatte John-Cody mit dem Bestatter aus Te Anau bereits alles geregelt. Dieser hatte sofort zu ihm kommen und den Leichnam abholen wollen, John-Cody erklärte ihm jedoch, dass er auf die Gefühle der Waitaha Rücksicht nehmen wolle und sie deshalb warten müssten, bis Jonah und sein Vater die Verstorbene gesehen hatten.

Jonah war ein breitschultriger Mann, der durch und durch polynesisch aussah, obwohl die Maori seit Generationen Mischehen mit Europäern eingingen. Es gab keine reinblütigen Maori mehr und nur noch wenige Halbblute. Jonah und Mahina waren wahrscheinlich noch zu einem Viertel Maori, denn ihre Mutter war nur zur Hälfte eine Waitaha gewesen, während ihr Mann Kobi aus Ungarn stammte. Er war klein und gebeugt und kam John-Cody jetzt völlig verschrumpelt vor, als er am Fuße des Bettes stand und das Gesicht seiner Tochter betrachtete.

»Genauso hat ihre Mutter ausgesehen«, sagte er leise. »Es war dieselbe Krankheit, die sie mir genommen hat. Fast im selben

Alter.« Er schüttelte den Kopf. Tränen standen in seinen wasser-
blauen Augen.

Jonah hatte ihm seine kräftige Hand auf die Schulter gelegt. Sein
Haar war lang und schwarz. Eigentlich band er es immer zu einem
Pferdeschwanz, heute aber trug er es offen. »Ich bin mir immer noch
nicht sicher, ob wir sie einäschern sollen«, sagte er. »Die Waitaha
lassen sich nicht verbrennen.«

»Aber die Pakeha manchmal schon.« Sein Vater sah ihn mit
festem Blick an. »Sie ist zur Hälfte Ungarin, Jonah. Und es war ihr
Wunsch.« Er drehte sich wieder zu John-Cody um. »Zeig mir den
Baum.«

Sie traten ans Fenster, und John-Cody zeigte auf die Fuchsie mit
der pinkfarbenen Rinde direkt davor. Ein Futterbrettchen baumelte
an einem der unteren Äste, und ein Graufächerschwanz pickte an
dem Apfel, den er gestern Abend dort abgelegt hatte.

»Ein Jahr lang?«

John-Cody drehte sich zu ihm um und nickte stumm.

»Das ist gut.« Kobi trat noch einmal zu seiner Tochter ans Bett
und strich ihr zärtlich mit den Fingern über das Haar. John-Cody
ging zum Frisiertisch hinüber, wo ein verschlossener Umschlag,
der Kobis Namen trug, am Spiegel lehnte. Er reichte ihn dem alten
Mann.

»Sie wollte, dass ich dir das gebe.«

Kobi sah den blassblauen Umschlag an, nickte und steckte ihn in
seine Jackentasche, ohne ihn zu öffnen.

John-Cody schaltete den Autopiloten der *Korimako* ein und ging
nach unten, um den Wasserschlauch aufzudrehen. Er zog seine Wetterkleidung an und spritzte das Deck ab, wobei er sich, wie jedes
Mal, wenn er den Anker lichtete, der immer dicker werdenden Rost-
schicht bewusst wurde. Sie hatten die *Korimako* auf Kredit gekauft.
Ihr Name war das Maori-Wort für Glockenvogel, was angesichts
des Gartens hinter ihrem Haus, der Fuchsie und des Vogelkonzerts,
mit dem sie fast jeden Morgen begrüßt wurden, durchaus passend
schien. Die *Korimako* war eine Ketsch und sechzig Fuß lang. Ihre
beiden gleich hohen Masten hatten keine Spieren. Sie hatte einen

stählernen Rumpf und ein stählernes Deck ohne Planken, die verfaulen könnten. Sie wog siebzig Tonnen. John-Cody war nach Australien geflogen, hatte das beste seetüchtige Charterboot gekauft, das er finden konnte, und war dann gemeinsam mit Tom Blanch und Jonah nach Neuseeland zurückgesegelt. Es war Tom gewesen, der John-Cody mit der See wirklich vertraut gemacht hatte, als dieser 1974 nach Neuseeland gekommen war, nachdem er die Südinsel vom Deck eines hawaiianischen Trawlers gesehen hatte. Seit er in Bellingham angeheuert hatte, war dies das dritte Schiff, auf dem er gefahren war.

Jetzt fuhr er unter Maschine die Deep Cove entlang. Backbord lag die Einfahrt von Hall's Arm, einer von Mahinas Lieblingsorten: Dort hatten sie oft den Motor abgestellt und den Klängen des Fjords gelauscht. Direkt vor ihm lag die Malaspina Reach, die diesen Namen zu Ehren Alessandro Malaspinas trug, eines Italieners, der im Jahre 1793 eine spanische Expedition geleitet hatte. John-Cody hatte das alles von Mahina erfahren, und die Erinnerung daran kehrte jetzt zurück, als er mit ihrer Asche aufs Meer hinausfuhr. Die *Korimako* schnitt eine vollkommen gerade Linie durch das ruhige, dunkle Wasser. Als er sich Espinosa Point näherte, tauchte an Backbord der erste Delfin auf. John-Cody lächelte: Sie kamen immer, wenn Mahina auf dem Boot war. Es war, als könnten sie ihre Anwesenheit spüren und auf seltsame und wunderbare Art mit ihr kommunizieren. Mahina hatte immer behauptet, Delfine seien weit intelligenter als Menschen. Ihnen sei schon vor langer Zeit bewusst geworden, dass das Leben an Land ein Verfallsdatum hatte und dass sie, um zu überleben, ins Meer zurückkehren mussten. Er erinnerte sich lebhaft daran, wie oft er mit ihr zusammen auf der Tauchplattform gesessen hatte, die Füße im eiskalten Wasser, während die Delfine unter ihnen spielten. Mahina hatte ihm gesagt, dass Gott, falls er je noch einmal mit den Menschen in Verbindung treten würde, sich dazu bestimmt keines menschlichen Wesens bedienen würde. Kein Mensch würde heute einem anderen Menschen noch etwas glauben, einem Wal oder einem Delfin vielleicht schon.

Als sich jetzt auf der Backbordseite der First Arm öffnete, während der Bradshaw und der Thompson Sound steuerbord lagen, ging er zum Bugspriet. Die letzten Male hatte er die Delfine im Brad-shaw Sound gesehen. Aber sie zeigten sich nicht immer. Es kam vor, dass die Gäste, die das Boot gemietet hatten, enttäuscht wurden. Wenn Mahina an Bord war, geschah dies jedoch nie.

Quasimodo tauchte plötzlich direkt unter dem Bugspriet auf, dann begann er, auf der Bugwelle zu reiten. Schließlich ritten zehn oder zwölf Delfine, Pfiffe und Klicklaute ausstoßend, auf der Welle. John-Cody fragte sich unwillkürlich, ob sie wussten, warum er heute hier draußen war. War dies ihr Abschiedsgruß, eine Begräb-nisprozession auf der Bugwelle? Er ging ins Ruderhaus zurück und schaltete auf Leerlauf. Jetzt gab es keine Bugwelle mehr und damit auch nichts mehr, was die Tiere veranlassen konnte, bei ihm zu blei-ben. Er ging wieder nach vorn und zündete sich eine Zigarette an. Eine Brise kam auf, Wolken ballten sich über der Tasmansee zu-sammen. Der Wind durchschnitt den Gat nördlich von Bauza und pfiff um die Salings. Die Delfine hielten sich immer noch unter dem Bug auf. Sie schwammen übereinander, untereinander, spielten, lieb-kosten sich, tauchten und riefen laut. Plötzlich hob Quasimodo seinen Kopf aus dem Wasser wie ein Grönlandwal, der seine Umge-bung erkundet. John-Cody spürte, wie sich seine Nackenhaare auf-stellten.

»Spürst du ihre Nähe, Quasi? Weißt du, dass sie hier ist?«

Quasimodo tauchte wieder ab und zeigte ihm dabei seinen Buckel zwischen Rückenfinne und Schwanz. Dann kam er hoch und blies einen goldenen Nebel in den Morgensonnenschein.

John-Cody brachte den Motor auf Touren. Seymour Island lag jetzt steuerbord voraus, dahinter Espinosa Point und Yuvali Beach, wo er das erste Mal mit Mahina gesprochen hatte. Der Schmerz in seiner Brust nahm ihm beinahe die Luft. Von dem Tag, als sie sich kennen gelernt hatten, bis zum Tag ihres Todes war sie seine große Liebe gewesen. Eine plötzliche, jähe Liebe, als hätten sich genau dort an der Rotwildfalle bei Yuvali Beach zwei Seelen getroffen, die für-einander bestimmt waren.

Er war damals vierundzwanzig Jahre alt gewesen und lebte be-reits seit zwei Jahren in Manapouri, wo er zusammen mit Tom auf einem Langustenfangboot im Sund arbeitete. Daneben fing er noch

Rotwild für die Farmen. John-Cody hätte sich aus reiner Abenteuerlust beinahe einer der Helikoptermannschaften angeschlossen, bei denen er richtig hätte verdienen können. Nachdem er jedoch innerhalb einer Woche drei Beerdigungen hinter sich gebracht hatte, kam er zu dem Schluss, dass fester Boden oder das Deck eines Bootes unter den Füßen für ihn ohne Zweifel die bessere Wahl darstellten.

Er und Tom hatten verschiedene Rotwildfallen gebaut, die sie, sowohl was ihre Beschaffenheit als auch ihre Lage betraf, mit größter Sorgfalt anlegten. Sie überprüften sie abwechselnd. Tom vertäute das Langustenboot stets bei Deep Cove. Wenn sie alle Reusen ausgelegt hatten, fanden sie stets genügend Zeit, zu den Fallen zu gehen. Lebendes Rotwild begann zu dieser Zeit gutes Geld einzubringen. Da die Regierung aber noch immer eine Prämie für jedes abgeschossene Tier zahlte, schossen sie außerdem so viele Tiere wie möglich.

An diesem besonderen Tag war er mit dem Beiboot bis Yuvali Beach gefahren, wo er dann hörte, wie ein Reh versuchte, aus einer der Fallen zu entkommen. Tom lag weiter draußen bei Seymour vor Anker und kümmerte sich gerade um die Langusten, die sie letzte Nacht gefangen hatten. John-Cody hatte sich sein Gewehr über die Schulter gehängt und ging mit knirschenden Schritten den Strand hinauf zu der Falle. Er fand eine wunderschöne, vielleicht zwei oder drei Jahre alte Hirschkuh. Er summte leise vor sich hin, um sie zu beruhigen. Erst dann wäre es möglich, sie mit dem Netz einzufangen und zum Boot zu tragen. Er würde dafür Toms Hilfe brauchen, aber zuerst musste er sie so weit beruhigen, dass er das Netz über sie werfen konnte.

»Sie ist wunderschön, nicht wahr?« Die Stimme der Frau kam aus dem Nichts. John-Cody fuhr herum, sah jedoch niemanden. Die Worte hingen körperlos wie Nebel in der Luft. »Sie ist jung und gut für die Zucht geeignet. Ich bin froh, dass du sie nicht getötet hast.«

Er sah sich um, konnte die Sprecherin aber immer noch nicht entdecken. Schließlich bemerkte er das kleine Beiboot aus Aluminium, das weiter oben am Ufer des Bachs vertäut war. Als er sich wieder umdrehte, sah er sie neben der Falle stehen, halb verdeckt von den roten Blüten der Rata. Obwohl es ziemlich kalt war, trug sie nur

Shorts und ein T-Shirt, so dass er die Rundungen ihrer Brüste und ihre Brustwarzen durch den Stoff erkannte. Ihr Gesicht war dunkel, ihre Augen funkelten, als sie, barfuß und bis über die Knöchel mit Schlamm vom Bachufer bedeckt, über den Sand auf ihn zukam. Ihr schwarzes Haar, dicht und lang, zeigte den natürlichen Hennaton der Polynesier und schillerte in der Sonne, die genau hinter ihr am Himmel stand. Sie strich sich eine Strähne hinters Ohr.

»Du bist John-Cody Gibbs, der Fischer.«

Sie ging langsam im Kreis um ihn herum, und es gelang ihm nicht, seinen Blick von ihr abzuwenden. Ihre glatten, braunen Beine waren muskulös, ihre Taille schlank. Sie bewegte sich mit einer geradezu katzenhaften Anmut. Dann ging sie direkt zur Falle und lehnte sich dagegen. Sie gab einen gurrenden Laut von sich, der wie der Ruf einer Eule klang und tief aus ihrer Kehle zu kommen schien. Die Hirschkuh senkte den Kopf, legte die Ohren an und tat die ersten vorsichtigen Schritte auf den Zaun zu.

»Diese Tiere sind so wunderschön«, sagte das Mädchen. »Wirklich schade, dass sie so großen Schaden anrichten.«

»Wer bist du?« John-Cody hatte zwischenzeitlich das Beiboot erkannt, das oben am Strand lag. Er erinnerte sich, sie schon ein- oder zweimal bei Deep Cove gesehen zu haben.

»Mahina.«

»Das ist ein schöner Name.«

»Findest du? Ich bin mir da nicht so sicher.« Sie schlenderte zum Strand hinunter, wo sie am Wasser stehen blieb und über Pendulo Reach zu Toms Boot hinübersah. John-Cody konnte erkennen, wie Tom die Langusten nach Größe und Gewicht sortierte.

»Warum fangt ihr Langusten?« Sie sah ihn über die Schulter gewandt an.

»Weil das mein Job ist.«

»Bevor meine Mutter starb, hat mein Vater auch Langusten gefangen und vor ihm der Vater meiner Mutter. Die Langusten werden mit jeder Generation von Fischern kleiner.«

John-Cody dachte daran, dass Tom Blanch ihm einmal erzählt hatte, er sei als Junge noch der Fährte des Kakapo, des flugunfähigen, am Boden lebenden Papageis gefolgt. Jetzt aber fand man hier nur noch die Spuren des Rotwildes. »Die Menschen müssen essen«, sagte er ruhig, während er zu ihr ging. »Jeder Mensch braucht etwas zu essen.«

Sie nickte. »Aber wir Menschen nehmen uns immer mehr, als wir brauchen. Und wir nehmen auch das, was nicht zu ersetzen ist.« Sie blieb eine Zeit lang so stehen, dann sah sie ihn wieder an und zeigte auf die Berge. »Wusstest du, dass sich das, was sich über dem Wasser abspielt, unter Wasser widerspiegelt? Das Ganze ist ein Kreislauf von Leben, Tod und Wiedergeburt, John-Cody. Wenn der Wald stirbt, rutschen die Bäume in den Fjord und führen ihm auf diese Weise Nährstoffe zu. Dieser Prozess über dem Wasser findet unter dem Wasser sein Gegenstück. Sowohl der Wald als auch die Korallen beginnen sich zur selben Zeit zu regenerieren. Wenn das nicht geschieht, ist etwas aus dem Gleichgewicht geraten, und ohne im Gleichgewicht zu sein, kann die Welt nicht bestehen.

Du kommst aus Amerika«, sagte sie dann. »Also verstehst du vielleicht, was ich sage.«

Er runzelte die Stirn. »Du meinst, die Leute hier verstehen das nicht?«

»Im Grunde nicht. Ein paar vielleicht schon, aber auch sie müssen sich ihren Lebensunterhalt verdienen, und da das so ist, sieht und hört man lieber weg.«

John-Cody zog eine Augenbraue hoch. »Was willst du mir eigentlich sagen?«

Jetzt kam sie auf ihn zu, wobei ihre Füße bei jedem Schritt im kalten Sand einsanken. Sie legte ihre Hand flach auf seine Brust und sah ihm dabei tief in die Augen. »Ich will dir damit sagen, dass es im Leben noch mehr gibt, als Langusten zu fangen.«

Sie hatte ihn in jener Nacht in der Kate besucht, die er gemietet hatte. Tom hatte ihm erzählt, dass das Gebäude früher einmal das Schulhaus von Manapouri gewesen war. Man hatte es dann zwischen Manapouri und Te Anau auf das Land eines Farmers versetzt, wo es zehn Jahre lang leer stand. Er hatte den Herd angeheizt und briet sich gerade Rotwildsteaks, als er hörte, wie draußen ein Pickup vorfuhr. Als er aus dem Fenster sah, erkannte er Mahina, die, eine in Krepppapier gewickelte Flasche in der Hand, vom Fahrersitz kletterte. Sie war barfuß und trug dieselben Shorts und dasselbe T-Shirt wie bei ihrer Unterhaltung früher am Tag.

John-Cody schätzte sie auf achtzehn. Er hatte erst vor kurzem ihren Bruder in der Gegend gesehen, einen großen, ungeschlachten Maori namens Jonah. Er war fast noch ein Kind, obwohl er sich gern mit Ned Pole herumtrieb und oft auch bei den anderen Hubschrauber-Mannschaften zu finden war. Sie kannten einander also flüchtig. John-Cody fragte sich unwillkürlich, was Jonah wohl davon hielte, dass sich seine große Schwester bei ihm zum Essen eingeladen hatte.

Er erinnerte sich in jeder Einzelheit und voller Zärtlichkeit an diese erste Nacht, als er jetzt mit der *Korimako* auf die Shelter Islands zusteuerte. Er sah auf seine Uhr: später Vormittag. Er hatte die ganze Zeit getrödelt. Er war immer noch nicht bereit, sie gehen zu lassen. Er hatte gehofft, dass das hier ein Schlusspunkt war, dass er in der Lage wäre, sie freizugeben, hatte geglaubt, dass er sie endlich loslassen könnte, um sein Leben danach ohne sie zu leben. Ein Jahr lang war er ein Gefangener dieses Augenblicks gewesen, und jetzt, da er gekommen war, wurde ihm klar, dass er lieber weiter ein Gefangener wäre, als einer Zukunft ohne sie gegenüberzustehen. Schmerzliche Gefühle stiegen in ihm hoch und drohten, ihn zu überwältigen. Ihm schien, als ob die wirkliche Trauer erst jetzt begann; als wären die letzten zwölf Monate nichts anderes gewesen als eine Vorbereitung auf diese Zeit.

Die Shelter Islands lagen jetzt vor ihm. Die Delfine waren hinter dem Boot zurückgeblieben, sie hatten ihre Pflicht erfüllt. Sie würden in der Nähe von Bradshaw bleiben. Jenseits davon hatte er sie nur selten gesehen. Westlich der Shelter Islands hatte sich der Himmel verdunkelt, die Wolken drückten auf den Horizont, zuerst weiß, dann grau, dann schwarz.

Als er mit seinem Boot an den Inseln vorbeifuhr, konnte er die Hare's Ears sehen, zwei Felsen, die aus dem Meer ragten und den Booten den direkten Weg zu Febrero Point versperrten. Sein ganzer Körper prickelte, jede Sehne, jeder Muskel, jeder seiner Sinne war so lebendig wie nie. Er stand an der Schwelle: Er wusste nur nicht, was danach kam, aber er war sich nach Mahinas Tod des Lebens um ihn herum bewusster geworden als je zuvor. Das letzte Mal hatte er sich ähnlich gefühlt, als er, noch keine einundzwanzig, in der Camas Prärie gestanden und auf das Wrack des Autos mit den beiden FBI-Agenten hinuntergesehen hatte.

Er schaltete wieder den Autopiloten ein und starrte die Leinentasche an, die noch immer auf der Bank vor dem Salontisch stand. Die Shelter Islands befanden sich jetzt backbord: Es war so weit. Hier, genau zwischen den Nee und den Shelter Islands, wo die Tasmansee auf den Sund traf, sollte er ihre Asche verstreuen. So hatte sie es sich gewünscht. Er nahm den Steingutbehälter und ging an Deck, wo er einen Augenblick innehielt. Durch ein Loch in den Wolken zeigte sich wieder die Sonne, obwohl in der Corset Cove, nur hundert Meter weiter backbord, gerade ein heftiger Regenschauer niederging. Er ging zum Bugspriet. Die Erinnerung an ihre erste gemeinsame Nacht, in der sie nur vor dem Kamin gesessen und sich unterhalten hatten, war unauslöschlich in sein Gedächtnis gebrannt. Es hatte keine Berührung zwischen ihnen, geschweige denn einen Kuss gegeben, nichts außer der Vereinigung ihrer Stimmen und Gedanken. Er erinnerte sich, wie sehr ihn ihr immenses Wissen über ihre Heimat, über das Land und das Meer und die Art und Weise, wie sich alles zusammenfügte, beeindruckt hatte. Er hatte vergessen, dass sie kaum achtzehn war, denn sie sprach mit der Weisheit ihrer Vorfahren. In ihren Augen brannte ein Feuer, und ihre Haut glühte im Feuerschein des Kamins. Ihre und auch seine Worte vermischten sich zu einer Fülle, die er noch nie zuvor erlebt hatte. Sie tauchte in die tiefsten Tiefen seiner Seele hinab, ohne dass er es überhaupt merkte.

Jetzt stand er vorn auf dem Bugspriet. Als er den Deckel der Urne abschraubte, rüttelte der Wind an den Salings über seinem Kopf und fing sich in seinen langen Haaren, die er seit fünfundzwanzig Jahren nicht mehr geschnitten hatte. Er sah Mahina wieder vor seinem geistigen Auge, wie sie in dem Haus, das sie sich in Manapouri gebaut hatten, am Kamin saß. Sie bürstete sein Haar, Bürstenstrich um Bürstenstrich, Nacht um Nacht, Jahr um Jahr, während es allmählich silbern wurde.

Er ging ins Ruderhaus zurück und kramte in dem Werkzeugkasten herum, der hinter dem Global Positioning System verstaut war, bis er endlich fand, was er suchte. Während er wieder an Deck ging, steckte er die Schere in die Gesäßtasche seiner Jeans, dann schob er Mahinas Urne unter sein Hemd und kletterte am Klüvermast zehn Meter bis zu den Salings hinauf. Er stellte sich mit je einem Fuß auf eine der Salings, das Geländer des Krähennests im Rücken, und starrte am Mast vorbei auf die Tasmansee hinaus. Dann nahm er die Schere aus seiner Tasche, ergriff mit der anderen Hand seine Haare und schnitt sie auf Schulterhöhe ab. Er hörte das Knirschen der Klingen, spürte den Zug an seiner Kopfhaut und stellte sich vor, es sei der Zug der Bürste, während Mahina sein Haar pflegte, bis es glänzte. Mit dem abgeschnittenen Haarbüschel in seiner Hand drehte er sich um, den Mast jetzt im Rücken. Er schraubte den Deckel der Urne vollständig ab. Der Wind frischte auf und drückte ihn von hinten gegen das Geländer des Krähennests. Er spürte die ersten Regentropfen, rechts und links von ihm knatterten die Schoten. Er nahm die geöffnete Urne und das Büschel silberner Strähnen und hielt beides hoch über seinen Kopf. Der Wind trug die Asche als grauweiße Wolke davon, trug sein Haar davon: Gemeinsam flog beides ein letztes Mal dahin, bevor er Mahina endgültig an den Sund verloren hatte.

3

Anfang November flogen Libby und Bree nach Neuseeland. Vierundzwanzig Stunden nachdem sie in Heathrow gestartet waren, landeten sie in Christchurch. Bree war völlig erschöpft und torkelte, dunkle Ringe unter den Augen, wie ein Gespenst durch den Ankunftsbereich. Ihr Gesicht war kalkweiß. Ihr Rucksack, die Zeitschriften und der Walkman baumelten in ihren schlaffen Händen.

In Singapur hatten sie einen zweistündigen Zwischenaufenthalt gehabt. Libby war wie eine Aussätzige in den Raucherraum geflohen. Bree hatte sich auf einen der Plastiksitze gesetzt und sich mit finsterem Gesicht die Nachrichten im Fernsehen angesehen.

Als Libby ihre Tochter gefragt hatte, was sie von dem Umzug nach Neuseeland halte, hatte sie ihr geantwortet, das Einzige, was sie über Neuseeland wisse, sei, dass die Kiwis die Engländer immer »Poms« nannten.

»Wenn sie mich in der Schule auch nur einmal so nennen, Mum, werde ich dir das niemals verzeihen.« Sie hatte das mit demselben galligen Ton und demselben finsteren Blick gesagt, den Libby von Zeit zu Zeit auch an sich selbst bemerkte. Sie hätte Bree in diesem Moment die Wahrheit sagen können, hätte ihr erklären können, in welch katastrophaler finanzieller Situation sie sich befunden hatten, aber sie tat es nicht. Ihre Geldsorgen gingen Bree nichts an, außerdem hätte Bree es höchstwahrscheinlich sofort ihren Großeltern erzählt, und das war das Letzte, was Libby wollte.

Also schwieg sie, machte sich jedoch seitdem ernsthafte Sorgen. Sie war zwar sicher, dass Bree in der Schule gut zurechtkommen würde: Schule war Schule, und Kinder waren Kinder, und das galt überall auf der Welt. Sie würde ihre Tochter allerdings oft allein lassen müssen, denn sie musste einen Großteil ihrer Forschungen ein gutes Stück von ihrem Wohnort Manapouri entfernt durchführen. Wie sie Brees Betreuung regeln sollte, ohne sie komplett durcheinander zu bringen, war ihr selbst noch nicht klar.

Sie rauchte hinter der Glasscheibe eine Zigarette und kam sich dabei geradezu schmuddelig vor. Bree beobachtete sie mit finsterer Miene, und als Libby wieder aus der Raucherzone herauskam, rutschte sie wortlos einen Platz weiter.

»Hast du eigentlich eine Ahnung, wie lächerlich du aussiehst? Wenn man dich beobachtet, kommt man sich vor wie im Zoo.«

Libby schwieg.

»Ich meine, das ist doch wirklich total peinlich. Da nuckelt meine Mutter hinter einer Glasscheibe an einer Kippe.«

Libby presste die Lippen aufeinander. Bree schnitt ihr eine Grimasse: Libby musste unwillkürlich lachen. Bree sah sie einen Augenblick lang wütend an, dann lachte sie auch. »Ich hasse dich«, sagte sie schließlich.

»Ich hasse dich auch.«

»Gut, dann sind wir ja quitt.«

»Quitt.«

»Gut.«

»Richtig.«

»Warum müssen wir nach Neuseeland?«

»Weil ich den Job brauche.«

»Ach so.«

»Was soll das nun wieder heißen?«

»Du hattest in Frankreich doch einen Job. Du hattest sogar zwei. Wie viele Jobs brauchst du denn noch?«

»Bree …« Libby seufzte, zögerte einen Moment und sagte dann: »Das waren doch beides nur Teilzeitjobs. Beide zusammen haben nicht genug eingebracht, dass wir davon leben konnten.«

Bree starrte sie an. Libby holte tief Luft. »Ich wollte dir das eigentlich gar nicht sagen, aber ich denke, ich bin dir eine Erklärung schuldig. Ich wollte genauso wenig wie du wieder umziehen, mein Schatz, schon gar nicht, nachdem es dir in Frankreich so gut gefallen hat, aber ich habe so wenig Geld verdient, dass ich zum Schluss nicht einmal mehr die Miete bezahlen konnte. Wenn ich den Job in

Neuseeland nicht bekommen hätte, dann hätten wir innerhalb kürzester Zeit auf der Straße gestanden.«

Bree sah sie Stirn runzelnd an. »Und was war mit Wimereux?«

»Der Vermieter wollte uns rauswerfen. Die Miete war viel zu hoch, Schatz. Ich habe einfach nicht genug verdient, um sie bezahlen zu können, jedenfalls nicht, wenn ich auch noch etwas zu essen kaufen wollte. Ich wollte unbedingt eine Zwangsräumung vermeiden. Wir wären obdachlos geworden. Und das durfte ich auf keinen Fall zulassen. Vielleicht verstehst du jetzt, dass mir gar keine andere Wahl blieb, als diesen Job anzunehmen: Er ist von allen, die man mir angeboten hat, der Einzige, der so gut bezahlt ist, dass wir davon leben können.«

Bree sah wenig beeindruckt aus. »Das glaube ich dir nicht. Du wolltest ihn haben, weil er dich interessiert.«

»Natürlich wollte ich ihn haben. Schließlich ist das mein Fachgebiet. Wer würde das nicht wollen? Aber das ändert nichts an der Tatsache, dass wir es uns nicht länger leisten konnten, in Frankreich zu leben.« Libby beugte sich nach vorn und nahm Brees Hand. »Glaubst du, es macht mir Spaß, dich von einem Ort auf diesem Globus zum nächsten zu schleifen? Glaubst du tatsächlich, ich will, dass du ständig in irgendeine neue Schule kommst und dir alle paar Monate neue Freundinnen suchen musst? Bree, das ist wirklich das Letzte, was ich will. Aber ich muss eben so viel verdienen, dass wir davon leben können. Ich muss dorthin gehen, wo es Arbeit für mich gibt.«

Bree sah sie noch einen Augenblick an, dann stand sie auf und ging wortlos davon. Libby beobachtete sie, wie sie zwischen den Geschäften umherschlenderte und sich billige Schmuckstücke ansah, ohne sie wirklich wahrzunehmen. Sie tat ihr Leid, weil sie ständig mit so vielen Veränderungen fertig werden musste. Es wäre ihr lieber gewesen, Bree nicht erzählen zu müssen, wie es finanziell um sie stand. Vielleicht aber war es sogar besser so. Neuseeland war für sie beide ein neuer Anfang, ein neues Land mit neuen Möglichkeiten: Es würden noch viele Schwierigkeiten auf sie zu kommen, und denen sollten sie am besten gemeinsam begegnen.

Am Morgen nach ihrer Ankunft regnete es: Sie mussten um fünf Uhr früh aufstehen, um den Shuttlebus nicht zu verpassen, mit dem sie quer durch das Land bis nach Manapouri weit unten im Südwesten fahren wollten. Es regnete beinahe die gesamten Fahrt lang. Der Fahrer erzählte ihnen fast vergnügt, dass sie gerade die schlimmsten Frühjahrsüberschwemmungen seit Menschengedenken erlebten. Der Clutha war über die Ufer getreten, und die meisten Straßen waren gesperrt. Bree saß schweigend in ihrem Sitz und schmollte. Es sollte bald Sommer werden, und dennoch sah hier alles kalt, nass und völlig trostlos aus.

Sie kamen am späten Nachmittag in Manapouri an. Es war fast fünf, als der Busfahrer in das Dorf hineinfuhr und in einer ruhigen Straße anhielt.

»So, da wären wir«, sagte er und öffnete ihnen die Tür. »Ich hole Ihnen nur noch schnell Ihr Gepäck aus dem Stauraum.«

Bree und Libby blieben noch im Bus sitzen und sahen sich das niedrige Haus zu ihrer Linken an. Es hatte, wie viele andere Häuser hier, ein grünes Wellblechdach. Zwei Auffahrten, eine an jedem Ende des Hauses, gesäumt von einer Vielzahl Büsche und Bäume, die das Gebäude halb hinter Grün verbargen. Das Haus erweckte optisch den Eindruck, als läge es ein gutes Stück von der Straße zurück, obwohl die Entfernung in Wirklichkeit nur knapp sieben Meter betrug. Ein alter Toyota-Pick-up stand unter einem Anbau in der Auffahrt, daneben konnte Bree eine rote Telefonzelle sehen. Plötzlich lächelte sie. Libby atmete erleichtert auf.

Ungefähr auf halbem Weg zwischen Queenstown und Manapouri hatte es zu regnen aufgehört, die Sonne hatte zwischen den Wolken hervorgeschaut und über den Bergen einen Regenbogen in den Himmel gezaubert. Der Fahrer hatte sich gleichzeitig als Fremdenführer betätigt und sie während der Fahrt auf die Naturschönheiten aufmerksam gemacht. Sie konnten mit eigenen Augen sehen, wo der Clutha über die Ufer getreten war. Felder und tiefer liegende Gebiete waren überschwemmt, das Wasser reichte bis zur Mitte der Baumstämme hinauf. Der Fahrer bestätigte ihnen noch einmal, dass dies die schlimmste Überschwemmung sei, die die Südinsel jemals heimgesucht hatte. Inzwischen hatte der Regen jedoch aufgehört, und am grauen Himmel zeigten sich die ersten strahlend blauen Flecken.

»Aotearoa«, sagte Libby jetzt und zeigte zum Himmel. »Das Land der langen weißen Wolke.«

»Ich weiß.« Bree starrte immer noch das Haus an. »Ich habe darüber gelesen.«

»Sehen wir doch nach, ob jemand da ist.«

Sie ließen ihre Koffer einfach am Straßenrand stehen, und gingen die Auffahrt hinauf zum Haus: An den Bäumen hingen Futterstellen für Vögel, und auf dem Rasen waren erst vor kurzem Grassamen ausgestreut worden. Die Sonne stand jetzt hoch am Himmel und wärmte ihnen durch die Kleidung hindurch den Rücken. Libby klopfte an die Haustür. »Ich nehme an, dass das dort unsere Wohnung ist.« Sie zeigte nach rechts, wo eine zweite Veranda auf den Weg hinaussah, der an der Vorderseite des Hauses entlangführte. Dort stand eine Kiste mit fein säuberlich aufgeschichtetem Feuerholz.

Niemand öffnete. Libby klopfte noch einmal, aber noch immer rührte sich nichts.

»Na toll«, sagte Bree. »Da kommen wir von so weit her, und dann ist kein Mensch zu Hause. Was sollen wir jetzt machen?«

»Sei bitte so gut und lass mich eine Minute in Ruhe nachdenken«, sagte Libby und sah sie, eine Faust in die Hüfte gestemmt, an. Sie rüttelte an der Tür, die sich zu ihrem Erstaunen öffnete. Sie warfen einen Blick in das Innere des Hauses und sahen ein einziges großes Zimmer, das in einen Küchen- und in einen Wohnbereich mit zwei Sesseln und einem Sofa unterteilt war. Die Wände waren mit quer verlaufenden Holzplanken verschalt, das steinerne Kaminsims schmückten verschiedene kleine Erinnerungsstücke. Auf einem gemauerten Sockel in der vorderen Ecke stand ein Kaminofen, daneben eine Kiste mit Holzscheiten. Der Raum roch muffig, als sei er schon seit längerer Zeit nicht mehr bewohnt.

»Ich habe die Wohnung über Fjordland Ecology Holidays gemietet«, sagte Libby. »Versuchen wir also, das Büro zu finden.«

»Und was machen wir mit unseren Koffern?«

»Wir lassen sie einfach hier.«

Gemeinsam schleppten sie ihr Gepäck unter den Carport. Bree inspizierte die Telefonzelle. Sie war zwar alt, und die Farbe blätterte überall ab, aber das Telefon selbst war noch vorhanden. Unter dem Einstellplatz standen ein Kühlschrank und eine Kühltruhe. An einem Haken an der Decke hing ein Sack mit Samen, über den sich allem Anschein nach schon die Mäuse hergemacht hatten.

Sie gingen die paar Meter zur Hauptstraße zurück und wandten sich nach links. Ein paar Schritte weiter kam der See in Sicht. Libby blieb stehen und starrte auf die weite Wasserfläche hinaus. In der Ferne ragten Berge hoch in den Himmel, ihre Gipfel gehüllt in weiße Wattewolken. Ein Boot tuckerte gemütlich über den See und hielt auf eine felsige Landspitze zu, die am südlichen Ufer ins Wasser ragte.

Bree stellte sich neben Libby und sagte einen Augenblick kein Wort. Ein Gefühl von Frieden senkte sich auf sie beide. Bis auf das Rascheln der Blätter im Wind, den Gesang der Vögel und das leise Brummen des Bootsmotors war kein Geräusch zu hören: keine Autos, keine Stimmen. Libby nahm Brees Hand. »Komm«, sagte sie. »In diesem Ort gibt es nicht viele Straßen, wir werden das Büro schon finden.«

Als sie in die Waiau Street einbogen, entdeckte Bree es; grün gestrichen stand es auf einem kleinen Stück Sumpfland, auf dem Kohlpalmen wuchsen. Sie gingen über die kleine Holzbrücke, die zu einer Veranda führte. Bree blieb stehen, um die Brillenvögel zu beobachten, die Brotkrumen aufpickten, die offensichtlich jemand für sie ausgestreut hatte. Sie hatte die kleinen Vögel noch nie zuvor gesehen, da sie sich in Christchurch aber einen Reiseführer gekauft hatte, in dem sie abgebildet waren, erkannte sie die Tiere sofort: klein, mit blauem Rücken und silbern umrahmten Augen.

Libby öffnete die Schiebetür, und sie betraten einen großen Raum mit einer Art Tresen auf der einen Seite. Der hintere Teil des Raums war abgetrennt. Unter dem Fenster stand eine Couch, gegenüber davon ein Fernseher und ein Videogerät. Hinter dem Tresen befand sich eine Tür, die offensichtlich zu einem Büro führte. Die Tür stand offen, und Libby konnte hören, wie jemand telefonierte. Bree ging zum Fenster und beobachtete eine Gruppe junger Leute, die in der Possum Lodge, der hiesigen Herberge für Rucksacktouristen, an

74

einem Tisch im Freien saßen. Ein Junge, etwa achtzehn oder neunzehn Jahre alt, sah sie und winkte ihr fröhlich zu. Bree wurde rot und trat einen Schritt vom Fenster zurück. Sie setzte sich auf die Couch. In diesem Augenblick steckte ein Hund seinen Kopf hinter der Holztheke hervor und sah sie mit nachdenklichem Blick an. Er war gestromt, sein Kopf der eines Deutschen Schäferhunds. Die beiden musterten sich gegenseitig einen Moment lang, dann gähnte der Hund und kam langsam auf Bree zu. Sie strahlte, als er sein Kinn auf ihr Knie legte.

Libby wartete am Tresen. In dem kleinen Büro dahinter sah sie eine Frau Mitte Vierzig, die vor einem Computerbildschirm saß und telefonierte. Jetzt drehte sie sich auf ihrem Stuhl herum: Sie hatte ziemlich kurzes Haar, das sie über den Ohren mit Haarklammern festgesteckt hatte, und sehr blaue Augen. Sie hob lächelnd einen Finger, dass sie sich noch eine Minute gedulden solle. Libby drehte sich um und sah zu, wie Bree und der Hund miteinander spielten. Die Frau legte auf und kam durch die Tür.

»Guten Tag«, sagte sie. »Kann ich Ihnen behilflich sein?«

»Das hoffe ich doch. Ich bin Dr. Bass, und das hier ist meine Tochter Bree. Wir haben das Haus oben an der Straße gemietet, aber es ist niemand da.«

Die Frau machte ein langes Gesicht. »Oh«, sagte sie. »Das tut mir Leid. Ich dachte eigentlich, das wäre alles geregelt.«

»Wollen Sie damit sagen, dem ist nicht so?«

»Kein Grund zur Sorge.« Die Frau lächelte sie freundlich an. »Ich bin Alex. Wir haben schon einmal miteinander telefoniert. Jetzt setzen Sie sich erst mal hin. Ich mache Ihnen einen Kaffee, und dann werde ich versuchen, John-Cody über Funk zu erreichen. Heute war leider ein ziemlich schwieriger Tag. Es ging bei uns einfach alles drunter und drüber.«

Libby biss sich auf die Lippen und bemühte sich, zuvorkommend zu bleiben. Schließlich würde sie mit den Menschen hier mindestens zwei Jahre auskommen müssen. »Die Überschwemmungen«, sagte sie.

»Ja, unter anderem.« Alex ging hinter die Abtrennung und setzte Kaffeewasser auf. Als sie wieder hervorkam, sah sie, dass Bree über das ganze Gesicht strahlte, weil sich der Hund zu ihren Füßen hingelegt hatte.

»Wie ich sehe, hast du dich mit Sierra schon angefreundet, Bree. Sie ist übrigens halb Australischer Schäferhund und halb Dingo. Wir haben sie aus Sydney mitgebracht, als wir das Boot gekauft haben.«

»Das Boot?« Bree sah verwirrt aus.

»Die *Korimako*.« Alex setzte sich neben sie und kraulte Sierra hinter den Ohren. »Also, Sierra war heute noch nicht draußen. Hättest du nicht Lust, mit ihr einen Spaziergang am Strand zu machen?«

Bree bekam große Augen. »Oh, sehr gern. Aber wird sie mit mir kommen?«

»Natürlich.«

»Hat sie eine Leine?«

»Nein. Sag ihr einfach, was sie tun soll, dann tut sie es schon. John-Cody hat sie abgerichtet. Sie ist sehr folgsam.«

»Wer ist John-Cody?«

»John-Cody Gibbs: Er ist unser Boss. Das hier ist sein Laden. Im Augenblick ist er gerade mit dem Boot draußen im Doubtful Sound.« Alex setzte sich auf die Couch, lehnte sich zurück und zeigte auf die Karte an der Decke. »Siehst du diesen schmalen Wasserstreifen auf der anderen Seite der Berge? Das ist der Doubtful Sound: Er erstreckt sich bis zum Meer.«

Bree war jedoch schon aufgestanden. »Komm, Sierra«, sagte sie. Der Hund erhob sich und folgte ihr die Treppe hinunter. Gemeinsam gingen sie über die kleine Brücke. Am Straßenrand blieb Bree stehen und Sierra setzte sich hin, dann überquerten die beiden die Straße und gingen zu dem Feldweg, der zum See hinunterführte. Libby lehnte mit verschränkten Armen in der Tür.

»So glücklich habe ich sie nicht mehr gesehen, seit ich ihr gesagt habe, dass wir nach Neuseeland ziehen würden.« Sie lächelte Alex an. »Darf ich vor der Tür rauchen?«

»Selbstverständlich. Ich würde Ihnen dabei gern Gesellschaft leisten, aber ich habe mit dem Rauchen aufgehört.« Alex warf einen sehnsüchtigen Blick auf das Päckchen Camels, das Libby aus ihrer Tasche nahm. »Und jetzt werde ich versuchen, den Boss zu erwischen.«

John-Cody fuhr langsam nach Deep Cove zurück und beobachtete die Fischer von Ned Poles Miniflotte, die gerade ihre Boote vertäuten. Ein paar Mitglieder der Mannschaft gaben Kisten mit Langusten von einem Deck zum nächsten weiter und stellten sie dann auf den Kai. Pole besaß insgesamt sechs Boote. Vier davon lagen am Kai, und ein weiteres, die *Brigand*, hatte John-Cody am späten Nachmittag in der Nähe der Nee Islands gesehen.

Nachdem er Mahinas Asche dem Meer übergeben hatte, war er den First Arm entlanggefahren und hatte nach Delfinen Ausschau gehalten, ohne jedoch einen zu entdecken. Das Gefühl des Verlustes zerrte schmerzlicher denn je an ihm. Lähmende Mattigkeit hatte ihn befallen, und seine Augen brannten. Er tat sein Möglichstes, Mahina loszulassen – aber wie konnte er das, angesichts dieser Hoffnungslosigkeit? Er spielte an seinen abgeschnittenen Haarspitzen herum, während er am Ruder stand und das Boot steuerte. Den Autopiloten hatte er ausgeschaltet, was er eigentlich nur sehr selten tat. Aber im Augenblick wollte er Holz unter seinen Händen spüren.

Im UKW-Funkgerät in der Steuerkonsole knisterte es. »*Korimako, Korimako, Korimako*: Hier spricht *Kori*-Base. Hörst du mich, Boss?«

Er nahm das Mikrofon in die Hand. »Laut und deutlich, Alex.«

»Dr. Bass sitzt bei mir im Büro.«

»Wer ist Dr. Bass?«

»Die Wissenschaftlerin aus England. Du weißt schon, die Biologin, die die Delfinschule im Dusky Sound beobachten wird. Das Forschungsprogramm – erinnerst du dich?«

»Oh, Mist.« John-Cody fuhr sich mit der Hand über die Stirn. Das hatte er vollkommen vergessen. »Aber wir haben sie doch sicher nicht für heute erwartet?«

»Natürlich. Sie sitzt hier im Büro. Eigentlich wollte sie in den Homestay einziehen. Was soll ich jetzt mit ihr machen?«

Das war eben jenes bisschen an Verantwortung gewesen, das Alex ihm übertragen hatte. Sie hatte versucht, ihn von seinem Boot herunterzulocken und irgendwie aus seiner Erstarrung zu lösen. Ein ganzes Jahr lang hatte er in völligem Stillstand veharrt. Er hatte sich selbst und das Geschäft einfach aufgegeben, hatte sich um nichts mehr gekümmert. Sie hatte ihm gesagt, dass sie den Homestay vermietet hatte, und ihn gebeten, eine Putzfrau kommen zu lassen. Und genau das hatte er vergessen.

»Tut mir Leid, Alex, es ist überhaupt nichts vorbereitet. Ich habe das völlig vergessen.«

Schweigen.

»Hast du mich verstanden, Alex? Over.«

»Laut und deutlich: Hast du vor, dich wieder mal hier blicken zu lassen?«

John-Cody überlegte. Das Boot war ein Jahr lang sein Zuhause gewesen. Er sah sich um, betrachtete die Brücke und den Salon, die Niedergänge vorn und achtern, die Pantry auf der Steuerbordseite.

»Hm, das sollte ich wohl.«

»Das finde ich auch. Also, ich werde Lynda anrufen und sie bitten, sauber zu machen. Und ich werde unsere beiden Gäste für heute Nacht im Motor Inn unterbringen.«

»O.k.« John-Cody überlegte einen Moment. »Die Wissenschaftlerin hat eine Tochter, richtig?«

»Ja.«

»Im Homestay ist für zwei Personen zu wenig Platz, Alex. Die beiden sollen ins Haupthaus einziehen, ich kann sowieso nicht dorthin zurück. Lynda soll zuerst dort putzen. Sie soll die Sachen, die ich nicht schon selbst rausgeräumt habe, in den grünen Schuppen bringen. Sag ihr, dass ich ihr das Doppelte zahle, wenn sie es bis heute Abend schafft. Und Alex« – er hielt einen Augenblick inne – »sag ihr, dass sie mit Mahinas Sachen besonders vorsichtig sein soll. Sie liegen in Kartons, im Schrank.«

»O.k. Hör zu: Ich werde hier im Büro warten, bis du da bist. Over and out.«

John-Cody hängte das Mikrofon ein und wendete das Boot in einem weiten Bogen, um an der Backbordseite anzulegen. Zwei von Poles Männern sahen von ihrer Arbeit auf. John-Cody ignorierte sie: Der Southland-Tours-Katamaran lag am großen Kai. Der Bus, mit dem er jetzt über den Pass fahren wollte, wäre also voll mit Touristen. Er brachte die *Korimako* mit einer einzigen, flüssigen Bewegung an den Kai: Fahrt voraus, dann das Ruder nach steuerbord und hart achteraus, Leerlauf, und das Boot glitt auf der Backbordseite herein, fast ohne die Reifen an der Kaimauer zu berühren. Draußen legte er die Vorpring an, damit die *Korimako* an Ort und Stelle blieb, und stellte die Maschinen ab.

Er kontrollierte rasch noch einmal alles, schloss dann die Türen und vertäute schließlich das Boot am Heck und am Bug. Er war gerade oben auf der schwarzen Metalltreppe angekommen, als der Bus von Southland Tours von der Haltestelle am Kai abfuhr. Jim Brierly saß am Steuer. John-Cody winkte, um ihm zu signalisieren, dass er anhalten sollte. Die Fahrgasttüren öffneten sich mit einem Zischen, und Brierly, ein stämmiger Mann aus Te Anau, sah ihn fragend an.

»Tag, Gib.«

»Nimmst du mich mit, Jim?«

»Ich bin schon voll, Kumpel.«

»Ich kann auch stehen.«

Brierly lächelte. »Na gut, dann steig ein. Eigentlich dürfte ich niemanden mehr mitnehmen, aber weil du's bist.«

John-Cody stieg ein. Er stellte sich mit dem Rücken zur Windschutzscheibe und sah dabei die Fahrgäste an, die wiederum alle ihn ansahen.

Brierlys Route führte über den Bergpass. Die Touristen, die einen Törn von etwa fünf Stunden hinter sich hatten, waren müde, also verzichtete er auf der Rückfahrt darauf, sie auf irgendwelche Sehenswürdigkeiten aufmerksam zu machen. Er schob das Mikrofon zur Seite und sah John-Cody an. »Und wie läuft es bei dir so? Ich habe schon eine ganze Weile niemanden mehr auf deinem Boot gesehen.«

»Mir war einfach nicht nach Gästen, Jim.«

Brierly sah ihn wieder an. »Du hast dir die Haare abgeschnitten. Ich wusste doch, dass irgendwas anders ist. Himmel, ich dachte schon, ich würde diesen Tag niemals erleben. Sie sind zwar immer noch ganz schön lang, aber ich denke, es ist ein guter Anfang.«

John-Cody grinste und betastete die fransigen Spitzen seiner jetzt schulterlangen Haare. »Sieht es wirklich so schlimm aus?«

»Entsetzlich.«

Am Kai neben der Jugendherberge überholten sie Poles Männer in ihrem Pick-up voller Langustenkisten.

»Sieht aus, als hätten sie einen guten Tag gehabt: Old Ned wird sich freuen. Soweit ich gehört habe, braucht er das Geld wirklich dringend.« Brierly sah sich noch einmal nach dem Pick-up um, als sie den Berg hinauffuhren. »Ist er immer noch scharf auf deinen Kai?«

John-Cody nickte. »Und auf das Boot. Er wird aber weder das eine noch das andere kriegen.«

»Ihr beide kommt also immer noch nicht miteinander aus, hm?« Brierly schüttelte den Kopf. »Pole ist in Ordnung, Giby. Er versucht auch nur, seinen Lebensunterhalt zu verdienen, genau wie wir anderen auch.«

»Zum Beispiel mit der Goldmine in Australien.«

Brierly schnitt eine Grimasse. »Jetzt bleib fair, Kumpel. Er hat es versucht. Mehr kann man nicht verlangen.«

»Ich habe gehört, dass er sich übernommen hat. Deshalb ist dieses Dusky-Geschäft auch so wichtig für ihn.«

»Möglicherweise. Die Leute reden viel, wenn der Tag lang ist, Gib. Pole ist hier eine große Nummer, da gibt es immer welche, die ihn gern auf die Nase fallen sähen.« Er sah John-Cody mit scharfem Blick an. »Aber es gibt bestimmt genauso viele, die dir dasselbe wünschen.«

John-Cody nickte.

»Das Komische dabei ist«, fuhr Brierly fort, »dass ihr beide, du und Pole, euch in vielen Dingen ziemlich ähnlich seid.«

John-Cody bekam schmale Augen.

»Ihr kennt euch beide im Busch und auf dem Wasser so gut aus wie sonst niemand. Ihr seid beide anständige Kerle. Wirklich schade, dass ihr nicht miteinander klarkommt.«

»Wir stehen eben auf verschiedenen Seiten, Jim.«

Brierly nickte, während er das Lenkrad einschlug. »Vermutlich hat die Sache mit Eli auch nicht gerade dazu beigetragen, euer Verhältnis zu verbessern.«

John-Cody starrte den Boden an und hörte wieder die Wellen gegen den Bug krachen, hörte den Klüver an der Luv-Spiere flattern.

»Tut mir Leid, Kumpel.« Brierly sah ihn mit rotem Gesicht an. »Das hätte ich wohl nicht sagen sollen.«

Libby hatte gehört, was Alex am Funkgerät gesagt hatte, sie hatte auch die von atmosphärischem Knistern begleitete Antwort gehört. Ihre Stimmung sank auf den Nullpunkt. Nach dem ganzen Stress, den sie mit Bree durchgemacht hatte, war das jetzt wirklich das Letzte, was sie brauchte. Alex kam aus dem Hinterzimmer und setzte sich neben sie auf das Sofa.

»Es tut mir wirklich Leid«, sagte sie. »Sie halten uns jetzt sicher alle für ganz schrecklich.«

Libby versuchte zu lächeln.

»Ich hätte ihn damit heute einfach nicht belasten dürfen.«

»Warum? Was ist denn heute?«

Alex biss sich auf die Lippen. »Er hat heute seine Frau begraben, seine Lebensgefährtin genauer gesagt.«

»O mein Gott. Das tut mir wirklich Leid.«

»Das braucht es nicht. Er hat ihre Asche im Sund verstreut. Sie starb vor einem Jahr. Es war ein Versprechen, das er ihr gegeben hat. Und heute hat er es eingelöst.« Sie lächelte und tätschelte Libby den Oberschenkel. »Es ist also nichts für Sie vorbereitet. Aber das hier ist Manapouri, und wir wissen uns immer zu helfen. Ich werde Sie heute Nacht im Motel einquartieren, und morgen ist dann alles für Sie fertig. Ich habe außerdem noch eine gute Nachricht für Sie: John-Cody hat mich gebeten, die größere Hälfte des Hauses, die eigentlich seine Hälfte ist, für Sie vorzubereiten. Dort gibt es nämlich zwei Schlafzimmer. Sie werden es also wesentlich komfortabler haben.«

»Das ist sehr nett von ihm. Vielen Dank.«

»Und jetzt machen Sie sich mal keine Gedanken.« Alex lächelte sie an, stand auf und nahm ihre Autoschlüssel. »Sie holen Bree, und ich hole Ihr Gepäck. Wir sehen uns dann in fünf Minuten.«

Libby schlenderte zum Strand hinunter, wo sie im Schutze der letzten Baumreihe stehen blieb und ihrer Tochter zusah, die mit Sierra am Seeufer spielte. Die zerklüfteten Berggipfel spiegelten sich im glasklaren Wasser, das jetzt, da es zu regnen aufgehört hatte, vollkommen still dalag. Der Strand bestand aus einer Mischung von Kies und größeren Steinen, etwas weiter am Ufer entlang lagen auch Felsbrocken. Bree hatte ihre Mutter nicht bemerkt. Sie war damit beschäftigt, für Sierra Stöckchen zu werfen, wobei diese sich begeistert ins Wasser stürzte, wie eine Verrückte losschwamm und dann, einen mit nassem Unkraut behängten Zweig im Maul, zurückgepaddelt kam. Sie legte ihn Bree jedes Mal vor die Füße, ohne dass diese sie dazu auffordern musste. Als Bree jetzt aufblickte, sah sie ihre Mutter und winkte ihr fröhlich zu. Libby spürte, wie ihr zum ersten Mal seit ihrer Entscheidung, hierher zu gehen, das Herz etwas leichter wurde.

Alex fuhr sie mit ihrem Wagen zum Motel. Unterwegs zeigte sie ihnen ihr Haus. Es stand, vom Wasser durch die Hauptstraße nach Te Anau getrennt, am See. Libby hätte diese Straße allerdings kaum als Hauptstraße bezeichnet: In der ganzen Zeit, die sie jetzt hier waren, hatten sie nicht einmal eine Hand voll Autos gesehen. Alex' Haus war groß und ein Stück von der Straße weg gebaut. Ein riesiges, stehendes Dachfenster beherrschte das Dachgeschoss. Libby reckte den Hals, um es im Vorbeifahren genauer betrachten zu können.

»Von dort oben müssen Sie ja eine fantastische Aussicht haben«, sagte sie.

Alex lächelte sie im Rückspiegel an. »Genau das ist der Grund, warum ich dieses Haus gekauft habe. Das Dachfenster gab es damals aber noch nicht. Ich habe es einbauen lassen, weil ich wusste, dass der Ausblick atemberaubend wäre. Alles andere war mir nicht so wichtig.«

Sie hielt vor dem Eingang des Motels. Libby stieg aus dem Wagen, dann luden sie gemeinsam das Gepäck aus. Libby stellte fest, dass zu dem Motel auch ein Restaurant gehörte und außerdem eine Lokalität, die sich Beehive Bar nannte. Sie würden also wenigstens nicht verhungern oder verdursten.

Das Zimmer war nicht unbedingt luxuriös, aber zweckmäßig eingerichtet. Außerdem machte es einen überaus sauberen Einruck. Die Wände aus Schlackenstein waren gelb gestrichen, und die Fenster zierten geblümte Vorhänge. Der Blick auf den See wurde jedoch teilweise von Bäumen verdeckt, die man, wie Alex ihnen erzählte hatte, erst vor kurzem am Ufer gepflanzt hatte. Deshalb hatte sie ein Haus am oberen Rand des Hanges gekauft. Diejenigen, die weiter unten gebaut hatten, ärgerten sich jetzt maßlos, weil ihnen die Aussicht auf den See genommen war.

»Das ist das Problem in diesem Teil der Welt«, sagte sie. »Ein empfindliches Gleichgewicht zwischen Erschließung einerseits und Umweltschutz andererseits.«

»Ich denke, das ist heutzutage überall so.«

»Sicher. Aber es wird besonders problematisch, wenn eine Gegend fast ausschließlich auf den Tourismus angewiesen ist, so wie wir hier.«

Bevor Alex wieder zurückfuhr, schlug sie ihnen vor, am nächsten Morgen zu ihr ins Büro zu kommen. Bis dahin würde alles geregelt sein. Bree verabschiedete sich von Sierra, die sich nur ungern von ihr zu trennen schien. Alex versprach Bree, dass sie den Hund ausführen dürfe, wann immer sie Lust dazu habe.

»Nun?«, fragte ihre Mutter sie, als Alex gefahren war, »Bist du immer noch der Meinung, das hier ist das Ende der Welt?«

Bree verzog das Gesicht. »Der See gefällt mir, und ich kann es gar nicht erwarten, den Garten zu erkunden. Hast du gesehen, wie riesig er ist?«

»Ich habe ihn mir noch gar nicht richtig angesehen, aber das werde ich morgen nachholen.«

»Eine Sache beunruhigt mich aber noch, Mum.« Bree setzte sich aufs Bett und schob die Hände unter ihre Oberschenkel.

»Und das wäre, Schatz?«

»Wer wird sich um mich kümmern, wenn du im Dusky Sound arbeitest?«

John-Cody überquerte den See mit dem Southland Tours Boot. Die wenigen Schritte zum Büro ging er dann zu Fuß. Alex wartete schon auf ihn. »Es tut mir Leid«, sagte er. »Ich habe das vollkommen vergessen. Hast du die beiden irgendwo unterbringen können?«

»Im Manapouri Motor Inn. Außerdem habe ich Lynda gebeten, sauber zu machen.«

»Gut.« Er ließ sich erschöpft auf die Couch fallen. Alex brachte ihm frisch aufgebrühten Kaffee, dann starrte sie stirnrunzelnd seine zerzausten Haare an.

»Wann hast du sie abgeschnitten?«

»Heute Nachmittag.«

Sie setzte sich und faltete die Hände im Schoß. »Genau auf den Tag ein Jahr: Es tut mir Leid, ich hätte daran denken müssen. Ich hätte den Termin niemals für heute vereinbaren dürfen.«

John-Cody tätschelte ihre Hand. »Mach dir keine Gedanken, Alex. Du hast mir das Datum schon vor einer Ewigkeit gesagt. Ich hätte auch dran denken können. War sie sehr sauer?«

»Nein, sie hat sich gefreut, dass du ihr deine Hälfte des Hauses überlässt. Das war übrigens sehr nett von dir. Bree ist ein süßes, kleines Mädchen; sie wird bestimmt ein eigenes Zimmer brauchen. Ich frage mich übrigens, wer sich um sie kümmern wird, wenn ihre Mutter im Dusky Sound ist.«

»Es gibt immer jemanden, der froh ist, wenn er sich ein paar Dollars verdienen kann. Ihre Mutter wird schon eine Lösung finden.«

»Sie ist ein ziemlich intelligentes Kind. Und sie ist sehr englisch: wird interessant zu sehen, wie sie in der Schule klarkommt.«

John-Cody stand auf. »Ich denke, ich sollte jetzt besser zum Pub gehen und mich persönlich entschuldigen.« Er blies die Backen auf. »Danke, Alex. Ich weiß nicht, was ich im vergangenen Jahr ohne dich gemacht hätte.«

»Vielleicht hättest du mehr gearbeitet.«

Er verzog das Gesicht. »Meinst du wirklich?«

»Ich weiß nicht, aber da wir schon dabei sind ...« Sie winkte ihn mit dem Zeigefinger zu sich und ging dann ins Büro voraus, wo sie wortlos auf die Tafel an der Wand zeigte. John-Cody starrte die Tage, Orte und Zahlen an. »Buchungen?«

»Die Saison fängt bald an. Was willst du also tun – den ganzen Sommer weiter auf deinem Hintern sitzen?«

Er starrte die Reservierungen an, die voraussichtliche Zahl der Gäste und die Tabelle der Kosten. Seit Mahinas Tod hatte er nicht mal eine Hand voll Törns übernommen, und dabei hatte er ausschließlich Wissenschaftler gefahren, denen er sich irgendwie verpflichtet fühlte. Die Vorstellung, wieder Touristen auf dem Boot zu haben, war ihm plötzlich zutiefst zuwider.

»Ich bin mir nicht sicher, ob ich das wieder machen kann, Alex.«

»Dann verkauf an Ned Pole.«

John-Cody starrte sie mit großen Augen an.

»Nun, er kümmert ich wenigstens um sein Geschäft.« Sie sah ihn kopfschüttelnd an. »Boss, niemand kennt sich hier in Fjordland besser aus als du, und du hast alles, was du weißt, von Mahina gelernt. Du kannst doch nicht jetzt, da sie tot ist, eure Ideale verraten.«

»Ich habe keine Crew.« Seine Lippen waren so trocken, dass sie rissen.

»Was ist mit Jonah?.«

»Ja, stimmt.« Er starrte die bereits eingetragenen Termine an. »Nächste Woche also.«

»Dusky Sound und Preservation Inlet: Jetzt wieder damit anzufangen ist genauso gut wie zu jedem anderen Zeitpunkt. Ich habe neue Broschüren drucken lassen. Sie kommen wirklich gut an. Unsere Website wird auch viel besucht, und wir haben viele Anfragen von früheren Gästen. Euch beiden ist es gelungen, ein Netzwerk von wirklich engagierten Menschen aufzubauen. Du kannst jetzt nicht einfach aufhören.« Sie lachte. »Abgesehen davon wäre das das erste Jahr, in dem wir tatsächlich Gewinn machen würden. Es wäre wirklich schade, diese Gelegenheit ungenutzt verstreichen zu lassen.«

John-Cody rieb sich nachdenklich am Kinn. »Bedeutet das, dass du auf Dauer bei uns bleiben willst?«

»Ich werde so lange bleiben, wie du Verwendung für mich hast. Mahinas System werde ich zwar niemals beherrschen, aber ich habe immerhin auch zwanzig Jahre Erfahrung in diesem Geschäft. Ich denke, ich werde es schaffen. Du fährst einfach nur das Boot, in Ordnung? Alles andere kannst du mir überlassen.«

John-Cody zitterte. Er war sich absolut nicht sicher, ob er überhaupt weitermachen konnte. Im Augenblick jedenfalls fühlte er sich unsagbar schwach, verwundbar und verloren. »Wir werden später darüber reden«, sagte er. »Sperrst du zu?«

»Mach ich das nicht immer?«

»Danke.«

Er stand schon in der Tür, als sie ihm hinterherrief. »Wo wirst du heute Nacht schlafen?«

Er sah die Couch an. »Dort, denke ich«

»Und morgen? Ich will nicht, dass du ständig in meinem Büro übernachtest.«

»Wahrscheinlich werde ich zum Boot zurückfahren.«

»O.k., aber du wirst schon bald wieder hierher kommen müssen, um für die Charterfahrten den Proviant zu besorgen.«

John-Cody verdrehte die Augen. »Du bringst mich noch ins Grab, Alex.«

»Das sehe ich völlig anders.«

Libby und Bree aßen im Restaurant zu Abend. Sie bestellten Steak und Pommes frites und bedienten sich an der Salatbar. Das Restaurant war ziemlich gut besucht, aber man hatte für sie einen Tisch am Fenster reserviert. Sie saßen dort und sahen zu, wie die Sonne hinter den Hunter Mountains unterging. In der Bar nebenan ging es hoch her. Libby musste hinübergehen, um sich etwas zu trinken zu holen, da es ihr nicht gelang, den Barkeeper vom Restaurant aus auf sich aufmerksam zu machen. Sie bahnte sich also ihren Weg durch den bunt zusammengewürfelten Haufen von Farmern und Tunnelarbeitern in schmutzigen Jeans und Gummistiefeln. Etliche der Männer zwinkerten ihr grinsend zu und sahen sich viel sagend an. Libby hatte so etwas schon Hunderte von Malen erlebt, obwohl die Männer hier, nach allem, was sie so kannte, ziemlich weit gingen. Sie holte sich ihr Bier und sah, als sie sich umdrehte, einen sehr großen Mann in einem knöchellangen Staubmantel, der sie vom Billardtisch aus beobachtete. Er trug einen Akubra-Cowboyhut. Sein sonnengebräuntes Gesicht war verwittert wie altes Holz. Er prostete ihr mit seinem Bierglas zu. Libby nickte ihm zu, dachte nicht weiter darüber nach und ging ins Restaurant zurück.

Kaum hatte sie sich wieder zu Bree an den Tisch gesetzt, stand er in der Tür und kam, als er sie entdeckt hatte, auf sie zu. Libby sah zu ihm hoch und lächelte. Er war schlank und sehr groß, weit über eins achtzig, und trug Cowboystiefel mit viereckiger Kappe, was ihn aussehen ließ, als käme er direkt aus dem Wilden Westen. Libby bemerkte eine wie ein Krummsäbel geformte Narbe neben seinem linken Auge.

»Sie müssen Dr. Bass, die Wissenschaftlerin, sein.« Er sprach mit deutlich erkennbarem australischem Akzent, der zwar freundlich, aber viel rauer klang als der neuseeländische, den sie bisher gehört hatte.

»Das ist richtig.« Sie schüttelte seine Hand, die er ihr entgegen streckte.

»Nehemiah Pole.« Er lächelte sie wieder an und zwinkerte Bree zu. »Meine Kumpel nennen mich Ned.« Er setzte sich unaufgefordert auf einen freien Stuhl an ihren Tisch und lehnte sich mit den Unterarmen auf die Tischplatte. »Und wie heißt du, kleine Lady?«

Bree wurde rot, sah ihre Mutter an und schluckte die Pommes frites, die sie gerade im Mund hatte, herunter. »Bree«, sagte sie leise.

Libby legte ihre Gabel auf den Teller und sah Pole an: Sie konnte das Wachs riechen, mit dem sein Mantel imprägniert war. Der Geruch hing in ihrem Hals wie Leinsamen.

»Was kann ich für Sie tun, Mr. Pole?«

»Oh, ich wollte nur Hallo sagen. Ich sehe, dass Alex Sie hier untergebracht hat und nicht bei Gib.« Er zog die Mundwinkel herunter. »Dann ist der Homestay wohl noch nicht fertig, hm? Gib ist in letzter Zeit ziemlich verwirrt, der arme Kerl. Das ist natürlich nicht seine Schuld, aber so ist es nun mal.« Er lehnte sich zurück. »Ich habe Sie angesprochen, weil ich denke, dass Sie, solange Sie hier sind, ein Boot brauchen werden.«

»Sie sind also schon über meine Ankunft informiert worden?«

»Wir alle wurden informiert, Dr. Bass. Das Umweltministerium hat für die Zeit, in der Sie Ihre Forschungen durchführen, die Beobachtungserlaubnis für Meeressäuger durch Touristenfahrten vorübergehend ausgesetzt.«

»Im Dusky Sound?«

»In jedem der Sunde. Solange Sie hier sind, bekommt niemand eine Erlaubnis.«

Libby schürzte die Lippen und nickte. »Das ist durchaus sinnvoll.«

»Nicht, wenn Sie ein Boot betreiben, mit dem Sie Touristen fahren«, sagte er lakonisch. »Aber das ist eine andere Geschichte. Ich dachte, es kann nicht schaden, wenn ich Ihnen ein Boot anbiete, da Sie ja nun mal eins brauchen. Ich schätze, Sie werden Ihre Basis in der Supper-Cove-Hütte am oberen Ende des Sunds einrichten.«

»Ehrlich gesagt, habe ich noch gar nicht darüber nachgedacht. Ich muss zuerst noch ein paar andere Dinge regeln.«

»Das mit der Schule zum Beispiel, hm?« Pole lächelte sie über den Tisch hinweg an und zeigte strahlend weiße Zähne. »Es wird dir dort bestimmt gefallen, Bree. In Te Anau gibt es jede Menge Kinder.« Er sah jetzt wieder Libby an und zog eine Visitenkarte aus seiner Tasche. »Wie dem auch sei, rufen Sie mich doch einfach an, wenn Sie das Boot brauchen. Wenn nötig, kann ich es Ihnen auch zum Dusky Sound fahren.«

Libby nahm die Karte. »Vielen Dank. Aber ich denke, diese Sache habe ich bereits geregelt.«

»Mit Gibbs? Seien Sie bloß vorsichtig –« Er brach ab. »Ach, vergessen Sie's, ich hätte das nicht sagen sollen.«

»Was genau haben Sie denn gesagt?«

Pole stand auf. »Ach, nichts.« Er wandte sich zum Gehen, hielt dann inne und lächelte sie wieder an. Diesmal blieben seine Augen jedoch kalt. »Fragen Sie ihn mal, warum die *Kori* einen Klüver mit Rollreffsystem hat.« Er tippte sich zum Abschied an seinen Hut und ging zurück in die Bar.

Bree rümpfte die Nase und sah ihre Mutter an. »Was ist ein Klüver mit Rollreffsystem?«

»Ein Klüver ist ein Segel, mein Schatz. Mehr kann ich dir im Moment auch nicht sagen.«

John-Cody betrat den Beehive und nickte einigen Farmern zu, die er kannte. AJ, der Barkeeper mit dem rötlich braunen Bart, schenkte ihm ein Bier ein.

»Sitzt nebenan diese Wissenschaftlerin?«, fragte John-Cody.

»Ja, das tut sie.«

Die Stimme kam von hinten. John-Cody erkannte sie sofort: Ned Pole. Er hatte ihn, als er hereinkam, mit dem Queue über den Billardtisch gebeugt gesehen. Jetzt drehte er sich langsam um und sah ihn an. Pole war eine gute Handbreit größer als er und hielt mit seinen zweiundfünfzig Jahren noch immer sein Kampfgewicht: Er war die große Nummer im Te-Anau-Becken. In den neun Jahren, die er vom Hubschrauber aus Rotwild gejagt hatte, hatte er sich den Ruf erworben, unbesiegbar zu sein. Und das bei einer Arbeit, die so viele Söhne, Ehemänner und Brüder das Leben gekostet hatte, dass Te Anau den Spitznamen »Witwenstadt« bekam. Pole hatte Rotwild geschossen, das große Geld gemacht, und er hatte überlebt. Zweimal saß er in einem Hubschrauber, der autorotieren musste, weil der Motor ausgefallen war, und zweimal stieg er lebend und nahezu unverletzt aus dem Wrack. Er verlor vier Piloten und zwei Jagdgefährten, er aber überlebte. Die Leute waren fest davon überzeugt, dass er einen besonderen Schutzengel hatte. Mahina fand es allerdings wahrscheinlicher, dass er mit dem Teufel im Bunde stand. Soweit John-Cody wusste, stammte Pole aus Cairns in Australien. Er war ein ehemaliges Mitglied des Australian Special Air Service und besonders stolz auf seine Teilnahme am Vietnamkrieg.

»Hör zu, Kumpel. Ich habe gehört, dass du einen schlimmen Tag hattest, und das tut mir Leid«, sagte Pole ruhig. »Aber du bist auf dem besten Weg, unsere Ortschaft um ihren guten Ruf zu bringen. Niemanden tut das mit Mahina mehr Leid als mir, aber du darfst deine Gäste jetzt nicht einfach versetzen. Wir alle hier sind auf die Touristen angewiesen, und wenn sich dein Verhalten herumspricht, heißt es irgendwann, wir wären alle so nachlässig. Mach also deinen Job ordentlich, oder lass ihn jemand anderen machen.«

John-Cody sah ihm in die Augen. Sie waren von Fältchen umgeben, die Lidränder gerötet. »Weißt du was, Ned? Ich habe nicht die geringste Lust, mir von dir eine Moralpredigt anzuhören.«

»Das mag schon sein. Aber irgendjemand muss etwas sagen. Du hast Glück, dass diese Frau so entgegenkommend ist.«

John-Cody sah ihn noch immer an. »Jetzt bin ich ja hier.«

»Ja, das bist du.« Pole zog eine schwarze Zigarre aus seiner Hemdtasche. »Aber wie lange noch? Du bist doch gar nicht mehr mit dem Herzen dabei, Gib. Und das weißt du selbst am besten. Steig aus, solange der Laden noch läuft. Mein Angebot steht.«

John-Cody nahm etwas Tabak aus seinem Beutel und drehte sich eine Zigarette. In Poles Gegenwart fühlte er sich immer unbehaglich. Trotz allem, was passiert war, hatte Pole ihm im Gegensatz zu vielen anderen niemals Vorwürfe gemacht. Und das machte es für ihn umso schwieriger, diesen Mann nicht zu mögen. Objektiv betrachtet, konnte er auch nicht behaupten, dass er Pole nicht mochte. Pole war als Mensch in Ordnung, obwohl es auch schon vor dem Unfall immer gewisse Spannungen zwischen ihnen gegeben hatte: Vielleicht waren das nur die Rivalitäten zweier Persönlichkeiten gewesen, von denen eine genauso stark wie die andere war, die aber immer auf verschiedenen Seiten standen.

Pole gab ihm Feuer und ließ das Feuerzeug zuschnappen. »Denk drüber nach, Kumpel.«

»Ich werde dir weder mein Boot noch meinen Kai verkaufen. Du weißt, dass ich das niemals tun werde, Ned.«

Pole lehnte sich an einen der hohen Tische. »Sag niemals nie, Kumpel. Du kannst niemals sagen, wie sich die Dinge entwickeln werden. Abgesehen davon, wirst du irgendwann schon noch zur Vernunft kommen. Die Leute hier brauchen Jobs. Fortschritt, Gib, Fortschritt.«

»So nennst du das also?«

»Der Tourismus ist unser Lebensunterhalt, Kumpel. Von dir, von mir und von allen anderen hier. Denk drüber nach. Mein Angebot ist fair, und du weißt, dass ich für das Geld gut bin.« Er prostete ihm zu und ging zum Billardtisch zurück.

John-Cody sah eine Frau und ein Mädchen, die er nicht kannte, an einem Fenstertisch im Restaurant gerade ihr Dessert essen. Die Sonne war bereits untergegangen, der See düster und voller Schatten. Er würde warten, bis sie aufgegessen hatten, bevor er zu ihnen ging und sich bei ihnen entschuldigte. Pole hatte Recht, er hätte heute hier sein müssen, zumindest hätte er seine Gäste nicht völlig vergessen dürfen. Aber er hatte schon seit einem Jahr keinen klaren Gedanken mehr fassen können, und dieser Tag war von allen der schlimmste gewesen. Er rauchte die Zigarette und merkte, dass seine Hand zitterte.

John-Cody musterte seine Gäste durch die Halbtür. Die Frau saß so, dass sie ihm das Gesicht zuwandte: Er schätzte ihr Alter auf Ende zwanzig. Sie war sehr attraktiv, hatte kohlschwarze Haare, dunkle Augen und einen dunklen Hautton. Sie trug ein T-Shirt und Jeans und wirkte von seinem Blickwinkel aus sehr adrett und ziemlich durchtrainiert. Ihre Tochter saß mit dem Rücken zu ihm, daher konnte er ihr Gesicht nicht sehen, aber sie war sehr dünn und hatte blonde Haare. Offensichtlich ähnelte sie ihrem Vater. Schließlich drückte er seine Zigarette aus und ging ins Restaurant.

Libby sah ihn kommen. Einen ziemlich großen Mann mit guter Figur, zerknittertem Gesicht und seegrauen Augen. Sein Haar hing auf die Schultern herab und sah aus wie mit dem Rasiermesser geschnitten. Er trug ein Jeanshemd mit aufgekrempelten Ärmeln, ausgeblichene Jeans und Schnürstiefel. Es gelang ihr nicht, ihren Blick von seinem Haarschnitt zu wenden. Er blieb an ihrem Tisch stehen und lächelte sie an. Seine von Fältchen umgebenen Augen blitzten im Licht der Lampe.

»Dr. Bass?«

Libby nickte.

»John-Cody Gibbs. Ich wollte mich bei Ihnen entschuldigen.«

Libby rutschte mit ihrem Stuhl ein Stück zurück, um ihm Platz zu machen. John-Cody setzte sich und sah Bree an. »Und du musst Bree sein. Freut mich, dich kennen zu lernen.«

Bree lächelte ihn an. »Ich habe schon Ihren Hund kennen gelernt. Sierra ist einfach toll.«

»Alex hat mir davon erzählt. Sierra hat offenbar schon Sehnsucht nach dir.« Bree machte auf der Stelle ein besorgtes Gesicht, und er lachte. »Du brauchst dir keine Sorgen zu machen, ich habe ihr versprochen, dass sie dich wiedersehen darf.« Er blinzelte Libby zu und sah dann wieder Bree an. »Jetzt sag mir eins«, meinte er und stützte sich dabei auf seine Ellbogen. »Wie kommst du zu diesem hübschen Namen?«

Bree wurde ein wenig rot und setzte sich auf ihre Hände, während sie verlegen ihren Teller anstarrte.

»Sie heißt eigentlich Breezy«, antwortete Libby an ihrer Stelle.

Bree sah auf. »So bin ich jedenfalls getauft.«

»Du bist nicht getauft, Bree.«

»Nun, dann ist das eben der Name, der auf meiner Geburtsurkunde steht.« Bree lächelte John-Cody wieder an. »Ich heiße so, weil ich wie eine sanfte Brise ins Leben geweht bin.«

»Tatsächlich?« John-Cody warf Libby einen fragenden Blick zu.

»Dreiunddreißig Minuten von der ersten Wehe bis zur Geburt«, erklärte Libby ihm. »Das war die einfachste halbe Stunde meines Lebens.«

John-Cody lachte und verschränkte die Arme vor der Brust. »Hören Sie«, sagte er, »ich bezahle selbstverständlich Ihr Zimmer. Ich habe das bereits mit den Besitzern geklärt, und sie stellen mir die Übernachtung in Rechnung. Also machen Sie sich deshalb keine Sorgen.«

»Das wäre wirklich nicht nötig gewesen.«

»Es ist mir aber ein Vergnügen. Schließlich bin ich derjenige, der das Ganze vermasselt hat.« Er stand noch immer lächelnd auf. »Wie dem auch sei, ich werde Sie jetzt in Ruhe lassen. Morgen ist das Haus für Sie fertig, und Sie können jederzeit einziehen. Ihr Eingang ist die erste Tür von vorn.«

»Darf ich auch in den Garten?«, fragte Bree ihn.

»Du kannst ihn zu deinem Reich machen, Bree.«

»Er ist fantastisch.«

»Er ist ziemlich verwildert. Ich letzte Zeit habe ich mich kaum darum gekümmert.«

»Wo werden denn Sie wohnen?« fragte ihn Bree. »In dem Teil, in den wir ursprünglich einziehen sollten?«

John-Cody zog die Augenbrauen hoch. »Ich bin in letzter Zeit viel auf meinem Boot gewesen. Bei Gelegenheit zeige ich es dir.« Er sah Libby an. »Falls Sie noch Fragen haben – ich bin morgen noch da.«

»Vielen Dank, und es ist sehr freundlich von Ihnen, uns Ihre Hälfte des Hauses zur Verfügung zu stellen.« Sie lächelte ihn an und reichte ihm zum Abschied die Hand. Er tippte mit dem Zeigefinger an seine Schläfe und zeigte dann auf Bree. »Take it easy, Breezy.«

Sie schauten ihm beide nach, als er den Raum verließ, dann sahen sie sich über den Tisch hinweg an. »Was für ein entsetzlicher Haarschnitt«, sagte Libby.

»Ja, aber er ist sehr nett. Männer haben einfach keine Ahnung von so etwas, Mum. Das weißt du doch.«

Libby lachte.

»Der andere Mann war auch ganz nett«, fuhr Bree fort. »Aber was für einen komischen Namen er hat: Wie kann jemand seinen Sohn nur *Nehemiah* nennen.«

»Ja«, sagte Libby. »Das ist fast so schlimm wie Breezy.«

4

Ned Pole verließ die Bar und stieg in seinen Mitsubishi Twincab. Er blieb einen Augenblick im Wagen sitzen und sah zu, wie sich die Dunkelheit über den See legte. Er dachte an die Wissenschaftlerin und ihre Tochter. Er hatte sowohl mit dem Gemeinderat wie mit dem Umweltministerium ausführliche Gespräche geführt, nachdem er aus der Zeitung erfahren musste, dass man diesen Forschungsauftrag vergeben hatte. Seine Geldgeber hatten ebenfalls Wind von der Sache bekommen. Sie hatten ihn sofort angerufen und wissen wollen, inwieweit dieses Projekt ihr Vorhaben gefährden könnte. Seine Frau hatte sich zu dieser Zeit gerade in den Vereinigten Staaten aufgehalten. Er hatte ihnen versichert, dass kein Grund zur Beunruhigung bestünde, dies sei nichts, womit er nicht fertig würde. Es war ihm zwar gelungen, sie fürs Erste zu beruhigen, sie hatten ihn jedoch in aller Deutlichkeit auf eine Tatsache hingewiesen, die ihm nur allzu bewusst war: Für ihn war dieses Geschäft wesentlich wichtiger als für sie. Da waren seine Schulden in Australien. Wenn es ihm nicht gelang, sie zu tilgen, wäre er schon bald zahlungsunfähig. Sie hatten ihn auch darauf hingewiesen, dass John-Cody Gibbs der Letzte war, der noch Widerstand leistete. Es hätte ihnen gerade noch gefehlt, wenn ihnen jetzt plötzlich eine Wissenschaftlerin Probleme machen würde.

Er startete den Motor und ließ ihn eine Zeit lang im Leerlauf laufen, bevor er den ersten Gang einlegte und auf die Straße nach Te Anau hinausfuhr. Tom Blanch kam ihm mit seinem zerbeulten Triumph entgegen. Pole nickte ihm zu. Warum war Gibbs nicht einfach weiter mit Blanch auf Fischfang gegangen, anstatt sein Herz für die Umwelt zu entdecken?

Er fuhr langsam nach Hause. Heute Abend ging ihm so vieles durch den Kopf. Mit seiner Fischereiflotte lief es ganz gut, und auch sein Touristenboot war ständig ausgebucht, obwohl er keine Erlaubnis zur Beobachtung von Meeressäugern hatte. Aber er fuhr die Touristen auch ohne zu den Robben und Delfinen. Gibbs hatte ihn ein paarmal dabei erwischt, aber er schien, anders als früher, nicht daran interessiert zu sein, etwas dagegen zu unternehmen. Mahinas Tod hatte offensichtlich einiges geändert.

Genauer gesagt hatte sich durch Mahinas Tod alles geändert. Dennoch empfand Pole kein Gefühl der Befreiung, wie er zunächst angenommen hatte. Sie spukte weiterhin in seinem Kopf herum. Er sah das Kruzifix an, das am Rückspiegel baumelte, und tadelte sich wieder einmal aufs Schärfste. Sie war wunderschön gewesen, und er hatte sie begehrt wie keine andere. Er dachte an seine erste Ehe: an die Geburt seines Sohnes und daran, wie sehr seine Frau ihr Verhalten ihm gegenüber danach verändert hatte. Die Landschaft zog an ihm vorbei, ohne dass er sie überhaupt wahrnahm. Er fuhr einfach, eine Hand am Steuer, die Straße entlang, während er sich in seinen Erinnerungen verlor.

Schließlich schrak er aus seinem Tagtraum auf und dachte wieder über seine gegenwärtige Situation nach. Er brauchte die *Korimako* und ihren Liegeplatz, um die Touristen zu den schwimmenden Hotels bringen zu können. Wenn er Gibbs das Boot und den Kai abkaufen konnte, wäre seine Bewerbung für den Dusky Sound kaum mehr abzulehnen.

Kurz vor Te Anau bog er in südlicher Richtung von der Hauptstraße ab und fuhr die kurvige Auffahrt hinauf, die zu seinem sechs Hektar großen Stück Land führte. Jane war noch immer in den Staaten und kam erst am Wochenende nach Hause, was ihm in gewisser Hinsicht ganz recht war. Andererseits blieb ihm dadurch jede Menge Zeit, untätig herumzusitzen und vor sich hin zu grübeln. Sie hatte ihm ziemlich genau dasselbe Ultimatum gestellt wie seine Geldgeber, und sie hatte gute Argumente auf ihrer Seite. Dem Gedanken an sie folgte der an seinen Vater, doch er verdrängte ihn sofort wieder.

Er stellte den Wagen ab und trat zum Haus. Als Barrio ihm von der oberen Koppel zuwieherte, blieb er kurz stehen. Er ging zum Zaun und betrachtete den Hengst, der seinen großen schwarzen

Kopf schüttelte und mit seinen Hufen Furchen in den Boden scharrte. Barrio hatte Eli gehört. Ned hatte ihm das Pferd zum einundzwanzigsten Geburtstag geschenkt. Er sah im Geiste Elis Gesicht vor sich und schloss wehmütig die Augen. Jane hatte Eli niemals kennen gelernt, denn sie waren sich erst einige Zeit nach seinem Tod zum ersten Mal begegnet. Wieder sah er Barrio an, ein Hengst im besten Alter, der fünf lange Jahre so gut wie nie geritten worden war.

Im Haus roch es intensiv nach gegerbtem Leder: Jane beklagte sich ständig darüber, aber Pole erklärte ihr immer wieder, dass dieser Geruch nun einmal zu dem Mann gehörte, den sie geheiratet hatte, dem Mann, auf den ihre amerikanischen Freunde jetzt bauten. Er konnte seit seinem fünften Lebensjahr, als sein Vater ihn zum ersten Mal zur Schweinejagd in die Berge westlich von Cairns mitgenommen hatte, mit dem Gewehr umgehen. Pole erinnerte sich an die unverhüllte Freude, die sich auf dem Gesicht des alten Mannes gezeigt hatte, als er sein erstes Schwein geschossen hatte und seine Hände in dessen Blut tauchte, um es auszunehmen und zu säubern. Er war ein guter Schütze geworden, einer der besten überhaupt: In Vietnam hatte er seiner Einheit als Scharfschütze wenigstens ein gewisses Maß an Sicherheit verschaffen können. Als er dann nach Neuseeland gegangen war, ursprünglich, um dort Rotwild zu jagen, dauerte es nicht lange, bis sich jede Helikopterbesatzung im Te-Anau-Becken um ihn riss.

Oben in seinem Büro fuhr er mit seiner schwieligen Hand über seine Gewehre und betrachtete einige seiner Jagdtrophäen. Dann sah er seine King-James-Bibel an und das Foto von Eli, das immer danebenstand. Vielleicht würde er morgen mit Barrio ausreiten.

Libby rief am folgenden Morgen im Büro an. Zehn Minuten später traf John-Cody mit dem Pick-up ein, den sie und Bree am Tag zuvor in der Auffahrt des Hauses hatten stehen sehen. Sierra saß hinten auf der Ladefläche. Sobald sie Bree, die am Straßenrand hockte und schon auf sie wartete, gesehen hatte, sprang sie schwanzwedelnd vom Wagen. Bree begrüßte den Hund überschwänglich. John-Cody öffnete inzwischen die Ladeklappe und ging zu Libby, um ihr beim Tragen des Gepäcks zu helfen. Es war ein klarer und frischer Morgen.

Bienen schwebten über purpurfarbenen Blüten, Frühling in Southland. Die Sonne stand hoch über dem stillen See. Die Cathedrals ragten im Hintergrund wie silberne Türme in den Himmel, und nur ganz weit im Westen plusterten sich Kumuluswolken auf. Libby fand, dass John-Cody abgespannt und müde aussah, als er ihr Gepäck auf den Wagen lud: Sein Gesicht war zerfurcht, und er war ein wenig rot um die Augen, als hätte er kaum geschlafen.

Am Haus angekommen, stellte er den Wagen unter den Carport. Bree fragte ihn, was es mit der Telefonzelle auf sich habe. Er erzählte ihr, dass sie früher einmal an der Ecke Home und View Street gestanden hatte und dass er sie, als man neben dem Tante-Emma-Laden eine neue aufgestellt hatte, hierher bringen ließ, um sie für die Nachwelt aufzubewahren. An der Tür stellte er ihr Gepäck ab und zog die Hausschlüssel aus seiner Tasche. Libby bemerkte, dass seine Hände ein wenig zitterten, als er den Schlüssel ins Schloss steckte.

Das ganze Haus roch nach Mahina: Ihr Duft schlug ihm förmlich entgegen, kaum dass er den Fuß über die Schwelle gesetzt hatte. Er hätte zuerst allein hierher kommen sollen und nicht nur einfach eine Putzfrau damit beauftragen dürfen, nach dem Rechten zu sehen. Die Stille im Haus war dieselbe Stille, die er vor einem Jahr erlebt hatte, als der Kuckuckskauz dreimal gerufen hatte und Mahina zu ihren Vorfahren heimgegangen war. Die Holzwände kamen ihm dunkel und kalt vor, das ganze Haus wirkte unsäglich leer. Alle Möbel standen noch an ihrem Platz, auch alle Fotos waren noch da. Alle, bis auf jene, die ihn und Mahina zeigten. Diese hatte Lynda auf seine Bitte hin in eine Schachtel gepackt und in seinen Gitarrenschuppen gestellt. Die Bücherregale standen immer noch mit dem Rücken an der Küchentheke, die das Zimmer unterteilte. Die Tür zum Badezimmer, das sich an den Küchenbereich anschloss, stand offen, und er konnte Putzmittel und Seife riechen. Das Bad war leer, dennoch überfiel ihn im selben Moment das Gefühl, Mahina könnte gleich durch die Tür treten.

Libby stand hinter ihm und nahm das Zimmer zum ersten Mal richtig wahr. Es hatte eine wunderbare Atmosphäre. Sie war sofort sicher, dass sie hier gern wohnen würde: Es herrschte eine gemütliche Blockhausstimmung, die sicher auch Bree gefiele. Der Raum war von Wärme und einer friedlichen Stille erfüllt. Im Kamin war frisches Holz aufgeschichtet, das Kaminsims zierten Muscheln, verschiedene Steine und andere hübsche Kleinigkeiten. Die Fotos über dem Kamin zeigten das Meer und die Tiere des Meeres. Sie nahm den Duft wahr, der dieses Haus erfüllte, das Glück, das hier gewohnt hatte.

»Es ist wirklich wunderschön«, sagte sie.

»Es freut mich, dass es Ihnen gefällt.« John-Cody sah Bree an. »In diesem Zimmer dort steht ein Einzelbett.« Er öffnete eine Tür, die sich rechts von ihnen befand, und Brees Blick fiel in einen sonnendurchfluteten Raum. Dort standen ein breites Bett mit einem rot bezogenen Federbett, mehrere Bücherregale und ein Schrank. Über dem Bett hing ein großes Poster, das einen kalifornischen Otter zeigte. John-Cody schloss seine Finger fest um den Tangi-wai-Stein in seiner Tasche.

»Also, ich lasse Sie jetzt allein«, sagte er. »Wenn Sie nach Te Anau wollen, können Sie jederzeit den Ute nehmen. Er ist zwar ein bisschen lahm, aber sehr zuverlässig. Im Kühlschrank stehen Fruchtsaft, Kaffee und Milch.« Er lächelte Libby an. »Falls Sie mich brauchen, finden Sie mich unten im Büro.«

Dann verließ er das Haus und ging mit steifen Schritten und verkrampften Schultern über die Straße. Es war noch viel schwieriger gewesen, als er erwartet hatte. Ihnen seine Hälfte des Hauses überlassen zu haben hatte er vorher nicht bereut, denn er bezweifelte, dass er jemals wieder einen Fuß dort hineinsetzen würde. Als er dann jedoch in der Tür gestanden hatte, während die Erinnerungen an jene letzte Nacht ihn zu überwältigen drohten und er überall Mahinas Geruch wahrnahm, da waren ihm diese Fremden plötzlich wie Eindringlinge vorgekommen. Vielleicht hätte er die beiden doch einfach nebenan unterbringen sollen.

Nein, Mahina hätte das bestimmt nicht gefallen: Ein kleines Mädchen wie Bree brauchte mehr als nur ein Etagenbett, sie brauchte ein eigenes Zimmer. Er ging zum Büro hinunter. In kürzester Zeit hatte sich der Himmel über den Bergen bewölkt, Regenwetter zog von der Tasmansee herein.

Alex telefonierte. John-Cody setzte Kaffee auf. Als er aus dem

Fenster sah, kam Jean Grady gerade die Straße herauf. Er winkte ihr zu. Zwei Fischerboote tuckerten in Richtung Pearl Harbour vorbei. Er ging auf die Veranda, rauchte eine Zigarette und beobachtete die schaumgekrönten Wellen, die sich auf der Oberfläche des Sees kräuselten. Alex hatte Futter für die Vögel ausgelegt, die sich jetzt auf der Veranda und zwischen dem Flachs und den Kohlpalmen auf dem selbst angelegten Stück Sumpfland versammelten.

Er dachte an die Charterfahrten, die Alex für die nächste Woche organisiert hatte. Acht Gäste. Würde er es schaffen? Es war inzwischen viel Zeit vergangen, vielleicht gelang es ihm ja tatsächlich, zur Normalität überzugehen. Alex hatte Recht: Mahina würde es ihm niemals verzeihen, wenn er jetzt einfach aufgab. Er dachte daran, in welch gelöster die Stimmung die Gäste nach einem Törn stets waren, dachte an das kameradschaftliche Gefühl, das sich zwangsläufig einstellte, wenn man zusammen vier oder fünf Tage auf einem kleinen Boot verbrachte. Er dachte daran, wie sich manche Menschen verändert hatten, nachdem sie oben am Camelot River gewesen waren oder im Hall's Arm der Stille gelauscht hatten, während die Sonne vom Himmel brannte oder es in Strömen goss. Dann dachte er an den Commander Peak, wo er mit der *Korimako* ganz nah an einen dreihundert Meter hohen Wasserfall heranfahren konnte, einen Wasserfall, der mit solcher Wucht in den Fjord hinabstürzte, dass Gischtschauer auf das Deck spritzen.

Alex kam aus dem Büro und stellte sich neben ihn. »Für nächste Woche haben zwei Leute abgesagt.«

John-Cody war darüber beinahe erleichtert. »Dann sind es also nur noch sechs. Das lohnt sich ja kaum.«

Alex lachte, verschränkte die Arme und musterte ihn mit einem Glitzern in den Augen. »Boss, wenn du keine Törns mehr fahren willst, sollten wir einpacken und nach Hause gehen. Aber was willst du dann machen? Wieder auf Fischfang gehen? Tom fährt jetzt auf den Z-Booten, du hättest also keinen Partner mehr. Wir haben in Deep Cove ein Boot liegen, das eine halbe Million Dollar wert ist. Das könntest du dann genauso gut an Ned Pole verkaufen.«

»Nein«, fuhr John-Cody sie an. »Auf keinen Fall: weder das Boot noch den Kai. Ich verkaufe nicht.« Er blies in seinen Kaffee. »Und ich werde in der Sache mit dem Dusky Sound auch nicht nachgeben.«

»Schön. Dann machen wir also die Törns, oder wir lassen die *Korimako* einfach verrosten.« Alex sah ihn mit geblähten Nasenflügeln an. »Du musst jetzt endlich aufhören, dich selbst zu bemitleiden, Boss. Du hattest das große Privileg, mehr als zwanzig wundervolle Jahre mit der besten Frau verbringen zu dürfen, die ich je kennen gelernt habe. Sie war schön, intelligent und leidenschaftlich. Sie hat dich mehr geliebt, als das überhaupt irgendein Mann verdient. Aber sie ist tot. Du hattest eine wunderbare Zeit mit ihr. Bewahre die Erinnerung an sie wie einen Schatz. Trübe sie nicht durch deinen Kummer.« Sie richtete sich auf. »Die meisten Menschen empfinden nicht einmal einen einzigen Tag lang, geschweige denn zwanzig Jahre, so tiefe Gefühle füreinander wie ihr beide.«

Ihre Worte schmerzten, und er spürte eine brennende Röte auf seinen Wangen. Er sah ihr nach, als sie zurückging, dann hörte er, wie sie auf der Computertastatur klapperte. Schließlich folgte er ihr ins Büro, wo er einen Blick auf den Terminkalender warf: sieben Tage im Dusky Sound und im Preservation Inlet. »Also gut«, sagte er. »Was soll ich alles aus Te Anau mitbringen?«

Bree packte ihre Kleidung aus und räumte sie ordentlich in die Schubladen, Sierra sah ihr dabei aufmerksam zu. Sie genoss dies alles viel mehr, als sie gedacht hatte, aber das durfte sie ihrer Mutter gegenüber auf keinen Fall zugeben. Das Haus kam ihr ein wenig vor wie das in dem Roman *Unsere kleine Farm*, und Sierra folgte ihr auf dem Fuß. Der See, der Strand und dieser Baum mit der weißen Rinde, all das war wunderbar. Sie beeilte sich mit dem Auspacken, denn sie konnte es gar nicht erwarten, sich im Garten umzusehen. Ihre Mutter würde im hinteren Zimmer schlafen. Es hatte Schwingtüren wie ein Saloon in einem Western. Durch das große Fenster sah man einen Fuchsienbaum mit pinkfarbener Rinde, die sich ständig schälte. John-Cody hatte ihr erklärt, dass dies so sein müsse, damit das Moos den Baum nicht erstickte.

Bree rief ihrer Mutter, die noch mit Auspacken beschäftigt war, zu, dass sie jetzt fertig sei und nach draußen ginge. Es war immer noch warm, aber der Himmel hatte sich inzwischen bewölkt, und es sah nach Regen aus. Das störte sie jedoch nicht besonders, schließlich waren sie nicht mehr unterwegs. Sie ging an der Vorderseite des Hauses entlang, wo John-Cody einen kleinen Tisch und zwei im Boden verankerte Stühle unter dem Dachvorsprung aufgestellt hatte, so dass man auch bei Regen im Trockenen saß. Die Tür zur Wohnung nebenan war ein Stück nach vorn versetzt. Hier hingen mehrere Windspiele und Futterstellen für die Vögel am Dachvorsprung. Der Garten vor dem Haus sah aus wie ein richtiger kleiner Dschungel, der aus Büschen, den verschiedensten Pflanzen und allen Arten von Bäumen bestand. Sie ging unter dem Unterstellplatz hindurch zur Hinterseite. Auf einem etwas erhöht gelegenen Grasflecken zu ihrer Linken sah sie einen mit einer hellblauen Plane abgedeckten Holzstapel. Bree bemerkte eine Axt, die in einem Hackstock steckte. So etwas wie eine Zentralheizung gab es offensichtlich nicht. Nur einen Kamin. Sie fragte sich, wie das im Winter würde.

John-Cody hatte ihnen erzählt, dass es hier nicht oft schneite, dass es aber bitterkalt werden konnte. Der Garten hinter dem Haus fiel leicht ab und war mit verschiedenen Bäumen, kleinen Hecken und Flachs bepflanzt. Sie sah einen kleinen Teich, ein Gewächshaus und mindestens zwei Schuppen, außerdem einen Tisch und Stühle, wie sie oft in Parks aufgestellt wurden, damit die Leute picknicken konnten. Bree fuhr mit dem Zeigefinger über das Holz, als sie an der Sitzgruppe vorbeiging. Sierra trottete mit hängender Zunge und sabbernd neben ihr her. Plötzlich weckte irgendetwas ihre Aufmerksamkeit, ein Kaninchen vielleicht, und sie schoss wie ein Blitz in das kleine Gehölz, das den Garten von der Hauptstraße trennte. Bree spazierte zwischen den Bäumen und Sträuchern umher und lauschte dem Gesang der Vögel in den Ästen. Sie hörte viele Vogelstimmen, die ihr fremd waren, aber auch einige, die sie kannte: Sie hatte hier schon Drosseln, Amseln und Spatzen gesehen, außerdem Brillenvögel und Tuis. Die Tauben waren ziemlich groß und hatten alle eine grüne Brust. Sie fand sie viel hübscher als die in England oder Frankreich.

Sierra bellte. Bree drehte sich um und sah John-Cody den kleinen Hang zum Teich hinuntergehen. »Na Breezy, bist du gerade dabei, den Garten zu erkunden?«

»Ja. Er ist riesig und so vielfältig. Es hat bestimmt eine Ewigkeit gedauert, ihn so hinzukriegen.«

»Zweiundzwanzig Jahre, um genau zu sein.« Er lächelte. »Aber er ist wirklich gelungen, nicht wahr?«

»Oh, ja, er ist wunderbar.«

»Hast du die Hütte schon gesehen?«

Bree schüttelte den Kopf und folgte ihm. Er ging zwischen zwei riesigen Farnen hindurch, am Komposthaufen vorbei, dann gelangten sie an einen weiteren Holzstapel und einen ausrangierten Caravan, der am Zaun zum Nachbargrundstück stand. Er zeigte auf eine grüne Hütte mit gläsernen Schiebetüren, einer betonierten Veranda und einem Dach aus Wellplastik. »Du kannst sie dir ruhig anschauen.«

Bree öffnete die Schiebetür. Sie sah in ein Zimmer mit einem Bett und einem Schreibtisch. Eine weitere Tür führte zu einem Badezimmer. Die Wände schmückten Bilder von Delfinen, und auf dem Tisch standen kleine Figürchen. Zwei kleinere Fenster beherrschten die gegenüberliegende Wand.

»Noch mehr Platz für Bed-and-Breakfast-Gäste?«, fragte sie über die Schulter gewandt.

»Ja, aber ich werde die Hütte nicht mehr vermieten.« Er strich sich die Haare zurück. »Du kannst sie aber benutzen, wann immer du willst. Du kannst sie zu deinem Reich machen.«

»Wirklich? Oh, toll. Das muss ich gleich meiner Mum erzählen.«

»Was musst du deiner Mum erzählen?« Zwischen den Farnen stand plötzlich Libby in Shorts und T-Shirt, eine Wolljacke um die Schultern gelegt.

»Schau, Mum.« Bree zeigte ihr die Hütte. »John-Cody hat gesagt, dass ich sie benutzen darf. Sie hat sogar eine Toilette und eine Dusche.«

Libby sah sich die Hütte genauer an, dann warf sie John-Cody, der auf einem Baumstumpf Platz genommen hatte und sich gerade eine Zigarette drehte, einen kurzen Blick zu. »Vielen Dank«, sagte sie.

Ihre Augen sagten ihm, das hinter ihren Worten mehr steckte, aber er wusste nicht, was. Er fragte sich, vor welcher Art von Schwierigkeiten Libby gestanden hatte, bevor sie hierher gekommen war. Für den Forschungsauftrag, den ihr das Umweltministerium und die Universität angeboten hatten, schien sie jedenfalls überqualifiziert zu sein. Normalerweise übernahmen Doktoranden solche Arbeiten, nicht promovierte Wissenschaftler.

Er leckte das Zigarettenpapier an, klebte es zu und steckte sich die Zigarette in den Mundwinkel. Plötzlich kam ihm ein Gedanke. »Wann fängt Bree eigentlich mit der Schule an?«, fragte er.

Bree sah ihre Mutter an und machte ein langes Gesicht. An ihrem Horizont zogen plötzlich wieder dunkle Wolken auf, nachdem der Zauber des Gartens sie zwischenzeitlich vertrieben hatte.

»Sobald wie möglich«, sagte Libby. »Sie hat bereits eine Menge versäumt.«

»So viel nun auch wieder nicht, Mum.« Bree sah John-Cody an. »Hier waren sowieso Ferien. Genau genommen habe ich also bis jetzt gar nicht so viel verpasst.«

»Weshalb fragen Sie?«, wollte Libby wissen.

»Nun, ich habe gerade etwas überlegt: Den größten Teil Ihrer Forschungen werden Sie doch im Dusky Sound durchführen. Ich werde an diesem Wochenende einen siebentägigen Törn zum Dusky Sound und zum Preservation Inlet fahren, und heute Morgen haben zufällig zwei Gäste abgesagt. Wie wäre es also, wenn stattdessen Sie und Bree mitfahren?« Er lächelte Bree an. »Dann hättest du noch ein paar freie Tage, bevor du in die neue Schule musst.« Er sah wieder Libby an. »Und Sie könnten sich von meinem Boot aus schon mal ein Bild machen. Der Dusky Sound ist groß, Libby: Dort gibt es allein dreihundertsechzig Inseln.«

»Das klingt fantastisch, aber was würde uns das kosten?« Libby setzte sich auf einen der Holzstühle, die auf der Veranda standen. Sie zog ihre letzte Camel aus dem Päckchen und ließ ihr Feuerzeug aufschnappen.

»Nicht besonders viel. Alex hat bereits alle Lebensmittel eingekauft. Es fällt nur noch eine Gebühr von neunzig Dollar für die Hin- und Rückfahrt über den See an. Ich miete für die Überfahrt ein Southland-Tour-Boot: das ist einfacher, als wenn ich dort ein eigenes kleines Boot liegen hätte.« Er hob die Hände. »Aber das wär's dann auch schon. Wenn Sie sich nützlich machen wollen, könnten Sie mit mir nach Te Anau hinunterfahren, um den Proviant abzuholen. Mir wäre ein bisschen Hilfe durchaus recht, und ich kann Ihnen dabei die Gegend zeigen.«

Also fuhren sie nach Te Anau. Alle drei saßen sie auf der großen Sitzbank des Pick-up oder des Ute, wie John-Cody den Wagen nannte. Er lenkte mit einer Hand. Libby sah, dass er ein indianisches Armband aus Perlen und Knochen am Handgelenk trug. Sierra lag auf der Ladefläche. Sie reckte den Kopf über die Fahrerkabine und bellte die wenigen Autos an, die ihnen entgegenkamen.

Sie fuhren nach Norden, zur Rechten zwanzig Kilometer Farmland und zur Linken dichtes Gebüsch und der Wairau River. Sie konnten den Fluss von der Straße aus nicht sehen, aber John-Cody versprach, auf dem Rückweg mit ihnen zum Ufer hinunterzugehen. Libby ließ während der Fahrt den Arm aus dem Beifahrerfenster hängen. Bree saß zwischen ihr und John-Cody. Er konnte Libbys Parfüm riechen und wurde sich plötzlich bewusst, dass, seit er Mahina kennen gelernt hatte, keine andere Frau mehr in diesem Wagen gesessen hatte. Sie hatte sich immer eng an ihn geschmiegt, so eng wie möglich, ohne ihn beim Fahren zu behindern. Er lächelte angesichts dieser Erinnerung: Der Schmerz in seiner Brust war wieder da, aber er spürte jetzt mehr Zärtlichkeit als Trauer. So war es das ganze vergangene Jahr gewesen: Manchmal war der Schmerz so unerträglich gewesen, dass er sich hatte umbringen wollen, dann wieder erinnerte er sich mit so inniger Liebe an Mahina, dass er laut lachen musste.

Sie kamen zur Supply-Bay-Kurve. Er fuhr langsamer, überlegte einen Moment und bog dann in einen Feldweg ein. Libby sah ihn fragend an.

»Die Supply Bay«, erklärte er ihr. »Hier legt der Schleppkahn ab, der Ihr Boot über den See bringen wird. Ich dachte, ich zeige Ihnen im Vorbeifahren gleich, wo das ist.«

Was für ein Boot?, dachte Libby. Ich habe doch noch überhaupt keins. Sie dachte an die Barkasse, die Nehemiah Pole ihr angeboten hatte. Aber mit dieser Frage würde sie sich befassen, wenn es so weit war. Als Erstes musste sie dafür sorgen, dass Bree in die Schule kam.

Libby hatte nicht zu hoffen gewagt, dass sich alles so gut entwickeln würde. Seit ihrem Gespräch am Flughafen von Singapur war Bree etwas zugänglicher. Anscheinend hatte sie akzeptiert, dass nicht Egoismus ihre Mutter nach Neuseeland getrieben hatte, sondern schlicht der Zwang zum Überleben. Das mit der Schule konnte jedoch problematisch werden: Bree war zwar an Veränderungen gewöhnt, dennoch würde die erste Zeit für sie beide ziemlich anstrengend werden. Bree musste sich an neue Klassenkameraden gewöhnen, und die Tatsache, dass sie Engländerin war, würde es bestimmt nicht leichter machen. Außerdem musste sie damit zurechtkommen, dass ihre Mutter immer wieder für längere Zeit im Dusky Sound wäre. Libby musste also jemanden finden, der sich um Bree kümmerte, und sie selbst musste mit der Sehnsucht nach ihrer Tochter fertig werden, die sie immer bei Trennungen überfiel. Trotz dieser Sorgen freute sie sich auf ihre Arbeit und John-Codys Angebot, sie auf die Bootsfahrt mitzunehmen. Das war genau das, was sie beide jetzt brauchten. Bree war von dem Vorschlag wirklich begeistert gewesen: So hätten sie wenigstens diese Woche Zeit füreinander, bevor die Realität sie wieder einholte.

Libby sah John-Cody an, während sie über die Schotterstraße dahinholperten, die sich zum See hinunterwand. Er nahm seine Augen nicht von der Straße. Sein Gesicht wirkte alt, sah aber auf eine knorrige Art und Weise auch ziemlich gut aus. Seine Haare allerdings waren eine einzige Katastrophe. Libby fragte sich, warum sie so stümperhaft geschnitten waren. Ansonsten nämlich schien er auf sein Äußeres durchaus Wert zu legen. Abgesehen von den fransigen Spitzen war jedoch selbst sein Haar ganz passabel. Es war grau, wellig und dicht. Sein gebräuntes Gesicht wirkte wie geöltes Leder, um die Augen und um den Mund herum hatten sich tiefe Falten eingegraben. Er hatte eine markante Nase und ein eckiges Kinn mit Grübchen. Er musste gespürt haben, dass sie ihn anstarrte, denn er drehte sich plötzlich zu ihr um, ohne sie anzulächeln. Sie wandte den Blick ab und spürte, wie brennende Röte ihre Wangen überzog. Gleichzeitig war sie erstaunt über sich selbst, weil sie ihn so unverhohlen angestarrt hatte.

John-Cody schlug das Lenkrad ein und brachte den Wagen auf

einem Betonkai, an dem zwei flache Schleppkähne vertäut lagen, zum Stehen. Der Wind hatte inzwischen merklich aufgefrischt. Tief hängende, violette Wolken hüllten die Hunter Mountains im Süden ein. Auf der anderen Seite des Sees war ein Dorf zu erkennen. John-Cody zeigte auf die beiden Schleppkähne.

»Wenn wir eine Barkasse für Sie gefunden haben, können wir sie auf meinen Anhänger laden. Die Elektrizitätsgesellschaft wird sie über den See bringen, und wir fahren über den Berg nach Deep Cove. Wenn Sie wollen, kann ich Sie dann mit der *Korimako* zum Dusky Sound schleppen.«

»Das wäre prima, vielen Dank.«

»Dieser andere Mann hat gesagt, dass er Mum ein Boot vermieten kann«, sagte Bree.

»Welcher andere Mann?« John-Cody sah sie erstaunt an.

»Nehemiah Pole.«

»Sie haben ihn also schon kennen gelernt?«

Libby nickte. »Ja, gestern im Restaurant. Er hat sich mir vorgestellt, kurz bevor Sie an unseren Tisch gekommen sind.«

»Er hat ein paar gute Boote.« John-Cody starrte durch die Windschutzscheibe, auf der sich die ersten Regentropfen zeigten.

»Er hat gesagt, dass wir Sie etwas wegen Ihres Bootes fragen sollen«, sagte Bree plötzlich.

»Bree.« Libby schnalzte missbilligend mit der Zunge.

John-Cody wandte den Kopf. »Ist schon o.k. Was soll denn mit meinem Boot sein?«

»Ich weiß es nicht mehr genau«, sagte Bree. »Aber es war irgendetwas mit ›reffen‹.«

»Rollreffsystem«, sagte Libby. »Für den Klüver oder so.«

John-Cody ließ den Motor an. Vor seinem geistigen Auge sah er plötzlich hohe, weiße Wellen vor dem Hintergrund aus schwarzen Felsen, während die Hare's Ears westlich vorbeizogen. Eli war draußen an Deck. »Ein Rollreffsystem dient dazu, dass sich das Segel von selbst einrollt.«

Libby beobachtete ihn, während sie an der Fensterscheibe lehnte, die sie jetzt, da es regnete, hochgekurbelt hatte. John-Cody kniff die Augen zusammen, als blende ihn die Sonne.

»Ned hat sich auf einen Unfall auf See bezogen.« Er setzte den Wagen in Gang. »Ein Klüver-Legel hatte sich am Fockstag verhangen. Einer meiner Leute versuchte, ihn zu lösen, und ging dabei über Bord.« Er fuhr jetzt mit Vollgas den Berg hinauf. »Er hieß Elijah Pole und war Nehemiahs Sohn.«

Sie schwiegen, während sie die Straße nach Te Anau hinunterfuhren. Bree war plötzlich sehr traurig: Sie berührte John-Cody am Arm. »Entschuldigung«, sagte sie.

»He.« John-Cody lächelte. »Mach dir keine Gedanken. Auf See passieren nun einmal Unfälle. Seitdem ist viel Zeit vergangen. Die Leute haben mir damals die Schuld an dem Unfall gegeben, aber das war auch nicht anders zu erwarten.«

»Aber es war gar nicht Ihre Schuld«, meinte Bree. »Sie haben doch gesagt, dass es ein Unfall war.

»Ich war der Skipper, Bree. Also hatte ich auch die Verantwortung.«

»Und Ned Pole hat Ihnen die Schuld daran gegeben«, sagte Libby.

John-Cody seufzte. »Man kann ihn nicht unbedingt als meinen Freund bezeichnen, und ich bin mir ziemlich sicher, dass er mir Elijahs Tod anlastet, aber er hat es noch nie laut gesagt. Zumindest hat er es mir nie ins Gesicht gesagt. Andere haben das sehr wohl getan, aber nicht Nehemiah. Ich habe mich immer gefragt, warum.«

Sie fuhren weiter, und er zeigte über die Wiesen zu ihrer Rechten. »Das ist der Flughafen von Manapouri«, sagte er.

Sie sahen ein Tor mit fünf Querstangen, hinter dem ein Feldweg begann. Das Tor war mit einer Kette gesichert. Am Ende des Weges stand ein Gebäude, das wie ein Fertighaus aussah, dahinter flatterte ein Windsack.

»Der ist ja größer als Heathrow«, sagte Libby lachend.

John-Cody lachte auch. »Mount Cook fliegt ihn von Queenstown aus an, aber nur, wenn es das Wetter zulässt.« Er zeigte über den Flughafen hinaus. »Direkt dahinter liegt eine wundervolle Gegend namens Kepler Mire. Es handelt sich um ein Sumpfgebiet, das jetzt unter Naturschutz steht. Von der Luft aus bietet es einen wirklich außergewöhnlichen Anblick. Wenn Sie einmal mit dem Wasserflugzeug fliegen sollten, werden Sie ein Netzwerk silberner

Linien auf der Erde sehen, die wie Quecksilber glänzen.« Er sah Libby wieder an. »Ich weiß nicht, wie Ihr Budget aussieht, aber mit dem Wasserflugzeug kommen Sie am schnellsten zum Dusky Sound und wieder zurück. Wenn Sie erst mal Ihr Boot dort liegen haben, werden Sie es vermutlich bei Supper Cove lassen wollen.«

Sie kamen jetzt nach Te Anau. John-Cody wies sie auf ein Holzgebäude hin, das, eingerahmt von Koniferen, am linken Straßenrand auftauchte: Es war das hiesige Büro des Umweltschutzministeriums. Sie bogen auf dem Lake Front Drive nach links ab, vorbei an Motels und einer Jugendherberge für Rucksacktouristen. John-Cody zeigte ihnen das Unterwasser-Forellen-Aquarium und erklärte Bree, dass der Eintritt dort einen Neuseeland-Dollar kostete, also grob gerechnet dreißig englische Pence. Der Lake Te Anau zu ihrer Linken war jetzt weiß gesprenkelt, da die Regentropfen nun heftig aufs Wasser prasselten und von der Oberfläche wegsprangen wie von Beton. Sie sahen ein Wasserflugzeug, das an einem hölzernen Kai vertäut lag, und einen der Rundflughubschrauber, den man wegen des Windes mit starken Seilen am Boden festgezurrt hatte. Heute flog niemand. Einer der Piloten winke John-Cody freundlich zu, als sie vorbei fuhren.

John-Cody holte die Liste, die Alex ihm gegeben hatte, aus seiner Hemdentasche, und Bree faltete sie für ihn auseinander. »Einkaufen und Wäsche«, sagte er. »Klingt vertraut.«

»Fahren Sie viele Törns?«, fragte ihn Libby, als sie vor dem Supermarkt parkten.

John-Cody schwieg einen Moment. Als Mahina noch gelebt hatte, waren sie während der Saison stets ausgebucht gewesen: Ein Törn folgte dem anderen, und dazwischen war kaum ein Tag Zeit geblieben, um die Vorräte wieder aufzufüllen und das Boot zu reinigen. »In letzter Zeit nicht mehr«, sagte er dann und öffnete die Fahrertür.

Der Manager des Supermarkts, ein kleiner Mann mit stark gebräunter Haut und weißem Haar, das er quer über seinen kahlen Scheitel gekämmt hatte, erwartete sie schon.

»Tag, Gib«, sagte er. »Alex hat schon angerufen. Du brauchst nur noch alles auf den Wagen zu laden.«

»Schickst du uns die Rechung?«

»Natürlich.« Der Manager lächelte Libby an. John-Cody stellte die beiden einander vor, dann erzählte er dem Mann von Libbys Forschungsauftrag.

»Das ist sehr interessant«, sagte er. »Die Fischer kennen die Delfinschule im Dusky Sound schon seit Jahren. Schade, dass erst jemand mit zwei Buchstaben vor dem Namen kommen muss, damit man es auch wirklich glaubt.«

Libby lachte. »Also, ich persönlich finde das nicht unbedingt schade.«

»Entschuldigung, das war nicht so gemeint. Ich wollte ...«

»Sie brauchen sich keine Sorgen zu machen. Ich bin nicht beleidigt. Ich weiß, was Sie meinen.«

Sie sah den drehbaren Zigarettenständer über der Kasse an. »Sie haben nicht zufällig Camel Regulars, oder?«

»Leider nein.«

»Du solltest wirklich mit dem Rauchen aufhören, Mum«, sagte Bree und zog die Mundwinkel herunter.

Libby kaufte trotzdem ein Päckchen Zigaretten und stopfte sie in die Tasche ihrer Shorts. Dann half sie Bree und John-Cody dabei, die Kartons auf den Wagen zu laden.

»Auf meinem Boot gibt es keinen Grog, zumindest haben wir keinen bestellt. Aber wenn Sie welchen wollen, finden Sie auf der anderen Straßenseite eine Spirituosenhandlung.«

»Was ist Grog?«, fragte Bree.

»Alkohol.« Libby schüttelte den Kopf. »Das ist schon in Ordnung. Aber ich werde morgen vielleicht ein paar Flaschen Wein kaufen.«

Sie stiegen wieder in den Pick-up und fuhren zum Obst- und Gemüseladen in der Milford Road, dann bogen sie ins Gewerbegebiet ab und hielten vor dem Lagerhaus des Fleischgroßhändlers. Libby und Bree warteten im Wagen, während John-Cody das bestellte Frischfleisch abholte und es sorgfältig in den Kühlboxen verstaute. Danach fuhren sie zur Fjordland Laundry, um die Bettwäsche abzuholen, die sie für die Kojen brauchten. John-Cody klemmte sich wieder hinters Steuer und blies die Backen auf. »Nun, ich kenne Sie zwar noch nicht besonders gut, aber ich tippe auf einen Flat White im Olive Tree.«

»Einen Flat White?« Libby warf ihm einen kurzen Blick zu.

»Kaffee.«

»Das ist eine gute Idee. Aber könnten Sie uns vielleicht zuerst die Highschool zeigen?«

Er lächelte. »Sicher, wir kommen auf dem Rückweg sowieso dran vorbei.«

Bree sah sich aufmerksam die Gegend an, als sie auf die Hauptstraße zurückfuhren und dann in die Howden Street einbogen. Die Schule befand sich auf der rechten Straßenseite und bestand aus einer Reihe grau und grün gestrichener Gebäude. Kinder in Schuluniformen, ebenfalls in Grau und Grün, liefen auf dem Vorplatz und den Sportplätzen herum. John-Cody fuhr an den Straßenrand und stellte den Motor ab.

»Möchten Sie hineingehen? Ich kenne den Direktor ganz gut. Mahina hat hier von Zeit zu Zeit Ökologieunterricht gegeben.«

Bree sah ihn an. »War Mahina Ihre Ehefrau?«

»Ja. Jedenfalls in gewisser Weise: Wir haben zweiundzwanzig Jahre lang zusammengelebt.«

»Sie ist tot, nicht wahr?«

»Bree.« Libby wurde knallrot, aber John-Cody hob beschwichtigend die Hand.

»Das ist schon in Ordnung. Ja, sie ist tot, Bree. Sie starb vor etwas mehr als einem Jahr.« Er sah an ihr vorbei und blickte Libby an. »Möchten Sie hingehen?«

»Jetzt ist vermutlich ein genauso guter Zeitpunkt wie jeder andere.«

John-Cody öffnete die Fahrertür, und Bree rutschte über den Sitz auf seine Seite, um auszusteigen. Sie gingen an ihren zukünftigen Mitschülern vorbei und Bree spürte, wie alle Augen auf ihr ruhten. Sie hatte das jetzt schon so oft erlebt, hatte die forschenden Blicke der anderen Schüler ertragen müssen, und dennoch spürte sie wieder dieselbe Angst in der Magengrube. Ohne es wirklich zu wollen, griff sie nach der Hand ihrer Mutter.

John-Cody kannte hier jeden oder zumindest hatte es diesen Anschein. Die meisten Kinder riefen ihm einen Gruß zu. Sie nannten ihn Gib oder Gibby, als wäre er ein alter Freund. Die Lehrer, denen sie auf dem Weg zum Büro des Direktors begegneten, nannten ihn Gib, einige der Lehrerinnen nannten ihn allerdings auch John-Cody. Libby konnte eine Art Besorgnis in ihrem Blick erkennen. Sie begriff, welch herausragende Stellung dieser Mann in der Gemeinde hatte.

Es war ihr schon im Supermarkt und beim Gemüsegroßhändler aufgefallen. In der Wäscherei hatten ihn die Frauen alle mit diesem Blick angesehen. War es sein Verlust, der sie so bewegte, oder vielleicht doch mehr? Sie hatte noch nie erlebt, dass so viele Menschen am Schicksal eines Menschen derart Anteil nahmen. Das hier ist eine kleine Stadt, sagte sie sich. Er lebt hier schon seit vielen Jahren und ist gewissermaßen eine Institution, das ist alles.

Der Direktor, ein kleiner Mann namens Peters, hatte graues, ordentlich zurückgekämmtes Haar und einen schmalen Oberlippenbart. Er stand von seinen Schreibtischstuhl auf, als John-Cody sie miteinander bekannt machte.

»Ich warte draußen«, sagte er dann. »Wir sehen uns, Mike.«

»Bis bald. Machs gut, Gib, und grüß Jonah von mir.«

»Mach ich.«

Bree beobachtete Peters, während dieser sich wieder setzte, das Kinn auf seine gefalteten Hände stützte und sie ansah. »Du bist also Breezy, nicht wahr?« Er zog eine Augenbraue hoch.

»Wir sagen alle Bree zu ihr«, erklärte Libby ihm.

»Also dann Bree. Was ist dein Lieblingsfach?«

»Ich habe keins.« Bree rutschte in ihrem Sitz nach vorn. »Aber mir machen die Naturwissenschaften Spaß. In irgendetwas muss ich meiner Mum ja nachschlagen.« Sie warf ihrer Mutter einen kurzen Blick zu, dann sah sie wieder den Direktor an. Sie sprach jetzt voller Selbstvertrauen. »Ich mag alle Fächer.«

»Bree ist schon in verschiedenen anderen Ländern zur Schule gegangen«, erklärte Libby. »Ich weiß im Grunde nicht, ob das nun gut oder schlecht ist. Aber meine Arbeit führt mich in der ganzen Welt herum.«

»Sprichst du irgendwelche Fremdsprachen?«, fragte Peters Bree.

»Fließend Französisch und Spanisch.«

»Wirklich?« Er lehnte sich zurück und trommelte mit den Fingern auf den Schreibtisch. »Nun, beides wirst du hier nur selten brauchen, obwohl wir eine Touristenstadt sind. Aber wir unterrichten hier an unserer Schule Japanisch.«

Bree zog überrascht die Augenbrauen hoch. »Wow, das klingt toll.«

»Wie sieht es mit Sport aus?«

Bree zuckte mit den Schultern.

Libby erklärte dem Direktor, dass ihre Tochter noch nie besonders sportbegeistert gewesen sei. Peters sah sie nachdenklich an.

»Wir sind hier in Neuseeland, Dr. Bass. Für uns hat der Sport einen sehr hohen Stellenwert.« Er wandte sich wieder an Bree. »Die Mädchen betreiben bei uns dieselben Sportarten wie die Jungen, das heißt, sie spielen auch Rugby. Man wird von dir also erwarten, dass du da mitmachst.«

Bree schwieg, während sie sich krampfhaft bemühte, ihre Angst nicht allzu deutlich zu zeigen. Sie hasste den Schulsport. Das war schon immer so gewesen: Die einzige Sportart, in der sie halbwegs gut war, war Lacrosse, und das hatten sie nur in der Schule in Wimereux gespielt. Die Vorstellung, auf dem Bauch im Matsch zu liegen, während sich ein Dutzend Mädchen auf sie warf, war einfach entsetzlich. Libby spürte, was in ihrer Tochter vorging, und griff rasch ein. Sie sagte dem Direktor, dass sie zuerst noch einen gemeinsamen Törn in den Dusky Sound machen wollten, und dass Bree danach zum Unterricht käme.

Peters schien davon jedoch wenig beeindruckt. »Die Ferien sind vorbei, Dr. Bass. Ihre Tochter sollte ab morgen zu uns kommen.«

»Ja, das weiß ich, Mr. Peters.« Libby sah ihn gelassen an. »Aber ich werde wegen meiner Forschungen viel Zeit im Dusky Sound verbringen müssen, und Bree sollte einfach wissen, wo ihre Mutter ist. Brees Leben ist erst vor kurzem völlig durcheinander geraten, deshalb ist diese kleine Verschnaufpause wichtig für sie, bevor der Ernst des Lebens wieder beginnt.«

»Trotzdem ist es nicht gut, wenn sie den Unterricht versäumt. Der Lehrplan wird keine Rücksicht darauf nehmen.«

»Bree ist ein intelligentes Mädchen, Mr. Peters. Als wir nach

Frankreich kamen, hatte sie keinerlei Französischkenntnisse, und ein Jahr später hat sie die Sprache bereits fließend beherrscht und war unter den besten drei Schülern ihrer Klasse.« Libby stand auf und streckte ihm die Hand entgegen. »Wir kommen wieder, wenn wir von unserem Törn zurück sind.«

»Also gut.« Er schüttelte ihre Hand. »Da Sie, wie Sie sagten, oft nicht da sein werden, sollten Sie uns darüber informieren, wer sich in dieser Zeit um Bree kümmert.«

John-Cody wartete draußen im Pick-up auf sie. Er beugte sich herüber und öffnete die Beifahrertür. »Nun, alles o.k.?«

Bree schnitt eine Grimasse. »Ich soll Rugby spielen.«

»Keine Sorge! Es wird bestimmt nicht lange dauern und du wirst das Trikot der All Black tragen.«

Sie gingen in ein kleines Restaurant am Ende einer Ladenzeile, um Kaffee zu trinken. Dort setzte sich ein wild dreinblickender Maori mit langem schwarzen Haar, das er im Nacken zusammengebunden hatte, zu ihnen an den Tisch. John-Cody stellte ihn vor. Es war Jonah, Mahinas jüngerer Bruder, der als Koch auf der *Korimako* mitfahren würde.

»Du isst also besser alles, was ich koche«, sagte Jonah und sah Bree mit schmalen Augen an. »Sonst werde ich nämlich dich verspeisen. Du siehst aus, als ob du eine gute Mahlzeit abgibst.«

Bree sah ihn erschrocken an. Jonah lachte schallend. John-Cody stützte sein Kinn in die Handfläche und sah Libby an. »Wie Sie sehen, hat Jonah keine Kinder.«

»Tut mir Leid«, sagte Jonah zu Bree, »das war nur Spaß. Gib einfach nichts auf mein Geschwätz.«

»Mach ich.«

»Prima.« Dann sah er Libby an. »Verzeihen Sie«, sagte er. »Aber der alte Kerl hier hat sich so lange auf seinem Boot vergraben, dass ich schon dachte, wir würden Deep Cove niemals mehr verlassen. Ich freue mich einfach, dass wir wieder auf Fahrt gehen. Das ist alles.«

John-Cody sah ihn an. »Übrigens bin ich froh, dass du da bist«, sagte er. »Ich brauche nämlich jemanden, der mir hilft, die Vorräte zum Boot zu bringen.«

Sie fuhren nach Manapouri zurück und setzten Libby und Bree am Haus ab, dann fuhren John-Cody und Jonah mit dem Pick-up zum Pearl Harbour hinunter und luden die Vorräte auf die Fähre, mit der sie am nächsten Morgen übersetzen wollten.

»Diese Libby ist ja eine wirklich süße Wahine, Gib«, bemerkte Jonah, während sie die letzten Kartons auf die Fähre trugen.

John-Cody lehnte sich an die Reling und sah über die Bucht, wo immergrüne Bäume das andere Ufer verdeckten. »Findest du? Ich kann nicht sagen, dass mir das aufgefallen wäre.«

Wieder im Haus, erledigte Libby ein paar Anrufe, und Bree ging in den Garten. Sie nahm Schreibpapier und Briefumschläge mit in die Hütte und legte sich dort aufs Bett. Sie konnte hören, wie der Wind die Blätter auf dem Dach rascheln ließ.

Lieber Dad,

nun sind wir also in Manapouri, und es ist gar nicht so schlimm, wie ich zunächst befürchtet hatte. Wir haben einen wirklich coolen Typen namens John-Cody Gibbs kennen gelernt. Ich denke, er würde Dir gefallen: Er ist schon ziemlich alt und hat eine fürchterliche Frisur – seine Haare sind viel zu lang – aber er ist wirklich nett. Ganz ruhig und freundlich und irgendwie cool. Er hat ein Boot namens Korimako. Ich habe hier sogar ein eigenes Zimmer. Wir wohnen in einem Bungalow, also gibt es keine Treppen oder so. Mum hat viel zu tun, aber morgen werden wir zusammen zu einem Bootstörn im Dusky Sound aufbrechen. Das ist der Sund, in dem Mum die Delfine beobachten wird. Ich habe Dir schon davon erzählt. Wir fahren morgen mit ziemlich vielen Leuten dorthin, und der Törn dauert eine ganze Woche. Ich hoffe, ich werde nicht seekrank. Nein, ich werde bestimmt nicht seekrank.

Außerdem gibt es da noch eine große Hündin namens Sierra. Sie liegt jetzt hier neben mir. Ich denke, sie mag mich. Ich glaube, John-Cody hat sich in letzter Zeit nicht sehr viel um sie gekümmert, deshalb hat sie sich jetzt mir angeschlossen. Im Grunde hat er sich wahrscheinlich gar nicht um sie gekümmert, weil er die ganze Zeit auf seinem Boot gelebt hat und Hunde nur mit einer Sondererlaub-

nis in den Nationalpark dürfen. Das hat Alex mir erzählt. Alex ist cool. Sie wohnt in einem Haus am See. Es hat ein riesiges Fenster im Dachgeschoss. Sie hat gesagt, dass ich sie jederzeit besuchen und die Aussicht von dort oben genießen darf. Vielleicht mache ich das sogar einmal.

Ich war schon in meiner neuen Schule, aber ich werde am Unterricht erst teilnehmen, wenn wir aus dem Dusky Sound zurück sind. Du weißt doch, was ein Sund ist, oder? Natürlich weißt du das. Jedenfalls scheint die Schule ganz o.k. zu sein. Ich werde sogar Japanisch lernen. Es gibt einen Schulbus, deshalb wird Mum mich nicht jeden Tag mit dem Auto hinfahren müssen. Ich weiß immer noch nicht, wer sich um mich kümmern wird, wenn sie arbeitet, aber wenigstens habe ich Sierra. Sie hat die ganze Zeit bei Alex gewohnt, aber John-Cody sagt, dass sie heute Nacht bei mir bleiben darf. Das hier ist ohnehin ihr Zuhause. Während ich dir schreibe, sitze ich übrigens gerade in einer Hütte. Ja, richtig, einer Hütte, aber sie hat ein Bett, eine Dusche und eine Toilette. John-Cody sagt, dass ich hier drin wohnen darf. Er ist wirklich ein total cooler Typ. In der Schule spielen sie übrigens Rugby, sogar die Mädchen. Im Sport bin ich aber schon immer eine absolute Null gewesen, außer beim Lacrosse, und ich habe Angst davor, Rugby spielen zu müssen. Das ist wirklich eine schlimme Sache, aber wenigstens kann ich zuerst noch eine Woche auf dem Boot verbringen, bevor ich mir darüber ernsthaft Gedanken machen muss. Wir werden Delfine und Robben sehen, und vielleicht sogar Wale. Ich schreibe dir wieder, wenn ich zurück bin.

Alles Liebe, Bree.

5

Der Brief von der Bank entsprach genau dem, was Pole erwartet hatte, nicht mehr, nicht weniger: Sie wollten ihr Geld zurückhaben, und zwar bald. Er faltete ihn zusammen, stieg die Treppe hinauf in sein Arbeitszimmer und stellte sich ans Fenster, wo er auf den Lake Te Anau hinaussah. Jane hatte dieses Fenster für ihn umbauen lassen. In diesen Dingen war sie richtig gut. Sie hatte wirklich das Beste aus dem Haus heraus geholt. Er hatte dieses Haus gebaut, als seine erste Frau mit dem damals neunjährigen Eli nach Australien gegangen war. Der Junge war, sobald er achtzehn wurde, jedoch wieder nach Neuseeland zurückgekommen, wo er zuerst bei seinem Vater und dann ausgerechnet bei Gibbs gearbeitet hatte. Pole warf einen Blick auf das Foto auf dem Schreibtisch, das das lächelnde Gesicht seines Sohnes zeigte. Er wünschte sich nichts sehnlicher, als dass er in Australien geblieben wäre. Seine Exfrau war bis zum heutigen Tag überzeugt davon, dass er, Pole, die Schuld an Elis Tod trug.

Barrio stand auf der Wiese und schnaubte, als könne er seine Gegenwart riechen. Pole ging zur Scheune hinaus, wo das Sattelzeug hing. Er führte den Hengst gesattelt und mit klimperndem Zaumzeug von der Koppel und ließ ihn im Kreis gehen. Kohlschwarz und grobknochig, kam er auf über eins achtzig Stockmaß. Seine Mähne, die nie geschnitten wurde, war lang und wehte ihm Wind, als er ungeduldig seinen Kopf schüttelte. Als Pole seinen Fuß in den linken Steigbügel setzte, trat Barrio an, so dass er auf einem Bein mithüpfen musste, bevor er aufsitzen konnte.

Sobald er im Sattel saß, spürte er, wie das Tier sich unter ihm anspannte und sofort losgaloppieren wollte, aber Pole konnte schon fast so lange reiten wie laufen, und so zügelte er zunächst Barrios Temperament. Er ließ ihn erst rückwärts, dann seitwärts gehen und zu guter Letzt eine Volte beschreiben, um ihm zu zeigen, wer das

Sagen hatte. Schließlich ritt er mit ihm in leichtem Trab zur Straße. Dort zog sich neben der geteerten Fahrbahn den ganzen Weg nach Manapouri ein grasbewachsener Streifen entlang. Pole wandte sich nach rechts und trieb das Pferd zum Arbeitsgalopp an.

Jetzt ritt er wieder über die staubigen Hügel des Northern Territory, jagte mit seinem Vater Schweine, nur wenige Tage, bevor er nach Vietnam gehen würde. Als der Krieg ausbrach, diente er bereits drei Jahre in der Armee, und sein Vater erklärte ihm wieder und wieder, dass er im Dschungel auf sich aufpassen musste. »Du bist ein großer Mann, mein Sohn. Mach ihnen das klar. Gib dich nicht für irgendwelche unsinnigen Aktionen her und vertrau darauf, dass der Herr dich leiten wird.«

Er würde seinen Vater niemals vergessen, diesen großen, dünnen und sehr aufrechten Mann, der der Welt trotzig sein Kinn entgegenreckte, der es mit ruhiger Selbstsicherheit ertrug, dass ihn seine Freunde hänselten, weil er jeden Sonntag zur Kirche ging, als wüsste er Dinge, die ihnen verborgen blieben. Er war Abstinenzler und Nichtraucher, aber ein begeisterter Jäger und Angler, und in der örtlichen Kricket-Mannschaft schätzte man ihn als unglaublich harten Werfer. Pole hatte gesehen, wie er an einem einzigen Samstagnachmittag fünf Tore in zwei aufeinander folgenden Over warf. Die Erwartung umgab ihn wie eine Aura. Ned war sein einziger Sohn, und das ließ er ihn niemals vergessen. Halte dich gerade, mein Junge, und sieh der Welt in die Augen, das war seine Devise. Dein wahrer Lohn erwartet dich erst im Himmel, aber Gott wird es dir trotzdem übel nehmen, wenn du hier auf Erden deine Zeit vergeudest. Denk immer an das Gleichnis von den Talenten. Stell etwas auf die Beine, Nehemiah: Ich will stolz auf dich sein können.

Pole galoppierte neben der Straße nach Manapouri entlang und spürte bei jedem Sprung Barrios ungeheure Kraft. Er saß tief im Sattel, da er, wie die meisten Viehzüchter, die längeren Steigbügel der englischen Variante vorzog. Er kannte das Gleichnis von den Talenten in und auswendig. Matthäus 25: *Es ist wie mit einem Mann, der auf Reisen ging: Er rief seine Diener und vertraute ihnen sein Vermögen an. Dem einen gab er fünf Talente Silbergeld, einem anderen zwei, wieder einem anderen eines… Sofort begann der Diener, der*

fünf Talente erhalten hatte, mit ihnen zu wirtschaften, und er ge-
wann noch fünf dazu ... Er ritt weiter, vor seinem geistigen Auge das
Gesicht seines Vaters, während dessen Worte in seinem Kopf widerhallten.

Plötzlich fuhr Tom Blanch mit seinem Triumph neben ihn und
hielt an. Pole zügelte Barrio.

»Tag, Ned. Ein tolles Pferd hast du da.« Tom hatte einen Ellbogen auf die Fensterkante gelegt, sein weißes Haar, zum Bürstenschnitt geschnitten, stand von seinem Kopf ab, seine Lippen waren
unter seinem dichten Bart verborgen.

»Das ist der Hengst, den ich damals für meinen Sohn gekauft
habe, erinnerst du dich?«

Tom sah an Pole vorbei zu den Murchison Mountains hinüber,
die zu den an der Westküste der Südinsel entlang verlaufenden Southern Alps gehörten.

»Wie lange ist das jetzt schon her?«

»Fünf Jahre.« Pole ließ Barrio die Zügel lang und stieg ab. Er zog
eine schwarze Zigarre aus seiner Hemdentasche und bot sie Tom an,
der aber den Kopf schüttelte.

»Ich versuche gerade, mit dem Rauchen aufzuhören, Kumpel.«
Tom sah zu, wie Pole sich die Zigarre ansteckte, bemerkte den gehetzten Ausdruck in seinen Augen. »Wie läuft das Geschäft?«

Pole atmete voller Anspannung aus. »Das Geschäft würde ein
verdammtes Stück besser laufen, wenn Gib seinen Antrag zurück-
zöge.«

»Für den Dusky Sound?« Blanch lächelte. »Das wird er nie im
Leben tun, Ned.«

Pole sah ihn an. »Ich brauche diese Nutzungsgenehmigung, Tom,
das gebe ich unumwunden zu. Ich brauche sie wirklich. Davon
hängt so viel ab ...«

»Weißt du was«, sagte Tom, »als du damals mit dieser Idee angekommen bist, hätte ich nie gedacht, dass du überhaupt so weit
kommen würdest. Du hattest die ganze Stadt gegen dich.«

»Anfangs ja, Kumpel.« Pole schnippte die Asche mit dem Mittelfinger weg und betrachtete das Ende seiner Zigarre. »Letztendlich
habe ich die Leute dann aber doch überzeugen können. Dieses Pro-

jekt bedeutet jede Menge neue Jobs, Tom, und die Leute hier brauchen Jobs, das weißt du.«

Blanch verzog das Gesicht. »Ich höre, was du sagst, Kumpel, aber ich höre auch, was Gib sagt. Ich bin zwar nicht immer seiner Meinung, aber er ist mein ältester Freund.«

Pole lächelte ihn matt an. »Schade, dass er nicht mehr mit dir auf Langustenfang geht.«

»Nun, ja.« Blanch zog die Augenbrauen hoch. »Aber dann hat er Mahina kennen gelernt, nicht wahr?«

Pole nickte. Sein Blick war scharf, und er sah plötzlich durch Tom hindurch. »Sie war bezaubernd, nicht wahr?«

»So kann man es auch sagen.« Tom ließ den Motor wieder an. »Ich muss weiter, Kumpel.«

Pole tippte an seinen Hutrand, trat die Zigarre mit dem Absatz aus und schwang sich wieder in den Sattel.

Libby und Bree gingen zu dem Boot hinunter, mit dem sie den See überqueren würden. Unterwegs kaufte Libby im Tante-Emma-Laden noch Wein. Bree war schon gestern Nachmittag dort gewesen, um den Brief an ihren Vater in Amerika aufzugeben. Die Ladeninhaberin hieß Mrs. Grady, wie sie Bree gesagt hatte, und Bree hatte zugesehen, wie sie die Rücksendeadresse auf den Umschlag stempelte, bevor sie ihn in die Tasche steckte, die der Postbote nachher abholen würde.

Ein halbe Stunde später fuhren sie schon über den See. Libby ging an Deck, wo Jonah und John-Cody saßen. Sie zog das Päckchen Zigaretten, das sie im Supermarkt gekauft hatte, aus der Tasche, nahm eine heraus und brach den Filter ab. Jonah gab ihr Feuer. Er lächelte sie an. Seine Augen strahlten.

»Sie sehen aus, als wären Sie sehr mit sich zufrieden«, sagte Libby.

»Es geht wieder aufs Meer hinaus, Libby. Im Boot meiner Schwester: Es ist schon lange her, dass ich auf der *Korimako* gefahren bin, und so wie er sich die ganze Zeit aufgeführt hat« – er zeigte mit dem Daumen auf John-Cody – »dachte ich schon, es würde auch nichts mehr draus.«

Libby nahm einen Zug. Der Wind trug den Rauch davon, und sie sah zu, wie das Kielwasser aufgewirbelt wurde. Mahina: ein Name, den sie in den zwei Tagen, die sie jetzt hier waren, schon so oft gehört hatte. Ein Frau, die sie nie kennen gelernt hatte, deren Gegenwart sie aber auf seltsame Weise überall spürte. Sie dachte an die liebevollen Worte dieser beiden Männer mit ihren unterschiedlichen Erinnerungen, an die Äußerung des Schuldirektors gestern Vormittag, selbst an Nehemiah Poles Bemerkung im Pub. Mahina war überall und nirgends. Sie schien diese kleine Stadt auf eine Art und Weise zu beherrschen, wie es Libby noch nie erlebt hatte.

Sie konnte ihre Zeit jetzt jedoch nicht damit verbringen, über diese Frau nachzudenken. Ihre Arbeit im Dusky Sound rief, und sie war John-Cody dankbar für die Gelegenheit, eine geführte Tour mitmachen zu dürfen. Er blickte über den See, in jene Richtung, aus der sie gekommen waren: Dort waren der Wasserturm und Alex' Haus mit dem großen Dachfenster zu sehen. Er zog an seiner Zigarette, schnitt sie dann ab und steckte den Stummel in seine Hemdentasche. Als er sich umdrehte, begegnete er ihrem Blick. Er kam zu ihr herüber und lehnte sich an die Reling.

»Alles o.k.?«

»Ja, danke.«

»Hören Sie, wir haben diesmal keine Paare auf dem Boot, deshalb nehmen Sie am besten die Kabine achtern, die direkt neben meiner liegt. Sie hat ein Doppelbett und eine Tür. Auf diese Weise sind Sie einigermaßen ungestört. Direkt davor steht übrigens der Kartentisch, den Sie vielleicht zum Arbeiten brauchen werden.«

»Das klingt wirklich gut. Vielen Dank für Ihr Angebot. Aber wo soll Bree schlafen?«

»Machen Sie sich keine Sorgen wegen Bree. Ich werde sie in der Gefrierkoje unterbringen.«

Libby zog fragend die Augenbrauen hoch.

»Glauben Sie mir, sie wird begeistert sein.«

Noch bevor sie West Arm erreichten, begann es zu regnen. Die Wolken, die schon die ganze Nacht über den Bergen gehangen hatten, entluden sich nun, und ein feiner Sprühregen sprenkelte die Oberfläche des Sees. Libby spürte die Feuchtigkeit auf ihrem Gesicht. Tröpfchen übersäten ihre Jacke. Sie ging wieder nach drinnen und sah, dass Bree mit einem kleinen Mann Anfang Dreißig mit Bartstoppeln am Kinn plauderte. Er hieß Carlos. Seine Mutter Anna saß bei ihnen und lächelte Libby an, als diese sich einen Kaffee einschenkte. Sie erzählte ihr, dass sie Spanierin sei, aber einen Engländer geheiratet habe und jetzt achtzig Kilometer von Brüssel entfernt in einem Haus mitten im Wald wohne.

Carlos' Muttersprache war Französisch, und das merkte man seinem Englisch sofort an. Er war hocherfreut, in Neuseeland auf eine Zwölfjährige zu treffen, mit der er Französisch sprechen konnte. Libby trank ihren Kaffee und hörte den beiden zu, schnappte dieses und jenes Wort auf und staunte, wie fließend Bree die Sprache beherrschte. John-Cody stand in der Nähe des Ruders und lehnte mit dem Rücken an der Windschutzscheibe, seine Füße, die in festen Stiefeln steckten, übereinander geschlagen. Er redete mit dem Skipper, sah dabei aber zu Libby hinüber. Er lächelte, und sie konnte die Wärme, die in diesem Lächeln lag, quer durch die Kabine spüren.

Bei West Arm ging Jonah das Fallreep hinunter und kam mit einem stabilen, metallenen Kofferkuli zurück. Er, John-Cody und Carlos luden das Gepäck und die Kartons mit den Vorräten auf, dann zog Jonah den Kofferkuli einhändig wieder das Fallreep hinunter. Sie stiegen in den Bus mit den Tagesausflüglern, der schon am Kai auf sie wartete, und der Fahrer fuhr los. Libby saß neben Bree und lauschte den Erläuterungen des Busfahrers, während sie die zweiundzwanzig Kilometer über die Southern Alps zurücklegten. Es regnete jetzt heftiger, und Bree machte große Augen, als der Fahrer ihnen erklärte, dass, im Gegensatz zu Manapouri und Te Anau, wo durchschnittlich ungefähr hundertdreißig Zentimeter Regen im Jahr fielen, West Arm eine jährliche Niederschlagsmenge von etwa dreihundertachtzig Zentimetern aufzuweisen hatte. Sie wurden noch größer, als der Fahrer sagte, dass es in Deep Cove im Schnitt sogar mehr als siebenhundertsechzig Zentimeter regnete.

»Über siebeneinhalb Meter!« Bree sah ihre Mutter mit offenem Mund an.

John-Cody, der vor ihnen saß, lehnte sich über die Rückenlehne seines Sitzes. »Oberhalb der Wasserlinie besteht Fjordland zum größten Teil aus Regenwald, Bree«, sagte er. »Von Osten kommt warme Luft von der Tasmansee. Sie steigt an den Bergen auf, weiter oben trifft sie dann auf kältere Luftschichten, und es regnet. Das ist ein ständiger Kreislauf.« Er legte den Kopf schief. »Man nennt das Konvektion. Aber das hast du bestimmt in der Schule gelernt.«

Bree nickte.

»Dieser Vorgang wird hier durch das allgemeine Klima und die Höhe der Berge verstärkt.«

Bree starrte ihn an. »Bringen Sie das alles den Leuten auf Ihrem Boot bei?«

John-Cody lachte. »Ich bringe es ihnen weniger bei, als dass ich einfach mit ihnen rede, Bree. Ich erzähle ihnen etwas über Fjordland, und wenn sie wollen, können sie dabei etwas lernen.«

»Woher wissen Sie das denn alles?«

Er überlegte einen Augenblick, dann zog er die Brauen hoch. »Von Mahina.«

»Sie muss sehr klug gewesen sein.«

»Das war sie auch.«

»Haben Sie ein Foto von ihr?«

Seine Augen wurden plötzlich schmal.

»Ich hab eins.« Jonah rutschte auf seinem Sitz zur Seite und zog eine abgewetzte, lederne Geldbörse aus der Gesäßtasche seiner Hose. Er nahm ein kleines Foto heraus, sah es kurz an und reichte es Bree dann über die Rückenlehne. Sie betrachtete es. Libby sah es ebenfalls an: Es zeigte eine überaus attraktive Polynesierin mit dunkler Haut und einem Hennaton im Haar.

»Sie ist wunderschön.«

Jonah nickte. »Und sie war die beste Schwester, die man sich vorstellen kann.«

»War sie älter oder jünger als Sie?«

»Älter. Und viel weiser.« Jonah sprach freimütig und voller Zärtlichkeit. John-Cody schwieg und sah geradeaus. Libby starrte seinen Hinterkopf an. »Ich bin noch nie einem Menschen begegnet, der mehr über das Land hier wusste als Mahina«, sagte Jonah stolz, »selbst wenn er doppelt so alt war wie sie. Sie war der einzige Mensch, den ich kenne, der die Tuheru hörte.«

»Die Tuheru?«, fragte Libby.

Jonah sah sie jetzt über den Sitz hinweg an. Seine tief liegenden Augen waren groß und dunkelbraun. »Das Volk der Schemen«, sagte er leise. »Sie leben in den Bergen, und der Nebel trägt ihre Stimmen durch den Wald. Die meisten Leute können sie weder sehen noch hören, aber sie sind trotzdem dort draußen. Menschen aus der fernen Vergangenheit.«

»Feen«, sagte John-Cody.

»Ach!« Jonah verdrehte die Augen. »Das behauptest du. Sie sind real. Mahina konnte sie sehen.«

Der Busfahrer setzte sie an der Straße oberhalb des Kais ab. Libby konnte zwischen den Bäumen hindurch einen Blick auf das Deck eines Boots erhaschen. John-Cody bat seine Gäste, auf der Treppe zum Kai hinunter eine Kette zu bilden und die Vorratskartons und das Gepäck weiterzureichen. Es regnete jetzt noch heftiger. Die Luft hatte merklich abgekühlt. Bree ging mit John-Cody und Jonah an Bord, die anderen sollten jedoch noch warten, bis alles eingeladen war und die Maschinen und die Heizung liefen.

Jonah ging unter Deck, um den Hilfsmotor zu starten und die mit Diesel betriebene Heizung am Fuße des vorderen Niedergangs einzuschalten. Zehn Minuten später, nachdem sämtliche Sachen verstaut und alle auf dem Schiff waren, legten sie ab und fuhren aufs Meer hinaus, während sich hinter ihnen eine sanfte Heckwelle ausbreitete. John-Cody hatte seine Wetterkleidung und seine Stiefel ausgezogen und neben die Backbordtür gestellt. Er informierte die Passagiere zunächst über Sicherheitsregeln, dann wies er jedem eine Koje zu. Libby stellte ihr Gepäck in der mit zwei Kojen ausgestatteten Kabine am Heck ab und warf einen kurzen Blick in die Kabine des Skippers, die sich direkt daneben befand. Sie sah genauso aus wie ihre Kabine, nur hatte sie statt einer Tür einen Vorhang, damit John-Cody, falls erforderlich, schnell reagieren konnte.

Der Kartentisch befand sich direkt unterhalb des Achter-Niedergangs, der zum Salon, zur Pantry und zur Brücke führte, welche sich alle in einem einzigen großen, quadratischen Raum befanden. Das Boot war mit Holzpaneelen und Teppichen versehen und verfügte über eine Dusche und zwei Toiletten, eine davon achtern, die andere im oberen Vorschiff. Bree hatte die sogenannte Gefrierkoje bekommen, ein Doppelbett, das über den beiden Gefriergeräten angebracht war. Es war die einzige Koje mit einem Bullauge in Sichthöhe. Bree war absolut begeistert und krabbelte auf allen vieren, um die Berge zu betrachten, die sich über dem Wasser erhoben.

Zwischen den Wolken zeigte sich plötzlich ein Stück blauer Himmel. Die Sonne kam gerade heraus, als Libby zu John-Cody an Deck ging: Er spritzte den Boden mit dem Schlauch ab, um den Schmutz, den sie mit an Bord gebracht hatten, wegzuspülen. »Die Sonne kommt raus«, sagte Libby.

Er grinste sie an. »Oh, das ist nur ein Wolkenloch. Es wird heute noch den ganzen Tag regnen.«

Libby ging zum Bugspriet und lehnte sich an die Reling. Sie konnte die Veränderung riechen, die in der Luft lag. Ein feuchter, süßer Duft wehte von den Laubbäumen herüber, die an den Berghängen wuchsen. Wo sie auch hinsah, überall war es grün. Nur hier und da, wo gerade ein Rata-Baum blühte, sah sie eine Spur Rot. Die Wolken hingen wie Rauchfahnen tief in den Bäumen, einige sogar fast in Bodenhöhe. Die Gipfel der meisten Berge waren wolkenverhangen. Der Dieselmotor tuckerte unter ihren Füßen, sie spürte, wie leichte Vibrationen durch das Stahldeck liefen, und dennoch konnte sie noch immer das sanfte Rauschen des Regens hören. Bei der Fahrt über den Pass hatten sie gesehen, wie der Regen die Flüsse anschwellen ließ, so dass sie schwer gegen die Pfeiler der Brücken brandeten. Jetzt stürzten dort, wo die alpinen Flüsse sich ins Meer ergossen, weiße Wasserkaskaden von den Bergen herab.

Als sie Deep Cove verließen, stellte sich John-Cody neben sie. Sie konnte seinen vom Nieselregen feuchten Wollpullover riechen. Seine wasserfeste Hose reichte ihm bis zur Brust. Er hatte die Ärmel hochgeschoben, und seine gebräunten Unterarme waren zu sehen. Das indianische Armband baumelte an seinem Handgelenk. Er zeigte nach links und sagte: »Das da ist Hall's Arm, ein wunderschöner und friedlicher Platz. Sehen Sie, wie das Wasser von dort oben herunterkommt?« Sie konnte es gar nicht übersehen: Die gesamte Vorderseite der Klippe an der Einfahrt zur Meerenge war ein einziger dichter Wasservorhang. »Der Commander Peak«, erklärte er ihr. »Es gibt dort eigentlich keinen Wasserfall. Das ist nur der Regen, der sich oben sammelt.«

Das Wasser des Fjords war plötzlich weiß, denn die Regentropfen fielen mittlerweile so heftig, dass sie von der Oberfläche zurücksprangen und alles in Nebel tauchten. Libby faltete die Hände. »In den nächsten zwei Jahren werde ich ziemlich oft nass werden, wie ich sehe.«

John-Cody lachte leise. »O ja, Lib. Das werden Sie.«

Jonah rief ihnen aus dem Ruderhaus zu, dass der Kaffee fertig sei, also gingen sie wieder hinein. John-Cody nahm seine Tasse und stellte sie auf einem freien Platz hinter dem Radarschirm ab. Eine schwarze Fischermütze aus Wolle lag über dem kardanisch aufgehängten Kompass. Das vordere Fenster war beschlagen. Erst jetzt bemerkte Libby, dass Plexiglas die Scheibe zusätzlich schützte.

»Wieso ist die Scheibe verstärkt?«, fragte sie, während sie ihre Tasse mit beiden Händen umschlossen hielt.

»Ein Schutz gegen das subantarktische Wetter.« John-Cody schnitt eine Grimasse. »Die Wellen dort unten können nämlich ziemlich bösartig sein, und ich möchte nur ungern meine vorderen Fenster verlieren.«

»Wie oft kommen Sie in diese Gegend?«

»Zwei- oder dreimal im Jahr. Immer wenn das Umweltschutzministerium das Boot mietet, um Seelöwenjunge zu wiegen.«

»Dort unten gibt es tatsächlich Seelöwen?«

»Auf den Auckland-Inseln. Es sind Neuseeland-Seelöwen. Sie heißen so, weil sie nur in diesem Teil der Welt vorkommen.« Er trank einen Schluck Kaffee. »Hier im Doubtful Sound haben wir auch Bärenrobben; unten im Dusky Sound gibt es ebenfalls viele davon. Sie werden jede Menge zu Gesicht bekommen, während Sie Ihre Delfine beobachten.«

»Es gibt dort also eindeutig eine standorttreue Delfingruppe?«

»Ja. Ich befahre diese Fjords nun schon seit Jahren. Sie sind genauso ortstreu wie die Delfine hier oben, nur hat das noch niemand wissenschaftlich bewiesen.«

»Bis jetzt.« Libby schwieg eine Weile und sah auf die Meeresstraße hinaus, während sie Elizabeth Island passierten, das auf der Steuerbordseite vorbeizog. »Was ist mit dem Lärm der Boote?«

»Sie meinen, ob er die Delfine stört?«

Sie nickte.

»Wer weiß das schon? Meiner Meinung nach ist der Lärm auf jeden Fall schädlich für sie, aber ich weiß nicht, in welchem Maße. Zurzeit fahren hier oben allerdings nur ein paar Touristenboote. In ganz Fjordland sind es zweiundzwanzig.«

»Und alle haben eine Genehmigung, Meeressäuger zu beobachten?«

Er schnaubte verächtlich. »Einige haben nicht einmal eine Genehmigung, Personen auf dem Wasser zu befördern. Lassen Sie sich durch das Moratorium des Umweltministeriums nicht täuschen, Libby. Die meisten Skipper halten sich an die Regeln, aber es gibt auch immer welche, die es damit nicht so genau nehmen. Hier oben gibt es sogar ein paar, denen Regeln völlig egal sind. Ned Pole zum Beispiel verfolgt ein Ziel, das sich für den Dusky Sound als absolut verheerend erweisen könnte.«

Libby lehnte sich an die Rückseite der Sitzbank, die um den Tisch herum verlief. Jonah hatte die Sitzfläche abgenommen, und Bree half ihm dabei, Lebensmittel in den luftgekühlten Vorratsbehältern darunter zu verstauen.

»Was meinen Sie damit?« Libby sah John-Codys Profil an.

»Pole setzt alles daran, einer amerikanischen Hotelkette den Weg zu ebnen. Sie betreiben ein Genehmigungsverfahren mit dem Ziel, im Dusky und im Breaksea Sound schwimmende Hotels zu verankern.«

Libby sah ihn von der Seite an. »Sie meinen, auf Dauer?«

Er nickte. »Zwei im Dusky Sound, eines im Breaksea Sound, dem aber später noch zwei weitere folgen sollen. Jedes soll fünfhundert Betten haben. Offensichtlich hat die Firma ein paar außer Dienst gestellte Kreuzfahrtschiffe aufgekauft.«

»Das soll wohl ein Witz sein.«

»Ich wünschte, es wäre so.«

»Das Umweltministerium wird so ein Vorhaben doch niemals genehmigen?«

»Bis jetzt hat es das auch nicht getan, aber das Projekt fällt streng genommen eigentlich gar nicht in deren Zuständigkeit.«

»Fjordland ist doch ein Nationalpark. Wieso sollte ein solches Großprojekt nicht in ihre Zuständigkeit fallen?«

John-Cody schenkte sich Kaffee nach. »Fjordland schon, die Fjords selbst aber nicht. Früher gehörten zwar auch sie zum Nationalpark«, erklärte John-Cody, » aber 1978 wurden die Grenzen des Nationalparks neu gezogen. Ursprünglich bildete die Tasmansee die Westgrenze, jetzt wird das Gebiet von der durchschnittlichen Hochwassermarke begrenzt. Die Zuständigkeit des Umweltschutzministeriums endet also dort, wo das Wasser beginnt. Das bedeutet, dass allein der Bezirksrat bestimmt, was auf dem Wasser vor sich geht, und er ist es auch, der endgültig über eine Genehmigung entscheidet.«

»Aber es gibt doch sicher Möglichkeiten, gegen die Entscheidung Einspruch zu erheben?«

»O ja. Und das tun wir auch.« Er sah einen Augenblick an ihr vorbei. »Aber Pole hat es geschafft, die meisten der Submittenten auf seine Seite zu brigen. Ich habe mich von Anfang an gegen dieses Projekt gestellt, und ich werde auch weiterhin dagegen kämpfen. Wenn man die schwimmenden Hotels im Fjord genehmigt, dann wird das mit Sicherheit nur die Spitze des Eisbergs sein.«

»Was sind Submittenten?«

Er erklärte ihr, es sei gesetzlich vorgeschrieben, dass alle möglicherweise Beteiligten beziehungsweise Betroffenen davon in Kenntnis gesetzt werden mussten, wenn jemand eine Wassernutzungsgenehmigung beantragte. Die Beteiligten hatten dann die Möglichkeit, schriftlich Einspruch einzulegen. »Mahina und ich werden also immer von allem in Kenntnis gesetzt, was die Fjords betrifft.« Er brach ab. »Genauer gesagt, wir wurden. Jetzt bin ja nur noch ich da.«

Er ging ans Ruder. Plötzlich wirkte er müde, als hätte ihn das Reden zutiefst erschöpft. Libby beobachtete ihn, während er durch die Scheibe nach vorn starrte. »Sie haben sie sehr geliebt, nicht wahr?«

Er antwortete, ohne sich umzudrehen. »Ja«, sagte er. »Das habe ich.«

Sie fuhren den Sund hinauf, Libby stand mit Bree an ihrer Seite am Bug. John-Cody reparierte am Heck einen der Schäkel, die das Beiboot am Heckwerk arretierten. Jonah war damit beschäftigt, in der Pantry das Essen zuzubereiten. Sie passierten Ferguson Island und die Einfahrt zu Crooked Arm. Überall um sie herum erhoben sich Berge in saftigem Grün, deren Gipfel in die grauen, wirbelnden Wolken ragten. Sie näherten sich jetzt Malaspina Reach und dem Meeresschutzgebiet, das als Gat bekannt war. Unmittelbar dahinter begann die Tasmansee.

Libby hatte ihren Laptop auf dem Kartentisch aufgebaut, so dass sie sich erste Notizen machen konnte. Das, was sie von John-Cody erfahren hatte, beunruhigte sie zutiefst. Schwimmende Hotels, das bedeutete wesentlich mehr Touristen für Fjordland und folglich auch mehr Boote. Das wirkte sich möglicherweise nachteilig auf die Population von Großen Tümmlern aus. Sie hatte den Dusky Sound auf der Karte bereits genau studiert, ebenso die gesamte Südwest-küste, und hatte das Gefühl, langsam einen Überblick zu gewinnen.

Wieder an Deck, rief Bree plötzlich aufgeregt etwas und zeigte in die Ferne. Libby blickte in die Richtung und sah Sprühnebelfon-tänen in die Luft schießen. »Geh und sag John-Cody Bescheid«, meinte sie. »Die anderen werden das sicher auch sehen wollen.«

Bree rannte nach achtern, und wenige Augenblicke später stand John-Cody neben Libby. »Delfine backbord achteraus«, sagte sie zu ihm. Er starrte aufs Wasser hinaus, wo eine Gruppe Delfine in Ufer-nähe durch die Tiefwasserrinnen vor Rogers Point schwamm: Schlanke, graue Rücken mit himmelwärts zeigenden Rückenfinnen bogen sich, verschwanden im Wasser, bogen sich wieder und ver-schwanden.

»Sie jagen«, sagte John-Cody.

»Ja.«

»Ich denke, näher sollten wir nicht heranfahren.«

»Sie wollen nicht näher an die Tiere heran?«

»Für mich sieht es aus, als hätten sie momentan keine Zeit für uns. Meinen Sie nicht?«

»Ich würde sagen, Sie haben Recht.«

»Dann wollen wir sie auch nicht stören. Sie wissen, dass wir hier sind, und wenn sie wollen, werden sie schon zu uns kommen.« Er ging wieder nach achtern und sagte den Gästen, wo sie Ferngläser fanden, falls sie sich die Delfine genauer ansehen wollten. Das Wetter würde bald umschlagen. Für die nächsten Stunden war ein Sturm vorhergesagt, und er wollte die Tasmansee wieder verlassen, bevor dieser losbrach.

Bei den Shelter Islands zerrte der Wind bereits heftig an den Fockstagen. Die Wellen bäumten sich zu dahinjagenden, schaumfarbenen Pferden auf. Sie brandeten an die schwarzen Felsen und schäumten den Riementang ein, bis er aussah wie eingeseifte Lumpen, die im Wasser lagen. Libby, die nach vorn starrte und die Dünung hinter den Nee Islands beobachtete, fragte sich besorgt, ob Bree seekrank werden würde. Unter ihren Füßen war jetzt das Schlingern des Bootes zu spüren. Sie drehte sich um und sah ihre Tochter mit federnden Schritten vom Achterschiff auf sie zu kommen. Sie ging auf der Backbordseite an der Brücke vorbei zu den verschließbaren Kästen vor den Fenstern. Jonah hatte in einem der Kästen Gemüse verstaut, aus einem anderen sah Libby den Schlauch eines Tauchkompressors herausragen. Sie zählte zehn Druckluftflaschen im Regal und fragte sich, wie viele Tauchausrüstungen John-Cody wohl an Bord hatte. Falls sie im Dusky Sound Delfine sichtete, wollte sie jedenfalls auch tauchen.

Die Dünung packte das Boot, als sie den Schutz des Fjordes verließen und auf die Hare's Ears zuhielten. Nachdem sie diese passiert hatten, befanden sie sich in der Tasmansee. Bis zum oberen Ende des Breaksea Sounds würden sie dann noch etwa vier Stunden brauchen.

»Werden wir im Breaksea Sound an Land gehen?«, fragte Libby John-Cody.

Er verzog das Gesicht. »Das hängt vom Wetter ab. Normalerweise fahre ich immer auf direktem Weg zum Dusky Sound und gehe dann in Luncheon Cove vor Anker. Auf dem Rückweg fahre ich durch die Acheron Passage und den Breaksea Sound. Leidet Bree eigentlich unter Seekrankheit?«

Libby zuckte mit den Schultern. »Ehrlich gesagt, ich weiß es nicht.«

Er nickte. »Nun, ich habe ihr ein paar Papiertüten in die Koje gelegt, falls sie welche braucht.«

»Vielen Dank, dass Sie sie ihr gegeben haben.«

Er sah sie fragend an.

»Die Gefrierkoje: Es ist die einzige Koje, die ein Fenster hat.«

»Ein Bullauge.«

»Bullauge. Richtig. Bree kann, wenn sie in ihrer Koje liegt, aufs Meer sehen.«

»Deshalb habe ich sie ihr ja auch gegeben. Wenn die Dünung stärker wird, hat sie sogar einen Blick unter Wasser.«

Sie segelten, den Wind von backbord, in der Tasmansee nach Süden. Libby stand an Deck und betrachtete die Küste Neuseelands, wo sich zerklüftete schwarze Felsen aus der kochenden Brandung erhoben und zu Klippen aus grauem Granit wurden. Möwen flogen kreischend über die Robben hinweg, die interessiert beobachteten, wie sich die *Korimako* von den felsigen Landspitzen der Nee Islands entfernte. Die Bullen mit einem eigenen Revier hoben dabei ihre Schnauze in die Luft, so dass sie einen guten Rundblick hatten. Bree stand neben John-Cody auf der Brücke, Jonah saß am Salontisch. Die anderen Gäste – Carlos und seine Mutter, zwei Kanadier und zwei ältere Damen aus Christchurch – setzten sich in die Persenningkajüte und sahen zu, wie die Wellen ans Heck schlugen.

Libby starrte weiter die zerklüftete Küstenlinie an. Es regnete noch immer, obwohl der Regen hier draußen auf See feiner war und sich auch mehr Lücken in der Wolkendecke zeigten. Sie dachte an die Aufgabe, die vor ihr lag. Es hatte sich vieles besser gefügt, als sie zu hoffen gewagt hatte. Das Haus, in dem sie wohnten, war wirklich großartig, und John-Cody ließ ihnen völlig freie Hand, so dass sie ändern konnten, was sie wollten. Die neue Schule würde für Bree sicher noch eine Hürde werden, aber sie wusste, dass ihre Tochter sehr anpassungsfähig war. Das einzige Problem war diese Sache mit dem Rugby, ansonsten würde sie sich sicher schnell eingewöhnen.

Die erste Aufgabe, die auf sie selbst wartete, bestand darin, die Delfine im Dusky Sound eindeutig zu identifizieren: Sie würde sich ein Boot mieten und dann mit dem Umweltschutzministerium und Steve Watson in Dunedin in Verbindung treten. Sie hatte ihre eigene

Ausrüstung mitgebracht, diese musste aber modifiziert werden, wenn sie die Delfine vom Boot aus unter Wasser filmen wollte. John-Cody hatte ihr erzählt, dass irgendjemand eine Helmkamera entwickelt hatte, die unter Wasser funktionierte. Sie wollte ein ähnliches System benutzen. Sie hatte jede Menge Computerequipment dabei. Das Umweltschutzministerium hatte zugesagt, ihr einen Minigenerator zur Verfügung zu stellen, so dass sie ihre High-Tech-Ausrüstung auch in der Supper-Cove-Hütte benutzen konnte. Die Hütte würde für die Dauer ihrer Forschungen für andere Besucher geschlossen werden. Auf diese Weise war ihr wenigstens ein gewisses Maß an Ungestörtheit garantiert. Dass eine Gruppe von Wanderern auftauchte, während sie den ganzen Tag draußen auf dem Wasser war, hätte ihr gerade noch gefehlt.

Der Wind wühlte das Meer jetzt stärker auf. Mit jedem Wellental, in das die *Korimako* hinabsauste, brachen Wellen in Kaskaden über den Bug herein. Das Seewasser überspülte das Stahldeck, und Libby war gezwungen, sich ins Ruderhaus zurückzuziehen. Sie zog ihre Wetterkleidung aus, die John-Cody sofort zum Trocknen in den Maschinenraum brachte. Die Dieselheizung pumpte warme Luft in die Kabine im Vorschiff. Libby stieg rückwärts den Niedergang hinunter und setzte sich auf die Bibliothekskoje. Die Bücherregale waren mit Büchern über Neuseeland im Allgemeinen und über Fjordland im Besonderen gefüllt, obwohl sie auch Bücher über Wale und Delfine und sogar einige über die subantarktischen Inseln sah. Sie blätterte eines davon durch und hörte zu, wie Jonah und Bree oben Pizzateig machten.

»Erzählen Sie mir doch bitte noch mehr über die Tuheru, Jonah«, sagte Bree gerade. »Glauben Sie wirklich, dass sie real sind?«

»Das Volk der Schemen?« Jonahs Stimme klang eine Oktave tiefer als gewöhnlich. »Natürlich sind sie das. Da sie aber niemand sehen kann, weiß auch niemand, wie sie aussehen.«

»Sie haben gesagt, dass Mahina sie sehen konnte.«

»Das konnte sie auch, aber sie hat so gut wie nie darüber gesprochen. Die Tuheru zeigen sich nur den Menschen, denen sie vertrauen. Sie wussten, dass sie Mahina vertrauen konnten, weil sie ihnen so ähnlich war. Sie hat ihr halbes Leben im Busch gelebt.«

»Dann wissen Sie also gar nichts über die Tuheru?«

Als Jonah ihr jetzt antwortete, war seine Stimme noch tiefer. »Nur so viel, dass sie ganz anders als die Maeroero sind.«

»Die was?«

»Maeroero: wilde, haarige Menschen mit langen, knochigen Hexenfingern, die alle anderen Menschen hassten. Sie waren schrecklich, Bree, und sie sind noch immer schrecklich. Sie mögen nichts lieber als eine gute Mahlzeit, bestehend aus Männern, Frauen oder Kindern. Sie fangen dich, indem sie dich mit ihren spitzen Fingernägeln aufspießen, und sie essen dich roh. Sie kommen nachts von den Bergen herunter und entführen Männer und Frauen. Sie tragen sie davon und fressen sie auf. Niemand, den sie entführt haben, wurde jemals wieder gesehen.

Die Häuser der Alten waren tabu«, fuhr er fort. »Das bedeutet heilig. Den Maeroero aber war das völlig egal. Sie entweihten die Häuser der Alten, die in den großen Kanus aus Hawaiki gekommen waren. Die Tuheru konnten durchaus auch gefährlich werden, aber die Maeroero waren Monster. Wenn du also bei Preservation Inlet in den Busch gehst – dann nimm dich bloß in Acht.«

»Jagen Sie meiner Tochter um Himmels Willen keine Angst ein, Jonah«, rief Libby.

Sein dunkler, zottiger Kopf erschien oben am Niedergang und sah boshaft grinsend zu ihr herunter. »Sie brauchen sich ihretwegen keine Sorgen zu machen, Libby. Passen Sie besser auf sich selbst auf, wenn Sie allein draußen in Supper Cove sind.«

John-Cody steckte seinen Kopf aus der vorderen Kabine. »Jonah, hör auf, unsere Gäste zu erschrecken. Kümmere dich lieber um das Mittagessen.«

Jonah beugte sich noch ein Stück weiter herunter, so dass er ihn sehen konnte. »Aye, Sir, Käptn, Sir.« Er salutierte scherzhaft. Bree lachte. John-Cody schüttelte die Bettdecke auf, die er gerade in der Hand hielt, und lächelte Libby an.

Die See war rau, die Dünung erreichte eine Höhe von vier Metern, und der Wind wehte jetzt mit dreißig Knoten. Dünung dieser Stärke war für manche durchaus unangenehm; eine der Frauen aus Christchurch hatte bereits eine Tablette gegen Seekrankheit nehmen müssen.

Jonah bereitete Sandwiches zu – der Seegang war viel zu heftig, um irgendetwas zu kochen – und reichte die Teller durch die Achterfenster der Pantry in die Persenningkajüte hinüber. Libby saß mit Bree und John-Cody bereits am Tisch. Hin und wieder stand er auf und überprüfte die Wegpunkte, die er ins Global Positioning System eingegeben hatte. Die gepunktete Loxodrome folgte ihrem Kurs zwischen jedem Wegpunkt, und er stellte sicher, dass sie von dieser Linie in beiden Richtungen nicht mehr als eine halbe Seemeile abwichen. Bree fragte ihn, warum er die *Korimako* nicht mit dem mit hölzernen Spaken versehenen Ruderrad steuerte, worauf er ihr ausführlich die Funktionsweise des Autopiloten erklärte. Libby beobachtete ihn, und ihr fiel auf, wie wachsam er die ganze Zeit über war. Jedes Mal, wenn das Boot schlingerte, wenn es sich anders bewegte als gewohnt oder wenn sich das Maschinengeräusch auch nur um eine Nuance veränderte, weckte dies sofort seine Aufmerksamkeit: Die *Korimako* schien ein Teil von ihm zu sein, eine Erweiterung seines Selbst.

Jonah sang Maori-Lieder und versuchte gleichzeitig, sie Bree beizubringen. Irgendwann verkündete Bree dann, sie sei müde. Sie kletterte in die Gefrierkoje und zog die Vorhänge zu. Dort lag sie dann auf der Seite und sah zu, wie das Wasser über das Bullauge spülte. Manchmal sah sie den grauen Himmel, manchmal das dunkle Grün des Ozeans. Sie hielt nach Fischen Ausschau, konnte jedoch keinen einzigen entdecken.

Das Wetter verschlechterte sich rapide. Um halb sechs bat John-Cody alle Gäste um Ruhe, während er mit Stift und Notizpapier dasaß und konzentriert dem Wetterbericht im UKW-Funkgerät lauschte. Als die Meldung verlesen war, drehte er die Lautstärke wieder herunter und sah Jonah an. »Wir werden bei Breaksea vor Anker gehen«, sagte er. »Der Wind kommt mit über vierzig Knoten aus Südwest. Wir würden sowieso keine Fahrt mehr machen.«

Um sechs Uhr schließlich befanden sie sich zwischen Breaksea Island und Oliver Point. Bree kniete auf der Bank vor dem Esstisch und beobachtete durch das Pantryfenster die Robben, die träge auf den Felsen lagen. Einige Minuten zuvor hatte Jonah westlich von Dagg Sound einen blasenden Wal ausgemacht, und sie war absolut aus dem Häuschen gewesen. Alle Gäste hatten sich vorn an die Luvseite gedrängt. Carlos hatte behauptet, dass es sich um einen Südkaper oder einen Buckelwal handle, aber Libby hatte ihm lächelnd erklärt, dass dies mit Sicherheit kein Südkaper sei, da diese keine Rückenfinne hätten. Um einen Buckelwal würde es sich jedoch auch nicht handeln. Sie hatte eines von John-Codys Ferngläsern genommen und auf den ersten Blick einen Minkwal erkannt. John-Cody hatte daraufhin ebenfalls ein Fernglas genommen und sich den Wal angesehen. Er war von Libbys Fachkenntnis sichtlich beeindruckt. Es war tatsächlich ein Minkwal, und noch dazu ein ziemlich großer.

»Sie kennen sich wirklich gut aus«, hatte er zu ihr gesagt.

»Nun, ich denke, das sollte ich auch. Immerhin befasse ich mich schon mein halbes Leben mit Cetaceen.«

Sie fuhren jetzt unter Maschine Richtung Süden. Das Wasser war hier, im Schutz der Berge von Resolution Island, die auf der Luvseite lagen, wesentlich ruhiger. Während das Tageslicht langsam schwand, durchquerten sie mit sieben Knoten die Acheron Passage. Libby und Bree standen an Deck und sahen zu, wie die Flanken der Berge, die die Ostwand der Passage bildeten, langsam an ihnen vorbeizogen. Das Stampfen der Maschine ließ das Deck vibrieren. Der Klüver, den John-Cody auf See gehisst hatte, befand sich jetzt wieder aufgerollt am Fockstag. Jonah kochte. Die Düfte aus der Pantry ließen Libby das Wasser im Mund zusammenlaufen, denn sie hatte seit dem Frühstück nichts anderes als Sandwiches gegessen.

John-Cody holte vom Achterschiff eine Flasche Regenwasser. In den Tanks befand sich zwar jede Menge Frischwasser, für kalte Getränke stand jedoch nur das in dem an der Heckreling befestigten Fässchen gesammelte Regenwasser zur Verfügung. Er verdünnte einen Fruchtsaft und gab Bree ein Glas, dann erzählte er Libby, dass sich die Delfine oft an der Einfahrt zum Wet Jacket Arm aufhielten, den sie jetzt gerade auf der Leeseite passierten. Sie überquerten das Deck zur anderen Seite und lehnten sich dort an die Reling. Libby zog eine Zigarette aus ihrer Tasche. John-Cody gab ihr Feuer, dann suchten sie mit ihren Ferngläsern die dunklen Wasser des Fjords nach blasenden Delfinen ab, konnten jedoch nichts entdecken. Schließlich rief Jonah zum Abendessen. Während sie aßen, hatte John-Cody den Autopiloten eingeschaltet und die Maschinen so weit gedrosselt, dass sie nur noch im Schneckentempo dahinfuhren. Hin und wieder stand er auf und warf einen Blick auf den grün illuminierten Radarschirm.

»Mann, es tut wirklich gut, wieder auf dem Boot zu sein«, sagte Jonah, als er sich mit seinem Teller zu ihnen an den Tisch setzte. »Das war einfach zu lange, Gib. Viel zu lange.«

John-Cody lächelte und sah so entspannt aus, wie Libby ihn bis jetzt noch nie gesehen hatte.

»Du hast Recht, es ist wirklich gut, und ich muss feststellen, dass ich doch nicht so eingerostet bin, wie ich dachte.«

»Jetzt kommt es dir so vor, als wärst du jeden Tag auf See gewesen, oder?«

John-Cody trank einen Schluck Wasser und zwinkerte Bree zu, die mit vollem Mund auf ihre Mutter einplapperte. Libby saß einfach nur da, hörte ihr zu und entspannte sich.

Einige Zeit später wollten sie in Cascade Cove am südwestlichen Ende des Dusky Sound vor Anker gehen. Inzwischen war es stockdunkel, und John-Cody navigierte mit Hilfe des Radars und der Silhouette der Berge, die sich rings um sie erhoben. Als sie den Bowen Channel hinauffuhren, wo die Wellen gegen den Bug klatschten, so wie sie es auf offener See getan hatten, spürten sie die Ausläufer des Sturms. Sie hörten zu, wie die verschiedenen Fischer im Äther ihre Meinung über das Wetter austauschten. Untertags suchte das Funkgerät automatisch alle Sprechfunkkanäle ab, für die Nacht schaltete John-Cody es jedoch auf Kanal 11. Bree stand neben dem Steuerrad und hörte den Gesprächen zwischen verschiedenen befreundeten Skippern zu und musste dabei immer wieder über ihre Witze lachen.

Später jedoch, als der Sturm seine volle Kraft entfaltete, wurde der Ton plötzlich ernster: Eines der Schiffe hatte Probleme mit den Maschinen, und John-Cody bat seine Gäste, still zu sein, während er konzentriert zuhörte. Eine Stunde saß er so da, bereitete sich innerlich schon auf einen Notruf vor, als es dem Skipper gelang, sein

Schiff wieder flottzumachen und eine sichere Bucht anzusteuern. John-Cody entspannte sich.

»Die See ist wütend, hm?«, bemerkte Carlos.

John-Cody drehte sich um und sah ihn an. »Die See ist weder wütend, Carlos, noch grausam. Sie hat auch keine der anderen Eigenschaften, die die Menschen ihr so gerne zuschreiben. Die See reagiert einfach nur auf den Wind.«

Als sie dann in die Cascade Cove hineinfuhren, lag Bree bereits im Bett. Libby hatte es sich ihr gegenüber auf der Bibliothekskoje bequem gemacht. »Das ist wirklich cool«, sagte Bree, die sich wieder aufgesetzt hatte und versuchte, durch das Bullauge etwas zu erkennen. »Ich liebe diese Koje: Sie ist so gemütlich. Ich kann hinaussehen und das Wasser gegen die Wand klatschen hören.«

Libby lächelte. »Irgendwie ist das doch alles unglaublich, nicht wahr? Letzte Woche waren wir noch in Frankreich, und jetzt sind wir am anderen Ende der Welt auf einem Boot.«

»Und es ist ein wirklich tolles Boot.« Bree sah sie an. »Ich bin froh, dass wir hierher gekommen sind, Mum.«

Libby stand auf und ging zu ihr. »Wirklich? Du bist nicht mehr wütend, weil sich in deinem Leben schon wieder alles ändert?«

Bree zog eine Grimasse. »Ich kann zwar nicht unbedingt sagen, dass ich mich auf die Schule freue, aber ich verstehe es jetzt wenigstens. Ich bin froh, dass du es mir gesagt hast.«

»Du meinst das mit dem Geld?«

Bree nickte. »Aber hier wird das Geld doch reichen. Ich meine, wir werden doch genug Geld haben, um John-Cody die Miete zu bezahlen und so, oder?«

Libby strich ihrer Tochter zärtlich über die Stirn. »Ja. Wir werden genug Geld haben. Du brauchst dir keine Sorgen zu machen, mein Schatz. Alles wird gut werden, das verspreche ich dir.«

Das Geräusch der rasselnden Ankerkette hallte durch den Bootsrumpf, so laut, dass sie sich nicht mehr weiter unterhalten konnten. Es dauerte eine ganze Weile. Libby und Bree sahen einander an. Bree hielt sich dabei die Ohren zu und rümpfte die Nase. Dann spürten sie eine leichte Bewegung, als John-Cody das Boot achteraus fahren und schwojen ließ, bis sie sich an der breitesten Stelle der Bucht befanden. Unter ihnen lagen siebenundzwanzig Meter Wasser. Der Anker schleifte zuerst ein wenig über den Grund und grub sich dann ein. John-Cody wies Jonah an, den Kettenstopper an der Kette anzubringen. Er würde klappern und ihn aufwecken, falls sich der Anker in der Nacht vom Grund löste.

Die Cascade Cove befand sich nicht mehr im Hauptkanal, sondern lag vor der Spitze von Pickersgill Harbour, wo Kapitän Cook mit der *Resolution* vor Anker gegangen war und einen Beobachtungsposten eingerichtet hatte. John-Cody erzählte ihnen, dass Cook aus dem Rimu-Baum Sprossenbier gebraut und aus dem Manuka-Baum Tee gemacht hatte, während die Mannschaft sein Schiff ausbesserte. Das erste europäische Haus, das in Neuseeland gebaut wurde, stand in der Luncheon Cove. Später hatte ein von William Leigh geführter Robbenfängertrupp dort ein Schiff gebaut. John-Cody versprach, ihnen, sobald sie am nächsten Morgen Pickersgill Harbour besucht hatten, die innere Luncheon Cove zu zeigen, wo sie dann, wenn sie Glück hatten, mit den Robben schnorcheln konnten.

Bree starrte, eingewickelt in ihre Bettdecke, einen hell leuchtenden Stern am Himmel an, während sie immer schläfriger wurde. John-Cody kam unter Deck, um ein paar der inzwischen getrockneten Regensachen aus dem Maschinenraum zu holen. Er sah, wie sie durch das Bullauge starrte. Der Himmel war jetzt klar, der Wind hatte sich gelegt, und die Wolken lösten sich in milchige Nebelschwaden auf, die wie feine Spitzengardinen vor den Sternen hingen. »Ist das dort oben die Venus?«, fragte Bree ihn.

»Nein, das ist der Sirius. Der hellste Stern am Himmel.« Er lehnte sich mit den Ellbogen auf die Kante ihrer Koje. »Mahina hat ihn Takura, den Winterstern, genannt. Takura ist die Frau, die den Winter bringt. In kalten Nächten leuchtet sie besonders hell, um die Menschen vor kommendem Frost zu warnen.«

Bree sah ihn an und runzelte die Stirn. »Aber ich dachte, es ist jetzt Sommer.«

»Ist es auch. Sie will uns auch nur daran erinnern, dass es sie noch gibt und dass sie eines Tages zurückkommen wird.« Er tätschelte ihre Hand, die auf der Bettdecke lag. »Hattest du einen guten Tag?«

»Den besten.«

»Das freut mich.« Er zwinkert ihr zu und schaltete das Licht im Maschinenraum aus.

Später lag Libby in ihrer Koje, spürte die leichte Dünung und lauschte dem Wasser, das gegen den Rumpf klatschte. Es klang, als würde ein halb leeres Fass geschüttelt. Das Boot schaukelte und schlingerte, und sie wurde sanft in den Schlaf gewiegt. Bevor sie einschlief, bekam sie noch mit, das John-Cody im Dunkeln einen letzten Rundgang durch das Boot machte. Sie hatte ihre Kabinentür offen gelassen, um Kondenswasser zu vermeiden, und sah seine Silhouette, als er den Niedergang hinaufstieg. Vor dem Hintergrund des blassen Himmels rahmten die vorderen Fenster seinen Kopf ein. Er bewegte sich leise – alle anderen waren bereits zu Bett gegangen – dann kam er wieder den Niedergang herunter. Er legte sich schlafen. Das Licht ging aus, und bald darauf hörte sie ihn in seiner Kabine, die der ihren gegenüberlag, gleichmäßig atmen. Ihre Koje war bequem und warm. Libby konnte die Gerüche des Bootes riechen, konnte das leise, metallische Quietschen des Rumpfes und ab und zu den Wind in den Salings pfeifen hören. Sie sank tiefer in ihre Matratze und schlief schnell ein.

Am folgenden Morgen lichteten sie den Anker. John-Cody schoss die Kette mit einem Bootshaken auf, während sie langsam in den Ankerkasten zurückrollte, damit sie sich nicht verhedderte und dann klemmte, wenn sie sie wieder herabließen.

Sie fuhren unter Maschine nach Pickersgill Harbour und zu Kapitän Cooks Beobachtungspunkt. Jonah und John-Cody ließen das Beiboot zu Wasser, und alle außer Jonah kletterten hinein. John-Cody steuerte das Boot zu dem hölzernen Steg, der den Landungspunkt markierte. Libby und Bree trugen Regenmäntel und Gummistiefel, denn John-Cody hatte ihnen erklärt, dass es im Busch nur zwei Alternativen gab: Gummistiefel oder bloße Füße. Es regnete hier fast an jedem Tag des Jahres, und auch wenn jetzt zufällig die Sonne schien und der Himmel klar war, so konnte das Wetter doch von einer Minute zur nächsten umschlagen.

Der Wald war ein einziges Gewirr aus Buchen, Strauchwerk und

Ratas, neuseeländischen Holzlianen und Baumfarnen, die überall dort wuchsen, wo es kaum Rotwild gab. John-Cody hielt das Beiboot ruhig, während sie an Land gingen, band es dann an einem Ast an und kletterte anschließend selbst ans Ufer. Libby stand da und beobachtete ihn, während er über die glitschigen Felsbrocken ging und sorgfältig darauf achtete, nicht auf die Kämme, sondern nur in die Täler dazwischen zu treten: Auf diese Weise hatte er sicheren Halt und lief nicht Gefahr, ins Wasser zu fallen.

Bree fuhr mit der Hand über die Rinde eines Baumes, der so dicht mit Flechten bewachsen war, dass sie sich wie ein feuchter Pelz anfühlten. Im Wald war es dunkel, Wasser tröpfelte aus den Bäumen auf sie herab. Die abgestorbenen Blätter auf dem Boden fühlten sich beim Gehen feucht und breiig an. Wo man auch hinsah, wirkte der Wald wild und urzeitlich. John-Cody ging neben einer Kletterpflanze in die Hocke und bog sie ganz herunter.

»Bree«, sagte er, »das hier ist eine neuseeländische Holzliane. Siehst du, wie biegsam sie ist? Die Maori verwenden sie zum Flechten von Körben.« Dann wandte er sich an die anderen. »Jemand hat mir einmal gesagt, diese Gegend hier mit ihren Laubwäldern und dem dichten Unterholz sei der letzte Garten von Tane, des Gottes des Waldes und der Vögel. Und wenn man auf Tanes Garten nicht aufpasst, wird der Wald verdorren und die Welt in die Dunkelheit zurückfallen, die herrschte, bevor Rangi und Papa getrennt wurden.« Er erklärte ihnen den Schöpfungsmythos der Maori und erzählte ihnen vom Wald und den Tieren, die dort lebten. Bree starrte ihn fasziniert an, saugte seine Worte regelrecht in sich auf. Er sprach mit leiser Stimme und einem kaum merklichen Akzent, der auf seine Herkunft aus Louisiana hinwies.

»Es gibt noch andere großartige Gärten in Aotearoa«, fuhr John-Cody fort, als sie durch das dichte Unterholz auf den Lake Forster zugingen, »aber ich denke, dieser hier ist in seiner Unberührtheit einzigartig.« Er führte sie einen kaum erkennbaren Pfad entlang, zu dessen Seiten Kronenfarne wuchsen und knorrige Baumwurzeln aus der verrottenden Vegetation hervorragten.

»Zwischen den Laubbäumen wächst im Bodenbereich des Waldes das so genannte Unterholz«, sagte er. »Das sind Gehölze wie der

Kamahi-Baum, die Fuchsie und die Weinbeere. Bei den Laubbäumen handelt es sich überwiegend um neuseeländische Silberbuchen, die alle paar Jahre Samen tragen und so für weiteres Wachstum sorgen.« Er lächelte. »Die Mäuse und die Ratten schlagen sich dann jedes Mal mit den herabgefallenen Samen die Bäuche voll.« Er blieb wieder stehen, umfasste einen Kronenfarn mit seiner Hand und ließ ihn wieder los. »Wir Menschen müssen den Wald pflegen, damit er sich immer wieder regenerieren kann, wir dürfen aber niemals so weit in die Natur eingreifen, dass wir alles zerstören. Bislang ist es uns gelungen, das zu vermeiden, aber die Ansiedlung von Rotwild und Fuchskusu hat schon verdammt viel Schaden angerichtet. Diese beiden Tierarten sind hier nicht heimisch und verursachen erhebliche Fraßschäden am Unterholz.«

Als sie zum Beiboot zurückgekehrt waren, erzählte er ihnen, wie das Land lebte, starb und wieder zum Leben erweckt wurde. Er zeigte über die Bucht hinweg nach Long Island, wo sich ein großer, kahler Felsabschnitt wie eine bläuliche Narbe am Berg hinunterzog.

»Eine Baumlawine«, sagte er. »Das ist hier keine Seltenheit. Der Bewuchs wird zu üppig, zu schwer, und irgendwann siegt die Schwerkraft, und das Ganze gerät ins Rutschen wie eine Schneelawine. Die Vegetation schält sich regelrecht vom Fels ab und landet im Wasser, das durch das Tannin im Humus und in den Blättern diese teebraune Farbe bekommt, die Sie dort sehen können.« Er zeigte auf die Süßwasserschicht, deren Oberfläche an verschiedenen Stellen sepiabraun und dunkelbraun gefärbt war. »Diese Nährstoffe wiederum kommen der Fauna und Flora unter Wasser zugute – den Fischen, Pflanzen und so weiter. Die Fjorde beherbergen alle Arten von Tieren und Pflanzen: Dort unten gibt es Korallenbäume, die Tausende von Jahren alt sind.

Wenn der Fels am Berghang blank liegt, beginnt der Regenerationsprozess. Er verläuft in verschiedenen Stufen: Moose und Flechten bilden die ersten Schichten und unten in Wassernähe wachsen Toi Toi und Speergras. Die Wunde beginnt zu heilen, und das Land repariert sich sozusagen von selbst. Die Vögel und die anderen Tiere fördern diesen Prozess.« Er sah Bree wieder an. »Es sind die Glockenvögel, die die Blüten bestäuben. Wusstest du das, Bree?« Bree schüttelte den Kopf.

»Wenn du das nächste Mal im Garten bist, beobachte einmal, wie sie einen Apfel fressen. Sie holen sich das Fruchtfleisch mit ihren unglaublich langen Zungen heraus. Auf diese Weise bestäuben sie auch die Pflanzen, denn sie fliegen mit den Pollen der einen Blüte an ihren Schnäbeln und Zungen zur nächsten. Das alles ist Teil eines überaus empfindlichen Ökosystems: Leben, Tod und Wiedergeburt machen Fjordland zu dem, was es ist, einem sich ständig regenerierenden Regenwald.«

Nach dem Mittagessen fuhren sie über den Sund. Sie mussten sich dabei im Zickzackkurs ihren Weg zwischen den vielen Inseln suchen, aufmerksam beobachtet von Bärenrobben, die auf den Felsen lagen oder zwischen dem Seetang im Wasser herumschwammen. John-Cody stand jetzt am Steuerrad, wobei er die offenen Türen zu beiden Seiten des Bootes im Blick hatte. Er ließ niemanden mehr auf die Brücke, während er die *Korimako* in die Luncheon Cove steuerte, wo der Wald so wild, so alt und unberührt aussah, dass Libby nicht überrascht gewesen wäre, wenn sie plötzlich Dinosaurier durch den Busch hätte streifen sehen.

Die Bäume reichten bis zum Ufer der kreisförmigen, flachen Bucht. Regen prasselte, getrieben durch eisige Böen, aufs Wasser. Es sollte jedoch nur ein kurzer Schauer sein, dann kam die Sonne wieder heraus und spiegelte sich in den plötzlich wieder ruhigen Fluten. Einige der vom Tannin gefärbten Felsen wirkten im glänzenden Sonnenlicht beinahe pinkfarben. Das Wasser hatte dort, wo es seichter wurde, stellenweise eine grüne oder gelbe Farbe. John-Cody warf den Anker, dann ging er an Deck und sah über die Bucht zu einem felsigen Hügel am nördlichen Ufer. Libby folgte seinem Blick und sah, dass sich dort irgendetwas bewegte.

Als sie das Fernglas nahm, erkannte sie eine Gruppe von jungen Bärenrobben, die sie ebenso voller Interesse und mit Augen, groß wie Untertassen, beobachteten.

»Genau dort drüben stand, wie ich Ihnen bereits erzählt habe, das erste europäische Haus, und dort hatten auch die Robbenfänger ihren Posten«, sagte John-Cody. »Niemand weiß, wie viele Bärenrobben es hier gab, bevor die Robbenfänger kamen. Man schätzt jedoch, dass sie mindestens zweieinhalb Millionen Felle erbeutet haben. Kapitän Cook und seine Leute, die sich 1773 hier aufhielten, haben ebenfalls Robben gejagt. Sie erlegten die Tiere zwar nicht, um ihre Felle zu verkaufen, aber sie waren die ersten Europäer, die sie verwerteten. Aus dem Blubber gewann man Öl, mit den Häuten besserte man die Takelage aus und das Fleisch diente als Nahrung.« Er legte seine Hand auf Brees Schulter. »Heute gibt es in Fjordland ungefähr noch zehntausend Robben. Sie dürfen nicht mehr gejagt werden.« Er sah zu ihr herunter. »Hast du Lust, mit den Robbenjungen zu schwimmen?«

Er holte mehrere Sieben-Millimeter-Nasstauchanzüge aus dem Tauchkasten und suchte einen heraus, der Bree passte. Libby ging mit ihr zum Umziehen nach unten. Libby hatte für ihre Forschungen ihren eigenen Trockentauchanzug mitgebracht, denn in den Fjords war das Wasser selbst im Sommer ziemlich kalt, und es war unmöglich, ohne einen solchen Anzug längere Zeit unter Wasser zu bleiben. Trotz all der Zeit, die Bree gemeinsam mit ihrer Mutter in verschiedenen Teilen der Welt verbracht hatte, hatte sie noch nie zuvor einen Tauchanzug getragen, und sie hatte auch noch nie geschnorchelt.

Nachdem Bree sich umgezogen hatte, gingen sie und Libby zurück an Deck, wo John-Cody ihr ein Paar Tauchschuhe, eine Tauchermaske und einen Schnorchel gab. Carlos, der zusammen mit ihr ins Wasser gehen wollte, wartete schon im Beiboot. Libby stieg ebenfalls ein. John-Cody steuerte das Boot von der *Korimako* weg, wobei er großen Abstand von den Felsen hielt, dann drosselte er den Motor. Sie ließen sich auf dem Wasser treiben und beobachten, wie ein junger Bärenrobbenbulle auf dem großen Felsen in der Mitte seinen Kopf hob. »Möglicherweise verdirbt er uns alles«, murmelte John-Cody, »aber wir versuchen es trotzdem.«

Carlos ließ sich vorsichtig von der Bootswand ins Wasser und trieb dann auf dem Bauch liegend langsam davon. Sie brauchten keine Flossen, denn ihre Anzüge verursachten so viel Auftrieb, dass sie mit den Flossen nur auf die Wasseroberfläche geklatscht und die jungen Robben vertrieben hätten. Bree hockte am Bootsrand und sah zu, wie sich zwei Robbenjunge von den Felsen herabgleiten ließen und, von dem wachsamen Bullen unbemerkt, auf Carlos zuschwammen.

John-Cody half Bree ins Wasser. Sie hielt sich an dem Seil fest, das er sich um die Hand geschlungen hatte. Sie japste, als sie die Kälte an ihrem Körper spürte. Ihr Atem ging plötzlich schneller, doch schon bald beruhigte sie sich wieder und trat einige Augenblicke lang Wasser.

»Denk dran, Bree, du kannst nicht untergehen. Dieser Anzug hält dich besser als jede Schwimmweste an der Oberfläche. Du kannst dich also entspannen.« Seine Stimme war freundlich und leise, und Libby saß, das Kinn in die Hand gestützt, da und schaute zu, wie ihre Tochter ihm durch ihre Tauchmaske hindurch aufmerksam zuhörte. Sie atmete jetzt bereits durch den Schnorchel, obwohl ihr Kopf noch aus dem Wasser ragte.

»Hör auf deinen Körper«, sagte John-Cody gerade, »spür, was er dir sagt. Entspann dich einfach und lass dich von ihm leiten. Lausch deinem Atem. Du kannst nicht untergehen. Wenn du eine Pause brauchst, dann leg dich einfach auf den Rücken und paddel mit Händen und Füßen. Du darfst dich nicht verkrampfen: Schau hinauf zum Himmel. Von diesem Blickwinkel aus ist er wunderschön. Du kannst nicht untergehen.« Er zeigte ihr, wie sie ihre Maske reinigen musste, dann drehte sie sich um, tauchte mit ihrem Gesicht unter und versuchte, durch den Schnorchel zu atmen. Sofort hob sie hustend wieder ihren Kopf aus dem Wasser.

»Ist schon o.k., Bree«, sagte er. »Entspann dich einfach. Das schaffst du schon. Tauch dein Gesicht ganz langsam unter Wasser und halt dich dabei am Boot fest.«

Bree folgte seiner Anweisung und atmete, zuerst mit abgehackten kleinen Japsern, dann langsamer und tiefer. »So ist es gut«, sagte er. »Ruhig bleiben. Gut so. Das machst du wirklich prima.«

Sie tauchte wieder auf, spuckte den Schnorchel aus und strahlte ihre Mutter an.

»Jetzt hör zu«, sagte John-Cody. »Wir sind alle in deiner Nähe. Bleib bei Carlos, und wenn du nicht willst, dass die Robbenjungen dir zu nahe kommen, dann streck einfach die Hände aus. Dann halten sie Abstand. O.k.?«

Bree nickte, nahm den Schnorchel wieder in den Mund und ließ das Seil los. Sie drehte sich auf den Bauch und paddelte zu Carlos hinüber, der schon von jungen Robben umringt wurde. John-Cody lehnte sich zurück und nickte. »Sie ist ein absolutes Naturtalent«, sagte er, während er sie beobachtete.

»Nein, Sie sind das Naturtalent«, meinte Libby lächelnd. »Der geborene Lehrer.«

Er lachte. »In einem Klassenzimmer würde ich keine fünf Minuten überstehen.«

»Wer hat denn etwas von Klassenzimmer gesagt? Das war wirklich brillant, John-Cody. Bree vertraut zwar ihren intellektuellen Fähigkeiten, aber das ist auch schon das Einzige, auf das sie bauen kann. Sie hat noch nie eine Tauchermaske getragen, und jetzt schauen Sie nur, wie sie mit den Robben schwimmt.«

»Wir müssen auf diesen Bullen dort aufpassen.« John-Cody war wieder aufgestanden und beobachtete aufmerksam das Männchen, dessen Revier auf der Landzunge lag. »Bree ist ein tolles Mädchen«, sagte er. »Sie ist mutig, und sie ist intelligent. Sie kriegt das sicher hin.«

Es regnete jetzt wieder in Strömen. Libby zog die Kapuze ihres Regenmantels über den Kopf. John-Cody, dessen Haare immer nasser wurden, stand da und ließ den Bullen, wann immer dieser ins Wasser ging, nicht aus den Augen.

Bree quietschte vor Vergnügen, denn jetzt schwammen von allen Seiten junge Robben mit schwarzen Augen und zuckenden Barthaaren auf sie zu. Sie bewegten sich unter Wasser so elegant, dass es beinahe schien, als flögen sie. Libby sah zum Waldrand hinüber und hörte den hohen Schrei einer Weka-Ralle. Am Abend zuvor hatte John-Cody ihnen den Unterschied zwischen einer Weka-Ralle und einem Kiwi erklärt, denn diese beiden Vögel wurden oft verwechselt. Die Weka behielt bei jedem Ruf ungefähr dieselbe Tonhöhe bei, wohingegen die Tonhöhe des Kiwi-Rufs anstieg. Libby dachte an die Tuheru und die Maeroero und daran, dass diese wilden Gestalten in der Nacht ihre Gesellschaft wären. Jonah und seine Geschichten: Er hatte Bree Angst einjagen wollen, aber sie, Libby, war es, die allein im Busch übernachten musste.

»Das hier ist ein wunderbares Fleckchen Erde. Vor allem hat es Atmosphäre«, sagte sie, als John-Cody sich wieder setzte.

»Das finde ich auch.«

»Wann sind Sie eigentlich nach Neuseeland gekommen?«

»1974. Ich bin damals auf einem Fischfangboot gefahren. In der Bluff Cove haben wir eine Ladung Seefisch gelöscht.«

»Kam Ihr Schiff aus den Vereinigten Staaten?«

»Ja, aus Hawaii.«

»Wie die Maori.«

»Wie bitte?«

»Sie sind, so wie die Maori, aus Hawaii gekommen.«

Er lächelte. »Das stimmt. So habe ich es allerdings noch nie gesehen.« Er warf wieder einen Blick auf den Bullen, der gerade zurück an Land robbte, dann wandte er sich wieder Libby zu. »Die Waitaha, Jonahs Stamm, waren die ersten Polynesier auf der Südinsel. Mahina und Jonah sind zur Hälfte Waitaha und zur anderen Hälfte Ungarn. Für mich sah Mahina aber immer wie eine reine Maori aus.«

»So wie Jonah?«

»Genau wie Jonah, nur dass sie einen Hennaton im Haar hatte. Sie haben ja gestern ihr Foto gesehen.«

Sie saßen schweigend da und sahen Bree und Carlos zu, wie sie im seichten Wasser planschten. Dann schaute John-Cody über die Bucht hinweg. Plötzlich war er sich Mahinas Gegenwart bewusst. Er spürte sie im Regen und im Nebel, der wie Rauch über den dichten Buchenreihen am Ufer lag.

6

Bree kam, vor Kälte zitternd, aus dem Wasser, aber sie war völlig aus dem Häuschen. John-Cody balancierte das Beiboot aus, während sie auf die Tauchplattform stieg und dann die Stufen zum Deck der *Korimako* hinaufkletterte. Libby half ihr an Bord, wo Jonah schon mit einem Kessel warmen Wassers auf sie wartete. Libby hielt Brees Tauchanzug am Hals auf, damit Jonah das warme Wasser hineingießen konnte. Bree kreischte vor Wonne, als es ihr warm den Rücken und die Beine hinablief.

Anschließend gingen sie und Carlos heiß duschen. John-Cody legte in der Zwischenzeit ab. Er hatte Libby versprochen, ihr die Supper-Cove-Hütte zu zeigen. Das bedeutete, dass sie tief in den Sund hineinfahren mussten, bevor sie umdrehen und sich auf den Weg zum Preservation Inlet machen konnten. Jonah war mit den Essensvorbereitungen beschäftigt, also schoss Libby die Ankerkette auf. Als sich der Anker an der Wasserlinie zeigte, winkte sie John-Cody zu, der im Ruderhaus stand. Wieder auf der Brücke, bedankte sie sich bei ihm.

»Das war wirklich ein tolles Erlebnis für Bree, John-Cody. Ich habe sie noch nie so begeistert erlebt.«

»Keine Ursache.« Er stand am Steuerrad und steuerte das Boot aus der Luncheon Cove hinaus. Er hatte überlegt, ob sie erst auf dem Rückweg einen Abstecher zur Supper Cove machen sollten, hatte sich dann aber dagegen entschieden, denn er wollte, wenn sie Preservation Inlet besucht hatten, auf direktem Weg an der Küste entlang zum Doubtful Sound hinaufsegeln. Die Wetteraussichten für die nächsten Tage waren viel versprechend, und er hoffte, dass sie ihren Törn ohne Zwischenfälle beenden konnten.

Als sie jetzt zwischen den Many Islands hindurchfuhren, hörte er das jaulende Geräusch eines Wasserflugzeugs. Er ging an Deck und schirmte seine Augen ab, denn die Sonne brach gerade durch die Wolken. Er entdeckte das Flugzeug, das sich von Osten näherte und dem Verlauf des Cook Channel folgte. Es ging tief herunter und flog dann eine Reihe von Kreisen. Er kniff die Augen zusammen, spürte den Wind auf seinem Gesicht und fragte sich, ob es landen würde.

Libby trat neben ihn, und er roch plötzlich ihren Duft. Er warf einen kurzen Blick zu ihr hinüber, als das Flugzeug direkt über das Boot hinwegflog. In einem der Fenster erkannte er ein Gesicht.

»Kennen Sie diese Leute?«

John-Cody nickte grimmig. »Nehemiah Pole.« Er zeigte auf Heron Island. »Dort drüben ist einer der geplanten Standorte für die Hotels.«

Libby sah zu, wie Pole noch einen Kreis flog und dann nach Nordosten abdrehte. »Sie meinen es also tatsächlich ernst.«

»Oh, absolut. Bei diesem Projekt geht es um einige Millionen Dollar.« John-Cody hockte sich auf die Ecke des Gemüsekastens. »Pole ist mit einer amerikanischen Rechtsanwältin verheiratet. Sie ist eine ziemlich geschäftstüchtige Frau und betreut in den Vereinigten Staaten einen großen Mandantenstamm. Alles reiche Leute, die jagen und fischen. Mit ihren Kontakten und Poles gutem Namen hier unten können sie ihren Kunden das ultimative Jagderlebnis anbieten, und das in einem der letzten nahezu unberührten Gebiete der Erde.« Er schüttelte den Kopf. »Im Prospekt klingt das alles großartig, aber wenn dieses Projekt tatsächlich Realität wird, dann wird das eben diese unberührte Gegend für immer verändern.«

»Fünf schwimmende Hotels«, sagte Libby.

John-Cody nickte.

»Das erscheint mir nicht besonders viel. Der Dusky Sound ist doch riesengroß.«

John-Cody sah sie stirnrunzelnd an. »Aber das wird nur der Anfang. Sie dürfen nicht vergessen, wie viele andere Investoren sehr genau verfolgen, ob Pole mit seinem Antrag durchkommt. Falls er eine Wassernutzungsgenehmigung erhält, werden sofort jede Menge Wettbewerber ihre Anträge einreichen, allen voran natürlich Southland Tours.« Er stand auf. »Dusky, Breaksea, Bradshaw, Thompson,

Doubtful – die Liste würde dann immer länger, Libby. Wenn wir ihnen den kleinen Finger geben, werden sie sich die ganze Hand nehmen, das heißt, sie werden sich jeden Kilometer Fjord unter den Nagel reißen, dessen sie habhaft werden können.«

Libby sah ihm hinterher, als er ins Ruderhaus zurückging. Der Wind blies ihr ins Gesicht, der Regen durchnässte ihr Haar. Bree saß, ebenfalls mit nassen Haaren, am Salontisch und zeichnete die Robben, mit denen sie geschwommen war. John-Cody nahm das Funkgerät und meldete sich bei Alex, die ihm bestätigte, dass alles in Ordnung war. Er hängte das Mikrofon wieder ein, dann lehnte er sich zurück und verschränkte die Arme vor seiner Brust. Libby stand am Bug, die Ellbogen auf dem Bugkorb, und sah auf das spiegelnde Wasser hinunter.

Die Supper Cove befand sich am äußersten oberen Ende des zwei-armigen Sunds. Südlich davon lag die Shark Cove, schmaler und enger als die breite, flache Supper Cove, die in Ufernähe stark ver-schlammt war. Am Rand des Buchenwaldes wuchsen Rimu-Bäume. Der Wald war dicht und nahezu undurchdringlich. Er wurde lediglich von einigen Rotwildpfaden und zwei Wanderwegen durch-schnitten, von denen einer nach Norden zum West Arm und der andere nach Süden zum Lake Hauroko führte. Die Hütte selbst stand am Nordufer und war sowohl vom Wasser aus als auch aus der Luft von weitem zu erkennen. John-Cody fuhr Libby im Beiboot ans Ufer, dann gingen sie den kiesigen Strand hinauf zur ersten Baumreihe. Die Hütte war sehr geräumig. Sie hatte einen offenen Kamin, in dem bereits trockene Holzscheite aufgeschichtet lagen. An der Tür und auf dem Tisch fanden sie Notizen, die bestätigten, dass Libby diese Hütte für die Dauer ihres Aufenthalts zur alleini-gen Verfügung stand. Libby war froh, sich nicht auf unwillkomme-nen Besuch einstellen zu müssen. An einer Wand waren Maori-Bet-ten befestigt, in denen drei oder vier Personen schlafen konnten, an einer anderen stand ein kleineres Einzelbett. Libby sah einen Kano-nenofen und eine Wasserpumpe, die durch einen der vielen Bäche gespeist wurde, die im Busch entsprangen.

John-Cody sah sich den Ofen genau an, überprüfte das Kamin-rohr auf undichte Stellen, dann stand er auf und wischte sich die

Hände an seinen Jeans ab. »Alles in Ordnung«, sagte er. »Wie lange wollen Sie hier bleiben?«

»Nicht länger als eine Woche am Stück. Ich habe noch niemanden gefunden, der sich um Bree kümmert.« Sie schüttelte den Kopf. »Ich will sie auf keinen Fall allein lassen, nachdem wir gerade erst angekommen sind.«

John-Cody sah die Sorge in ihren Augen. »Sie brauchen für Bree jemanden, den sie schon kennt, jemanden, den sie mag.« Dann erhellte sich sein Gesicht. »Fragen Sie doch einfach Alex. Sie und Bree kommen gut miteinander aus. Ihr Haus ist für sie allein sowieso viel zu groß.«

Libby sah ihn an. »Sie meinen, Alex würde sich um Bree kümmern?«

Er zuckte mit den Schultern. »Das weiß ich nicht. Aber fragen kostet schließlich nichts.«

Libby hörte draußen plötzlich eine Weka-Ralle schreien und zuckte erschrocken zusammen.

»Sie werden nachts noch viele Wekas hören«, sagte John-Cody. »Und Kiwis. Hier unten gibt es nämlich braune Kiwis.«

Libby ging zur Tür und betrachtete den dichten Busch, der vor dem Hintergrund des Wassers wie eine grüne Wand wirkte. »Und bestimmt auch Maeroero«, sagte sie.

Während der Nachmittag langsam zu Ende ging und vom Westen her die Abenddämmerung heraufzog, segelten sie zum Preservation Inlet. John-Cody stand am Steuerrad, und Jonah servierte ein frühes Abendessen. Der Nordwind trieb ihr Boot das West Cape hinunter, und so nahmen sie schließlich Kurs auf Cape Providence und Chalky Inlet. Libby saß am Kartentisch und notierte, was sie von John-Cody über den Dusky Sound erfahren hatte, wobei sie ausdrücklich vermerkte, dass sie keine Delfine gesehen hatte. Das Meer im Osten war glatt und grau, nichts wies darauf hin, wie weit sie von der Küste entfernt waren: Wolken, dicht und schwer, lagen über dem Horizont. An der Leeseite erhoben sich jedoch schwarz und tückisch die westlichen Klippen aus dem Wasser, die sich den ganzen Weg nach Süden zogen. Hinter Cape Providence stampfte und rollte die *Korimako*, wo sich die Wasser von Chalky Inlet, der

Foveaux Strait und der Tasmansee vereinigten und drei Strömungen aufeinander trafen.

Sie gingen in dieser Nacht in der Useless Bay vor Anker. Der Wind hatte inzwischen bis auf Nordwest gedreht und würde am nächsten Morgen wahrscheinlich aus Süden kommen. Ein Sturm hatte die Tasmansee am Sund hinter Kisbee Bay aufgewühlt. John-Cody hörte sich wieder aufmerksam den Wetterbericht auf Bluff Radio an: Der Sturm sollte sich in der Nacht legen; morgen würde die Sonne scheinen.

Libby wachte schon früh am Morgen auf und sah helles Licht durch ihr Bullauge strömen. Sie hörte, dass sich in der Pantry schon etwas tat, und blickte auf ihre Uhr. Halb sieben: Die anderen Passagiere schliefen bestimmt noch. Sie stand auf und zog sich ein Sweatshirt über das lange T-Shirt, das sie als Nachthemd trug, dann stieg sie die hölzernen Stufen zum Salon hinauf. John-Cody rührte gerade Zucker in seinen Becher Kaffee. Von Jonah war nichts zu sehen, und bis auf das Quietschen und leise Stöhnen, das die *Korimako* ständig von sich gab, war kein Geräusch zu hören. Libby lächelte John-Cody an. Er machte eine kreisende Handbewegung, um zu fragen, ob sie auch einen Kaffee haben wollte. Sie nickte, beugte sich den vorderen Niedergang hinunter und sah nach unten, wo Bree noch tief und fest in ihrer Gefrierkoje schlief. Sie verharrte einige Augenblicke in gebückter Stellung und betrachtete den friedvollen Ausdruck auf dem Gesicht ihrer Tochter, einen so friedvollen Ausdruck, wie sie ihn schon seit ein paar Jahren nicht mehr bei ihr gesehen hatte. Vielleicht stellte es sich jetzt ja als Segen heraus, dass in Frankreich so vieles schief gelaufen war. Libby hatte Bree noch nie so glücklich erlebt. Sie spürte, wie John-Cody sich neben sie stellte. Er reichte ihr einen Becher mit dampfendem Kaffee.

»Gehen wir an Deck«, sagte er ruhig. »Dort stören wir niemanden.«

Er holte eine Flasche Spülmittel unter der Spüle hervor, verteilte etwas davon auf den Laufschienen der Schiebetüren und schob die Tür auf der Steuerbordseite zurück. »So gleiten sie besser«, flüsterte er ihr zu. Dann gingen sie hinaus an Deck.

Libby war barfuß, aber das Stahldeck fühlte sich unter ihren Füßen überraschend warm an. John-Cody trug ein T-Shirt und Jeans. Seine Kaffeetasse in der Hand, stand er da und ließ seinen Blick die Bucht entlangschweifen. Das Wasser war flach und nur schwach gekräuselt, kein Windhauch wehte, und die Sonne schien bereits wärmend vom Himmel.

Libby nahm einen Schluck Kaffee. »Haben Sie für heute irgendetwas Besonders geplant?«

»Eine kleine Buschwanderung.« Er zeigte nach Südwesten. »Vom Leuchtturm bei Puysegur Point aus hat man eine großartige Sicht auf die Wasserstraßen. Auf dem Rückweg werden wir dann am Sealers Beach vorbei kommen, bei diesem Wetter einfach wundervoll.« Er stand da und trank seinen Kaffee. Libby sah seine silbergrauen Haare an, deren ungleichmäßige, fransige Spitzen ihm auf die Schultern fielen. Schon als sie ihn das erste Mal gesehen hatte, hatte sie das Verlangen verspürt, etwas gegen diese Zotteln zu unternehmen. Sie selbst trug ihr Haar heute offen. Wenn sie arbeitete, flocht sie es immer zu einem französischen Zopf. Sie lehnte sich neben John-Cody an die Reling und atmete die Stille ein, roch die salzige Luft, die von der Tasmansee herüberkam und irgendwie trocken wirkte. Ein Mollyhawk segelte gerade im Tiefflug über die Zufahrt zur Useless Bay, bevor er sich, drei Meter über den Wellen, wieder vom Wind nach oben tragen ließ.

»Dieser Bursche hier ist ziemlich weit von zu Hause weg«, sagte John-Cody leise. »Es ist ein White Cap: Diese Vögel brüten auf den Auckland-Inseln, fast fünfhundert Kilometer südlich von hier. Mahina ...« Die Worte blieben ihm beinahe im Hals stecken. »Mahina hat die Gegend dort unten geliebt. Sie fuhr immer auf dem Boot mit und kochte für die Wissenschaftler vom Umweltschutzministerium, die auf Adams Island die riesigen Kräuter, Gänseblümchen und Lilien vermaßen.« Er drehte sich zu ihr um. »Die Auckland-Inseln sind eine erstaunliche Gegend, Libby. Die Pflanzen dort haben nur eine sehr kurze Vegetationszeit, also wachsen sie schneller und flächiger, als es ihre Verwandten hier oben tun. Der Rata-Wald dort ist einfach unglaublich. Die Samen sehen wie kleine Fäden aus. Sie lassen sich vom Wind bis in die Subantarktis tragen.«

Er lehnte sich mit dem Rücken an die Reling. Im Geiste sah er die flachen, windstillen Gewässer von Carnley Harbour im Norden der Adams Islands vor sich. Jenseits der Ufer begannen die dichten Rata-Wälder: Doldengewächse, so genanntes Eisenholz, das dort seit neuntausend Jahren ungestört wuchs und gedieh und immer undurchdringlicher wurde. Er musste daran denken, wie Mahina und er dort das erste Mal an Land gegangen waren: Der wunderbare Gesang der Glockenvögel hatte sich zu einem furiosen Crescendo gesteigert und war dann verhallt. Das Moos unter ihren Füßen war so weich gewesen, dass sie die Stiefel ausgezogen und ihre nackten Zehen tief in dem teppichähnlichen Rasen vergraben hatten. Über ihren Köpfen hatte der dichte Baldachin aus ineinander verwobenen Zweigen eine natürliche Höhle gebildet, in der eine seltsame Stille herrschte. Ein kleines Stück weiter war der Weg dann blockiert gewesen. Während der Wald an den Hängen immer höher kletterte, schrumpften die Bäume, bis sie nur noch Kniehöhe erreichten, da der unablässig wehende Wind jede Pflanze zwang, sich an den Boden zu schmiegen.

Jetzt sah er wieder Libby an. »Dieser Mollyhawk ist eigentlich ein kleiner Albatross. Er brütet auf der Luvseite der Klippen von Adams Island. Das nächste Stück Land von dort aus Richtung Süden ist schon die Antarktis.« Er brach plötzlich ab, und sein Blick verdüsterte sich. Als er weitersprach, war seine Stimme viel leiser. »Ich bin nur ein einziges Mal an der Südküste der Insel entlanggesegelt, und ich werde es bestimmt nie wieder tun. Es ist mit Abstand der trostloseste und verlassenste Ort, den ich je gesehen habe. Es ist eine Art von Einsamkeit, die einem bis in die Seele dringt. Ich bin damals zwar nicht allein gesegelt, aber es herrscht dort absolute Stille. Eine Stille, die einem bis ins Mark kriecht.« Er schüttelte den Kopf. »Ich kann gar nicht beschreiben, was ich gefühlt habe. Ich denke, es hat etwas mit dem zu tun, was dort vor langer Zeit geschehen ist. 1864 erlitt die *Grafton* in Carnley Harbour Schiffbruch. Fünf Seeleute schafften es ans Ufer, und ihr Kapitän, ein Mann namens Musgrave, führte während der zwanzig Monate, die sie dort verbringen mussten, bis sie endlich gerettet wurden, Tagebuch.« Er drückte sich mit den Händen von der Reling weg. »*Ich habe beide Kaps umfahren*

und viele Male den Nordatlantik überquert. So heftige Stürme wie
hier habe ich aber noch nirgendwo auf der Welt erlebt – noch habe
ich je davon gehört oder gelesen.«

John-Cody holte sein Päckchen Tabak aus der Tasche. »Mahina
hat mir diese Zeilen zu lesen gegeben, bevor ich das erste und einzige Mal dort gesegelt bin.« Bei dieser Erinnerung lag ein zärtliches
Lächeln auf seinem Gesicht. »Die Gegend ist die Hölle, Libby. Glauben Sie mir.«

Libby befeuchtete ihre Lippen mit der Zunge. »Dort pflanzen sich
die Südkaper fort, nicht wahr?«

»Ja, im Winter. Ich habe sie von Mai bis November dort gesehen.
Ich war damals Mitglied eines Teams, das die Geburt eines Walkal-
bes filmen sollte. Wir bekamen jedoch keinen einzigen brauchbaren
Filmmeter.« Er seufzte. »Das wäre das erste Mal gewesen, dass jemand eine solche Geburt dokumentiert hätte. Das Problem war,
dass das Kalb in der Nacht zur Welt kam und unsere Unterwasser-
scheinwerfer tonnenweise Krill anzogen. Zum Schluss sahen wir
nicht einmal mehr die Hand vor unseren Augen.«

Bree kam an Deck und rieb sich schlaftrunken die Augen. »Ist das
Frühstück schon fertig?«, fragte sie.

Sie fuhren weiter zur Kisbee Bay und warfen dort Anker. Libby
sah ein altes weißes Bootshaus am Strand. John-Cody setzte seine
Gäste ins Beiboot und fuhr sie ans Ufer, wo er das Boot vertäute.
Bree spazierte zum Bootshaus hinauf und ging neugierig in die daran
angebaute Hütte. Dort stand mitten im Raum ein altes Bett ohne
Matratze. Es gab einen Ofen, daneben frisches Brennholz. Ratten
hasteten in die Ecken davon. Sie schauderte. Als sie wieder herauskam, sah sie, dass ihre Mutter die Namen auf den Grabsteinen auf
dem kleinen Friedhof las.

Libby starrte die sechs Grabsteine an, dann drehte sich wieder
um, so dass ihr der Seewind ins Gesicht blies. »Ich frage mich, wie
das Leben hier wohl früher ausgesehen hat«, murmelte sie.

John-Cody zog die Schultern hoch. »Es waren Bergleute, die sich
hier angesiedelt haben. Ein Typ namens Johnston hat hier 1868
Gold gefunden. Es gab eine Zeit, da haben hier zweitausend Menschen gelebt. Sie haben am Puysegur Point sogar einen Leuchtturm

gebaut.« Er zeigte auf die Grabsteine. »Das ist alles, was von der Siedlung heute noch übrig ist.«

Libby sah zu den Grabsteinen zurück: Vier Männer und zwei Frauen. Einen Augenblick lang fragte sie sich, wer diese Menschen wohl gewesen waren, wie ihr Alltag ausgesehen haben mochte. Sie ließ ihren Blick langsam über die Bucht schweifen, wo sich das Sonnenlicht in allen Farben des Regenbogens auf dem Wasser brach, betrachtete die *Korimako*, die dort vor Anker lag und vor dem Hintergrund der flaschengrünen Inseln vollkommen weiß wirkte. Hier hatte sich so gut wie nichts verändert. Sie stand genau dort, wo auch schon die Siedler gestanden hatten, und sie sah dieselbe Landschaft, die auch jene vor so vielen Jahren gesehen hatten.

Als könnte er ihre Gedanken lesen, legte ihr John-Cody die Hand auf die Schulter. »Die Gegend hier hat sich verändert«, sagte er. »Das hier ist nicht mehr das unberührte Land, das es früher einmal war, dafür hat schon der Bergbau gesorgt. Man hat die Robben zu Tausenden abgeschlachtet und Rotwild, Hermeline und Fuchskusus eingeführt.« Er lächelte sie an. »Aber es ist noch immer wunderschön.

Sie gingen weiter. Es wurde allmählich warm, aber der Weg unter ihren Füßen war immer noch matschig. John-Cody trug weder Schuhe noch Socken, und auch Libby, die nur abgeschnittene Jeans und ein T-Shirt anhatte, beschloss, auf Schuhe zu verzichten. Sie liebte es, barfuß zu gehen; es war das reinste Vergnügen für sie, die feuchte Erde zwischen ihren Zehen zu spüren.

John-Cody hatte ihr zugesehen, wie sie zur Tauchplattform hinuntergeklettert war. Sie hatte ihn dabei für einen kurzen Augenblick an Mahina erinnert. Mahina hätte es genauso gemacht. Auch sie hätte nur Shorts getragen und wäre barfuß gegangen, um die Natur auf ihrer bloßen Haut zu spüren. Diese kleine Erkenntnis war bestürzend für ihn gewesen, und er hatte, während er das kleine Boot an den Strand steuerte, nachdenklich geschwiegen.

Jetzt ging er mit Carlos und dessen Mutter, die sich ihnen für diese Wanderung angeschlossen hatten, voraus. Libby legte den Arm um Brees Schulter und folgte ihnen. Sie stiegen den alten Goldgräberpfad hinauf. Das Land fiel zu ihrer Rechten zum Meer hin steil ab.

Sie konnten das Wasser sehen, das grün und blau und, zwischen den Felsen, weiß vor Gischt tief unter ihnen lag. John-Cody führte sie den Berg hinauf und dann in den Busch hinein, wo die Bäume jetzt dichter standen, der Weg aber immer noch gut zu erkennen war. Sie folgten ihm vielleicht eine Stunde lang. Unterwegs kamen sie am Wegweiser zum Sealers Beach vorbei, dann führte der Pfad eine Klippe hinauf, und Libby erkannte die weißen Mauern des Leuchtturms am Puysegut Point. Hier oben blies ein kräftiger Wind. Das makellose Blau des Himmels wurde nur von ein paar weißen Wolken unterbrochen.

Als sie den höchsten Punkt der Klippe erreichten, sahen sie eine Treppe, die aus ungleichmäßigen schwarzen Felsstufen bestand und Hunderte von Metern zum Meer hinunterführte. Libby stand im Wind und lauschte dem Geräusch der Wellen, die weit unter ihnen gegen die Felsen brandeten, sich mit einem Zischen wieder zurückzogen, und abermals gegen die Felsen schlugen. John-Cody stellte sich neben sie.

»Jetzt sehen Sie auch, warum hier ein Leuchtturm steht. Wenn Sie da unten hineingeraten, ist es vorbei mit Ihnen.« Er drehte sich zu Bree um. »Hörst du dieses Geräusch? Dieses Saugen und Zischen, und die Stille, bevor die Brandung erneut zu tosen beginnt?« Er ging neben ihr in die Hocke und zeigte auf die weißen Schaumkronen in Ufernähe. »Wasser, das auf Felsen trifft: Das ist das schlimmste Geräusch, das ein Seemann kennt. Es lässt ihn bis ins Mark erschaudern.« Dann sah er wieder Libby an. »Das hier ist das Kap Horn Neuseelands. Der Wind ist hier im Schnitt zehn Knoten stärker als irgendwo sonst an der Küste.«

Sie gingen zurück. Carlos sagte, dass seine Mutter vom Aufstieg sehr müde sei und sie deshalb zum Beiboot zurückkehren wollten, um dort auf sie zu warten. Bis zum Sealers Beach waren es weitere anderthalb Stunden Fußweg, und das sei für sie zu anstrengend. Bree wollte die beiden begleiten, weil ihr der Marsch ebenfalls zu anstrengend wurde. Somit blieb nur noch Libby, die die Stelle, wo das teefarbene Süßwasser ins Meer floss, unbedingt sehen wollte.

Sie folgte John-Cody auf dem Pfad, der jetzt noch steiler anstieg und von dichtem Unterholz gesäumt wurde. Dünne Zweige und kleine Stöcke stachen sie in ihre bloßen Füße. Wasser tropfte von den Blättern der Bäume und vermischte sich mit ihrem Schweiß. Als sie schließlich auf dem Bergkamm ankamen, war sie völlig durchnässt. Der Boden war feucht und schlammig, braunes Wasser lief ihnen in kleinen Rinnsalen über die Füße. Libby, die hinter John-Cody ging, blieb stehen und sah durch das Blätterdach auf ein viereckiges Stück einsamen Strands hinunter, wo sich die beiden Arme eines Flusses, der tanningefärbtes Wasser führte, über den Sand ausbreiteten. Der Busch schob sich auf drei Seiten wie ein Haaransatz an den Strand heran. Libby konnte die Brandung hören. John-Cody blieb jetzt ebenfalls stehen.

»Ein toller Ausblick, nicht wahr?« Er sah zu ihr zurück. Sie stand ein kleines Stück oberhalb von ihm am Hang: Die Shorts gaben den Blick auf ihre nackten Oberschenkel frei, ihre Beine waren braun, schlank und durch Muskeln definiert, ihre Haut schlammverschmiert und nass, und wieder sah er für einen kurzen Augenblick Mahina vor sich. Am Yuvali Beach, als sie achtzehn Jahre alt gewesen war und genau das Gleiche getragen hatte wie Libby jetzt.

Plötzlich wurde ihm bewusst, dass er sie anstarrte. Sie erwiderte seinen Blick. Sein Atem stockte, und er wurde rot. Er sah zu Boden und ging wortlos weiter. Libby schaute ihm nach: Sie hatte die Intensität seines Blickes gespürt, hatte registriert, wie er sie einen Moment lang mit den Augen regelrecht verschlungen hatte. Während sie zusah, wie er zum Strand hinunterging, spürte sie plötzlich ein Flattern im Bauch.

Der Sand unter ihren Füßen war fest und fühlte sich kühl an. Sie gingen zu den beiden Flussarmen, wo das flache Wasser auf seinem Weg zum Meer zwischen gewaltigen, turmähnlichen Felsbrocken dahinströmte, die etwa zehn Meter hoch waren. Das Wasser war eisig. Libby schnappte angesichts des unerwarteten Temperaturunterschieds nach Luft und bekam sofort eine Gänsehaut auf den Beinen. John-Cody setzte sich auf einen kleinen Felsen und drehte sich eine Zigarette, während er die Füße im Wasser baumeln ließ.

»Fast wie auf den Bahamas, hm?«

Sie lächelte und watete durch das Wasser auf ihn zu. »Das hier ist Süßwasser, stimmt's?«

»M-hm.«

»Man kann es also trinken?«

»Man kann.«

Sie ging vor ihm in die Hocke. Als sie sich hinunterbückte, um mit ihren hohlen Händen Wasser zu schöpfen, konnte er in ihren Ausschnitt sehen. Ihr Brustkasten war glatt und flach. Die Schlüsselbeine standen deutlich hervor, ihre Bürste waren voll und milchig. Verglichen mit der übrigen Haut, wirkten sie weiß. Libby schöpfte weiter Wasser. John-Cody hielt seine Zigarette in der Hand und starrte sie an. Als er das letzte Mal hier gewesen war, hatte Mahina ihn begleitet, und einen Augenblick lang beschlich ihn das Gefühl, sie verraten zu haben. Seine Erinnerungen waren jetzt alles, was er noch hatte: Mahina war nicht mehr da, und mit jedem Tag, der verging, würde ihr Bild blasser werden. Genauso hatte sie es sich auch gewünscht, und genau das hatte sie ihm vorhergesagt, als sie in dieser letzten Nacht zusammen auf ihrem Lieblingsstein gesessen hatten, während der Blaugummibaum stumm neben ihnen aufragte.

Er stand auf, inhalierte den Rauch tief in seine Lungen und stieß ihn mit einem einzigen Atemzug wieder aus. Hier und jetzt am Sealers Beach begann die Erinnerung an sie langsam zu verblassen. Aber er wollte das nicht: Er wollte sie nicht vergessen, genauso wenig, wie er wollte, dass sie ihn vergaß. Er stellte sich vor, wie sie zusammen mit den Tuheru durch den stillen Busch streifte, stellte sich vor, dass sie jene andere Welt genoss, wo Tanes Garten noch in seiner ganzen Pracht grünte und blühte. Ein Garten, dessen Farben, Formen und Vielfalt die Bäume, die John-Cody hier sah, wie graue und braune Schemen wirken ließen.

»John-Cody?«

Er drehte sich um und sah, dass Libby, die Hände hinter dem Rücken, direkt neben ihm stand, und sein verschlossenes Gesicht musterte.

»Sie haben gerade ausgesehen, als seien Sie ganz weit weg.«

Er knipste wortlos die Asche seiner Zigarette ab und steckte den Stummel in die Tasche, dann ging er mit ihr zu den Felsbrocken und zeigte ihr die Höhlen und die glitschigen Felsrücken, die aussahen, als seien sie von Gletschern geschaffen worden. Weit unten im Süden begann das Wetter umzuschlagen. Er starrte aufs Meer hinaus, während sein Haar im Wind flatterte.

»Wir haben Nordwestwind«, sagte er dann. »Aber der Wind wird sich später drehen und dann mit ungefähr zehn Knoten weniger aus Südwesten kommen. Beobachten Sie um die Teezeit herum den Horizont. Wenn der Wind von Nordwest auf Süd dreht, können Sie so gut wie sicher sein, dass es bald ein Gewitter gibt.«

7

Am Montag der nächsten Woche weckte Libby ihre Tochter schon in aller Frühe. Heute sollte Brees erster Schultag sein. Sie setzte sich in ihrem Bett auf, rieb sich verschlafen die Augen und sah die brandneue Schuluniform an, die sie in Ivercargill gekauft hatten.

»Willst du Müsli oder Porridge?«, fragte Libby sie.

»Porridge, bitte.« Bree gähnte, streckte sich und wunderte sich dann selbst über ihre Wahl, denn sie hatte plötzlich ein flaues Gefühl im Magen. Nach der wunderbaren Zeit auf der *Korimako* hatte der Ernst des Lebens sie nun wieder eingeholt: Anstrengende Tage lagen vor ihr, musste sie sich doch schon wieder auf eine neue Schule einstellen.

Libby verließ Brees Zimmer, damit sie sich anziehen konnte, und ging in die kleine Küche, wo sie den Herd einschaltete und Milch aus dem Kühlschrank nahm. Bree hatte während der Woche auf der *Korimako* jeden Morgen Porridge gegessen. John-Cody, der stets für alle das Frühstück gemacht hatte, hatte ihn höchstpersönlich für sie zubereitet. Sie kam, immer noch im Pyjama, aus ihrem Schlafzimmer, ein Handtuch über eine Schulter drapiert, das Haar zerzaust, die Augen noch vom Schlaf verklebt. Sie ging durch den kleinen, abgetrennten Küchenbereich ins Badezimmer. Libby schüttete Haferflocken in den Topf mit kochender Milch, während auch ihr ein ungutes Gefühl in die Magengegend kroch: Sie würde Bree heute Morgen selbst zur Schule fahren, um an ihrem ersten Tag wenigstens eine gewisse moralische Unterstützung zu leisten.

John-Cody hatte Libby angeboten, den Pick-up zu benutzen. Nachdem sie Bree in der Schule abgesetzt hatte, würde sie zu Ned Pole fahren, um sich die Motorbarkasse anzusehen, die er ihr vermieten wollte. John-Cody schien es ganz und gar nicht zu gefallen, dass sie das Boot von Ned Pole mieten wollte. Er hatte, nachdem sie ihren Törn beendet hatten, mehrere Telefonate geführt. Es war ihm jedoch nicht gelungen, ein anderes Boot zu finden. Schließlich hatte er gemurmelt, dass Ned Poles Boot genauso gut sei wie alle anderen auch. Libby wunderte sich über seine Reaktion. Sie machte sich mittlerweile eben so große Sorgen um den Dusky Sound wie er, gleichzeitig aber hatte sie auch Verständnis dafür, dass die Menschen hier ihren Lebensunterhalt sichern mussten. Es war die uralte Frage des Gleichgewichts zwischen Ökonomie und Ökologie. Irgendwo musste es einen Mittelweg geben. John-Cody mochte Ned Pole nicht, und Pole mochte ihn nicht, das war offensichtlich. Sie dachte an die Lebensgeschichte der beiden und daran, was jetzt zwischen ihnen stand. Die Welt hier im Te-Anau-Becken war tatsächlich ziemlich klein.

Sie dachte daran, dass sie sich im Zusammenhang mit ihren Forschungen möglicherweise gegen diesen großen Mann würde stellen müssen. Er hatte ihr jedoch sein Boot angeboten, obwohl er genau wusste, wofür sie es brauchte, und sein Angebot war gegenwärtig das einzige, das sie hatte.

John-Cody hatte, nachdem sie Preservation Inlet verlassen hatten, für den Rückweg die Acheron Passage gewählt, da sich im Westen erneut ein Sturm zusammenbraute. Sie hatten im Dusky Sound jedoch keine Delfine gesichtet. John-Cody schien darüber ein wenig beunruhigt zu sein. Er erzählte ihr, dass die Tiere sich bei stürmischem Wetter oft an der Einfahrt zum Wet Jacket Arm aufhielten. Aber auch dort waren sie nicht zu finden gewesen. Anschließend waren sie weiter nach Norden zum Breaksea Sound gefahren und dann wieder hinaus auf den Ozean, wo sie nach einer vierstündigen Fahrt zum Doubtful Sound gelangten, ohne auch nur einem einzigen Delfin begegnet zu sein. Libby konnte es daher kaum erwarten, sich in der Supper-Hütte einzurichten und den Sund allein abzufahren. Mit einem kleineren, weniger lauten Fahrzeug hatte sie vielleicht eine größere Chance, die Delfine zu finden.

Sie zu finden war eine Sache, sie zu fotografieren und zweifelsfrei zu identifizieren jedoch etwas vollkommen anderes. Dann war da außerdem noch die Geschlechtsbestimmung und die Frage, ob es ein Weibchen gab, das die Gruppe anführte. Sie hatte also jede Menge zu tun, bevor sie überhaupt daran denken konnte, sich mit den Kommunikationsebenen zwischen den einzelnen Tieren und den möglichen Auswirkungen eines vermehrten Tourismus auseinander zu setzen.

Bree kam aus der Dusche, nahm ihre Schüssel Porridge und ging in ihr Zimmer zurück. Sie war sehr still und wirkte ziemlich nervös. Libby fühlte mit ihr: Zum x-ten Mal in ihrem Leben stand ihrer Tochter ein erster Schultag bevor. Sie hatte den Wasserhahn im Bad tropfen lassen. Libby drehte ihn zu. Dabei konnte sie durch die Wand John-Codys Rasierapparat surren hören. Sie hielt für ein paar Sekunden inne und ertappte sich bei der Vorstellung, wie er vor dem Spiegel stand. Die beiden Badezimmer grenzten Wand an Wand und waren offensichtlich die hellhörigsten Räume des Hauses. Sie fragte sich, ob er hören konnte, wenn sie duschte.

In der Küche machte sie sich einen Tee und stellte sich ans hintere Fenster, um in den Garten hinauszusehen und ihn in Ruhe zu trinken. Sie hörte mehrere Fuchskusus mit klappernden Krallen über das Wellblechdach laufen und fragte sich, ob sie je eines dieser Tiere zu Gesicht bekommen würde. John-Cody hatte ihr gesagt, dass sich jede Nacht Millionen von ihnen durch die Wälder fraßen, und trotzdem hatte er selbst bislang nur tote Fuchskusus gesehen, die auf der Straße zwischen Manapouri und Te Anau überfahren worden waren. Sie betrachtete die pinkfarbene Rinde der Fuchsie und die hängende Futterstelle für die Vögel, wo sich gerade eine Grasmücke die Federn putzte. Bree interessierten die Glockenvögel sehr, sie sprach ständig von ihnen. Jonah hatte ihnen erzählt, dass Mahina, als sie im Sterben lag, oft zwischen der Fuchsie und der Rotbuche gelegen hatte, damit sie ihrem Gesang lauschen konnte. Libby hatte seit sie hier war noch keinen einzigen Ton gehört, geschweige denn einen der Vögel gesehen.

Bree kam mit dem halb aufgegessenen Porridge aus ihrem Zimmer. In ihrer Sommerschuluniform mit der luftigen Bluse und den schlichten, schwarzen Schuhen sah sie sauber und adrett aus.

»Alles o.k., mein Schatz?«

Bree zuckte mit den Schultern und sah auf ihre Armbanduhr. »Lass uns einfach losfahren, ja?«

»Wir sind viel zu früh.«

»Ich komme lieber zu früh als zu spät.«

Libby setzte sich hinters Steuer des alten Toyota und ließ den Motor an. Bree nahm neben ihr Platz, die neue Schultasche auf den Knien, die Söckchen bis zu den Knöcheln heruntergerollt. Als sie auf den Cathedral Drive fuhren, stand die Sonne schon hoch über dem See, obwohl der Leaning Peak noch in Wolken gehüllt war. Sie sahen Alex, die gerade zum Büro ging. Sie winkte ihnen zu und formte mit den Lippen ein »Viel Glück« für Bree. Sierra saß hinten auf der Ladefläche und bellte Alex freudig an, so wie sie jeden anbellte, an dem sie vorbeikamen. Alex verdrehte amüsiert die Augen.

Bis zur Schule brauchten sie zwanzig Minuten. Bree sagte während der ganzen Fahrt kein einziges Wort. Sie starrte zum Fenster hinaus auf den See, bis dieser langsam außer Sicht geriet, sah den Wegweiser zur Supply Bay, zum Rainbow Reach und zum Kepler Track. Hinter dem Flughafen zu ihrer Rechten begann wieder das weite Farmland. Unterwegs kamen ihnen verschiedene Fahrzeuge, die in Richtung Manapouri fuhren, entgegen. Etwa auf halbem Weg nach Te Anau ging Libby plötzlich vom Gas, als eine hell gefiederte australische Weihe mit ausgestreckten Klauen tief über den Wagen hinwegflog und sich dann auf dem Kadaver eines überfahrenen Fuchskusus niederließ, der am Grasrand lag.

»Sie ist schon sehr alt«, murmelte Bree und sah aus dem Fenster.

Libby sah sie erstaunt an. »Wie kommst du denn da drauf?«

»Das sieht man an den Federn: Sie werden blasser, wenn der Vogel älter wird. Der hier muss also schon sehr alt sein.«

»Woher weißt du das denn alles?«

Bree zuckte mit den Schultern. »Von John-Cody.«

Schließlich bog Libby in die Howden Street ein, wo auch andere Eltern ihre Kinder absetzten. Sie hielt direkt vor der Schule und nahm Brees Hand. Bree erwiderte ihren Händedruck, und Libby strich ihr über die Wange.

»Soll ich mit reinkommen, mein Schatz?«

Bree schürzte die Lippen und schüttelte dann langsam den Kopf. »Nein, ich denke, ich gehe besser allein.« Sie sah ihre Mutter von der Seite an. »Ich werde im Winter Rugby spielen, Mum. Also sollte ich wohl auch in der Lage sein, allein reinzugehen.«

»O.k.« Libby beugte sich zu ihr hinüber, um ihr einen Kuss zu geben, aber Bree wich ihr aus. Die forschenden Blicke der auf dem Schulplatz versammelten Kinder brachten sie sichtlich in Verlegenheit.

»Du weißt, wo du hin musst?«, fragte Libby sie.

Bree war schon halb aus dem Wagen gestiegen. Sie nickte stumm und warf dann die Tür ins Schloss. Libby sah ihr hinterher, als sie mit zögerlichen Schritten auf das Schulgebäude zuging. Dann bemerkte sie die neugierigen Blicke verschiedener anderer Mütter. Erstaunt stelle sie fest, dass diese Blick nicht Bree, sondern ihr selbst galten. Offensichtlich, weil sie in John-Codys Wagen saß.

Bree ging gerade an einer Gruppe Mädchen vorbei, die ein oder zwei Jahre älter waren als sie. Keines von ihnen sagte ein Wort zu ihr, aber sie starrten sie neugierig an. Bree sah weiter geradeaus, drückte die Schwingtür auf und ging dann den Korridor entlang zum Büro der Sekretärin. Der Direktor hatte ihr gesagt, dass ihre neue Schule die Klassen eins bis sieben umfasste, und dass sie in die zweite Klasse gehen würde.

Ein Mädchen, etwa so alt wie sie, wartete vor der Tür zum Sekretariat. Sie sah auf, als Bree auf sie zukam. »Bist du Breezy?«, fragte sie.

»Sag Bree zu mir, das ist mir lieber.«

»Klingt wie ein französischer Käse.« Das Mädchen zuckte mit den Schultern. »Ich bin Angela Brownlow, die Klassensprecherin.« Sie war sehr hübsch, hatte blonde Locken, und ihre Haut war schon leicht gebräunt. Sie hatte die Ärmel ihrer Bluse bis zu den Ellbogen hochgekrempelt und sah wesentlich älter aus, als sie tatsächlich war. »Nun gut, du bist jedenfalls in meiner Klasse. Mrs. Billingshurst hat mich gebeten, nach dir Ausschau zu halten.«

»Wer ist Mrs. Billingshurst?«

»Unsere Klassenlehrerin, du Dummerchen. Hat Mr. Peters dir das nicht gesagt?«

Bree lächelte sie nur stumm an.

»Komm«, sagte Angela. »Wir melden dich jetzt erst einmal an.«

Bevor Libby wieder nach Manapouri zurückfuhr, machte sie sich auf die Suche nach Ned Poles Haus. Da sie John-Codys Wegbeschreibung daheim vergessen hatte, musste sie die Hauptstraße mehrmals hinauf- und hinunterfahren, bis sie endlich die flache Kurve und die lange, von Hecken bestandene Auffahrt entdeckte, von der John-Cody gesprochen hatte. Die Zufahrt mündete in einen kiesbestreuten Wendekreis, an dem ein zweistöckiges Haus im Blockhausstil stand. Ringsum an den Hängen zogen sich Pferdekoppeln hinauf, die bis zum Rand des Waldes reichten. Am Fuß der Murchinson Mountains konnte Libby gerade noch ein Stück See erkennen.

Pole stand auf dem Balkon und sah zu ihr herunter, als sie aus dem Pick-up ausstieg.

»Tag«, rief er. »Ich habe gerade Kaffee gemacht.«

Libby schirmte ihre Augen vor der Sonne ab, schaute nach oben und sah eine lange, schlanke Silhouette vor dem Hintergrund des Himmels.

»Kommen Sie doch rauf.« Er zeigte auf eine Tür direkt vor ihr. »Es ist offen.«

Libby ging ins Haus. Sie war sich nicht sicher, ob sie wirklich nach oben gehen sollte, bis sie erkannte, dass das Haus gewissermaßen verkehrt herum gebaut war und sich die Schlafzimmer im Erdgeschoss befanden. Sie wusste praktisch gar nichts über Pole, die weich geschwungenen Möbel, die Farben der Wände und die allgemeine Atmosphäre des Hauses ließen jedoch den Einfluss seiner Frau spüren. Die Treppe führte zu einem breiten Absatz hinauf, an den sich eine große Küche anschloss. Pole stand an der Arbeitsfläche und kehrte ihr den Rücken zu. Sie roch frisch gemahlenen Kaffee. Jetzt drehte er sich zu ihr um und lächelte sie an. Mit einem Mal wurde ihr bewusst, wie gut er aussah. Er war schlank und hielt sich sehr aufrecht. Libby schätzte ihn ein paar Jahre älter als John-Cody.

»Wie geht es Ihnen?«

»Danke, gut.«

»Sie haben Ihre kleine Tochter gerade in die Schule gefahren, nicht wahr?«

Libby nickte. »Heute ist ihr erster Schultag.«

Pole drückte ihr eine Tasse Kaffee in die Hand. »Sie wird schon klarkommen. Zucker?«

»Nein, danke.«

Er ging in ein Arbeitszimmer voraus, wo Rotwildköpfe und mehrere Regale mit Geweihen die Wände schmückten. Libby trank einen Schluck Kaffee und trat am Schreibtisch vorbei auf den Balkon. Die Sonne lag warm auf ihrem Gesicht. Pole zündete sich eine schwarze Zigarre an und schnippte Asche mit dem Mittelfinger weg.

Libby drehte sich um und betrachtete die Rotwildköpfe an den Wänden. Sie hatten alle trübe Augen und trockene, schwarze Nüstern. »Schießen Sie viel Rotwild, Mr. Pole?«

»Bitte sagen Sie doch Ned zu mir. Nur mein Banker nennt mich Mr. Pole.« Er sah an ihr vorbei auf die Koppel hinaus, wo ein gewaltiger schwarzer Hengst gerade am Zaun entlangtrabte. »Früher habe ich viel Rotwild geschossen. Inzwischen verdiene ich mir meinen Lebensunterhalt nicht mehr mit der Jagd.«

»Ich habe gehört, dass Sie ein sehr guter Schütze sind. Sie haben früher vom Hubschrauber aus gejagt?«

Pole sah sie an. »Das hat Ihnen Gib erzählt, nicht wahr?«

»Ja.« Libby betrachtete das Foto des jungen Mannes auf Poles Schreibtisch. »Er hat mir auch erzählt, weshalb die *Korimako* einen Klüver mit Rollreffsystem hat.«

Pole lehnte sich aufs Balkongeländer und sagte, ohne sie dabei anzusehen: »Sie haben ihn also tatsächlich gefragt?«

»Ja.«

»Was genau hat er Ihnen erzählt?«

»Er sagte, der vorherige Klüver hätte noch Legel gehabt, und Ihr Sohn sei ertrunken, als er versuchte, eines vom Fockstag zu befreien.«

Pole warf ihr einen kurzen Blick zu und schaute dann wieder den Hengst auf der Koppel an.

»Ist das dort auf Ihrem Schreibtisch Ihr Sohn?«

»Das ist er.«

»Ein wirklich gut aussehender junger Mann.«

»Das war er.«

»John-Cody sagte, es sei ein Unfall gewesen.«

Pole schürzte die Lippen.

»Er sagte, Sie hätten ihm, im Gegensatz zu vielen anderen, nie die Schuld daran gegeben.«

Pole schnippte wieder Asche weg. »Ich bin früher selbst zur See gefahren, Dr. Bass.«

»Es muss schrecklich für Sie gewesen sein.«

Er machte eine Kopfbewegung zu dem Hengst hin. »Barrio war Elis Pferd. Ich habe ihm den Hengst zu seinem einundzwanzigsten Geburtstag geschenkt. Er hat ihn nur ein einziges Mal geritten.«

»Das tut mir Leid.«

»Mir auch.« Er sah sie an. »Ist ›Libby‹ die Kurzform von Elizabeth?«

»Nein, von Liberty.«

Er lächelte. »Das gefällt mir. Es bedeutet Freiheit, hm?«

Sie nickte.

»Das gefällt mir.«

Libby fühlte sich plötzlich unbehaglich. Pole wirkte irgendwie distanziert, geistesabwesend. Deshalb kam sie direkt auf den Grund ihres Besuchs zu sprechen. »Sie haben mir gesagt, dass Sie mir ein Boot zur Verfügung stellen könnten, eine Barkasse, die ich am Liegeplatz bei Supper Cove lassen kann.«

Er nickte. »Ich kann Ihnen das Boot auch dorthin bringen, wenn Sie wollen.«

»Das wird nicht nötig sein.«

»Dann macht das also Gib, stimmt's?«

»Er hat es mir schon vor einer Ewigkeit angeboten. Noch bevor ich überhaupt hier war.«

»Kein Problem: die *Kori* ist ein gutes Boot.«

»Er hat mir erzählt, dass Sie sie kaufen wollten.«

»Das will ich immer noch, sie und den dazugehörigen Kai.«

»Damit Sie mit ihr die Touristen zum Dusky Sound bringen können?«

Pole nickte, schnippte wieder und schob sich die Zigarre dann zwischen die Zähne. »Das Umweltschutzministerium genehmigt keine weiteren Kais in Deep Cove. Dabei ist das der ideale Umsteigeplatz für die Gäste, die nicht fliegen wollen.«

Libby stellte ihre Kaffeetasse auf dem Geländer ab. »Wenn es hier unten tatsächlich eine Delfinschule gibt, dann werde ich mich gegen Ihre Pläne stellen. Sind Sie sich dessen bewusst?«

»Ja, das bin ich. Unser Vorhaben wird die Delfine aber nicht beeinträchtigen.« Er lächelte sie an, sein Blick blieb jedoch kalt.

»Wenn Sie mit Flugzeugen auf dem Wasser landen und mit Hochgeschwindigkeitsbooten da draußen herumfahren, ganz abgesehen vom Lärm, den die Dieselmotoren der schwimmenden Hotels machen, wird das die Delfine möglicherweise doch stören. Ich habe mir die Karte genau angesehen. Das Geräusch, das die Motoren verursachen, könnte im ganzen Fjord widerhallen. Da aber bislang noch niemand ein akustisches Modell des Dusky Sound erstellt hat, Mr. Pole, können wir natürlich auch nicht sagen, welche Auswirkungen das haben wird.«

»Und was für Auswirkungen wird es für uns alle haben, wenn hier keine neuen Jobs geschaffen werden? Der neuseeländischen Wirtschaft geht es momentan nicht gerade gut.«

Libby zuckte mit den Schultern. »Ich bin Wissenschaftlerin, Mr. Pole. Die Wirtschaft ist wirklich nicht mein Problem.«

Pole trank seinen Kaffee aus und lächelte sie wieder an. »Nun, wenn das so ist, dann schlage ich vor, dass wir stattdessen über Ihr Boot reden.«

»Sind Sie sicher, dass Sie mir überhaupt noch helfen wollen?«

»Ich helfe Ihnen nicht. Ich bin Geschäftsmann, Liberty. Wenn ich Ihnen das Boot nicht vermiete, dann wird es jemand anders tun. Gefühl und Geschäft sollte man stets trennen.«

Sie gingen in den Garten hinunter, wo Pole hinter das Haus zu einer Garage vorausging, die im Stil einer Scheune gehalten war. Dort stand eine achtzehn Fuß lange Motorbarkasse, deren Steuerstand mit Leinwand abgedeckt war. Sie ruhte auf einem Trailer. Libby ging um das Boot herum und sah es sich an. Es befand sich in tadellosem Zustand und verfügte über einen Evinrude-Außenbordmotor. Sie hatte schon ähnliche Boote gefahren und wusste, dass diese Barkasse für ihre Zwecke mehr als ausreichte.

»Sie sieht wirklich sehr gut aus«, sagte sie. »Aber werde ich sie mir leisten können?«

»Ich weiß es nicht. Warum sagen Sie mir nicht, wie viel sie zahlen können?«

Nach zwei Stunden Unterricht in Mathematik und Informationstechnologie hatte Bree eine Pause von fünfzehn Minuten, in der alle Schüler auf den Schulhof hinuntergingen. Einige der Mädchen begannen, einen Volleyball hin- und herzuspielen, andere warfen sich einen Rugbyball zu. Die Jungen stellten in Windeseile ein Krickettor auf. Bree hatte in der Klasse neben einem Mädchen gesessen, das »Biscuit« genannt wurde. Ihre Banknachbarin hatte jedoch kaum ein Wort mit ihr gewechselt und war ihr ein wenig ängstlich vorgekommen. Jetzt stand Bree allein bei den Korbballpfosten und beobachtete, wie sie von allen anderen angestarrt wurde, mit jener Art von Interesse, wie es nur einer neuen Schülerin zuteil wird. Drei Mädchen aus ihrer Klasse saßen auf einer niedrigen Mauer, die Mittlere von ihnen hatte völlig zerzaustes Haar. Ihr Rock war an den Oberschenkeln hochgerutscht, und der Stoff ihrer Bluse spannte über ihren kleinen Brüsten, als sie die Schultern straffte. Jessica Lowden: Bree hatte bereits erkannt, dass sie diejenige war, die ihr möglicherweise das Leben schwer machen würde. Erfahrungsgemäß gab es in jeder neuen Klasse jemanden, den sie im Auge behalten musste. Im Laufe der letzten Jahre hatte sie sich mit ein paar besonders schlimmen Mitschülerinnen herumschlagen müssen. Dieses Mädchen hier stellte einen harten und selbstbewussten Gesichtsausdruck zur Schau. Die meisten ihrer Klassenkameraden schienen Angst vor ihr zu haben. Noch während Bree die Mädchen beobachtete, rutschten sie von der Mauer herunter, schlenderten über den Schulhof auf sie zu und musterten sie dabei von oben bis unten mit gierigen, einschüchternden Blicken. Bree spürte, wie ihr Herz ein wenig schneller zu schlagen begann.

»›Bree‹. Was ist das eigentlich für ein komischer Name?« Jessica baute sich, den Rücken zum Korbballpfosten, vor ihr auf. »Man hat uns gesagt, dass du Breezy heißt.«

»So heiße ich auch. Bree ist nur die Abkürzung.«

»Hört sich an wie ein Käse«, sagte eines der anderen Mädchen. »Wie ein stinkiger französischer Käse: Cheesy Breezy.« Alle lachten, und Jessica rümpfte demonstrativ die Nase. »Sie stinkt auch wie Käse: eindeutig Stinkekäse.«

Bree verschränkte die Arme, nahm sie aber gleich wieder herunter. Jessicas Blick macht sie nervös. Sie hatte einen harten Zug um ihren Mund, der Bree sagte, dass jede Diskussion überflüssig war.

»Sie stinkt nicht nur wie ein Käse, sie ist auch noch eine Pom.«

Bree wollte an ihr vorbei gehen, aber Jessica versperrte ihr den Weg. Bree sah sie an, dann bemerkte sie den Blick des dunkelhaarigen Jungen, der sie, die Hände in die Hüften gestemmt, vom Krickettor aus beobachtete. Er ging in ihre Klasse.

Jessica schnüffelte wieder und hustete. »Puh, du stinkst vielleicht.« Sie hustete wieder, und die drei schütteten sich vor Lachen aus.

Bree ging über den Schulhof zu Biscuit hinüber, die gerade einen Schluck Wasser aus einem Pappbecher trank. Sie mochte zwar ängstlich und schweigsam sein, im Augenblick war sie jedoch Brees einzige Zuflucht.

»Bist du o.k.?«, fragte Biscuit, als Bree neben ihr stand.

»Ja. Mir geht's prima.«

Nachdem Libby sich mit Pole über den Mietpreis für das Boot geeinigt hatte, fuhr sie nach Hause. Es war ein seltsamer Besuch gewesen, aber Geschäft war Geschäft, wie er betont hatte. Sie wusste, dass sie schon bald auf verschiedenen Seiten stünden, aber er schien ihr trotzdem ein anständiger Mann zu sein. Als sie zurückkam, erzählt sie John-Cody von dem Treffen.

»Pole ist in Ordnung«, sagte er. »Die Leute mögen ihn: Er ist hier unten eine große Nummer und hat einen verdammt guten Ruf. Nicht nur hier, sondern auf der ganzen Südinsel. Seine Frau ist schließlich nicht dumm. Ich will damit nicht sagen, dass sie ihn nur wegen seines Einflusses hier geheiratet hat, aber die Amerikaner sind auf ihn angewiesen, wenn sie ihre Pläne in die Tat umsetzen wollen. Er lässt sich offensichtlich ganz gut vermarkten. Ich habe das Material gesehen, mit dem sie in den Staaten für das Projekt werben wollen. Es dreht sich von vorn bis hinten nur um Ned.« Er zog eine Grimasse. »Ich bin zwar anderer Meinung als er, und ich bin auch oft mit seinen Geschäftsmethoden nicht einverstanden, aber das ist nichts Persönliches.« Er zuckte mit den Schultern. »Tom und ich sind auch manchmal unterschiedlicher Meinung, und trotzdem ist er mein Freund.«

»Tom?«

»Tom Blanch. Sie haben ihn noch nicht kennen gelernt. Mein ehemaliger Skipper. Er wird uns in der Supply Bay den Schleppkahn besorgen.«

John-Cody erklärte, dass er zu Pole hinüberfahren und den Trailer an seinen Ute hängen würde, damit sie das Boot zur Supply Bay fahren konnten. Zuerst aber musste er mit Tom noch die Überfahrt über den See besprechen. Tom wohnte nur zehn Minuten zu Fuß entfernt. Auf dem Weg dorthin dachte John-Cody an Ned Pole. Es machte ihm überhaupt nichts aus, zu ihm zu fahren und das Boot abzuholen, und genau das überraschte ihn in gewisser Weise. Aber er hatte sich vor kurzem schon einmal über sich selbst gewundert, als er, nachdem sie aus Preservation Inlet zurück waren, tatsächlich wieder in den Homestay eingezogen war. Der einwöchige Törn hatte seiner Seele gut getan. Er hatte nicht mehr länger das Gefühl, Mahina zu enttäuschen, denn jetzt saß er schließlich nicht mehr tagein, tagaus auf der *Korimako* und fragte sich, ob er allem ein Ende machen sollte.

Als sie am Wochenende über den See zurückgefahren waren, hatte er nicht gewusst, was er anfangen sollte. Er hatte zunächst wie üblich mit den Gästen zusammen im Pub Abschied gefeiert. Dann war er einfach zurück zum Homestay gegangen und hatte sich schlafen gelegt. Es war ein unheimlicher Moment gewesen, als er Libby in eben jenem Badezimmer duschen hörte, das er und Mahina zwanzig Jahre lang geteilt hatten. Sie beide hatten gemeinsam unter der Dusche gestanden, unter der jetzt Libby stand. Er dachte an Libby am Sealers Beach, in ihren Shorts und barfuß, mit schlammbespritzten Beinen. Er bekam einen trockenen Mund, und seine Zunge schwoll an. Seine Reaktion entsetzte ihn zutiefst: Mahinas Tod lag erst ein Jahr zurück, und schon löste eine andere Frau bei ihm solche Reaktionen aus.

Er hatte sich die ganze Nacht unruhig hin- und hergewälzt und sich überlegt, ob er gleich am nächsten Morgen in aller Frühe zum

Boot zurückfahren sollte, sich dann aber doch dagegen entschieden. Nach dem Aufstehen hatte er den Rasen gemäht, was immer eine Ewigkeit dauerte, weil er es so selten tat und die Fläche so groß war. Dann hatte er im Garten herumgelungert und sich schließlich entschlossen, den Komposthaufen umzusetzen. Er legte Futter für die Vögel aus und inspizierte die Bäume auf dem Nachbargrundstück, die die Elektrizitätsgesellschaft hatte fällen lassen. Er überprüfte seine Fuchskusufallen, aber sie waren leer. Dann hatte er das alte Jagdgewehr, das ihm Tom zum fünfundzwanzigsten Geburtstag geschenkt hatte, auseinander genommen und gereinigt. Er hatte es schon seit Jahren nicht mehr benutzt. Als er und Mahina ins ökologische Chartergeschäft eingestiegen waren, empfanden sie es als höchst unpassend, sich weiter mit der Jagd zu beschäftigen, auch wenn sie wussten, dass Rotwild hier nicht heimisch und der Schaden, den es anrichtete, ungeheuer groß war. Er aß immer noch gern Wildbret von wild lebenden Tieren, und er sagte es den Jägern noch immer, wenn er im Busch auf eine frische Fährte gestoßen war, er selbst aber hatte schon seit Jahren keinen Schuss mehr abgegeben.

Bree hatte ihm bei den Futterstellen für die Vögel geholfen. Sie hatte ihm noch einmal gesagt, wie sehr ihr der Törn gefallen hatte, und sich noch einmal bei ihm bedankt, dass er ihr das Schnorcheln beigebracht hatte. Er hatte ihr die Frösche im Teich gezeigt, die sie nachts quaken hören konnte, und sie hatte ihm geholfen, den Grasschnitt einzusammeln. Er hatte bemerkt, dass Libby sie beide durch das Fenster beobachtete, und es gab ihm innerlich einen Stich, als er ihr dunkles Haar sah, auf dem glänzend das Sonnenlicht lag.

Als Libby und Bree heute morgen zur Schule gefahren waren, hatte er Bree eigentlich noch alles Gute wünschen wollen, aber sie waren früher losgefahren, als er gedacht hatte, und er hatte sie verpasst. Also war er einfach ins Büro gegangen. Unterwegs war er Alex begegnet. Im Büro hatte er dann seine Unterlagen über die Nationalparkgrenzen hervorgeholt. Er hatte einem der neu gewählten Parlamentarier, einem Mitglied der Grünen, einen Brief geschrieben, und wartete nun auf einen Anruf. Er war absolut sicher, dass die Verlegung der Parkgrenzen von der Tasmansee zur mittleren Hochwassermarke einen schwer wiegenden Fehler darstellte. Aber noch war nichts verloren. Sollte ihr Einspruch Erfolg haben, konnten Leute wie Nehemiah Pole ihre schwimmenden Hotels vergessen. In der Zwischenzeit würde er jedoch nicht untätig bleiben. Das war er sich selbst und vor allem Mahina schuldig. Er würde weiterhin mit aller Kraft gegen das Projekt vorgehen, wenn nötig auch gerichtlich.

Als Pole vor etwa einem Jahr die Eingabe gemacht hatte, hatte er zunächst viele der Submittenten gegen sich gehabt, dann aber waren sie einer nach dem anderen umgefallen. Fünf der anderen Charterbooteigner, die im Doubtful Sound agierten, hatten sich anfangs gegen ihn gestellt, ebenso wie das Umweltschutzministerium. Southland Tours hatte keinen Einspruch erhoben, was er angesichts der Tatsache, dass es eines der größten Tourismusunternehmen in diesem Gebiet war, durchaus nachvollziehen konnte. Southland Tours betrieb Busse, die jeden Tag zum Milford Sound und zurück fuhren, und Boote, mit denen man von dort aus Tagesfahrten unternehmen konnte. Die Firma unterhielt außerdem zwei große Schiffe mit Übernachtungsmöglichkeiten. Auch in Deep Cove war sie schon vertreten. Falls Pole und seine Geldgeber sich durchsetzten, wäre das auch für sie von Vorteil. Es eröffnete ganz neue Möglichkeiten.

John-Cody sah einen Tag kommen, an dem die Wildnis, für deren Schutz er so verbissen kämpfte, für die nächsten Generationen verloren wäre. Er hatte gerade wieder einmal über diese Dinge nachgedacht, als Libby von Ned Pole zurückkam und ihm von dem Boot erzählte.

Als John-Cody jetzt bei Tom Blanch eintraf, stand dieser schwitzend unter einem fünf Meter hohen und sechsundzwanzig Meter langen Polyäthylen-Zelt in seinem Garten. Darunter lagen die beiden umgedrehten Rümpfe des Katamarans, den er gerade baute. Tom war siebenundfünfzig Jahre alt und kannte die See rund um die Südinsel wie kein anderer. Er war seit fünfundzwanzig Jahren John-Codys Mentor und Freund. Den Bau dieses Katamarans hatte er schon vor vier Jahren in Angriff genommen. Jetzt waren die beiden Rümpfe fast fertig. Die Schotten waren schon eingebaut. Die perfekt gearbeiteten Masten aus Kauri-Holz von der Nordinsel, das Schiffsbauer sehr schätzten, lagen bereit. Tom stand gerade auf einem der

Rümpfe, den ein selbst gebautes Gerüst umgab. Er sah auf, als John-Cody auf ihn zu kam.

»Tag, Gib. Wie geht's?«

»Danke, gut, Kumpel. Wie ich sehe, bist du immer noch fleißig.«

»Mir bleibt auch nichts anderes übrig, wenn ich sie nächstes Jahr vom Stapel laufen lassen will.«

John-Cody fuhr mit der Handfläche über den glatten Rumpf.

»Ich habe gehört, dass du letzte Woche einen Törn gemacht hast. Das wurde aber auch Zeit.«

»Findest du?«

»Es ist jetzt ein Jahr her, Gib. Irgendwann muss man wieder zur Tagesordnung übergehen.«

John-Cody setzte sich auf eine Werkbank und nahm seinen Tabakbeutel heraus. »Es war hart, Tom.«

»Aber es hat dir auch gefallen, hm?«

John-Cody nickte. »Ja, ich müsste lügen, wenn ich das Gegenteil behaupten würde. Es war gut, wieder draußen auf See zu sein.«

Ton sah ihn nachdenklich an und legte das Sandstrahlgebläse weg. »Ich weiß, dass wir nicht immer derselben Meinung sind, was die Fjorde betrifft, Gib. Aber du machst da draußen einen verdammt guten Job. Die *Korimako* ist das einzige Boot, das wirklich für etwas steht.« Er zuckte mit den Schultern. »Ich bin mein ganzes Leben mit Leib und Seele Langustenfischer gewesen, aber was du da draußen machst, John-Cody, das ist wirklich wichtig. Ich sähe es gar nicht gern, wenn du das, was du dir mit Mahina zusammen aufgebaut hast, jetzt einfach wegwirfst.«

John-Cody befeuchtete sein Zigarettenpapier. »Ich weiß deine Meinung durchaus zu schätzen, Tom. Vor allem, da sie von einem alten Fischer wie dir kommt.«

Tom sah ihn finster an. »Das ›alt‹ solltest du dir besser verkneifen. Ich bin immer noch ganz gut, wenn es sein muss.«

John-Cody lachte. »Rede dir das nur weiter ein. He, hör zu. Kannst du uns das Frachtboot besorgen, um Libbys Boot über den See zu bringen?«

»Ist das ist neue Wissenschaftlerin, die ich noch nicht kennen gelernt habe?«

John-Cody nickte.

»Sie soll jung und hübsch sein, hab ich gehört.«

»Darauf habe ich wirklich nicht geachtet. Wer sagt das?«

»Jean Grady erzählt es überall herum. Außerdem ist mir zu Ohren gekommen, dass du ihr deine Hälfte des Hauses gegeben hast.«

»Sie hat eine Tochter, Tom. Da ist mir die Entscheidung nicht schwer gefallen.«

Tom nickte. »Das denke ich mir. Aber genau das ist so etwas, worüber die Leute in einer kleinen Stadt wie unserer gern tratschen, vor allem die Frauen.«

John-Cody zuckte mit den Schultern. »Dann sollen sie eben tratschen, wenn es sie glücklich macht. Mir ist das völlig egal.«

»Wie ist die Tochter?«

»Bree. Ein nettes Mädchen. Heute ist übrigens ihr erster Schultag. Ich hoffe, sie kommt klar.«

»Te Anau kann sehr unangenehm sein, Gibby.«

»Bree ist intelligent. Sie wird sich schon wehren, falls das nötig sein sollte.«

»Dann wird sie auch klarkommen.« Tom warf einen neidischen Blick auf die Zigarette seines Freundes. »Wo bekommt die Wissenschaftlerin ihr Boot her?«

John-Cody schnaubte verächtlich. »Von Nehemiah Pole.«

Er fuhr allein zu Pole, um es abzuholen. Libby hatte im Büro zu tun, telefonierte mit Dunedin und fragte dann Alex, ob sie sich um Bree kümmern könnte, wenn sie im Dusky Sound war. Er fuhr langsam, eine Hand am Lenkrad, während er den anderen Arm aus dem Fenster baumeln ließ. Unterwegs beobachtete er ein Paar Weihen, die gerade ihr Balzritual vollführten, zwei schwarze Schatten vor blauem Himmel. Als er Poles Einfahrt hochfuhr, stand dieser auf der Koppel und ließ Barrio an der Longe gehen. Er drehte sich um, als er den Pick-up hörte, schob seinen Hut in den Nacken und zog ein Taschentuch aus seiner Jeanstasche.

John-Cody stellte den Motor ab, stieg aus und trat seine Zigarette auf den Steinen aus. Er lehnte sich auf die offene Autotür, und der Wind zerzauste seine Haare. Pole sah zu ihm herüber, dann hakte er die Longe aus. Der Hengst bockte heftig, schlug aus und galoppierte schließlich den Hang hinauf. John-Cody sah zu, wie Pole mit langen, federnden Schritten und ein wenig o-beinig zum Zaun ging.

»Du kannst mit diesem Ding wirklich gut umgehen«, sagte er.

Pole sah die Longe an, dann warf er einen Blick zu Barrio zurück. »Das war Elis Pferd, Gib.«

»Ich weiß.«

Pole kletterte über den Zaun. Er sah den verbeulten Ute an und zog eine Augenbraue hoch. »Bist du dir sicher, dass du es mit dieser Schrottkarre schaffst?«

John-Cody lächelte.

»Ich hätte ihr das Boot genauso gut schleppen können.«

»Das brauchst du aber nicht.«

Pole taxierte ihn. Er zog eine Zigarre aus der Brusttasche seines Hemdes.

»Möchtest du einen Grog?«

John-Cody schüttelte den Kopf.

»Dann vielleicht einen Kaffee?«

»Nein, vielen Dank. Lass uns einfach das Boot anhängen, und dann bin ich wieder weg.«

Pole zuckte mit den Schultern. »Wie du willst. Fahr deinen Ute rückwärts zur Scheune.«

John-Cody rangierte an das Tor heran und stieg wieder aus. Pole stand auf dem Trailer. Er forderte ihn auf, ein Stück weiter zurück-zustoßen, damit er die Kappe auf dem Kugelgelenk befestigen konnte. John-Cody setzte sich also wieder hinters Lenkrad, und sie manövrierten Hänger und Pick-up so lange hin und her, bis es Pole gelang, den Trailer anzukoppeln. John-Cody stellte den Motor ab und schloss die Blinker und Scheinwerfer an, während Pole am Rumpf des Bootes lehnte und ihm zusah.

»Eine hübsche Frau, Gib.«

»Wer?«

»Dr. Liberty Bass.«

»Findest du?«

»Du etwa nicht?«

John-Cody richtete sich auf. »Ich habe sie mir noch nicht genau angesehen.«

Pole stellte sich wieder aufrecht hin. »Sehr attraktiv.«

»Kann schon sein.«

»Für dich gibt es wohl kein Leben mehr nach Mahinas Tod, hm?«

John-Cody verkrampfte sich augenblicklich, die Muskeln in seinen Armen spannten sich an.

»Sie war eine fantastische Frau, Gib. Ohne jeden Zweifel. Eine wirklich tolle Frau. Aber das Leben geht weiter. Andere Mütter haben auch schöne Töchter.«

John-Cody wischte sich den Schweiß aus den Augen. »Weißt du was, Ned? Du hast keine Ahnung, wovon du sprichst.«

Pole erwiderte seinen Blick gelassen und verschränkte die Arme vor der Brust. »Ich habe also keine Ahnung? Die hat niemand außer dir, hm?«

John-Cody sah ihn von der Seite an. »Was soll das heißen?«

»Sie ist tot, Gib. Das Leben geht weiter. Das ist alles.«

»Das ist nicht das, was du gerade sagen wolltest.«

Poles Blick war hart und kalt. Er sah auf den Boden zwischen seinen Füßen und zog die Oberlippe hoch. Doch als er den Mund zu einer Erwiderung öffnen wollte, kam ein Wagen die Auffahrt hoch. Der Moment war verflogen. Pole ging an John-Cody vorbei und sah durch das offene Scheunentor nach draußen.

»Jane ist wieder da«, sagte er. »Sie ist vermutlich mit dem Flugzeug aus Queenstown gekommen.« Er sah John-Cody kurz an. »Bist du fertig?«

John-Cody nickte und setzte sich wieder hinters Steuer seines Pick-ups. Er fuhr das Gespann vorsichtig hinaus. Jane Pole stieg aus ihrem Auto und ging auf ihren Mann zu. Sie trug ein Kostüm. Ihr graues Haar hatte sie nach hinten frisiert, was ihrem Gesicht mit den hohen Wangenknochen und dem schmalen Mund ein strenges Aussehen verlieh. Die beiden sahen sich kühl an, als John-Cody an ihnen vorbeifuhr. Als er nicht mehr zu sehen war, drehte Jane sich zu ihrem Mann um.

»Was will er mit dem Boot?«

Pole lächelte sie an. »Ich habe es an die Wissenschaftlerin vermietet, die im Dusky Sound arbeiten wird. Ich dachte mir, dass ein bisschen Reklame unserer Sache ganz gut täte.«

Seine Frau starrte ihn an. »Na bravo«, sagte sie scharf. »Du hast also tatsächlich mal wieder deinen Verstand gebraucht. Wie schade, dass du das nicht getan hast, als du unser Haus wegen einer völlig wertlosen Goldmine mit einer Hypothek belastet hast.«

Pole blähte die Nasenflügel. Auf seinen Wangenkochen erschienen weiße Flecken. »Fang nicht wieder damit an, Jane.«

Sie ging auf das Haus zu, blieb dann stehen und drehte sich zu ihm um. »Sieh einfach zu, dass du diese Sache hier nicht vermasselst, Nehemiah. Unseren Geldgebern liegt immer noch sehr viel an diesem Geschäft. Glücklicherweise gründet sich dein Ruf auf deine Fähigkeiten als Jäger und nicht auf die als Geschäftsmann, sonst könnten wir die Sache nämlich ganz schnell vergessen.« Sie drehte sich um und ging hinein.

Pole betrachtete lange Zeit den Platz, an dem sie gestanden hatte. Im Geiste sah er das Gesicht seines Vaters, hörte seine Stimme und sah fünf goldene Talente, die klimpernd auf einen Tisch fielen.

John-Cody brachte das Boot zur Supply Bay, wo er sich mit Libby und Tom verabredet hatte. Sein Herz war schwer. Er nahm einen kräftigen Zug an seiner Zigarette, während sich Poles Augen und Poles Worte in sein Gedächtnis einbrannten. Was hatte er vorhin gemeint? Nichts, Gib, sagte er sich. Er hat gar nichts gemeint. Er versucht nur, dich zu provozieren, dich aus der Reserve zu locken: Es ist nur ein Spiel, das ist alles.

Libby hatte Alex gebeten, Bree an der Bushaltestelle abzuholen, da sie selbst nicht rechtzeitig aus Deep Cove zurück wäre. Sie war zwar sicher, dass Bree ohnehin auf direktem Weg ins Büro käme, um mit Sierra zu spielen, aber es war trotzdem besser, wenn Alex sie abholte. Libby machte sich selbst schon genügend Vorwürfe, weil sie nicht da sein konnte, wenn Bree an ihrem ersten Schultag nach Hause kam, aber sie mussten das Boot so rasch wie möglich nach Deep Cove bringen, und zufällig fuhr an diesem Nachmittag eines der Frachtboote. Es war dies ihr uraltes Dilemma: zu arbeiten und gleichzeitig Zeit für Bree zu finden. Sie hatte lange überlegt, ob sie John-Cody bitten sollte, das Boot allein über den Pass zu bringen. Aber das wäre zuviel verlangt gewesen, sie kannte ihn ja kaum. Außerdem tat er ihr ohnehin schon einen Gefallen.

Tom Blanch nahm sie in seinem Auto zur Supply Bay mit. Sie fand ihn auf Anhieb sympathisch. Er war eine Seele von Mensch, hatte ein fröhlichen Zwinkern in seinen Augen und ein freundliches Lächeln, das aus den Tiefen seines Bartes hervorstrahlte.

John-Cody wartete schon an der Supply Bay auf sie. Er stand gerade auf dem Boot und überprüfte das UKW-Funkgerät, als sie neben ihm anhielten.

»Habt ihr beide euch also endlich kennen gelernt«, sagte er. »Dann ist es ja nicht mehr nötig, euch vorzustellen.« Der Wind blies ihm die Haare ins Gesicht. Er zog ein Halstuch aus der Brusttasche seines Hemdes und band sie im Nacken zusammen.

»Wir sind schon richtig gute Freunde geworden, Gib.« Tom legte den Arm um Libbys Schultern und drückte sie an sich. »Das Boot sieht gut aus.«

»Es ist in Ordnung.« John-Cody richtete sich auf. »Es hat kein Einseitenband, aber Bluff Radio müsste im Dusky Sound auch auf UKW zu empfangen sein.«

Tom nickte. »Bei mir hat das bisher immer ganz gut funktioniert.«

John-Cody sah Libby an. »Dann sind wir startklar.«

Am West Arm fuhren sie wieder von dem Frachtschiff herunter. John-Cody überprüfte noch einmal die Zugstange des Trailers, dann schleppte er das Boot über den Wilmot Pass. Es begann ziemlich heftig zu regnen. Als sie an den Helena Falls vorbeikamen, öffnete der Himmel schließlich alle Schleusen. Bei Deep Cove wendete er den Pick-up und steuerte den Trailer rückwärts ins Wasser. Libby half ihm dabei, das Boot vom Hänger zu lösen, dann zeigte er ihr, wie sie den Treibstoff pumpen und den Motor starten musste. Sie hatte einige Reservekanister Benzin an Bord. Außerdem hatte ihr das Umweltschutzministerium die Sondergenehmigung erteilt, ein weiteres kleines Depot bei Supper Cove anzulegen.

Als sie die Barkasse zu Wasser gelassen hatten, tuckerte Libby damit an der Reihe von Langustenbooten vorbei, die Pole gehörten. John-Cody fuhr mit dem Pick-up zu seinem Kai und stellte ihn dort am Straßenrand ab, dann ging er an Bord der *Korimako*. Libby vertäute die Barkasse gerade an der Tauchplattform. Nachdem sie das Boot gesichert hatte, kletterte sie dort, wo John-Cody stand, über die Reling. Er sah an ihr vorbei aufs Wasser hinaus und zeigte über ihre Schulter.

»Wellenreiter«, sagte er.

Sie drehte sich um und sah vor dem Hintergrund der steilen Fjordwand ein halbes Dutzend Delfine blasen. Es regnete in feinen, grauen Tropfen, die der Wind über den Fjord trieb, und aus ihren Blaslöchern schossen Dampffontänen in die sich abkühlende Atmosphäre.

»Sie kommen nicht sehr oft so weit in den Sund herein«, sagte John-Cody.

Sie beobachteten die Tiere ein Weile. Libby war ein wenig irritiert: Im Doubtful Sound hatte sie jetzt schon zweimal Delfine gesehen, wogegen sie im Dusky Sound noch kein einziges Mal eine Rückenfinne zu Gesicht bekommen hatte. John-Cody schlug vor, erst einmal einen Kaffee zu trinken, und ging unter Deck. Er verschwand nach unten, und kurz darauf vibrierte das Deck, als er den Hilfsmotor startete. Libby füllte einen Kessel mit Wasser, suchte eine Musikkassette aus und legte sie ein. John-Cody schaltete die Dieselheizung an. Als er den Niedergang heraufkam, füllte Libby gerade Kaffeepulver in die Kanne.

»Sie mögen Ihren Kaffee stark, nicht wahr?«, sagte sie.

»Sehr stark.« Er ging wieder an Deck und spritzte den vorderen Teil mit dem Schlauch ab.

Libby wartete, bis das Wasser kochte, sang lauthals zur Musik mit und beobachtete John-Cody durch die Fenster des Ruderhauses. Sie sah ihm gern zu, wenn er sich bewegte. Seine Bewegungen waren flüssig. Er wirkte völlig ungezwungen, selbst wenn er nur den Wasserschlauch hielt. An Bord der *Korimako* schien er sich mehr zu Hause zu fühlen als auf dem Land: Das Boot schien ein Teil von ihm zu sein, es bewegte sich wie er, fühlte sich an wie er, roch wie er. Er und das Boot, beide strahlten sie dieselbe ruhige Selbstsicherheit aus. Er sah plötzlich auf, begegnete durch die Scheibe ihrem Blick, widmete sich dann aber wieder seiner Arbeit. Libby goss Kaffee ein und brachte ihm seinen Becher hinaus an Deck. Auf der anderen Seite von Deep Cove bewegten sich die Delfine, einem festgelegten System folgend, an der Wand des Fjords entlang; sie konnte ihre gebogenen Rücken sehen, das Auf und Ab der Rückenfinnen. John-Cody schob das Mundstück des Schlauchs durch das Speigatt und nahm ihr den Kaffeebecher ab. Libby beobachtete die Delfine: Sie hatten jetzt umgedreht und schwammen zurück zur Einfahrt von Deep Cove. Sie warf einen Blick zur Barkasse hinunter, die am Heck der *Korimako* auf den Wellen auf und ab hüpfte. »*Wellenreiter*«, las sie laut.

»Ja, so nenne ich die Delfine.«

Libby schüttelte den Kopf. »Nein, ich meine, das wird mein Rufname, wenn ich im Dusky Sound bin. Ich werde auf *Wellenreiter* antworten.«

Brees erster Schultag verlief auch weiterhin nicht besonders gut. Jessica Lowden und ihre Freundinnen ließen sie auch während der Mittagspause nicht in Ruhe, und schon bald hatte sich ihr neuer Spitzname auf dem ganzen Schulhof herumgesprochen. Am Nachmittag steckte sie einfach nur die Nase in ihre Bücher und lernte fleißig. Dann teilten ihr die Lehrer mit, dass sie ihren Kenntnisstand prüfen wollten. Die Aufgaben, die sie ihr stellten, waren ziemlich einfach. Einige Schüler in ihrer Klasse waren da ganz offensichtlich anderer Meinung, und das beunruhigte sie gleich noch mehr. Es wäre nicht das erste Mal, dass man sie als Streberin abstempelte. Als es endlich vier Uhr war, hatte sie das Ganze ziemlich satt. Ihre Zukunft sah plötzlich nicht mehr so rosig aus.

Da sie nicht genau wusste, wo sich die Bushaltestelle befand, fragte sie eine ihrer Lehrerinnen, die mit ihr nach draußen ging und ihr zeigte, wo der Bus hielt. Jessica lungerte in der Nähe der Haltestelle herum, und Bree stellte sich schon darauf ein, gleich wieder schikaniert zu werden. Glücklicherweise tat Jessica jedoch nichts. Bree hielt Abstand zu ihr, bis der Bus kam, dann setzte sie sich auf einen Fensterplatz. Jessica und ihre Freundinnen starrten sie von ihrem Posten auf der niedrigen Mauer an und schnitten Grimassen. Bree ignorierte die drei, atmete tief aus und schloss die Augen. Sie wollte jetzt nur noch zu ihrer Mutter. Der Tag war schlimm gewesen, genauso schlimm, wie sie befürchtet hatte: nein, noch viel schlimmer.

Dann setzte sich plötzlich jemand neben sie. Als sie die Augen öffnete, sah sie den dunkelhaarigen Jungen, der sie vom Krickettor aus beobachtet hatte, als Jessica zum ersten Mal auf sie losgegangen war. Sie sah an ihm vorbei zu den Sitzplätzen auf der anderen Seite des Ganges: Sie waren leer. Er hatte sich ganz gezielt neben sie gesetzt. Instinktiv rutschte sie ein Stück von ihm weg und machte sich auf eine weitere bissige Bemerkung gefasst.

Der Junge lächelte sie jedoch freundlich an, dann sah er aus dem Fenster und starrte Jessica und ihre Freundinnen an. Sie starrten einen Augenblick lang zurück, dann standen sie von der Mauer auf und stolzierten die Straße hinunter.

»Na, wie geht's, Bree?«, fragte der Junge sie. »Wie war dein erster Schultag hier bei uns?«

»Ganz o.k.«

»Sie hat dich also nicht allzu blöd angemacht?« Er zeigte auf Jessica, die weiter die Straße entlang ging.

»Nein.«

»Gut.« Er holte eine Dose Coke aus seiner Tasche, öffnete sie und trank ein paar große Schlucke. Dann wischte er sich den Mund ab und bot sie ihr ebenfalls an. Sie nippte ein wenig an der Coke und gab ihm die Dose zurück.

»Danke.«

»Keine Ursache. Wohnst du in Manapouri?«

Sie nickte. »Im Haus von John-Cody Gibbs.«

»Ich kenne Gib.« Der Junge lächelte wieder. Bree betrachtete sein Profil. Er hatte ein markantes, sonnengebräuntes Gesicht, das an den Wangenknochen etwas gerötet war: Er musste schon fast dreizehn sein, denn an seinem Kinn zeigte sich bereits ein weicher, dunkler Flaum, und auch auf seinen Armen begannen die ersten Härchen zu sprießen. Er roch ein wenig nach Schweiß, aber nicht unangenehm. »Ich bin Hunter Caldwell«, sagte er. »Ich wohne draußen am Blackmount, wir werden also jeden Tag im selben Bus fahren.«

Mehr sagte er nicht. Den Rest der Fahrt saßen sie schweigend nebeneinander. Als der Bus an der Haltestelle vor dem Büro anhielt, stand Hunter von seinem Platz auf und meinte zu ihr, dass sie sich ja morgen wieder sähen. Bree nickte und stieg aus, dann fuhr der Bus weiter. Sie stand im Nieselregen und sah ihm einen Moment lang hinterher, dann spürte sie, wie sich Sierra an ihre Beine drückte. Als sie sich umdrehte, sah sie Alex auf sich zukommen.

»Na, wie war dein Tag?«, fragte Alex.

»Ganz in Ordnung.« Bree sah sich nach ihrer Mutter um, konnte sie jedoch nirgendwo entdecken. Sie kniete sich hin und kraulte Sierra hinter den Ohren: »Wo ist Mum?«

»In Deep Cove. Sie mussten das Boot noch heute über den Pass bringen. Du brauchst dir keine Sogen zu machen, Bree. Sie wird bald zurück sein.«

Bree nickte und senkte den Blick. Heute war ihr erster Schultag, der einzige Tag, an dem sie ihre Mutter wirklich brauchte: Hatte sie das etwa vergessen? Bree starrte zu Boden, während ihr Tränen in die Augen stiegen, dann riss sie sich jedoch zusammen: Alex sollte sie nicht weinen sehen.

Alex beobachtete sie mit schief gelegtem Kopf. Sie spürte, in welcher Stimmung sich Bree befand. »Möchtest du mit Sierra an den Strand gehen?«

Bree stand auf, ohne Alex anzusehen, und rief Sierra zu sich. Sie überquerten die Straße und gingen gemeinsam den Weg zum See hinunter, wo der Regen wieder die Wasseroberfläche sprenkelte. Sierra rannte sofort ins Gehölz, um Kaninchen zu jagen. Bree schlenderte zwischen den Bäumen dahin und blieb am Rand des Kiesstrandes stehen. Ein einsames Boot mit rot gestrichenem Rumpf fuhr gerade über den See. Sie dachte an ihre Mutter, dachte daran, dass sie jetzt hier in Neuseeland waren. Sie dachte an Frankreich und ihre Freundinnen, die sie dort zurücklassen musste. Sie dachte an Isabelle und Sylvie. Wahrscheinlich wäre es doch besser gewesen, wenn ihre Mutter Pierre geheiratet hätte. Sie ließ ihren ersten Schultag noch einmal Revue passieren und trat dabei wütend nach einem Stein, der halb im Schlamm vergraben war. Dann brach sie in Tränen aus.

Sierra, die gerade interessiert an einem Felsbrocken im niedrigen Wasser schnüffelte, hörte sie und hob den Kopf. Bree stand schluchzend unter dem Baum und fühlte sich im Angesicht der Berge unendlich klein. Warum waren manche Menschen nur so gemein? Sie würde ihrer Mutter niemals verzeihen, dass sie ihr den Namen Breezy gegeben hatte: Was in aller Welt hatte sie sich dabei nur gedacht?

Ohne den Regen zu beachten, setzte sie sich auf den weißen Stein neben dem Eukalyptusbaum und nahm einen Stift und Schreibpapier aus ihrer Schultasche: Sie würde ihrem Vater berichten, was passiert war. Sie fragte ihn, warum er zugelassen hatte, dass ihre Mutter sie ihm einfach weggenommen hatte, und warum er nichts dagegen unternommen hatte, als sie ihr diesen blöden Namen gegeben hatte. Sie ließ sich beim Schreiben Zeit, sah zu, wie ein Paar Bergenten auf dem Wasser landete, während Sierra sich mit den Steinen am Ufer beschäftigte. Als sie ihren Brief beendet hatte, ging sie zum Tante-Emma-Laden hinauf und bat Mrs. Grady, ihn abzuschicken.

8

»*Wellenreiter*?« Bree sah ihre Mutter mit gerümpfter Nase an, als sie an der Bushaltestelle standen und warteten.

»Ja. Ich brauche einen Rufnamen, damit du mich per Funk erreichen kannst, wenn ich im Dusky Sound bin. John-Cody wird dir zeigen, wie man das Funkgerät bedient. Wir können jeden Tag miteinander sprechen, und du kannst mir dann erzählen, wie es in der Schule war und was sonst noch so los war. Das ist dann fast so, als wäre ich bei dir.«

Bree schaute sie zweifelnd an.

Libby lächelte und nahm ihre Hand. »Es tut mir wirklich Leid, mein Schatz, aber es geht eben nicht anders. Ich werde allerdings nie länger als eine Woche am Stück fort sein. Dann nehme ich das Wasserflugzeug und bin in Null Komma nichts daheim. Falls irgendetwas Unvorhergesehenes passiert oder du mich dringend brauchst, wird mich das Flugzeug abholen. Der Flug dauert nur eine halbe Stunde, du brauchst dir also wirklich keine Sorgen zu machen.«

»O.k.« Bree drückte, plötzlich ein wenig ängstlich geworden, die Hand ihrer Mutter. In der Schule lief es immer noch nicht so, wie es sollte. Inzwischen war schon eine ganze Woche vergangen, ohne dass sich an ihrer Situation etwas geändert hätte, und jetzt fuhr ihre Mum auch noch zum Dusky Sound und kam erst nach einer Woche zurück. Das bedeutete für Bree, dass sie nicht nur die zweite Woche in ihrer neuen Schule, sondern auch noch das kommende Wochenende ohne ihre Mutter überstehen musste. Sie unterdrückte tapfer ihre Tränen und dachte daran, dass sie so etwas oft durchzustehen hatte. Aber dadurch wurde es trotzdem nicht leichter. Sie hatte ihrer Mutter weder von Jessica und ihren beiden Freundinnen erzählt, noch von den Spitznamen, den höhnischen Bemerkungen und den Schikanen in der Pause.

»Glaubst du, dass du klarkommst?«, fragte Libby. »Dass sich Alex bereit erklärt hat, in unserer Wohnung zu übernachten, anstatt dich zu sich mit nach Hause zu nehmen, damit du nicht schon wieder aus deiner Umgebung gerissen wirst, weißt du ja. John-Cody wird am Wochenende wahrscheinlich auch zu Hause sein sein, und ich bin nächste Woche wieder da. Du hast Sierra, und du kannst so oft über Bord-Land-Funk mit mir sprechen, wie du willst.«

Der Bus kam mit brummendem Motor die Hauptstraße entlang. Bree biss sich auf die Lippen. Sie wollte nicht mit Tränen in den Augen und rotem Gesicht einsteigen: Nächstes Jahr würde sie bereits dreizehn, dann war sie ein richtiger Teenager, und da weinte man einfach nicht mehr. Sie ließ die Hand ihrer Mutter los, schlang den Riemen ihrer Tasche über die Schulter und trat einen Schritt an den Randstein heran.

Libby beugte sich zu ihr herunter, und Bree bot ihr kurz die Wange zum Kuss, dann hob sie die Hand, um den Busfahrer auf sich aufmerksam zu machen. Libby verstand. Bree stieg ein, ohne sich noch einmal nach ihr umzusehen. Libby blieb noch eine Weile an der Haltestelle stehen und kämpfte selbst mit den Tränen. Als sie sich umdrehte, sah sie John-Cody, einen Becher Kaffee in der Hand, an der Ecke stehen. Sie schürzte die Lippen und ging mit verschränkten Armen und gesenktem Blick zum Haus zurück.

»Sie ist ein starkes Mädchen«, sagte er ruhig. »Sie kriegt das schon hin. Außerdem wird Sierra auf sie aufpassen. Ich habe in meinem ganzen Leben noch keinen treueren Hund gesehen.«

»Bree ist bei Alex doch gut aufgehoben, nicht wahr, John-Cody?« Libby sah ihn ängstlich an, ihre Stimme klang ein wenig erstickt.

Instinktiv legte er ihr den Arm um die Schultern. »Natürlich. Alex ist in solchen Dingen wirklich gut. Erst gestern Abend hat sie mir gesagt, wie gern sie sich um Bree kümmert.«

»Und es macht ihr wirklich nichts aus, bei uns zu übernachten? Sie hat sich doch gerade erst ihr neues Fenster einbauen lassen.«

»Das ist kein Problem. Das Fenster läuft ja nicht weg.«

»Es ist nur so lange, bis ich eine dauerhafte Lösung gefunden habe.« Libby fuhr sich mit steifen Fingern durch die Haare. »Himmel, ich hasse das. Ich komme mir vor, als ob ich Bree im Stich ließe.«

John-Cody fasste Libby bei den Schultern und hielt sie ein Stück von sich weg. Sie konnte den Kaffee in seinem Atem riechen. »Machen Sie sich keine Sorgen, Lib. Sie sind eine allein erziehende Mutter, und Sie sind berufstätig. Sie arbeiten, damit Bree etwas zu essen hat. Sie wird sich schnell eingewöhnen. Und jetzt holen Sie bitte Ihre Sachen. Wenn wir heute Abend in Supper Cove sein wollen, müssen wir uns jetzt nämlich auf den Weg machen.«

John-Cody hatte Jonah gesagt, dass er ihn für die Fahrt zum Dusky Sound nicht brauchte. Auf dem Weg die Küste entlang konnte Libby ihm helfen, falls das überhaupt nötig sein sollte, und zurücksegeln konnte er die *Korimako* auch allein. Übermorgen wurde er ohnehin für einen zweitägigen Törn im Doubtful Sound erwartet. Jonah war daraufhin nach Naseby gefahren, um seinen Vater zu besuchen. John-Cody hätte ihn gern begleitet. Er hatte Kobi schon seit Monaten nicht mehr gesehen und musste daran denken, wie gebrechlich der alte Mann inzwischen war.

Sie legten in Deep Cove vom Kai ab. Während John-Cody die *Korimako* an Elisabeth Island vorbei steuerte, spritzte Libby das Deck ab. Dann schaltete er den Autopiloten ein und hantierte im Maschinenraum herum, wobei er hin und wieder zum vorderen Niedergang kam und hinaufsah, um ihre Position zu überprüfen. Libby lehnte an der Backbordtür und behielt den Autopiloten im Auge – genau dort, wo John-Cody sonst stand – und betrachtete aufmerksam das Wasser vor ihnen. Sie passte außerdem auf, das der Temperaturanzeiger des Motors vierzig Grad nicht überschritt, und warf immer wieder einen Blick auf den Kompass, der sich in der mit Alkohol gefüllten kardanischen Aufhängung bewegte. Dann setzte sie Wasser auf und ging nach achtern, um nach der *Wellenreiter* zu sehen. Das kleine Boot sprang hinter der Tauchplattform her und ritt förmlich auf der Strömung, die die Schiffsschraube aufwirbelte.

Wieder im Ruderhaus, machte sie Kaffee, schaltete den Kassettenrekorder ein und überprüfte noch einmal die Instrumente. Das Radar und das GPS waren ausgeschaltet, aber sie hatte sich vorgenommen, John-Cody genau zuzusehen, wenn sie die Hare's Ears hinter sich gelassen hatten und er irgendwelche Wegpunkte in das System eingab.

Aber das tat er nicht. Sie hatten noch immer Tageslicht: Das Radar zeigte die Klippenformationen als grüne Kleckse auf dem Schirm an. Er kannte diesen Teil der Welt wie seine Westentasche. Libby lehnte jetzt an der Steuerbordtür, er stand auf der anderen Seite der Brücke, während die *Korimako* hin- und herschlingerte, den Bug im Wind, der heulend aus Südwesten blies.

»Haben Sie auch südlich vom Dusky Sound schon mal Delfine gesehen?«, fragte Libby ihn.

Er nickte.

»Wo?«

»Ungefähr zwanzig Kilometer nördlich von Port Ross.«

»Wo liegt das?«

»Bei den Auckland-Inseln.«

»Um welche Art hat es sich dabei gehandelt?«

»Es waren Große Tümmler. Ich habe sie ein paarmal, immer an ungefähr derselben Stelle, gesehen. Etwas nördlich des subantarktischen Fischereigebietes.«

»Wie viele Tiere?«

»Fünfzig, vielleicht auch sechzig.«

»Und wie oft haben Sie sie gesehen?«

»Jedes Mal, wenn ich dort unten war.«

»Das ist ziemlich weit im Süden.«

»Das kann man wohl sagen.«

»Und in Port Ross selbst?«

»Noch nie.«

»Sie glauben also nicht, dass sich die Delfine dort unten permanent aufhalten?«

»Sie etwa?«

Libby zuckte mit den Schultern. »Ich weiß es nicht. Schon die Gruppe im Doubtful Sound hält sich ein ganzes Stück weiter südlich auf, als man es bei Großen Tümmlern für möglich gehalten hätte. Normalerweise ziehen sie flache, tropische Gewässer vor.«

John-Cody nickte. »Finden Sie es nicht toll, wie sich die Natur immer wieder über unsere Vorstellung davon, wie etwas sein sollte, lustig macht? Mahina fand das köstlich.« Er musste plötzlich wieder an sie denken, an die Zeit, die sie gemeinsam auf diesem Boot verbracht hatten.

Libby spürte seinen plötzlichen Stimmungswandel. »Erzählen Sie mir mehr von ihr, wenn Ihnen das hilft«, sagte sie zu ihm. »Ich werde Ihnen gerne zuhören.«

John-Cody setzte sich an den Tisch und starrte in seine Kaffeetasse.

Er erzählte Libby, was geschehen war, erzählte ihr, dass der Krebs sich förmlich durch Mahinas Körper gefressen und sie in kürzester Zeit besiegt hatte. Er erzählte ihr von seinem Versprechen, davon, dass er ihre Asche, so wie es ihr letzter Wunsch gewesen war, ein Jahr lang im Stamm der Fuchsie aufbewahrt hatte. Dann saß er einen Augenblick mit gefalteten Händen da. Libby beobachtete ihn, während sie einen Arm um ihre Taille geschlungen hielt.

»Ich habe in dieser Fuchsie noch nie einen Glockenvogel singen hören«, sagte sie.

Er sah sie an. »Ich habe seit ihrem Tod auch keinen mehr gehört.«

Beide schwiegen sie eine Weile, dann sagte Libby: »Glauben Sie an ein Leben nach dem Tod?«

Er zuckte mit den Schultern. »Ich weiß es nicht. Mahina ist gestorben. Sie hat mir gesagt, dass sie den Atem der Ewigkeit spürt.« Er berührte sein Haar, drehte die ausgefransten Spitzen zwischen seinen Fingern. »Sie hat immer Stunden lang mein Haar gebürstet. Damals war es noch richtig lang.« Er sah Mahina wieder vor seinem geistigen Auge, nackt vor dem Kamin sitzend, nachdem sie sich endlos geliebt hatten: er im Schneidersitz, während der Schein der Flammen rote, bronzefarbene und goldene Reflexe auf seiner Haut tanzen ließ. Er spürte Mahinas Wärme, wenn sie hinter ihm kniete und sein Haar bürstete. Er schloss die Augen und fühlte einen Kloß in seinem Hals. Plötzlich stand er auf. »Wie dem auch sei, jetzt ist sie nicht mehr da.« Er sah Libby an. »Haben Sie jemals geliebt, Lib? Ich meine, wirklich und wahrhaftig geliebt: so sehr, dass Sie wussten, Sie würden den Tag nicht überstehen, wenn Sie mit diesem Menschen nicht mindestens drei- oder viermal gesprochen und ihm gesagt haben, wie sehr Sie ihn lieben und dass er all

Ihre Gedanken beherrscht. Gab es jemanden, der das für Sie empfunden hat?«

Libby schüttelte den Kopf. »Leider nein.«

»Eine solche Liebe nimmt Sie völlig in Besitz. Sie beherrscht Sie vollkommen. Ich bin Mahina bei einer meiner Rotwildfallen am Yuvali Beach begegnet. Damals war ich vierundzwanzig. Noch in der selben Nacht kam sie zu mir, und wir haben in meiner Hütte bis zum Morgengrauen miteinander geredet. Seit dieser Nacht war ich jeden Tag mit ihr zusammen, es sei denn, ich befand mich gerade auf See. Dann habe ich zwei- oder dreimal am Tag über Funk mit ihr gesprochen, und es war mir dabei völlig egal, wer alles zuhörte.« Wieder berührte er seine Haare. »Ich habe sie abgeschnitten, als ich ihre Asche auf dem Meer verstreut habe.«

Er ging an Deck. Sie sah ihm zu, wie er es überquerte und den Reißverschluss an der Klappe der Persenningkajüte öffnete und dann eine Zigarette rauchte. Libby blieb am Steuerrad stehen, beobachtete die Instrumente und dachte über das nach, was er ihr erzählt hatte. Zum ersten Mal erahnte sie das Ausmaß seines Verlusts.

Am frühen Abend erreichten sie den Dusky Sound: Es blieb bis fast neun Uhr hell. John-Cody steuerte die *Korimako* bei Breaksea in den Sund und fuhr die Acheron Passage hinauf. Nur noch ein paar Stunden, und sie würden die Supper-Cove-Bucht erreichen, wo Libby ihre Ausrüstung ausladen musste. Sie hatte eine Unmenge dabei, einschließlich eines kleinen dieselbetriebenen Generators, mit dem sie ihre Hydrofone und ihre Computer mit elektrischem Strom versorgen konnte. Sie hatte John-Cody gefragt, wie wahrscheinlich es war, dass jemand ihre Sachen stahl oder zerstörte, wenn sie sich gerade in Manapouri aufhielt. Ihren Laptop konnte sie im Wasserflugzeug mitnehmen, alles andere aber musste sie zurücklassen. Seiner Meinung nach war so etwas höchst unwahrscheinlich, doch er wollte ein paar befreundete Fischer, die auf einem alten Frachtkahn lebten, der ständig vor Cooper Island lag, darum bitten, ein wachsames Auge auf ihre Sachen zu haben.

»Wenn Sie tauchen, müssen Sie auf Ihrem Boot eine Flagge aufziehen«, erklärte er ihr und zeigte auf die an der Steuerbordschot aufgerollte blaue Flagge. »Etwas anderes Blaues genügt aber auch.

Hissen Sie sie am besten an Ihrem Antennenmast, wo man sie gut sehen kann. Wenn Ihre Tauchflagge oben ist, werden vorbeifahrende Boote einen Abstand von mindestens zweihundert Metern halten und ihre Geschwindigkeit auf fünf Knoten drosseln. Außerdem sollten Sie alle Boote, die sich in Ihrer Nähe befinden, anfunken und ihnen sagen, dass Sie tauchen werden. Geben Sie ihnen die Zeit und die Dauer Ihres Tauchgangs durch. Man wird Sie dann später zu einem vorher vereinbarten Zeitpunkt über Funk rufen. Falls Sie nicht antworten, wird automatisch Alarm ausgelöst.«

»Nicht, dass mir das dann noch etwas nützen würde, wenn ich ertrunken bin.«

Er zog eine Grimasse. »Es ist eine reine Vorsichtsmaßnahme, Libby. Tauchgänge hier in den Sunden können ziemlich unheimlich werden, vor allem, wenn man allein taucht. Manchmal ist es da unten sogar richtig gespenstisch.«

»Damit komme ich schon klar, aber wie sieht es mit Haien aus?«

Er zuckte mit den Schultern. »Wir haben hier draußen Mako-Haie und weiße Haie. Halten Sie sich also von den Robben fern.« Er lächelte sie an. »Aber sie brauchen keine Angst zu haben. Ich tauche schon seit zwanzig Jahren in diesen Gewässern, und der einzige Hai, dem ich je begegnet bin, hat sofort Reißaus vor mir genommen. Mit den Haien werden Sie bestimmt keine Probleme bekommen.«

»Wie auch immer«, sagte Libby, »ich werde in der nächsten Zeit sowieso nicht zum Tauchen kommen. Ich habe bis jetzt noch keinen einzigen Delfin gesehen.«

»Sie werden bestimmt welche finden.«

»Sind Sie da wirklich sicher?«

»Sie sind hier.« Er grinste sie schelmisch an. »Wir brauchen nur eine Wissenschaftlerin, die uns das bestätigt.«

Sie warfen in der Supper Cove Anker. Libby sah zu, wie die Ankerkette herabrasselte, während John-Cody das Boot nach achtern manövrierte. Die Hütte des Umweltschutzministeriums befand sich links von ihnen, noch gut zu erkennen in der hereinbrechenden Dunkelheit. Libby stand an Deck und sah auf das ölfarbene Wasser hinaus. Plötzlich überkam sie eine Art Beklommenheit. Die Bucht war flach und verschlammt, am Ufer wuchsen Rimu und Kahikatea,

Südbuchen bedeckten die Hänge weiter oben. Sie hörte eine Weka-Ralle schreien.

In der Nähe der Hütte mündete der Hilda Burn in die Bucht. John-Cody erzählte Libby, dass die Techniker vom Umweltschutzministerium dort eine Pumpe aufgestellt hatten, so dass ihr jede Menge Trinkwasser zur Verfügung stand. Der Seaforth River, der aus den Bergen kam, speiste den Meeresarm, und wenn es nötig sein sollte, konnte sie seinem Lauf folgen und zu Fuß zum West Arm gehen. Auf dem Weg befand sich eine weitere Schutzhütte, und am Elektrizitätswerk würde sie, falls sie irgendwelche Probleme hatte, immer jemanden antreffen. Libby sah ihn an und nickte. »Sie wollen heute Abend aber nicht mehr zurückfahren, oder?«

Er schüttelte den Kopf. »Nein, wir bleiben heute Nacht hier vor Anker. Ich werde Ihnen morgen früh helfen, Ihre Ausrüstung zur Hütte zu bringen, und dann werde ich mir Ihr Boot noch einmal genau ansehen. Aber danach muss ich mich auf den Weg machen. Ich muss in Deep Cove die nächste Gruppe Gäste abholen.«

»Dann fahren Sie also gar nicht nach Manapouri zurück?«

»Nein, erst am Wochenende.«

»Könnten Sie mir einen Gefallen tun, wenn Sie zurück sind?«

»Natürlich.«

»Würden Sie sich bitte ein bisschen um Bree kümmern? Sie hat eine wirklich schwere Zeit, dabei hat sie schon mit so vielem zurechtkommen müssen.«

»Gern.« Er lächelte. Seine grauen Augen waren sanft und freundlich. »Sie brauchen sich wirklich keine Sorgen zu machen, sie schafft das schon. Falls ihre Sehnsucht nach Ihnen zu groß wird, setze ich sie in das Wasserflugzeug und bringe sie hier raus.«

Libby kochte Abendessen. John-Cody holte eine akustische Gitarre aus seiner Kabine und begann zu spielen. Im Kühlkasten musste noch eine Flasche Weißwein sein. Libby schob den Deckel zur Seite, um sie zwischen den Milch- und Butterbehältern zu suchen. Sie schenkte zwei Gläser ein und trank dann langsam ihren Wein, während sie seinem Spiel lauschte.

»Diese Songs kenne ich gar nicht«, sagte sie, als er die Gitarre zur Seite legte.

»Sie sind von mir.«

»Die haben Sie komponiert? Dann sind Sie wirklich gut.«

Er zog eine Grimasse. »Nicht so gut, wie ich hätte sein können oder müssen. Als ich fünfzehn war, habe ich in verschiedenen Clubs in der Bourbon Street gespielt. Manchmal habe ich sogar die Schule geschwänzt, um auf dem Jackson Square zu musizieren.«

»In New Orleans.«

Er nickte.

»Ich war noch nie in New Orleans.«

»Die meiste Zeit habe ich damals im French Quarter verbracht. Dort leben sehr viele Musiker. Das war, bevor ich meinen Musterungsbescheid bekommen habe.«

Sie runzelte die Stirn.

»Vietnam, Libby: Ich bin fast achtundvierzig. Ich war damals also genau im richtigen Alter. Meine Kumpel und ich bekamen den Wisch fast alle zur selben Zeit.« Sein Blick trübte sich. Einen Augenblick lang war er wieder in der Bourbon Street.

Die Stiff Cody Band hatte in Big Daddy's Bar gerade ihren letzten Song gespielt. Jetzt hatten sie sich alle im oberen Stockwerk versammelt und tranken ein Bier.

Den Nachhall des Schlagzeugs immer noch in den Ohren, saß John-Cody in der merkwürdigen Stille da und starrte das Schreiben an, das sie an diesem Morgen alle erhalten hatten. Darin wurde er zur medizinischen Untersuchung aufgefordert, denn man wollte ihn nach Südostasien in den Krieg schicken.

Im French Quarter war es an diesem Tag selbst für ein Uhr morgens sehr still. Ein heftiger Sturm zog vom Golf her auf, und die schlammfarbenen Fluten des Mississippi brandeten gegen die Unterseite der Brücke am Westufer. Die Decatur Street war menschenleer, genau wie die Chartres und die Royal Street bis hinauf zur Bourbon Street. Die Stripperinnen hatten an diesem Abend kaum etwas verdient, und die Band hatte ihren Auftritt vorzeitig abgebrochen.

John-Cody las den Brief jetzt mindestens schon zum zehnten Mal, legte ihn dann weg, zog ein zerknittertes Päckchen Lucky Strikes aus der Tasche und schüttelte eine heraus. Seine Fender lag quer über seinen Knien. Er sah die polierte Griffleiste an und biss sich auf die Lippen.

»Ich weiß nicht einmal, wo Vietnam ist.« Dewey, ihr Schlagzeuger, starrte ihn im Halbdunkel an. Der Wind fegte heulend durch die Häuserzeilen. John-Cody lauschte dem Klappern eines Fensterladens auf der anderen Straßenseite.

»Hast du einen Atlas?«

Dewey schüttelte den Kopf. »Was ist, wenn ich dort sterbe?«

»Du wirst nicht sterben.« Jimmy Tibbins schlürfte den Schaum von seiner Bierdose. »Du kriegst in der Armee doch eine Ausbildung, du Trottel.«

»Na und?« Dewey glotzte ihn an. »Auch Marines werden getötet. Jetzt erzähl mir bloß nicht, dass du die Leichensäcke im Fernsehen nicht gesehen hast.«

»Im Krieg sterben Menschen, das ist nun mal so.« John-Cody sah an seinen Freunden vorbei zum Fenster, wo sich der Vorhang im Luftzug bewegte. »Das war in Korea so, hat mein Dad gesagt, und auch im Zweiten Weltkrieg und in all den anderen Kriegen, die es gegeben hat. Er sagt, dass Kriege rein gar nichts bringen, außer dass viele Menschen dabei sterben. Sie dünnen die Bevölkerung aus, hat er gesagt. Dafür sind sie gut und für sonst gar nichts.«

»Wir müssen doch nur ein einziges Jahr überstehen«, sagte Tibbins. »Ich glaube, das könnte ich schaffen.«

»Könntest du?« John-Cody nahm einen Zug von seiner Zigarette. »Nun, vielleicht; vielleicht aber auch nicht. Vielleicht steht gleich, wenn du zum ersten Mal im Dschungel abgesetzt wirst, ein Vietcong vor dir und verpasst dir eine Kugel.«

Er hörte zu erzählen auf. Libby, die sich auf die Arbeitsfläche in der Pantry stützte, sah ihn an. Die Weinflasche war noch halb voll. Sie schenkte ihm nach. Er griff wieder nach der Gitarre.

»Wie war es draußen im Dschungel?«

John-Cody konzentrierte sich auf sein Spiel. »Ich weiß es nicht. Ich war nicht dort.«

Am nächsten Morgen trugen sie als Erstes die gesamte Ausrüstung zur Hütte hinauf, dann band John-Cody die am Heck vertäute *Wellenreiter* los, während Libby ihn vom Steuer aus beobachtete. Die *Korimako* hatte bereits den Anker gelichtet, und Libby schaukelte mit ihrer Barkasse im Kielwasser der Ketsch, als John-Cody die Maschinen auf Touren brachte und nach steuerbord abdrehte. Er kam noch einmal aus dem Ruderhaus heraus und winkte ihr zu, bevor er Kurs auf die Meeresstraße nahm. Libby winkte zurück und spürte dabei, wie ein Gefühl der Einsamkeit in ihr hochkroch. Da hörte sie plötzlich seine Stimme im Lautsprecher des Funkgerätes.

»*Wellenreiter*, hier ist die *Korimako*, hören Sie mich, Lib?«

Sie nahm den Handapparat. »Ich höre Sie laut und deutlich, John-Cody. Over.«

»O.k. Halten Sie regelmäßigen Funkkontakt mit den anderen Booten im Sund. Sagen Sie ihnen, wer Sie sind und wo Sie sich gerade aufhalten.«

»Mach ich. Ich werde mich im Büro melden, wenn Bree aus der Schule kommt.«

»O.k. Aber nicht um halb sechs: Da kommt der Wetterbericht. Und kurz nach sieben sendet Fisherman's Radio.«

»Also melde ich mich vor halb sechs oder zwischen sechs und sieben.«

»O.k. Viel Glück, Libby. Sagen Sie Bescheid, wenn Sie etwas brauchen. Ich werde dem Piloten des Wasserflugzeugs sagen, dass er Sie nächste Woche abholen soll. Over and out.«

Das Funkgerät verstummte, und Libby drehte am Abstimmknopf, so dass sie einen Augenblick den statischen Störungen lauschen konnte, dann drückte sie auf die Scanner-Taste und überließ das Gerät sich selbst. Um sie herum wurde es langsam still, als das Motorgeräusch der *Korimako* verhallte und sie allein in ihrem Boot saß. Sie kam sich vor dem Hintergrund des urzeitlichen Busches, der die Berge überwucherte, sehr klein vor.

Allmählich verebbten die Wellen, und die Barkasse lag ruhig im Wasser. Libby zog eine Zigarette aus ihrer Tasche, denn sie brauchte etwas, um ihre gereizten Nerven zu beruhigen. Tief hängende Wolken verschleierten den Busch sie herum, feuchte Nebelspiralen stiegen wie Rauchfahnen über der tropfnassen Vegetation auf. Sie dachte an Bree, die in ihrer neuen Schule völlig auf sich allein gestellt war. Sie fühlte mit ihr. Sie dachte an Alex, die sich sofort einverstanden erklärt hatte, sich um ihre Tochter zu kümmern, und hoffte, dass die beiden gut miteinander auskamen. Plötzlich wurde ihr bewusst, dass sie zum ersten Mal einen Job angenommen hatte, der sie für längere Zeit von ihrer Tochter trennte.

Du musst Geld verdienen, Liberty, sagte sie sich. Wir brauchen das Geld, vergiss das nicht. Das ist der Grund, weshalb du jetzt hier draußen bist. Sie startete den Motor, schlug das Steuerrad ein und machte sich auf den Weg zum Ufer und der Hütte des Umweltschutzministeriums.

Dort angekommen, holte sie ihre Kameras und ihr tragbares Hydrofon mit Verlängerungskabel und lud alles ins Boot. Dann zog sie sich einen Trockentauchanzug an und schleppte eine Druckluftflasche zum Ufer. Sie hatte im Tauchgeschäft in Invercargill einen Minikompressor erstanden. Mit Hilfe des Generators konnte sie ihre Flaschen nach Bedarf füllen, und sie hatte reichlich Treibstoff für das Boot. Jetzt legte sie Flossen, Schnorchel, Maske und Gurtzeug in die Barkasse. Wieder in der Hütte, aß sie rasch eine Hand voll Kekse und machte sich eine Thermoskanne Kaffee, dann stieg sie ins Boot und steuerte mit der *Wellenreiter* in die Meeresstraße hinaus.

Sie tuckerte mit ein paar Knoten Geschwindigkeit dahin und betrachtete dabei die Berge, die sich grün und braun, hier und da auch mit einer Spur Karminrot, rings um sie herum erhoben. John-Cody hatte ihr erzählt, dass das Land hier flacher und die Fjordwände weniger hoch und schroff waren als weiter oben im Norden. Die Wolken hingen jedoch tief, bedeckten das Land mit Schatten und ließen das Wasser pechschwarz aussehen. Sie fühlte sich unendlich allein, spürte, wie unbedeutend ihre Existenz in dieser Wildnis war, die aus Felsen, Bäumen und vermodernder Vegetation bestand. Plötzlich überkam sie ein Gefühl großer Ehrfurcht. Ihr wurde bewusst, dass sie anfing, diese Gegend mit John-Codys Augen zu sehen.

Während sie nach Westen in die Meeresstraße hineinfuhr, suchte sie das Wasser nach blasenden Delfinen ab, dies jedoch ohne jeden

Erfolg. Eine Stunde verging, eine weitere, dann endlich hörte sie ein Geräusch, das sie sofort elektrisierte. Sie schloss die Augen und lauschte. *Paff, paff, paff* – mit hohem Druck ausgestoßene Luft, kleine Geräuschexplosionen, eine nach der anderen, dann zwei gleichzeitig, vollkommen unregelmäßig. Sie öffnete die Augen und sah zu ihrer Rechten ein halbes Dutzend Dampffontänen. Die Delfine des Dusky Sounds schwammen auf sie zu.

Bree saß an ihrem Pult und spürte, wie sie ein feuchtes Papierkügelchen im Nacken traf. Sie versteifte sich, zuckte aber nicht zusammen, drehte sich auch nicht um. Jessica und Sally Tait saßen in der Reihe hinter ihr, Jessica mit offenem Blusenkragen, den grünen Rock auf den nackten Beinen nach oben gestreift. Bree hielt den Kopf gesenkt und konzentrierte sich auf ihr Übungsbuch. Das mit den Papierkugeln hatte in der letzten Stunde angefangen, unmittelbar nachdem Jessica und Sally sich genau hinter sie gesetzt hatten.

Der gestrige Tag war ganz gut gelaufen. Bree hatte ihn überstanden, ohne allzu oft an ihre Mutter denken zu müssen. Nach der Schule war sie jedoch auf direktem Weg zum Büro gegangen und hatte die *Korimako* über Funk gerufen. Dann war sie mit Sierra an Fraser's Beach spazieren gegangen, hatte sich auf den großen weißen Stein gesetzt und versucht, Kiesel übers Wasser springen zu lassen. Bevor Alex mit Bree zum Homestay gegangen war, waren sie noch kurz bei ihr zu Hause gewesen, damit sie ein paar Schlafsachen einpacken konnte. Bree hatte vor dem riesigen Glasfenster gestanden, das den See und die Cathedral Peaks wie ein Bild einrahmte. Später hatte Alex Pasta gekocht und ihr von früher erzählt, als sie, John-Cody und Mahina gemeinsam dafür gekämpft hatten, die Wildnis von Fjordland zu bewahren.

Heute Morgen hatte Hunter sie angelächelt, als sie in den Bus gestiegen war und sich zwei Reihen vor ihn gesetzt hatte. Alles war wunderbar gelaufen. Bis zur Englischstunde.

»He, Pom. He, Pommie.« Es war nur ein Flüstern, aber Bree erkannte sofort Jessicas Stimme.

»Sie hört nur auf Käse.« Das war Sally. Dann fingen die beiden hinter ihr zu kichern an.

Bree schauderte. Der Lehrer sah von seinem Pult auf und ließ seinen Blick durch den Raum wandern. Die Schüler sollten still sein und sich auf ihren Aufsatz konzentrieren. Bree hatte ihre Bücher vor sich liegen und sah gerade ihre Notizen durch, die sie am vergangenen Abend gemacht hatte.

»He, Käse, nach was schmeckst du?«

Der Lehrer sah wieder auf. »Würdet ihr freundlicherweise zu flüstern aufhören, egal, wer das jetzt gerade war«, sagte er. »Das hier ist eine Prüfung.«

Wenige Augenblicke später spürte Bree erneut ein feuchtes Kügelchen, diesmal an der Schulter. Sie veränderte ihre Haltung. Biscuit, die neben ihr saß, steckte die Nase in ihr Buch und schob voller Konzentration die Zunge zwischen ihre schmalen Lippen.

Bree hätte sich gern gewehrt, aber das ging jetzt nicht. Sie sah aus dem Fenster, ließ dann ihren Blick durchs Klassenzimmer wandern – und sah direkt in Hunters Augen. Es kam ihr vor, als hätte er gerade eben den Kopf gehoben, um sie anzusehen. Jetzt lächelte er, und bei diesem Lächeln spürte Bree eine angenehme Wärme durch ihre Adern strömen. Ein drittes Kügelchen traf sie. Sie zuckte mit keiner Wimper.

»Kein Empfinden, kein Gefühl«, flüsterte es hinter ihr.

Die Delfine schwammen direkt auf das Boot zu und bewegten sich im Gleichklang durch die Nine Fathom Passage auf das Südende von Cooper Island zu. Als Libby ihre Rückenfinnen aus dem Wasser auftauchen sah, drosselte sie den Motor und griff instinktiv nach ihrem Fotoapparat. Sie fotografierte die Finnen, während die Delfine durch das Wasser pflügten. Es würden sehr gute Bilder werden: Jede sah anders aus. Alle zeigten verschiedene Farbvariationen, unterschiedliche Zeichnungen und kleine Einkerbungen. Es war der erste Schritt zur Identifikation. Die Geschlechtsbestimmung würde später folgen, wenn sie die Unterwasserkamera installiert hatte.

Sie zählte insgesamt zehn Rückenfinnen. Die Delfine begannen das Boot zu umkreisen, hielten dabei aber einen gewissen Abstand. Libby drückte den Gashebel vorsichtig wieder nach vorn und entfernte sich von ihnen, in der Hoffnung, dass die Bugwelle sie anziehen würde. Dann nämlich konnte sie sie aus nächster Nähe fotografieren, und, falls sie sich auf den Rücken drehten, auch ihr Geschlecht bestimmen. Die Tiere schwammen jedoch nicht hinterher, also drosselte Libby das Tempo wieder, fuhr einen Bogen und folgte ihnen im Abstand von ungefähr fünfzig Metern. Sie jagten Fische, fast bis zum oberen Ende des Sunds. Dann schwammen sie in die Shark Cove weiter. Libby musste unwillkürlich an Poles Pläne denken, eben dort schwimmende Hotels einzurichten. Im Geiste sah sie schon Hochgeschwindigkeitsboote und Helikopterstartplätze, sah Wasserflugzeuge landen und im Sommer Jetskis übers Wasser schießen.

Sie steuerte die *Wellenreiter* auf eine Gruppe von Silberbuchen zu, die aus dem Busch herausragten und deren Äste auf der Suche nach Sonnenlicht im rechten Winkel an den dicht stehenden Stämmen wuchsen. Sie schnallte sich ihre Sauerstoffflasche um, zog die Flossen an, setzte die Maske auf und tippte die Tauchzeit in ihren Tauchcomputer ein, der an ihrer Taille befestigt war. Sie gab noch kurz ihre Position per Funk durch. Eines der Langustenboote oben im Sund antwortete ihr. Sie teilte den Fischern mit, wie lange sie unter Wasser bleiben würde. Dann hisste sie, so wie John-Cody ihr das eingeschärft hatte, die blaue Tauchflagge am Sendemast, machte einen Schritt über die Bordwand und war von plötzlicher Dunkelheit umgeben.

Das Wasser war eiskalt, das spürte sie sogar in ihrem Trockentauchanzug: Eiskalt und sehr dunkel. Anfangs fand sie das ziemlich beunruhigend. Sie hatte keine Sicht, als sie langsam in die Finsternis hinabsank. Die Süßwasserschicht an der Wasseroberfläche war an dieser Stelle ungefähr drei Meter dick, konnte aber nach besonders heftigen Regengüssen bis auf zehn Meter anwachsen. Das Tannin, das aus der ins Wasser eingebrachten Vegetation gewaschen wurde, hatte sie braun gefärbt. Libby sank langsam tiefer, Luftblasen stiegen vom Mundstück ihres Atemreglers auf. Sie blies ihre Maske aus. Allmählich wich die undurchsichtige Schwärze einer gelben, öligen Wasserschicht, bis Libby sich schließlich im Salzwasser befand und wieder etwas sehen konnte. Dennoch war es noch immer ziemlich dunkel. Sie konnte die Kälte auf ihrem Gesicht spüren, als sie langsam im Kreis schwamm, um sich zu orientieren.

Sie überprüfte, in welcher Tiefe sie sich gerade befand. Dann bewegte sie sich mit gleichmäßigen Flossenschlägen auf die steil abfallenden Wände des Fjords zu, der weiter in der Mitte eine Tiefe von durchschnittlich hundert Metern erreichte. An einigen Stellen war er sogar mehr als dreihundert Meter tief. In der Tiefe, in der sie jetzt schwamm, gab es kein pflanzliches Leben mehr: Die Felsen waren kahl und grau, stellenweise auch braun und in den Vertiefungen schwarz. Schwarze Korallenskelette klebten hier und da an den Felswänden, während die noch lebenden Korallen, die um das schwarze Skelett herum wuchsen, weiß schimmerten. Standorttreue, purpurfarbene Schlangenseesterne, die den Abfall beseitigten und dafür sorgten, dass die Korallenarme wachsen konnten, wickelten sich um ihre Stämme. Libby, die sich ihre Unterwasserkamera umgehängt hatte, schwamm an der Wand entlang und versuchte in der Dunkelheit unter sich etwas zu erkennen.

Und dann hörte sie plötzlich Klicklaute, als die Delfine sie mit ihrer Echoortung erfassten. Ein Lächeln ließ Wasser in ihre Mundwinkel eindringen. Sie drehte sich mit einer sanften Armbewegung um, konnte die Tiere aber immer noch nicht sehen. Die Klicklaute summten und rasselten, als die Schallimpulse von ihr abprallten und in den Köpfen des Dutzends Großtümmler, die jetzt langsam aus dem Dunkel auftauchten, ein dreidimensionales Bild formten. Sie hob ihre Kamera und fotografierte die Tiere, während sie auf sie zukamen.

Im Sonnenlicht, das durch die Süßwasserschicht brach, phosphoreszierend, näherten sie sich ihr. Einer der Delfine, ein Tier mit weißem Bauch und Einkerbungen an der Spitze und an der Basis seiner Rückenfinne, kam ganz dicht an sie heran. Er sah ihr in die Augen, als er an ihr vorbeischwamm. Dann drehte er sich um und nahm sie noch einmal in Augenschein. Libby streckte ihre Hand aus, worauf der Delfin mit einem kräftigen Flossenschlag nach unten wegtauchte: Die Bewegung, die er dadurch im Wasser verursachte, drückte sie nach hinten, sie konnte jedoch einen Blick auf die Genitalschlitze des Tieres werfen. Sie war begeistert: Das erste Tier der Gruppe war identifiziert, und sie hatte auch sein Geschlecht bestimmen können. Es war ein Männchen, das Libby auf zweieinhalb bis drei Meter

Länge schätzte. Sie war sicher, es an seiner Rückenfinne jederzeit wiedererkennen zu können.

Sie fotografierte die anderen Tiere, so gut sie konnte, dann verschwanden die Delfine in der Dunkelheit, und sie blieb allein in der stillen Unterwasserwelt Fjordlands zurück. Während sie beständig ihren Tauchcomputer kontrollierte, tauchte sie langsam auf und kam schließlich in einiger Entfernung vom Boot wieder an die Oberfläche. Sie drehte sich auf den Rücken. Als sie zum grauen Himmel hinaufsah, bemerkte sie zwischen den Wolken ein Wasserflugzeug, das sich im Sinkflug befand.

Wieder auf dem Boot, legte sie ihre Gurte und die Sauerstoffflasche ab und startete den Motor. Sie hatte bereits einen Namen im Kopf: Der erste ortstreue Delfin des Dusky Sunds würde als Old Nick in ihrem Bericht Aufnahme finden. Sie konnte es gar nicht erwarten, Bree davon zu erzählen.

Sie folgte den Delfinen durch den Cook Channel, wo die Tiere von einer anderen Gruppe pfeifender und springender Delfine begrüßt wurden, die aus der entgegengesetzten Richtung kam. Libby versuchte, ihnen zwischen den Inseln zu folgen. Sie nahm an, dass sie auf die Acheron Passage zuschwimmen würden.

Als sie hinter East Point aufs offene Meer hinausfuhr, sah sie, dass das Wasserflugzeug in der Zwischenzeit gewassert hatte. Auf einem der Schwimmer stand ein Mann. Sie steuerte das Boot näher heran und erkannte ihn an seiner Körpergröße und an seiner Statur: Es war Nehemiah Pole. Im Lautsprecher des Funkgeräts am Armaturenbrett vor ihr knackte es.

»*Wellenreiter*, *Wellenreiter*, hier spricht Wasserflugzeug *Indigo 99*. Hören Sie mich?«

Libby nahm den Handapparat. »Hier ist *Wellenreiter*, ich höre Sie laut und deutlich. Over.«

»Falls Sie nach Delfinen Ausschau halten, sie schwimmen gerade die Acheron Passage hinauf.«

Libby hielt einen Moment inne. »Vielen Dank«, sagte sie dann. »Ich habe sie schon gesehen.«

Es war unverkennbar Poles Stimme gewesen. Erst jetzt sah Libby, dass er ein Walkie-Talkie in der Hand hielt.

»Ist alles o.k. bei Ihnen?«, fragte er. »Können wir irgendetwas für Sie tun?«

Libby hielt den Handapparat in der Hand, antwortete aber nicht sofort: Sie beobachtete den Piloten, der die Nase des Flugzeugs in den Wind gedreht hatte. »Vielen Dank, Mr. Pole«, sagte sie dann. »Im Augenblick brauche ich nichts. *Wellenreiter* Ende.« Sie drückte langsam den Gashebel nach vorn und machte sich auf den Weg zur Acheron Passage.

Pole stand da und sah ihr hinterher, während das Wasser über seine Stiefel schwappte. Er hielt sich an der Tragflächenverstrebung fest und schwang sich durch die offene Tür auf seinen Platz neben dem Piloten.

»Das also war Liberty Bass«, sagte seine Frau auf dem Sitz hinter ihm. »Sie ist jung und schön.«

Pole sah sie über die Schulter gewandt an.

»Wird sie uns Ärger machen?«

Pole war ihr Tonfall nicht entgangen. Er starrte Libbys Boot hinterher. »Das kann ich dir nicht sagen. Hängt vermutlich von den Ergebnissen ihrer Untersuchungen ab.«

»Nun, dass Lärm einen Einfluss auf das Verhalten von Delfinen hat, wird sie kaum beweisen können.« Jane Pole starrte den Hinterkopf des Piloten an. »Jedenfalls nicht in der Zeit, die ihr zur Verfügung steht.«

Pole sah sie wieder an. »Und was ist, wenn sie nachweist, dass diese Delfingruppe tatsächlich hier im Sund heimisch ist?«

»Du meinst, dass sie standorttreu ist?« Seine Frau zog die Augenbrauen hoch. »Nun, das wird ihr in dieser kurzen Zeit genauso wenig gelingen.« Sie tippte dem Piloten auf die Schulter, worauf dieser das Flugzeug startklar machte, indem er langsam die Drehzahl des Motors erhöhte. Jane sah ihren Mann wieder an. »Ich denke, mit Frau Doktor Bass werden wir schon fertig werden«, sagte sie. »Unser eigentliches Problem heißt John-Cody Gibbs. Er ist der sprichwörtliche Stachel in unserem Fleisch: ein Stachel, der entfernt werden muss, bevor die Wunde eitert.« Sie schürzte den Mund, so dass sich ihre dünnen, roten Lippen kräuselten. »Da ist übrigens noch etwas, was ich dir noch gar nicht gesagt habe, Nehemiah. Unsere Freunde in den Staaten sind zwar noch immer ziemlich scharf auf dieses Geschäft, aber sie sind mittlerweile auch ziemlich sauer. Wenn in Bezug auf Gibbs nicht bald etwas geschieht, werden sie ihr Geld anderweitig anlegen.«

Pole wurde blass.

»Ja, mein Schatz«, sagte sie. »Und nach dem, was du mit unserem Grund und Boden gemacht hast, sind wir dann pleite. Genauer gesagt, du bist pleite. Ich habe in den Vereinigten Staaten eine gut gehende Kanzlei. Vielleicht ist es an der Zeit, dass ich ihr wieder ein wenig mehr Aufmerksamkeit widme.«

Pole schwieg einen Moment, saß einfach nur stumm und verlegen neben dem Piloten. Sie hatte ihn gedemütigt. Er war hier eine große Nummer. Er war derjenige, den man dazu auserkoren hatte, dieses Geschäft durchzuziehen, derjenige, der bei den Jägern und Fischern, die die Firma als zahlende Kundschaft für sich gewinnen wollte, wirklich Glaubwürdigkeit besaß. Und dennoch war es Jane gelungen, ihn mit einem einzigen Satz zum Schweigen zu bringen. Er starrte durch die Windschutzscheibe nach vorne und biss die Zähne zusammen. Da spürte er ihre Hand auf seiner Schulter.

»Du brauchst dich jetzt noch nicht aufzuregen, mein Lieber«, sagte sie. »Meiner nicht unbeträchtlichen Erfahrung nach hat jeder Mann irgendeine Leiche im Keller. Unsere Investoren sind brennend daran interessiert zu erfahren, was bei John-Cody zu finden ist.«

Bree saß, den Schreibblock auf ihren Knien, im Bus nach Hause und schrieb wieder einen Brief an ihren Vater. Sie hatte einen Umschlag in ihrer Tasche und würde den Brief gleich aufgeben, wenn sie zu Hause ankam. Sie saß allein in einer Reihe. Hunter, der ein paar Reihen weiter hinten saß, nahm sie gar nicht wahr.

Lieber Dad,

heute war ein schlimmer Tag. Ich meine, ein wirklich schlimmer Tag. Ich wünschte, du wärst hier. Mum ist im Dusky Sound hinter ihren Delfinen her, und jetzt kümmert Alex sich um mich. Ich habe dir schon von Alex erzählt. Sie ist wirklich nett, aber sie ist eben nicht meine Mum. In der Schule ist es noch viel schlimmer, als ich befürchtet hatte. Ich habe dir doch von diesem schrecklichen Mädchen erzählt. Sie sagt immer Pom zu mir, Dad, und genau das wollte ich eigentlich vermeiden. In der Schule nennen mich alle Kinder nur noch Cheesy, aber sie ist besonders gemein zu mir. Du weißt schon, Bree und stinkender französischer Käse und so weiter. Jessica, das ist die, die so gemein ist, hackt ständig auf mir rum. Alle anderen in der Klasse haben Angst vor ihr, deshalb traut sich auch niemand, auf mich zuzugehen. Ich habe noch keine einzige Freundin gefunden. Es ist entsetzlich, dass Mum nicht da ist. Ich kann niemandem erzählen, was in der Schule los ist. Aber wie könnte Mum mir schon helfen? Ich wünschte, du wärst hier. Wir könnten auf diesem coolen Felsen am See sitzen und darüber reden. Du könntest mir bestimmt sagen, wie ich damit fertig werden kann. Der Unterricht gefällt mir ganz gut, aber die Pausen sind entsetzlich. Jessica und ihre Freundinnen lassen mich einfach nicht in Ruhe, und ich kann einfach nichts dagegen tun. Meine Banknachbarin hält sich aus allem raus, weil sie nicht auch noch schikaniert werden will. Und das alles nur, weil ich neu in der Klasse bin. Warum muss immer ich die Neue sein? Ich hasse das so sehr. Wenn man neu ist, fällt man auf, dabei will ich doch einfach nur sein wie alle anderen. Wie lange wird es wohl noch dauern, bis sie mich akzeptieren? In Frankreich war es wirklich toll, aber jetzt könnte ich einfach nur noch heulen. Tut mir Leid, ich wollte dich nicht beunruhigen.

Alles Liebe, deine Bree.

9

Dem November folgte der Dezember, und schon stand Weihnachten vor der Tür: Bree war in ihrer Klasse noch immer isoliert; Jessica und ihre Freundinnen setzten ihr nach wie vor zu. Sie sprach jedoch mit niemandem darüber und war einfach nur froh, als endlich die Weihnachtsferien begannen. Am ersten Schultag nach den Ferien würde sie sich der Klasse jedoch wieder stellen müssen. Für Bree hatte die Welt ihren Glanz verloren. Die Schönheit Fjordlands, die Gärten, die Spaziergänge mit Sierra am Ufer des Lake Manapouri, das alles machte ihr keine Freude mehr. Die Situation in der Schule beherrschte ihre Gedanken, verfolgte sie stumm wie ein böses Gespenst. Die Sonne des Südens schien für sie längst nicht mehr so hell.

Libby hatte im Dusky Sound eine Reihe von Hydrofonen installiert. Dann hatte sie Wochen in ihrem Boot damit vebracht, die Delfine zu identifizieren. Bislang enthielt ihre Fotosammlung siebzehn unterschiedliche Rückenfinnen. Die Hydrofone, die sich über den Fjord verteilt an verschiedenen Stellen unter Wasser befanden, waren mit ihrem Laptop verbunden, der mit einem speziellen Computerprogramm ausgerüstet war. Sie verbrachte ihre Tage allein auf dem Boot und hatte dabei nur das Blasen der Delfine und das beständige Knistern des Funkgeräts zur Gesellschaft. Sie tauchte oft und gewöhnte sich allmählich an die stille Dunkelheit und das eiskalte Wasser.

Sie hatte sich eine Unterwasserkamera besorgt, die sie unter der Wasserlinie am Boot anbrachte. Sie konnte so während der Fahrt beobachten, was sich unter Wasser tat. Die ersten Tage war es nicht immer einfach gewesen, die Delfine zu finden, inzwischen gehörte dieses Problem jedoch der Vergangenheit an. Sie wurde von den Tieren bereits als Teil des Sunds angesehen, und sie kamen gewöhnlich zu ihr, wenn sie mit ihrem Boot aufs Wasser hinausfuhr. Am ergiebigsten war stets, wenn die Delfine miteinander spielten oder sich paarten. Sie hatte den Berichten anderer Forscher entnommen, dass die im Doubtful Sound lebenden Delfinweibchen ihre Jungen ausschließlich im Sommer zur Welt brachten, da sie sich so weit im Süden aufhielten. Delfine waren alles andere als monogam. Sie paarten sich das ganze Jahr über entweder aus Vergnügen oder um soziale Bindungen innerhalb der Gruppe zu stärken. Libby beobachtete mit der Unterwasserkamera, wie das Männchen unter dem Weibchen herschwamm, Flossen an Flossen, mit aufgerichtetem Penis, während sich die Schnauzen in einer Art Kuss berührten.

Sie fuhr mit der *Wellenreiter* alle Arme des Dusky Sounds ab und studierte dabei immer wieder die Hochfrequenzimpulse, die als Linien auf ihrem Computerbildschirm erschienen, während die Tiere jagten, spielten und sich paarten. Sie registrierte auch, wie sich die Muster veränderten, wenn gelegentlich ein Fischerboot vorbeifuhr. Das erinnerte sie jedes Mal an die schwimmenden Hotels, die Pole hier einrichten wollte, und an das, was John-Cody ihr über Jetskis und Rennboote gesagt hatte. Die Jetskis wären für die Delfine weniger problematisch, weil diese Fahrzeuge über eine Art Düsenantrieb verfügten und somit keine Schraubenvibrationen verursachten. Es gab jedoch noch keine systematischen Untersuchungen darüber, in welcher Weise Wasserflugzeuge das Verhalten von Cetaceen beeinflussten. Einer Sache war sie sich jedoch schon jetzt sicher: Große Tümmler waren in der Regel ortstreu. Sie würden also versuchen, sich anzupassen. Sie würden eine ganze Menge Störungen erdulden, bevor sie sich aus ihrem Territorium vertreiben ließen. Auf der Suche nach einem neuen würden sie dann allerdings unweigerlich in die Reviere anderer Delfingruppen eindringen, und das wiederum würde zu Kämpfen führen.

Sie hörte ihre Klicks jetzt über Kopfhörer. Der Spektrograf bewegte sich, dunkle Linien erschienen auf dem Schirm, der auf einem kleinen Ständer ruhte. Sie drückte den Gashebel vorsichtig nach vorn und steuerte das Boot langsam die Acheron Passage hinauf. Es war ein freundlicher Tag, die Wolkendecke riss stellenweise auf. Libby trug ein Sweatshirt und Shorts, außerdem ein Paar Deckschuhe. Sie hielt sich nahe an der steuerbord gelegenen Fjordwand, wo sich Wolkenfetzen spiralförmig um die Silberbuchen wanden, die die Felsen wie ein dichter Pelz bedeckten. Dicke Äste, knorrig und moosbewachsen, ragten hier und dort aus dem grünen Teppich, streckten sich horizontal vom Felsen weg, drehten sich und zeigten am Ende mit ihren Zweigspitzen zum Himmel.

Backbord sah sie jetzt, wie einige Delfine an die Oberfläche kamen. Sofort zog sie den Gashebel zurück. Dann nahm sie ihr Fernglas. Sie zählte fünfzehn Tiere, die sich langsam in nördlicher Richtung bewegten. An der Symmetrie ihrer Bewegungen konnte sie erkennen, dass sie sich auf der Jagd befanden. Sie dachte an ihren Forschungsauftrag, überlegte, wie wichtig er war. Nun, er bot ihr die Gelegenheit, auf einige Tatsachen hinzuweisen, jedenfalls, was die Auswirkungen des von Menschen verursachten Lärms auf eine ortstreue Delfinpopulation betraf. Um zu konkreten Ergebnissen zu kommen, brauchte sie jedoch wesentlich länger als zwei Jahre. Es waren so viele Parameter zu berücksichtigen: zum Beispiel die Beschaffenheit des Fjords selbst, also die Tatsache, dass es sich um vergleichsweise tiefes Wasser handelte, das an drei Seiten von Felswänden begrenzt wurde. Diese Felsen reflektierten jedes Geräusch, und das machte es für sie umso schwieriger, konkrete Vorhersagen zu treffen. Aber nicht nur das, hier draußen gab es außerdem über dreihundertsechzig Inseln, und das wiederum hieß dreihundertsechzig massive Gebilde, die sich als große, vom Wasser umgebene Stelzen aus dem verschlammten Boden des Gletschertrogs erhoben.

Außerdem waren da die unterschiedlichen Bootstypen, die Hubschrauber und die schwimmenden Hotels selbst. Pole wollte mehrere außer Dienst gestellte Kreuzfahrtschiffe mit jeweils eigenen Generatoren einsetzen. Diese würden permanent niederfrequente Töne erzeugen, die die Kommunikation der Delfine durchaus beeinträchtigen konnten. Die Delfine bedienten sich der Echoortung und kommunizierten auf zwei verschiedenen Frequenzen miteinander: Wer konnte schon sagen, wie empfindlich dieses Kommunikationssystem war? Möglicherweise konnten sich die Tiere dann gar nicht mehr verständigen. Möglicherweise waren sie auch nicht mehr in der Lage, Beute auszumachen.

Libby starrte das vom Tannin gefärbte Wasser an und überlegte, wie man die Werte messen konnte. Allein würde sie es jedenfalls nicht schaffen, denn dazu waren viel zu viele Einzeluntersuchungen nötig. Jeder Fjordarm hatte andere Konturen, der akustische Fingerabdruck einer jeden Felsformation war absolut einzigartig. Man musste zunächst eine seismische Karte erstellen und anschließend unzählige Berechnungen anstellen, wobei die Dichte der Süßwasserschicht auf der Oberfläche, die je nach Gezeitenstand und Regenmenge variierte, einbezogen werden musste.

Libby hielt sich jetzt bereits seit mehreren Monaten hier auf. Während dieser Zeit hatte sie erst siebzehn Tiere identifizieren können. Bei einigen davon war es ihr noch nicht gelungen, das Geschlecht zu bestimmen. Die am Boot angebrachte Unterwasserkamera stellte allerdings eine große Hilfe dar, da sie damit oft gleichzeitig die Rückenfinne und den Genitalschlitz sehen konnte: Das Geschlecht der Weibchen zu bestimmen war einfacher, wenn sie gerade ein Junges säugten, weil dann ihre Milchdrüsen anschwollen.

Libby versuchte jetzt, sich den jagenden Delfinen zu nähern, worauf diese im Bogen auf das Boot zuschwammen. Einer von ihnen sprang plötzlich aus dem Wasser. Sie erkannte Old Nick. Er war selbst für ein ausgewachsenes Männchen ziemlich groß. Wann immer sie ihn sah, schien er die Gruppe zu dominieren. War er der Patriarch, oder gab es noch ein dominantes Weibchen? Die meisten Delfinschulen, die sie im Verlauf der letzten Jahre beobachtet hatte, waren matriarchalisch strukturiert. Heute hatte es Old Nick offensichtlich sehr eilig. Er scheuchte die kleineren Tiere vor sich her und sprang höher als die meisten anderen.

Es war bisher noch nicht gelungen, dieses Springen als Verhaltensweise klar zu definieren, obwohl man schon seit vielen Jahren Gelegenheit hatte, Tiere, die in Gefangenschaft lebten, zu beobachten. Libby erinnerte sich, dass sie ihren Vater als Kind einmal gefragt hatte, warum die Delfine diese Luftsprünge machten. Er hatte ihr erklärt, dass sie das möglicherweise taten, um einen potenziellen Geschlechtspartner zu beeindrucken. Wahrscheinlich aber hatten sie auch einfach Spaß daran.

Libby sah zu, wie Nick jetzt wieder sprang, sich dann auf den Rücken drehte und weiterschwamm, während er seine Brustflossen aus dem Wasser streckte. Dann tauchte er und kam in der Nähe des Bootes wieder nach oben, so dass Libby deutlich seine Erkennungszeichen sehen konnte. Er stieß einen Pfiff aus und tauchte wieder ab, dann sah sie ihn ein Stück weiter entfernt erneut an die Oberfläche kommen und blasen, um die Schule schließlich weiter die Acheron Passage hinaufzuführen. Ein zweiter Delfin schwamm jetzt neben ihm. Libby stand auf und versuchte, Genaueres zu erkennen: Es war ein kleinerer Delfin mit einem kurzen, dicken Schwanz und flacher Fluke. Irgendetwas an dem Tier faszinierte sie. Sie drückte langsam den Gashebel nach vorn und folgte der Gruppe in Richtung Wet Jacket Arm. Der kleinere Delfin sprang wieder, und Libby beobachtete ihn durch ihr Fernglas. Er war deformiert: Der Schwanz sah abgehackt aus, als wäre er abgetrennt und dann schief wieder angenäht worden. Der Delfin hatte beinahe einen Buckel.

»Mein Gott, das ist Quasimodo«, sagte Libby laut und nahm das Mikrofon des Funkgeräts aus seiner Halterung.

»*Korimako*, *Korimako*, *Korimako*, hier ist die *Wellenreiter*. Hören Sie mich, John-Cody?« Sie ließ das Mikrofon los, hörte zuerst nur atmosphärische Störungen, dann aber kam seine Stimme deutlich über den Äther.

»*Wellenreiter*, hier *Korimako*. Was kann ich für Sie tun?«

»Hören Sie, wann haben Sie Quasimodo das letzte Mal gesehen?«

»Das ist schon eine Ewigkeit her. Warum fragen Sie?«

Der Delfin sprang wieder hoch in die Luft, und Libby spürte, wie sie ein freudiger Schauder durchlief. »Weil ich ihn im Moment hier direkt vor mir habe. Ich beobachte ihn gerade, wie er auf halbem Weg die Acheron Passage hinauf seine Sprünge macht.«

Einen Augenblick hörte sie es nur knistern und rauschen, dann sprach John-Cody.

»Dann ist das wohl eine Premiere, Lib. Im Dusky Sound habe ich ihn noch nie zuvor gesehen.«

»Hat ihn sonst schon jemand hier gesehen?«

»Nicht dass ich wüsste. Was glauben Sie – hat er eine Art Besuchserlaubnis bekommen?«

»Möglicherweise. Aber vielleicht handelt es sich bei den Tieren hier auch um dieselbe Schule. Vielleicht halten sie sich ja abwechselnd im Doubtful und im Dusky Sound auf.«

»Nein.« John-Cody klang sehr sicher. »Ich habe sie viel zu oft in großer Zahl am selben Tag hier und dort unten gesehen. Das sind mit Sicherheit zwei verschiedene Delfinschulen.«

Libby überlegte einen Moment. »Es gibt da immer noch die so genannte Bündnistheorie.«

»Die was?«

»Die Bündnistheorie. Diese Theorie ist entstanden, als ich damals an diesem europäischen Delfinbeobachtungsprojekt mitgearbeitet habe. Wir sind davon ausgegangen, dass fünf oder sechs Männchen zwischen den einzelnen Schulen hin- und herwandern. Auf diese Weise wird verhindert, dass es in einer der Gruppen zur Inzucht kommt. Dadurch wird der Genpool gesund erhalten.«

John-Cody lachte plötzlich. »Das könnte die Antwort sein, Lib. Quasimodo schwimmt immer mit ausgefahrenem Pimmel. Glauben Sie, er ist so eine Art maritimer Sexprotz?«

Libby lachte, und der Klang ihres Lachen hallte durch den Fjord. »Nun, ich werde das für meinen Forschungsbericht im Kopf behalten.«

John-Cody hängte das Mikrofon ein und sah sich nach Jonah um, der gerade damit beschäftigt war, in der Pantry Pasteten fürs Abendessen zuzubereiten. »Hast du das gehört, Jonah? Quasi ist im Dusky Sound.«

Jonah nickte. »Weißt du, was ich noch gehört habe?«

»Was denn?« John-Cody lehnte sich an die offene Backbordtür des Ruderhauses und spürte die Wärme der Sonne auf seinen nackten Beinen.

»Das war seit Mahinas Tod das erste Mal, dass du wieder einen Witz gemacht hast.«

John-Cody dachte über Jonahs Worte nach und schwieg einen Moment, während er durch das Pantryfenster auf das grüne Wasser des Mündungsgebiet von Shoal Cove starrte.

Mahina war an diesem ersten Abend zu seiner Hütte gekommen, und sie hatten die ganze Nacht bis zum Morgengrauen miteinander geredet. Am Morgen musste John-Cody wieder in den Doubtful Sound, um bei Tom auf dem Langustenboot zu arbeiten. Sie waren gemeinsam mit dem Southland-Tours-Boot über den Lake Manapouri gefahren, hatten an Deck gesessen und die ersten wärmenden Strahlen der Sonne, die gerade über dem Sattel der Takitimu Mountains aufging, auf dem Rücken gespürt. Beide hatten sie in dieser Nacht keine Minute geschlafen, aber Mahina schien damit besser fertig zu werden als er. Allein der Gedanke, schwere Langustenkörbe aus dem Wasser hieven zu müssen, war für John-Cody entsetzlich, also hatte er beschlossen, an Toms Großzügigkeit zu appellieren und ihm vorzuschlagen, statt dessen den Rotwildfallen einen Besuch abzustatten.

Mahina saß dicht neben ihm. Er spürte trotz des Windes die Wärme ihrer Schulter an seinem Oberarm. Der See lag ruhig vor ihnen, und die Schatten der Inseln und Berge huschten abwechselnd an ihnen vorbei. Balken aus Sonnenlicht versenkten dort, wo die Schrauben hinter ihnen Gischt aufwirbelten, kleine Regenbogen im Wasser. John-Cody konnte Mahinas Duft riechen. Er spürte das brennende Verlangen, ihre Hand zu nehmen und ihre warme Haut zu spüren. Später nannte er es Intuition, Mahinas geradezu unheimliche Fähigkeit, Gedanken zu lesen oder Geschehnisse zu erahnen, ihre Fähigkeit, die im Doubtful Sound lebenden Delfine zu finden und sie dazu zu bringen, neben dem Boot herzuschwimmen und mit ihr zu kommunizieren, ganz egal, ob es da eine Bugwelle gab, auf der sie reiten konnten, oder nicht. In jenem Augenblick damals sah sie ihn nicht an. Sie schob nur ihre kleine braune Hand unter seine, die auf seinem Oberschenkel ruhte. Dann legte sie ihren Kopf an seine Schulter und blieb so sitzen, während John-Cody sich nicht zu rühren wagte, bis sie den West Arm erreichten. Das Elektrizitätswerk gab es damals noch nicht. Tom hatte dort einen klapprigen alten Jeep stehen, so dass sie über den Pass fahren konnten.

Mahina saß neben ihm im Jeep und ließ ihre Hand den ganzen Weg den Pass hinauf auf seinem Oberschenkel ruhen. Tom wartete bei Deep Cove auf sie. Er schnalzte missbilligend mit der Zunge, weil John-Cody sich verspätet hatte, dann jedoch sah er Mahina, und seine Augen begannen zu leuchten.

»Tag, junge Lady. Wie geht's dir und was macht dein Vater?«

»Mir geht's prima, Tom, und Kobi auch.«

John-Cody starrte die beiden verblüfft an. »Ihr kennt euch?«

»Natürlich kennen wir uns.« Tom sah ihn kopfschüttelnd an. »Kobi hat schon seit Jahren oben an der Küste ein Langustenboot.«

»Und wie kommt es dann, dass ich ihn nicht kenne?«

Tom zuckte mit den Schultern. »Man kann schließlich nicht jeden kennen, Gib. Nicht einmal du kannst das.« Er legte den Kopf zur Seite und sah Mahina wieder an. »Wo hast du diesen Burschen eigentlich kennen gelernt?«

»Am Yuvali Burn.«

»In der Falle dort ist eine Hirschkuh«, sagte John-Cody. »Ich habe dir das schon gestern gesagt. Wir müssen sie heute an Bord schaffen.«

Tom kratzte sich an seinem behaarten Unterarm. »Bei der Gelegenheit solltest du auch noch die anderen Fallen prüfen. Brauchst du das Beiboot?«

»Wir können mein Boot nehmen«, sagte Mahina.

»O.k. Wir sehen uns dann später vor Seymour Island.« Tom zwinkerte Mahina zu, dann ging er unter Deck. Sie beide stiegen in Mahinas Boot.

Gemeinsam überprüften sie die Fallen: Ein Reh konnte dort Wochen lang überleben, da sich die Fallen immer in der Nähe der Wildpfade befanden, wo sehr viel Unterholz wuchs. Falls John-Cody oder Tom sie aus irgendeinem Grund längere Zeit nicht abgehen konnten, war das nicht tragisch. John-Cody hatte selbst schon Rehe beobachtet, die mit ihren Vorderbeinen einen kleinen Baum herunterbogen, um an die saftigeren Blätter weiter oben zu kommen.

Sie fuhren den Gaer Arm bis zur Mündung des Camelot River hinauf, wo John-Cody hinter einem Kahikatia-Gehölz eine runde Drahtfalle errichtet hatte. Hier rankten dunkle Holzlianen am Boden entlang, die Rata trug ihre roten Blüten. Überall wuchsen Büschel von Osterorchideen. Wenn sie blühten, erfüllten sie die Luft mit einem süßen Duft, den man im ganzen Doubtful Sound riechen konnte.

Heute war es wesentlich wärmer als am Tag zuvor. Die Sonne schien von einem wolkenlosen Himmel. John-Cody blieb kurz stehen, um dem weit entfernten Geräusch eines Hubschraubers zu lauschen, dann ging er, Mahina an seiner Seite, barfuß einen kleinen Bach hinauf und trat unter das kühle Blätterdach der Bäume. Ein großes Tui-Männchen beobachtet sie vom Ast einer Silberbuche. Seine weißen Brustfedern kringelten sich wie kleine Löckchen. Ein Bergentenpaar nahm mit platschenden Schritten über das glatte Wasser der Mündung Anlauf, bevor es sich mit einem Schrei in die Lüfte erhob. John-Cody blieb einen Augenblick stehen, hörte das Rauschen eines fünfzig Meter entfernten Wasserfalls im Busch, das sich mit dem Gesang der Vögel vermischte. Da er jetzt bereits ein paar Jahre in Neuseeland lebte, konnte er inzwischen einige der Vogelstimmen unterscheiden. Tom hatte ihm das beigebracht. Er war auch schon mehrmals aus der Luft angegriffen worden, als er einem Karearea- oder Falkennest zu nahe kam. Die nistenden Vögel waren bekannt dafür, dass sie auch Menschen attackierten, wenn sie sich gestört fühlten.

Mahina erzählte ihm, dass die Anzahl der Vogelstimmen ein untrüglicher Hinweis auf den Zustand war, in dem sich ein Wald befand. Oft griffen Hermeline die Vögel an, fraßen ihre Eier und ihre Jungen und manchmal sogar die Altvögel selbst. Nicht nur Hermeline, sondern auch die Fuchskusus waren eine Gefahr für die Eier, und so hatte die Vogelpopulation im Laufe der Zeit stetig abgenommen. Die flugunfähige Takahe, die man schon als ausgestorben ansah, bis man 1948 weit oben in den Murchinson Mountains einige Tiere entdeckt hatte, traf man nur in den alpinen Graslandzonen an. Der Trampelpfade anlegende Kakapo war nur noch in einer Hand voll Naturschutzgebiete zu finden, wo man ihn systematisch wieder angesiedelt hatte.

Mahina ging vor ihm, wobei sie sich leise ihren Weg durch den dichten Busch von Camelot bahnte. Sie war klein und geschmeidig, und bewegte sich genauso geräuschlos wie ihre Waitaha-Vorfahren. Sie wusste, wo sich John-Codys Falle befand. Sie kannte den Standort all seiner Fallen, da sie ihn schon seit mehr als sechs Monaten beobachtete. Er hatte sie jedoch nie bemerkt. Kein Mensch sah sie, wenn sie das nicht wollte, denn sie verschmolz einfach mit dem geheimnisvollen Wald. Tane Mahuta versteckte sie. Sie hörte, wie die Tuheru über John-Cody sprachen, während sie ihn aus dem Inneren eines Baumstammes oder eines Felsens heraus beobachteten. Sie ließen ihn gewähren. Es genügte ihnen zu beobachten, wie er sich bewegte, wie er jagte, welchen Respekt er ihrem Garten zollte, wenn er Rotwild schoss, und mit welcher Erfurcht er jedes erlegte Tier behandelte. Sie akzeptierten seine Gegenwart. Also akzeptierte Mahina sie ebenfalls.

Als das Geräusch des fallenden Wassers lauter wurde, drehte sie sich zu ihm um und sah ihm in seine seegrauen Augen. Dann streckte sie ihm ihre Hand entgegen, die er ergriff. Seine Haut lag warm auf ihrer. Sie fuhr mit ihren kleinen Fingern über die Schwielen an seinen Handballen, harten Hügeln aus gelblicher Haut, ein Tribut, den die harte Arbeit auf den Fischerbooten forderte. Sie hatte die Narben von dem Muschelmesser bemerkt, mit dem er vor Hawaii ein Jahr lang gearbeitet hatte. Er hatte ihr in der letzten Nacht alles erzählt. Sie hatte den Schmerz gesehen, der wie eine bläuliche Narbe auf seinem Gesicht lag, hatte die Angst in den Tiefen seiner Augen gesehen. Sie hatte es ihm damals noch nicht gesagt, aber die Friedfertigkeit, die sie in seinem Wesen spürte, war ein Echo der Friedfertigkeit der Waitaha, ihrer Vorfahren aus Hawaiki: Anders als alle anderen Völker, die über den Ozean gekommen waren und die Küsten von Aotearoa besiedelten, hatten sie niemals zu den Waffen gegriffen.

Sie hielt seine Hand, als sie sich der Rotwildfalle näherten. Noch bevor John-Cody das gefangene Tier sehen konnte, hörte er, wie es sich bewegte. Er ging langsamer und warf Mahina einen Blick zu, dann schob er die Ranken der Holzliane zur Seite und versuchte, durch das dichte Blattwerk etwas zu erkennen. Er sah ein gelbbraunes Fell, das zum Hals und Schwanz hin in eine Farbe wie Leder überging.

»Ein Wapiti«, flüsterte er Mahina zu.

Sie beobachteten das Tier eine Weile. John-Cody überlegte, wie sie dieses Reh hier sowie die rote Hirschkuh am Yuvali Burn auf Toms Boot schaffen konnten. Falls sich in den anderen Fallen auch noch Rehe befanden, konnte er diese erst später holen, da das kleine Langustenboot schon mit zwei lebenden Rehen mehr als ausgelastet war. Zwei Hirschkühe im fortpflanzungsfähigen Alter: Sie würden ihm dreitausend Dollar einbringen.

Die Sonne brannte durch die Baumwipfel auf ihre Köpfe herunter, und John-Cody spürte die ersten Schweißtropfen an seinem Haaransatz. In Fjordland regnete es fast jeden Tag, wenn jedoch die Sonne schien, dann wurde es schnell glühend heiß. Er stand schwitzend da, das Rauschen des Wasserfalls in den Ohren, und überlegte, als Mahina plötzlich sein Gesicht in ihre Hände nahm und zu sich herunterzog. Er küsste sie, schloss dabei die Augen und spürte, wie sein Herz in seiner Brust zu rasen anfing. Ein Zittern lief durch seinen Körper. Lippe an Lippe, den Mund leicht geöffnet, den Atem des anderen in sich aufnehmend, schloss er sie in die Arme und hielt sie fest, während er ihre Wärme spürte und ihre Haut sich unter seinen Fingern leicht feucht anfühlte. Ihre Arme waren nackt. Sie trug nur das ärmellose Top und die Shorts von gestern. Er zog sie mit geschlossenen Augen noch näher zu sich heran und fühlte ihr dichtes Haar an seiner Wange. Sie führte ihn tiefer in den Busch hinein; das Geräusch des Wassers wurde immer lauter. Jetzt konnte er den Wasserfall auch sehen, der in unterbrochenen weißen Bändern über den Rand der Klippe stürzte, die inmitten des flaschengrünen Waldes wie eine Wunde aus schwarzem Fels wirkte. Das Wasser sammelte sich in einem flachen Teich, bevor es in einen Bach abfloss und schließlich in der Camelot-Bucht ins Meer mündete. Mahina stand jetzt im flachen Wasser, die Füße im Schlamm versunken, und zog ihr Top aus.

Verblüfft über diese plötzliche Bewegung, blieb John-Cody wie angewurzelt stehen. Sie stand da und hielt in einer Hand ihr Top. Es hing halb im Wasser, das ihre Füße umströmte. Sie hatte kleine, hohe Brüste, deren Warzenhöfe jetzt eine Gänsehaut umgab. Sie schloss die Augen und legte den Kopf in den Nacken. Die Gischt des Wasserfalls benetzte ihr Gesicht. Sie trat einen Schritt zurück, und der feine Sprühnebel wurde zum Schauer, der ihr in kleinen Bächen über Nacken und Schultern lief. Sie ging noch näher an den Wasserfall heran, dann öffnete sie, während sie John-Cody unverwandt ansah, den Bund ihrer Shorts. So stand sie einen Augenblick da, mit geöffneten Shorts, den Bund der Hose locker auf den Hüften. Unterhalb ihres Nabels war ein Schatten zu sehen. John-Cody versuchte, den Kloß in seinem Hals hinunterzuschlucken. Jetzt drehte ihm Mahina den Rücken zu, streifte ihre Shorts über die Hüften und stieg heraus.

Sie stand jetzt völlig nackt vor ihm. Ihr perfekt geformter Rücken wurde an der Taille schmaler, ihren Po kniff sie wegen der Kälte des Wassers zitternd zusammen. Ihre Beine, schlank und dunkel, die Muskeln unter der Haut wunderbar definiert, verloren sich dort, wo ihre Füße im seichten Wasser verschwanden. Immer noch sah sie ihn nicht an, drehte sich nicht einmal zu ihm um: Es schien, als wäre sie allein mit dem Wald und den stummen Geistern ihrer Vorfahren. John-Cody rührte sich nicht, seine Füße schienen im Waldboden Wurzeln zu schlagen, während sich wieder einen Kloß in seinem Hals bildete. Sein Magen verkrampfte sich, er hatte feuchte Hände und wurde sich, als er spürte, wie brennendes Verlangen in ihm aufstieg, eines plötzlichen Schmerzes in seinen Lenden bewusst.

Jetzt drehte Mahina sich zu ihm um, und sie sahen sich an, dann stellte sie sich wieder direkt unter den Wasserfall. Ihr langes Haar klebte an ihren Schultern. Ein schimmernder Vorhang aus Wasser lief über ihren Körper und drückte ihre Brüste flach. Ihre Brustwarzen hatten sich zusammengezogen, so dass sie jetzt fest, jugendlich und hart nach vorn standen. Sein Blick wanderte über ihren flachen Bauch. Dort lief das Wasser wie Öl hinunter, um dann zwischen ihren Beinen, wo sich dichtes, lockiges Haar flach, nass und kohlschwarz ausbreitete, in den Teich zu fallen.

Sie streckte die Hand nach ihm aus und bedeutet ihm, zu ihr zu kommen. John-Cody zog sein T-Shirt über der Kopf und nahm plötzlich den berauschenden Duft der Osterorchideen wahr. Die Natur erwachte mit jedem Gefühl in seinem Inneren ein Stück mehr zum Leben: Er betrachtete Mahinas Blöße, während sie die seine ansah und sein Verlangen erkannte. Er konnte die herabgefallenen Bucheckern und das Moos riechen, die Flechten, die sich an die Baumstämme schmiegten und die Felsen wie Fell bedeckten. Er spürte das Krabbeln von Insekten und das Flattern winziger Flügel, und über all dem lag die vollkommene Ruhe des Waldes.

Falls das Wasser kalt war, so nahm er es nicht wahr. Sein Blick ruhte auf Mahina, die ihren Kopf jetzt in das herabstürzende Wasser zurückbog und die Arme nach ihm ausstreckte. Er zog sie an sich.

Sie liebten sich im Stehen, während das Wasser ihre Körper kühlte. John-Cody stand mit den Füßen fest zwischen den Steinen, während Mahina sich an ihm festhielt und hochzog, bis ihr Kopf nah dem seinen war. Ihre Beine umschlangen ihn wie zwei Würgeschlangen. Anschließend gingen sie zum Ufer, wo sie sich auf dem Teppich aus Vegetation ein zweites Mal liebten, während die gefangene Wapiti-Geiß hinter ihrem Draht zusah. Danach lagen sie auf dem Rücken, während sie die Sonnenstrahlen, die durch das Blätterdach fielen, warm und einschläfernd auf ihrer Haut spürten. Der Wasserfall schien zu rauschen aufgehört zu haben: Mahina hob den Kopf und sah ihn an.

»Kannst du sie hören, John-Cody?«

»Wen?«

»Du bist ein Pakeha.« Sie legte sich wieder hin, eine Hand auf seiner Brust. »Wie solltest du sie auch hören können.«

John-Cody strich ihr eine feuchte Haarsträhne aus dem Gesicht. »Wen denn?«

»Hör genau hin.« Sie legte ihren Zeigefinger auf seine Lippen. Er lauschte. Alles, was er hören konnte, waren das Wasser und die leichte Brise, die sich in den Wipfeln der Bäume wie in einem Segel fing.

»Wenn du ganz still bist, kannst du ihre Stimmen hören.« Sie machte jetzt ein feierliches Gesicht. John-Cody lauschte angestrengt: Er hörte jedoch nur den dunkel läutenden Ton eines Glockenvogelmännchens, das sein Weibchen rief, mehr nicht.

»Sie können dich hören.« Er setzte sich auf und starrte in die grüne Wildnis hinein. »Weißt du denn nicht, dass sie dich immer beobachten, auch wenn du sicher bist, allein im Busch zu sein? Ich habe gesehen, wie sie dich beobachtet haben. Vielleicht waren sie es auch, die mich zu dir geführt haben.«

Jetzt setzte er sich auf. »Wovon redest du eigentlich?« Er legte seine Hand auf ihre Wange. »Wer beobachtet mich, Mahina?«

Sie küsste seine Finger. »Ich denke, du bist ein Mann des Friedens, der in Tanes letztem Garten zum Volk des Friedens gekommen ist.«

»Ich weiß überhaupt nicht, wovon du sprichst. Wer um alles in der Welt sind ›sie‹?«

Da lächelte sie ihn an, und an dieses Lächeln würde er sich bis an sein Lebensende erinnern. Sie verschränkte ihre Finger mit den seinen und zog ihn zu sich. »Die Tuheru aus den Bergen natürlich. Das Volk der Schemen.«

Sie segelten durch den Gaer Arm zurück. Jenseits des Riffs in der Precipice Cove machte John-Cody zwei von Poles Langustenbooten aus. Jonah hatte früher für Pole gearbeitet und trank manchmal mit einigen seiner Männer ein Bier. Er stellte sich jetzt neben John-Cody, der durch die Backbordtür aufs Wasser hinaussah.

»Das Geschäft läuft schlecht. Sie fangen immer weniger Langusten.«

John-Cody sah ihn an. »Ich habe mich schon gefragt, warum so viele Boote am Kai liegen.«

»Er hat sogar schon einige seiner Leute entlassen müssen.« Jonah zuckte mit den Schultern. »Egal, was er tut, irgendwie geht es immer schief. Zum Beispiel diese Sache mit der Goldmine in Victoria – ich kann dir beim besten Willen nicht sagen, was er sich dabei gedacht hat. Wahrscheinlich hat er irgendwann angefangen, seinen eigenen Werbesprüchen zu glauben. Weißt du, dass er sein Haus mit einer Hypothek belastet hat? Nach allem, was ich gehört habe, wird er es verlieren, falls das Dusky-Sound-Geschäft platzt.«

John-Cody zog eine Grimasse. »Seine Frau ist sicher begeistert.« Dennoch beunruhigte ihn das, was Tom gerade gesagt hatte: Das würde Ned Poles Kampf um den Dusky Sound noch verzweifelter machen.

Am Morgen war der Himmel wolkenlos gewesen, jetzt aber zogen allmählich Gewitterwolken auf. Das Boot war mit vierzehn Gästen voll besetzt, und John-Cody war froh, dass bis jetzt nur ein leichter sommerlicher Sprühregen niedergegangen war. Dieser reichte jedoch aus, um die Wasserfälle zu speisen, so dass sich der Sund in all seiner Pracht zeigte. Gleichzeitig waren auch die Berggipfel frei geworden.

Er beobachtete seine Gäste, die auf dem Deck umherspazierten und die ursprüngliche, fast surreale Atmosphäre von Fjordland genossen. Sie würden die letzte Nacht dieser Fahrt am oberen Ende von Hall's Arm verbringen, wo sich an der Einfahrt zur Meerenge das Blau des Himmels im glasklaren Wasser spiegelte, so dass man nicht mehr sagen konnte, wo das eine aufhörte und das andere begann.

Er merkte, dass er innerlich so ruhig wie schon lange nicht mehr war: Wenn er am Morgen im Homestay aufwachte, empfand er zwar immer noch diese Leere, doch sie fraß ihn nicht mehr auf wie ein Krebsgeschwür. Er konnte Libby und Bree nebenan hören, und manchmal, wenn eine von ihnen die Stimme erhob, verstand er sogar, was sie sagten.

Bree war fast ständig im Garten zu finden. Ihre Hausaufgaben machte sie am Schreibtisch in der Hütte, wobei sie die Schiebetür stets offen stehen ließ. John-Cody hatte ihr einen CD-Spieler angeschlossen, und jetzt schallten Songs von »Steps«, »B'Witched« oder einer der anderen Bands, deren Namen er noch nie gehört hatte, durch den Garten. Er hatte sogar seine zwölfsaitige Gitarre hervorgeholt, die lange Zeit unbenutzt in der anderen Hütte gelegen hatte. Er hatte sie an seinen kleinen tragbaren Verstärker angeschlossen und einen New Orleans Blues gezupft oder einen der Songs gespielt, die er während seiner Zeit in McCall geschrieben hatte.

Jonah und Tom fiel durchaus auf, wie sehr er sich veränderte, und auch den Frauen in Manapouri entging das nicht. Sie machten zwar immer noch großes Aufhebens um ihn, wenn er den Tante-Emma-Laden betrat oder Vorräte in Te Anau holte, aber es lag bei weitem nicht mehr so viel Besorgnis in ihrem Blick.

Jetzt also fuhren sie durch den Bradshaw Sound zurück. Einer der weiblichen Gäste kreischte plötzlich begeistert auf, als ein Delfin direkt vor dem Bug einen Luftsprung machte. »Das Boot gehört dir, Jonah«, sagte John-Cody und ging an Deck hinaus. »Halte den Kurs. Ich mache die Tauchanzüge fertig.«

Libby sah zu, wie die Sonne hinter dem Horizont verschwand und die Dämmerung über Supper Cove herauf zog. Sie hatte am Strand ein kleines Feuer gemacht und wärmte darin eine Kanne Kaffee auf.

Tom Blanch hatte ihr eine alte Blechkanne ausgeliehen, die jetzt in der Glut stand. Sie mochte Tom, sie erkannte die Weisheit des Alters in seinen Augen, und ihr gefiel sein väterliches Verhalten John-Cody gegenüber. Sie hatten nur ein einziges Mal kurz miteinander gesprochen. Bei dieser Gelegenheit hatte er ihr erzählt, wie gut es John-Cody täte, dass sie und Bree jetzt in seinem Haus wohnten, denn es hielte ihn davon ab, sich noch mehr in sich selbst zu verkriechen.

Libby saß auf einem Stein am Feuer, ihren Laptop auf den Knien. Ein frischer Satz Batterien, den sie gerade eingelegt hatte, würde sie für mindestens sechs Stunden mit Strom versorgen. Sie versuchte, einige der Daten und Fotos auszuwerten, mit denen sie ihren Computer gefüttert hatte. Siebzehn Delfine, deren individuelle Erkennungsmerkmale sie mit Hilfe hunderter von Fotos kategorisiert hatte, konnte sie bislang eindeutig identifizieren. Sie teilte ihnen dazu jeweils eine Kombination aus einem Buchstaben und einer Zahl zu, aber sie hatte ihnen auch Namen wie Old Nick, Fantail und Droopy gegeben. Quasimodos Anblick heute hatte sie regelrecht euphorisch gemacht: Sie hing schon seit längerem einer Theorie an, wonach sich die Mitglieder verschiedener Delfinschulen untereinander paarten, und jetzt hatte sie dafür einen weiteren Beweis. Falls es tatsächlich vagabundierende Junggesellengruppen gab, die für einen gesunden Genpool sorgten, hätte dies weit gehende Folgen für die Praxis. Ob dieses Verhalten allerdings vom Instinkt oder vom Intellekt gesteuert wurde, war nicht geklärt. Intelligenz erwies sich ohnehin als sehr relativer Begriff: Viele Menschen hegten die Überzeugung, das Gehirn der Delfine sei höher entwickelt als das der Menschen. Ihr Kommunikationssystem war eines der fortschrittlichsten, die es auf diesem Planeten gab. Delfine und andere Zahnwale waren darüber hinaus die einzigen Meeressäuger, die sich der Ortung mittels Echo bedienten. Sie stießen aufbereitete Luft als Klangimpulse aus, die sie anschließend als Serie von Vibrationen mit dem Unterkiefer wieder auffingen. Jeder ihrer Zähne vibrierte auf vollkommen einzigartige Weise, was die Tiere in die Lage versetzte, das, was sie orteten, zu identifizieren und festzustellen, in welcher Richtung es sich befand, wie weit es entfernt und ob es essbar war.

In Bezug auf die Echoortung war unter den Landsäugern die Fledermaus die nächste Verwandte der Delfine.

Gerade jetzt waren die Fledermäuse wieder unterwegs, sie flogen hinter der Hütte am Waldsaum entlang, wo die dichte Vegetation die Dunkelheit noch tiefer erscheinen ließ. John-Cody hatte ihr gesagt, dass auf Neuseeland zwei Arten der Peka Peka, wie die Maori die Fledermaus nannten, überlebt hatten, und dass beide Arten hier in diesem Gebiet anzutreffen waren. Sie drehte sich um und hörte das Flattern ledriger Flügel, sah ein dunkles Grau vor dem helleren Grau der Dämmerung, die über dem Hang lag. Irgendwo in weiter Ferne rief ein Kuckuckskauz, und sie musste an die Unterhaltung denken, die sie damals im November, als sie hier angekommen war, mit John-Cody geführt hatte.

Bree hatte bereits geschlafen, während sie beide noch unter dem Vordach saßen und eine Zigarette rauchten. Er hatte ihr von jener Nacht erzählt, in der Mahina gestorben war, der Nacht, als sie ihm gesagt hatte, dass der Kauz dreimal ihren Namen gerufen und ihr so mitgeteilt hatte, ihre Zeit sei gekommen. Seine Stimme hatte ein wenig belegt geklungen, seine Augen waren jedoch völlig klar gewesen. Libby hatte deutlich gespürt, wie sehr er sie geliebt hatte. In diesem Augenblick waren ihre Sorgen wegen Bree, ihre Forschungsarbeit und die möglichen Auswirkungen, die Ned Poles Pläne für den Dusky Sound hatten, aus ihren Gedanken verbannt gewesen. Sie hatte sich gefragt, wie es wohl wäre, so geliebt zu werden, wie John-Cody Mahina geliebt hatte. Sie hatte ihn beobachtet, wie er in der Stille dasaß, während die für ihn so typische Ruhe ihn wie eine Wolke einhüllte.

Libby legte, da die Nacht hinter der Hütte heraufzog, noch einmal Holz nach. Sie dachte an Mahina, an ihre Bedeutung für John-Codys Leben, für das Leben ihres Bruders und für das ihres Vaters Kobi, den sie noch nicht kennen gelernt hatte. Sie stellte sich vor, wie Mahina, die jeden Zentimeter Wasser und jeden Zentimeter Wald so genau kannte, als wäre er ein Teil ihrer selbst, in ihrem Beiboot die Sunde befuhr. Libby wusste sehr wenig über die spirituellen Wurzeln der Maori, aber sie stellte sich Mahina als sanfte Waitaha-Wächterin vor, ein Bindeglied zur Vergangenheit und zu den Mythen über den Waldgott, die Erde und den Himmel. Libby hatte Mahina nie kennen gelernt, sie niemals gesehen, außer auf dem Foto, das Jonah ihr gezeigt hatte, dennoch war sie ihr irgendwie vertraut.

John-Cody sprach im Grunde nur sehr selten von Mahina. Er schien ihre gemeinsame Vergangenheit als seine Privatsache anzusehen. Nur bei sehr wenigen Gelegenheiten hatte er etwas mehr über sie erzählt. Manchmal, wenn Jonah mit der liebevollen Erinnerung eines Bruders ihren Namen erwähnte, hatte Libby eine gewisse Einsicht in das erhalten, wer und wie sie gewesen sein musste. Jonah hatte sie einmal als einen Menschen beschrieben, der zwar in dieser Welt lebte, jedoch nicht von dieser Welt war.

Der Wind strich leise durch die Bäume. Libby fröstelte: Wieder hörte sie den Kuckuckskauz rufen, und sie fragte sich, was sie tun sollte, wenn er ein drittes Mal riefe und sie ihren eigenen Namen erkannte. Sie schüttelte den Kopf und stocherte mit einem Stock im Feuer, dann nahm sie eine Zigarette aus ihrem Päckchen und zündete sie an der Glut an: Die Flammen erhellten den Strand, und plötzlich glaubte Libby am Waldrand eine Bewegung zu sehen. Sie erschrak, und ihr Herz begann zu rasen. Dies war nicht das erste Mal, dass sie das Gefühl hatte, beobachtet zu werden. Die Sunde waren stille Orte, die vor allem, wenn man nachts allein war, unheimlich wirkten. Im Boot hatte sie, während sie die Delfine beobachtete, mehr als nur einmal aufgesehen, weil sie hätte schwören können, dass sie von einer Gestalt zwischen den Bäumen am Waldrand beobachtet wurde. Sie versuchte dann stets, etwas zu erkennen, meinte manchmal einen Schatten zu sehen, wenn sie das Boot jedoch wendete und näher heran fuhr, war er verschwunden.

Die Dunkelheit zwischen ihr und der Hütte wirkte mit einem Mal bedrohlich. Wasser klatschte irgendwo am Ufer gegen die Felsen, und der Wind flüsterte in den Bäumen. Sie nahm die Kaffeekanne und ging zu den hell erleuchteten Fenstern zurück, krampfhaft bemüht, Jonahs Gesicht und seine ernste Stimme, als er von den Tuheru und den Maeroero erzählt hatte, aus ihren Gedanken zu verdrängen.

10

Jane Pole saß im Büro ihres Mannes und telefonierte. Sie trug ein grünes Kostüm. Ihre Hand mit den langen Fingernägeln lag auf der polierten Schreibtischplatte. Pole beobachtete sie durch die offene Balkontür. Er stand mit dem Rücken zum Geländer und spürte die Wärme der Januarsonne. Unten auf der Koppel stampfte Barrio mit den Hufen, aber Poles Aufmerksamkeit galt dem Gespräch, das seine Frau mit ihren Geldgebern in den Vereinigten Staaten führte.

»Wir wissen, dass er 1974 nach Neuseeland gekommen ist«, sagte Jane gerade. »Er war zu diesem Zeitpunkt auf der *Beachcomber*, einem Trawler aus Hawaii, der in Bluff Cove bei Invercargill angelegt hat. Dort scheint er das Schiff dann verlassen zu haben. Anschließend hat er sich mit einem neuseeländischen Skipper namens Blanch zusammengetan. Die beiden haben eine Weile als Team gearbeitet, haben gefischt und Rotwild gefangen, dann hat Gibbs eine Maori namens Mahina Pavaro kennen gelernt, mit der er über zwanzig Jahre zusammengelebt hat.«

»Zweiundzwanzig«, sagte Pole mit sehr ruhiger Stimme.

»Was hast du gesagt?« Seine Frau hielt mit einer Hand die Muschel zu.

»Es waren zweiundzwanzig Jahre.«

Sie wandte ihre Aufmerksamkeit wieder ihrem Gesprächspartner zu. »Nein, sie waren nicht verheiratet.«

Pole beobachtete sie, sah den kalten und berechnenden Ausdruck auf ihrem hageren, beinah habichtartigen Gesicht. Seine Augen verengten sich zu Schlitzen, während er sie anstarrte. Plötzlich sah er vor seinem geistigen Auge Mahina, die durch den Busch lief. Das war kurz nachdem sie und Gibbs ein Paar geworden waren. Er hasste Gibbs deswegen. Pole war damals gerade dreißig geworden und hatte zwei Jahre Vietnam hinter sich. Kaum ein anderer hatte in so dichtem Dschungel gekämpft wie er. Er hatte nicht nur den Vietcong, sondern auch Schlangen, Spinnen und Punji-Fallen überlebt. Er konnte, auf den Kufen eines Hubschraubers stehend, einen fliehenden Hirsch bei jeder Fluggeschwindigkeit erlegen, und er verdiente mehr Geld als jeder andere im Te-Anau-Becken. Er wurde von allen großen Veranstaltern angefordert und konnte ihnen deshalb seinen Preis diktieren. Er verbrachte den größten Teil seines Lebens im Busch und bewegte sich so geräuschlos wie eine Katze auf Beutefang.

Er kniete gerade neben dem Kadaver einer jungen Hirschkuh, als ihn ein Rascheln im Busch aufschreckte. Vor ihm zwischen den Bäumen, von deren Blättern Feuchtigkeit tropfte, bewegte sich etwas. Er sah genauer hin und erkannte eine junge Maori, die sich vorsichtig ihren Weg durch das Unterholz bahnte. Als er erkannte, dass sie völlig nackt war, schnürte es ihm fast den Hals zu.

»Ned!«

Er fuhr zusammen und sah seine Frau an. Sie hatte inzwischen aufgelegt, aber er war so tief in Gedanken versunken gewesen, dass er es nicht bemerkt hatte.

»Entschuldige. Was sagen sie?«

»Sie werden langsam ungeduldig, Ned. Wir müssen wegen Gibbs etwas unternehmen. Und wenn wir das nicht bald tun, werden sie sich zurückziehen.«

Pole biss sich auf die Lippen. Noch immer konnte er sich nicht richtig auf seine Frau konzentrieren. »Es ist noch nicht einmal ein Termin für die Verhandlung festgesetzt.«

»Darum geht es doch gar nicht.« Sie sah ihn an und hielt dabei den Kopf ein wenig schief. »Bist du sicher, das du immer noch mit ganzem Herzen bei der Sache bist? Wenn du jetzt nämlich schlapp machst, kannst du das Ganze endgültig in den Wind schreiben. Nicht nur dieses Geschäft, sondern alles hier.« Sie machte mit verschränkten Armen einen Schritt vom Schreibtisch weg auf ihn zu. »Wenn wir dieses Haus hier verlieren, bin ich schneller wieder in den USA, als du dir vorstellen kannst.«

Pole starrte sie an. »Natürlich bin ich noch immer voll und ganz dabei. Schließlich ist das hier alles, was ich habe, wie du nicht müde wirst, mich zu erinnern.« Er richtete sich auf und stand jetzt groß und breit, mit gestrafften Schultern vor ihr. Er sah sie an. »Und was das Schlappmachen angeht: Du glaubst vielleicht, dass du zäh bist, Jane, aber da draußen würdest du keine fünf Minuten überleben.« Er zeigte auf die Berge am Horizont.

Jane legte den Kopf in den Nacken und lachte. »Ach, Ned, jetzt krieg dich bitte wieder ein. Ich wäre bestimmt nicht so dumm, auch nur auf die Idee zu kommen, mich dort rumzutreiben.« Sie ging zu ihm und legte ihm ihre Hand auf die Brust. »Liebling, ich weiß, dass du im Busch gut bist. Warum habe ich dich wohl sonst geheiratet?« Sie tippte ihm an die Schläfe. »Jedenfalls nicht wegen deines Verstands. Ich finde es toll, dass du ein so guter Jäger bist. Außerdem siehst du sehr gut aus, aber der Geschäftsmann des Jahres wirst du niemals werden.«

Pole zuckte zusammen. Vor seinem geistigen Auge sah er wieder das Gesicht seines Vaters. *Ich will stolz auf dich sein können.*

»Du solltest deinem Schicksal jeden Tag danken, dass du mich gefunden hast«, fuhr Jane fort. »Ohne mich würdest du nämlich inzwischen in einem Zelt hausen. Bleib bei deinen Gewehren, Nehemiah. Das ist das, was du gelernt hast.«

Pole stand einfach nur da. Weiße Flecken zeigten sich auf seinen Wangenknochen. Janes Hand glitt über seine harten Bauchmuskeln, verweilte an seinem Gürtel.

»Was werden sie tun?«, fragte er sie.

»Einen Privatdetektiv engagieren, um Gibbs' Vergangenheit ein wenig unter die Lupe zu nehmen: Hawaii, die Staaten, und so weiter. Warten wir ab, ob ihr Mann nicht etwas findet, was uns nützt.« Sie sah ihn an. »Könnten wir die Sache mit dem tödlichen Unfall deines Sohnes nicht in irgendwie ausschlachten?«

Ihre Stimme klang schroff und nüchtern. Pole zuckte zusammen.

»Es war schließlich Gibbs' Schuld«, fuhr Jane fort. »Er hatte als Skipper die alleinige Verantwortung.«

Pole starrte sie an. »Das ist fünf Jahre her.«

»Na und? Dein Sohn ist tot.«

Pole ging um sie herum. »Es hat damals eine Untersuchung gegeben, Jane. Er wurde freigesprochen.«

»Und du hast das einfach so akzeptiert?« Sie sah ihn mit gerunzelter Stirn an. »Ausgerechnet du, der große Mann von Te Anau?«

Pole starrte an ihr vorbei durch das offenen Fenster zur Koppel hinaus, wo Barrio mit den Hufen stampfte und schnaubend am Zaun auf und ab trabte, als könnte er eine rossige Stute riechen.

Jane sah ihn unter geschminkten Lidern an. »Das Ganze mag zwar fünf Jahre her sein, aber man kann eine Untersuchung jederzeit wieder aufnehmen. Vor allem, wenn jemand zu Tode gekommen ist. Es gibt bestimmt etwas, was wir gegen ihn verwenden können.«

Pole wusste nicht, was er darauf antworten sollte. Also verließ er wortlos das Haus und ging über den Hof zur Koppel. Der Schatten seines Vaters verfolgte ihn, und Elis Geist lauerte in seinen Gedanken: Großvater und Enkel, sie beide wussten, dass er sie im Stich gelassen hatte. Er blieb am Zaun stehen, stellte seinen Fuß, der in einem Cowboystiefel steckte, auf die unterste Querstange und zog eine Zigarre aus seiner Hemdtasche. An Tagen wie diesen hasste er Jane aus tiefstem Herzen, aber auch, wenn in ihren Adern Eiswasser statt Blut floss, wusste er, dass sie Recht hatte: Sie mussten jedes Mittel einsetzen, wenn sie gewinnen wollten, vor allem jetzt, da sich diese Dr. Bass mit ihrer Kamera und ihren Unterwassermikrofonen im Dusky Sound eingenistet hatte. Ihm war bekannt gewesen, dass Gibbs und Mahina nie geheiratet hatten, und er hatte einen Verdacht, den er jedoch nicht beweisen konnte. Sobald das Thema zur Sprache kam, wich Gibbs ihm jedes Mal aus. Dann hatte Eli bei ihm zu arbeiten angefangen, und er hatte nicht mehr nachhaken können.

Den Tag, als das Telefon oben auf seinem Schreibtisch geläutet und die Polizei ihm mitgeteilt hatte, dass sein Sohn einen Unfall gehabt hatte, würde er niemals vergessen. Ein kalter Schauder hatte ihn durchlaufen. Er wusste, dass es ein schlimmer Unfall gewesen sein musste, und er ahnte, dass er auf Gibbs' Boot passiert war. Wie schlimm es wirklich war, wurde ihm aber erst klar, als er über den See zum West Arm fuhr und den Leichensack auf dem Dock liegen sah. Mahina war auch da. Sie blieb stehen, als Gibbs auf ihn zukam. Pole hatte an Gibbs vorbei Mahina angesehen. Sie sahen sich zum ersten Mal seit achtzehn Jahren in die Augen. Es fiel kein Wort. Sie wussten beide, dass es dabei bleiben würde, jetzt, da dies hier zwischen ihnen stand.

Er klemmte sich die Zigarre zwischen die Zähne und sah nach oben. Jane stand mit geöffneter Kostümjacke auf dem Balkon. Sie trug nichts darunter. Ihr langes Haar war offen. Sie lehnte sich auf das Geländer, so dass ihre Jacke auseinander klaffte, und sah ihn mit dunklem Blick an. Lange Zeit starrten sie sich einfach nur an, dann drehte sie sich um und ging wieder hinein. Pole ließ seine Zigarre auf den Boden fallen und trat sie aus. Er ging ins Haus und begann dabei schon, sein Hemd aufzuknöpfen. Die Schlafzimmertür stand offen. Jane lag auf dem Bett. Sie war vollkommen nackt. Er warf sein Hemd in die Ecke und öffnete seine Gürtelschnalle.

»Wenn du mit diesem Detektiv in den Staaten sprichst«, sagte er, »dann bitte ihn herauszufinden, bei welcher Einheit Gib in Vietnam gedient hat.«

Bree stieg aus dem Bus und sah durch die Scheibe noch einmal zu Hunter hinauf. Er winkte ihr zu. Es war nur eine einzige kurze Handbewegung, aber Bree durchlief ein freudiger Schauder. Sie blieb noch einen Moment lang stehen und sah dem Bus hinterher, der gerade nach links in die Tuatapere Road einbog. Sie saßen jetzt meistens neben einander. Hunter hatte keine Ahnung, wie viel ihr das bedeutete, oder, falls doch, zeigte er es jedenfalls nicht. Jessica und ihre Freundinnen schikanierten Bree immer schlimmer, und Bree hatte noch immer niemanden, dem sie sich anvertrauen konnte. In den meisten Fächern saß sie neben Biscuit, aber als Freundin hätte Bree sie deshalb noch lange nicht bezeichnet. Bis jetzt war es ihr in jeder neuen Schule gelungen, in absehbarer Zeit wenigstens eine richtige Freundin zu finden, ganz gleich, wohin ihre Mutter sie mitgeschleppt hatte, sogar in den sechs Monaten in Baja California. In Frankreich hatte Bree dann sogar zu einem Trio gehört, und sie hatte, als sie die Sprache besser beherrschte, eine feste Freundschaft zu den beiden anderen Mädchen aufgebaut. Warum also fiel es ihr hier nur so schwer? Vielleicht, weil Jessica sie gleich vom ersten Tag an abgelehnt hatte. Sie hatte großen Einfluss in der Klasse. Alle

Mädchen hatten Angst vor ihr, und sie arbeitete gerade so viel mit, dass sie keinen Ärger mit den Lehrern bekam.

All das machte Hunters Interesse so wichtig für sie. Von seinen Freunden kam niemand aus Blackmount, deshalb war der Platz neben ihm immer frei. Er unterhielt sich mit Bree in seinem sanften Kiwi-Akzent; man hörte, dass er langsam in den Stimmbruch kam. Er hatte dunkelbraune Augen, eine sonnengebräunte Haut und von der Arbeit auf der Farm immer Dreck unter den Fingernägeln. Bree setzte sich jetzt jeden Morgen neben ihn. Wenn sie nachmittags mit dem Bus nach Hause fuhren, setzte er sich wiederum neben sie. Das war das Einzige, was das Leben für sie einigermaßen erträglich machte. Sie hatte noch niemandem von Hunter erzählt, da sie fürchtete, damit den Zauber zwischen ihnen zu brechen. Er war der einzige Grund, weshalb sie es überhaupt noch schaffte, jeden Tag in die Schule zu gehen.

Die Schule hier war überhaupt vollkommen anders als alles, was sie bislang kennen gelernt hatte: Anscheinend verband sämtliche neuseeländischen Kinder eine unglaubliche Liebe zum Sport. Sie schienen alle absolute Sportskanonen zu sein, begeistert bis zur Besessenheit, und Bree hatte sich schon oft gefragt, warum. Sie hatte mit ihrer Mutter darüber gesprochen, dabei allerdings verschwiegen, dass der Schulsport das einzige Fach war, in dem sie sich schwach und verwundbar fühlte. Sie war in ihrer Klasse bei weitem die beste Schülerin, sogar in Japanisch, wobei sie ja erst später als die anderen angefangen hatte. Die Lehrer mochten sie. Ihre schulischen Leistungen standen jedoch auch zwischen ihr und ihren Mitschülern, und diese wiederum sahen im Sportunterricht die Gelegenheit, es ihr heimzuzahlen.

Ihre Mutter hatte ihr gesagt, dass Neuseeland, ebenso wie Australien und Südafrika, noch ein junges Land sei, das sich auf der Suche nach seinem Platz in der Welt befände. Während England und das übrige Europa seine Identität in einem tausend oder mehr Jahre dauernden Prozess vor allem durch Kriege und Eroberungen gefunden hatten, würden Länder wie Neuseeland dies eben jetzt durch den Sport versuchen. In gewisser Weise sei dies eine moderne, wenn auch wesentlich weniger blutige Form des Krieges, wenn Land gegen Land oder Kultur gegen Kultur auf dem Spielfeld gegeneinander antraten. Bree, die im Hockey und Kricket ziemlich schlecht war und absehen konnte, dass es ihr im Winter, wenn Rugby gespielt wurde, auch nicht besser gehen würde, fühlte sich dadurch jedoch nicht im Mindesten getröstet.

Jetzt stand sie an der Ecke und sah dem Bus hinterher, während sie an Hunter dachte und an seine freundlichen, sanften Augen. Er war für sein Alter ziemlich groß, fast einen Kopf größer als seine gleichaltrigen Schulkameraden, von denen anscheinend keiner daran Anstoß nahm, dass er jeden Morgen mit Bree zusammen aus dem Bus stieg. Hunter war ein hervorragender Sportler. Bree hatte ihn heimlich beim Kricket beobachtet, während sie selbst versuchte, Hockey zu spielen. Man hatte sie ins Tor gestellt, entweder, damit sie den anderen nicht im Weg stand, oder aber, um sie mit harten Nahschüssen einzudecken. Sie hatte noch nicht herausgefunden, welche der beiden Alternativen zutraf. Hunter hatte einen unglaublich harten Schlag, und er wirkte ausgesprochen athletisch, wenn er los rannte, um zu bowlen. Die meisten Schüler machten sich noch immer über ihren Namen lustig, was sie angesichts der Namen, die sie selbst trugen, ziemlich lächerlich fand. Hunter aber nannte sie nach ihren Initialen BB.

Bree war zum Strand hinuntergegangen und sah jetzt auf den See hinaus, der im Nachmittagssonnenschein vor ihr lag. Zwei Regenpfeifer flogen plötzlich zwischen den schwarzstämmigen Manukas im Sumpfland auf. Sie dachte an das, was John-Cody ihr erzählt hatte: dass der Manuka ein Teebaum war, und Kapitän Cook Sprossenbier aus dem Rimu gebraut hatte. In dem kleinen Gehölz neben dem Garten standen ebenfalls Manuka-Bäume. Dort hielt sie sich sehr oft auf, saß dabei am liebsten auf einem der Baumstümpfe und roch an den regennassen Zweigen. Sie liebte diesen Garten. Es kam ihr so vor, als lernte sie jeden Tag etwas Neues dazu, sah etwas, das sie noch nie gesehen hatte, einen Frosch zum Beispiel oder ein Vogelnest. Eines Tages hatte sie früh am Morgen hoch oben im Marmorblatt sogar einen Fuchskusu entdeckt.

In letzter Zeit legte sie sich auch, einen halben Apfel in ihrer ausgestreckten Hand, zwischen die Fuchsie und die Rotbuche. Sie lag ganz still da, so still, dass das Glockenvogelmännchen, das auf einem der unteren Äste saß und sang, seine Scheu überwand und auf ihre Hand flog, um am Apfel zu lecken. Sie beobachtete den Vogel mit halb geschlossenen Augen und wagte kaum zu atmen, während er mit seiner schlangenähnlichen Zunge eine winzige Furche in das Fruchtfleisch grub. Sie stellte sich vor, wie er mit Nektar am Schnabel von Blüte zu Blüte flog und auf diese Weise das Leben des Waldes mit sich trug.

John-Cody kam die Straße vom Pearl Harbour herauf. Er hatte sich schon von seinen Gäste verabschiedet und dann noch ein paar Dinge mit Southland Tours geklärt. Die Sonne stand jetzt nicht mehr so hoch, und er konnte eine Veränderung in der Luft riechen: Morgen würde es regnen, und das ausgiebig. Er dachte an Libby, die die verschiedenen Arme des Dusky Sound hinauf- und hinabfuhr, während sich das Wasser um das Boot herum durch den Regen weiß färbte. Er dachte an ihr gestriges Funkgespräch, in dem sie ihm gesagt hatte, dass sie Quasimodo im Sund gesehen hatte. War dieser Delfin jetzt dort gewissermaßen zu Besuch, oder gehörte er, wie sie vermutete, möglicherweise einer Gruppe von Tieren an, die zwischen den beiden Schulen ständig hin und her wechselte? Er freute sich schon darauf, das alles am nächsten Abend, wenn sie zurückkam, mit ihr zu diskutieren.

Bree kam aus der anderen Richtung und war genau wie John-Cody auf dem Weg zum Büro. Sie würde noch per Funk mit ihrer Mum sprechen, bevor sie mit Alex nach Hause fuhr. Es überraschte ihn, wie fürsorglich Alex sich um Bree kümmerte, denn er hatte sie bisher nicht unbedingt als eine Frau mit ausgeprägtem Mutterinstinkt eingeschätzt. Sie war jedoch offensichtlich gern für Bree da, wann immer Libby in den Sund fuhr. An den Wochenenden schlief sie allerdings hin und wieder in ihren eigenen vier Wänden, dann passte John-Cody auf Bree auf.

Bree sah ihn und winkte ihm zu. Er winkte zurück, dann schoss Sierra aus dem Büro, witterte sie beide, schaute nach links, dann nach rechts, und rannte schließlich auf Bree zu. Bree kniete sich hin und schlang die Arme um Sierras Hals. John-Cody schüttelte den Kopf: Es muss wohl an dieser herzlichen Begrüßung liegen, dachte er bei sich.

»He, Breezy. Take it easy«, rief er.

Sie lächelte ihn an, hob die Hand und klatschte auf seine Handfläche. »Five high, Captain Bligh.«

Das war die Begrüßung, die sie untereinander in der kurzen Zeit, in der sie sich jetzt kannten, entwickelt hatten. Auch dieses kleine Ritual bewahrte sie davor, verrückt zu werden, wenn ihre Mutter unten im Dusky Sound war.

»Wie war dein Tag?«

Sie zuckte mit den Schultern. »Ganz in Ordnung.«

»Ich habe gestern mit deiner Mum gesprochen.«

»Tatsächlich?«

Sie gingen die Treppe zum Büro hinauf. »Sie hat Quasimodo in der Acheron Passage gesehen.«

Bree starrte ihn an. »Sie meinen den Quasimodo aus dem Doubtful Sound?«

Er nickte.

Bree hatte den Delfin bislang nur auf Video gesehen, aus den Gesprächen mit John-Cody wusste sie jedoch alles über ihn. Er war, seit man ihn das erste Mal gesichtet und er seinen Namen bekommen hatte, zu einer Art lokaler Berühmtheit geworden.

»Was macht der denn im Dusky Sound?«

»Wir wissen es noch nicht. Aber deine Mum hat schon eine Theorie.« John-Cody strich sich die Haare aus den Augen und lächelte. »Sprich doch selbst mit ihr.«

Er ließ Bree allein am Funkgerät zurück, winkte Alex zu und stieg in seinen Pick-up.

Ned Poles Twincab stand hinter dem Motor Inn. John-Cody wäre fast weitergefahren, als er es sah, aber dies war seine Stammkneipe. Hier hatte er schon immer sein Bier getrunken, und selbst ein Ned Pole würde ihn nicht davon abhalten.

Pole war mit seiner Frau da. Sie saßen an einem Tisch am Fenster mit Blick auf den See, einen Stapel Papiere zwischen sich. Pole sah ihn hereinkommen, und sein Gesicht verfinsterte sich. John-Cody ignorierte die beiden und bestellte sich ein Bier, dann setzte er sich auf einen der Barhocker und sah sich die Sechs-Uhr-Nachrichten an, während er in aller Ruhe eine Zigarette drehte. Plötzlich schob sich ein Schatten zwischen ihn und das Fenster: Ned Pole stand neben ihm. Er stellte sein halb leeres Bierglas auf den Tresen und nahm auf dem Hocker gegenüber Platz. John-Cody sah, dass Poles Frau noch immer an ihrem Tisch saß und sich in die Unterlagen vertieft hatte. Er wandte sich Pole zu.

»Wie ich sehe, ist Jane aus den Staaten zurück.«

Pole nickte. Sein Atem roch nach Bier.

»Alle anderen Submittenten habe ich mittlerweile überzeugen können, Gib«, sagte er ruhig. »Warum tust du dir nicht selbst einen Gefallen und hörst auf, dich gegen mich zu stellen? Früher oder später wird das Projekt sowieso genehmigt werden, ob du nun Widerspruch einlegst oder nicht.«

John-Cody seufzte tief. »Ned, lass mich bitte zufrieden, ja? Wir haben das alles schon so oft besprochen.«

Pole sah ihm in die Augen. »Man hat mich ermächtigt, dir 120 000 Australische Dollar für den *Korimako*-Kai anzubieten.«

»Das ist ein wirklich großzügiges Angebot, Ned. Das Umweltschutzministerium hat dir also keinen neuen Liegeplatz genehmigt.«

»120 000 Dollar für den Kai und 650 000 Dollar für die *Korimako*: Das ist einiges mehr, als sie wert ist.«

John-Cody trank einen großen Schluck Bier und wog das Glas in seiner Hand.

»Warum rundest du nicht auf glatte 800 000 Dollar auf?«, sagte er.

Pole sah ihn an. »Wenn wir dann im Geschäft sind.«

John-Cody lachte. »Nein. Nicht für 800 000. Auch nicht für eine oder zwei Millionen. Dieser Kai steht nicht zum Verkauf, Ned, und das Boot genauso wenig. Niemals.«

Pole lehnte sich auf seinem Hocker zurück und tastete nach der Zigarre in der Brusttasche seines Hemdes. »Gib, meine Geldgeber akzeptieren kein Nein. Verstehst du, was ich meine?«

»Soll das eine Drohung sein?«

»Das kannst du sehen, wie du willst, Kumpel. Aber glaub mir, ich tue dir damit einen Gefallen.« Pole stand von seinem Barhocker auf. »Du magst mir das vielleicht nicht glauben, aber es ist so. Nimm das Geld, Gib. Akzeptier das Angebot, solange es noch steht.«

»Und wenn nicht?«

Pole starrte ihn einen Moment an, dann sagte er: »Nicht immer ist alles so, wie es scheint, Kumpel. Eine Situation kann sich sehr schnell ändern.«

Tom Blanch kam herein. Pole tippte an seinen Hut und drehte sich um.

»Worum ging es denn gerade?« Tom setzte sich auf den Hocker, den Pole soeben frei gemacht hatte. »Ihr beiden Witzbolde habt doch nicht etwa eure Differenzen beigelegt?«

»Ned hat mir gerade erklärt, dass nicht immer alles so ist, wie es scheint.« John-Cody drückte seine Zigarette aus. »Er hat mir achthunderttausend für die *Kori* und den Kai geboten.«

Tom zog eine buschige Augenbraue hoch. »Das ist eine Menge Geld, Gib.«

»Australische Dollar, nicht neuseeländische.«

»Umso besser.«

»Das finde ich auch.«

»Dann nimm doch das Geld.«

John-Cody lächelte gequält. »Was möchtest du trinken, Tom?«

»Nun, da du es dir offensichtlich leisten kannst, so viel Geld abzulehnen, werde ich einen Whisky und ein großes Glas Speights nehmen.«

Als John-Cody mit den Drinks zu Tom zurückging, beobachtete Jane Pole ihn von ihrem Fensterplatz aus. Irgendetwas an ihrem Blick machte ihn nervös. Tom kippte den Whisky herunter und schenkte ihnen zwei Gläser Bier ein. Dann bückte er sich, griff nach einer Einkaufstüte aus Plastik und legte sie auf den Tisch. »Ich hab euch was mitgebracht, Gibby. Etwas Leckeres für dich und die Kleine, die bei dir im Haus wohnt.«

Als John-Cody nach Hause kam, sah er Bree, die gerade Körner und Obst für die Vögel im Vorgarten auslegte. Sierra lag im Gras und beobachtete sie mit schief gelegtem Kopf. Sie war Bree vom ersten Augenblick an treu ergeben. Für John-Cody war es schon immer wichtig gewesen, wie ein Tier auf einen Menschen reagierte: Tiere waren alles andere als dumm, und Sierra reagierte auf Bree in einer Weise, wie sie es, außer vielleicht bei ihm, noch bei keinem anderen

Menschen getan hatte. Sierra musste ihn gewittert haben, denn sie stand auf, bellte und trottete auf ihn zu. John-Cody kraulte sie hinter den Ohren. Als er aufblickte, lächelte Bree ihn an. Er konnte Alex im Haus hantieren hören und sah, als er den Kopf zur Tür hereinsteckte, dass sie im Kühlschrank kramte.

»Wenn du willst, kannst du dir für heute Nacht freinehmen, Alex. Ich werde ein paar Tage zu Hause sein. Ich kann mich also um Bree kümmern.«

»Wirklich?« Alex sah ihn zweifelnd an. »Und was werdet ihr essen?«

»Das kannst du ruhig mir überlassen.« John-Cody hielt die Einkaufstüte hoch, die Tom ihm gegeben hatte.

Es fiel ihm noch immer schwer, das Haus zu betreten, selbst jetzt, wo es Libbys und Brees Zuhause war. Wenn er sich um Bree kümmerte, saß er mit Sierra zu seinen Füßen jeden Abend am Feuer, bis Bree schlafen ging. Dann ging er nach nebenan, während Sierra auf Brees Bett kletterte und sie die ganze Nacht bewachte. Seit Mahinas Tod hatte er das Schlafzimmer nicht mehr betreten.

»Werden Sie uns heute etwas kochen, John-Cody?«, fragte Bree ihn.

»Aber sicher.« Er nahm einen Laib Brot und ein Messer. »Hol mir mal die Butter und, falls noch welche da ist, die Steaksoße aus dem Kühlschrank.«

Bree sah ihn an. »Es gibt also Steaks?«

»Genau.«

»Und was noch?«

»Nur Steaks, Brot und Butter. Aber nicht irgendwelche Steaks, sondern etwas ganz Besonderes: Wildbret, fein geschnitten und über einem Manuka-Feuer gebraten.«

Er ging in den Garten voraus und hielt inne, um dem Gesang der Vögel zu lauschen. »Kannst du mir sagen, was für ein Vogel das ist?«

»Das ist ein Tui-Männchen.«

»Gut.« Er lauschte wieder. »Und das?«

»Ein Graufächerschwanz.«

John-Cody warf einen kurzen Blick zu den Bäumen am Schlafzimmerfenster. »In unserer Fuchsie hat früher immer ein Pärchen Glockenvögel genistet.«

»Ich weiß.« Bree sah ihn an, wobei sie den Kopf ein wenig zur Seite legte. »Das waren Mahinas Lieblingsvögel, stimmt's?«

John-Cody nickte. »Aber seit sie gestorben ist, habe ich keinen mehr in diesem Baum singen gehört.«

Bree runzelte die Stirn. »Also, ich weiß, dass sie noch da sind. Das Männchen frisst mir immer Apfel aus der Hand.«

John-Cody zog die Augenbrauen hoch.

»Doch, wirklich«, sagte sie. »Sie sind da. Sie haben sie wohl einfach nicht gehört.«

Sie gingen gemeinsam durch eine Lücke in der Hecke, und John-Cody ließ seinen Blick über die gefällten Stämme auf dem Flecken Land schweifen, das an die Straße grenzte. »Sie haben diese Bäume gefällt, damit sie hier bauen können«, sagte er. »Ich habe das Land nach Mahinas Tod gekauft. Eines Tages werde ich es neu bepflanzen.«

Bree setzte sich auf einen Baumstumpf, und John-Cody zog seinen Tabak und Zigarettenpapier heraus.

»Jetzt erzähl mal«, sagte er, »wie gefällt es dir in der Schule?«

Bree antwortete ihm nicht sofort. Sie kratzte mit einem Stock in der trockenen Erde herum. »Es ist schon o.k.«, sagte sie dann. »Aber sie nennen mich Cheesy Breezy, oder einfach nur Cheesy.«

John-Cody runzelte die Stirn. »Wer nennt dich so?«

»Ach, ein paar von den Mädchen.«

»Schikanieren sie dich?«

Bree zuckte mit den Schultern. »Sie sind durch diesen Käse draufgekommen, Sie wissen schon, Brie, der französische. Es ist ziemlich doof, denn der Käse wird nicht mal so geschrieben.«

»Ich finde, dass Bree ein wirklich schöner Name ist.«

»Er ist typisch für meine Mum.« Bree biss sich auf die Lippen. »Sie handelt immer so spontan, ohne an die Konsequenzen zu denken.«

John-Cody legte seine Ellbogen auf seine Knie. »Was du da sagst, klingt sehr erwachsen.«

»Ja? Nun, vermutlich bin ich auch schon ziemlich erwachsen. Mein Leben ist bis jetzt ganz anders verlaufen, als das der meisten anderen Kinder.«

»Tatsächlich?« Er sah sie an. »Also, ich weiß im Grunde nicht besonders viel über dich, Bree.«

»Nicht? Da gibt es eine ganze Menge zu erzählen. Das, was ich in zwölf Jahren erlebt habe, schaffen manche Leute in ihrem ganzen Leben nicht.«

»Was hast du denn schon alles erlebt?« John-Cody ließ sein Feuerzeug aufschnappen.

Bree zuckte wieder mit den Schultern. »Ich bin schon überall auf der Welt gewesen. Ich bin in den verschiedensten Ländern zur Schule gegangen. Ich spreche fast genauso gut Französisch und Spanisch wie Englisch. In Argentinien hat mich meine Mum zu Hause unterrichtet. Wir haben dort an der Küste gewohnt, an einem Kap namens Punta Norte. Um Killerwale zu beobachten, wie sie sich die Robben vom Strand geholt haben.«

»Das muss ganz schön aufregend gewesen sein.«

»Na ja, nach einer Weile wurde es langweilig. Und wenn man es ein paarmal gesehen hat, tun einem nur noch die Robben Leid.«

John-Cody lachte. »Das glaube ich dir gern.« Er nahm einen Zug an seiner Zigarette und suchte nach einer gefällten Manuka. »Wir werden das Holz dort drüben nehmen«, sagte er und zeigte zu der Stelle. »Der Baum muss gefällt sein, aber er muss noch leben, damit die Äste noch etwas Feuchtigkeit enthalten. So bekommt das Fleisch beim Braten den echten Manuka-Geruch.«

»Wo haben Sie das Fleisch her? Haben Sie das Rotwild selbst geschossen?«

»Nein. Tom hat es mir gegeben.«

John-Cody schnitt das Ende seiner Zigarette ab, dann machten sie sich daran, Zweige für ein Feuer zu sammeln. Er bat Bree, zum Haus zu laufen und ihm die Axt zu holen, damit er einige dickere Äste abhacken konnte. Diese würden sie später brauchen, um das Feuer in Gang zu halten. Bree hüpfte davon. Er sah zu, wie sie über den Rasen lief, und lächelte in sich hinein. Er fragte sich, wie es wohl wäre, selbst Kinder zu haben. Mahina hatte ihm gleich zu Anfang gesagt, dass sie keine Kinder bekommen konnte, weil sie Probleme mit ihren Eileitern hatte.

Sie bereiteten das Feuer vor. John-Cody nahm dazu ein Bündel der dünnsten Zweige und legte sie kreuzweise übereinander, bis er fünf Schichten aufgelegt hatte. Er hielt sein Feuerzeug daran, bis sie zu brennen anfingen, dann fächelte er Luft in die Glut. Schließlich lehnte er sich zurück und sah zu, wie sich das Feuer ausbreitete.

Bree starrte ihn mit großen Augen an. »So geht das?«

»So geht das.«

»Das ist toll. Ich hätte das nicht hingekriegt.«

»Mit ein bisschen Übung würdest du das auch schaffen. Ich hatte schließlich fünfundzwanzig Jahre Zeit zum Üben, vergiss das nicht.«

Sie nickte. »Trotzdem war das ganz schön clever. Sie sind in solchen Dingen überhaupt ganz toll.«

»Danke.« Er sah sie an. »Ich habe dich noch nie über deinen Dad sprechen hören, Bree. Wo lebt er eigentlich?«

Bree bekam einen knallroten Kopf. John-Cody bereute seine Frage sofort. »Tut mir Leid. Ich hätte nicht so neugierig sein dürfen.«

Bree verzog das Gesicht. »Ist schon in Ordnung.« Sie stand auf und legte eine weitere Schicht Zweige aufs Feuer. »Ist das richtig so?«

»Absolut.«

Sie kauerte sich hin, wobei sie ihren Rock über die Knie schob und einen Arm auf ihre Oberschenkel legte. »Das war auch wieder so eine verrückte Geschichte von meiner Mutter: Sie kann mir nicht sagen, wie mein Vater heißt. Sie weiß es nämlich selbst nicht. Also kann ich es Ihnen auch nicht sagen.«

John-Cody schwieg. Bree saß auf dem Baumstumpf, während er Manuka-Stöcke mit einem Ende schräg in die Erde steckte, so dass das andere Ende, auf das er jeweils ein Steak gespießt hatte, über das Feuer ragte. Er trank Bier aus der Flasche, Bree tankt Fruchtsaft. Beide sahen sie zu, wie Rauchkringel in die Luft stiegen, und beide atmeten sie den süßen Duft des brennenden Manuka-Holzes ein.

»Es riecht fantastisch«, sagte Bree schließlich.

John-Cody nickte. »Dann hast du ihn also noch nie gesehen – deinen Dad meine ich.«

Sie schüttelte den Kopf und kräuselte die Lippen, als hätte sie plötzlich einen schlechten Geschmack im Mund. »Ich glaube, Mum hat meinen Dad auf irgendeiner Party getroffen, wo sie ziemlich viel getrunken hat. Irgendwie ist sie dann schwanger geworden. Kurz nach dieser Party ist sie nach Mexiko gegangen, um dort Wale zu beobachten, und dort hat sie dann erst nach drei Monaten gemerkt, dass ich unterwegs war.«

»Das hat sie dir alles erzählt?« John-Cody zog die Augenbrauen hoch.

Bree nickte.

»Wenigstens ist sie ehrlich.«

»Oh, Mum ist immer ehrlich.«

John-Cody drehte die Steaks um, und Bree saß still neben ihm. Sierra sah zu, wie der Saft des Fleisches zischend in die Flammen tropfte. Bree trank einen Schluck Saft und beugte sich nach vorn, um den aufsteigenden Rauch einzuatmen. »Die Steaks riechen wunderbar«, sagte sie.

»Das tun sie, nicht wahr? Der gute alte Tom hat mir beigebracht, wie man ein Manuka-Feuer macht. Das war vor vielen Jahren, als wir noch zusammen im Busch Fallen aufgestellt haben.«

»Aber das machen Sie jetzt nicht mehr, oder?«

Er schüttelte den Kopf. »Ich habe schon jahrelang keine Fallen mehr aufgestellt und auch nicht gejagt.« Dann erzählte er ihr, was Mahina ihm über den Wald und die Früchte von Papatuanuku, von Mutter Erde, erzählt hatte. Durch sie hatte er begriffen, wie kostbar all das war. Sie hatte ihm gesagt, dass jedes Lebewesen, ob Pflanze, Tier oder Mensch, wichtig für das Gleichgewicht der Erde sei, und dass es auf lange Sicht katastrophale Folgen hatte, wenn dieses Gleichgewicht gestört wurde. Er erzählte Bree von Mahinas Mutter und deren Eltern und Großeltern. Ihre Familie konnte ihre Ahnenreihe bis zu den ersten Waitaha-Polynesiern zurückverfolgen, die sich im Te-Anau-Becken angesiedelt hatten. Ihr Stamm unterschied sich von den anderen Maori darin, dass sie ein Volk des Friedens waren, ein Volk, das stets und überall nach Frieden strebte. Er erzählte ihr, dass die Waitaha sogar einige Gegenden von Aotearoa verlassen hatten, weil dort Krieg ausgebrochen war.

»Hatten sie helle Haut?« fragte Bree ihn, als er abbrach. »Ich habe gelesen, dass sie helle Haut hatten.«

»Ich weiß es nicht. Einige alte Waitaha erzählen, dass ihr Volk Hawaiki verlassen habe und eine Zeit lang gemeinsam mit einer sehr hellhäutigen und rothaarigen Rasse unterwegs gewesen sei: Sie haben auch untereinander geheiratet, so dass einige ihrer Nachkommen hellere Haut hatten. Das erklärt vielleicht auch, warum die Haare von Menschen mit Waitaha-Blut in ihren Adern noch heute manchmal rötlich schimmern.«

»Ich nehme an, dass alle Stämme ihre eigenen Legenden haben«, sagte Bree.

»Davon gehe ich auch aus.«

Sie sah ihn an. »Glauben Sie, dass Sie jemals wieder jemanden so lieben werden, wie Sie Mahina geliebt haben?«

John-Cody schwieg. Er nahm die Steaks von den Zweigen und legte sie auf das in Scheiben geschnittene Brot. »Das ist eine sehr schwierige Frage. Ich weiß es ehrlich gesagt nicht. Im Augenblick kann ich es mir zwar nicht vorstellen, aber ausschließen kann ich es natürlich auch nicht.«

Bree überlegte einen Moment, dann sagte sie: »Ich finde es toll, dass Sie sie so sehr geliebt haben, aber vielleicht müssen Sie sie jetzt einfach ein wenig loslassen.«

John-Cody blickte in Brees klare, blaue Augen und hörte dabei Mahinas Stimme in seinem Kopf. *Gib mich frei, John-Cody Gibbs, und dann vergiss mich, weil ich mich auch nicht mehr an dich erinnern werde. Ich werde für immer fort sein, den Atem der Ewigkeit spüren.*

Er saß, Sierra zu seinen Füßen, am Kamin. Er hörte zu, wie sich Bree zum Schlafengehen fertig machte. Das Buch, das aufgeschlagen auf seinem Schoß lag, blätterte er nur durch, ohne eine Zeile zu lesen. Inzwischen war es dunkel geworden und der Regen, der sich schon die ganze Zeit angekündigt hatte, prasselte auf das Wellblechdach. John-Cody war sicher, dass es die ganze Nacht hindurch regnen würde. Bree kam schließlich in ihrem Nachthemd aus ihrem Zimmer und ging ins Bad, um sich die Zähne zu putzen. Er hörte, wie das Wasser lief und wie sie die Zahncreme wieder ausspuckte. Dann kam sie wieder ins Wohnzimmer, um ihm Gute Nacht zu sagen.

»Willst du noch etwas lesen?«, fragte er sie.

»Nein.« Sie kniete sich fröstelnd vor den Kamin. »Ich bin froh, dass die Steaks fertig geworden sind, bevor es zu regnen anfing.«

»Sonst wären sie ganz schön nass geworden.«

Sie lachten. Bree nahm ein Holzscheit und legte es in die Flammen.

»Kümmere dich einfach nicht darum, wie sie dich in der Schule nennen, Bree«, sagt er. »Menschen sind eben manchmal sehr grausam.«

»Es liegt daran, dass ich neu in der Klasse bin.« Sie zog die Schultern hoch. »Ich habe das schon öfter erlebt. Es hat nur noch nie so lange gedauert wie hier. Das ist alles.« Sie stand auf und gähnte. »Danke, dass Sie für mich gekocht haben.«

John-Cody nahm ihre kleine Hand in die seine. »Danke, dass du mit mir gegessen hast.«

Sie legte ihre andere Hand auf seinen Handrücken und lächelte ihn an. »Hoffentlich nehmen Sie mir das, was ich über Mahina gesagt habe, nicht übel.«

»Natürlich nicht. Wir beide waren doch einfach nur ehrlich zu einander.«

»Ja.«

»Take it easy, Breezy.«

Sie beugte sich zu ihm nach vorn und gab ihm eine Kuss auf die Wange. »Five high, Captain Bligh.«

John-Cody blieb noch eine Weile im Halbdunkel sitzen und sah zu, wie die brennenden Scheite im Kamingitter langsam in sich zusammensanken, dann gähnte er, streckte sich und stand auf. Noch immer trommelte der Regen aufs Dach. Sierra hob von Zeit zu Zeit den Kopf und witterte. John-Cody kraulte sie hinter den Ohren und starrte aus dem Fenster in die Dunkelheit hinaus. Er verzog das Gesicht und setzte sich wieder hin. Er lehnte sich zurück, so dass sich der Liegesessel auseinander schob und er beinahe flach darauf lag. So verharrte er einen Augenblick, dann stand er auf und ging zur Tür von Libbys Schlafzimmer. Sein Hals wurde trocken und seine Hände begannen zu zittern, als er sie aufdrückte und eintrat. Die Tür schwang hinter ihm zu. Er stand im matten Licht und starrte wie gelähmt das Bett an, das er mit Mahina so lange Zeit geteilt hatte. Das Bett, in dem sie gelegen hatte, als der Kuckuckskauz ihren Namen gerufen hatte, das Bett, aus dem er sie gehoben hatte und auf das er sie wieder gelegt hatte, bevor er mit Jonah und Kobi telefonierte.

Er holte eine Decke aus dem Schrank und ging zu seinem Sessel am Kamin zurück. Die Glut war schon fast erloschen. Er fachte sie wieder an und legte noch ein paar Scheite auf, dann setzte er sich wieder in den Sessel und wickelte sich in die warme Wolle. Sierra, die in der Zwischenzeit die Tür zu Brees Zimmer geöffnet hatte, lag bereits auf ihrem Bett. Als John-Cody sich im Sessel umdrehte, konnte er Brees Gesicht sehen. Sie hatte die Augen geschlossen. Ein friedlicher Ausdruck lag auf ihrem Gesicht, auf dem das Feuer Licht und Schatten tanzen ließ.

11

Libby befand sich mit ihrem Boot in der Nähe der Passage Islands. Der Regen fiel als grauer Vorhang und färbte das Wasser des Fjords weiß. Sie starrte auf ihren Computerbildschirm und tat sich dabei immer schwerer, die Umgebungsgeräusche von der Echoortung der Delfine zu unterscheiden. Sie war, nachdem sie die Delfine bei Wet Jacket Arm entdeckt hatte, der Schule den ganzen Vormittag gefolgt. Old Nick war auch da. Er schwamm um die anderen herum und schritt gewissermaßen die Reihen ab: Libby hatte ihn jetzt schon des Öfteren mit der Unterwasserkamera beobachtet und gelangte immer mehr zu der Überzeugung, dass er der Patriarch der Gruppe war. Ihr fiel jedoch außerdem ein älteres Weibchen auf, das ebenfalls eine besondere Stellung in der Gruppe innezuhaben schien. Sie hatte es »Spray« genannt, weil es von der Schnauze bis zum Blasloch dunkle Flecken hatte, die wie Sommersprossen aussahen.

Der Regen prasselte auf die Kapuze ihres Ölzeugs und bildete zu ihren Füßen kleine Pfützen. Der Wind fegte über den Dusky Sound. Alles um sie herum war tropfnass. Wolkenfetzen hingen wie neblige Ranken in den Bergen und ließen sie als mattgrüne Flächen erscheinen. Das Boot schaukelte unruhig hin und her. Libby sah aufs Meer hinaus und hielt nach dunklerem Wasser Ausschau, wo der Wind noch heftiger wehte oder die Strömung stärker war. Dann hörte sie in der Ferne einen Motor, der mit hoher Drehzahl lief. Sie drehte sich um und sah hinter sich ein Boot, das den Sund heraufgefahren kam. Sie selbst hatte ihren Motor abgestellt. Die Delfine befanden sich noch immer in der Reichweite ihrer Messgeräte, so dass sie jetzt auf ihrem Computer genau verfolgen konnte, wie sich die Umgebungsgeräusche immer stärker veränderten, je näher das Boot kam.

Aufregung erfasste Libby. Jetzt hatte sie die Kontrollbedingungen, auf die sie gehofft hatte: jagende Delfine in Reichweite ihrer Messgeräte und eine Hochgeschwindigkeitsschraube im Wasser. Sie beobachtete den Bildschirm und stellte fest, dass das sich nähernde Boot das Bild immer diffuser werden ließ. Schließlich drehte sie sich in ihrem Sitz herum. Sie spürte, wie die Bugwelle ihr Boot traf. Dann sah sie wieder auf den Bildschirm, war jedoch nicht mehr in der Lage, die Klicklaute der Delfine von den Interferenzen im Wasser zu unterscheiden. Sie würde ihre Aufzeichnungen genau analysieren in der Hoffnung, damit eine Theorie über die Auswirkungen des Schraubenlärms aufstellen zu können.

Das andere Boot verlangsamte seine Fahrt. Es war eine Barkasse, der ihren nicht unähnlich, aber wesentlich stärker motorisiert. Vier Mann an Bord. Am Segeltuchdach lehnten mehrere Angelruten. Während das Boot näher kam, tauchte es mit dem Bug tiefer ins Wasser ein. Der Mann am Steuer beschrieb einen Kreis, dann beschleunigte er noch einmal. Schließlich fuhr er direkt auf Libby zu, verlangsamte und kam tuckernd längsseits. Libby erkannte Ned Pole. Er lächelte sie an. Die drei anderen Männer in Neoprenanzügen kannte sie nicht. Dann sah sie den Rotwildkadaver, blutig und vom Regen durchnässt, der im Heck lag.

»Hallo Libby, wie geht's Ihnen?« Pole tippte an seinen Hut.

»Stellen Sie Ihren Motor ab.«

»Was?«

»Stellen Sie sofort Ihren Motor ab.«

Pole drehte den Zündschlüssel um. Der Motor erbebte, vibrierte und verstummte schließlich. Libby saß da und starrte auf ihren Bildschirm. Sie suchte nach Ortungsklicks, konnte aber nichts mehr entdecken.

»Gibt es ein Problem?« Pole stand auf.

Libby sah ihn an. »Sie sind das Problem. Glückwunsch, Ned. Es ist Ihnen gerade gelungen, die Delfine zu verscheuchen.«

»Was für Delfine?«, fragte einer der anderen Männer. Er sprach mit amerikanischem Akzent.

»Warum sind Sie mit Vollgas durch den Sund gefahren?« Libby sah Pole wieder an. »Wollten Sie vor Ihren Gästen angeben? Sie können doch nicht einfach wie ein Wilder den Sund rauf- und runterrasen. Sie wissen doch, dass ich hier Forschungsarbeiten durchführe.«

Röte überzog Poles Wangen. »Also, ich ...«

»Vergessen Sie's, jetzt ist es schon passiert.« Libby zeigte auf ihren Laptop. »Sehen Sie das? Ich war gerade dabei, die Echoklicks der ortstreuen Delfinschule aufzuzeichnen, die noch vor ein paar Minuten hier gejagt hat.« Sie tippte mit dem Finger auf den Bildschirm. »Und jetzt sind die Tiere verschwunden.«

Pole hatte sich jetzt wieder gefangen. Er schüttelte den Kopf. »Im Dusky Sound gibt es keine ortstreue Delfinschule.«

»Ach, jetzt tun Sie doch nicht so. Natürlich gibt es eine. Und das wissen Sie ganz genau. Um das zu beweisen, bin ich schließlich hier, erinnern Sie sich?«

»Das mag schon sein. Aber bevor Sie das nicht bewiesen haben, gibt es offiziell auch keine. Wie lange werden Sie brauchen – zwei, drei Jahre?«

Libby starrte ihn an. »Ach, so ist das also«, sagte sie dann. »Wenigstens weiß ich jetzt Bescheid. Ich sag Ihnen was, Ned, falls nötig, werde ich sogar meinen wissenschaftlichen Ruf aufs Spiel setzen.«

Pole starrte sie einfach nur an. Sein Gesicht war jetzt dunkelrot. Seine drei Gäste waren sichtlich verlegen. Einer von ihnen nahm einen Schluck Bier aus der Dose, die er in der Hand hielt. Pole startete seinen Motor und fuhr mit seinem Boot nach achtern. Schließlich tippte er wieder an seinen Hut. »Tut mir Leid, falls wir Sie gestört haben.« Er fuhr noch einmal einen Bogen, und Libbys Boot begann in seinem Kielwasser hin und her zu schaukeln, dann hielt er wieder auf die Wasserstraße zu. Libby konnte in der Ferne die Rotoren eines Hubschrauber hören, der das Rotwild an Bord nehmen würde.

Sie setzte sich hin, blies die Backen auf und wartete, bis ihr Herz zu rasen aufgehört hatte, bevor sie wieder einen Blick auf ihren Computer warf. Es war keinesfalls bewiesen, dass es Pole gewesen war, der die Delfine vertrieben hatte. Sie wusste nicht, welche Frequenzen sein Motor im Wasser verursachte, die Delfine waren jedenfalls verschwunden. Und irgendetwas sagte ihr, dass es einen Zusammenhang gab.

Nehemiah Pole fuhr durch den Sund zurück. Seine Gäste waren sehr schweigsam. Als sie in den Cook Channel hineinfuhren, drosselte er das Tempo. Sein Gehirn arbeitete fieberhaft. Die Wissenschaftlerin hatte richtig vermutet: Er wollte seinen Gästen den Ankerplatz für das erste Hotel zeigen. Sie waren alle erstklassige Jäger und gehörten einem der größten amerikanischen Jagdclubs an. Er hatte sie zur Jagd auf Rotwild durch den Busch geführt und ihnen die besten Stellen gezeigt. Er hatte ihnen auch Geschichten aus jenen Tagen erzählt, als er, ein Netz in der Hand, von den Landekufen eines Hubschraubers gesprungen war und das Wild niedergerungen hatte, da es damals weitaus profitabler war, die Tiere lebend zu fangen, als sie einfach nur abzuschießen. Er hatte mit den Männern bis tief hinein in den Busch gejagt, und jeder hatte ein Tier erlegt. Bis zu diesem Augenblick waren sie glücklich und zufrieden gewesen und er ebenso. Diese Wissenschaftlerin entwickelte sich jedoch zu einem größeren Problem, als er zunächst angenommen hatte. Er musste etwas unternehmen, und zwar sofort, bevor das Umweltschutzministerium den Bezirksrat unter Druck setzte und womöglich ein Moratorium erzwang.

Seine Gäste spürten, dass Poles Stimmung umschlug. Der leutselige Jäger verschwand, an seine Stelle trat ein nachdenklicher, in sich gekehrter Geschäftsmann, der spürte, dass ihm die Chance seines Lebens durch die Finger zu rinnen drohte.

»Alles in Ordnung, Ned?«, fragte einer von ihnen. »Das dort drüben ist ein wirklich toller Platz für ein Hotel.«

»Was?« Pole drehte sich zu ihm um. »Oh, ja. Tut mir Leid, dass ich euch das nicht richtig zeigen konnte.«

»Aber es wird hier doch bald etwas passieren, Ned?« Der Mann mit der Bierdose lehnte sich ans Heck. »Ich hätte jede Menge Kunden für dich, aber nur, wenn sich auch was tut.«

Pole warf ihm einen grimmigen Blick zu. »Es wird sich etwas tun, Kumpel. Keine Sorge.«

»Ich kann mich also wirklich darauf verlassen, oder? Ich kann meine Prospekte drucken lassen?«

»Darauf kannst du deinen Kopf verwetten.« Pole nahm das Satellitentelefon, das unter dem Armaturenbrett lag, und wählte die Nummer seiner Frau.

»Jane, ich bin's. Hat sich die Gesellschaft schon gemeldet?«

»Nein, bis jetzt noch nicht.«

Pole schwieg, biss sich auf die Lippen und überlegte.

»Warum fragst du, Ned? Was ist los?«

»Nichts. Ich wollte es nur wissen, das ist alles.«

»Wo bist du gerade?«

»Immer noch im Dusky Sound: Wir müssen noch ein paar Rehe ausfliegen. Ich bin übrigens gerade zufällig dieser Wissenschaftlerin begegnet, und ich glaube, dass sie ein größeres Problem ist, als ich zuerst vermutet habe.«

Seine Frau schwieg ein paar Sekunden, dann sagte sie: »Wegen ihr brauchst du dir keine Sorgen zu machen, Ned. Gibbs ist das Problem. Sie ist nur eine Wissenschaftlerin. Selbst mit der Universität im Rücken ist sie ein Niemand. Innerhalb des Zeitrahmens, den man ihr gesetzt hat, kann sie gar nichts beweisen, und ganz gewiss nicht, ob der Lärm die Delfine vertreibt. Gibbs ist der Stachel in unserem Fleisch. Ihn müssen wir loswerden, dann haben wir gewonnen.«

Der Regen wollte anscheinend überhaupt nicht mehr aufhören. Libby sah sich schließlich gezwungen, zur Supper Cove zurückzufahren. Der Wind hatte aufgefrischt und kam jetzt aus Westen. Die See draußen bei der Halbinsel war mit Gischt bedeckt, das Wasser aufgewühlt. Libby war noch eine Weile umhergefahren. Zwischen der Five Fingers Peninsula und Parrot Island hatte sie die Delfine schließlich wieder gefunden, die sich offenbar angeregt unterhielten. Sie beobachtete sie eine Zeit lang, überlegte sogar, ob sie tauchen sollte, beschloss dann aber, zur Hütte zu fahren und sich etwas Warmes zu kochen.

Dort angekommen, zog sie sich trockene Sachen an und machte eine heiße Suppe, die sie schlürfte, während sie versuchte, die Informationen zu sortieren, die der Computer gesammelt hatte. Plötzlich knackte es im Funkgerät, und eine Stimme kam über den Äther.

»*Wellenreiter*, *Wellenreiter*, hier spricht der Fischkutter *Huckleberry* auf Kanal 66. Hören Sie mich?«

Libby nahm das Handgerät. »*Huckleberry*, hier ist Dr. Bass. Was kann ich für Sie tun?«

»Hier spricht Greg Charles, der Skipper. Hören Sie, wir sind ein Fischerboot, und wir haben gerade einen ganz besonderen Fang gemacht.«

»Was für einen Fang?«

»Also, meiner Meinung nach ist es ein Großer Tümmler.«

Libby zog sich sofort ihre wasserdichte Kleidung und Gummistiefel an, und ging in den Regen hinaus, der jetzt noch heftiger als vorhin herunterprasselte. Der Fluss führte inzwischen erheblich mehr Wasser und trug Unmengen von Schlamm in die Meeresbucht. Sie machte das Boot los, warf den Motor an und fuhr in die Supper Cove hinaus. Dann erst schaltete sie das Funkgerät ein.

»*Huckleberry*, *Huckleberry*, hier ist die *Wellenreiter*. Wie ist Ihre Position?«

»Wir haben in der Cascade Cove Schutz gesucht«, antwortete ihr der Skipper. »Hier draußen bläst ein ganz schöner Sturm. Mindestens vierzig Knoten.«

»O.k. Ich bin in einer halben Stunde bei Ihnen.« Libby drückte den Gashebel nach vorn, so dass hinter ihr das Kielwasser aufwirbelte.

Wasser schwappte in den Bug, als sie jetzt wieder den Cook Channel hinunterfuhr. Sie war dem Wind ausgesetzt, der böig aus Westen blies und das, wie der Skipper der *Huckleberry* gesagt hatte, mit einer Geschwindigkeit von mindestens vierzig Knoten. Kein Wunder, dass er mit seinem Boot in der Cascade Cove Schutz gesucht hatte. Die Bucht war ein Allwetterliegeplatz und bei diesen Witterungsverhältnissen mehr als Gold wert. Libby hatte, bevor sie sich auf den Weg machte, noch schnell den Wetterbericht gehört. Die Stimme im Äther hatte verkündet, dass der Wind Sturmstärke erreichen und sich erst am Morgen wieder legen würde. Sie sah auf ihre Uhr: Fast sechs, und der Himmel über ihr war bereits schwarz, obwohl es eigentlich erst viel später dunkel wurde. Sie schaltete das UKW-Funkgerät ein und funkte die *Korimako*-Basis an.

»Ist Bree bei dir, Alex?«

»Nein, Libby. Sie ist nicht da.«

Libby war enttäuscht. Sie hatte schon am Abend zuvor nicht mit ihrer Tochter sprechen können, weil die atmosphärischen Störungen zu stark gewesen waren. Jetzt kam sie endlich durch, und Bree war nicht da. »Wo ist sie denn?«

»John-Cody hat sie mit nach Te Anau genommen. Wir haben für das Wochenende einen Törn im Doubtful Sound, und sie ist mit ihm mitgefahren, um Vorräte abzuholen.«

»Oh, o.k. Wie geht es ihr? Ist alles in Ordnung? Ich habe gestern Abend versucht durchzukommen, aber es hat nicht geklappt.« Im Funkgerät knisterte es wieder laut. Libby konnte Alex' Antwort nicht verstehen. Der Wind peitschte ihr den Regen ins Gesicht. Die Wolken hingen so tief über den Bergen, dass sie fast mit dem Wald verschmolzen. Zum ersten Mal, seit sie hier draußen war, überlegte sie ernsthaft, ihre Schwimmweste anzulegen. Sie drückte noch einmal auf die Transmittertaste. »Alex, sag Bree, dass sie versuchen soll, mich später zu erreichen, wenn möglich, noch vor dem Fisherman's Radio.« Hoffentlich hatte Alex sie gehört. Sie hängte das Mikrofon wieder ein. Der Fjord wirkte jetzt düster und bedrohlich. Berge und Wasser, kein Stückchen Himmel, nur wütende, geballte Wolken. Plötzlich fühlte sie sich sehr allein.

Als sie in die Cascade Cove hineinfuhr, ließ der Wind merklich nach. Sie war erleichtert, da sie am Steuer eines Bootes nicht gerade ein Ass war und mit so schwerem Wetter keinerlei Erfahrung hatte. Jetzt sah sie die *Huckleberry* durch eine Wand aus Regen. Die Arbeitslichter erleuchteten das Boot hell. Sie kam an backbord längsseits. Ein Seemann in gelbem Ölzeug warf ihr eine Leine zu. Sie befestigte sie am Bug ihres Bootes und kletterte dann die Leiter hinauf, die über die Schandeckel hinausragte. Sie rutschte auf den nassen Sprossen immer wieder ab. Schließlich zog sie der Seemann über die Bootswand. Hinter den beiden rostigen Winschen im Heck sah sie den toten Delfin liegen, den man bereits aus dem Netz befreit hatte. Der Seemann wies mit einem Kopfnicken zur Brücke, wo ein älterer Mann in der Tür stand und Pfeife rauchte. »Das ist Greg, unser Skipper.« Libby ging zur Brücke, und Greg machte einen Schritt zur Seite, damit sie eintreten konnte.

Wie auf der *Korimako* waren die Brücke, die Pantry und der Salon alle im selben viereckigen Raum untergebracht. Libby roch getrockneten Fisch und sah die Reste einer Mahlzeit auf dem Tisch stehen.

»Das Umweltschutzministerium hat uns gebeten, Ihnen jeden toten Delfin zu melden«, erklärte ihr der Skipper.

»Das ist gut. Vielen Dank, dass Sie es auch getan haben.« Libby streifte ihre Kapuze zurück und schüttelte ihre Haare aus. »Was ist passiert?«

Der Skipper zuckte mit den Schultern. »Wir sind zwischen der Halbinsel und den Seal Islands in den Sund gefahren. Der Sturm zog im Westen auf, und wir dachten, dass wir am besten bis morgen früh hier Schutz suchen. Ich kann Ihnen nicht genau sagen, wo er uns ins Netz gegangen ist, vermute aber, ziemlich nah an der Mündung des Sunds.«

»Kann ich ihn mir ansehen?«

Er lächelte sie an, und Libby sah, dass ihm ein Schneidezahn fehlte. »Deshalb habe ich Sie ja gerufen.«

Sie ging wieder in den Regen hinaus. Eine Wasserschicht bedeckte das Deck, die im hellen Schein der Lampen durchscheinend schimmerte. Der Delfin, ein Männchen, lag mit leicht geöffneter Schnauze auf der Seite. Libby untersuchte ihn nach Erkennungszeichen, da sie fürchtete, das Tier könnte ihr bekannt sein. Die Rückenfinne zeigte jedoch keine Merkmale, die sie schon gesehen hatte. Sie kniete sich neben den Kadaver, zog Gummihandschuhe an und ließ ihren Blick an seinen Flanken entlangwandern. Der Delfin war hellgrau, sein Rücken mit Punkten übersät wie bei seinen kleineren gesprenkelten Cousins. Er hatte mehrere große Bisswunden. Der Skipper stand neben ihr. »Das war bestimmt ein weißer Hai oder ein Mako-Hai.«

»Haben Sie den Durchmesser der Bissmale gemessen?«

Er schüttelte den Kopf.

Libby zog ein Maßband aus der Tasche und begann zu messen. »Sie haben Recht«, sagte sie dann. »Es war ein Mako-Hai oder ein kleiner weißer Hai.« Sie warf dem Skipper einen Blick zu. »Sie waren in der Nähe der Seal Islands, sagten Sie?«

Er zog eine Grimasse. »Nun, nicht direkt in der Nähe, aber Sie wissen ja, wie das ist – wo es Robben gibt, gibt es auch Haie.«

Libby begann mit der Dokumentation. Sie vermaß den Delfin von der Schnauze bis zur Fluke und notierte den Umfang. Sie fotografierte die Rückenfinne und die Brustflossen von beiden Seiten, dann nahm sie eine Probe Blubber. Sie ließ ihr Messer aufschnappen und legte einen Ellbogen auf ihren Schenkel. »Das hier wird eine Weile dauern«, sagte sie. »Ist das in Ordnung?«

»Tun Sie, was immer Sie tun müssen.« Der Skipper sah sie an. »Haben Sie gute Scheinwerfer auf Ihrem Boot? Die werden Sie später nämlich brauchen.«

Libby nickte und wischte sich mit dem Handrücken den Regen aus den Augen. »Ich werde diesen Burschen jetzt ausnehmen. In meinem Boot liegen Plastikbehälter. Wäre es möglich, dass einer Ihrer Leute sie mir holt?«

»Kein Problem.« Der Skipper schickte eines seiner Crewmitglieder los. Libby sah sich den Kopf des Delfins genauer an. Sie setzte einen sorgfältigen Schnitt in die Gaumen beider Kiefer und entnahm dem Tier vier Zähne, die sie in einen verschließbaren Polyäthylenbeutel steckte. Sie nahm weitere Messungen vor, dann entfernte sie den Magen und die Leber und legte sie jeweils in einen Behälter. Als sie schließlich fertig war, stank das Deck geradezu nach Tod. Sie stand auf und trat einen Schritt zurück. Zwei der Seeleute, die an diesen Gestank mehr gewöhnt waren, grinsten, als sie sich von dem toten Tier abwandte.

»Können wir ihn jetzt über Bord werfen?«

Libby nickte, würgte ein wenig und verschloss ihre Behälter. Sie ging ins Ruderhaus und nahm dankbar die Tasse Kaffee an, die der Skipper ihr anbot. Sie warf einen Blick auf das Armaturenbrett und das Einseitenbandfunkgerät, und ihr kam ein Gedanke. »Darf ich das Funkgerät benutzen?«, fragte sie.

»Kein Problem.«

»Vielen Dank.« Libby stellte ihre Kaffeetasse ab und nahm das Mikrofon. John-Cody hatte sowohl im Haus als auch im Büro ein Einseitenbandfunkgerät. Sie rief die *Kori*-Basis, während der Regen weiter auf das Dach des Ruderhauses schlug. In ihrem Boot stand inzwischen sicher das Regenwasser. Bevor sie sich wieder auf den Weg machen konnte, würde sie also zuerst das Lenzventil öffnen und das Wasser ablaufen lassen müssen. Sie sah auf ihre Uhr: Fast neun. Es war nicht ratsam, jetzt allzu sehr den Funkverkehr des

Fisherman's Radio zu blockieren. John-Cody antwortete ihr. Sie freute sich, als sie seine Stimme hörte.

»Wie geht es Ihnen?«, fragte er sie.

»Ganz gut.« Sie erzählte ihm von dem Delfin.

»So etwas passiert manchmal, Lib. War es ein Männchen oder ein Weibchen?«

»Ein Männchen. Ein junges, erwachsenes Männchen.«

»Wie groß?«

»Zwei Meter fünfzig von der Schnauze bis zur Fluke.«

»Was für eine Haiart?«

»Könnte ein Mako gewesen sein. Der Skipper hier tippt eher auf einen weißen Hai.«

»Beide wären groß genug, um einen einzelnen männlichen Delfin zu töten. Wissen die Fischer, was passiert ist?«

Libby berichtete ihm, dass sie den Delfin mit ihrem Netz hochgezogen hätten, dass sie aber auch nicht mehr hätten sagen können. Sie wollte ihm schon von Pole erzählen, dann erinnerte sie sich daran, dass jeder ihrem Gespräch zuhören konnte, also sagte sie einfach: »Ich bin heute von unserem gemeinsamen Freund besucht worden: Das Hydrofon hat interessante Sonogramme geliefert. Zumindest halte ich sie für interessant. Ich hatte noch nicht die Zeit, die Daten vollständig auszuwerten.« Sie seufzte. »Hören Sie, ich bin todmüde, und ich würde Bree gern sehen. Können Sie mir morgen ein Wasserflugzeug schicken?«

»Sicher.«

»Danke. Ich werde an der Hütte warten. Sagen Sie dem Piloten, dass er so weit wie möglich in die Supper Cove hineinfliegen soll, da ich noch immer keine Ahnung habe, welche Auswirkungen die Flugzeuge auf die Delfinschule haben. Eines kann ich schon jetzt sagen, John-Cody: Zwei Jahre reichen mit Sicherheit nicht aus, um zu vernünftigen Ergebnissen zu kommen. Darüber hinaus wären mindestens zwei Wissenschaftler nötig, um ein akustisches Modell des Sunds zu erstellen. Die Bedingungen ändern sich hier fast täglich. Kann ich jetzt bitte mit Bree sprechen?«

Bree kam ans Mikrofon, und Libby wurde plötzlich bewusst, wie sehr sie ihre Tochter vermisste.

»Wie geht's dir, mein Schatz?«, fragte sie.

»Ich bin o.k., Mum. Regnet es bei dir auch? Wir haben hier einen richtigen Sturm.«

»Wir hier auch. Ich bin gerade auf einem Fischerboot in der Nähe von Cascade Cove.« Libby erzählte ihr von dem Delfin. Bree sagte, sie solle vorsichtig sein, wenn sie mit ihrem Boot zur Hütte zurückfuhr.

»Wann kommst du nach Hause?«, fragte sie.

Libbys Stimmung wurde zusehends besser. »Ich habe John-Cody gerade gebeten, morgen ein Flugzeug zu schicken.«

»Oh, toll. Ich vermisse dich sehr, Mum.«

Libby hörte Brees Stimme an, wie sehr sie ihr fehlte. Sie musste ein Schluchzen unterdrücken. »Ich vermisse dich auch sehr, mein Schatz. Aber ich werde da sein, wenn du morgen aus der Schule kommst. Ich muss jetzt Schluss machen, das Wetter wird immer schlechter, und ich muss noch zur Hütte zurück.«

»Sei vorsichtig.«

»Das bin ich. Mach dir keine Sorgen. Ich hab dich lieb, Bree.«

»Ich hab dich auch lieb, Mum.«

Libby hängte das Mikrofon ein. Sie war froh, dass John-Cody in dieser stürmischen Nacht bei Bree war. Sie sah den Kapitän an. Dieser legte den Kopf schief. »Sie wissen, dass wir an Bord freie Kojen haben.«

Sie lächelte. »Vielen Dank für das Angebot, aber ich habe noch jede Menge zu arbeiten.«

Der Skipper sah von der Brücke aus zu, wie einer seiner Männer ihr mit der Taschenlampe leuchtete, während sie an Bord ihrer Barkasse kletterte. Zum Glück hatte sich doch nicht so viel Regenwasser auf dem Boden gesammelt, wie sie befürchtet hatte. Das ersparte ihr, bei diesem Wetter am Lenzventil hantieren zu müssen. Die Seeleute reichten ihr die Behälter mit den Innereien und den Zähnen des Delfins. Sie verstaute sie in dem kleinen, abschließbaren Kasten an Bord, dann startete sie den Motor.

»Fahren Sie vorsichtig«, rief der Skipper ihr nach. Sie nickte ihm zu, schaltete die Scheinwerfer ein und fuhr die Cascade Cove entlang zurück.

Der Wind traf mit voller Wucht auf ihr Heck, kaum dass sie die Bucht verlassen hatte. Die Wellen waren genauso hoch wie draußen auf offener See. Das Wasser klatschte an die steilen Wände des Fjords und ließ dort phosphorisierende Gischtfontänen aufsteigen, bevor es sich wieder zurückzog und auf diese Weise eine Art alternative Dünung schuf. Die Wellen brandeten gegen den Bug ihrer Barkasse, als sie sich auf den Weg zur geschützten Supper Cove machte. Sie wollte jetzt nur noch nach Hause. Inzwischen war es stockdunkel. Der Wind heulte in ihren Ohren, zerrte an ihrem Ölzeug und drückte ihr die Kapuze tief ins Gesicht. Sie saß am Ruder und steuerte in die Dunkelheit hinein, sorgfältig darauf bedacht, stets in der Mitte der Meeresstraße zu bleiben und Abstand zu den Klippen zu halten. Im Dunkeln waren Entfernungen nur schwer einzuschätzen, vor allem bei derart schlechtem Wetter, wenn der Sturm von Westen direkt in das Herz des Fjords hineinblies. Sie navigierte das Boot mit aller Vorsicht, verzichtete zugunsten der Sicherheit auf Schnelligkeit. Sie dachte an die vielen Male zurück, die sie die Karte studiert hatte, und versuchte sich daran zu erinnern, ob es im Cook Channel irgendwelche Felsformationen unter Wasser gab.

Es gab keine. Sie fuhr unversehrt durch die Nine Fathoms Passage, dann den Sund hinauf, der sich am Ende gabelte, Supper Cove im Norden. Sie umfuhr die letzte Insel in einem weitem Bogen, dann lag die Bucht vor ihr. Hier war das Wasser wesentlich ruhiger, da die Berge von Cooper Island die Kraft des Windes brachen. Die Scheinwerfer der *Wellenreiter* tauchten die Bucht in ein fahles Licht. Libby zog den Gashebel zurück, als sie sich dem kleinen Anlegesteg näherte.

Als sie endlich wieder festen Boden unter den Füßen fühlte, wünschte sie sich, sie hätte Licht in der Hütte brennen lassen. Das Gebäude war noch etwas dunkler als der umgebende Wald, und der Regen, der auf die Bäume, das Dach und das Wasser niederging, verursachte alle möglichen Geräusche. Libby war normalerweise kein ängstlicher Mensch, eine derart wilde Nacht hatte sie jedoch noch nie erlebt. Darüber hinaus beunruhigten sie der tote Delfin und die Begegnung mit Ned Pole im Sund. Ein Gefühl der Einsamkeit überfiel sie, als sie auf die Hütte zu ging. Drinnen zog sie ihre Wetterkleidung aus. Der Feuerschein im Kanonenofen wirkte anheimelnd. Sie kniete sich davor, öffnete mit dem Schürhaken die Klappe und legte Holz nach. Sofort knisterte und zischte es, eine angenehme Ablenkung vom unablässigen Trommeln des Regens auf dem Dach. Libby setzte sich auf ihre Fersen und beobachtete die Schatten, die über die Wände tanzten. Sie nahm eine Zigarette aus dem Päckchen, blieb dann aber einfach sitzen, ohne sie anzuzünden, während sie die Wärme des Ofens in ihre Muskeln eindringen ließ. Sie war froh, dass sie mit Bree gesprochen hatte, und sie war ebenso froh, mit John-Cody gesprochen zu haben. Falls die atmosphärischen Bedingungen es zuließen, würde sie sich am Morgen noch einmal melden und fragen, wann mit dem Flugzeug zu rechnen war. Die gesammelten Daten konnte sie ohne weiteres auch zu Hause auswerten, wo sie wenigstens ein wenig Gesellschaft hatte. Mit diesen Gedanken im Kopf holte sie ihren Schlafsack aus der Koje und schlief am Feuer liegend ein, während das Prasseln des Regens weiter in ihren Ohren hallte.

12

John-Cody war persönlich gekommen, um Libby abzuholen. Sie
konnte seinen auf dem Lake Front Drive geparkten Pick-up schon
sehen, als das Flugzeug über dem Lake Te Anau einschwebte und der
Pilot sich sacht der Wasseroberfläche näherte, so dass kaum ein Rüt-
teln durch den Rumpf ging, als die Maschine aufsetzte. Das Flugzeug
hatte sie um halb zehn in der Supper Cove abgeholt. Libby hatte
schon mit gepackten Sachen am Steg gestanden, wo sie auch ihr Boot
vertäut hatte. Jetzt lehnte John-Cody in Bluejeans und Sweatshirt an
der Motorhaube seines Wagens und wartete auf sie. Libby freute sich
sehr, ihn zu sehen. Auf seinem zerfurchten Gesicht erschien ein Lächeln, als sie die Landungsbrücke hinaufkam. Sie trug ihre Tasche
mit schmutziger Wäsche über der einen Schulter und ihren Laptop
an einem Riemen über der anderen. John-Cody stellte die Tasche auf
die Ladefläche, während sie auf den Beifahrersitz kletterte. »Wollen
Sie auf dem schnellsten Weg nach Hause, oder möchten Sie vorher
noch im Olive Tree einen Cappuccino trinken?«

»Ein Kaffee wäre wunderbar.« Sie lächelte ihn an. »Schön, Sie zu
sehen, John-Cody.«

»Ganz meinerseits.« John-Cody fuhr los.

»Vielen Dank, dass Sie sich um Bree gekümmert haben.«

»Es waren ja nur ein paar Nächte.«

»Ja, ich weiß. Aber ich fand es trotzdem beruhigend zu wissen,
dass Sie bei dem Sturm letzte Nacht in der Nähe waren.«

»Das war ein ganz schönes Unwetter, nicht wahr?« John-Cody
sah durch die Windschutzscheibe zum Himmel, wo jetzt einzelne
blaue Lücken in der Wolkendecke aufbrachen. Es ging zwar immer
noch ein kräftiger Wind, aber er war bei weitem nicht mehr so stark.
Die Regenwolken waren ins Landesinnere weiter gezogen, wo sie
jetzt ihre Fracht über Otago entluden. Sie hielten vor einer kleinen

Ladenpassage. John-Cody holte den Kaffee, dann setzten sie sich neben den Kamin in der Ecke.

»Wie war es in Supper Cove?«, fragte er sie.

»Nun, ich habe Ihnen ja schon von dem toten Delfin erzählt. Die Zähne und die Organe, die ich untersuchen lassen will, habe ich leider in der Hütte vergessen.«

»Nun, sie werden nicht so schnell verderben.«

Libby streckte sich. »Ich brauche wohl nicht zu erwähnen, dass es da draußen ziemlich einsam ist, John-Cody.«

Er dachte an das letzte Jahr zurück, das er im Doubtful Sound auf der *Korimako* verbracht hatte. Tagsüber war er im Fjord herumgefahren, nachts hatte er im Halls's Arm, in der Precipice Cove oder draußen bei den Inseln geankert. Allein mit seinen Erinnerungen und dem Schmerz.

»Ich habe Pole getroffen«, sagte Libby. »Ich habe das schon gestern Abend angedeutet, da ich aber nicht weiß, ob der Skipper der *Huckleberry* mit ihm befreundet ist, wollte ich nicht allzu deutlich werden.«

John-Cody nickte. »Ich habe Sie schon verstanden.«

»Er raste mit seinem Boot wie ein Wilder über das Wasser. Ich war gerade dabei, Ortungsklicks aufzuzeichnen.«

»Übrigens, bevor ich es vergesse«, unterbrach er sie. »Bree ist heute Nachmittag bei Hunter Caldwell zum Tee eingeladen.«

Libby runzelte die Stirn. »Wer ist Hunter Caldwell?«

Er lächelte und lehnte sich zurück. »Ein Junge aus ihrer Schule. Seine Eltern haben oben am Blackmount eine Farm. Ich hoffe, Sie haben nichts dagegen, wo Sie doch gerade erst zurückgekommen sind.«

Libby zuckte mit den Schultern. »Wieso sollte ich etwas dagegen haben, wenn es Bree glücklich macht?« Sie sah ihn an. »Macht es sie glücklich?«

»Nun, sagen wir mal so: Sie musste nicht dazu überredet werden.«

Libby zog eine Grimasse. »Als ich gestern Abend mir ihr gesprochen habe, klang sie ziemlich geknickt. Hat es irgendwelche Probleme gegeben?«

»Nein, nichts Besonderes.«

»Ich mache mir große Sorgen um sie.«

John-Cody beugte sich über den Tisch zu ihr herüber und berührte ihren Handrücken. »Das brauchen Sie nicht, Libby. Es geht ihr wirklich prima. Und sie wollte wirklich gern zu Hunter fahren.«

»Heißt das etwa, dass er ihr Freund ist?«

»Ich weiß es nicht. Das werden Sie sie selbst fragen müssen.«

Libby seufzte. »Ich mache mir trotzdem ständig Sorgen, wenn ich unten im Dusky Sound bin. Früher war ich immer zu Hause, wenn sie aus der Schule kam, aber jetzt habe ich kaum noch Zeit für sie. Ich kann Ihnen gar nicht sagen, wie sehr ich sie vermisse.«

»Sie vermisst Sie ebenfalls. Aber ich kann Ihnen versichern, dass alles in Ordnung ist. Alex kümmert sich um sie, und schließlich bin ich ja auch noch da. Und jetzt scheint sich auch noch Hunter Caldwell um sie zu bemühen. Sie ist o.k., Lib. Es gibt keinen Grund für Sie, sich verrückt zu machen.«

Sie sah ihn an, sah den weichen Ausdruck in seinen Augen, die Falten in seinem Gesicht, die silbernen Strähnen in seinem Haar. Sie betrachtete seine sehnigen Arme mit den straffen Muskeln. Der Duft seines Rasierwassers stieg ihr über den Tisch hinweg in die Nase.

Sie erzählte ihm, was zwischen ihr und Pole vorgefallen war. »Ich kann noch nicht sagen, zu welchen Ergebnissen ich kommen werde. Alles, was ich bislang gefunden habe, ist einfach nicht schlüssig genug. Aber die Geschichte mit Pole ist immerhin ein Anfang. Die Delfine waren alle in Reichweite der Hydrofone; sie haben gerade gejagt. Und als Pole auftauchte, sind sie verschwunden.«

»Das könnte reiner Zufall sein.«

»Stimmt. Aber wir wissen es nicht. Und ohne eine ausführliche Studie der akustischen Gegebenheiten werden wir es auch nie erfahren.«

»So schnell wird die aber nicht fertig.«

»Ich weiß. Ich werde auch nicht definitiv nachweisen können, dass es sich hier um eine standorttreue Delfinpopulation handelt. Falls Pole die Nutzungserlaubnis für den Fjord bekommt, kann ich das Ganze sowieso vergessen.«

John-Cody blies die Backen auf. »Wissen Sie, ich glaube, Sie sind seit einem Jahr der erste Mensch, der sich darüber Gedanken macht.«

»Tatsächlich?«

Er nickte. »Als Pole seine Pläne vorgelegt hat, gab es hier eine ganze Menge Leute, die Einspruch erhoben haben. Hinter seinem Projekt steckt jedoch verdammt viel Geld, Libby. Hier unten ist es schwer, Arbeit zu finden. Im Winter gibt es kaum etwas zu tun, selbst in der Saison ist es schwierig. Dies hier ist eine Touristenstadt, und es herrscht eine heikle Balance zwischen Ökonomie und Ökologie.« Er beugte sich nach vorn. »Pole hat sich die Submittenten einzeln vorgeknöpft und es irgendwie geschafft, sie auf seine Seite zu ziehen. Sein Projekt schafft Arbeitsplätze, und das scheint schließlich für viele den Ausschlag gegeben zu haben. Die Einzigen, die sich weiter gegen ihn gestellt haben, waren Mahina und ich.« John-Cody presste die Lippen zusammen. »Das Umweltschutzministerium ist im Grunde genauso dagegen, aber Pole hat auch dort Befürworter.«

»Und das, obwohl er schon die ganze Zeit ohne eine Genehmigung für die Beobachtung von Meeressäugern hier kreuzt?«

John-Cody seufzte. »Genau genommen, hat die keiner von uns. Es wurden anfangs zwar ein paar ausgestellt, aber wir alle warten noch immer auf die Verlängerungen. Pole ist nicht dumm: Er hat seinen Antrag schon vor einiger Zeit gestellt. Das Umweltschutzministerium hat das Moratorium erst später in Kraft gesetzt. Pole könnte argumentieren, dass er sich in genau derselben Position befindet wie ich.« Er trank einen Schluck Kaffee. »Es hängt alles von der Verhandlung vor dem Bezirksrat ab.«

Er erklärte ihr, wie eine solche Submission ablief, und dass der Bezirksrat, außer es gab ernste Vorbehalte, dabei lediglich als eine Art Schiedsrichter fungierte. Falls es dem Antragsteller gelang, die Vorbehalte aller Submittenten zu zerstreuen, wurde dem Antrag unweigerlich stattgegeben. Falls die Parteien jedoch zu keiner Einigung gelangten, musste der Fall der Ratskammer zur Verhandlung vorgelegt werden. Bei dieser Verhandlung konnte sich dann jede Partei anwaltlich vertreten lassen.

»Und dort wird es eine Verhandlung geben?«, fragte Libby.

John-Cody nickte. »Pole hat in dem einen Jahr, seit Mahina gestorben ist, alles darangesetzt, sämtliche Steine aus dem Weg zu räumen, und er hat seine Sache ziemlich gut gemacht. Ich bin der Letzte, der noch zwischen ihm und dem großen Geld steht. Er hofft immer noch, mich überzeugen zu können.«

»Das wird er aber nicht, oder?«

»Nicht in einer Million Jahre.«

Sie gingen zum Pick-up zurück. Wenn die Sonne durch die Wolken brach, wurde es gleich ziemlich warm. Auf der Hauptstraße wimmelte es nur so von Touristen. An der Mokonui standen große Reisebusse. Libby ging neben John-Cody, genoss seine Männlichkeit und das entspannte Gefühl, das sie stets in seiner Nähe verspürte. Sie konnte nicht genau sagen, woran es lag, aber sie fühlte sich in seiner Gegenwart einfach wohl. Sie warf einen Blick auf sein Profil, die Falten um seinen Mund, den bläulichen Bartschatten. Offensichtlich hatte er sich schon seit ein paar Tagen nicht mehr rasiert. Sie gingen langsam die Straße entlang, und ihr Ellbogen streifte seinen Arm. Die Inhaberin eines der Kunstgewerbegeschäfte lächelte sie beide an und nickte John-Cody zu. Hier kannte ihn jeder. Es war angenehm, mit ihm unterwegs zu sein. Vor einem der Sportgeschäfte standen zwei Frauen, die Libby schon einmal vor Brees Schule gesehen hatte, und unterhielten sich. Die beiden sahen sie kurz an, warfen sich einen viel sagenden Blick zu und sahen dann bewusst in die andere Richtung.

Wieder im Auto, kurbelte Libby das Fenster herunter und legte ihren Ellbogen auf die Kante, während John-Cody aus der Parklücke herausmanövrierte und Richtung See fuhr. Er schaute noch kurz bei Southland Tours vorbei, um dort seine Prospekte auszulegen. Dasselbe tat er auch in der Herberge für Rucksacktouristen, die sich gegenüber dem Hangar für die Wasserflugzeuge befand.

Schließlich setzte er Libby vor dem Haus ab und fuhr weiter zum Büro. Dort war alles ruhig. Alex teilte ihm mit, dass die zwei Gäste für das Wochenende abgesagt hatten: Das Ehepaar, das den Törn gebucht hatte, hatte in der Nähe von Queenstown einen Unfall gehabt. Die beiden waren zwar nicht schwer verletzt, konnten aber vorerst keine Fahrten unternehmen. John-Cody setzte sich auf die Veranda, drehte sich eine Zigarette und sah dabei zwei Kanufahrern zu, die über den See paddelten. Er hatte Bree und Hunter schon so gut wie versprochen, dieses Wochenende auf der *Korimako* mitfahren zu dürfen: Sämtliche Vorräte waren bereits eingekauft, die beiden Dieseltanks bis zum Rand voll. Er warf einen Blick über die Schulter und sah Alex an. Ihr Gesicht war schmal und grau, ihre Augen wirkten müde. »Was hältst du davon, das Büro übers Wochenende zu schließen?«, fragte er sie.

Alex zog eine Augenbraue hoch und sah ihn an. »Wir sind mitten in der Saison.«

»Na und?« Er stand auf. »Du siehst müde aus, Alex, vor allem um die Augen. Das ist meine Schuld. Du arbeitest das ganze Jahr bis zum Umfallen, und dann musst du auch noch auf ein zwölfjähriges Mädchen aufpassen.«

»Bietest du mir etwa gerade Urlaub an, Boss?«

»Ich biete dir an, ein Wochenende mit Bree und Hunter auf der *Korimako* zu verbringen. Und auch mit Libby, falls sie mitkommen will.«

Alex sah ihn schräg an. »Du bist dir also nicht sicher, ob sie das will?«

»Ich weiß es nicht. Sie ist doch gerade erst aus dem Dusky Sound zurückgekommen.«

»Sie wird mitkommen.« Alex stützte sich mit den Ellbogen auf die Empfangstheke. »Sie wird sich die Chance, mit dir zusammen zu sein, bestimmt nicht entgehen lassen.«

John-Cody starrte sie an und merkte, wie er rot wurde.

»Es stimmt. Sie mag dich, Boss. Sie mag dich sogar sehr.«

»Du machst Witze. Woher willst du das denn wissen?«

»Als Frau merkt man so was. Jetzt schau mich nicht so schockiert an. Viele Frauen finden dich attraktiv.«

John-Cody setzte sich auf die Couch und legte ein Bein über sein Knie. Völlig verblüfft starrte er Alex an.

»Soll das heißen, dass dir das wirklich noch nicht aufgefallen ist?«

Er schüttelte den Kopf.

»Dann musst du blind sein. Allen anderen fällt es nämlich sehr wohl auf.«

Er überlegte. Da waren eben auf der Straße diese beiden Frauen mit ihrem komischen Blick gewesen. Und die Grady-Schwestern, die seit Mahinas Tod ständig um ihn herumscharwenzelten. Beim Gedanken an ihren Tod schloss er die Augen.

»Sie hätte nichts dagegen.«

Er sah Alex fragend an.

»Mahina. Mahina hätte nichts dagegen.« Alex kam hinter dem Pult hervor und setzte sich neben ihn. »Boss, nimm es mir nicht übel, wenn ich das so sage, aber seit Libby und Bree hier sind, bist du wieder ein ganz anderer Mensch. Vorher warst du einfach unerträglich. Ich meine, jeder hatte Verständnis für deine Trauer, aber du hast dich ein ganzes Jahr lang einfach vergraben. Und das ist eine sehr lange Zeit. Es war für uns alle nicht leicht mit dir. Außerdem hast du ständig ausgesehen, als stündest du kurz vor dem Selbstmord.«

John-Cody spürte, wie sich der Schmerz in seiner Brust aufbaute. Sie sollte aufhören, so mit ihm zu reden. Gleichzeitig wollte er jedoch, dass sie weitersprach. Alex nahm seine Hand.

»Du hast Mahina geliebt, wie kein Mensch je geliebt wurde. Die Frauen in dieser Stadt wussten das und sind daran verzweifelt. Ich weiß, wovon ich rede, Boss, weil ich eine von ihnen bin. Niemand wird heute noch auf diese Weise geliebt, verehrt und geschätzt. Sie war das Kostbarste in deinem Leben, und jeder im Te-Anau-Becken hat das gewusst.«

John-Codys Kehle wurde trocken. »Als sie starb, ist ein Teil vom mir gestorben, Alex, und ich wollte auch nicht mehr leben.« Er setzte sich wieder gerade hin. »Du weißt, dass ich viele Monate auf der *Korimako* verbracht habe und oft nur noch meinen Tauchanzug anziehen und zum Gat hinausfahren wollte. Um dort ins Wasser zu springen. Ich wollte in die Dunkelheit hinabtauchen und nie wieder hochkommen.« Er verzog die Lippen. »Tauchen, bis mein Luftvorrat zu Ende ging und ich so tief war, dass ich es nicht mehr bis zur Oberfläche schaffen würde.« Er hielt inne. »Aber das durfte ich nicht. Ich hatte Mahina versprochen, ihre Asche genau ein Jahr nach ihrem Tod im Meer zu verstreuen.«

Alex nickte, während sie ihre Hand auf seine Schulter legte. »Das war wohl der Grund, weshalb sie dich darum gebeten hat.«

Er sah sie an.

»Mahina hat dich geliebt, Boss. Aber sie hatte ein untrügliches Gespür für das Leben und das Sterben, das du niemals haben wirst. Sie wusste, wann es Zeit für sie war zu gehen, und ich kenne niemanden, der mit mehr Würde gegangen wäre. Sie konnte gewisse Dinge in einer Art und Weise akzeptieren, wie das den meisten Menschen niemals gelingen wird. Sie hat gekämpft, bis sie wusste, dass sie ihren Kampf verloren hat, aber dann hat sie ihre Niederlage akzeptiert und ist gestorben.«

Stille Tränen liefen ihm die Wangen hinunter. John-Cody hatte noch nie jemanden so offen sprechen hören, dennoch war Alex' Gesicht sanft und verständnisvoll.

»Mahina hat befürchtet, dass du versuchen würdest, dir das Leben zu nehmen, Boss. Das ist zum Teil der Grund dafür, weshalb sie dich gebeten hat, ihre Asche aufzubewahren. Nach Maori-Überlieferung passen die Verstorbenen auf die Hinterbliebenen auf, wenn auch selten ein ganzes Jahr lang. Die Fuchsie und die Glockenvögel – natürlich hat Mahina sie geliebt. Aber ich denke, sie hat dir diese letzte Verpflichtung auferlegt, weil sie sicher war, dass du dieses Jahr dann überstehen würdest und dass du danach vielleicht über ihren Tod hinweg wärest.«

John-Cody holte tief Luft. »Dort draußen auf dem Boot war ich überzeugt davon, alles verloren zu haben. Ich war am Ende. Aber wirklich einsam habe ich mich erst gefühlt, als ich ihre Asche verstreut hatte.«

Alex nickte. »Sicher. Aber du musstest wieder zurückkommen, weil du Libbys und Brees wegen noch einiges zu erledigen hattest. Und du hast es getan. Himmel, du hast die letzten Nächte sogar wieder in eurem Haus geschlafen.« Sie zog ihre Augenbrauen hoch. »Und zwar, um auf Bree aufzupassen.«

»Bree ist ein liebes Mädchen. Sie hat bisher kein leichtes Leben gehabt.«

Alex strahlte. »Siehst du, du engagierst dich wieder für etwas. Dein Leben geht wieder weiter. Ich wette, wenn du morgens aufwachst, ist der Schmerz nicht mehr ganz so schlimm.« Alex stand auf. »Mahina hat dir gesagt, dass du loslassen musst, Boss. Vielleicht solltest du das jetzt endlich tun.«

John-Cody fuhr zu dem namenlosen Ort irgendwo auf halbem Weg zwischen Rainbow Reach und Te Anau. Er bog von der Hauptstraße ab und stellte den Pick-up auf einem kleinen Grasflecken ab. Von dieser Stelle aus konnte man ein Stück Sumpfland überblicken, das früher einmal eine Flussschleife gewesen war. Die Wolken schoben sich nah an den Horizont wie eine Nagelhaut. Der Himmel über ihm brannte in pudrigem Blau. Er konnte die Sommerhitze durch seine Kleidung hindurch spüren. Schweiß sammelte sich auf seiner Stirn. Er lehnte an der Motorhaube des Ute und sah über das Wasser auf die von schwarzgrünen Manuka-Bäumen bestandene Insel. Direkt vor ihm fiel der Boden steil ab, und er konnte Silberbuchen, Kohlpalmen und einen hohen Marmorblatt-Baum mit dicker Rinde erkennen.

Drei schwarze Schwäne glitten über das Wasser: ein Paar, das eine lebenslange Bindung eingegangen war, und der jüngste ihrer Sprösslinge, noch nicht bereit, sein eigenes Leben zu führen.

Dies hier war sein Lieblingsplatz. Er setzte sich ins Gras und zog seinen Tabak aus der Hemdentasche. Mahina hatte ihren Blaugummibaum und ihren Lieblingsstein gehabt, aber dieser namenlose Ort hier gehörte ihm. Er hatte ihn so getauft, weil er auf keiner Karte verzeichnet war und er hier mit Ausnahme einiger Entenjäger während der Jagdsaison noch nie einen Menschen gesehen hatte. Im Laufe der letzten Jahre waren sogar die Jäger ausgeblieben.

Er drehte sich eine Zigarette und steckte sie sich zwischen die Lippen, ohne sie anzuzünden. Er dachte über Alex' Worte nach: Er dachte an Mahina – und an Libby. Es war schon seltsam: Er hatte sie bisher noch nicht als Frau wahrgenommen. Wichtig für ihn waren nur die praktischen Dinge gewesen, wie ihr Boot zum Dusky Sound zu transportieren, oder auf Bree aufzupassen. Er lächelte, als er an Bree dachte. Vorgestern Abend, nachdem sie beide mit Libby über Funk gesprochen hatten, hatte er Gitarre gespielt, und sie hatte dazu gesungen. Er genoss ihre Gesellschaft. Sie war intelligent, und sie vertrat ihre eigene Meinung. Er hatte oft an Bree gedacht, aber nur selten an Libby.

Er starrte die ruhige Landschaft vor sich an. Mahina nahm wieder all seine Gedanken in Anspruch: ihr Gesicht, ihre Augen, der Klang ihrer Stimme. Aber Alex hatte Recht: Seit er zurückgekommen war, sich dem Alltag gestellt und auch wieder eine gewisse Verantwortung übernommen hatte, hatte sein Schmerz ein wenig nachgelassen. Vielleicht hatte Mahina tatsächlich Angst davor gehabt, dass er nach ihrem Tod etwas Unbedachtes tun könnte, und ihm deshalb dieses Versprechen abgenommen. Eines nämlich wusste sie mit Bestimmtheit: Wenn er ihr etwas versprochen hatte, dann hielt er es unter allen Umständen.

Über dem Wasser tanzten zwei Regenpfeifer. Der Wairau stürzte zu Tal, um in den Lake Manapouri zu münden, dessen Wasserstand durch den kürzlichen Regen deutlich gestiegen war. Er hörte, wie das Wasser rauschte, schmatzend an den schlammigen Ufern saugte, mineralstoffreiche Erde wegspülte und sie flussabwärts trug. Vielleicht gab es für ihn wirklich ein Leben nach Mahina: Er hatte immer noch diese Landschaft, die stille Schönheit Fjordlands. Er hatte einen Kai bei Deep Cove, und er hatte die *Korimako*. All das konnte ihm jetzt niemand mehr nehmen: Er und Mahina hatten jeder für sich eine Lebensversicherung abgeschlossen, deren Auszahlungssumme in etwa der Höhe ihrer Verbindlichkeiten entsprach. Seit Mahinas Tod war er somit schuldenfrei, und mit den Törns, die Alex in letzter Zeit organisiert hatte, standen zum ersten Mal in seinem Leben schwarze Zahlen auf seinem Kontoauszug. Auch wenn Pole noch so scharf auf das Boot und den Kai war, er würde beides niemals bekommen.

Er stand auf. Mit einem Mal war er voller Energie. Er spürte ein kribbelndes Gefühl in seinen Gliedern. Plötzlich fühlte er sich wieder stark und lebendig. Ihm wurde mit einem Schlag bewusst, wie wichtig er für all das, was ihn umgab, war. Er war ebenso ein Teil dieser Landschaft, wie das für Mahina gegolten hatte. Alles, was sie ausmachte, hatte sie auf ihn übertragen, und jetzt, da sie nicht mehr lebte, fiel ihm die Rolle dessen zu, der zwischen der Natur und Menschen wie Pole stand.

Libby lag im Garten auf einer Decke und las ein Buch. Sie trug ein Bikinioberteil und abgeschnittene Jeans. Ihre Haut war gebräunt. Ihr dichtes, schwarzes Haar, das sie heute offen trug, reichte bis zur Mitte des Rückens. John-Cody stand einige Augenblicke im Schatten des Carports und beobachtete sie, dann ging er zu ihr und entledigte sich dabei seiner Schuhe. Das Gras fühlte sich saftig unter seinen nackten Füßen an. Libby war ebenfalls barfuß. Sie drehte sich auf den Rücken und schirmte ihre Augen mit einer Hand vor der Sonne ab, als sie ihn kommen hörte.

»Möchten Sie eine Tasse Tee?«, fragte er sie.

»Danke, sehr gern.«

John-Cody sah zu der Taube hinauf, die leise gurrend auf einem der obersten Äste der Rotbuche saß. »Ich habe Bree so gut wie versprochen, dass sie und Hunter dieses Wochenende bei mir als Crew auf dem Boot mitfahren dürfen«, sagte er.

»Ich habe nichts dagegen«, meinte Libby.

»Der Törn fällt aber aus, weil die beiden einzigen Gäste abgesagt haben.« John-Cody ging neben ihr in die Hocke. »Hätten Sie vielleicht Lust, am Wochenende mit hinauszufahren? Ich habe Alex gesagt, sie soll das Büro zusperren. Wir könnten, wenn Bree und Hunter aus der Schule kommen, mit Tom über den See fahren und am Sonntagabend wieder zurück sein.«

»Aber wenn der Törn abgesagt wurde, müssen Sie das nicht für uns tun.«

»Ich will es aber.« Er machte eine fragende Geste mit der offenen Hand. »Also, was ist. Kommen Sie mit?«

»Aber natürlich.«

»Ich hatte schon befürchtet, dass Sie inzwischen von den Fjorden die Nase voll haben.«

Libby sah ihm in die Augen und spürte eine plötzliche Wärme durch ihre Adern strömen. »Ich habe nur die Nase voll, dort allein zu sein, John-Cody. Sie in Gesellschaft zu erleben ist sicher viel schöner.«

Sie saßen im Garten, tranken Tee und genossen den Sonnenschein. Libby beobachtete ihn, wie er trank, sah zu, wie er seinen Tabak in die Hand nahm und die losen Fasern in seiner Handfläche sorgfältig rollte, bevor er sie in das Zigarettenpapier legte. Das Geräusch eines Autos auf der Straße nahm dem Augenblick seinen Zauber. Zwei Türen öffneten sich, dann knirschten Schritte auf der kiesbestreuten Auffahrt. John-Cody blickte auf, als sich Jonahs massige Gestalt für einen Augenblick wie ein Schatten vor die Sonne schob. Jonah blieb, beide Hände in die Hüften gestemmt, vor ihnen stehen. Er lächelte John-Cody an, dann zwinkerte er Libby zu. »Ich habe Besuch mitgebracht«, sagte er.

Ein alter Mann tauchte unter dem Carport auf und schlurfte auf sie zu. Krumm und mit gesenktem Kopf stützte er sich schwer auf seinen Stock. »Kobi!« John-Cody sprang auf.

Der alte Mann sah ihn finster an. Sein düsterer Blick verschwand jedoch sofort, und ein herzliches Lächeln breitete sich auf seinem Gesicht aus. »Tag, du alter Witzbold, ich dachte, es ist an der Zeit, dass ich mich mal persönlich darum kümmere, was du hier unten so treibst.«

John-Cody umarmte den alten Mann, der ihm mit seiner knorrigen Hand den Rücken tätschelte. Dann nahm er ihn beim Arm und stellte ihm Libby vor. Kobi nahm seine Mütze ab und lächelte sie freundlich an.

»Sie sind also die Wissenschaftlerin, die im Dusky Sound arbeitet«, sagte er.

»Ja, die bin ich.«

»Wie gefällt es Ihnen hier bei uns?«

»Es ist wunderschön.«

Kobi nickte freundlich und setzte sich auf den Rasen. Libby schloss ihn sofort ins Herz. John-Cody drehte ihm eine Zigarette, die er zwischen Zeigefinger und Daumen hielt, während er genüsslich den Rauch durch die Nase blies. John-Cody erzählte Jonah von der Fahrt, die sie fürs Wochenende geplant hatten, aber Jonah hatte keine Zeit. Dann wandte John-Cody seine Aufmerksamkeit wieder Kobi zu.

»Und was ist mit dir, alter Mann? Es ist jetzt schon Jahre her, seit du das letzte Mal auf meinem Boot warst.«

»Für so etwas bin ich einfach zu alt.«

»So ein Unsinn. Du bist keineswegs zu alt dafür.«

»Doch, Gib. Ich bin zu alt.«

»Ach, fahren Sie doch mit, Kobi.« Libby nahm seine Hand. Sie war warm, obwohl die Haut welk und dünn war und von blauen Adern durchzogen wurde. »Sie sind bestimmt nicht zu alt.«

»Ich komme ja nicht einmal mehr allein die Niedergänge herunter.«

»Dann helfen wir Ihnen eben.«

Er zwinkerte ihr zu. »Werden Sie mich auch ins Bett bringen?«

Libby lachte. »Bitte fahren Sie mit. Es ist doch nur übers Wochenende.«

Kobi zog eine Grimasse und sah John-Cody an. »Was denkst du, Gib? Glaubst du wirklich, dass ich das noch schaffe?«

»Natürlich schaffst du das. Allerdings würde ich an deiner Stelle darauf verzichten, auf den Salings herumzuklettern.«

»Also gut, dann werde ich mitkommen.« Er hielt immer noch Libbys Hand. »Aber nur unter einer Bedingung: Sie erzählen mir ganz genau, was sich im Dusky Sound gerade so tut. Ich bin nämlich schon seit Jahren nicht mehr dort gewesen.«

Bree war begeistert, als sie sie an diesem Abend von der Caldwell-Farm abholten. John-Cody versprach, dass sie Hunter am Freitagnachmittag an der Bushaltestelle treffen und dann zusammen mit der Crew des Z-Boots über den Pass fahren würden. Er wusste, dass Tom für die Fahrt über den Wilmot Pass einen Pick-up organisieren konnte.

Bree hatte jede Menge von der Farm zu erzählen, als sie nach Hause fuhren. Sie saß zwischen ihnen und redete wie ein Wasserfall, während Sierra hinten auf der Ladefläche stand und jedes entgegenkommende Auto anbellte. John-Cody saß am Steuer und hörte ihr interessiert zu. Hin und wieder unterbrach Libby ihre Tochter, um ihr ein Wort über die Schule zu entlocken. John-Cody warf einen Blick zu Libby hinüber, wurde sich dabei ihrer tief schwarzen Augen, der glatten Wangen mit den hohen Wangenknochen und ihres weiß blitzenden Lächelns bewusst. Es schien ihm, als sähe er ihr Gesicht zum ersten Mal. Sie war jung, und sie war schön. Zum zweiten Mal seit Mahinas Tod spürte er, wie sich in ihm wieder etwas regte.

In dieser Nacht lag er im Homestay im Bett und hörte durch die Wand, wie Bree und Libby sich miteinander unterhielten. Seine Badezimmertür stand offen, und die Geräusche hallten aus ihrem Bad zu ihm herüber: Wasserrauschen, Libby, die unter der Dusche stand und Bree zurief, sie solle ihr das Shampoo bringen. Er hörte, wie das Wasser im Abfluss gurgelte und stellte sie sich einen Moment lang nackt vor. Ihm stockte der Atem, und er setzte sich, den bitteren Geschmack des Verrats auf der Zunge, kerzengerade in seinem Bett auf: Lange Zeit starrte er seine Silhouette an, die ihm der Spiegel zurückwarf.

Am nächsten Nachmittag fuhren sie bei strahlendem Sonnenschein über den See des trauernden Herzens: Tom, der am Ruder des Z-Bootes saß, hatte ihnen versprochen, dass sie das ganze Wochenende über schönes Wetter haben würden. Selbst Deep Cove würde keinen einzigen Tropfen Regen abbekommen, und Tom sollte Recht behalten. Als sie am Kai anlegten, wartete dort schon ein Fahrer mit einem Pick-up auf sie. Hunter und Bree setzten sich mit dem Gepäck auf die Ladefläche, während Alex, Libby und John-Cody auf dem Rücksitz Platz nahmen. Kobi saß vorn auf dem Beifahrersitz und sah so vergnügt und zufrieden aus, wie John-Cody ihn schon seit langem nicht mehr gesehen hatte.

An Bord der *Korimako* nahm John-Cody Hunter mit zum Maschinenraum hinunter, ging mit ihm zusammen die Kontrollen durch und übertrug ihm für den nächsten Morgen die Aufgabe, den Hilfsmotor zu starten. Das bedeutete, dass er sich nach dem Aufwachen nicht noch lange in seiner Koje, die gegenüber der von Bree auf der anderen Seite des Gangs lag, räkeln konnte. Bree hatte sich vor Alex die Gefrierkoje gesichert. Alex hatte sich daraufhin wie Kobi für eine der vorderen Kojen entschieden, während Libby wieder in der Doppelkabine achtern schlief, neben der des Skippers. Sie machten die Leinen los, John-Cody betätigte das Horn und ließ dann Bree die *Korimako* in den Doubtful Sound hinaussteuern.

Es würde erst in zwei Stunden dunkel werden, also hielt John-Cody auf Crooked Arm zu, während sich Alex und Libby um das Abendessen kümmerten. Nachdem John-Cody den Autopiloten eingeschaltet hatte, ging er mit Hunter und Bree an Deck und erklärte ihnen alle Landmarken zwischen Deep Cove und dem zweiten Arm des Sunds.

Kobi setzte sich mit zugeknöpfter Jacke auf den Gemüsekasten und sah zu, wie Hunter den Mast bis zu den Salings hochkletterte, die sich zehn Meter über dem Deck befanden. Er stellte sich ins Krähennest und tat so, als wäre er ein Ausguck auf einem der Walfänger, die damals in den dreißiger Jahren des neunzehnten Jahrhunderts in der Cuttle Cove angelegt hatten. Bree setzte sich, die Sonnenbrille ihrer Mutter auf der Nase, neben Kobi auf den Kasten.

Sie aßen in der Persenningkajüte zu Abend. Die Plastiktür war nach oben gerollt, und die letzten Sonnenstrahlen lagen warm auf ihren Köpfen, bevor die Sonne dann genau hinter jenem Höhenzug unterging, von dem der Lucky Burn in die Tiefe stürzte. Bree und Hunter saßen nebeneinander und kicherten ständig: Libby beobachtete die beiden und schüttelte den Kopf. John-Cody wiederum beobachtete sie alle, beobachtete die herumalbernden Kinder, beobachtete Libby und Alex, die offenbar gut miteinander auskamen. Er lauschte Kobis Geschichten aus alten Zeiten und war zum ersten Mal seit langer Zeit wieder glücklich.

Nach dem Essen setzten sich Libby, Alex und der alte Mann an den Salontisch, um Karten zu spielen, während Hunter und Bree duschen gingen. Bree kam, ein Handtuch um den Kopf gewickelt, zurück. John-Cody, der über den Kartentisch gebeugt saß, drehte sich auf seinem Plastikhocker zu ihr um. Bree quetschte sich neben ihn und lehnte sich mit glänzenden, roten Ellbogen auf seine mit Klarsichtfolie überzogenen Karten. Sie nahm das blaue Funkjournal in die Hand und fragte ihn, was EPIRB bedeute.

»Emergency Positioning Indicating Radio Beacon.« John-Cody zeigte nach achtern. »Das ist ein Notrufsender, der am Heck neben dem Beiboot befestigt ist.«

»Wie funktioniert der?«

»Er beginnt automatisch zu senden, wenn das Boot sinkt.« Er lehnte sich zurück und verschränkte die Arme vor der Brust. »Das Gerät löst sich von selbst ab und gibt den Rettern die letzte Position des Bootes durch.«

Bree sah ihn entsetzt an. »Haben Sie es jemals gebraucht?«

Er schüttelte den Kopf. »Keines der Schiffe, auf denen ich war, ist je gesunken.«

»Wie lange fahren Sie jetzt schon zur See?«

»Oh, sehr lange. Seit meinem zwanzigsten Lebensjahr.«

»Immer hier in Neuseeland?«

»Nein, ich habe in Bellingham in Amerika zum ersten Mal auf einem Schiff angeheuert. Es war ein Muschelschiff.« Eine Sekunde lang sah er wieder das dunkle Innere jener Bar vor seinem geistigen Auge. Er hörte den Ersten Maat brummen, dass sich der Winschmann ohne Erlaubnis entfernt hatte, und erinnerte sich daran, wie er in den sauren Apfel gebissen hatte und dem Mann seine Arbeitskraft angeboten hatte.

»Warum sind Sie nicht in Amerika geblieben?«

John-Cody sah sie durch die Nebel der Vergangenheit an. »Es hat mir dort nicht besonders gefallen.«

»Wollen Sie irgendwann wieder dorthin zurück?«

Er schüttelte den Kopf. »Nein, Bree. Jetzt ist Neuseeland mein Zuhause.«

»Bree.« Libbys Kopf erschien oben am Niedergang. »Zeit zum Schlafengehen. Sieh zu, dass du ins Bett kommst, ja?«

John-Cody sah zur ihr hoch. »Entschuldigung, Mum«, sagte er dann. »Das ist meine Schuld.«

Libby drohte ihrer Tochter mahnend mit dem Zeigefinger. »Nein, ist es nicht. Es ist ihre Schuld. Sie ist eine richtige Plaudertasche, vor allem, wenn sie eigentlich schon lange ins Bett gehört.«

Sie saßen im Salon bei einem Glas Wein und lauschten dem Flüstern, das aus den Kojen unter Deck kam. Libby warf Alex einen Blick zu und zog eine Augenbraue hoch. John-Cody rollte sein Weinglas zwischen den Händen und rief zu Hunter hinunter, dass er nicht vergessen solle, was er morgen früh zu tun habe. »Ich erwarte dich im Morgengrauen an Deck, Seemann. Hast du mich verstanden?«

Hunter antwortete ihm nicht, aber das Flüstern verstummte. Libby seufzte erleichtert auf. »Endlich Ruhe«, sagte sie.

John-Cody hatte ihr gegenüber am Tisch Platz genommen, Alex

und Kobi saßen zwischen ihnen. Kobi sah jetzt Libby an. »Erzählen Sie mir etwas über den Dusky Sound«, sagte er. »Können Sie schon Näheres über diese Delfinschule sagen?«

Libby lächelte ihn an. »Nein, Kobi, noch nicht. Bis jetzt habe ich noch nicht einmal zwanzig Tiere identifiziert. Aber ich glaube, dass es sich um eine patriarchalische Gruppe handelt, die von Old Nick angeführt wird.«

»Das glauben Sie?« John-Cody zog fragend eine Augenbraue hoch.

Sie nickte. »Es ist noch nicht sicher, aber soweit ich es beurteilen kann, ist es so.«

Kobi hatte seine gefalteten Hände auf den Tisch gelegt. »Was ist mit diesen Hotels?«

Libby schürzte die Lippen. »Ich weiß es nicht. Ich denke, man wird sie längst genehmigt haben, bevor ich beweisen kann, dass die Gruppe standorttreu ist. Und man wird sie mit Sicherheit genehmigt haben, bevor ich herausgefunden habe, wie der Motorenlärm ihr Verhalten beeinflusst.«

Kobi sah durch sie hindurch. »Dann werden sie also ihre Hotels bauen oder was auch immer sie planen.«

»Nein.« John-Cody legte seine Hand auf Kobis Knöchel. »Nicht, wenn ich es irgendwie verhindern kann. Ich werde dagegen kämpfen, Kobi. Ich bekämpfe sie jetzt schon. Das Projekt kommt zur Verhandlung, und ich werde den Fall, wenn nötig, den besten Anwälten des Landes übergeben.«

Kobi starrte an ihm vorbei in die Ferne. »Nehemiah Pole.«

John-Cody nickte. »Er steht für das Projekt. Das Geld kommt allerdings von amerikanischen Geschäftsleuten.«

»Aber er ist der Mann, der hier vor Ort verantwortlich ist.«

»Es sieht so aus. Ich denke, die Amerikaner brauchen Pole als Zugpferd. Schließlich ist er hier eine große Nummer, und er hat ja wirklich eine bemerkenswerte Vergangenheit.«

»Die hat er«, sagte Kobi. »Ich denke, die hat er tatsächlich.«

Kobi ging zu Bett, während die anderen noch weiter Karten spielten und sich dabei leise unterhielten. Schließlich gähnte auch Alex und streckte sich. John-Cody stand auf, um sie vorbeizulassen. Sie ging nach hinten und den Niedergang zu ihrer Koje hinunter.

Über Crooked Arm lag jetzt eine tiefe Stille, die Hitze des Tages war einer leichten, kühlen Brise gewichen, die durch das Netz, das vor der offenen Tür auf der Leeseite hing, hereinwehte. John-Cody hatte es dort als Schutz vor den Kriebelmücken angebracht. Libby lehnte sich zurück und gähnte, dann griff sie nach der Weinflasche und schenkte ihnen beiden noch einmal nach. John-Cody hob sein Glas und betrachtete es. Beide schwiegen. Durch das Fenster konnte er den sternenklaren Himmel sehen und wusste, dass der morgige Tag genauso strahlend schön würde wie der heutige. Wenn sie Glück hatten, würde das gute Wetter auch noch am Sonntag anhalten.

Er sah Libby an, die, völlig in Gedanken versunken, mit verschränkten Armen in ihrem Sitz lehnte. Ihr kleines Gesicht war braun, die Augen waren sehr dunkel und wirkten in diesem Licht beinahe schwarz. Sie spürte seinen Blick und lächelte. »Ich war gerade ganz weit weg«, sagte sie.

»Und wo genau?«

»Auf der Baja.«

»Der Baja California – Sea of Cortez?«

Libby nickte und beugte sich nach vorn. Daran, wie sich ihre Brüste unter ihrer Bluse bewegten, konnte er erkennen, dass sie keinen BH trug.

»Ich habe dort unten insgesamt zwei Jahre verbracht. Bree wurde dort geboren. Himmel, sie hat sogar einen mexikanischen Pass.« Sie schüttelte den Kopf. »Das war wieder einmal typisch für mich. Ich hatte nicht mal genug Zeit, mir Urlaub zu nehmen, die Grenze zu überqueren und sie in den Vereinigten Staaten zur Welt zu bringen.« Sie verzog die Mundwinkel. »Manchmal denke ich, dass ich eine ziemlich schlechte Mutter bin.«

John-Cody hob die Hand. »Ich denke, dass Sie Ihr Bestes tun, und ich denke auch, dass Sie es als Mutter wirklich nicht leicht haben. Kinder aufzuziehen ist schwierig; nicht dass ich da aus eigener Erfahrung sprechen könnte.«

Libby sah ihn an. »Wollte Mahina keine Kinder?«

»Sie konnte keine bekommen.«

»Oh, das tut mir Leid.«

»Das braucht es nicht, Lib. Wir hatten trotzdem eine wunderbare Beziehung; wir hatten alles, was wir uns nur erträumen konnten.«

Libby spürte die stille Leidenschaft in seiner Stimme, sie sah sie in seinen Augen, und plötzlich überfiel sie eine unerklärliche Eifersucht. Sie achtete darauf, wie ihr Name aus seinem Mund klang, und stellte fest, dass ihr seine Abkürzung gefiel. Er lehnte sich zurück, während er weiter den Kelch seines Weinglases, das vor ihm auf dem Tisch stand, mit beiden Händen umschlossen hielt.

»Ich glaube nicht, dass Sie, was Bree betrifft, allzu hart mit sich ins Gericht gehen sollten. Es scheint ihr hier durchaus zu gefallen.«

»Im Augenblick vielleicht. Wer wäre nicht gern an einem Ort wie diesem?« Sie lächelte. »Sie versteht sich prima mit Hunter.«

»Das tut sie.«

Libby nahm einen Schluck Wein. »Als ich Bree damals gefragt habe, wollte sie unbedingt in Frankreich bleiben.«

»Kinder mögen eben keine Veränderungen.«

»Diesmal hatte ich wirklich keine andere Wahl. Aber ich habe sie schon ganz schön durch die Welt gezerrt. Sie war nie länger als zwei Jahre an ein und demselben Ort.«

»Nun, für mich hört sich das nach einem ziemlich abwechslungsreichen Leben an.«

»Aber ist das für ein Kind in ihrem Alter überhaupt gut?«

»Ich weiß es nicht. Es hat wohl, wie die meisten Dinge, Vor- und Nachteile.«

Sie sah ihn an. »Wollten *Sie* eigentlich Kinder haben?«

»Ich habe nie darüber nachgedacht. Mahina konnte keine bekommen, das habe ich vom ersten Tag an gewusst.« Er zuckte mit den Schultern. »Ich habe Mahina geliebt. Mehr ist dazu nicht zu sagen.«

»Haben Sie mit einer Maori-Zeremonie geheiratet?«

»Wir haben nie geheiratet. Wir haben einfach zusammengelebt.«

Das klang viel banaler, als es tatsächlich war: Er erinnerte sich daran, wie er Mahinas Boot zum Strand am Yuvali Burn gebracht hatte, wie sich vor ihnen Malaspina Reach bis zum Meer erstreckte. Es war eine wilde und stürmische Morgendämmerung gewesen. Als es hell wurde, hatten sie zusammen an diesem regengepeitschten Strand gestanden und einander geschworen, sich bis ans Ende ihrer Tage zu lieben.

»John-Cody?«

Er sah in Libbys fragendes Gesicht. »Wir haben uns gegenseitig ein Versprechen gegeben. Mehr war nicht nötig. Ich war ohnehin nie besonders religiös.« Er zeigte auf die offene Tür. »Dort draußen ist meine Kirche. Und es war auch die von Mahina.« Dann erzählte er ihr von jenem Morgen. »Wir brauchten keine Zeugen. Wir waren davon überzeugt, dass Rangi und Papa schon wussten, wie ernst es uns war.«

Libby nickte. »Das hört sich alles sehr romantisch an.«

»Finden Sie?«

»Ja.« Sie lächelte ihn an. »Sie sind im Grunde Ihres Herzen ein unverbesserlicher Romantiker, habe ich Recht?«

John-Cody schnaubte. »Nun ja, vielleicht für einen alten Seebären.«

»Wissen Sie, wie Bree Sie nennt?«

»Captain Bligh.«

»So begrüßt sie Sie immer, aber das habe ich nicht gemeint. Nein, sie nennt Sie ›den stillen Mann vom Meer‹.«

Er lachte ein leises, kehliges Lachen. »Also, das gefällt mir wirklich gut.«

Sie schwiegen einen Moment. Ein starkes, durchaus angenehmes Schweigen. Schließlich streckte sich John-Cody und meinte, dass er hinausgehen wolle, um eine Zigarette zu rauchen.

Libby stand auf. »Ich leiste Ihnen Gesellschaft.«

Sie standen am Bug. Vom Sund her wehte kaum ein Windhauch. John-Cody hatte in einer geschützten Bucht, dort, wo der Lucky Burn in den Fjord mündete, den Anker geworfen. Sterne übersäten den Himmel, Millionen von ihnen, mehr als Libby hier unten je gesehen hatte. Sie sah zum Firmament hinauf, den Kopf zurückgebogen, den langen Hals gestreckt. Ihre Haut schimmerte im Halbdunkel wie Samt. »Ich kenne keinen einzigen Stern da oben.«

John-Cody zeigte nach Südosten. »Das dort ist das Kreuz des Südens. Die Spitze ist links unten.«

Libby folgte seinem Finger mit ihrem Blick. Zuerst wusste sie nicht, was er meinte. Dann fand sie es.

»Die beiden hellen Sterne unten rechts sind die Seitenarme. Wenn nötig, können Sie mit Hilfe dieses Sternbilds die Himmelsrichtung bestimmen.« Er setzte sich auf den Tauchkasten und sah wieder hinauf. »Darüber sehen Sie das Sternbild Antila, rechts davon die Vela. Dann sind da noch Carina und Volans und Dorado.«

Libby setzte sich neben ihn. »Haben Sie das alles auf den Schiffen gelernt, auf denen Sie gefahren sind?«

»Nach den Sternen zu navigieren? Nein.« Er drückte etwas Tabak in seine Handfläche. »Das meiste davon hat mir Mahina beigebracht, auch von Tom Blanch habe ich viel gelernt. Tom versteht sein Metier, oder besser, er verstand es. Er ist jetzt schon lange nicht mehr auf hoher See gewesen.«

»Er fährt nur noch die Z-Boote?«

»Ja. Das ist eine geregelte Arbeit, und er hat so die Möglichkeit, weiter an seinem Katamaran zu bauen.«

»Und was macht er, wenn er damit fertig ist?«

»Er will um die Welt segeln.«

»Werden Sie ihn begleiten?«

John-Cody schüttelte den Kopf. »Nein. Ich habe hier noch einiges zu tun.«

»Sie wollen das fortführen, was Sie und Mahina gemeinsam begonnen haben?«

Er nickte. »Ich muss versuchen, das alles zu schützen. Diese Gegend hier ist etwas ganz Besonderes. Ich möchte, dass sie das auch bleibt.« Er sah sie an. »Die Menschen verlieren hier oft ihr Herz, wissen Sie.«

Libby starrte wieder zu den Sternen hinauf. »Ich kann mir auch gut vorstellen, warum«, murmelte sie.

Hunter stand am nächsten Morgen in aller Herrgottsfrühe auf. John-Cody war schon seit einer Stunde wach, trank Kaffee und unterhielt sich mit Kobi. Der alte Mann schlief in letzter Zeit nicht mehr besonders gut. Nach vier Stunden war er jedes Mal hellwach. Hunter sah auf Crooked Arm hinaus, runzelte die Stirn und schirmte seine Augen vor der Sonne ab. »Was ist das denn?«, fragte er und streckte seinen Arm aus. John-Cody sah in die angegebene Richtung, direkt auf die grüne Wand des Fjords, vor der in der Morgensonne goldene Nebelfontänen in die Luft stiegen.

»Wellenreiter«, sagte er.

»Was?«

»Delfine. Du kannst jetzt die Maschinen starten.«

Die Delfine waren zum Spielen aufgelegt. Sie ritten auf der Bugwelle. Hunter und Bree legten Nasstauchanzüge an, und John-Cody zog die beiden hinter dem Boot her, während sie sich, umringt von Delfinen, an den Latten der Tauchplattform festhielten.

Später fragte er Libby, ob sie vielleicht im Gat, Fjordlands einzigem Meeresschutzgebiet, tauchen wolle. Natürlich wollte sie, aber sie hatte ihren Trockentauchanzug in der Hütte gelassen. John-Cody suchte im Tauchkasten also nach einem passenden 7-mm-Nasstauchanzug für sie. Er überprüfte den Füllstand zweier Sauerstoffflaschen und holte das Gurtzeug für sich und Libby. Ihren Schnorchel, die Tauchmaske und die Flossen hatte sie immer dabei. Nachdem John-Cody am Ufer von Secretary Island den Anker geworfen hatte, wollte er zum Umziehen nach unten gehen. Bereits oben am Niedergang sah er, dass die Tür von Libbys Kabine offen stand und Libby, nur mit einem Slip bekleidet, ihm den Rücken zukehrte. Sie zog sich gerade ein T-Shirt über den Kopf. Einen Augenblick lang starrte er ihre Schultern an, ihren Rücken, die wunderbar schmale Taille, die Wirbel, die sich unter ihrer Haut abzeichneten, als sie sich nach vorn beugte. Ihre Füße waren klein, ihre Beine lang und gut konturiert. Er stieg bewusst laut die Stufen hinunter, worauf sie sich umdrehte und ihn anlächelte.

»Brauchen Sie Hilfe?«, fragte er sie.

»In einer Minute.«

Er ging in seine Kabine, zog sich bis auf sein T-Shirt und die Boxershorts aus und legte seinen Tauchanzug an. Als er fertig war, stand Libby schon vor dem Vorhang seiner Kabine. Sie brauchte jemanden, der ihre Schulterreißverschlüsse schloss. Behutsam hob er ihre Haare hoch. Seine Fingerspitzen streiften dabei die kühle Haut ihres Nackens: Er sah die winzigen Härchen in ihrem Nacken, ein flaues Gefühl erfasste seine Glieder. Vorsichtig zog er den Reißverschluss zu, dann gingen sie beide nach oben an Deck.

Die Kinder sahen zu, als er Libby dabei half, die Sauerstoffflasche umzuschnallen, und ihren Bleigurt überprüfte, um sicherzugehen, dass er zum Abtauchen schwer genug war. Dann schnallte er sich seine eigene Sauerstoffflasche auf den Rücken, schloss die Clips über seiner Brust und zog schließlich die Haube über den Kopf.

»Hunter«, sagte er. »Auf dem Armaturenbrett liegt eine Taucheruhr. Holst du sie mir bitte?«

Hunter brachte ihm das Gerät, und John-Cody stellte es auf vierzig Minuten ein. Er bat Bree, sobald sie im Wasser waren die Tauchflagge an den Wanten zu hissen. Dann stieg er rückwärts die Leiter hinunter, setzte sich auf die Plattform und zog seine Flossen an. Libby war bereits im Wasser und spülte ihre Maske aus. »Alles in Ordnung?«, fragte er sie, woraufhin sie ihm das O.k.-Zeichen gab. Dann tauchten sie gemeinsam ab.

Die Süßwasserschicht maß hier nur etwas mehr als zwei Meter. Sie durchtauchten den öligen gelben Film, der das Süßwasser vom Salzwasser trennte, dann öffnete sich unter ihnen die Unterwasserwelt. Seesterne klebten direkt unterhalb der Süßwasserschicht an den Fjordwänden und warteten darauf, dass sie noch dünner wurde, damit sie die Flussmuschelbetten angreifen konnten. Hydrakorallen, schwarz und rot, hingen an den exponierten Klippenwänden, wo die Salzwasserströme vom Meer hereindrückten und sie sich vom vorbeischwimmenden Plankton ernähren konnten.

Sie tauchten tiefer. John-Cody zeigte Libby Korallenbäume, die Hunderte von Jahren alt und hier unten vor der abrutschenden Vegetation geschützt waren. Er deutete auf Betten von Brachipoden, älter als der Fjord selbst, und auf Pennatula, die sich wie Federn in der Strömung wiegten.

Bree und Hunter standen am Heck der *Korimako* und beobachteten die aufsteigenden Luftblasen. Bree stand dicht neben ihm, war sich seines Atems, der gebräunten Haut seiner Unterarme bewusst. Verstohlen warf sie einen Blick auf sein Profil, auf seine kräftig roten Lippen, und fragte sich, wie es wohl wäre, ihn zu küssen. Sie hatte noch nie einen Jungen geküsst, hatte auch nie den Wunsch dazu verspürt. Jetzt aber wurde ihr klar, dass sie Hunter gern küssen würde. Sie spürte ein merkwürdiges Kribbeln in der Magengegend. Verwirrt starrte sie das weiße Metall des Decks unter ihren Füßen an.

»Sie sind jetzt da drüben«, unterbrach Hunter ihre Gedanken. Bree folgte mit ihrem Blick seinem Finger, der zu der Stelle zeigte, an die die Spur von Blasen gezogen war.

»Wie lange sind sie jetzt schon unten?«, fragte sie ihn.

»Keine Ahnung, aber ich kann nachsehen.«

»Nein, nicht so wichtig. Alex kann den Tauchzeitmesser im Auge behalten.« Bree wollte nicht, dass er ins Ruderhaus ging, wollte nicht, dass die Magie dieses Augenblicks verging. Hunter sah sie an und lächelte. »Das hier ist wirklich toll, nicht wahr?«

Bree sah zum Marcaciones Point hinaus. »Es ist Spitze«, sagte sie. »Absolute Spitze.«

13

Nehemiah Pole war wieder zu Hause. Jane telefonierte mit ihren Geschäftspartnern in den Vereinigten Staaten. Er hörte ihr aufmerksam zu, während er, die Ellbogen auf die Schreibunterlage gestützt, am Schreibtisch saß. Janes Schreibtisch stand im rechten Winkel zu seinem, so dass sie beide den Ausblick über die Wiesen genießen konnten, wo die beiden Braunen und Barrio grasten. Jane konzentrierte sich, kaute auf dem Ende ihres Stifts herum, so wie sie das immer tat, wenn sie intensiv nachdachte. »Sind Sie sicher?«, fragte sie.

Pole spürte, wie sich ihm die Nackenhaare aufstellten.

»Machen Sie die Unterlagen fertig, und faxen Sie sie mir. Wir werden die Sache von hier aus in die Hand nehmen.« Sie legte auf und sah ihren Mann an. »Ich denke, wir haben gerade Gold gefunden.«

Pole starrte sie lange an, dann stand er auf und ging mit geballten Fäusten zum Fenster. Im Geiste sah er sich wieder am West Arm, Gibbs und Mahina zusammen auf dem Dock, die Sanitäter und die in eine Plastikplane eingewickelte Leiche seines Sohnes. Er sah Mahina, die seinem Blick auswich, sah sich selbst, wie er sie zum ersten Mal seit vielen Jahren wieder direkt ansah, so, als hätte er erst mit Elis Tod wieder ein gewisses Maß an Selbstkontrolle erlangt.

Jane stellte sich neben ihn. »Angenommen, wir bekommen die Informationen, die wir brauchen, dann bist du derjenige, der handeln muss.« Sie sah ihn an und legte ihm die Hände auf die Schultern wie einem Kind. »Die Leute in den Staaten möchten auf keinen Fall Aufsehen erregen.«

Pole schwieg, während er auf die Koppel starrte.

»Ned?«

»Was?«

»Hast du gehört, was ich gesagt habe?«

Er nickte.

Sie sah seinen finsteren Blick und runzelte die Stirn. »Du solltest dich sofort mit den Behörden in Verbindung setzen.«

»Warum reden wir nicht zuerst mit ihm?«

»Wozu in aller Welt?«

Er zuckte mit den Schultern. »Ich weiß es nicht. Vielleicht, damit er eine Alternative hat.«

»Nach all dem Ärger, den er uns gemacht hat? Das ist doch wohl nicht dein Ernst.« Sie sah ihn völlig verblüfft an. »Nach all dem, was du im Busch durchgemacht hast, kann ich einfach nicht glauben, dass du so etwas sagst.«

»Im Busch?« Er starrte sie an. »Wovon redest du überhaupt – Busch?«

»Vom Dschungel natürlich: von der Armee. Was hast du denn gedacht?«

Pole ging wortlos an ihr vorbei: Es gelang ihm nicht, das Bild aus seinem Kopf zu verdrängen. Den Leichensack auf dem Kai und Mahina, die seinem Blick auswich. »Wann haben wir Gewissheit?«, fragte er.

»Sobald wir die Akte des Staatsanwalts bekommen.«

Am Montag nach den Osterferien fuhr Bree wieder mit dem Bus zur Schule, während sie nichts anderes als Hunter und Osterorchideen im Kopf hatte. Sie und ihre Mutter hatten John-Cody in den Doubtful Sound begleitet. Es war der letzte Törn der Saison gewesen. Über dem gesamten Mündungsgebiet des Camelot hatte der intensive Duft der Orchideen gelegen.

Als der Bus hielt, sah sie Jesscia Lowden auf der kleinen Schulmauer hocken. Ihre Stimmung sank rapide. Sie erinnerte sich, dass sie dasselbe Gefühl gehabt hatte, als sie nach den Weihnachtsferien den ersten Tag wieder in die Schule kam und nicht wusste, wie sie das letzte Jahresdrittel durchhalten sollte. Hunter hatte an diesem Morgen nicht im Bus neben ihr gesessen: Bree wusste, dass er und seine Familie auf der Nordinsel Urlaub machten und er erst am nächsten Tag wieder in die Schule kommen würde.

Jessica sah auf, als sie aus dem Bus stieg. »He, Bree.«

Bree blieb völlig verblüfft stehen. Jessica lächelte sie an. Sie stand von der Mauer auf. »Hattest du schöne Ferien?«

Bree starrte sie mit offenem Mund an und nickte.

»Toll. Was hast du denn gemacht?«

»Ich war mit Gib im Doubtful Sound.«

»Tatsächlich? Dort bin ich nur einmal gewesen. Aber nicht auf der *Korimako*. Es war nur ein Tagesausflug mit Southland Tours.«

Sie gingen zusammen ins Schulgebäude, hinter ihnen Jessicas Freundinnen Sally und Anna, die genauso gesprächig waren. Bree sah Biscuit in der Klassenzimmertür stehen. Sie schien ebenfalls höchst erstaunt.

»Das muss ja komisch für dich sein«, plapperte Jessica weiter. »Gerade war Ostern, und nun wird es Winter. In England ist jetzt Sommer, stimmt's?«

»Frühling. Aber bis zum Sommer dauert es dann nicht mehr lange.« Bree legte ihre Tasche auf ihr Pult. Sally riss eine Tüte Süßigkeiten auf und bot ihr etwas davon an. Bree griff nur vorsichtig zu, als erwarte sie, dass Sally sie im letzten Moment wieder wegziehen könnte. Sie sah Jessica an, die plötzlich ein schuldbewusstes Gesicht machte.

»Es tut uns Leid, o.k.? Ich meine, dass wir so ekelhaft zu dir waren. Du warst eben neu, und du hast einen komischen Namen.« Sie zuckte mit den Schultern. »Jedenfalls tut es uns Leid.«

Der Lehrer rief die einzelnen Schüler auf, um die Anwesenheit zu überprüfen. Bree setzte sich, völlig verblüfft über Jessicas Sinneswandel, auf ihren Platz. Jessica Lowden hatte ihr jetzt sechs Monate lang das Leben zur Hölle gemacht. Das hier war fast zu schön, um wahr zu sein. In der Pause blieb Bree allein im Klassenzimmer und nahm ihr Schreibpapier aus der Schultasche.

Lieber Dad!

Du errätst nie, was heute passiert ist! Jessica Lowden hat aufgehört, mich zu schikanieren. Nach einem halben Jahr! Jetzt sind die Osterferien vorbei, und sie hat einfach damit aufgehört. Sie hat sich sogar bei mir entschuldigt. Ich bin vor Überraschung fast aus den Latschen gekippt. Das ist wirklich toll, denn alles andere hier ist so-

wieso total cool. Ich mag John-Cody. Er und Mum verstehen sich prima. Als wir ihn kennen gelernt haben, war er schrecklich depri-miert, aber ich habe mit ihm über Mahina gesprochen. Außerdem glaube ich, dass er Mum insgeheim ziemlich gern hat. Mum ist zwar viel jünger als er, aber das spielt keine Rolle, oder? Ich rede viel mit ihm.

Sie hielt inne, als ihr bewusst wurde, dass dies seit einer ganzen Weile der erste Brief war, den sie an ihren Dad schrieb.

Entschuldige, das ich mich so lange nicht bei dir gemeldet habe, ich hatte einfach viel zu tun.

   Jedenfalls ist hier alles cool, vor allem jetzt, wo Jessica so nett zu mir ist. Ich habe nicht einmal mehr Angst davor, Rugby zu spielen. Hunter mag ich wirklich gern. Habe ich dir überhaupt schon von ihm erzählt? Wir sind seit ich hier in die Schule gehe miteinander befreundet. Ich war sogar bei ihm zum Tee eingeladen, und er war auch schon bei uns. Ich habe ihn noch nicht geküsst, aber ich werde bald dreizehn und denke, dass das der richtige Zeitpunkt ist. Was meinst du? Schließlich bin ich dann ein Teenager. Ich werde Mum nichts davon sagen, ich werde es einfach tun, oder genauer gesagt, ich werde es ihn tun lassen. Das machen Mädchen eben so, Dad. Du würdest das nicht verstehen. Jedenfalls ist hier jetzt wirklich alles to-tal cool. Ich schreibe dir wieder, wenn ich Hunter geküsst habe.
   Alles, alles Liebe. Deine Bree

An diesem Nachmittag setzte sich Jessica im Japanischunterricht neben sie. Bree war in Japanisch eine der Besten, Jessica andererseits tat sich ziemlich schwer. Bree hoffte, dass sie sich nicht nur neben sie gesetzt hatte, weil sie von ihr abschreiben wollte. Der Lehrer zog erstaunt eine Augenbraue hoch. Da mittlerweile jeder in der Schule wusste, dass Jessica sie nicht leiden konnte, überraschte ihre plötz-liche Freundlichkeit alle. Während des Unterrichts erzählte Jessica ihr, dass sie und ihre Freundinnen nach der Schule zum Lake Te Anau gehen wollten, um beim Auslaufen des neuen Boots von South-land Tours zuzusehen. Bree könne doch mitkommen, wenn sie wolle.

Bree dachte darüber nach. Ihre Mutter war wieder draußen im Dusky Sound, und auch John-Cody war über den Pass gefahren, da die *Korimako* winterfest gemacht werden musste.

»Du kannst später noch mit zu uns kommen«, fuhr Jessica fort. »Meine Mum wird dich dann nach Hause fahren.«

Bree beschloss, Alex von Jessica aus anzurufen, denn sie wollte Jessica nicht verärgern, indem sie ihre Einladung ablehnte.

Nach der Schule packte sie ihre Tasche und nahm ihren Mantel vom Haken. Jessica, Sally und Anna warteten draußen schon. Jessica lächelte sie freundlich an, als sie durch die Tür ging.

»Wie geht's?«

»Prima.«

Jessica zeigte zur Matai Street. »Das neue Boot liegt am Kai beim Sportgelände.«

»Schön.« Bree ging neben ihr her. »Was für ein Boot ist es denn?«

»Ein neuer Katamaran.« Jessicas Vater arbeitete als Skipper für Southland Tours und befuhr abwechselnd den Milford Sound und den Lake Manapouri. Bree hatte ihn manchmal am Ruder eines der Boote gesehen, wenn sie auf dem Weg zur *Korimako* gewesen waren.

Unterwegs erzählten sie sich Witze. Jessica erzählte Bree alles über ihre Familie, was ihr Vater, ihre Brüder und ihre Mutter beruflich machten. Sie erzählte ihr, wie man in Te Anau lebte und fragte sie, wie es in England sei.

»In England ist es eigentlich ganz schön. Aber hier nennen die Leute dich dann Pom, wenn du aus England kommst«, sagte Bree. »Ich hasse es, Pom genannt zu werden.«

»Das tut mir Leid: Es ist doch nur ein Name. Er bedeutet nichts.«

»Ich weiß«, sagte Bree. »Zumindest weiß ich es jetzt.«

Sie gingen gemeinsam die Bligh Street entlang, und Bree fühlte sich so glücklich wie selten zuvor. Der Brief an ihren Vater steckte noch in ihrer Tasche. Sie hatte ihn bereits frankiert und brauchte ihn nur noch im Geschäft aufzugeben, wenn sie wieder in Manapouri war. Dass die Probleme in der Schule sich so plötzlich in Luft aufgelöst hatten, war das Tüpfelchen auf dem i. Sie hatte Hunter, das Haus, John-Cody, das Boot und Sierra. Das Leben war einfach wunderbar.

Sie kamen zum Sportgelände. Bree sah auf den ruhigen Lake Te Anau hinaus. Der See war trügerisch: Von der Stadt aus schien er ziemlich klein zu sein, in Wirklichkeit aber war er größer als der Lake Manapouri und erstreckte sich hinter der Patience Bay noch viele Meilen nach Norden. »Wo ist das Boot?«, fragte sie Jessica.

»Es ist noch nicht da. Aber es wird bald kommen.«

»Fährt dein Dad das Boot?«

Jessica nickte.

Sie gingen über das Sportgelände auf den kleinen Hafen zu, wo die Segelboote der reichen Leute lagen. Ganz in ihrer Nähe parkte ein rotsilberner Twincab. Bree konnte sehen, wie ein großer Mann im Heck arbeitete. Die Sonne stand zwar hoch am Himmel, aber es war nicht besonders warm. Bree knöpfte ihren Mantel zu. Auf dem See kräuselten sich kleine Wellen, denn von den Bergen her wehte ein leichter Wind. Jessica führte sie jetzt schweigend in Richtung Strand. Sie ging ein kleines Stück vor Bree, während Sally und Anna ihnen folgten. Die Brise flaute ab, und der See schien wieder ganz ruhig. Hier war das Ufer nicht so bevölkert wie an jenem Abschnitt, der der Stadt gegenüberlag. Bree ging weiter, wobei sie hin und wieder einen Blick zu dem rotsilbernen Pick-up warf.

Ned Pole dachte über John-Cody Gibbs nach, während er das Heu umlud, das er für seine Pferde gekauft hatte. Er stand auf der Ladefläche seines Wagens und rieb sich sein schmerzendes Kreuz. Er war zwar noch immer sehr schlank und überaus fit, doch seine zweiundfünfzig Jahre ließen sich nicht leugnen. Allmählich stellten sich auch bei ihm die ersten Altersbeschwerden ein. Er schob den Hut in den Nacken und sah vier Schulmädchen, die zum Strand gingen.

Jessica lief voraus. Dort bückte sie sich nach einem flachen Kieselstein und ließ ihn übers Wasser springen. Sally und Anna stellten sich rechts und links neben Bree, und ließen ihre Taschen einfach auf den Boden fallen. Auch sie bückten sich nach Steinen.

»Sehen wir einmal, wer es am weitesten schafft«, sagte Anna.

Bree legte ihre Tasche auf den Kies. Sie wusste, dass ihre Steine nicht besonders weit springen würden, wollte es aber trotzdem versuchen. Jessica schaffte beim ersten Versuch drei Sprünge, Sally folgte ihr mit zwei. Bree holte gerade zum Werfen aus, als sie sah, dass Anna in ihrer Schultasche wühlte. Sie hielt inne und richtete sich auf.

»Anna?«

Anna sah sie an. »Ja?«

»Was machst du denn da?«

»Ich suche Käse.«

Bree spürte, wie sich ihr Magen verkrampfte. Sie sah Jessica an, die sie jetzt boshaft angrinste. Dann begann auch Sally zu grinsen. Anna nahm ihre Schulbücher aus der Tasche und warf sie Jessica zu.

»Seht sie euch an an, diese Streberin. Sie hält sich für was Besonderes.«

»Cheesy Breezy: stinkige Cheesy Breezy. Ein blöder Name für eine blöde, hochnäsige Pom.«

Bree spürte, wie ihr Tränen in die Augen stiegen. »Kann ich bitte meine Bücher zurückhaben?«

»Kann ich bitte meine Bücher zurückhaben?«, äffte Jessica sie nach. »Arme Cheesy. Hast du wirklich gedacht, wir würden deine Freundinnen? Freundinnen einer Streberin, einer Pom wie dir? Ich bin gespannt, ob die Fische Käse mögen.« Sie warf Brees Englischbücher in den See.

»Was haben wir denn da?«

Bree drehte sich um und sah, dass Anna den Brief an ihren Vater in der Hand hielt. Sie warf sich auf Anna, um ihn ihr zu entreißen, diese aber wich aus. Sally gab Bree noch einen Schubs, so dass sie auf dem Bauch im Kies landete.

Als Ned Pole von seinem Pick-up herunterstieg, hörte er, wie ein Mädchen am Strand aufschrie. Er drehte sich um und sah, dass eines der vier gerade von einer der anderen zu Boden gestoßen wurde. Er kniff die Augen zusammen und begann, langsam auf die kleine Gruppe zuzugehen.

Bree saß jetzt im Kies. Sie hatte sich das Knie aufgeschlagen. Blut lief an ihrem Schienbein herunter. Anna las ihren Brief laut vor. Die beiden anderen schütteten sich vor Lachen aus.

»Wir mit dir befreundet!« Jessica gackerte und warf ein weiteres Schulbuch in den See. »Du wirst ihm schreiben müssen, dass du gelogen hast, Cheesy.«

»Wem genau soll sie das schreiben?« Die Stimme, die vom Bürgersteig zu ihnen herübergrollte, war tief und gehörte einem Mann. Bree sah eine hochgewachsene Gestalt, die sich als Silhouette vor die Sonne geschoben hatte. Pole ging mit großen Schritten auf Anna zu und riss ihr den Brief aus der Hand.

»Mr. Pole.« Jessica schluckte. »Wir haben nur ein bisschen Spaß gemacht.«

Pole starrte die beiden Schulbücher an, die im See schwammen. »Spaß?« Er sah aus, als wolle er verächtlich ausspucken. »Das nennt ihr Spaß?« Er warf einen kurzen Blick auf Brees zerschrammtes Knie. »Alles in Ordnung, junge Lady?«

Bree antwortete ihm nicht. Pole sah die anderen drei an, die ängstlich vor ihm zurückwichen.

»Ich kenne dich, Jessica Lowden«, sagte Pole. »Sieh zu, dass du nach Hause kommst, und sag deinem Vater, dass ich ihm gleich einen Besuch abstatten werde.«

Jessica wurde kreidebleich.

»Aha, wie ich sehe, kriegst du es jetzt mit der Angst zu tun. Ich kenne deinen Dad schon seit vielen Jahren, vergiss das nicht.« Er machte einen Schritt auf sie zu. »Verschwinde jetzt. Ich rate dir gut, morgen nett zu diesem englischen Mädchen zu sein, und zwar richtig nett.« Er drehte sich zu den anderen Mädchen um. »Das gilt auch für euch beide, habt ihr mich verstanden? Ich kenne auch eure Eltern. Wenn ich bei euch zu Hause auftauche, dann wisst ihr ja, warum.« Er sah wieder Jessica an. »Du bist grundsätzlich jemand, der nur auf Schwächere losgeht, Jessica Lowden, und das kann ich auf den Tod nicht ausstehen.«

Die drei rannten davon. Brees Brief in der einen Hand, ihre Tasche in der anderen, sah Pole ihnen nach. Er gab Bree beides zurück und watete dann in den eiskalten See, um ihre Bücher aus dem Wasser zu holen.

»Tut mir Leid«, sagte er, klatschnass bis zu den Oberschenkeln, als er sie ihr gab. »Ich denke, die sind nicht mehr zu gebrauchen.«

Bree nahm sie, dabei stiegen ihr Tränen in die Augen. Sie setzte sich in den Kies und weinte, weinte, weinte. Als sie sich schließlich wieder beruhigt hatte, kauerte Pole in seinen nassen Jeans neben ihr in der Hocke und reichte ihr ein sauberes Taschentuch. »Du bist Bree, nicht wahr?«, sagte er dann. »Die Tochter von Dr. Bass.«

Bree nickte, schniefte und schnäuzte sich ins Taschentuch. Sie wollte es ihm zurückgeben. »Du kannst es ruhig behalten«, sagte er. »Ich habe jede Menge davon.« Er sah sie an, seine Unterarme ruhten auf seinen Oberschenkeln. »Haben sie dich sehr gequält?«

Sie nickte.

»Wie lange geht das schon so?«

»Seit ich hier in der Schule bin.«

»Das muss ganz schön hart für dich gewesen sein.«

Sie nickte wieder.

»Hast du es jemandem gesagt?«

Sie schüttelte den Kopf.

»Nicht einmal deiner Mum?«

»Nein.«

»Und was ist mit Gib? Weiß er es? Ich habe euch beide schon ein paarmal zusammen gesehen.«

Wieder schüttelte sie den Kopf.

»Du willst es also auch niemandem sagen?«

»Nein.«

»Es wäre aber besser, wenn du das tätest. Diesen Mädchen muss man Einhalt gebieten, bevor es zu spät ist, Bree.«

»Ich will es aber niemandem erzählen. Meine Mum würde sich nur Sorgen machen. Sie kann ohnehin nichts dagegen tun, es sei denn, sie redet mit den Lehrern.« Sie wischte mit ihrem Ärmel die Tränen weg und sah ihn an. »Und wenn sie das tut, macht sie alles nur noch schlimmer.«

»Ich verstehe.« Pole stand auf. Seine Jeans gaben dabei ein glucksendes Geräusch von sich. Er sah an sich herunter. Bree begann zu lachen, und er stimmte ein, dann reichte er ihr die Hand. Bree ergriff sie. Seine Hand war groß und warm. Bree fragte sich, warum weder ihre Mutter noch John-Cody diesen Mann zu mögen schienen.

»Hör zu«, sagte er, »ich werde dich nach Hause fahren. So erfährt niemand, was heute hier passiert ist, o.k.? Aber ich muss mich zuerst noch umziehen. Wir müssen also vorher kurz zu mir nach Hause.«

Bree stand am Fenster in Poles Arbeitszimmer und sah zu, wie Barrio den Hang auf und ab galoppierte. Pole war unten in seinem Schlafzimmer und zog sich frische Jeans an, dann kam er die Treppe hinauf und betrachtete vom Treppenabsatz aus die dünne, ungelenke Zwölfjährige. Er beobachtete sie, wie sie Barrio zusah, und sah plötzlich Eli vor sich. Eli, als kleiner Junge, bevor ihn seine Exfrau nach Australien mitgenommen hatte. Damals war er ungefähr so alt gewesen wie Bree jetzt. Es war eine der letzten Erinnerungen, die er an ihn als Kind hatte.

Er ging ins Arbeitszimmer. Bree drehte sich zu ihm um und lächelte ihn an. Pole schob seine Hände in die Taschen seiner Jeans und machte eine Kopfbewegung in Richtung Koppel. »Ein prächtiger Bursche, nicht wahr?«

»Ja.«

»Kannst du reiten?«

Bree schüttelte den Kopf. »Ich habe es zwar schon bei Hunter auf der Farm probiert, aber richtig gelernt habe ich es noch nicht.«

»Hunter Caldwell ist wirklich ein netter Junge.«

Bree nickte.

»Wenn du willst, bringe ich es dir bei.«

Sie starrte ihn an. Ihre Augen begannen zu leuchten, dann verfinsterte sich ihr Blick wieder. Pole runzelte die Stirn.

»Nein, nicht auf Barrio, der ist viel zu groß für dich. Aber Pinky – das ist der kleinere der beiden Braunen da draußen, bei dem das Fell an den Hinterbeinen einen Stich ins Pink hat. Pinky ist sanft und gutmütig.«

Bree sah sich das Pferd an, auf das Pole zeigte. Es war das kleinste der drei Tiere, hatte eine schwarze Mähne und schmale Flanken.

»Du denkst, dass es deiner Mum nicht recht wäre, wenn ich dir Reitunterricht gebe? Und Gib vielleicht auch nicht.«

Bree starrte den Boden an.

»Keine Bange, ich weiß Bescheid. Aber du kannst ja trotzdem über mein Angebot nachdenken.«

Bree bemerkte das Foto auf dem Schreibtisch. »Wer ist das?«

Poles Blick trübte sich. »Das ist mein Sohn Eli.«

Bree sah ihn an und entdeckte denselben Schmerz in seinen Augen, den sie auch manchmal in John-Codys sah. »Der, der gestorben ist?«

»Er war mein einziger Sohn.« Pole streckte die Hand aus. »Komm, ich fahre dich jetzt besser nach Hause. Sie machen sich bestimmt schon Sorgen um dich.«

Als sie über den Hof gingen, kam Barrio schnaubend angetrabt, um sie zu begrüßen. Pole stellte seinen Fuß auf den Zaun und fuhr ihm mit seinen dicken, schwieligen Fingern durch die Mähne. »He, mein großer Freund, sag Bree guten Tag.«

Bree sah Pole an. Ihr fielen die vielen Falten in seinem Gesicht auf. Seine Haut kam ihr wie altes, gegerbtes Leder vor. »Ich weiß jetzt übrigens, was ein Rollreffsystem ist«, sagte sie leise.

Pole sah zu ihr hinunter.

»Ich habe John-Cody gefragt. Der Klüver hat in diesem Fall keine Legel. An der Luvspiere ist eine Trommel mit einer Rückholleine befestigt.«

Pole starrte sie an. Sein Blick verschwamm.

»Das bedeutet, dass man den Klüver vom Cockpit aus einholen kann. Man kann ihn auch einholen, wenn man neben dem Ruderhaus steht«, fuhr Bree fort. »Es kann sich nichts verheddern, und man muss auch nicht nach vorn zum Bugspriet gehen.«

»Das ist richtig«, flüsterte Pole. »Man muss nicht nach vorn zum Bugspriet gehen.« Seine Augen waren jetzt schmale Schlitze. Er sah Elis Gesicht vor sich, sein Gesicht, das im Tod schneeweiß war.

»Wie alt war Ihr Sohn?«, fragte Bree ihn.

»Einundzwanzig.« Pole nickte mit dem Kopf in Barrios Richtung. »Ich habe diesen Burschen hier für ihn gekauft. Eli hat ihn nur ein einziges Mal geritten.«

»Reiten Sie ihn jetzt?«

Er nickte. »Manchmal.«

»Sind Sie ein guter Reiter?«

»Das kann ich dir nicht sagen. Aber ich denke, ganz schlecht bin ich auch nicht.«

»John-Cody reitet auch, nicht wahr?«

Pole nickte. »Früher hat er das wohl getan.«

»Ist er ein guter Reiter?«

»Ich denke schon.« Er sah sie an. »Wenn ich dir Unterricht gebe, könntest du durchaus eine gute Reiterin werden.« Er nahm wieder ihre Hand. »Komm. Du bist bestimmt hungrig.«

Bree saß im Wohnzimmer am Kamin. Nur Sierra leistete ihr Gesellschaft. Im Büro war es drunter und drüber gegangen, deshalb hatte Alex gar nicht gemerkt, dass Bree sich verspätet hatte. Sie hatte lediglich kurz von ihrem Schreibtisch aufgesehen und die Stirn gerunzelt, als sie sah, dass Ned Pole Bree ein Stück weiter oben in der Straße absetzte, dann seinen Pick-up wendete und zurück nach Te Anau fuhr. Bree war ins Büro gekommen und hatte Alex erklärt, sie habe den Bus verpasst. Alex nahm gerade verschiedene Anrufe für die Possum Lodge an und war deshalb sehr beschäftigt. Bree war froh, keine weiteren Erklärungen abgeben zu müssen. Sie ging mit Sierra nach Hause.

Jetzt saß sie am Kamin und verbrannte den Brief, den sie an ihren Vater geschrieben hatte. Sie hielt ihn an einer Ecke, bis er Feuer gefangen hatte, dann ließ sie ihn auf die Holzscheite fallen. Sie nahm wieder ihren Stift zur Hand. Die Zufriedenheit, die sie noch vor kurzem verspürt hatte, war dahin. Ihre Situation war genauso schlimm wie vorher, nein, sie war noch schlimmer, weil Jessica sie jetzt, da Ned Pole ihr geholfen hatte, noch unerbittlicher schikanieren würde. Sie schrieb ihrem Vater, was geschehen war, und dass Pole ihr geholfen hatte. Sie schrieb ihm auch, dass er sich angeboten hatte, Reitunterricht zu geben. Und sie schrieb, dass sie wirklich gern reiten lernen würde, dass sie ihre Mutter aber unmöglich um Erlaubnis fragen konnte.

Am nächsten Morgen wartete sie an der Haltestelle, ohne mit Libby oder John-Cody über Funk gesprochen zu haben. Sie hatte geduscht und war früh zu Bett gegangen. Während Sierra quer über ihren Füßen lag, war sie schon bald eingeschlafen. Jetzt stand sie mit ihrer Schultasche, in der sich immer noch etwas Sand befand, an der Straßenecke und wartete auf den Bus. Ihr Gesicht war steif und kalt. Es lag ein frostiger Hauch in der Luft. Sie merkte, wie nah sie den Tränen war.

Als sie in den Bus einstieg, sah sie Hunter. Er lächelte sie an und stand auf, damit sie sich auf den Fensterplatz neben ihn setzen konnte. Ihre Stimmung besserte sich merklich. Nachdem sie sich, immer noch ein wenig zittrig, gesetzt hatte, fragte er, wie der gestrige Tag verlaufen sei. Es ärgerte ihn sehr, den ersten Schultag verpasst zu haben: Alle anderen hätten sich nach den Ferien schon wieder auf die Schule eingestellt, während das noch vor ihm lag. Bree versicherte ihm, es werde kein Problem für ihn sein. Seine Freunde, die wohl vergessen hatten, dass er seine Verwandten auf der Nordinsel besucht hatte und erst einen Tag später kam, hätten alle schon nach ihm gefragt.

Der Bus hielt vor der Schule. Bree sah Jessica, die wie üblich auf der Mauer hockte. Hunter warf Bree einen kurzen Blick zu und trat dann in den Gang. Als sie an ihm vorbeiging, nahm er ihre Hand und hielt sie fest. Bree spürte ihr Herz heftig gegen ihre Rippen schlagen.

»Bist du o.k., BB?«

»Mir geht's gut.«

Sie stiegen gemeinsam aus dem Bus. Er hielt noch immer ihre Hand. Sie spürte ihre Handfläche schweißnass werden und erwartete, dass er sie deshalb gleich losließe. Als Jessica Bree sah, standen sie und ihre Freundinnen von der Mauer auf. Sie warfen sich gegenseitig einen Blick zu, dann jedoch bemerkte Jessica, dass Bree und Hunter Händchen hielten, und zögerte. Sie bekam einen roten Kopf und stand mit offenem Mund da. Hunter ging an ihr vorbei und hielt Brees Hand dabei noch fester als vorher.

»Fängst du mit dem Mund Fliegen, Jess?«, murmelte er. Jessica wurde jetzt dunkelrot. Bree stolzierte wortlos an ihr vorbei und fühlte sich dabei mindestens so groß wie der Leaning Peak, obwohl sie Hunter kaum bis zur Schulter reichte. Sie gingen über den Schulhof und ins Schulgebäude hinein. An der Tür zu ihrem Klassenzimmer warteten schon Hunters Freunde auf ihn. Er hielt immer noch

Brees Hand und ließ sie erst los, als sie den Klassenraum betraten. »Lass uns in der Pause doch zusammen eine Coke trinken«, sagte er.

»Das wäre toll, Hunter.«

»Also bis nachher.«

»Ja. Bis nachher.«

Libby war gerade dabei, die Daten zu den Auswirkungen des Lärms von Booten und Wasserflugzeugen auszuwerten, die sie im Dusky Sound gesammelt hatte, als Alex sich per Funk meldete. Sie redeten eine Weile miteinander, dann fragte Libby Alex nach Bree. Alex sagte, dass es ihr gut ginge. Sie erwähnte auch Ned Pole, der sie nach Hause gebrachte hatte.

»Pole.« Verblüfft starrte Libby das Funkgerät an. »Warum denn das?«

»Nun, Bree hat wohl den Bus verpasst. Es war o.k., Lib. Er hat sie einfach nur mitgenommen.«

»Pole hat sie mitgenommen?«

»Ja. Ich dachte, du solltest das wissen.«

»Ist mit Bree wirklich alles in Ordnung?«

»Ja natürlich, warum fragst du?«

»Ach, nur so. Aber Pole ist nicht unbedingt ein Fan von mir, das ist alles.

»Nun, jedenfalls hat er sie nach Hause gefahren.«

Libby hängte das Mikrofon ein und dachte über das nach, was Alex ihr eben erzählt hatte, wusste jedoch nicht, was sie davon halten sollte. Sie ging vor die Hütte und rauchte eine Zigarette. Ihr wurde davon ein wenig schwindelig, und sie wünschte sich, den Willen zu haben, mit dem Rauchen aufzuhören. Was aber, so fragte sie sich, sollte sie dann tun, um mit dem Stress fertig zu werden?

Sie nahm das Boot und fuhr auf den Sund hinaus, um die Delfine zu suchen. Sie schienen heute jedoch nicht in der Nähe zu sein. Am Ende der Acheron Passage nahm sie das Gas zurück und saß dann, in dicke Sachen eingehüllt, im Boot, weil von der See her ein kalter Wind blies. Der Sund zeigte jetzt, da es Winter wurde, ein völlig anderes Gesicht: Zwar warfen die Bäume hier ihr Laub nie ab, einige der Buchen starben jedoch, und so mischte sich an vielen Stellen ein fleckiges Braun in das Grün. Die Vegetation hob sich dadurch noch deutlicher vor dem Hintergrund der Berge ab. Die Wolken hingen noch tiefer als sonst und waren fast so dünn wie Nebelschwaden. Auf der glatten Wasseroberfläche spiegelte sich ein eisgrauer Himmel. Während sie in ihrem Boot saß und überlegte, hörte sie, wie sich ein Wasserflugzeug vom Meer her näherte.

Sie schirmte ihre Augen ab, erkannte das Flugzeug und wurde plötzlich von einer unerklärlichen Angst erfüllt. Vielleicht war es das Wissen darum, dass ihre Tochter mit Ned Pole allein in seinem Pickup gesessen hatte. Vielleicht war es auch etwas völlig anderes. Alles kam ihr mit einem Mal so verändert vor, doch sie konnte nicht genau sagen, warum.

Das Flugzeug beschrieb über ihr einen Kreis und flog in Richtung Fjord weiter. Einen Moment lang dachte Libby, es würde doch nicht landen, dann aber flog es eine weitere Kurve und ging vor den Bergen im Norden von Cooper Island in den Sinkflug über.

Der Wind wehte genau aus Osten. Der Pilot setzte auf dem Wasser auf, und die Kielwelle, die das Flugzeug vor sich herschob, klatschte an den Rumpf ihres Bootes. Sie saß da und sah zu, wie es näher kam. Der Motor lief im Leerlauf. Die Passagiertür öffnete sich. Pole stieg aus, und stellte sich auf einen der Schwimmer. Er trug ein Gewehr über der Schulter. Libby versuchte, durch die Windschutzscheibe zu erkennen, wer noch im Flugzeug saß, aber es war zu dunkel dazu.

»Tag«, rief er, ohne zu lächeln.

»Morgen.« Libby starrte ihn an, konnte unter der breiten Krempe seines Hutes seine Augen jedoch nicht erkennen. »Alex hat mir erzählt, dass Sie gestern meine Tochter nach Hause gefahren haben.«

Er nickte.

»Sie sagte, sie hätte den Bus verpasst oder so. Wissen Sie zufällig, warum?«

Pole schob sich den Hut in den Nacken. Jetzt konnte sie seine Augen sehen, blau und scharf wie Eissplitter. »Sie hat wohl mit ihren Klassenkameraden herumgetrödelt und einfach die Zeit vergessen.« Er hielt sich an der Tragflächenverstrebung fest, als eine Windbö durch die Meeresstraße jagte. »Ich war ohnehin auf dem Weg nach Manapouri.«

»Also ... vielen Dank.«

»Keine Ursache.« Er hielt inne. »Ich bin kein Ungeheuer, Libby. Nur ein Mann, der versucht, seinen Lebensunterhalt zu verdienen.«

»Das weiß ich. Trotzdem werde ich mich gegen Sie stellen müssen.«

»Ich verstehe.« Er hielt inne. Der Wind blies von hinten und hob seinen Hut hoch. »Sie werden aber nicht gewinnen. Die Leute hier brauchen nämlich dringend Jobs.«

»Nun, wir werden sehen.«

Pole sah an ihr vorbei. »Ihre Tochter würde gerne reiten lernen, damit sie den Caldwells auf der Farm helfen kann.«

»Bree hat Ihnen also von Hunter erzählt?«

»In gewisser Weise. Sie wissen ja, wie Kinder sind.« Pole leckte sich über die Lippen. »Wenn Sie einverstanden sind, dann werde ich es ihr beibringen. Das Reiten, meine ich. Ich habe für meinen Jungen damals ein Pferd gekauft, aber er hat es nie geritten.«

Libby spürte, wie ihr Herz plötzlich schneller schlug. Das hier wurde langsam ziemlich kompliziert. »Lassen Sie mich erst darüber nachdenken.«

»Tun Sie das. Ich glaube, sie würde es wirklich gern lernen.« Pole kletterte wieder ins Cockpit zurück.

Libby fuhr am Wochenende nach Hause und sprach mit Bree. Sie saßen auf dem Bett in der kleinen Hütte, die John-Cody ihr zur freien Nutzung überlassen hatte. Bree machte gerade Hausaufgaben und war offensichtlich nicht in der Stimmung für ein ernsthaftes Gespräch.

»Alles ist cool, Mum. Du brauchst dir wirklich keine Sorgen zu machen. Er hat mich nur mitgenommen, das ist alles. Er war sehr nett. Ich weiß sowieso nicht, was du gegen ihn hast.«

»Ich habe nichts gegen ihn, mein Schatz. Ich bin einfach nur anderer Meinung als er, das ist alles.« Sie runzelte die Stirn. »Warum hast du den Bus verpasst.«

Bree wurde rot. »Ach, das ist eben so passiert.«

»Bree?«

»Es ist wirklich alles o.k., Mum. Ich habe einfach nur den Bus verpasst.«

»Ist in der Schule alles in Ordnung?«

»Natürlich.« Bree stand auf und ging zur Tür, während sie fieberhaft überlegte, wie sie das Thema wechseln konnte, bevor sie ihre Tränen verrieten. »Mr. Pole hat mich gefragt, ob er mir das Reiten beibringen soll.«

»Ich weiß. Er hat mich darauf angesprochen.«

Bree drehte sich jetzt zu ihr um. »Aber du bist natürlich dagegen, oder?« Sie sagte das ziemlich scharf und mit einem bitteren Unterton in der Stimme.

»Würdest du denn gern bei ihm reiten lernen?«

»Ja. Dann könnte ich Hunter und seinem Dad an den Wochenenden auf der Farm helfen.«

Libby nickte und schürzte die Lippen. »O.k.«, sagte sie dann steif, »wenn dir so viel daran liegt, werde ich sehen, was sich machen lässt.«

14

John-Cody fuhr mit einer etwas nervösen Bree zu Ned Pole hinaus. Er strubbelte ihr durch die Haare.

»Take it easy, Breezy. Es ist alles o.k.«

»Sind Sie sicher?«

»Natürlich. Ich finde es sehr nett von Ned, dir das Reiten beizubringen.«

»Ob Mum deswegen böse auf mich ist?«

»Nein, im Gegenteil: Sie freut sich sehr für dich. Du weißt doch, wie schwer es ihr fällt, dich so oft allein zu lassen. Sie ist froh, wenn du hier bei uns wenigstens Dinge tun kannst, die dir Spaß machen.«

»Wirklich?« Bree seufzte. »Ich bin mir da gar nicht so sicher. Sie und meine Mum wollen doch etwas gegen Mr. Pole unternehmen.«

»Aber da geht es doch um etwas ganz anderes, Bree. Das hat überhaupt nichts mit dir zu tun.« John-Cody bog in Poles Auffahrt ein. »Ich wünsch dir viel Spaß, o.k.?«

»O.k., Captain.«

Er stellte den Motor ab. Pole kam aus der großen Scheune. Er führte Pinky schon am kurzen Zügel. Bree griff nach John-Codys Hand und drückte sie. »Ich bin ganz schön nervös. Bleiben Sie noch eine Weile hier?«

»Klar.« John-Cody stieg aus dem Pick-up und sah Pole an. Pole erwiderte seinen Blick, dann lächelte er Bree an.

»Tag, kleine Lady, wie geht's?«

John-Cody schob die Hände in die Taschen und schlenderte auf Pole zu. Plötzlich fand er diese Begegnung viel schwieriger, als er gedacht hatte. Unvorhergesehene Emotionen stiegen ihn ihm hoch, als er sah, mit welcher Wärme Pole Bree anlächelte. Bree strich dem Wallach über den Hals. Dieser senkte den Kopf. Sein Zaumzeug klingelte, als er sich mit dem Maul an ihrer Hand rieb. Bree lachte laut auf. »Er ist so cool. Darf ich aufsitzen?«

»Klar darfst du.« Pole sah John-Cody an. »Bleibst du hier?«

John-Cody wollte gerade etwas sagen, als Bree für ihn antwortete. »Ist schon o.k., John-Cody. Ich komme klar.«

Er stand noch einen Augenblick da, während er und Pole sich gegenseitig fixierten. Auf Poles Gesicht lag eine Spur Selbstgefälligkeit. »Du brauchst dir keine Sorgen zu machen, Gib. Ihr wird schon nichts passieren. Ich fahre sie nach Hause, wenn wir fertig sind.«

Also ließ John-Cody die beiden allein. Er fuhr zur Hauptstraße zurück und bog rechts Richtung Manapouri ab. Am Rainbow-Reach-Weg verließ er die Straße und parkte an jener Stelle, von der aus er einen Blick auf den namenlosen Ort hatte. Bree bei Ned Pole. Ned und er, wie sie sich über den Hof hinweg wie zwei alte Sparringpartner anstarrten. Er kniff die Augen zusammen. Der Horizont verdüsterte sich und wurde grau. In seinen Ohren dröhnten die Maschinen der *Korimako*. Eli stand im Ruderhaus. Sie hatten fast schon die Hare's Ears erreicht. John-Cody arbeitete gerade unter Deck, wo er ein undichtes Ventil reparierte. Er konnte die geballte Kraft der Dünung am Rumpf spüren.

Als sie den Breaksea Sound verlassen hatten und auf die Tasmansee hinausgefahren waren, war das Meer viel unruhiger, als er angenommen hatte. Er hatte jedoch schon Schlimmeres erlebt, und bis zum Doubtful Sound mit seinen ruhigeren Wassern waren es nur noch vier Stunden Fahrt. Sie hätten zwar auch im Breaksea Sound Anker werfen und besseres Wetter abwarten können, dann hätten sie jedoch höchstwahrscheinlich die nächsten zwei Tage dort festgesessen. Eli war schon viele Male mit ihm in schwerem Wetter unterwegs gewesen, also hatte John-Cody dem keine besondere Bedeutung beigemessen.

»Gib!«, ertönte Elis Stimme von der Brücke her, dann tauchte er in der Tür zum Maschinenraum auf. »Ich denke, wir können den Klüver jetzt wieder hissen.«

»Tu das, Junge. Du brauchst nicht auf mich zu warten.«

Eli lächelte ihn mit dunklen Augen an und salutierte. John-Cody schüttelte grinsend den Kopf. Sie waren zuerst mit dem Klüver und mit Motorkraft gefahren. Das Boot aber hatte begonnen, schlecht zu luven, und er hatte Eli gebeten, den Klüver einzuholen und am Bugspriet festzubinden, damit sie ihn später wieder hissen konnten. Er wandte seine Aufmerksamkeit wieder dem undichten Ventil zu.

Wenn der Klüver gehisst war, ließ das Schlingern stets ein wenig nach, weil sich das Boot dann stabilisierte. John-Cody spürte unter seinen Füßen jedoch keinen Unterschied, wie es normalerweise der Fall war. Zuerst beunruhigte ihn das nicht weiter. In seinen Ohren donnerte das Geräusch des Gardner, und das Ventil zu reparieren erwies sich als schwieriger, als er erwartet hatte. Der Schaden war zwar nicht groß, aber wenn er erst einmal eine Arbeit wie diese angefangen hatte, blieb er auch dabei, bis sie erledigt war: Auf einem Boot konnte man es sich nicht leisten, irgendetwas aufzuschieben. Die *Korimako* schlingerte unverändert weiter, und nach ein paar Minuten begann ihn das stutzig zu machen. Er steckte seinen Kopf aus dem Maschinenraum und rief nach Eli.

Das Boot stampfte heftig. John-Cody verlor die Balance und musste sich am Rand der Gefrierkoje festhalten. Eli war offensichtlich noch immer oben an Deck. Nachdem er die Stahltür zum Maschinenraum gesichert hatte, ging er den vorderen Niedergang nach oben und drehte sich zum Bug um. Der Klüver war zur Hälfte oben, schlug gegen das Fall. Von Eli war nichts zu sehen.

Er riss die leewärts gelegene Tür auf, hielt sich dabei an der Reling fest und stolperte das Deck entlang.

»Eli!«

Keine Antwort. Keine Spur von dem Jungen.

»Elijah!«

Nichts. Nur der Wind pfiff durch die Schoten und ließ die aufgerollte Leinwand des Besansegels knattern: Da war nichts als das metallische Klappern der Klüverlegel am Fall, das Klirren von Metall auf Metall, dort wo sich ein Haken am Fockstag verfangen hatte. John-Cody stand wie angewurzelt da, den Wind im Gesicht. Seine Kleidung war schon nach kürzester Zeit von der Gischt durchnässt, da die Wellen über dem Bug brachen. Die Dünung erreichte hier draußen fast fünf Meter: Er hätte Eli niemals die Anweisung geben dürfen, den Klüver ohne seine Hilfe zu hissen.

»Eli!« Er hielt sich am Bugkorb fest, wo der Klüver angebunden gewesen war. Er sah, wo sich das Legel verfangen hatte, und er sah die flatternde Fallleine, die durch die Reling hing und deren Ende in der schäumenden See schwamm. Kein Eli. Er drehte sich um, suchte mit schnellem Blick das Deck ab und überlegte, ob er nach achtern gehen sollte. Dann blickte er wieder nach unten ins Wasser und sah plötzlich Elis weiße Hand, die sich am Rumpf des Bootes erhob. John-Cody spürte, wie ihm ein eiskalter Schauer den Rücken hinunterlief: Eli hatte sich im Fall verfangen.

Sein Instinkt übernahm die Kontrolle. Er schnappte sich einen Bootshaken und einen Rettungsring, dann beugte er sich über die Bootswand. Der Himmel hatte eine Art Purpurton angenommen, schwere Wolken hingen drohend über dem schlingernden, rollenden Boot. Elis Gesicht tauchte aus den Wellen auf. Seine Haare bewegten sich mit der Strömung um seinen Kopf herum, seine Haut war totenbleich, und seine Augen waren geschlossen. John-Cody warf den Rettungsring über Bord, aber das nützte Eli nichts mehr. Er war schon bewusstlos und hing in der Leine fest. Sie hatte sich um seine Brust gewickelt und verhinderte so, dass er von den Wellen fortgerissen wurde. John-Cody nahm den Bootshaken und versuchte, damit die Leine zu erreichen, was ihm nach ein paar Versuchen auch gelang. Er zog die Leine nach oben und hob dadurch Elis Kopf ganz aus dem Wasser, dann befestigte er den Bootshaken an der Reling.

Jetzt rannte er nach achtern und löste die Bügel, mit denen das Beiboot am Heckwerk befestigt war. Vom Deck aus konnte er Eli auf keinen Fall an Bord ziehen. Das Beiboot fiel mit einem klatschenden Geräusch ins Wasser. Die Bulin in der Hand, kletterte er über die Reling und sprang ins Boot. Er warf den Außenbordmotor an und mühte sich ab, es so zu drehen, dass es nicht quer zu den Wellen stand. Dann fuhr er auf der Leeseite am Schiff entlang nach vorn zum Bug.

Eli trieb bewegungslos im Wasser. Sein Gesicht hatte die kalkweiße Farbe des Todes, die John-Cody auf See schon einmal gesehen hatte. Trotz des heftigen Seegangs gelang es ihm, Eli schließlich ins Beiboot zu ziehen.

Als er seine Haut berührte, als er seine Lider auseinander zog, gab es jedoch keinen Zweifel mehr daran, dass ihm keine auch noch so intensive Herzmassage mehr helfen würde. Elijah Pole war tot.

Als er jetzt hier an diesem namenlosen Ort saß, erlebte er diesen Augenblick noch einmal. Er dachte über diese merkwürdige Eifersucht nach, die er verspürt hatte, als er Bree in Ned Poles Obhut zurückließ. Er nahm einen Zug an seiner Zigarette und blies den Rauch langsam aus. Jetzt war er wieder auf dem Boot, spürte den Wind in seinen Haaren und sah den toten Körper an, der vor ihm auf dem Deck der *Korimako* lag. Er kniete sich neben den nassen Leichnam des Jungen und starrte auf sein Gesicht. Das Leben war daraus verschwunden: Eli war nicht mehr. Der Körper hier vor ihm sah nicht einmal mehr aus wie Eli. Langsam und müde stand er auf und gab die Nachricht über Funk durch.

Mahina wartete bei Deep Cove auf ihn. Auch die Polizei und die Küstenwache waren da. Vor dem Hintergrund der Berge sahen sie alle sehr klein aus. Grabesstille lag über Deep Cove. John-Cody legte am Kai an und warf Mahina die Spring zu. Er wusste, dass auf der anderen Seite des Passes Ned Pole auf ihn wartete.

Pole beobachtete Bree, die mit Pinky im Korral im Kreis ritt. Sie stellte sich überaus geschickt an, gebrauchte ihre Knie und hielt ihre Hände am Halsansatz des Pferdes. Pole stand am Zaun, redete mit leiser, freundlicher Stimme auf sie ein und rief Pinky von Zeit zu Zeit ein Kommando zu, wenn Bree etwas durcheinander brachte.

»Du machst das wirklich sehr gut, Bree«, sagte er zu ihr. »Du wirst sehen, es dauert nicht lange, dann kannst du schon helfen, die Schafe zu treiben.«

Bree strahlte ihn an und war mit sich selbst sehr zufrieden. Das Pferd unter ihr fühlte sich gut an. Sie konnte Pinkys Schultermuskeln spüren, die große Kraft in seinem Rücken und seinen Beinen: Sie jauchzte innerlich jedes Mal, wenn Pinky auf eine ihrer Beinhilfen reagierte.

Pole beobachtete sie und sah dabei seinen Sohn vor sich. Nicht den jungen Mann, der auf der *Korimako* ertrunken war, sondern den Jungen, der hier bei ihm gelebt hatte, bevor ihn seine Mutter nach Australien geholt hatte. Er sah Eli, dann sah er sich selbst in Cairns, sah seinen Vater, der mit vor Stolz strahlendem Gesicht am Zaun lehnte.

»Du machst das wirklich gut, Bree. Du bist ein richtiges Naturtalent.«

»Mir tun die Knie weh, wenn ich ihm Schenkelhilfen gebe«, sagte Bree. »Und ich bin nicht sicher, wie kräftig ich drücken soll.«

»Mach dir keine Gedanken, das wirst du noch lernen. Genauer gesagt, Pinky wird sich an dich gewöhnen.« Pole trat einen Schritt vom Zaun zurück. »Jetzt geh in den leichten Trab, und denk an das, was ich dir gesagt habe.«

John-Cody war gerade im Büro, als Pole Bree vor der Tür absetzte. Er trat auf die Veranda hinaus und begrüßte ihn mit einem Kopfnicken. Pole tippte sich an seinen Hut, dann wendete er seinen Pick-up und fuhr wieder Richtung Te Anau davon. Bree hüpfte die Stufen zur Veranda herauf.

»Na, wie war's?«, fragte John-Cody sie.

»Fantastisch.«

»Dir tun also nicht alle Knochen im Leib weh?«

Sie schüttelte den Kopf. »Nicht im Geringsten.«

Er nickte. »Du willst also mit dem Reiten weitermachen?«

Bree sah ihn an. »Nur, solange es Sie nicht stört.«

»Warum sollte es mich denn stören? Es ist o.k. Take it easy, Breezy.«

Sie hob ihre Hand. »Five high, Captain Bligh.«

Er sah ihr nach, wie sie sich, begleitet von Sierra, auf den Weg zum Fraser's Beach machte. Dann drehte er sich um und stellte fest, dass Alex ihn beobachtete.

»Was ist?«

»Nichts.«

»Warum starrst du mich dann so an?«

Alex lächelte. »Nur so. Bree ist wirklich ein reizendes Mädchen, nicht wahr?«

»Ganz gewiss.«

»Da wünscht man sich fast, selbst eine Tochter zu haben.«

Er drehte sich noch einmal nach Bree um, die gerade zwischen den Bäumen verschwand. »Ja«, sagte er dann. »Das stimmt.«

Als Pole aus Manapouri zurückkam, war Jane wieder da. Bree hatte ihm geholfen, Pinky abzusatteln und zu bürsten. Dann hatte sie ihn auf die Koppel geführt. Janes Auto stand in der Auffahrt. Er stieg aus seinem Wagen, und in diesem Augenblick kam Jane auf den Balkon. Sie hielt ein Blatt Papier in der Hand.

»Wann ist das gekommen, Nehemiah?«

Pole beschirmte seine Augen mit der Hand. »Was ist gekommen?«

»Dieses Fax aus Amerika.«

»Keine Ahnung. Ich war heute noch nicht im Büro. Was ist es denn?«

Jane sah zunächst das Blatt und dann wieder ihn an. »Das ist pures Gold.«

Es war jetzt Anfang Mai. Der Winter kündigte sich mit großen Schritten an. Libby hatte verschiedene Tonspuren ihrer Computeraufzeichnungen isoliert. Sie hatte die Klicklaute der Cetaceen und die jeweiligen Umweltgeräusche differenziert und war in der Lage nachzuweisen, zu welchem Zeitpunkt der Motorenlärm eingesetzt hatte. Sie arbeitete am Tisch unter dem Fenster, das einen freien Blick in den Garten hinter dem Haus ermöglichte. Jetzt sah sie zu, wie John-Cody unten am Manuka-Wäldchen Feuerholz hackte. Er trug trotz der Kälte nur Jeans und ein T-Shirt. Seine Armmuskeln spannten sich an, wenn er die Axt hob und die Scheite jedes Mal mit einem einzigen, geschmeidigen Schlag spaltete. Von Zeit zu Zeit legte er das Werkzeug weg und bückte sich, um das Holz in einen Schubkarren zu schichten. Sierra saß mit hängender Zunge neben ihm und sah ihm zu, bis ihre Aufmerksamkeit durch ein Kaninchen oder einen Fuchskusu abgelenkt wurde.

Libby konzentrierte sich wieder auf ihren Bildschirm. Mit einem Mausklick fächerte sie die Frequenzen nochmals auf und versuchte herauszufinden, ob es tatsächlich Pole gewesen war, der die Delfine vertrieben hatte. Sie wusste, dass sie das nie würde beweisen können: Dazu wären jahrelange Untersuchungen unter kontrollierten Bedingungen nötig, außerdem müsste sie dazu ein akustisches Modell des Sunds erstellen. Das allein würde schon eine Ewigkeit dauern, und sie hatte nur noch eineinhalb Jahre Zeit.

Ihre Gedanken schweiften ab. Ihr Blick wanderte wieder hinaus zum Holzstapel, wo John-Cody noch immer die Axt schwang. Sie fragte sich, ob er merkte, dass sie ihn beobachtete. Hin und wieder hatten sie einen Blick gewechselt, sonst aber war da nichts zwischen ihnen gewesen. Normalerweise war sie ziemlich gut, wenn es darum ging, Signale von Männern zu empfangen. Sie ertappte sich immer wieder dabei, dass sie an John-Cody dachte, bemerkte hier und da, dass er sie ansah, hatte aber nicht die geringste Ahnung, was er dabei fühlte oder dachte. Mahina umgab ihn wie eine unsichtbare Aura, und das allein reichte schon aus, jede andere Frau auf Distanz zu halten. Es war jedoch nicht so, als würde Mahina noch immer Besitzansprüche stellen, vielmehr schien er selbst das tiefe Bedürfnis zu spüren, sich mit der Erinnerung an sie zu umgeben.

Und warum auch nicht? Mahina war jetzt seit eineinhalb Jahren tot, aber John-Cody liebte sie immer noch auf eine Art und Weise, wie Libby noch nie von jemandem geliebt worden war und wahrscheinlich auch nie geliebt werden würde. Sie beobachtete ihn, wie er einen weiteren Stapel Scheite auf den Schubkarren lud und ihn den kleinen Hang hinaufschob. Er sah nicht zu ihr herüber. Die Sonne stand genau über ihm. Wahrscheinlich spiegelte sie sich in der Fensterscheibe und machte sie auf diese Weise für Blicke undurchdringlich. Libby wandte sich wieder ihrem Bildschirm zu, konnte sich aber nicht mehr auf ihre Arbeit konzentrieren. Morgen sollte sie eigentlich wieder im Dusky Sound sein, aber zum ersten Mal verspürte sie keine Lust auf ihre Arbeit. Der Herbst ging zu Ende, der Winter stand vor der Tür. Sie hatte die letzten Tage genossen. Bree war glücklich gewesen, ihre Mutter zu Hause zu haben, wenn sie aus der Schule kam. Sie hatte ihr in allen Einzelheiten den Reitunterricht geschildert, den Pole ihr am Wochenende gegeben hatte. John-Cody hatte sich jeden Abend zu ihnen gesetzt, und sie hatten Brettspiele gespielt, geredet und viel gelacht.

Sie stand von ihrem Schreibtisch auf und ging zur Vordertür, wo John-Cody gerade das Holz in den Kasten auf der Veranda schichtete. Er blickte kurz auf und lächelte sie an. »Es wird noch viel kälter werden, Lib. Im Dusky Sound kann es im Winter ziemlich ungemütlich werden, die Supper Cove friert manchmal sogar teilweise zu.«

»Bleiben die Delfine dann draußen im offenen Meer?«

»Normalerweise ja. Aber ich habe die Gruppe aus dem Doubtful Sound auch mitten im August noch im Halls Arm gesehen.«

Libby nickte. »Soll ich Ihnen einen Kaffee machen?«

Er lächelte sie wieder an und wischte sich den Staub von den Handflächen. »Danke, gern.«

Er setzte sich auf die kleine Bank neben der Tür und drehte sich eine Zigarette. Das Telefon klingelte. Libby nahm das Gespräch entgegen und brachte ihm den Apparat nach draußen. Es war Alex.

John-Cody nahm den Hörer. »Hallo, Alex. Was gibt's?«

»Ned Pole war eben hier. Er wollte dich sprechen.«

»Ach ja?«

»Nun, wortwörtlich hat er gesagt, dass du zu ihm kommen sollst, und zwar sofort.« Sie hielt inne. »Es war irgendwie unheimlich, Boss. Irgendetwas an ihm war anders als sonst.«

»Was meinst du mit anders?«

»Ich kann es nicht genau beschreiben. Er wirkte sehr ernst, ich meine, wirklich todernst. Ich habe eine richtige Gänsehaut bekommen. Er hat gesagt, dass er sein neues Gewehr einschießen will. Du wüsstest schon, wo du ihn finden kannst.«

John-Cody legte auf. Libby brachte ihm den Kaffee. Er schwieg, starrte geistesabwesend zwischen den Bäumen hindurch den blauen Himmel über dem See an. Vögel flogen durch sein Gesichtsfeld, Wolken zogen eilig auf den westlichen Horizont zu. Irgendetwas in Alex' Stimme hatte ihn zutiefst beunruhigt. Er konnte nicht sagen, warum, aber ihn überkam ein ungutes Gefühl.

Libby beobachtete ihn. »Ist alles o.k. mit Ihnen?«

Er antwortete nicht sofort.

»John-Cody?«

Er nahm seine Kaffeetasse. »Ja, es geht mir gut.« Er trank einen großen Schluck und stellte die Tasse ab. Die Zigarette, die er sich gerade gedreht hatte, legte er in seinen Tabaksbeutel, dann stand er auf. »Ich habe noch etwas zu erledigen, Libby. Ich bin bald wieder zurück.«

Er hatte sein Hemd auf die Motorhaube des Pick-up gelegt. Er zog es wieder an und steckte es in seine Jeans. Dann setzte er sich hinters Lenkrad, befahl Sierra, bei Libby zu bleiben, und fuhr auf die Straße hinaus. Er fuhr zunächst Richtung Te Anau und bog dann nach Balloon Loop und in Richtung Fluss ab. Auf halber Strecke der kurvigen, ungeteerten Straße sah er Poles rotsilbernen Twincab am Straßenrand stehen. John-Cody fuhr langsamer, schaltete mit knirschendem Getriebe herunter und hielt mit seinem alten Pickup hinter Poles Wagen. Er blieb noch einen Augenblick sitzen und presste seine feuchten Handflächen auf die Oberschenkel. Er hörte einen kurzen, scharfen, aber nicht besonders lauten Knall; Pole hatte einen Schalldämpfer auf seinem Gewehr.

Pole lag auf dem Bauch und schoss sein Jagdgewehr ein, wobei er die hölzerne Zielscheibe anvisierte, die in einer Entfernung von fünfzig Metern am Hang stand. Er sah aus dem Augenwinkel, wie Gibbs auf ihn zukam und am Rand des Abhangs stehen blieb. Der inoffizielle Schießstand war eine Schneise im Wald, vielleicht sechzig Meter lang und in sicherer Entfernung von allen Wanderwegen. Pole schoss seine Waffen hier schon seit fünfundzwanzig Jahren ein. Jetzt zielte er auf das Zentrum des hölzernen Ziels und gab in rascher Folge drei Schüsse ab: Die Einschusslöcher lagen dicht nebeneinander, insgesamt aber ein wenig zu hoch und etwas zu weit links. Es würde nur eine kleine Änderung an seinem Gewehr vornehmen müssen. Aber das konnte jetzt warten.

Er legte die Waffe ab und achtete dabei sorgfältig darauf, dass kein Schmutz in den Lauf geriet. Dann sah er John-Cody an, der, die Hände in den Taschen vergraben, dastand und zu ihm heruntersah. Pole kniff die Augen zusammen: Für den Bruchteil einer Sekunde sah er Mahina vor sich, und ihm stockte der Atem. Dann sah er seinen Sohn auf dem Kai am West Arm liegen. Er sah sich selbst, verzweifelt die Hände ringend, jeden Muskel angespannt, sein Herz eine emotionale Wüste.

Er stand auf und hielt das Gewehr mit baumelndem Lederriemen locker in einer Hand. John-Cody rutschte den Hang hinunter und wirbelte mit seinen Stiefeln jede Menge Staub auf. Pole kam auf ihn zu. John-Cody blieb stehen, schnippte seine Zigarette weg und ging dann zur Zielscheibe hinüber. Er sah sie sich gerade genau an, als Pole sich neben ihn stellte.

»Gut geschossen, Ned.« John-Cody sagte das, ohne ihn dabei anzusehen.

»Meinst du?«

»Ein bisschen hoch und zu weit links, aber alle Schüsse nah beieinander.«

John-Cody drehte sich jetzt zu ihm um. Pole schulterte das Gewehr und suchte in seiner Hemdentasche nach einer Zigarre. John-Cody holte sein zerschrammtes Messingfeuerzeug heraus. Pole nahm es ihm aus der Hand und sah es sich an.

»Hast du das in der Armee bekommen?«

John-Cody gab ihm keine Antwort. Eine Sekunde lang war die Kälte dieses Tages die Kälte der Camas Prairie, während er auf das verunglückte Auto mit den FBI-Agenten starrte. Er setzte sich auf einen Baumstumpf und zog seinen Tabaksbeutel heraus. »Worum geht es, Ned?«

Pole setzte sich neben ihn, die Beine lang ausgestreckt, die Stiefel an den Knöcheln übereinander geschlagen. Er rauchte seine schwarze Zigarre und blies dabei den Rauch durch seine Nase.

»Das hier ist ein wunderschönes Fleckchen Erde, findest du nicht auch?«

»Einige von uns wollen, dass es auch so bleibt.«

Pole sah ihn an. »Wir beide sind gar nicht so verschieden, John-Cody.«

»Nein?«

»Im Grunde nicht.«

»Dann zieh deinen Antrag für den Dusky Sound zurück. Wenn wir beide tatsächlich nicht so verschieden sind, wie ich glaube, dann tu uns allen einen Gefallen, und lass die Dinge, wie sie sind.«

Pole lachte leise. »Gib, du warst schon immer ein Träumer. Glaubst du denn wirklich, dass es eine Rolle spielt, ob ich den Antrag zurückziehe oder nicht?«

»Natürlich spielt es eine Rolle.«

»Dann bist du ein größerer Narr, als ich dachte.« Pole schnippte die Asche von seiner Zigarre. »Wenn ich dieses Projekt nicht durchziehe, wird es jemand anders tun. Southland Tours stand schon in den Startlöchern, bevor ich damals mit meinen Geldgebern auch nur gesprochen habe. Jetzt halten sie sich nur zurück, weil sie abwarten wollen, ob ich Erfolg habe. Auf die eine oder andere Weise werden sie versuchen, dasselbe zu machen. Dann werden Yellow Boats und Wilson's Tours aus Dunedin folgen. Sogar Unternehmen aus der Hawke's Bay und der Bay of Plenty, und selbst aus der Bay of Islands die, wie du weißt, ziemlich weit weg sind, werden einsteigen.« Pole inhalierte den Rauch. »Bei mir wissen die Leute wenigstens, woran sie sind, Gib. Ich komme hier aus der Gegend. Ich kenne den Busch besser als die meisten Einheimischen. Und ich kenne die Sunde. Wenn ich das Ganze geschickt angehe, dann bin ich es, der das Sagen hat, und ich werde mich, genau wie du, mit aller Macht dagegen wehren, wenn sich hier noch ein anderes Unternehmen breitmachen will.«

John-Cody sah ihn an, während er die Arme auf seinen Knien ruhen ließ. »Ned, das würde niemals funktionieren. Zwischen uns gibt es keinen Verhandlungsspielraum. Den hat es nie gegeben. Der Dusky Sound ist heilig. Im Doubtful Sound ist heute schon viel zu viel los. Ich will nicht, dass dasselbe auch im Dusky Sound passiert.«

Pole nickte. »Aber wenn du mit deinem Boot im Sund herumfährst, ist das in Ordnung.«

»Wie du weißt, mache ich Öko-Touren.«

»Trotzdem fährst du mit deinem Boot auf dem Wasser herum. Wie mir Liberty Bass sagte, könnte der Maschinenlärm dem Wohl der Delfine abträglich sein.«

John-Cody sah ihn an. »Sobald sie das beweist, höre ich sofort damit auf.«

Pole lachte. »Du hast das Glück, dir das leisten zu können. Mahina war vermutlich gut versichert.«

Seine Worte verletzten John-Cody.

»Du brauchst dich nicht gleich aufzuregen.« Pole blies Zigarrenrauch in die Luft. »Die meisten Leute hier versuchen einfach nur durchzukommen, weißt du. Sie haben Schulden, und sie haben Hypotheken. Die Banken sitzen ihnen im Genick.«

»Und das trifft auch auf dich zu.«

Pole rieb sich mit der Handfläche nachdenklich am Kinn. »Gib, ich könnte dir Kontoauszüge zeigen, bei deren Anblick stünden dir die Haare zu Berge.« Er sah ihn mit durchdringendem Blick an. »Ich habe persönlich nichts gegen dich, obwohl ich weiß Gott einen Grund dazu hätte.«

John-Cody schwieg. »Die Sache mit Eli tut mir Leid. Es wird mir immer Leid tun. Ich hatte als Skipper damals die Verantwortung. Aber du weißt, dass es nicht meine Schuld war.«

Pole biss sich auf die Lippen. »Elijah hat einen Fehler gemacht, weil er unerfahren war. Die Wellen waren damals fünf Meter hoch, Gib. Du hättest ihn niemals allein an Deck gehen lassen dürfen.«

»Wenn ich mich wirklich fahrlässig verhalten hätte, dann hätte man das bei der Untersuchung festgestellt. Das hat man aber nicht. Und das weißt du auch. Schließlich warst du dabei.«

»Du würdest das wirklich gern glauben, nicht wahr?« Pole starrte in die schattigen Baumkronen und sah vor seinem geistigen Auge wieder das Gesicht seines Sohns. »Ich hätte dich härter angehen können, Gib. Viele haben mir damals geraten, es zu tun.«

»Ich weiß.«

Pole lockerte seine Schultern. »Ich kenne die See. Ich weiß, wie es da draußen ist, wenn nur zwei Mann an Bord sind. Es muss dies und jenes getan werden. Dass sich ein Klüverlegel verhakt, nun gut, so etwas kommt vor.« Er kaute auf dem Ende seiner Zigarre herum. »Aber vielleicht hätte ich dich härter angehen sollen. Eli war mein einziger Sohn. Ich hatte ihn seit seinem dreizehnten Lebensjahr nicht mehr gesehen, und kaum hatte ich ihn wieder, stirbt er auf deinem Öko-Boot.«

John-Cody sah auf sein Profil. »Eli war es immer sehr wichtig, was mit der Umwelt geschieht, Ned. Deine Pläne für den Dusky Sound hätten ihm bestimmt nicht gefallen.«

»Du willst mir jetzt also etwas über meinen eigenen Jungen erzählen?«

John-Cody legte seinen Tabaksbeutel auf seinen Oberschenkel.

»Ich sage nur, was ich damals beobachtet habe, als er für mich gearbeitet hat.«

»Wenn er nicht für dich gearbeitet hätte, wäre er heute noch am Leben.«

John-Cody schwieg. Auch Pole schwieg. Sie saßen Seite an Seite auf dem Baumstumpf, während die Sonne im Westen hinter Wolken versank und es langsam kälter wurde.

»Es wird Winter.« Pole schlug den Kragen seiner Jacke hoch. »Die Saison ist so gut wie vorbei.« Er strich mit seinen ledrigen Fingern über den Kolben seines Gewehrs. »Ich werde diese Hotels im Dusky Sound einrichten, Gib.«

»Das glaubst du vielleicht, Ned. Aber da gibt es ja noch die Anhörung. Oder hast du das vergessen?«

Pole schwieg einen Augenblick, dann sagte er: »Es wird keine Verhandlung geben.«

»Wie kommst du denn da drauf?«

»Weil es gar nicht dazu kommen wird. Du bist der Letzte, der sich gegen das Projekt stellt, und du wirst deinen Einspruch zurückziehen.«

John-Cody lachte.

Poles Stimme klang jetzt leise und gefährlich. »Weißt du, Gib, ich bekomme die finanziellen Mittel gestellt, um dein Boot und deinen Kai zu kaufen, und genau das werde ich auch tun.« Er schwieg einen Augenblick lang. »Ich habe dir einmal gesagt, dass ich dir damit einen Gefallen tun würde. Du kannst mir glauben, es ist wirklich so. Wenn wir mit unserem Projekt beginnen, kannst du, wenn du willst, für mich da unten weiter als Skipper arbeiten.«

John-Cody stand auf.

»Setz dich wieder hin, Gib. Ich bin noch nicht fertig.«

»Ich weiß mit meiner Zeit etwas Besseres anzufangen.«

»Ich sagte, du sollst dich hinsetzen.«

John-Cody setzte sich. Er wusste nicht genau, warum, aber er setzte sich wieder neben Pole. Dieser zündete wieder seine Zigarre mit dem Feuerzeug an, das er während ihres Gesprächs die ganze Zeit in der Hand gehalten hatte.

»Was für ein Gefühl war das, Gib«, sagte Pole langsam, »als du in Bellingham mit diesem Trawler abgehauen bist? Wie hat es sich angefühlt zu wissen, dass andere das tun, wozu du zu viel Schiss hattest?«

John-Cody spürte, wie das Blut in seiner Schläfe zu pochen begann. Pole sah ihn nicht an: Stattdessen starrte er über die Lichtung zu den Buchen hinüber, die dicht gedrängt den Fluss säumten. »Wir wissen alles über dich, Gib. Wir wissen, warum du die Vereinigten Staaten verlassen hast, und auch, was davor passiert ist. Dort drüben gibt es ein paar Leute, die auch nach fünfundzwanzig Jahren noch sehr daran interessiert sind, sich mit dir zu unterhalten. Einer der Agenten ist bei dem Unfall gestorben. Wusstest du das?«

John-Cody hatte das Gefühl, als hätte man ihm einen Faustschlag versetzt. Er saß einfach stumm da, während der Rauch von Poles Zigarre in seinem Hals kratzte.

»Ich bin mir sicher, das sich auch die Einwanderungsbehörde von Neuseeland für die Sache interessiert. Du hättest Mahina heiraten sollen, ich meine, vor dem Gesetz heiraten sollen, anstatt irgend so eine komische Hippiehochzeit zu feiern.« Pole stand auf. »Es tut mir Leid, dass ich dich vor diese Wahl stellen muss, Kumpel, aber dieses Projekt im Dusky Sound ist für mich lebenswichtig. Ich muss wohl nicht erst erwähnen, dass mein Grund und Boden auf dem Spiel steht und dass Jane die Vorstellung, plötzlich obdachlos zu werden, überhaupt nicht gefällt.« Er hielt inne. »Ich habe dir gesagt, dass ich dir einen Gefallen tue, wenn ich dein Boot und deinen Kai kaufe. Im Augenblick weiß noch niemand etwas von der Sache, aber das kann sich schnell ändern. Ich will dich nicht aus dem Land vertreiben, aber wenn du nicht nachgibst, habe ich keine andere Wahl.«

Er starrte den Berg hinauf zu seinem Pick-up, dann schob er seinen Hut in den Nacken und sah John-Cody wieder an. »Da gibt es noch etwas, das du wissen solltest«, sagte er. »Den Grund, weshalb ich wegen Eli nicht gegen dich vorgegangen bin.« Er leckte sich über die Lippen. »Als ich an diesem Tag zum Kai gekommen bin, konnte mir Mahina zum ersten Mal seit Jahren wieder in die Augen sehen.«

John-Cody starrte ihn an.

»Weißt du, zwischen uns ist einiges gelaufen, auch nachdem ihr beide ein Paar wart.«

»Du bist ein verdammter Lügner.«

»Ach ja? Sie ist doch gern nackt durch den Busch spaziert, nicht wahr?«

John-Cody fuhr zum Büro zurück und stellte den Wagen ab. Lange Zeit saß er einfach da und starrte durch die Windschutzscheibe die Häuser an, die auf dem Hügel hinter der Possum Lodge gebaut worden waren. Alles kam ihm so unwirklich vor: Poles Gesicht, Poles Worte. Er spürte, wie er am ganzen Körper zitterte. Er stieg aus, um tief durchzuatmen, aber der Tag war windstill, die Luft stickig. Die Sonne schien nicht mehr, und über den Kepler Mountains am Nordufer des Sees ballten sich dunkle Wolken zusammen. Wieder stand er auf der Camas Prairie, knöcheltief im frisch gefallenen Schnee, und sah auf das Auto mit den beiden FBI-Agenten herunter, von denen, wie er jetzt wusste, einer tot war. Er war wieder in New Orleans, während es wie aus Kübeln schüttete und die Fensterläden im Wind schlugen. Er sah die Gesichter seiner Bandmitglieder, die offenen Münder, sah Unsicherheit, Gewissheit und Angst, und das alles in ein und demselben Augenblick. Dann sah er sich auf dem Highway, per Anhalter durch St. Charles Parish und weiter nach Texas.

Er bemerkte, dass Alex ihn durchs Fenster anstarrte. Sie runzelte die Stirn. John-Cody ging die Veranda entlang, als sie, einen Kanten altes Brot für die Vögel in der Hand, durch die Tür nach draußen kam. »Du siehst aus, als hättest du ein Gespenst gesehen.«

»Ich habe mit Ned Pole gesprochen«, sagte er ruhig.

»Und?«

Er holte kurz Luft. »Nichts und. Hör zu, Alex, ich werde wieder über den Pass fahren. Ich habe eine Unmenge Arbeit auf dem Boot zu erledigen.«

Alex sah ihn verblüfft an. »O.k.«

Er wandte sich zum Gehen.

»Ach, du meinst, jetzt sofort?«

»Ja. Ich werde das Z-Boot nehmen, das in zehn Minuten ablegt.«

»Wie sieht es mit dem Proviant aus?«

»Es ist noch was im Kühlschrank. Ich komme schon klar.«

»Wann bist du wieder zurück?«

John-Cody sah sie an, ohne sie wirklich wahrzunehmen. »Keine Ahnung. Du kannst mich über Funk erreichen.« Er drehte sich um und ging auf Pearl Harbour zu, den Rücken verkrampft und steif, als trüge er das Gewicht des Himmels auf seinen Schultern.

Er lief unsicher, als wäre jeder Schritt sein letzter. Er kam am Tante-Emma-Laden vorbei. Jean Grady rief ihm einen Gruß zu, aber er hörte ihn nicht. Er ging mit gesenktem Kopf weiter und registrierte jeden Riss im Bürgersteig. Als er um die Ecke bog, konnte er das grüne, träge Wasser der Bucht hinter den Bäumen riechen. Das Z-Boot lag am Steg. Tom überprüfte gerade ein letztes Mal die Maschinen.

»Hast du noch einen Platz für mich frei, Partner?«

Tom sah zu ihm hoch. »Für dich immer, Kumpel. Das weißt du doch.«

John-Cody kletterte an Deck und zündete sich eine Zigarette an. Tom beobachtete ihn durch die Windschutzscheibe und zog dabei eine Augenbraue hoch. Im vergangenen Jahr hatte er diesen finsteren, abweisenden Gesichtsausdruck bei ihm schon ein paarmal gesehen, aber noch nie war ihm John-Cody so verschlossen vorgekommen wie jetzt.

John-Cody blieb während der gesamten Fahrt über den See an Deck sitzen. Einzelne Regentropfen benetzten sein Haar. Er trug nur Jeans und ein Sporthemd, den scharfen Wind, der über das Wasser fegte, als sie den South Arm passierten, nahm er nicht wahr. Er saß einfach nur da und drehte sich eine Zigarette nach der anderen, während ihm unzählige Fragen im Kopf herumgingen.

Am West Arm musste er auf den Bus warten und überlegte schon, ob er die zweiundzwanzig Kilometer zu Fuß gehen sollte. Tom hatte jedoch einen Bekannten, der John-Cody in seinem Pick-up mitnahm. Er saß auf dem Beifahrersitz, sagte die ganze Zeit kein einziges Wort, dachte an nichts und brachte kaum ein Dankeschön über die Lippen, als der Mann ihn an seinem Kai absetzte. Der Pick-up fuhr Richtung Tunnel zurück. John-Cody blieb einen Augenblick oben am baumbestandenen Hang stehen, während Kriebelmücken sein Gesicht umschwirrten. Es hatte noch nicht zu regnen begonnen, aber vor den Bergen, die in der plötzlich unbehaglichen Stille dumpf zu murmeln schienen, hingen schon schwere, purpurfarbene Wolken. John-Cody stand da und starrte auf die undurchsichtige Wasserfläche von Deep Cove herunter. Der Sund kam ihm zum ersten Mal düster und boshaft vor.

Er wusste nicht, was er tun sollte. Zum ersten Mal in seinem Leben wusste er einfach nicht, was er tun sollte. Er musste unbedingt mit Mahina reden. Aber genau das ging nicht: Mahina war tot. Sie war einfach nicht mehr da, für ihn verloren. Sie war jetzt in der Geisterwelt, in der großen Marae ihrer Vorfahren.

Selbst die *Korimako* fühlte sich fremd an, als er an Deck ging und die Tür des Ruderhauses aufschob. Dieses Schiff war sieben Jahre lang ein Teil von ihm gewesen, fast wie ein Arm oder ein zusätzliches Bein, und dennoch schien es jetzt fremd. Es war verloren, genau wie der Kai und die Bucht und vielleicht schon bald ganz Fjordland. Mahina hatte das geahnt. Der letzte Garten Tanes, von Touristen überschwemmt, der Klang der Stille vom Jaulen der Rennboote zerrissen: Fischer und Jäger, die übers Wasser preschten. Er setzte sich auf den Platz des Skippers vor dem Radarschirm und sah zu, wie der Regen Myriaden kleiner Bäche bildete, die sich die mit Plexiglas verstärkten Scheiben hinunter ihren Weg suchten.

Er wusste nicht, wie lange er dort gesessen hatte, irgendwann jedoch unterbrach das Quaken des Funkgeräts den Fluss seiner Gedanken. »*Korimako, Korimako, Korimako*, hier spricht *Kori*-Basis. Bist du da, Boss?«

Einen Moment lang blieb er einfach bewegungslos sitzen. Alex rief ihn noch einmal, wiederholte ihre Frage, dann rief sie ihn ein drittes Mal. Schließlich stand er auf und nahm das Mikrofon in die Hand.

»Ja, Alex.«

»Oh, Gott sei Dank, ich dachte schon, das Z-Boot sei untergegangen oder so. Geht es dir gut?«

»Ja, mir geht's gut.«

»Was zum Teufel ist bloß mit Pole los? Er ist gerade hier vorbei gefahren und hat gegrinst, als hätte er einen Sechser im Lotto.«

»Vielleicht hat er das ja.« John-Cody sagte das mehr zu sich selbst als zu ihr. »Hör zu, Alex, alles ist bestens. Ich brauche einfach ein bisschen Zeit für mich. Wir haben doch in nächster Zeit sowieso keine Törns, oder?«

»Nein. Unser Horizont ist plötzlich leer.«

»Da hast du absolut Recht«, murmelte er.

Alex ging zum Haus und fand Libby bei der Arbeit. Bree würde bald aus der Schule kommen. Libby überlegte gerade, was es zum Tee geben sollte. »War mit John-Cody alles in Ordnung, als er weggefahren ist?«, fragte Alex sie.

»Mir ist nichts aufgefallen. Aber ich habe ihn seitdem nicht mehr gesehen. Warum fragst du?« Libby schaltete den Wasserkocher ein.

»Er ist über den Pass gefahren.«

»Nach Deep Cove? Davon hat er mir gar nichts gesagt.«

Alex zuckte mit den Schultern. »Ich denke, es war eine spontane Entscheidung. Er kam nach dem Mittagessen ins Büro. Ich sage dir, Lib, ich habe ihn noch nie so bleich gesehen – und er sah so unglaublich alt aus.« Alex setzte sich mit gerunzelter Stirn auf einen Stuhl und begann, auf ihrer Unterlippe zu kauen. »Er hat wirklich verdammt schlecht ausgesehen. Selbst als Mahina gestorben ist, hat er nicht so ausgesehen wie heute.«

»Alex.« Libby setzte sich neben sie. »Du machst mir Angst.«

Alex blies die Backen auf. »Ich habe auch große Angst.« Sie sah Libby an. »Irgendetwas ist bei Pole passiert.«

»Ist John-Cody jetzt auf dem Boot?«

»Ja. Ich habe per Funk mit ihm gesprochen. Er will seine Ruhe haben.«

»Vielleicht hat Pole die Erlaubnis für die Hotels auch ohne Submission bekommen.«

Alex schüttelte den Kopf. »Nein, das ist es bestimmt nicht. Die Verhandlung ist gesetzlich vorgeschrieben.«

Bree kam durch die Tür hereingestürmt. Sie hatte Hunter im Schlepptau. John-Cody war vorübergehend vergessen. »Mum, darf Hunter zum Tee bleiben?«

»Natürlich.«

»Toll, und können wir ihn dann gemeinsam nach Hause fahren?«

»Ja.« Libby sah Alex an. »Ist der Ute da?«

Alex hielt die Schlüssel hoch. Sie war mit dem Wagen gekommen. Bree warf ihre Schultasche auf einen Stuhl und ging mit Hunter Hand in Hand nach draußen, während Sierra wie wild um die beiden herumsprang und alles versuchte, um ihre Aufmerksamkeit zu erheischen. Alex und Libby starrten den Kindern hinterher, dann sahen sie sich an.

»Habe ich das eben richtig gesehen?«, fragte Libby. »Die beiden haben doch Händchen gehalten?«

»Nun, für mich sah es jedenfalls so aus.«

Libby schenkte ihnen Tee ein. »Meine Tochter hat also einen Freund.« Sie knallte die Teekanne auf den Tisch. »Macht mich das zu einer alten Frau, Alex?«

Libby wachte mitten in der Nacht auf. Sie hatte von John-Cody geträumt und sah sein Gesicht noch immer vor sich. In ihrem Traum hatte er an Deck der *Korimako* gestanden und die Sterne beobachtet. Über seinem Gesicht hatte ein Schatten gelegen, dennoch hatte sie große Unruhe in seinen Augen erkennen können. Sie setzte sich, plötzlich hellwach, in ihrem Bett auf und fragte sich, woher der Traum rührte. Sie hatte noch nie von ihm geträumt. Es musste an Alex' Besorgnis gelegen haben. Sie fragte sich wohl schon zum hundertsten Mal, was bei Pole geschehen war.

Durch das Fenster konnte sie die geisterhaften Zweige der riesigen Fuchsie sehen, die sich im Wind wiegten. Die Nacht war hell, der Garten badete förmlich im Licht des Mondes. Sie rieb sich die Augen in der Gewissheit, nicht wieder einschlafen zu können. Ein Blick auf den Wecker sagte ihr, dass es halb drei war. Sie stand auf, zog ihren Bademantel an und schaltete das Licht an der Wand ein. Die Tür zu Brees Zimmer war geschlossen. Libby machte sich eine Tasse Tee. Sie hörte, wie Sierra schnupperte, doch sie würde Brees Bett nicht verlassen.

Libby setzte sich mit untergeschlagenen Beinen in den großen Liegesessel. Das Zimmer kam ihr wie ihr Zuhause vor, als hätte sie schon immer hierher gehört. Sie fand das seltsam, denn sie hatte schon vor langer Zeit festgestellt, dass so typisch weibliche Tugenden wie die, sich ein gemütliches Heim zu schaffen, für sie keinerlei Bedeutung hatten. Bree war schon jetzt eine weit bessere Hausfrau, als sie je werden würde. Libby war bereits seit ihrer Kindheit stets zufrieden gewesen, wenn sie ihre Habseligkeiten und ihren Schlafsack irgendwo hinlegen und dann zu den Walen aufs Meer hinausfahren konnte.

Als kleines Mädchen, mit ihren Eltern in Pourtsmouth, hatte ihr Bruder ihr eines Tages erzählt, dass ein Zigeuner mit einem Finnwal auf seinem Lastwagen in die Stadt gekommen sei. Libby verstand zunächst nicht ganz, was er meinte, denn wie konnte jemand ein lebendes Tier, das im Wasser zu Hause war, auf einem Laster durch die Gegend fahren? Sie beide gaben beinahe ihr ganzes Taschengeld aus, um sich den Wal anzusehen. Libby musste enttäuscht feststellen, dass er tot und ausgestopft war. Er sah aus, als wäre er aus Plastik. Nur sein Auge, das ihren Blick zu erwidern schien, als sie direkt hineinsah, wirkte irgendwie lebendig. Von diesem Zeitpunkt an hatte Libby sich nichts sehnlicher gewünscht, als lebende Wale zu sehen, die frei im Meer schwammen. Und wenn das bedeutete, dass sie sich dafür in einige der unwirtlichsten Gegenden dieses Planeten begeben musste, so nahm sie das gern in Kauf.

Sie dachte wieder an John-Cody. Ihr fiel auf, dass sie in letzter Zeit ziemlich oft an ihn dachte. Allein im Dusky Sound, vermisste sie ihn. Zum Teil lag das gewiss an dem ohnehin einsamen Charakter ihrer Forschungsarbeit, zum Teil aber lag es einfach an seiner Person. Sie sah sein Gesicht vor ihrem inneren Auge, sah seine Hände, kräftige Hände mit Schwielen an den Fingerballen, die von den vielen Jahren zeugten, die er bereits zu See fuhr. Sie stellte sich vor, wie er auf der *Korimako* ruhig das Kommando führte und sich durch nichts und niemanden aus der Fassung bringen ließ.

Sie stand auf, nahm eine Zigarette aus dem angebrochenen Päckchen auf dem Kaminsims und ging nach draußen. Der Mond stand voll und rund am Himmel, Sterne kreisten am Firmament. Sie setzte sich an den kleinen Tisch und versuchte, ein paar der Sternbilder zu finden, die John-Cody ihr draußen im Crooked Arm gezeigt hatte. Sie fand jedoch nicht einmal das Kreuz des Südens, obwohl ihr das angesichts der Aufmerksamkeit, die sie seinen Erklärungen gewidmet hatte, mit Leichtigkeit hätte gelingen sollen. Wieder fragte sie sich, was bei Pole passiert war: John-Cody war bis zu diesem Telefonanruf bester Laune gewesen, er hatte mit sichtlicher Freude Holz gehackt und Kaffee getrunken. Und dann war er plötzlich davongefahren.

Ned Pole lag auf dem Rücken, seine Frau neben ihm. Sie hatten sich gerade geliebt. Das Bettzeug hatten sie zurückgeschlagen, der Mond goss sein Licht auf ihre nackten Körper. Er starrte zur Decke hinauf und spürte den Schweiß auf seiner Haut trocknen. Jane zog ihre Knie hoch, rollte sich in dieser Embryohaltung zur Seite und setzte sich schließlich auf. Ihre Haare berührten seine Brust, kitzelten auf seiner Haut. Sie fuhr mit der Hand über seine Bauchmuskeln und hinunter zu seiner Leiste.

»Du hättest die Einwanderungsbehörde informieren sollen.«

»Nein.«

»Warum nicht?«

»Ich habe dir doch gesagt, dass ich ihm die Wahl lassen will. Jeder Mann sollte das Recht haben, frei zu wählen.«

»Du bist zu weich geworden.«

»Findest du?«

»Nein, ich weiß es.« Jane stieg aus dem Bett und ging zum Fenster. Pole beobachtete sie, wie sie nackt im Mondlicht dastand, und musste plötzlich an Mahina denken. Er drehte sich um und fragte sich, warum er Gibbs das erzählt hatte. Jane sagte: »Wir haben es fast geschafft, Ned. Das ist jetzt nicht der richtige Zeitpunkt für solche Sentimentalitäten.«

Pole ignorierte sie. Es gelang ihm nicht, Mahinas Gesicht aus seinen Gedanken zu verbannen. Es war, als sei sie hier im Zimmer, als suche sie ihn heim.

»Ned?«

»Ich weiß, was ich tue.«

Sie schnaubte. »Es gab einmal eine Zeit, da hätte ich dir das sogar geglaubt.« Sie schwieg, und Pole drehte sich wieder zu ihr um.

»Was willst du damit sagen?«

Sie begegnete seinem Blick. Der kalte Luftzug vom Fenster ließ ihre Brustwarzen steif werden. »Ich will damit sagen, dass ich das getan habe, was eigentlich deine Aufgabe gewesen wäre. Gibbs hat seine Chance schon vor langer Zeit bekommen.«

Pole starrte sie wütend an.

»Sieh mich nicht so an. Es ist das Beste für uns, wenn er ganz von der Bildfläche verschwindet.«

John-Cody verbrachte eine volle Woche auf der *Korimako*, entfernte den Flugrost an den Speigatten, am Deckel des Ankerkettenkastens und an der Unterseite der Ruderhaustüren. Er schrubbte das Boot von oben bis unten und wusste im Grunde nicht einmal, warum. Es wurde sowieso nach jedem Törn gereinigt, die Betten wurden frisch bezogen und die Toiletten geschrubbt, wenn sie am letzten Nachmittag einer Tour nach Deep Cove zurückfuhren. Dennoch verspürte er das tiefe Bedürfnis, alles auf Hochglanz zu bringen. Sie war ein Teil von ihm, und sein Kopf war so leer, dass er ihn mit irgendetwas beschäftigen musste. Er versuchte das, was Pole über Mahina gesagt hatte, zu verdrängen. Pole und Mahina – das wollte und konnte er einfach nicht glauben. Er versuchte auch, nicht an seine Vergangenheit zu denken, jenen Teil seiner Vergangenheit, den er nach fünfundzwanzig Jahren für immer in den tiefsten Winkeln seiner Psyche begraben geglaubt hatte. Wie hatte Pole das nur herausgefunden?

Er hatte als Soldat gedient, war beim australischen SAS gewesen: Offensichtlich verfügte er noch immer über hervorragende Kontakte, Soldaten hatten immer ihre Beziehungen. Und dann war da noch seine Frau, die amerikanische Anwältin, und nicht zu vergessen das große Geld, das hinter ihm stand. Aber das alles war jetzt ohne Bedeutung. Pole kannte seine Vergangenheit, und es gab nichts, was John-Cody noch dagegen hätte tun können. Er stand an Deck, ringsum nur Berge und Wälder, die in urzeitlichem Schweigen auf ihn herabschauten, einem Schweigen, das er immer noch atemberaubend fand. Und dann stellte er sich eine Horde Jäger und Fischer vor, die sich die Stufen zu seinem Boot hinunterdrängten, das Deck bevölkerten und Angelruten und Gewehre an die Kästen lehnten. Das oder die Ausweisung. Würde Pole mit seiner Drohung Ernst machen? Natürlich würde er das. Vielleicht sollte er selbst mit der Einwanderungsbehörde sprechen, bevor Pole es tat. Aber was sollte das für einen Sinn machen? Das Ergebnis wäre in jedem Fall dasselbe. Pole hatte Recht: Es gab drüben in den Vereinigten Staaten bestimmt ein paar Leute, die sich liebend gern mit ihm unterhalten würden. Vielleicht sollte er jetzt einfach abwarten, was passierte. Vielleicht war Pole ja doch nicht so gut informiert, wie er vorgab. Vielleicht waren es ja nur Vermutungen, nur ein Bluff. Manchmal hatte diese Art Taktik ja Erfolg.

Wieder stand er an dem ersten Highway, der aus New Orleans herausführte, seine Gitarre im Koffer, den Daumen im Wind. Texas, Arizona und New Mexico: Mit seiner Gitarre hatte er sich sein Brot verdient, bis das FBI ihn in McCall aufgespürt hatte. Er war inzwischen zu alt, um all das noch einmal auf sich zu nehmen: Es war zu viel Zeit vergangen. Er sah über die Bucht, wo das Land steil anstieg. Irgendwo rief eine Weka-Ralle nach ihren Jungen. Bei dem Gedanken, alles, was ihn umgab, gegen eine Gefängniszelle eintauschen zu müssen, begann er am ganzen Körper zu zittern.

Er ließ die *Korimako*, das einzige Boot im Fjord, das nicht im Dienst des Fischfangs stand, einfach am Kai vertäut liegen. Er dachte an die vielen Kämpfe, die er und Mahina ausgefochten hatten, um diese Gegend in ihrer Ursprünglichkeit zu bewahren: an die ständigen Auseinandersetzungen mit Menschen, die hier jeden Tag ohne behördliche Genehmigung mit ihren schnellen Booten zu den Delfinen und Robben hinausfuhren; an die noch heftigeren Konflikte mit Leuten wie Ned Pole, und an den schlimmsten Streit überhaupt, der die Grenzen des Parks zum Gegenstand hatte. Die Frage, warum man diese Grenze 1978 plötzlich verlegt hatte, wühlte ihn noch heute auf.

Am Morgen des fünften Tages rief Libby ihn über Funk. Er befand sich zu diesem Zeitpunkt gerade unten im Maschinenraum und hörte sie zuerst nicht. Doch selbst wenn er tief in den Eingeweiden des Bootes arbeitete, drangen das Pfeifen und Knacken der atmosphärischen Störungen stets in sein Bewusstsein. Irgendetwas veranlasste ihn, den Maschinenraum zu verlassen. Jetzt hörte er Libbys

Ruf, stieg den vorderen Niedergang hinauf und nahm das Mikrofon aus seiner Halterung.

»Tag, Libby. Wo treiben Sie sich denn gerade herum?«

Als Libby seine Stimme hörte, wurde ihr leicht ums Herz. Es war eine Woche her, seit sie das letzte Mal mit ihm gesprochen hatte. Sie war inzwischen mit dem Wasserflugzeug zum Dusky Sound zurückgeflogen.

»Bei Oke Island. Ich bin der Delfinschule bis zum Wet Jacket Arm hinauf gefolgt.«

»Wie läuft es?«

»Ganz gut. Ich weiß, dass ich vor nicht allzu langer Zeit noch das Gegenteil behauptet habe, aber je mehr Zeit ich mit den Delfinen verbringe, desto mehr bin ich davon überzeugt, dass die Schule matriarchalisch und keineswegs patriarchalisch strukturiert ist.«

»Dann glauben Sie also, dass Spray das Sagen hat und nicht Old Nick?«

»Ich denke, er glaubt, er sei der Boss, in Wirklichkeit ist es aber Spray, die den Ton angibt.«

»Das klingt irgendwie vertraut.«

Libby lachte. »Aber da ist noch etwas anderes, John-Cody.«

»Was?«

»Ich habe vier Männchen identifiziert, die sich immer ein wenig abseits von der Schule zu halten scheinen, zumindest, soweit ich das bis jetzt beurteilen kann.« Sie unterbrach sich, als ein Delfin direkt an ihr Boot heranschwamm und seine Schnauze aus dem Wasser hob, um ihr etwas zu zu pfeifen. »Ich denke, wir haben es hier mit einer Kreuzbefruchtung zu tun. Sie erinnern sich an das, was ich über die Bündnistheorie gesagt habe?«

»Halten Sie das auch für den Grund, weshalb Quasimodo immer wieder zu der Gruppe stößt?«, fragte John-Cody.

»Nein. Quasimodo ist und bleibt für mich ein Rätsel. Wenn er hier auftaucht, dann schließt er sich zwar den anderen an, aber er treibt sich nicht mit den vier Burschen herum, von denen ich gerade gesprochen habe.«

John-Cody schwieg einen Augenblick. »Es würde Jahre dauern, herauszufinden, ob Sie richtig liegen oder nicht, Libby.«

»Ich weiß. Und so viel Zeit haben wir nicht, stimmt's?«

John-Cody schwieg wieder. »Haben Sie in letzter Zeit Ned Pole zu Gesicht bekommen?«

»Nein, diese Woche nicht. Hier war alles ruhig.« Libby betrachtete die Wolken, die über Herrick Creek zogen. »Was ist bei Pole passiert, John-Cody? Nach dem Gespräch sind sie völlig überstürzt davongefahren.«

Wieder spürte sie das Gewicht seines Schweigens. »Das war nicht überstürzt«, sagte er dann. »Ich hatte hier drüben einfach viel zu tun, Lib. Die *Kori* ist ein Vollzeitjob. Wenn Sie nicht sofort etwas gegen den Rost unternehmen, haben Sie später keine Chance mehr.«

»Alex hat gesagt, Sie seien aus dem Büro gestürmt.«

»Nein, so war das nicht. Ich bin einfach nur über den Pass gefahren. Wann sind Sie übrigens wieder in Manapouri?«

»Heute Nachmittag. Und Sie?«

»Für diese Saison haben wir keine weiteren Fahrten mehr geplant. Es wird auch langsam kälter.« John-Cody hielt einen Augenblick inne. »Aber ich werde vielleicht noch eine Weile hier bleiben. Ich fühle mich auf der *Kori* genauso zu Hause, wie irgendwo sonst.«

Wieder schwieg Libby. »Bree vermisst Sie sehr«, sagte sie dann. »Sie redet so gern mit Ihnen.«

John-Cody hielt das Mikrofon in der Hand und überlegte. Auch er vermisste Bree. Im Laufe der vergangenen sechs Monate war sie ihm ans Herz gewachsen. So sehr, dass Ned Poles Angebot, ihr das Reiten beizubringen, sogar Eifersucht in ihm ausgelöst hatte. Libby vermisste er ebenfalls. Aber er wollte niemanden vermissen. Falls Pole seine Drohung wahr machte, hatte das sowieso alles keinen Sinn mehr. Ein paar Sekunden lang fragte er sich, ob es nicht doch das Beste wäre, Pole das Boot und den Liegeplatz zu verkaufen.

»Sind Sie noch da? Over«, kam Libbys Stimme über den Lautsprecher.

Er drückte auf den Sendeknopf. »Ja, ich bin noch da.«

»Das Flugzeug kommt gegen drei«, sagte Libby. Ich muss nach Invercargill zum Umweltschutzministerium, wo ich mich mit Steve Watson treffe. Ich werde ihn fragen, ob die Universität nicht etwas gegen Poles Wassernutzungserlaubnis unternehmen kann. Vielleicht kann man uns ja dort weiter helfen.« Nach einem kurzen Zögern fügte sie hinzu: »Kommen Sie nach Hause, sobald Sie können. Bree vermisst Sie wirklich sehr.«

John-Cody kam eine Woche später nach Manapouri zurück. Er lief zu Fuß vom Pearl Harbour herauf und roch dabei den Winter in der Luft. Jean Grady stand draußen vor ihrem kleinen Geschäft und unterhielt sich gerade mit Sonia Marsh, einer allein erziehenden Mutter. Jean hatte Post für ihn.

»Waren Sie wieder auf Ihrem Boot?« fragte ihn Sonia. »Wir haben Sie in letzter Zeit gar nicht gesehen.«

Er nickte. »Der Rost nagt am Deck der *Kori*, Sonia. Das musste ich vor dem Winter noch in Ordnung bringen.«

»Ach, bis es richtig Winter wird, dauert es noch eine ganze Weile.«

Jane kam mit seiner Post aus ihrem Laden. Er stand geistesabwesend da und sah sie rasch durch: ein paar Postwurfsendungen, ein Brief vom Bezirksrat und dann ein brauner Umschlag, bei dessen Anblick es ihm kalt über den Rücken lief. Er versteckte ihn ganz unten im Stapel, blieb noch eine Weile stehen und ging dann zum Büro hinauf. Alex saß wie üblich am Telefon und winkte ihm zu.

Plötzlich wollte er nur noch allein sein. Kalte Angst hatte ihn gepackt. Er bedeutete Alex mit einer Geste, dass er zum Fraser's Beach hinunterginge, dann überquerte er die Straße und folgte dem Weg zwischen den Bäumen. Am Strand blieb er zögernd stehen. Seine Füße versanken im Kies, während das eiskalte Wasser des Sees die Felsbrocken umspülte.

Er setzte sich auf Mahinas Lieblingsstein und starrte den stillen Blaugummibaum an, dann endlich öffnete er den braunen Umschlag vorsichtig mit seinem Klappmesser. Er las, dass die Einwanderungsbehörde Neuseelands sich gezwungen sah, seine Aufenthaltsgenehmigung einer Prüfung zu unterziehen. Es sei ihr zur Kenntnis gelangt, dass er Anfang der siebziger Jahre möglicherweise illegal ins Land gekommen sei. Er starrte den Brief an. Ein hochseetüchtiger Trawler aus Hawaii, Bluff Cove und Tom Blanch: Es stimmte, er war illegal in dieses Land gekommen, und er lebte seit einem Vierteljahrhundert illegal hier. Er und Mahina hatten nie vor dem Gesetz geheiratet, somit hatte er auch niemals irgendeinen rechtlichen Status erworben.

Darüber hinaus sei dem Amt mitgeteilt worden, dass das FBI ein begründetes Interesse daran habe, ihn in den Vereinigten Staaten einer Befragung zu unterziehen. Er hielt den Brief locker zwischen Zeigefinger und Daumen: Der Wind zerrte daran, während sich auf dem See schaumgekrönte Wellen bildeten und langsam auf das Ufer zurollten.

John-Cody hörte, wie jemand seinen Namen rief. Als er den Kopf hob, sah er, wie Sierra über den Strand auf ihn losrannte. Erst dann sah er Bree, die ihm fröhlich zuwinkte. Er stand auf und winkte ihr zurück, dann stopfte er den Brief in seine Jeanstasche und ging über den Kies zu ihr. Je näher er kam, desto strahlender wurde Brees Lächeln. Sierra beachtete ihn gar nicht mehr. Sie war schon im Wasser und versuchte, Steine heraus zu zerren, eine ihrer Lieblingsbeschäftigungen.

»Sie sind wieder da«, sagte Bree. Sie zögerte kurz und schlang schließlich ihre Arme um seine Taille. John-Cody war einen Moment lang sprachlos, dann jedoch schien es ihm die natürlichste Sache der Welt zu sein, sie einfach zu umarmen.

»Sie haben mir gefehlt, Captain Bligh.«

»Du mir auch, Breezy.« Er hielt sie fest und sah auf den See hinaus. Noch immer ließ er sie nicht los. Er spürte ihre Wärme. Es hatte jedoch keinen Sinn mehr. Alles war vorbei, unweigerlich, also schob er sie vorsichtig von sich.

»Na, wie war's in der Schule?«, fragte er sie.

»Ganz o.k.« Sie nahm seine Hand, dann gingen sie zusammen auf den Eukalyptusbaum zu. »Kein Grund zur Sorge.«

Er lachte. »Du solltest dich selbst hören. *Kein Grund zur Sorge.* Ich denke, es wir noch ein hartes Stück Arbeit, aber wir werden es schon noch schaffen, einen richtigen Kiwi aus dir zu machen.«

Bree trat mit dem Fuß nach einem Stein, und ihre Zöpfe wippten hin und her.

»Deine Mum hat mir erzählt, dass du dich ziemlich gut mit Hunter verstehst.«

Bree senkte den Blick. »Er mag mich auch. Ich meine, es ist fast so, als wäre er mein Freund.« Jetzt sah sie ihn an, wurde knallrot und starrte dann wieder auf den Boden vor ihren Füßen.

»Fast?«, fragte John-Cody freundlich.

»Nun, Sie wissen schon.«

»Natürlich.« Er nahm wieder ihre Hand. Sie gingen weiter zum Blaugummibaum. John-Cody blieb stehen und starrte ihn an, während eine ganze Flut von Erinnerungen ihn überwältigte. Dann dachte er wieder an den Brief und bekam einen trockenen Mund.

»Das war Mahinas Baum«, sagte Bree leise. »Wenn ich mit Sierra hier unten am Strand bin, setzte ich mich manchmal auf ihren Stein, wissen Sie.«

»Tatsächlich?«

Sie nickte. »Es ist ein Stein, auf dem man gut nachdenken kann.«

»Denkst du viel nach, Bree?«

Wieder nickte sie. »Früher noch mehr als heute. Jetzt bin ich nämlich glücklicher als früher.«

Sie gingen den Hügel hinauf. John-Cody drehte sich um und sah zum See zurück, der ruhig und still vor ihm lag, während sich langsam die Dunkelheit auf ihn senkte. Die Cathedral Peaks am anderen Ufer sahen aus wie hohe Kirchtürme. Das Wasser glänzte im kühlen Mondlicht, als wäre es mit Eis überzogen. Bree zog ihn an der Hand. »Kommen Sie«, sagte sie. »Es ist Zeit, nach Hause zu gehen.«

15

Zurück im Homestay, machte John-Cody Feuer im Kamin. Durch die Wände scholl Brees Musik. Libby sagte Bree immer wieder, dass sie nicht so laut stellen solle, aber Bree hielt sich einfach nicht daran. John-Cody störte das nicht im Geringsten: Die Musik war lebendig und pulsierend, und sie hatte in den letzten Monaten Schwung in sein Leben gebracht. Er hockte im Schneidersitz auf dem Boden und las noch einmal den Brief aus Dunedin. Er wurde aufgefordert, sich umgehend bei der Einwanderungsbehörde zu melden, fragte sich jedoch, ob er dieser Vorladung Folge leisten sollte. Es klopfte an der Tür, und er sah irritiert auf. Dann faltete er den Brief zusammen und steckte ihn wieder in den Umschlag. Er ging zur Tür und schob den Vorhang zur Seite. Libby lächelte ihn durch die Scheibe an.

»Hi«, sagte sie, als er die Tür öffnete. »Bree hat mir gesagt, dass Sie wieder da sind.«

Sie standen einfach nur da. Beide waren sie plötzlich verlegen. John-Cody freute sich, Libby zu sehen, aber er wollte sich nicht freuen. Das hier war jetzt zu Ende. Unwiderruflich aus und vorbei: Er spürte es. »Entschuldigung«, sagte er. »Kommen Sie doch rein.«

»Störe ich Sie auch wirklich nicht?«

»Nein. Ich wollte mir gerade einen Kaffee machen.«

Er trat einen Schritt zur Seite, um sie einzulassen. Sie wärmte sich vor dem Kamin. »Es ist viel kälter geworden, finden Sie nicht auch?«, sagte sie.

»Wir sind hier unten schließlich am Ende der Welt.« John-Cody bückte sich und holte die Kaffeekanne aus dem Küchenschränkchen neben der Spüle. »Der Sommer ist vorbei, der Herbst dauert hier nie lange, und dann ist es auch schon Winter. Es liegt daran, dass wir uns so weit im Süden befinden.«

Sie setzte sich auf die Sessellehne. »Haben Sie die Delfinschule schon einmal im Winter gesehen?«

»Ein paarmal. Vor ein paar Jahren habe ich oft mit einem Team von Forschern auf Cooper Island zusammengearbeitet. Damals waren dort Delfine. Mir kam schon damals der Gedanke, dass sie standorttreu sein könnten.«

»Die südlichste Delfinschule der Welt.«

Er nickte.

»Es sei denn, es gibt auch in Port Ross Delfine.«

John-Cody goss kochendes Wasser auf das Kaffeepulver. »Ich habe dort jedenfalls nie welche gesehen.«

»Aber Sie haben mir erzählt, dass Sie dort unten schon Große Tümmler gesehen haben.«

»Ja. Aber das war ungefähr zwanzig Kilometer von Port Ross entfernt.«

»Also könnten sie doch durchaus in Port Ross beheimatet sein.«

»Ja. Aber das ist sehr unwahrscheinlich.« Er sah sie mit leicht schief gelegtem Kopf an. »Sie wollten immer schon mal dorthin, nicht wahr?«

»Zu den Auckland-Inseln – du lieber Himmel, ja.« Libby lächelte ihn an. »Ich weiß, dass dort Südkaper überwintern. Das haben Sie mir selbst bestätigt.«

»Dann sind die Delfine für Sie in Wirklichkeit also nur so eine Art Alibi.«

»Nein, natürlich sind sie das nicht.« Libby verschränkte die Arme vor der Brust und reckte das Kinn trotzig nach vorn. Er sah das Feuer in ihren Augen. »Stellen Sie sich nur vor, was es bedeuten würde, wenn es in Port Ross tatsächlich Große Tümmler gäbe. Das wäre einfach unglaublich. Ihre Fortpflanzungsgewohnheiten wären damit absolut einzigartig.«

»Nun, ich denke, alles ist möglich. Ich sage nur, dass ich in Port Ross noch nie einen Delfin gesehen habe.«

Sie tranken ihren Kaffee, und Libby erzählte ihm von ihrem Besuch im Umweltschutzministerium in Invercargill. Sie hatte ihren Befürchtungen bezüglich des Dusky Sound Ausdruck verliehen aber zur Antwort erhalten, dass das Forschungsprogramm auch weiterhin nur für zwei Jahre gewährleistet werden konnte. Für einen längeren Zeitraum stünden einfach keine Gelder zur Verfügung. Sie hatte sich mit Steve Watson getroffen und eine Submission gegen Ned Poles Antrag vor dem Southland Regional Council vorgeschlagen. Watson hatte ihr jedoch erklärt, dass die Position der Universität bereits durch das Umweltschutzministerium vertreten würde. Watsons Worte hatten nicht gerade dazu beigetragen, ihre Befürchtungen zu zerstreuen. Sie hatte ihm erklärt, dass niemand sagen könne, welche Langzeitfolgen Poles Projekt für eine ortstreue Delfinschule hätte. Als sie dann noch hinzugefügt hatte, dass für fundierte Ergebnisse ein akustisches Modell des Sunds nötig sei, hatte er sie angesehen und gelacht. Neuseeland sollte den Tourismus in Fjordland sechs Jahre lang auf Eis legen? Absolut undenkbar!

»Wir sollten uns also keine allzu großen Hoffnungen machen«, sagte Libby schließlich und umschloss ihren Kaffeebecher mit beiden Händen.

John-Cody betrachtete ihr Gesicht im Feuerschein, während er sich der Leidenschaft in ihrer Stimme und der Sorge in ihren Augen bewusst wurde.

»Es ist immer dasselbe. Das Wirtschaftswachstum ist wichtiger als alles andere.« Sie stand auf und begann, wütend im Zimmer auf und ab zu gehen. »Schon als ich damals bei Greenpeace gearbeitet habe, lief es immer so. Es ging nie nur darum, bestehende Arbeitsplätze zu sichern, es ging immer um Wachstum.« Sie ballte die Fäuste. »Dieser Planet verträgt aber kein permanentes Wirtschaftswachstum, John-Cody. Und wofür soll das überhaupt gut sein? Wachstum wofür? Für mehr Gewinn, mehr Geld, mehr materiellen Reichtum, aber die Entwicklung des Menschen macht dabei wieder einen Schritt zurück.«

Es war geradezu unheimlich, wie sehr sie ihn an Mahina erinnerte. Genau so waren ihre nächtlichen Diskussionen häufig abgelaufen, nachdem sie sich geliebt hatten und bevor sie sich wieder liebten. Genauso hatte Mahina ihre Frustration zum Ausdruck gebracht, wenn das Leid der Welt wieder einmal zu viel für sie wurde: Dann pflegte sie sich regelrecht in ihm zu vergraben, während sie ihn mit der Leidenschaft und dem Zorn ihres verlorenen Volkes liebte.

Libby setzte sich wieder. »Es tut mir Leid«, sagte sie. »Manchmal geht mein Temperament mit mir durch.« Sie sah ihn an. »Sie haben mir übrigens immer noch nicht erzählt, was bei Pole passiert ist.«

John-Cody zog eine Grimasse. »Nichts von Bedeutung. Dieser Mann geht mir einfach auf die Nerven, Libby. Er hat mir einfach nur den Grund geliefert, wieder über den Pass zu fahren.«

Er nahm einen Schluck Kaffee und starrte in die Flammen. Die silbernen Strähnen in seinem Haar reflektierten den Feuerschein. »Bree hat mir erzählt, dass sie in der Schule ganz gut zurechtkommt«, sagte er.

Libby lächelte plötzlich. »Nun, ich denke, das liegt an Hunter Caldwell.«

»Genau das habe ich auch gehört. Bree ist ein tolles Mädchen, und Hunter ist ein wirklich netter Kerl. Alle Mädchen lieben ihn.«

Libby setzte sich auf den Boden, zog die Knie an die Brust und schlang ihre Arme darum. Sie konnte John-Cody riechen. Das Licht draußen war verblasst. Ihre Gesichter wurden nur noch vom Schein des Feuers erhellt. »Dasselbe könnte man auch von jemand anderem sagen. Alle Frauen lieben Sie, John-Cody. Das ist unübersehbar.«

Er drehte sich eine Zigarette und drückte sie an einem Ende zusammen, bevor er sie sich in den Mund steckte. Libby nahm ein Scheit aus dem Kamin und gab ihm Feuer. Die Schiebetür zu seinem Schlafzimmer stand offen, und sie konnte das zerknitterte, ungemachte Bett sehen. Dahinter dann das Fenster und die stacheligen Äste des Lanzenbaums, die die Scheibe berührten.

»Die Neuseeländer sind freundliche Menschen, Libby. Die Frauen machen sich nur Sorgen um mich, das ist alles.«

»Ja, richtig.« Libby lachte ein kehliges Lachen. »Anfangs mögen sie vielleicht besorgt gewesen sein, John-Cody, aber Frauen sind nun einmal Frauen, und hier am Rand der Welt können sie keinen besseren Mann als Sie bekommen.«

Er sah sie an. »War das jetzt ein Kompliment für mich, oder ein Vorwurf gegen allen anderen Männern hier?«

»Wer weiß?« Libby machte eine vage Geste mit ihrer offenen Hand. »Ich bin nicht in der Lage, das zu beurteilen.« Schweigen. Sie sah ihn an. Er hielt seine Zigarette zwischen Zeigefinger und Daumen und beobachtete, wie sie herunterbrannte. »Aber es spielt ohnehin keine Rolle. Keine von ihnen könnte Mahina auch nur annähernd ersetzen, habe ich Recht?«

Er starrte in die Flammen, dann sah er Libby an, als sei er ihr eine Erklärung schuldig. »Mahina war mehr als meine Geliebte, Libby. Mahina war mein Leben. Alles, was ich über dieses Land hier weiß, hat sie mir beigebracht. Sie hat mich gelehrt, viele Dinge auf eine ganz neue Art und Weise zu sehen. Sie hat mir bewusst gemacht, dass zu leben weit mehr bedeutet, als sich seinen Lebensunterhalt zu verdienen und sich einfach all das zu nehmen, was man kriegen kann. Wir haben bis spät in die Nacht miteinander geredet, manchmal sogar bis zum Morgengrauen. Wir sind mit ihrem Boot in die Sunde gefahren, und wir sind zusammen durch den Busch gegangen, meistens barfuß, manchmal auch völlig nackt wie die Menschen aus unserer weit zurückliegenden Vergangenheit.«

»Adam und Eva«, murmelte Libby, »im letzten Garten Tanes.«

John-Cody starrte in die Flammen, die um die Holzscheite herumzüngelten. »Vielleicht können Sie es fühlen, wenn Sie dort draußen im Dusky Sound sind?« Er kniete sich neben sie. »Wenn Sie allein mit dem Wasser, dem Wald und den Wolken sind – spüren Sie es dann nicht auch manchmal, Libby? Dieses Gefühl, dass es da Dinge gibt, die zwar verborgen und irgendwie nicht greifbar sind, die aber dennoch da sind?«

Libby legte ihre Hand auf die seine. »John-Cody, manchmal glaube ich die Gegenwart der Tuheru zu spüren.«

Er starrte sie lange an, und sie begann mit einem Mal zu frösteln. »Supper Cove bei Nacht: Da sind nur ich und die Hütte, die im Wind knarrt, der Regen auf dem Dach und der Nebel, der sich über dem Wasser bildet. Er legt sich dort unten wie ein Leichentuch über die Natur. Am frühen Morgen hängen die Wolken so tief, dass man schwören könnte, der Wald stehe in Flammen und das, was man sieht, seien Rauchschwaden.« Sie schüttelte den Kopf. »Manchmal halte ich mich selbst schon für verrückt, aber ich bin mir sicher, dass ich schon gehört habe, wie das Volk der Schemen miteinander flüstert.«

Er sah ihr in die Augen. »Sie glauben also, dass sie da draußen sind?«

»Feen!« Libby schnaubte. »Natürlich nicht: Es gibt keine Feen.« Sie schwieg und starrte ins Feuer. »Das heißt aber nicht, dass ich sie nicht hören könnte.«

John-Cody legte Holz nach. Er war jetzt froh, dass Libby zu ihm gekommen war und ihn aus seiner Grübelei gerissen hatte. Er dachte an den Brief in seiner Tasche und überlegte, ob er ihr nicht seine Geschichte erzählen sollte. Doch seine Vergangenheit war sein Problem, nicht ihres. Er fuhr sich mit der Hand durchs Haar, das er jetzt wieder länger trug, das aber immer noch fransige Spitzen hatte. Libby blieb auf dem Boden sitzen und starrte weiter in die Flammen. Keiner von beiden sagte ein Wort. John-Cody schnitt das Ende seiner Zigarette ab und legte den Stummel auf das Kaminsims. »Ist Bree schon im Bett?« Von nebenan war keine Musik mehr zu hören.

»Sie hat sich schon vor einer ganzen Weile zum Schlafengehen fertig gemacht. Sierra ist bei ihr.« Libby lächelte. »Sierra ist für Bree sehr wichtig, wissen Sie.«

»Tiere spüren bei Menschen manchmal Dinge, von denen wir nicht die leiseste Ahnung haben.«

»Bree hat eine schwierige Zeit hinter sich.« Libby schürzte die Lippen. »Ich habe sie beinahe ihr ganzes Leben lang wie ein Gepäckstück hinter mir hergeschleift.«

John-Cody schenkte ihr frischen Kaffee nach. »Das mag sein. Aber sie war schon in Mexiko und in den Vereinigten Staaten, sie war in Afrika und Argentinien. Sie spricht Französisch und Spanisch, und in Japanisch ist sie besser als die meisten ihrer Klassenkameraden, die schon ein Jahr früher damit angefangen haben.« Er nickte. »Aber sie hat eine schwierige Zeit hinter sich, das stimmt.«

Libby sah ihn an, und ihr Blick – aus in der Dunkelheit schwarzen Augen – wurde weich. Er sah sie an, nahm einen Schluck Kaffee und spürte dabei dieses seltsame und mit einem Mal so vertraute Gefühl in seiner Brust aufsteigen. Es gelang ihm nicht, es einzuordnen, aber es war trotzdem aufregend. Obwohl ihn das alles sehr beunruhigte, war dieser Schmerz ein positiver Schmerz, und deshalb war er zu ertragen. Das alles gehörte zu der großen Verwirrung, in die sein Leben geraten war, sagte er sich, während er sich eine weitere Zigarette drehte. Seit er mit Pole gesprochen hatte, rauchte er wieder wesentlich mehr.

Libby streckte sich. »Ich denke, ich sollte jetzt besser wieder nach nebenan gehen.«

»Trinken Sie doch zuerst noch in Ruhe Ihren Kaffee aus.« John-Cody hatte plötzlich Angst davor, wieder allein zu sein. Allein zu sein bedeutete, über eine Zukunft nachdenken zu müssen, die darin bestand, in einer Gefängniszelle zu sitzen. Libby beobachtete ihn, sah die Bewegung am äußersten Rand seiner Augenwinkel und fragte sich, was wohl in ihm vorging. Er war ihr gegenüber immer freundlich und aufmerksam, und er lachte jetzt auch oft, aber sie hatte nicht die leiseste Ahnung, was ihn wirklich bewegte: Er gab nie auch nur das Geringste von sich preis. Er zog so heftig an seiner Zigarette, dass seine Wangen einfielen. Es schien, als könne er nicht tief genug inhalieren. Seine Art zu Rauchen hatte etwas Verzwei-feltes an sich, und das beunruhigte sie zutiefst, ohne dass sie hätte sagen können, warum. Sie trank ihren Kaffee aus, gähnte und stand auf.

»Also, vielen Dank, für Ihre Gesellschaft.«

»Gern geschehen.«

Sie blieb noch einen Moment stehen, und er starrte die Konturen ihres Gesichts an, die schmalen Wangen unter den hohen Wangen-knochen, die Augen, die im Feuerschein wie Schatten wirkten. Er hatte nicht die geringste Ahnung, was sie gerade dachte. Er erhob sich ebenfalls, und sie standen sich einander gegenüber, zwischen ihnen ein halber Meter Abstand. Keiner rührte sich. Schließlich strich sich Libby eine Haarsträhne hinter die Ohren.

»Wie dem auch sei. Ich sollte jetzt wirklich besser gehen.«

»Ja.« Er stand da, die Arme locker an den Seiten hängend, die Ärmel hochgekrempelt. »Wir sehen uns dann morgen.«

»Ja, morgen.« Libby lächelte ihn an und drehte sich um. »Gute Nacht, John-Cody.«

»Nacht, Lib. Schlafen Sie gut.«

»Sie auch.«

Er ging ins Bett, hörte, wie sie duschte, und wunderte sich.

Er trug den Brief der Einwanderungsbehörde ständig mit sich herum, steckte ihn jedes Mal, wenn er eine andere Hose anzog, wieder in die Tasche. Es war beinahe ein Zwang, ihn ständig bei sich haben zu müssen, aber er war unfähig, eine Entscheidung zu treffen. Er wusste einfach nicht, was er tun sollte: Er wollte sich dem allem nicht stellen, seiner Zukunft und seiner Vergangenheit, so unlösbar miteinander verbunden. Er arbeitete ein paar Stunden im Büro und ging Alex dabei schon nach kürzester Zeit so auf die Nerven, dass sie ihm schließlich vorschlug, wieder über den Pass zu fahren. Er dachte über ihren Vorschlag nach, doch er musste wegen des Briefes etwas unternehmen, auch wenn er nicht die leiseste Ahnung hatte, was er tun sollte. Es war geradezu unheimlich: Ned Poles Skrupellosigkeit schien ihn jeglicher Entscheidungsfähigkeit beraubt zu haben. Dann sah er Pole unten im Pearl Harbour am Z-Boot-Kai stehen. Er unterhielt sich gerade mit einem der Skipper, als John-Cody zum See hinunterging, um zu sehen, wann das nächste Boot fuhr.

Pole sah ihn, sagte etwas zu dem Skipper und kam die Treppe herauf. Sie begegneten sich auf dem Weg, der zum Hauptkai hinunterführte. John-Cody starrte Pole mit eiskaltem Blick in die Augen, worauf dieser die Arme vor der Brust verschränkte. Er stand groß und breitbeinig da, die Krempe seines Hutes heruntergezogen, um die Schultern seinen schweren Staubmantel.

»Du hast schnell Nägel mit Köpfen gemacht, nicht wahr?«, sagte John-Cody.

»Du hättest mein Angebot ja sowieso nicht angenommen. Du würdest mir die *Korimako* doch niemals verkaufen.«

»Du hast Recht. Das würde ich niemals tun.«

»Dann ist alles gesagt.«

Sie starrten sich an.

Dann schob sich John-Cody wortlos an ihm vorbei.

Zwei Tage später erhielt er ein Erinnerungsschreiben von der Einwanderungsbehörde, woraufhin er beschloss, doch nach Dunedin zu fahren. Als er Libby gegenüber erwähnte, dass er in die Stadt führe, bat sie ihn, im Seelaboratorium in Portobello ein paar Dias für sie abzugeben.

Er verließ Manapouri im Morgengrauen. Mit seinem Pick-up fuhr er zunächst nach Osten, immer am Rand der Takitimu Mountains entlang nach Mossburn und weiter nach Lumsden, wo er in einem Tante-Emma-Laden eine Kaffeepause einlegte. Dann setzte er seine Fahrt über Balfour und Riversdale nach Gore fort. Hier hielt er auf einem Parkplatz an, rauchte eine Zigarette und überlegte, was er den Beamten von der Einwanderungsbehörde sagen sollte und welche Argumente er vorbringen könnte. Insgeheim befürchtete er jedoch, dass nichts von dem, was er dachte, sagte oder fühlte, sie in ihrer Entscheidung beeinflussen würde, weil die Vergangenheit eben Vergangenheit war und er vor der seinen jahrelang davongelaufen war.

Libby sah ihm nach, als er losfuhr. Sie hatte gehört, dass er den Motor des Pick-up anließ, und war im Bademantel an die Tür gekommen. Dann hatte sie ihn beobachtet, wie er, ohne sich noch einmal umzudrehen, auf die Straße hinausfuhr. Sie stand da und lauschte dem leiser werdenden Brummen des Motors, bis es in der Ferne schließlich ganz verklang. Ihr kam die Welt plötzlich seltsam still vor. Sie setzte sich auf den taunassen Holzstuhl auf der Veranda und hörte zu, wie ringsum zwitschernd die Vögel erwachten. John-Cody hatte sich definitiv verändert: Seit diesem Gespräch mit Pole war er nicht mehr derselbe. Als sie ihn kennen gelernt hatte, war er still und in sich gekehrt gewesen, mit der Zeit aber fröhlicher geworden, als wäre wieder Lebenslust in ihm erwacht. Jetzt jedoch hatte er sich erneut in seinen Panzer zurückgezogen und ließ niemanden mehr an sich heran. Auch Bree war diese Veränderung aufgefallen: Ihre Gespräche mit ihm fielen kürzer aus und fanden seltener statt. Außerdem schien er nicht immer bei der Sache zu sein, wenn sie sich unterhielten.

Libby fühlte sich mit ihrer Arbeit jetzt wieder ziemlich allein. Bis vor kurzem hatte sie John-Cody jedes Mal sofort informiert, wenn sie mit der Identifikation und der Verhaltensforschung bei der Delfinschule einen Schritt weitergekommen war. In letzter Zeit hatte sein Interesse an ihrer Arbeit jedoch merklich nachgelassen, und so behielt sie inzwischen vieles für sich. Das war an sich nichts Ungewöhnliches, denn Forschung und Einsamkeit gehörten häufig zusammen. Wenn sie sich jetzt in der Supper Cove aufhielt, kam ihr der Fjord jedoch verlassen und irgendwie trostlos vor. Abgesehen von Punta Norte war dies die abgelegenste Gegend, in der sie je gearbeitet hatte. Der Dusky Sound war voller Wunder, aber er war auch ungeheuer groß und so menschenleer, dass es ihr manchmal schwer fiel, sich dort schwimmende Hotels, Rennboote und Abertausende von Touristen vorzustellen.

Die Delfine fühlten sich durch ihre Gegenwart mittlerweile in keiner Weise mehr gestört. Sie hatte bis jetzt über dreißig Tiere eindeutig identifiziert und jeweils das Geschlecht bestimmt. Wenn sie ihnen folgte und dabei die Bilder beobachtete, die ihr die Unterwasserkamera lieferte, oder auf ihren Computerbildschirm starrte, ertappte sie sich des Öfteren dabei, dass sie an andere Dinge dachte, vor allem aber dachte sie an John-Cody. Sie tadelte sich jedes Mal dafür: Noch nie hatte sie so viel an einen Mann gedacht. Dabei war sie sich nicht einmal sicher, welcher Natur ihre Gefühle waren. Vielleicht war es ja nur die Sorge um einen Menschen, der inzwischen zu ihren Freunden zählte? Nein, es war mehr als das. Ihre Liebesaffären waren nie Beziehungen im üblichen Sinn gewesen: Sie hatte immer viel zu viel zu tun gehabt, hatte an zu vielen verschiedenen Fronten gekämpft. John-Cody hatte jedoch etwas an sich, das einem unter die Haut ging. Die anderen Frauen in Te Anau oder Manapouri empfanden das offensichtlich auch so. Sie beobachteten sie jetzt mit einem gewissen Argwohn, vielleicht sogar mit Eifersucht, und sie hatte keine Ahnung, warum. Dieser Mann besaß eine Aura, kaum wahrnehmbar, aber doch so stark, dass sie einen in ihren Bann zog und nicht mehr losließ. Und sie wirkte um so stärker, weil er sich ihrer in keiner Weise bewusst war.

Der Star, der ein Astloch in der Silberbuche bewohnte, steckte seinen Kopf heraus und sang sein Morgenlied. Libby sah zu ihm hinauf: Der Gesang hätte ihr eigentlich das Gefühl geben sollen, die Welt sei in Ordnung, aber das tat er ganz und gar nicht.

John-Cody fand nach längerem Suchen schließlich das Büro der Einwanderungsbehörde in Dunedin. Er stellte seinen Wagen auf dem Parkplatz ab. Lange Zeit saß er dann einfach nur da, während der

Regen, den der Wind von der Küste ins Landesinnere trug, auf die Windschutzscheibe prasselte und in kleinen Rinnsalen über das Glas lief. Er drehte sich eine Zigarette und rauchte sie, öffnete das Fenster jedoch nur einen kleinen Spaltweit. Ihm schossen alle möglichen Gedanken durch den Kopf. Er konnte sich noch genau daran erinnern, wie es damals in Bluff Cove gerochen hatte, als der Trawler dort seine Ladung gelöscht hatte. Er erinnerte sich daran, wie er in seiner wasserfesten Kleidung, die Arbeitshandschuhe in die Taschen gestopft, auf den Schandeckeln gesessen und zugesehen hatte, wie die Küstenwache das Schiff nach Drogen durchsuchte. Er erinnerte sich, wie er, nachdem der Preis für den Fang festgesetzt und ein Käufer gefunden worden war, in der Hafenkneipe ein Glas Speigths getrunken hatte. Er erinnerte sich daran, wie er zum ersten Mal Tom Blanchs Blick aufgefangen hatte, während er sich mit der Crew über die Küstenfischerei und die Hochseefischereigebiete vor dem Campbell Plateau und dem Solander Trough unterhalten hatte. Er dachte wieder an jenes erste Treffen mit Mahina am Yuvali Beach, den Duft des feuchten Busches, den Geruch der Hirschkuh in der Falle, an den Schlamm, die Steine und das Tannin, das in den Sund gewaschen wurde.

Wieder zog er den Umschlag aus seiner Jackentasche und las die beiden Briefe noch einmal. Er hätte sich sofort bei der Einwanderungsbehörde melden sollen. Ja, genau das hätte er tun sollen. Aber wenigstens hatte er jetzt den Mut gefunden, hierher zu kommen. Er stieg aus seinem Pick-up und stellte fest, dass er weiche Knie hatte. Er wunderte sich über sich selbst: Da schlotterten ihm mit seinen achtundvierzig Jahren vor Angst die Knie wie einem Schuljungen. Er trat seine Zigarette mit dem Absatz aus und sah an dem tristen Verwaltungsgebäude hinauf. Dann ging er hinein.

Er nahm die Treppe in den dritten Stock und stand schließlich in einer Halle, die in der Mitte mit Teppich ausgelegt war, während links und rechts polierte Bodendielen verliefen. Am anderen Ende der Halle befand sich die Anmeldung, hinter der eine Frau saß.

»Guten Tag«, sagte sie lächelnd. »Was kann ich für Sie tun?«

»Mein Name ist John-Cody Gibbs. Ich bin hier, weil ich das hier bekommen habe.« Er zog die beiden Briefe aus seiner Tasche, faltete sie auseinander und legte sie vor ihr auf das Pult. Sie überflog sie rasch.

»Haben Sie einen Termin?«

»Nein. Ich bin einfach so aus Manapouri rübergefahren.«

»Sie hätten sich wirklich einen Termin geben lassen sollen.«

»Jetzt bin ich da.«

»O.k.«, sagte sie. »Einen Moment bitte, Sir. Ich werde sehen, ob ich jemanden finde, der Ihnen weiterhelfen kann.«

Er nahm in einem der Wartesessel aus Plastik Platz und legte ein Bein über sein Knie. Er betrachtete die Hosenbeine seiner ausgewaschenen und abgetragenen Jeans und seine zerschrammten Stiefel. Dann sah er seine Hände an, die Hände eines Musikers, die ein halbes Leben lang das Ruder eines Bootes gehalten hatten. Er war am Ufer des Mississippi aufgewachsen, hatte in New Orleans Tanker und alle anderen Arten von Wasserfahrzeugen an- und ablegen sehen, hatte aber nicht ein einziges Mal auch nur in Erwägung gezogen, Seemann zu werden. Damals war er sicher gewesen, dass seine Zukunft der Blues war. Seine Zukunft waren die Bourbon Street und schließlich ein Plattenvertrag.

Die Glastür zu seiner Rechten schwang plötzlich auf und unterbrach ihn in seinen Gedanken. Ein Mann mittleren Alters in einem grauen Anzug kam auf ihn zu.

»Mr. Gibbs?«

»Der bin ich, Sir.« John-Cody stand auf. Sie musterten einander: Beide waren sie etwa im selben Alter, der Beamte der Einwanderungsbehörde mit seinen rot geränderten Augen, den erweiterte Äderchen auf den Wangen, der ein blütenweißes Hemd und eine Krawatte trug, und John-Cody, der sich in den letzten fünfundzwanzig Jahren nur ein einziges Mal die Haare geschnitten hatte.

»Mein Name ist Bridges. Würden Sie mich bitte in mein Büro begleiten.«

John-Cody folgte ihm durch die Glastür in einen schmalen Korridor, der zu einem Großraumbüro führte. Dort saßen viele junge Mitarbeiter vor Computerbildschirmen. Bridges führte ihn zwischen den Schreibtischen hindurch zu einem abgetrennten Büroabteil am anderen Ende des Raums, das, jedenfalls bei geschlossener Tür, ein gewisses Maß an Ungestörtheit bot. Er deutete auf den Stuhl vor dem Schreibtisch und nahm selbst in seinem Bürosessel Platz. John-Cody warf einen Blick auf das Foto, das hinter Bridges an der Wand hing. Es zeigte offensichtlich seine Frau und seine drei Kinder.

Bridges faltete die beiden Briefe auseinander und legte sie vor sich auf die Schreibunterlage. »Sie haben sich also doch noch entschieden, persönlich vorstellig zu werden.«

John-Cody hob entschuldigend die Hände. »Ich hätte vermutlich zuerst anrufen sollen, aber ...«

»Das ist schon in Ordnung«, Bridges befeuchtete seine Lippen. »Jetzt sind Sie jedenfalls hier.«

»Hören Sie, der Mann der mich ...«

Bridges unterbrach ihn. »Das ist nicht von Belang.« Er zog einen Ordner aus dem Schrank hinter sich. John-Cody erschrak zutiefst, als er sah, dass sein Name auf dem Aktendeckel stand. Bridges nahm eine Brille aus der Tasche seines Sakkos und setzte sie auf. Er öffnete die Akte. »Sie halten sich illegal in Neuseeland auf, Mr. Gibbs. Trifft das zu, oder liegen uns hier falsche Informationen vor?«

John-Cody schüttelte den Kopf. »Ihre Informationen sind zutreffend. Ich habe 1974 mein Schiff verlassen. Es war ein hawaiischer Trawler namens *Beachcomber*.«

»Und warum haben Sie nie eine Aufenthaltserlaubnis beantragt?«

John-Cody verzog das Gesicht. »Das hätte ich wohl tun sollen, aber irgendwie bin ich einfach nie dazu gekommen. Ich habe zuerst auf ein paar Fischerbooten gearbeitet und bin schließlich in Fjordland gelandet. Das war ungefähr zu der Zeit, als man im großen Stil vom Helikopter aus Rotwild schoss und mit der Jagd viel Geld verdienen konnte.« Dann erzählte er weiter von seinem Leben in Neuseeland. Bridges hörte ihm geduldig zu, während er die Hände gefaltet hielt und die Ellbogen auf den Schreibtisch stützte. John-Cody erzählte ihm, wie er mit Tom Langusten gefangen hatte, er erzählte ihm von den Sunden und ihrem Einfluss auf sein Leben. Er erzählte ihm von Mahina, ihrem gemeinsamen Leben, und dass sie nur vor dem Gesetz nicht miteinander verheiratet gewesen waren. Er erzählte ihm von der *Korimako* und dass sie ausschließlich dem Zweck diente, den Menschen Wissen über die Flora und Fauna der

Fjorde zu vermitteln. Er erzählte ihm von der Grenzverlegung, vom Fischfang, der dort auch heute noch betrieben wurde. Er erzählte ihm einfach alles.

Danach fühlte er sich vollkommen leer. Ihm wurde bewusst, dass die Worte einfach aus ihm herausgesprudelt waren. Bridges hatte fast eine ganze Stunde lang vollkommen still dagesessen, während John-Cody ihm sein Herz ausgeschüttet hatte. Dann sagte John-Cody, dass Ned Pole hinter der ganzen Sache steckte: Er sagte ihm, warum Pole ihn gemeldet hatte, beschrieb ihm Poles Pläne für den Dusky Sound, erzählte ihm von Libby und ihrem Forschungsauftrag. Er erzählte ihm sogar von Bree, obwohl er beim besten Willen nicht wusste, warum.

Als er schließlich geendet hatte, lehnte er sich zurück. Er fühlte sich unendlich schwach und müde und kam sich plötzlich uralt vor. Dann sah er in Bridges' Gesichts und wusste augenblicklich, dass er seinen Fall nicht dem Richter, sondern dem Henker vorgetragen hatte.

»Ich verstehe Sie durchaus, Mr. Gibbs. Und ich weiß es auch zu schätzen, dass Sie persönlich bei mir vorstellig geworden sind.« Bridges kratzte sich am Kopf. »Sie haben hier in Neuseeland ganz offenkundig ein vorbildliches Leben geführt. In aller Regel kann jemand, der schon so lange in diesem Land lebt, mit einem gewissen Entgegenkommen rechnen.«

»Aber«, unterbrach John-Cody ihn.

Bridges blätterte in der Akte. »Da ist noch diese Sache mit dem FBI: Auf meine Anfrage hin hat man mir mitgeteilt, dass Sie in den Vereinigten Staaten immer noch steckbrieflich gesucht werden. Und in diesem Fall bleibt uns leider keine Wahl.«

»Ja, aber die Umstände lassen doch sicher ...«

»Gemäß den Vorschriften ist das alles nicht von Belang: Und so sehr mir das persönlich auch missfallen mag, Behörden wie diese sind für den Vollzug der Vorschriften zuständig und verantwortlich, Mr. Gibbs.« Er beugte sich vor, sein Gesicht verschlossen. »Zu meinem Bedauern habe ich leider keine andere Wahl, als Sie umgehend zum Verlassen dieses Landes aufzufordern.«

John-Cody blieb einen Moment lang die Luft weg. Er starrte Bridges an. »Sie meinen, Sie weisen mich aus?«

»Ja.« Bridges befeuchtete seine Unterlippe. »Nun, in gewisser Weise jedenfalls: Wir werden Sie bitten, das Land freiwillig zu verlassen, und glauben Sie mir, es ist nur in Ihrem eigenen Interesse, wenn Sie dieser Bitte Folge leisten. Die Aufforderung wird Ihnen natürlich schriftlich zugestellt, und Sie können dagegen Einspruch einlegen. Sollte Ihr Einspruch jedoch abgewiesen werden, können Sie frühestens in fünf Jahren wieder einen Antrag auf Einreise stellen. Das Gleiche gilt, falls sie der Aufforderung, das Land zu verlassen, nicht nachkommen. Dann müssten wir Sie verhaften lassen, und Sie könnten wiederum erst in frühestens fünf Jahren einen Einreiseantrag stellen.« Bridges hielt inne. »Es steht mir nicht zu, Ihnen einen Rat zu geben, Mr. Gibbs. Ich verfüge jedoch über einige Erfahrung und halte es daher für höchst unwahrscheinlich, dass ein Einspruch Erfolg hätte. Das FBI hat noch immer einen Haftbefehl gegen Sie. Uns bleibt auf Grund der Abkommen, die wir mit den Vereinigten Staaten haben, keine andere Wahl, als Sie auszuliefern.«

John-Cody saß regungslos auf seinem Stuhl. Seine Hände lagen wie Blei in seinem Schoß. Er spürte, wie sich Schweiß auf seiner Kopfhaut bildete. Ein Gefühl, als krabbelten ihm Käfer durch die Haare.

»Es tut mir wirklich Leid«, sagte Bridges schließlich. »Aber ich kann Ihnen nur noch mitteilen, dass Sie nach Erhalt des Schreibens zweiundvierzig Tage Zeit haben, das Land zu verlassen.«

16

John-Cody stand an der regennassen Straße und hatte das Gefühl, tot zu sein. Es war aus und vorbei: Ned Pole hatte gewonnen. Er hoffte inständig, dass das, was Mahina ihm versprochen hatte, stimmte und sie von alledem nichts erfuhr. Lange Zeit stand er einfach nur da und starrte seinen Pick-up an, ohne ihn wirklich wahrzunehmen. Seine Haare klebten, nass vom Regen, an seiner Haut. Er war tot oder hätte es genauso gut sein können. Man hatte ihm den Mittelpunkt seines Lebens geraubt. Gerade, als er damit begonnen hatte, das, was nach Mahinas Tod übrig geblieben war, aufzusammeln und vielleicht etwas Neues darauf aufzubauen, fegte jemand all das einfach wie Abfall weg. Er stand neben der Fahrertür und überlegte, was er tun sollte, als ihm einfiel, dass Libby ihn gebeten hatte, Unterlagen zum Meeresforschungszentrum in Portobello zu bringen.

Er setzte sich wie ferngesteuert hinter das Lenkrad und fuhr auf die Halbinsel hinaus. Im Forschungszentrum angekommen, gab er an der Anmeldung den Umschlag ab. Als er sich umdrehte, fiel sein Blick auf ein großes Foto an der Wand. Es zeigte einen Wal mit schwarzem Rücken und ohne Rückenfinne, der gerade aus dem Wasser sprang: ein Südkaper vor dem Hintergrund der Auckland-Inseln.

Als John-Cody am Abend zurückkam, saß Libby mit Tom Blanch auf der Veranda vor dem Haus. Von Dunedin bis Manapouri brauchte man mit dem Auto etwa vier Stunden, und John-Cody war die Strecke durchgefahren, ohne eine einzige Pause zu machen. Die Straßen war frei gewesen, und er hatte sich inzwischen etwas beruhigt.

»Hallo, wieder zurück?«, rief Tom ihm entgegen, als er den Weg heraufkam.

»Hallo, Tom.«

Libby lächelte ihn an. »Ist alles gut gelaufen?«

»Prima.«

»Hatten Sie noch Zeit, nach Portobello zu fahren?«

Er nickte. »Steve Watson war zwar nicht da, aber ich habe Ihre Sachen an der Pforte abgegeben.«

»Was hast du eigentlich in Dunedin gemacht?«, fragte Tom ihn.

»Ach, ich hatte nur ein paar Dinge zu klären.«

Libby stand auf, um Kaffee zu machen. John-Cody setzte sich auf den Stuhl, den sie gerade verlassen hatte, und holte seinen Tabaksbeutel aus der Hemdentasche. Tom sah ihn fragend an.

»Was ist da eigentlich mit Ned Pole gelaufen, Gib? Libby sagt, seit ihr am Schießstand miteinander geredet habt, bist du nicht mehr wiederzuerkennen.«

John-Cody verzog das Gesicht. »Da ist nichts gelaufen, Tom. Du weißt doch, wie Pole ist. Er ist entschlossen, diese Hotels im Dusky Sound einzurichten. Das hat er mir einfach nur noch mal klipp und klar gesagt, das ist alles.«

Tom sah ihn zweifelnd an. »Mehr nicht?«

»Mehr nicht.«

»Warum machst du dann so ein langes Gesicht? Du warst in den letzten Monaten doch schon wieder viel besser drauf.«

John-Cody schnippte die Asche auf den Boden. »Es gibt im Leben immer ein Auf und Ab, Tom. Nicht alle Tage sind gleich.«

Libby brachte den Kaffee heraus. Sie stellte die Kanne zwischen die beiden Männer auf den Tisch. Dann ging sie wieder ins Haus und holte den kleinen Schemel aus dem Badezimmer. John-Cody betrachtete ihren glatten Handrücken, als sie ihnen einschenkte. Er trank seinen Kaffee schwarz und ohne Zucker und wärmte dabei seine Hände an der Tasse. Sie saßen ein paar Minuten lang da, ohne ein Wort zu sprechen. Der Wind, der sanft durch die Bäume strich, und hin und wieder das Brummen eines Autos auf der Straße nach Te Anau waren die einzigen Geräusche.

»Nun, wie läuft es draußen im Dusky Sound denn so, Libby?«, fragte Tom.

»Ganz gut, aber leider nicht gut genug. Ich bin mir inzwischen sicher, dass die Delfine ortstreu sind, aber ich habe bis jetzt nicht genügend Daten sammeln können, um das auch zu beweisen.«

»Was Pole bei der Verhandlung natürlich für sich nutzen wird.« Sie nickte. »Mit Sicherheit.«

John-Cody starrte in die Schatten zwischen den Bäumen. »Wenn Sie nach Port Ross wollen, werde ich Sie dorthin bringen, Libby«, sagte er mit ruhiger Stimme.

Libby starrte ihn an. »Wie bitte?«

»Ich sagte, dass ich Sie nach Port Ross fahre, wenn Sie das wollen.« John-Cody sah Tom an. »Erinnerst du dich noch an die Großen Tümmler, die wir dort unten jedes Mal gesehen haben?«

»Das war aber nicht in Port Ross, sondern mindestens zwanzig Kilometer weiter nördlich.«

»Libby glaubt, dass sie zwischen den Auckland-Inseln beheimatet sein könnten.«

»Dort habe ich nie welche gesehen.«

»Ich auch nicht, aber das muss schließlich nicht heißen, dass es dort keine gibt.«

Tom runzelte die Stirn. »Stimmt. Aber ich persönlich glaube nicht, dass so weit südlich noch Delfine leben.«

Libby warf ihm einen Blick zu. »Es hat auch niemand geglaubt, dass im Dusky Sound welche leben. So weit im Süden hat sie einfach niemand vermutet.« Jetzt sah sie wieder John-Cody an. »Warum wollen Sie mich dorthin bringen?«

Er zuckte mit den Schultern. »Wir haben keine Törns mehr, und ich selbst bin auch schon eine ganze Weile nicht mehr dort unten gewesen. Außerdem bringt es Ihre Arbeit einen großen Schritt weiter, falls wir da unten tatsächlich Delfine finden.« Er warf einen Blick zu Tom hinüber. »Alles, was uns hilft, Pole aufzuhalten, ist meiner Meinung nach eine gute Sache.« Er wandte sich wieder an Libby. »Aber nicht nur das, höchstwahrscheinlich werden wir zu dieser Jahreszeit auch Wale antreffen.«

Libby erklärte Tom: »Die Kommunikation der Bartenwale ist mein Fachgebiet, auf dem ich versucht habe, Neuland zu erschließen, Tom. Man weiß bis heute nur sehr wenig darüber. Bei Delfinen ist es viel leichter, weil man sie schon seit Jahren in Gefangenschaft hält und sie studieren konnte. Mein Vater hat sie sogar für den Einsatz im Vietnamkrieg dressiert.«

John-Cody starrte sie an. »Er hat was getan?«

Sie nickte. »Er war genau wie ich Meeresbiologe, nur dass er für die NATO gearbeitet hat. Meistens für die Amerikaner. Die Delfine sollten Minen ins Mekong-Delta bringen.«

John-Cody stand auf und drückte seine Zigarette aus. Er räumte die Kaffeetassen ab, ging nach drinnen und spülte sie sorgfältig. Tom rief zu ihm hinein, dass er nach Hause ginge, und verabschiedete sich. Libby kam ebenfalls herein und schloss die Tür. Das Kaminfeuer war schon fast erloschen, also legte John-Cody Holz nach. Die Scheite fingen sofort mit lautem Knistern Feuer. Er holte noch mehr Feuerholz aus dem Kasten auf der Veranda. Libby hatte sich ein Glas Whisky eingeschenkt und hielt fragend die Flasche hoch.

»Danke, gern.« John-Cody nahm sein Glas entgegen und nippte. Der Alkohol brannte in seinem Rachen. Libby setzte sich mit der Flasche vor dem Kamin auf den Boden. Sie zeigte auf den Sessel. John-Cody nahm dort Platz. Er spürte, wie sich seine Anspannung allmählich löste. Libby trank langsam ihren Whisky, während sie in die Flammen starrte und ihre Knie umschlungen hielt. Ihr langes schwarzes Haar fiel offen über ihre Schultern.

»Wollen Sie mich wirklich zu den Auckland-Inseln fahren?«

»Nur, wenn Sie dorthin wollen.«

»Ich sehe so gut wie keine Chance, dass die Delfinschule dort beheimatet ist. Objektiv betrachtet, ist die Chance sogar gleich null.«

»Ich weiß.«

»Warum also dann?«

John-Cody zuckte mit den Schultern. »Ich habe ein Boot, das abbezahlt ist. Im Winter liegt die *Korimako* meistens in Deep Cove am Kai, oder sie wird in Bluff an Land geholt und erhält einen neuen Anstrich. Warum also nicht?«

»Wann soll es losgehen?«

»Wann immer Sie wollen. Ich muss vorher ohnehin noch nach Bluff segeln. Das wird ein paar Tage dauern, dann müssen wir die *Korimako* auf die subantarktischen Gewässer vorbereiten und die Vorräte einkaufen.«

»Ich allein kann mir so eine Chartertour nicht leisten.«

»Wer hat denn etwas von chartern gesagt? Ich habe Ihnen lediglich angeboten, Sie mitzunehmen.« Er trank seinen Whisky mit einem Schluck aus. Eigentlich wollte er nicht gehen, aber er wollte auch keine weiteren Fragen beantworten. Und wenn er blieb, würden mit Sicherheit noch jede Menge Fragen folgen. Er rieb sich mit dem Handballen die Augen.

Libby sah ihn an und spürte seinen Schmerz. Sie hatte ihn auch früher schon gespürt, diesmal aber war sein Leid anders. Sie wollte ihn gerade fragen, was ihn so quälte, als er aufstand.

»Ich bin todmüde. Wir sehen uns dann morgen. Werden Sie zum Dusky Sound zurückfahren?«

»Nicht, wenn wir nach Süden fahren.«

»O. k. Also dann bis morgen.«

Er stand unter dem Vordach auf der Veranda und rauchte noch eine letzte Zigarette vor dem Schlafengehen. Eine Hand hatte er in die Tasche geschoben. In dieser Hand hielt er den Tränenstein, den Mahina ihm vor eineinhalb Jahren geschenkt hatte.

Es sollte noch drei Wochen dauern, bis Libby alle ihre Vorbereitungen abgeschlossen hatte. Um die Auckland-Inseln betreten zu dürfen, war eine Ausnahmegenehmigung des Umweltschutzministeriums nötig. Obwohl sie selbst für das Ministerium arbeitete, war es nicht so einfach, die Genehmigung zu bekommen. Noch immer war sie überzeugt davon, dass es so tief im Süden keine Delfine gab, aber John-Cody hatte zweifellos Recht: Sie durften nichts unversucht lassen, denn wenn über Ned Poles Antrag verhandelt wurde, wäre sie immer noch meilenweit davon entfernt, die Standorttreue der Delfine im Dusky Sound wissenschaftlich beweisen zu können. Alex hatte mit dem Southland Regional Council telefoniert und erfahren, dass noch kein Termin für die Verhandlung anberaumt worden war. Allerdings stand inzwischen fest, dass, abgesehen vom Umweltschutzministerium, John-Cody als Einziger seinen Einspruch noch nicht zurückgezogen hatte. Alle anderen hatten einen Rückzieher gemacht, nachdem man ihnen lukrative Verträge als Subunternehmer angeboten hatte.

Libby musste jetzt noch jemanden finden, der sich um Bree kümmerte. Für den Fall, dass alle Stricke rissen, hatte es ihr Alex bereits zugesagt, obwohl sie eigentlich vor hatte, Freunde auf der Nordinsel zu besuchen.

John-Cody arbeitete allein auf der *Korimako*, machte sie für den Törn die Küste entlang nach Bluff fertig. Dort wollte er die notwendigen Vorräte einkaufen, Treibstoff einlagern und Schutzverkleidung aus Aluminium an den Fenstern anbringen, eine bei dem Wetter im Südpazifik wichtige Vorsichtsmaßnahme. Als er seine Karten durchsah, fiel ihm auf, dass der tragbare Kompass, den er immer als Reserve mitnahm, nicht richtig funktionierte. Es befand sich eine Luftblase im Alkohol, und die Kompassnadel drehte sich wie wild. Er nahm sich vor, ihn an Land zu nehmen, um ihn entweder reparieren zu lassen oder gleich einen neuen zu kaufen. Im Armaturenbrett befand sich ein großer Kompass, aber er wollte für alles auf seinem Boot einen Ersatz haben: Er hatte zu viel Zeit im Südpazifik verbracht, um darauf zu verzichten.

Er fuhr mit dem Z-Boot über den Lake Manapouri. Nachdem es angelegt hatte, ging er zu Fuß das kurze Stück zu Toms Haus hinauf. Tom wachste gerade den Rumpf seines Katamarans. Er besaß eine Hochseelizenz, deshalb wollte John-Cody ihn auf dem Törn dabei haben.

»Brauchst du mich wirklich?«, fragte Tom. »Du hast doch Jonah, und Libby kann auch segeln. Es ist schließlich keine der üblichen Charterfahrten, und deshalb spielt es auch keine Rolle, wie viele Crewmitglieder an Bord sind.«

John-Cody lehnte sich gegen den Rumpf des Katamarans. »Nein, es ist keine der üblichen Fahrten. Ich chartere mein Boot gewissermaßen selbst, Tom. Wir könnten es zu dritt durchaus schaffen. Aber die Wachen wären wesentlich länger, und wenn mir irgendetwas zustieße, könnte ich mich nicht darauf verlassen, dass Jonah allein Libby nach Hause bringt.«

Tom befeuchtete seine Lippen, die in seinem üppigen grauen Bart verborgen lagen. »Ist es wirklich klug, gerade jetzt eine Fahrt in die subantarktischen Gewässer zu machen? Meinst du wirklich, dass du dem gewachsen bist?«

John-Cody zuckte mit den Schultern. »Natürlich bin ich dem gewachsen. Ehrlich gesagt, Tom, ich muss mich unbedingt mit irgendwas beschäftigen.« Er lächelte. »Als Mahina noch gelebt hat, haben wir mit jedem Cent rechnen müssen, wie du weißt. Jetzt ist sie tot, und ich besitze ein Boot und einen Kai, und auf meinem Konto liegt so viel Geld wie noch nie. Ich komme mit einem halben Dutzend Charterfahrten pro Jahr gut über die Runden.« Er hielt inne. »Abgesehen davon, hält mich das davon ab, ständig an Pole zu denken.«

Tom schürzte die Lippen und nickte. »Der alte Geier setzt dir ganz schön zu, nicht wahr?«

»Ja, Tom, das tut er. Und ich befürchte, dass er gewinnen wird.«

»Gibby, ich habe vor langer Zeit einen Satz gehört, und ich denke, er trifft hundertprozentig zu, auch wenn ich mein halbes Leben gebraucht habe, um ihn ganz zu verstehen. Er lautet: ›Jemand kann dich nur dann schlagen, wenn du es zulässt.‹ Verstehst du, was ich damit sagen will?«

John-Cody sah ihm in die Augen. »Ich verstehe dich durchaus, Tom. Du warst mir immer ein guter Freund. Danke.«

Er ging zum Büro zurück. Jean Grady stand, wie so oft, gerade vor ihrem Laden. Sie wirkte besorgt. »Ich habe Post für dich, John-Cody.« Sie ging hinter ihre Ladentheke, bückte sich und holte ein Bündel Luftpostbriefe hervor, die von einem Gummiband zusammengehalten wurden. John-Cody starrte den obersten Umschlag an. Er trug einen Namen und eine Adresse in Amerika. Es schien Brees Handschrift zu sein.

»Das kleine Mädchen hat sie aufgegeben«, sagte Jean. »Ich stemple die Briefe, die ins Ausland gehen, grundsätzlich mit einer Rücksendeadresse ab, für den Fall, dass sie den Empfänger nicht erreichen. Ich wollte sie dir schon früher geben, aber da war zuerst nur einer. Aber dann kamen alle anderen gleichzeitig zurück.«

John-Cody zählte insgesamt sieben Stück. »O.k.«, sagte er. »Ich werde sie ihr geben.«

Jean gab ihm noch zwei Briefe, die an ihn selbst adressiert waren. Er erschrak, als er sah, dass einer von der Einwanderungsbehörde kam.

»Ist alles in Ordnung?«, fragte sie ihn.

»Ja, alles ist bestens.«

Er ging jedoch mit schwerem Herzen den Hügel hinauf. Alex war heute nicht im Büro, also sperrte er auf, schloss die Tür hinter sich und setzte sich langsam auf die Couch. Eine Ecke der großen Karte von Fjordland, die an der Decke hing, hatte sich schon vor langer Zeit gelöst. Er hatte Alex versprochen, das in Ordnung zu bringen, war aber immer noch nicht dazu gekommen. Er drehte den Umschlag unschlüssig in den Händen und lauschte dem Wind, der vom See her wehte. Dann legte er ihn auf den Tisch und drehte sich eine Zigarette. Er legte die Zigarette auf den Tisch und nahm den Umschlag wieder in die Hand. Diesmal riss er ihn auf. Man teilte ihm in zwei knappen Zeilen mit, dass er zweiundvierzig Tage Zeit hatte, das Land zu verlassen. Der Brief datierte fast eine Woche zurück.

Er rief bei Jonah in Naseby an, um ihm von der Fahrt zu erzählen, die er plante. Kobi war am Telefon. Sie plauderten eine Weile, und John-Cody wollte ihn schon bitten, Jonah auszurichten, dass er ihn bei der Fahrt dabeihaben wollte, dann aber entschied er sich spontan anders. »Hör zu, Kobi. Wir planen einen Törn in die subantarktischen Gewässer. Ich werde Jonah mit dem Wagen abholen.«

Der alte Mann schwieg eine Weile. »Warum willst du die weite Fahrt auf dich nehmen, Gib? Jonah hat doch seinen Ute.«

»Ich weiß, aber ich hole ihn gern ab. Ich habe dich schon eine ganze Weile nicht mehr gesehen.«

»Ich kann dir aber keinen Schlafplatz anbieten.«

»Das ist kein Problem, ich werde in Omakau übernachten und komme am nächsten Tag bei dir vorbei, um hallo zu sagen. Jonah und ich können dann noch am selben Tag zurückfahren.«

»Wie du willst, Gib. Ich freue mich, dich zu sehen.«

John-Cody legte auf und ging nach draußen, um seine Zigarette zu rauchen. Er dachte an Kobi, wie reserviert und stolz er gewesen war, als Mahina ihn damals mit ihm bekannt gemacht hatte, wie er alles getan hatte, um sie zu beschützen: Seine ablehnende Haltung hatte er jedoch schnell aufgegeben, und sie hatten einander schon bald schätzen gelernt. Er würde niemals den Schmerz auf dem Gesicht des alten Mannes vergessen, als er sich von seiner toten Tochter verabschiedet hatte. Jonah hatte neben ihm gestanden und ihn gestützt. Kobis Gesicht war kalkweiß gewesen, als sei auch aus ihm jedes Leben gewichen: Die tief eingegrabenen Spuren der Verzweiflung fanden ihre Entsprechung in John-Codys Gesicht. Sie sollten dort für immer zu lesen sein.

Er wartete bis zum späten Abend, bevor er schließlich zum Haus zurückging: Da war noch der Stapel Briefe, den er Libby geben musste. Er wollte sicher sein, dass Bree dann schon im Bett lag. Doch beide Vorderfenster waren noch erleuchtet, ein Zeichen, dass Bree noch nicht schlief. Also ging er zunächst nach nebenan, um sich einen Kaffee zu kochen. Das Feuer im Kamin war erloschen. In dem holzgetäfelten Zimmer war es kalt. Er setzte sich auf sein ungemachtes Bett und zog seine Stiefel aus. Das Bündel Briefe hatte er auf den Tisch im anderen Zimmer gelegt. Das Kaffeewasser kochte. Er ließ es weiter kochen und ging zuerst unter die Dusche.

Das heiße Wasser regnete auf seine Haut. Er stand mit gesenktem Kopf da, ließ die Arme hängen und dachte darüber nach, wie wenig Zeit ihm die Einwanderungsbehörde ließ: nur wenig mehr als einen Monat – das kam nach fünfundzwanzig Jahren sehr plötzlich.

Libby hörte, wie John-Cody nach Hause kam, als sie gerade das Geschirr spülte. Sie hörte, wie sich die Eingangstür schloss, dann vernahm sie das schleifende Geräusch seiner Badezimmertür und etwas später hörte sie das Rauschen des Wassers. Sie wusste, dass er nackt unter der Dusche stand. Sie biss sich auf die Lippen, spürte ein leichtes Beben in ihrem Bauch. Schweiß bildete sich auf ihren Oberschenkeln. Bree kam ins Zimmer und verkündete, sie ginge schlafen. Libby gab ihr noch einen Gutenachtkuss.

»Es macht dir wirklich nichts aus, dass ich in die Subantarktis fahre?«, fragte sie.

Bree schüttelte den Kopf. »Wo werde ich wohnen? Bei Alex?«

»Ich weiß es selbst noch nicht genau, aber ich denke schon.«

»Wie lange wirst du weg sein?«

»Ungefähr zwei Wochen. John-Cody sagt, das hängt vom Wetter ab.«

Bree nickte. »O.k. Wie auch immer. Es ist ja nicht wirklich neu für mich.«

Sie ging ins Bett. Sierra erhob sich vom Kaminvorleger und folgte ihr. Libby deckte Bree zu und schaltete das Licht aus. Als sie wieder im Wohnzimmer saß, steckte John-Cody den Kopf zur Tür herein.

»Arbeiten Sie noch?«

»Nein, keineswegs.« Libby freute sich, ihn zu sehen. Das war immer so. Sie empfand seine Gesellschaft als beruhigend und wohltuend: Sie brauchte das. Sie stand auf, um Kaffee zu machen, doch er bedeutete ihr mit einem Wink, sich wieder zu setzen.

Als er selbst Platz genommen hatte, bemerkte sie das Bündel Briefe in seiner Hand. »Was haben Sie denn da?«

»Ich weiß es nicht.« Er gab ihr die Briefe. Libby runzelte die Stirn. »Die hat mir Jean mitgegeben. Bree hat sie anscheinend bei ihr aufgegeben, aber sie sind alle wieder zurückgekommen.«

Libby starrte den ersten Umschlag an, dann den nächsten und den übernächsten. Alle waren adressiert an: Michael Bass, 33 River Road, San Francisco. Und auf allen war vermerkt: »Adressat unbekannt.« Libby starrte die sieben Briefe lange Zeit einfach nur an, während sie sie hilflos hin und her drehte.

»Ist das ihr Vater?«, fragte John-Cody sie. »Ich will ja nicht neugierig sein, aber ich habe natürlich den Namen gelesen.«

Libby antwortete ihm nicht: Immer noch saß sie, den Mund halb geöffnet, einfach nur da. In ihrem Inneren spürte sie eine Kälte, die ihre Schuldgefühle, mit denen sie seit Jahren lebte, vollständig überlagerte: Hier lief etwas schrecklich verkehrt, etwas, das sie mühsam zusammengeflickt hatte, war dabei, langsam entzweizugehen.

»Ich glaube, ich sollte Sie jetzt besser allein lassen.« John-Cody stand auf, aber Libby sah ihn ängstlich an.

»Nein, bitte bleiben Sie.«

Er setzte sich wieder. Libby legte die Briefe auf den Boden und stand auf. Sie ging auf Zehenspitzen zu Brees Zimmertür, öffnete sie einen Spaltweit und lauschte einen Moment. Vom Bett drang gleichmäßiges, ruhiges Atmen. Libby schloss die Tür wieder, dann ging sie zu ihrer Handtasche, die auf der Arbeitsfläche in der Küche lag. Sie nahm eine Zigarette heraus und brach den Filter ab, dann zündete sie sie mit zittrigen Händen an. John-Cody saß da und sah sie an.

Libby blieb, eine Hand in die Hüfte gestemmt, einen Augenblick stehen. »Bree kennt ihren Vater nicht. Sie hat ihn nie gesehen. Sie weiß nicht einmal, wie er heißt.«

Sie ließ sich matt in ihren Sessel fallen. »Ich bin ihm auf einer Party in San Francisco begegnet. Dort habe ich mich betrunken und auch ein bisschen Acid genommen. Das habe ich damals manchmal gemacht. Ich habe ihn nie nach seinem Namen gefragt, und als er am nächsten Morgen verschwunden war, habe ich keinem Menschen erzählt, dass wir miteinander geschlafen haben. Ich erinnere mich nur noch an seine blauen Augen und blonden Haare, genau wie die von Bree. Vermutlich sieht sie ihm sehr ähnlich, aber ich kann mich nicht mehr richtig an ihn erinnern.« Sie zog die Schultern hoch und starrte die Briefe an. »Sie ist ein so großartiges Mädchen. Sie hat wirklich mehr verdient als das hier. Mist, jeder hätte mehr verdient als das.«

John-Cody nahm den leisen, erstickten Ton in ihrer Stimme wahr. Er beugte sich nach vorn. Einen Augenblick lang vergaß er völlig seine eigenen Probleme. »Werden Sie sie lesen?«

»Es sind Brees Briefe, ich kann sie nicht öffnen. Sie sind ihre Privatsache.«

»Das stimmt. Aber zurückgeben können Sie sie ihr auch nicht.«

Libby sah ihn an. »Sie haben Recht«, sagte sie dann. »Das wäre entsetzlich für sie.«

John-Cody räusperte sich. »Ich bin eigentlich niemand, der anderen Menschen seinen Rat aufdrängt, Libby, also ignorieren Sie mich einfach, wenn Sie wollen – aber ich an Ihrer Stelle würde sie aufmachen.«

»Das würden Sie?«

»Sie können Bree nur helfen, wenn Sie wissen, was für Probleme sie hat.«

Libbys Hand zitterte. Sie nahm den obersten Brief vom Stapel und sah auf den Poststempel. Mrs. Grady hatte sie in der Reihenfolge sortiert, in der Bree sie aufgegeben hatte. Sie biss sich auf die Lippen, nahm einen tiefen Zug an ihrer Zigarette und sah John-Cody an. »Sie denken also, ich sollte es wirklich tun?«

»Ich habe Ihnen gesagt, was ich denke. Tun Sie jetzt bitte das, was Sie für richtig halten.«

Libby zögerte noch einen Augenblick, dann riss sie den ersten Umschlag auf: Sie faltete das einzelne Blatt Papier auseinander und sah Brees ordentliche Handschrift. Langsam las die den Brief, den Bree auf dem Weg hierher im Flugzeug geschrieben hatte. Als sie fertig war, brannten Tränen in ihren Augen.

»Was steht drin?«, fragte John-Cody sanft.

Libby gab ihm den Brief. Er las ihn sorgfältig durch, dann las er ihn noch ein zweites Mal. Er konnte dabei Brees Stimme hören: traurig, einsam und verloren.

»Sie hat nie mit mir darüber geredet.« Libby brachte die Worte kaum über ihre Lippen. »Ich habe mich schon oft gefragt, warum. Ich dachte, dass sie vielleicht einfach nach dem Motto handelt: Augen zu und durch.« Sie stand auf, ging zum Kamin, hob geistesabwesend ein Holzscheit auf und hielt es einen Augenblick lang in der Hand. »Ich denke, es geht ihr gut, und sie sieht keinen anderen Ausweg mehr, als einem imaginären Vater von ihren Problemen zu erzählen.« Sie begann zu weinen. John-Cody stand auf, ging zu ihr und wollte sie schon in den Arm nehmen, tat es dann aber doch nicht.

Libby unterdrückte ihr Schluchzen. »Sehen Sie mich an. Ich heule wie ein kleines Mädchen. Dabei kann ich das nicht ausstehen.« Sie setzte sich wieder. »Was habe ich mir nur dabei gedacht? Man kann kein Kind so behandeln, wie ich es getan habe, und dann hoffen, dass schon alles in Ordnung ist. Ich habe sie so viel in der Welt herumgezerrt, dass ihr davon ganz schwindelig sein muss. Was in aller Welt habe ich nur getan?«

»Sie haben gearbeitet, Libby. Sie haben Geld verdient, damit Bree etwas zu essen und zum Anziehen hat und auch sonst all das bekommt, was ein Kind braucht.«

Libby sah ihn jetzt an. Sein Gesicht war offen, aber auch grau und müde. »Ich hätte Sie damit nicht belasten dürfen.«

»Ich weiß, wo die Tür ist. Wenn ich gewollt hätte, hätte ich jederzeit gehen können.« Er kauerte sich neben sie. »Hören Sie, Sie haben getan, was Sie getan haben. Wie alt waren Sie damals – neunzehn? Sie haben Bree bekommen, als Sie selbst noch fast ein Kind waren. Sie ist ein wundervolles Mädchen, Libby. Und das hat sie allein Ihnen zu verdanken.« Er stand auf und legte Feuerholz nach, zog seinen Tabaksbeutel heraus und drehte zwei Zigaretten. Libby schürzte die Lippen und öffnete den nächsten Brief: Er war kurz nach Ostern geschrieben worden.

Lieber Dad!

Ich habe dir heute schon einmal einen Brief geschrieben, aber ich habe ihn verbrannt. Das musste ich einfach tun, denn es standen nur Lügen darin. Es waren nicht meine Lügen, ich meine, keine, die ich mir ausgedacht habe, sondern einfach nur Lügen. Dinge, von denen ich glaubte, dass sie wahr seien, die es aber tatsächlich nicht sind. Weißt du, was ich meine? Ich schreibe einen ziemlichen Blödsinn, nicht wahr. Mir ist ja selbst nicht klar, was ich meine, wie sollst du es dann wissen. Also, ich fange noch einmal von vorn an: Da sind diese drei Mädchen in der Schule. Ich habe dir schon von ihnen erzählt. Jessica Lowden ist die Schlimmste von ihnen. Ich habe dir geschrieben, dass sie mich schikanieren – nun, heute wurde es richtig schlimm. Heute war der erste Schultag nach den Ferien. Hunter war nicht da, was ich ganz entsetzlich fand, denn wenn Hunter da ist, ist alles viel besser. Jedenfalls waren Jessica, Sally und Anna richtig nett zu mir, und das waren sie bisher noch nie. Ich konnte es gar nicht glauben. Jessica hat sich in Japanisch sogar neben mich gesetzt, und nach der Schule sind wir dann alle vier zum Lake Te Anau an den Strand gegangen. Dad, ich habe wirklich geglaubt, dass sie meine Freundinnen sind, und das habe ich dir in der Pause auch geschrieben. Das war der Brief, den ich später dann verbrannt habe. Sie haben mir aber nur etwas vorgespielt, Dad. Sie haben mich also zum Strand mitgenommen, haben mir ein Bein gestellt und meine Schulbücher in den See geworfen. Es wäre noch viel schlimmer gekommen, wenn Mr. Pole mir nicht geholfen hätte. John-Cody und Mum mögen ihn nicht, aber ich finde ihn wirklich nett. Er hat Jessica und den anderen beiden gesagt, sie sollen mich in Ruhe lassen, und dann hat er mich sogar noch nach Hause gefahren. Er ist sogar in den See gewatet, um meine Bücher rauszufischen. Er war pitschnass, als er aus dem Wasser kam. Er hat ein tolles Haus, Land und Pferde, und er hat angeboten, mir Reitunterricht zu geben. Er hat etwas Schreckliches hinter sich, Dad. Sein Sohn Eli ist auf John-Codys Boot um-

gekommen. Ich weiß, was passiert ist, und dass es nicht John-Codys Schuld war, aber sein Sohn ist trotzdem tot. Mr. Pole hatte ein Pferd für ihn gekauft, aber sein Sohn konnte es nur einmal reiten. Ich denke, das ist auch der Grund, warum er mir jetzt das Reiten beibringen will. Mr. Pole will im Dusky Sound, wo Mum ihre Forschungen macht, Hotels einrichten. Ich denke, dass das kein Problem ist, denn der Dusky Sound ist riesig. Ich glaube nicht, dass es der Natur sehr viel ausmachen würde, findest du nicht auch, Dad? Die Leute hier müssen schließlich etwas arbeiten, und hier unten gibt es nicht viel Arbeit.

Jedenfalls schikanieren sie mich noch immer, und bis auf Hunter ist es in der Schule schrecklich. So schlimm war es noch nie, Dad. Ich sage Mum nichts davon, weil sie ohnehin nichts dagegen tun könnte und sich nur Sorgen um mich machen würde. Aber Mr. Pole war wirklich cool. Du hättest Jessicas Gesicht sehen sollen, als er ihr gesagt hat, dass er zu ihrem Vater gehen würde. Cool. Wirklich cool.

Es war ein ganz schrecklicher Tag, aber vielleicht wird es jetzt ja besser. Mr. Pole hat mir versprochen, dafür zu sorgen, dass Jessica und ihre Freundinnen mich in Zukunft in Ruhe lassen, und ich möchte wirklich gern bei ihm reiten lernen. Ich werde Mum fragen, ob ich das darf. Sie wird zwar nicht besonders glücklich darüber sein, aber ich werde sie trotzdem fragen. Es wäre toll, wenn ich Hunter zeigen könnte, dass ich richtig reiten kann, er selbst ist nämlich ein ziemlich guter Reiter. Hoffentlich stört es John-Cody nicht, wenn ich bei Mr. Pole reiten lerne, denn er und Mr. Pole können sich nicht leiden. John-Cody ist total nett zu mir, Dad. Ich mag ihn auch sehr gern. Ich hoffe wirklich, dass es ihn nicht stört. Es wird doch o.k. für ihn sein, oder?

Jetzt bin ich müde. Mum und John-Cody sind nicht da. Ich werde jetzt ins Bett gehen.

Alles Liebe, ich schreibe Dir bald wieder.

Bree.

Mit klopfendem Herzen ließ Libby den Brief sinken. Sie starrte ins Kaminfeuer, dann sah sie John-Cody an und reichte ihn ihm. Nachdem auch er ihn gelesen hatte, sahen sie sich schweigend an.

»Das habe ich nicht gewusst«, flüsterte Libby schließlich. »Meine Tochter wird in der Schule schikaniert, und ich weiß es nicht einmal.«

»Sie gehört eben nicht zu den Menschen, die so etwas an die große Glocke hängen, Lib.«

»Ausgerechnet Ned Pole.« Libby schüttelte den Kopf. »Nehemiah Pole. Gütiger Himmel. Kein Wunder, dass sie unbedingt bei ihm reiten lernen wollte.« Sie hob ratlos die Hände. »John-Cody, ich weiß nicht das Geringste über meine eigene Tochter.«

»Doch, das tun Sie. Aber Sie sind ihre Mutter, Libby. Bree ist schon fast ein Teenager. Haben Sie als Teenager Ihren Eltern immer alles erzählt?«

Libby antwortete ihm nicht. Sie starrte wieder ins Feuer. John-Cody schwieg und las den Brief noch einmal. Bree hatte also befürchtet, er könnte eifersüchtig auf Ned Pole sein, und sie hatte Recht gehabt. Er war tatsächlich eifersüchtig gewesen, als er sie zu Pole gefahren und bei ihrer Rückkehr die Freude in ihren Augen gesehen hatte. Er und Pole waren beide kinderlos, wobei er selbst nie Kinder gehabt hatte, während Pole seinen einzigen Sohn auf der *Korimako* verloren hatte.

Libby beobachtete ihn. »Ned Pole wusste, dass meine Tochter in der Schule schikaniert wurde, während weder Sie noch ich die leiseste Ahnung davon hatten.«

»Nun, ich sage es höchst ungern, aber Gott sei Dank hat wenigstens er es gewusst.«

Sie saßen schweigend da, rauchten und tranken Whisky. Dann nahm Libby die anderen Umschläge und blätterte den Stapel durch.

»Was auch immer in diesen Briefen steht, Bree scheint es jetzt wesentlich besser zu gehen.« John-Cody deutete mit seinem Glas auf die Umschläge. »Vermutlich, weil sie nicht mehr schikaniert wird. Und das hat sie ironischerweise Pole zu verdanken.« Seine Mundwinkel zuckten. »Bree macht einen durchaus glücklichen Eindruck auf mich, Libby. Sie liebt dieses Haus, den See und Sierra. Und da gibt es ja auch noch einen jungen Mann namens Hunter Caldwell.«

»Wenn sie jetzt glücklich ist, liegt das aber auch an Ihnen. Sie hat Vertrauen zu Ihnen, John-Cody.«

»Glauben Sie?«

»Ich sehe es ihr an, wenn sie mit Ihnen zusammen ist. Sie sind immer so freundlich zu ihr. Sie himmelt Sie, ihren ›stillen Mann vom Meer‹, richtiggehend an. Es hat in ihrem Leben noch nie jemanden gegeben, der die männliche Rolle ausgefüllt hätte. Pole mag ihr zwar das Reiten beibringen, aber Sie sind derjenige, zu dem sie aufsieht.«

Plötzlich kam Libby ein Gedanke. Sie ging die Briefe noch einmal durch und sah sich die Poststempel genauer an. Abgesehen von dem Brief, den Bree nach Ostern geschrieben hatte, war der letzte Ende Januar aufgegeben worden.

»Was war im Januar?«, fragte John-Cody, als sie ihm den Poststempel zeigte.

Libby trank einen Schluck Whisky. »Ich weiß es nicht. Aber es war ungefähr zu der Zeit, als Bree sich Ihnen angeschlossen hat.«

Wieder schwiegen sie, während beide über die Bedeutung dieser Worte nachdachten. John-Cody dachte an das Ultimatum der Einwanderungsbehörde und die kurze Zeit, die ihm noch blieb. Er spürte, wie sein Atem verflachte. Sein Gesicht musste seine Gefühle widergespiegelt haben, denn Libby sah ihn plötzlich stirnrunzelnd an.

»Sind Sie o.k.?«

»Ja, mir geht's gut. Ich hatte nur einen Frosch im Hals, das ist alles.« Er hustete und griff nach seinem Glas.

»Danke«, sagte Libby, als er es wieder abstellte. »Ich meine, wir schulden Ihnen beide wirklich ein großes Dankeschön. Sie haben so viel verloren, und dennoch sind Sie uns gegenüber so aufmerksam und großzügig.« Sie ließ ihren Blick durch das Zimmer schweifen. »Sie haben uns sogar Ihr Zuhause gegeben.« Sie hielt inne. »Was ist das eigentlich für ein Gefühl, dass wir jetzt hier wohnen?«

»Ein gutes, Libby.«

»Sind Sie da sicher?«

»Absolut.«

»Wäre Mahina damit einverstanden gewesen?«

»Sie wäre sogar begeistert gewesen. Sie ist zweifellos begeistert.«

Libby beobachtete ihn eine Weile. »Sie haben Glück, wissen Sie«, sagte sie dann.

Er zog fragend die Augenbrauen hoch.

»Dass es jemanden gab, den Sie so sehr und so lange lieben durften.«

»Genau dasselbe hat mir Alex auch schon gesagt.«

»Sie hat Recht. So etwas kommt nur sehr, sehr selten vor.« Libby drückte ihre Zigarette aus. »Und Mahina hatte ebenfalls Glück. Nur sehr wenige Frauen werden in ihrem Leben so geliebt wie sie.«

»Sie nicht?«

Sie lachte. Es klang ein wenig bitter. »Absolut nicht. Wann hatte ich in meinem Leben schon Zeit, an Liebe zu denken? Ich habe ja kaum die Zeit gefunden, mich um meine eigene Tochter zu kümmern.«

Sie blätterte noch einmal die Briefe durch. »Ich weiß nicht, was ich unternehmen werde, aber in jedem Fall werde ich Bree in Zukunft besser zuhören. Ich meine, ich werde mich bemühen herauszufinden, was in ihr vorgeht. Mir Zeit für sie nehmen. Nicht so auf mich selbst fixiert sein.«

»Dann sollte das Ganze eigentlich funktionieren.« Er stand auf.

»Sie wollen doch nicht schon gehen, oder?«

Er zögerte einen Augenblick. Plötzlich fühlte er sich in ihrer Gegenwart verlegen. Dann setzte er sich wieder hin. Libby legte Feuerholz nach. Das Licht im Raum war nur schwach. Der Feuerschein ließ Schatten auf den Wänden tanzen.

»Was werden Sie damit machen?« John-Cody deutete auf den Stapel vor sich auf dem Boden.

»Ich werde sie behalten und einen nach dem anderen lesen. Auf dem Boot, wenn wir zu den Auckland-Inseln fahren.« Libby nahm die beiden geöffneten Briefe in die Hand. »Das muss ich einfach. Ich muss wissen, was sie wirklich fühlt.«

»Vielleicht sollten Sie Kontakt mit ihrem Vater aufnehmen.«

Libby zog die Augenbrauen hoch. »Nach zwölf Jahren? Ich weiß ja nicht einmal, wie er heißt.«

»Was war mit den anderen Leuten auf der Party?«

»Keine Ahnung. Es war die Party der Freundin einer Bekannten. Ich habe die Bekannte, mit der ich zu dieser Party gegangen bin, seit diesem Abend nicht mehr gesehen.« Sie schüttelte über sich selbst den Kopf. »Hören Sie sich das nur an! Ich bin wirklich ein großartiges Vorbild. Ich war so betrunken oder stoned oder beides, dass ich einfach die Beine breit gemacht habe. Ich habe nicht einmal nach seinem Namen gefragt.«

»Sie sollten nicht so hart mit sich ins Gericht gehen«, sagte John-Cody mit Nachdruck, aber ohne Mitleid. »Jeder macht mal einen Fehler, etwas, das er später bereut.« Er sah ihr in die Augen. »Wir tun, was wir tun. Das ist alles. Mehr nicht. Sie haben ein Kind, Sie haben studiert, und Sie haben Ihren Abschluss. Schauen Sie, was aus Ihnen geworden ist: Sie sind eine der angesehensten Expertinnen für Walkommunikation, die es gibt. Sie sollten sich nicht bestrafen. Schuldgefühle bringen einen niemals weiter. Sie sind eine vollkommen nutzlose Emotion.«

»Sie klingen, als wüssten Sie, wovon Sie reden.«

Er sah sie an. Sein Blick verdunkelte sich. »Glauben Sie mir, das tue ich.«

17

John-Cody fuhr am nächsten Tag nach Naseby in Zentral-Otago. Er hatte es dabei nicht besonders eilig, Kobi lief ihm schließlich nicht weg: Der alte Mann verbrachte den größten Teil seines jetzigen Lebens in dem Zimmer, das er sich in der Gemischtwarenhandlung eingerichtet hatte. Jonah würde wie immer auf einer Matte auf dem Betonboden im Warenlager schlafen. John-Cody wollte an diesem Abend noch bis Alexandra oder sogar bis Omakau und dann am nächsten Morgen weiterfahren. Jetzt fuhr er gerade nach Mossburn, von wo aus er die Straße nach Queenstown und zum Lake Wakatipu nehmen wollte. Er musste an Libby denken. Er sah wieder den Schmerz in ihren Augen und ihre Schuldgefühle Bree gegenüber. Sie hatte gestern Abend dagesessen und an nichts anderes denken können, als dass sie als Mutter versagt hatte, wohingegen er nur das sah, was sie geleistet hatte, als sie ihre Tochter ohne fremde Hilfe aufgezogen hatte. Sie hatte niemals Kompromisse gemacht, und darunter hatte Bree möglicherweise oft gelitten. In anderer Hinsicht hatte sie jedoch auch davon profitiert wie sonst nur wenige Kinder. Sie hatte mit ihren zwölf Jahren schon viel von der Welt gesehen. Und sie hatte schon viel gelernt, sprach fließend drei Sprachen. Er kannte viele Erwachsene, die für eine Kindheit wie diese alles gegeben hätten.

Er hatte vor der Fahrt die Briefe der Einwanderungsbehörde in seine Jackentasche gesteckt, hätte aber nicht sagen können, weshalb er den Zwang verspürte, sie ständig so nah am Körper zu tragen. Er kam an Queenstown vorbei und überquerte bei Cromwell den Fluss. Das Wasser im Clyde-Damm stand niedrig; er dachte daran, wie der Damm im letzten November kurz davor gewesen war zu brechen.

Er kam jetzt an vielen Orten vorbei, die er sehr mochte. Er und Mahina hatten am Anfang ihrer Beziehung ziemlich viel Zeit hier oben verbracht. Mahina hatte sich immer sehr um ihren Vater gesorgt, und so waren sie ein halbes Dutzend Mal im Jahr nach Naseby gefahren. In Zentral-Otago wurde es im Sommer brütend heiß und im Winter eisig kalt. Es lag sehr hoch, und das Klima dort erinnerte ihn an Idaho, wo sich der Schnee im Februar oft über drei Meter türmte, und die Temperaturen im Juli nicht selten auf über vierzig Grad anstiegen.

Er übernachtete an diesem Abend in Omakau, trank mit einem alten Rotwildjäger aus England, den er zufällig an der Bar traf, ein paar Bier. Sie unterhielten sich über frühere Zeiten in Fjordland. Am Morgen brach er früh auf und machte noch einen kurzen Abstecher nach St. Bathans, wo sich im Sommer Kolonnen von Autos die Straße entlangquälten. Er hielt am See an, um eine Zigarette zu rauchen. Es war ein frischer, klarer Morgen, die Luft aber so kalt und trocken wie an heißen Sommertagen. John-Cody lehnte sich an die Tür seines Pick-ups und leckte das Papier der Zigarette an, die er sich gerade gedreht hatte. Der See, an dessen Nordufer sich zwei hölzerne Anlegestege befanden, lag ruhig und eisblau vor ihm. An seinem anderen Ende befand sich ein Strand. Im Sommer strömten die Leute aus den Städten der Umgebung in Scharen hierher, um zu baden, zu angeln oder einfach nur, um ein Picknick zu machen. Er starrte auf den See hinaus: Weiße Sandsteinklippen fielen in unterschiedlichem Neigungswinkel zum Wasser ab. An einige Stellen zerklüftet, an anderen glatt, umringten sie den See wie eine Gruppe durstiger alter Männer. Er kniff die Augen zusammen und sah eine strahlende Mahina vor sich. Ihre Augen lachten, während sie im eisigen Wasser schwammen, tauchten und dabei so lange wie möglich die Luft anhielten, bevor sie wieder an die Oberfläche kamen. Wenn niemand in der Nähe war, badeten sie immer nackt. Sie sprangen von den Anlegestegen aus mit Hechtsprüngen ins Wasser, legten sich anschließend in den Vulkansand und ließen die Tropfen auf ihrer Haut von der warmen Sonne trocknen. Große englische Weiden beherrschten das Ufer, und wenn es ihnen zu heiß wurde, suchten sie unter den vielblättrigen Zweigen Schatten.

Der Ruf einer australischen Weihe riss ihn aus seinen Erinnerungen. Er schirmte seine Augen mit der Hand ab und entdeckte den

Vogel hoch über sich als kleinen, dunklen Punkt am Himmel. Er segelte elegant dahin, beschrieb dann einen Bogen und noch einen zweiten, um sich schließlich in der Krone einer der Weiden niederzulassen. John-Cody schnitt seine Zigarette ab und nahm die drei zerknitterten Briefe aus seiner Jackentasche. Er las sie noch einmal durch, nur um sich zu vergewissern, dass alles real war. Es war real: Da standen immer noch dieselben Worte in schwarzen Buchstaben auf dem weißen Papier. Seine Zeit in diesem Land ging unweigerlich zu Ende. Es war vorbei. Was ihm jetzt noch blieb, waren Erinnerungen.

Er stieg wieder in den Wagen und fuhr die kurze Strecke nach Naseby, wo Kobi im Garten hinter dem Lagerhaus gerade Holz hackte. Als John-Cody seinen Wagen abstellte, legte der alte Mann die Axt weg und sah ihn durch die Windschutzscheibe hindurch an. Kobi wohnte in der Gemischtwarenhandlung, die genau genommen nicht mehr als ein Warenlager war. Man betrat das Geschäft durch den einzigen Eingang, eine große Schiebetür auf der Rückseite, und stand in einem Raum mit Estrichboden, in dem Kobi sein seit Jahren nicht mehr benutztes Auto unterstellte. Eine weitere Tür führte dann zu der Einzimmerwohnung, die er sich mit einem Dach, vier Wänden und allem, was sonst noch dazugehörte, in das Warenlager hineingebaut hatte. Es gab zwar ein Bad, aber kein fließend heißes Wasser, also wusch sich Kobi immer kalt, wie er das seit der Zeit, als er in der Mine am Danseys Pass gearbeitet hatte, kannte. John-Cody stieg aus dem Wagen und lächelte ihn an. Kobi erwiderte seinen Blick und nickte langsam. Seine blauen Augen schimmerten wässrig.

»Tag, Kobi.«

»Tag, mein Sohn.«

»Wie geht's dir?«

»Danke, gut.« Sie gaben sich die Hand. Dann zog John-Cody den alten Mann an seine Brust und umarmte ihn. Er fühlte sich dürr, klein und zerbrechlich an. John-Cody, der Angst hatte, ihm wehzutun, achtete darauf, nicht allzu fest zu drücken. Dann hielt er Kobi auf Armeslänge von sich, sah ihm in die Augen und entdeckte dort wieder diesen ihm schon vertrauten Ausdruck: Kobi hatte ihm oft gesagt, dass ein Mann, der seine Frau und seine Tochter begraben hat, einfach zu lange lebt.

»Wo ist Jonah?«

»Der ist zum Laden hinuntergegangen, um Geld zu holen.«

John-Cody lächelte. »Willst du mir nicht einmal einen Kaffee anbieten, alter Mann?« Er legte Kobi den Arm um die Schultern und ging mit ihm ins Lagerhaus. Dann holte er das Holz und schichtete es in den Kanonenofen, dessen gusseisernes Kaminrohr durch die selbst gezimmerte Decke und dann weiter durch das Dach des Lagerhauses ins Freie führte.

Als sie sich an den Tisch gesetzt hatten, verschränkte Kobi die Arme vor der Brust und starrte ihn an. Er war jetzt fünfundachtzig. Die Haut seines Halses hing in Falten unter seinem Kinn. Ein dichtes Netz roter Äderchen überzog seine Wangen bis zur Nasenspitze. Seine Fingerknöchel waren steif; Arthritis hatte sie dick anschwellen lassen, die Fingernägel wuchsen lang und gelb wie die Klauen eines Tieres. In seinen Augen stand ständig das Wasser, die Iris ging nahezu übergangslos in das Weiß des Augapfels über und war von einer trüben Schicht bedeckt.

»Dann willst du also wieder runter in den Süden«, fragte er mit ruhiger Stimme.

John-Cody nickte. Er erzählte ihm von Libbys Begeisterung für die Wale, und er sagte ihm auch, dass sie sich vergewissern wollten, ob es bei Port Ross nicht doch Delfine gab.

Kobi sah ihn an. »So weit unten im Süden gibt es keine Delfine.«

»Nein, jedenfalls keine standorttreuen. Aber darum geht es im Grunde auch gar nicht, Kobi. Libby will die Südkaper sehen.«

Kobi nickte. »Also kann sie, was den Dusky Sound betrifft, noch nichts beweisen?«

»Nein.«

»Wird sie überhaupt etwas beweisen können?«

»In der Zeit, die ihr bleibt, höchstwahrscheinlich nicht.«

Kobi schwieg. »Dann fährst du also in die Subantarktis, und Jonah soll mitfahren?«

»Er und Tom Blanch.«

»Der alte Tom, hm? Das klingt mehr nach Arbeit als nach einem Ausflug.«

»Es ist mir wichtig, dass Tom dabei ist, Kobi. Falls mir etwas passiert, muss ein weiterer Skipper mit Hochseeerfahrung an Bord sein.«

Kobi sah ihn wieder an. »Und was soll passieren?«

»Nichts, mit dem ich nicht fertig werden würde.«

Kobi nickte langsam und fuhr sich mit seiner rauen Hand übers Kinn. »Bist du endlich über ihren Tod hinweg?«

Die Frage tat sehr weh. John-Cody saß einen Moment da, ohne ihm zu antworten. Kobi sah ihn durchdringend an. »Nun, bist du es?«

»Ich weiß es nicht. Ich denke ständig an sie.«

»Das tue ich auch, aber ich habe dich gefragt, ob du über ihren Tod hinweg bist?«

»Nein.«

»Das habe ich befürchtet.« Kobi stieß einen tiefen Seufzer aus. »Du musst endlich darüber hinwegkommen, Gib. Sie wäre stinksauer auf dich, wenn sie wüsste, dass du das noch nicht geschafft hast.«

»Das weiß ich selbst.«

»Sie hatte das Temperament ihrer Mutter.« Ein zärtlicher Ausdruck überzog Kobis Gesicht. »Wir Waitaha sind ein Volk des Friedens, hat sie immer gesagt. Aber was für ein Temperament sie haben, Junge, Junge!« Er sah ihn wieder an. »Hörst du manchmal etwas von diesem Komiker Ned Pole.«

»Hin und wieder.«

»Hotels im Dusky Sound?« Kobi runzelte verärgert die Stirn. »Mahina würde sich im Grab umdrehen, wenn sie das wüsste.«

»Ich weiß.«

»Und es gibt nichts, was man dagegen noch unternehmen kann?«

John-Cody seufzte. »Wir können nur die Verhandlung abwarten.« Er stand auf. »Ich will mir nur kurz die Beine vertreten, Kobi. Vielleicht sehe ich ja Jonah.«

»Versuch es im Pub.« Kobi sah ihn durchdringend an.

John-Cody nickte und ging zur Tür. Dann blieb er stehen und

drehte sich noch einmal um. »Hat Mahina eigentlich jemals mit dir über Pole gesprochen?«

Kobi sah ihn fragend an. »Über Pole gesprochen? Nein, haben wir nicht. Warum fragst du?«

»Nur so.«

Die Frage, wer auf sie aufpassen sollte, wenn Libby in der Subantarktis segelte, beantwortete Bree selbst: Zwei Tage bevor John-Cody und Jonah zur ersten Etappe ihrer Reise nach Bluff Cove aufbrachen, kam sie von der Schule nach Hause und verkündete, dass Hunters Eltern ihr angeboten hätten, sie während der drei Wochen, die Libby vermutlich unterwegs wäre, bei sich aufzunehmen. Daraufhin telefonierte Libby mit den Caldwells. Diese versicherten ihr, dass sie sich sehr freuen würden, Bree und Sierra bei sich zu Gast zu haben. Libby legte den Hörer auf und sah ihre Tochter an, die auf einem Küchenschemel saß und übers ganze Gesicht strahlte.

»Siehst du«, sagte sie. »Ich habe es dir doch gesagt. Hunters Eltern sind ziemlich cool.«

Libby nickte. »Dann stimmt es also tatsächlich? Er ist dein Freund.«

Bree legte den Kopf schief. »Bis jetzt gehen wir noch nicht richtig miteinander. Ich meine, ich habe ihn noch nicht geküsst oder so. Aber wir halten die ganze Zeit Händchen.«

»Das weiß ich. Ich habe euch nämlich gesehen.« Libby setzte sich auf den Hocker neben ihr. »Macht es dir wirklich nichts aus, wenn ich mit John-Cody zu den Auckland-Inseln fahre? Ich könnte auch hier bleiben. Ich muss nicht unbedingt dorthin. Das Ganze war übrigens John-Codys Idee.«

»Ich weiß. Er hat es mir gesagt.« Bree nahm die Hand ihrer Mutter und drückte sie. »Es ist cool, Mum. Total o.k. Fahr du nur und suche die Wale oder Delfine oder was auch immer. Ich bleibe hier und lass mich von Hunter für die Rugby-Saison trainieren.«

Libby sah sie völlig fassungslos an. »Das meinst du doch nicht im Ernst?«

»Doch. Ich brauche das Training. Ich will nicht, dass Jessica Lowden, dieses Großmaul, wieder auf mich losgeht.«

»Wieder? Hat sie das schon einmal getan?«

»Ja.«

»Aber jetzt hat sie damit aufgehört?«

»Ja.«

»Vollkommen?«

»Absolut. Seit ich zusammen mit Hunter aus dem Bus gestiegen bin.«

»Hunter?«

»Ja.« Brees Augen begannen zu leuchten. »Es war so cool, Mum. Jessica hat mich früher ganz schön schikaniert, aber dann hat Hunter eines Tages beim Aussteigen aus dem Bus einfach meine Hand genommen und sie fest gehalten, bis wir im Klassenzimmer waren. Seitdem lässt sie mich in Ruhe. Cool, oder?«

Libby umarmte sie. »Das ist wirklich cool. Aber das nächste Mal sagst du es mir, wenn jemand dich schikaniert, hm? Ich bin schließlich deine Mum, vergiss das nicht.«

O.k.« Bree zuckte mit den Schultern.

»Du wirst mir fehlen«, sagte Libby.

Bree nahm einen Apfel aus dem Obstkorb. »Mach dir keine Sorgen. Es wird auch nicht viel anders sein, als wenn du im Dusky Sound bist. Ich kann dich ja immer noch über Funk erreichen.«

»Auf dem Einseitenband, nicht über UKW, vergiss das bitte nicht.«

»Alex wird es mir schon zeigen.«

Libby nickte. »Wie soll das eigentlich ablaufen – willst du jeden Tag hier am Büro aus dem Bus steigen und dich dann von ihr zu Hunters Eltern fahren lassen?«

»Ich weiß es noch nicht. Die Caldwells haben auf ihrer Schaffarm kein Funkgerät. Ich werde Alex fragen. Aber du brauchst dir keine Sorgen zu machen, Mum. Das kriege ich schon hin.«

Libby lachte. »Dann soll ich also einfach nur darauf warten, dass du mich anfunkst, oder?«

In diesem Moment kam John-Cody zur Tür herein. Er ließ seine Tasche auf den Boden fallen. Jonah war bereits unten am Pearl Harbour, wo sie ein Boot gefunden hatten, das sie über den See bringen würde. Bree erzählte John-Cody vom Angebot der Caldwells.

»Perfekt«, sagte er. »Dort wird es dir bestimmt gefallen.« Er lächelte sie an. In seinen Augen erkannte Bree jedoch einen traurigen Ausdruck. Sie runzelte die Stirn. Dann ging sie zu ihm, schlang ihre Arme um seine Taille und drückte ihn.

»Passen Sie gut auf meine Mum auf.«

»Mach ich. Du brauchst dir keine Sorgen zu machen. Außerdem sind ja noch Jonah und Tom an Bord. Sie ist also in den besten Händen.«

»Nein.« Bree hielt ihn auf Armeslänge von sich und sah ihm in die Augen. »Ich meinte, dass *Sie* auf sie aufpassen sollen. Ich vertraue Ihnen, John-Cody.«

John-Cody legte seine Hand auf ihre Schulter, dann hob er sie hoch. Bree warf ihre Arme um seinen Nacken. Er drückte sie fest an sich, schloss die Augen und gab ihr einen Kuss.

»Take it easy, Breezy.«

»Five high, Captain Bligh.«

John-Cody sah jetzt Libby an. »Wir sehen uns also demnächst unten in Bluff. Tom weiß, wo das Boot liegt.«

»Am Donnerstag.«

»Richtig.« Wieder sah er Bree an. »Kümmere dich bitte um Sierra.« Dann schlang er den Riemen seiner Tasche um die Schulter und verließ das Haus. Bree stand in der offenen Tür und sah ihm hinterher, bis er, ohne sich noch einmal umzudrehen, um die Ecke verschwunden war.

Nehemiah Pole war auf einem seiner Langustenboote, als John-Cody und Jonah am Kai der *Korimako* aus dem Bus stiegen. Er stand gerade an Deck und rauchte einen schwarzen Stumpen, seinen Skipper und seinen Maat hinter ihm. Jonah nickte ihm kurz zu und ging zur *Korimako* hinunter, wo er sofort im Maschinenraum verschwand. John-Cody ging langsamer, genoss den Blick auf den Sund und den hohen Mt. George und freute sich über den vielstimmigen Vogelgesang, der plötzlich aus dem Busch erklang. Pole beobachtete ihn. »Ich habe gehört, dass du in den Süden fährst«, rief er.

John-Cody nickte.

»Sei bloß vorsichtig da unten.«

»Ach, sieh an, du machst dir also Sorgen um mich?«

Pole zuckte mit den Schultern. »Du kannst es mir glauben – ich war es nicht, Gib.«

»Natürlich warst du es, Ned.«

»Jedenfalls habe ich nicht das getan, was du von mir denkst.«

Jonah stand an der Tür des Ruderhauses und wischte sich mit einem Lappen Schmieröl von den Fingern. John-Cody ging nach drinnen.

»Worum ging es denn da gerade?«, fragte Jonah ihn.

»Mach die Leinen los, Jonah.«

»Boss?«

»Lass uns ablegen.«

Jonah drehte den Zündschlüssel um, und der Gardner unter ihren Füßen erwachte dröhnend zum Leben. Vertraute Vibrationen liefen durch das Schott und das Stahldeck. John-Cody kannte jedes Beben, jede Veränderung in der Bewegung und im Ton. Er sah Jonah zu, der achtern ablegte, dann ließ er die Vorspring los, und sie fuhren unter Maschine nach Deep Cove. Er ging wieder an Deck hinaus, dann nach achtern und lehnte sich ans Heckwerk. Von dort sah er zu, wie der schwarze Steg kleiner und kleiner wurde. Pole stand wie eine Galionsfigur am Bug seines Bootes.

Libby wartete auf Tom, der sie mit dem Pick-up abholte. Sie war bereit, alles war gepackt. Ihre Computerausrüstung, die Hydrofone und die Unterwasserkameras hatte sie in Aluminiumkisten verstaut. Als Tom aus dem Wagen stieg und ihren Berg von Gepäck sah, kratzte er sich am Kopf.

»Wollen Sie einen Kinofilm drehen?«, brummte er.

Sie fuhren die landschaftlich außergewöhnlich reizvolle Strecke über Tuatapere nach Invercargill, wo sie Bree und Sierra bei den Caldwells absetzten. Bree drückte ihre Mutter zum Abschied und gab Tom einen flüchtigen Kuss auf die Wange, dann rannte sie mit Sierra los, um Hunter zu suchen. Nachdem Libby mit den Caldwells die Einzelheiten für den Funkkontakt besprochen hatte, stieg sie wieder in den Pick-up. In diesem Moment kamen Bree und Hunter, zu zweit und ohne Sattel, auf seinem Pony über den Hof geritten.

Hunter trieb das Pferd zum Arbeitsgalopp an, um den Wagen auf dem Weg zur Straße ein Stück zu begleiten.

»Bree ist ein wirklich tolles Mädchen, Libby«, sagte Tom, als sie nach Süden fuhren.

»Es gefällt ihr hier in Neuseeland richtig gut, Tom.«

»Natürlich.« Tom zeigte auf die weite, hügelige Landschaft.

»Wer kommt schon auf die Idee, irgendwo anders leben zu wollen?«

Libby folgte seinem ausgestreckten Arm mit ihrem Blick und nickte. »Wissen Sie«, sagte sie. »Ich habe in meinem ganzen Leben noch nie lange an einem Ort gelebt. Aber ich könnte mir durchaus vorstellen, für immer hier zu bleiben.«

Sie fuhren durch die sanfte Hügellandschaft, über den Blackmount und weiter in Richtung Clifden und Tuatapere. Sie hatten es nicht eilig, und Tom wollte ihr unbedingt den Küstenabschnitt zwischen Te Waewae und Riverton zeigen, bevor sie, von Westen kommend, nach Invercargill fuhren.

»Bitte erzählen Sie mir, was mich im Südpazifik erwartet, Tom«, bat Libby ihn.

Tom antwortete ihr nicht sofort: Er hielt mit einer Hand das Lenkrad und starrte durch die Windschutzscheibe. »Das kommt drauf an. Wenn wir ein gutes Wetterfenster erwischen, wird die Fahrt angenehm. Falls nicht, wird Gib, je nachdem, wie schlimm es wird, vor Steward Island eine Weile Schutz suchen.«

»Kann es tatsächlich so schlimm werden?«

»O ja. Bei starkem Südwestwind hat es überhaupt keinen Sinn, auch nur den Anker zu lichten. Man würde nur Löcher in große Wellen stanzen, ohne von der Stelle zu kommen. In so einem Fall wartet man am besten, bis der Wind sich legt oder dreht.«

»Werden wir segeln?«

»Wir werden sowohl unter Maschine wie auch unter Segel fahren. Die Maschinen werden aber so gut wie immer laufen. Die Segel tragen zur Stabilität bei.«

Sie nickte. »Wie sind die Auckland-Inseln?«

Tom holte tief Luft. »Unbewohnt und wild. Dort unten beginnen die ›wütenden Fünfziger‹, Lib, da ist alles möglich. Gib weiß über diese Gegend mehr als die meisten Skipper. Sie sollten also besser ihn fragen. Ich weiß nur, dass vor diesen Inseln jede Menge Schiffe gesunken sind, vor allem im neunzehnten Jahrhundert, als es hier unten nur Segelschiffe gab. Sie kamen nicht mehr aus den Kanälen heraus und wurden schließlich an den Felsen zerschmettert.

Die Klippen im Westen der Hauptinsel sind besonders tückisch. Um Port Ross herum ist es ähnlich, und die Südspitze von Adams Island ist das letzte Stück Land. Danach kommt nur noch das Packeis der Antarktis. Der Wind heult dort, wie Sie es noch nie gehört haben. Wie ein Rudel verlorener Wölfe. Er ist immer da. Wenn Sie einschlafen. Wenn Sie aufwachen. Er ist immer da.« Er hielt inne und sah sie an. »Auf Enderby Island spukt es. Gib und ich haben einmal eine Schriftstellerin zu dieser Insel gefahren. Sie schrieb gerade ein Buch über die *Invercauld*, ein Schiff, das in einem fürchterlichen Sturm an den westlichen Klippen zerschellt ist. Es war entsetzlich: Diejenigen, die es ans Ufer schafften, saßen schutzlos auf den Klippen fest.«

»Wann war das?«

»1864. Im selben Jahr hat ein paar Monate vorher bereits ein anderes Schiff Schiffbruch erlitten. Die *Grafton*, ihr Kapitän hieß Musgrave.«

»John-Cody hat mir davon erzählt.«

Tom nickte. »Die Mannschaft der *Grafton* hatte mehr Glück als die der *Invercauld*. Sie lief in Carnley Harbour, der die Hauptinseln von Adams trennt, auf Grund. Dort ist das Wasser ziemlich seicht. Fünf Männer schafften es, sich ans Ufer zu retten: Musgrave, ein Franzose und drei Seeleute. Sie erlitten am dritten Januar Schiffbruch und wurden erst am 22. August des folgenden Jahres gerettet. Sie mussten also zwanzig Monate auf den Inseln verbringen.« Er hielt inne und verzog das Gesicht. »*Ich bemühe mich, meine Hände so viel wie möglich zu beschäftigen, um diese traurigen Gefühle zu vertreiben, aber das erweist sich als absolut unmöglich, und die Melancholie ergreift Besitz von mir.* Das hat Musgrave in sein Tagebuch geschrieben.«

Libby spürte, wie ihr ein Schauer über den Rücken lief. »Aber er wurde gerettet.«

Tom nickte. Sein Gesicht war jetzt plötzlich schmal und grau. »Das wurde er, die Mannschaft der *Invercauld* hatte jedoch, wie ich schon sagte, weniger Glück. Sie kenterte am 14. Mai. Neunzehn Seeleute schafften es lebend ans Ufer. Als sie über ein Jahr später gerettet wurden, waren nur noch drei von ihnen am Leben. Eines der Mannschaftsmitglieder war der Urgroßvater der Autorin, die wir dorthin gebracht haben. Einhundertfünfzig Jahre später hat sie da nach ihrer Geschichte gesucht.«

»Hat sie sie gefunden?«

»Sie hat das Tagebuch des alten Mannes gefunden.« Er sah sie an. »Sie hat auch eine Nacht auf Enderby Island verbracht. Am nächsten Morgen sah sie im Nebel neun Männer, die sie anstarrten. Sie sprachen kein Wort, sie standen einfach nur da und sahen sie an, und sie trugen die Kleidung von Seeleuten des neunzehnten Jahrhunderts.« Er hielt wieder inne. »Zuerst war ihr nicht klar, was sie sah: Die Männer waren so reglos und still, dass sie ihr selbst wie Nebel vorkamen. Dann tat einer von ihnen einen Schritt auf sie zu, blieb aber wieder stehen. Schließlich verschwanden sie vor ihren Augen einfach im Nebel.«

18

Libby und Tom quartierten sich in einem Motel im Zentrum von Invercargill ein, dann machten sie sich auf den Weg nach Bluff Cove, um nachzusehen, ob die *Korimako* schon eingetroffen war. Tom fuhr an der neuen Aluminiumhütte in der Nähe des Hafens vorbei. Ein riesiges Fabrikschiff aus Skandinavien löschte gerade seine Ladung. Libby starrte den turmhohen Aufbau an, während sie an Lagerhäusern und überdachten Trockendocks vorbeifuhren, wo Schiffe jeder Art und Größe einen neuen Anstrich erhielten. Die *Korimako* hatte man an einem hohen, hölzernen Steg vertäut, auf dem eine Reihe von Verladekörben angebracht war. Als sie den Wagen abstellten, sah Libby Jonah an Deck stehen. Er winkte ihnen zu.

Das Boot schien tiefer im Wasser zu liegen als sonst, die handgemalten Glockenvögel am Bug befanden sich jedoch wie immer oberhalb der Wasserlinie. Libby sah das Boot verblüfft an, ohne nachvollziehen zu können, weshalb es so anders aussah.

Tom stupste sie an und lächelte. »Das Boot liegt nicht tiefer im Wasser. Es ist der Kai. Er ist sehr hoch.«

John-Cody kam gerade auf der Steuerbordseite aus dem Ruderhaus. Er hielt den Stummel einer Selbstgedrehten in der Hand. Libby sah ihn an: Ihr war aufgefallen, dass er in letzter Zeit viel mehr rauchte. Er sah auch irgendwie grau und fahl aus. Ein Ausdruck tiefer Müdigkeit, einer Müdigkeit, die nicht nur durch kurzfristige körperliche Erschöpfung verursacht wurde, lag auf seinem Gesicht. Irgendetwas an seinem Verhalten beunruhigte sie zutiefst: Seit dem Gespräch mit Ned Pole hatte er sich verändert.

»Hi«, sagte sie, als sie an Deck kletterte.

»Hat mit Bree alles geklappt?«

»Ja prima, danke.«

John-Cody sah zu Tom hinauf, der am Kai wartete. »Habt ihr eure Ausrüstung dabei?«

Tom nickte. »Aye, und zwar eine ganze Menge.«

»Das meiste davon gehört mir«, sagte Libby.

»Kein Problem: Wir sind ja nur zu viert. Sie können das, was Sie am dringendsten brauchen, neben dem Kartentisch verstauen, aber achten Sie darauf, dass der Durchgang frei bleibt. Den Rest können Sie in den vorderen Kabinen unterbringen. Legen Sie die Sachen aber auf den Boden oder in die unteren Kojen. Wenn wir nach Süden kommen, wird das Wetter wahrscheinlich ziemlich interessant.«

»Hast du den Wetterbericht für die nächsten Tage?«, fragte Tom ihn.

John-Cody nickte. »Im Augenblick kommt der Wind aus Nordnordost, und das wird die nächsten vierundzwanzig Stunden so bleiben. Dann wird er allmählich auf West drehen und nachlassen. Wenn wir morgen früh losfahren, dürfte es im Lauf der folgenden sechsunddreißig Stunden keine Probleme geben. So lange wird unsere Fahrt zu den Auckland-Inseln auch dauern.«

»Ist das schnell?«, fragte Libby.

»Bis zu den Auckland-Inseln sind es ungefähr vierhundertsechzig Kilometer, Lib. Sechsunddreißig Stunden bei siebeneinhalb Knoten, das wäre sogar sehr schnell.« John-Cody hielt sich an einem der hölzernen Pfosten fest und zog sich zum Kai herauf. »Dann wollen wir uns mal die Ausrüstung ansehen.«

Zu viert trugen sie die teuren Geräte, die Libby sich im Laufe der Jahre zugelegt hatte, zum Boot und stapelten sie an Deck der *Korimako*. Dann half Jonah ihr dabei, einen Teil der Sachen zu den vorderen Kabinen zu tragen, den Rest verstaute Libby neben dem Kartentisch.

Am späteren Nachmittag fuhren sie mit dem Boot um den Kai herum, um das Schiff aufzutanken. Es dauerte über eine halbe Stunde, bis die Tanks voll waren. Libby sah zu, wie sich die Zeiger der Tankuhr im Kreis drehten.

»Wird der Sprit reichen?«, fragte sie Tom.

»Auf jeden Fall. Selbst wenn es unangenehm werden sollte.« Er lächelte sie an. »Für eine erfolgreiche Fahrt in die subantarktischen Gewässer ist die Vorbereitung von entscheidender Bedeutung.«

John-Cody brütete gerade über den Seekarten, die er auf dem Kartentisch ausgebreitet hatte. Er ließ seinen Blick über eine Karte wandern, auf der die Südspitze Neuseelands und südlich davon die Auckland- und Campbell-Inseln verzeichnet waren. Die Karte umfasste also ein Gebiet vom 46. bis zum 56. Breitengrad. Er hatte alle Wegpunkte im Kopf und würde sie, nachdem sie losgefahren waren, ins GPS eingeben. Manche Skipper setzten nur einen einzigen Wegpunkt, die Erfahrung hatte John-Cody jedoch gelehrt, dass man besser fuhr, wenn man die Strecke in kleinere Abschnitte aufteilte. Er und Tom hatten bei ihren bisherigen Fahrten in den Süden immer drei Wegpunkte festgelegt: Bluff Leads, Reef Shelter Point und schließlich Port Ross. Das GPS berechnete den Kurs, und solange sie nah an der Loxodrome blieben, würden sie auch dort ankommen, wo sie hinwollten.

Die *Korimako* schaukelte an ihrem Liegeplatz auf den Wellen: Als Libby aus ihrer Kabine kam und zum Kartentisch ging, musste sie sich festhalten. Da ihr Laptop bereits auf dem Tisch stand, hatte John-Cody seine Karte etwas zur Seite schieben müssen.

»Entschuldigung. Stört Sie mein Computer?«

»Nein«, sagte er. »Kein Problem.«

Sie stellte sich hinter seinen Schemel, und er nahm den Duft ihres Haares wahr. Libby sah ihm über die Schulter zu. Sie war sich seiner Nähe deutlich bewusst: Sie spürte ein Kribbeln im Bauch. Ein Zittern lief über ihre Haut. Es schien, als wären alle ihre Sinne plötzlich geschärft, als würde jede Faser ihres Körpers von diesem Mann, der da vor ihr saß, elektrisiert.

»Da wollen wir hin«, sagte er zu ihr und zeigte auf einen Punkt auf der Karte, »Wir fahren zuerst durch die Foveaux Straits und dann an Steward Island vorbei, lassen die Snares auf der Steuerbordseite liegen, und fahren schließlich genau Richtung Süden nach Port Ross.«

»Und dafür brauchen wir sechsunddreißig Stunden?«

Er nickte. »Wir werden heute im Motel übernachten und morgen bei einsetzender Ebbe auslaufen.«

»Warum bleiben wir heute Nacht nicht einfach auf dem Boot?«

John-Cody lächelte sie an. »Weil mein Zimmer im Motel einen Jacuzzi und ein großes Bett hat. Ich brauche viel Schlaf, Lib. Möglicherweise muss ich die nächsten sechsunddreißig Stunden wach bleiben. Nach sieben Uhr werden Sie mich heute Abend also nicht mehr sehen.«

»Aber wir werden doch alle die Wache übernehmen.«

»Natürlich. Aber die *Korimako* ist mein Boot. Ich höre jedes Geräusch, das sie macht, deshalb ist es für mich auch so schwierig, auf See richtig tief zu schlafen.«

Er faltete die Karte zusammen und half ihr dabei, die Geräte aufzubauen, die sie unterwegs brauchen würde.

»Leiden Sie eigentlich unter Seekrankheit?«

»Nein, damit hatte ich noch nie Probleme.«

»Gut, es könnte nämlich eine ziemlich raue Fahrt werden.«

»Das sagt mir jeder.« Sie erzählte ihm, was sie von Tom erfahren hatte.

»Die *Invercauld*, hm, das ist nur eines von vielen gestrandeten Schiffen, bevor man ordentliche Maschinen gebaut hat.« Er stampfte mit dem Fuß auf das mit Teppich ausgelegte Deck. »Sie brauchen sich keine Sorgen zu machen, dass wir Schiffbruch erleiden könnten. Das steht nicht auf dem Plan. Die See dort unten kann allerdings höllisch rau sein. Wenn es wirklich schlimm wird, dann empfehle ich Ihnen, in Ihrer Koje zu bleiben und sich anzuschnallen.«

In dieser Nacht schlief Libby schlecht: Das Zimmer war zwar komfortabel, ging aber zur Hauptstraße hinaus, auf der viel Verkehr herrschte. Libby, inzwischen durch die Ruhe in der Supper Cove verwöhnt, wälzte sich unruhig in ihrem Bett hin und her. Schließlich stand sie auf, um sich einen Tee zu machen. Sie dachte an John-Cody, der nebenan schlief, und daran, wie still er in letzter Zeit war. Sie fragte sich wieder, was ihn so plötzlich bewogen haben mochte, nach Süden zu fahren. Für sie stellte diese Entscheidung zwar eine fantastische Gelegenheit dar, nichtsdestotrotz war sie völlig überraschend gekommen. Sie freute sich, dass Tom und Jonah mit von der Partie waren: Jonah sorgte stets für gute Laune, und Tom hatte etwas an sich, das einem unbedingte Zuversicht vermittelte. Jetzt brauchte sie jedoch ihren Schlaf, denn sie hatte während der Fahrt nach Süden jede Menge Vorbereitungen zu treffen. Bevor sie das Gebiet erreichten, in dem sich die Delfine oft aufhielten, mussten ihre Hydrofone aufnahmebereit sein. Sie mussten kalibriert und mit dem Computer vernetzt werden, außerdem überlegte sie, ob sie auch die Unterwasservideokamera installieren sollte. Libby wusste nur zu gut, dass Seekrankheit und Erschöpfung Hand in Hand gingen, und mit diesem Gedanken im Kopf schlief sie schließlich ein.

Am nächsten Morgen klopfte Tom an ihre Zimmertür, um sie zu wecken. Er sagte ihr, dass alle anderen bereits aufgestanden seien und der Motelbesitzer sie zu den Docks fahren würde. Das Frühstück würden sie an Bord einnehmen, Libby brauchte sich also nur noch zu duschen und ihre Tasche zu packen.

Während sie sich die Haare trocknete, sah sie Tom und Jonah draußen auf dem Parkplatz stehen. Plötzlich packte sie die Begeisterung. Das hier war ein wirkliches Abenteuer. Und an dessen Ende wartete möglicherweise eine neue Schule von Großen Tümmlern und, falls das, was John-Cody gesagt hatte, stimmte, sogar eine Gruppe von Südkapern auf sie.

Sie ging hinaus auf den Parkplatz und stellte ihre Tasche auf die Ladefläche von Toms Pick-up, dann quetschte sie sich zwischen Jonah und John-Cody auf die hintere Sitzbank. Tom saß am Steuer, neben ihm der Motelbesitzer, der den Pick-up später zurückfahren würde. Alle waren in erwartungsvoller Stimmung. Jonah war noch besser gelaunt als sonst: Er kannte die subantarktischen Gewässer noch nicht und empfand dieselbe Vorfreude wie Libby. Die beiden lachten und scherzten auf dem Rücksitz. John-Cody hingegen saß still neben ihr und starrte mit verkniffenen Augen in die Landschaft hinaus, die an ihnen vorbeihuschte. Er konnte die Ausweisung in seiner Jeanstasche nicht vergessen.

Am Boot angekommen, luden sie die letzten Teile der Ausrüstung und den Proviant ein. Jonah übernahm die Pantry, verstaute die Vorräte und räumte den Kühlschrank ein. Er bat Libby, Milch, Brot und Gebäck in die Kühltruhe unter Deck zu legen. Jonah hatte Tom die Gefrierkoje mit dem Argument vor der Nase weggeschnappt, dass dieser viel zu alt sei, die eine Stufe hinaufzusteigen, die man dort

hochklettern musste. Tom entschied sich darauf für die Bibliothekskoje gegenüber der Heizung. Dort stellte er seine Taschen auf dem
Boden ab. Dann legte er seine Wetterkleidung bereit, so dass er sie,
falls nötig, sofort zur Hand hatte.

Zehn Minuten später nahm John-Cody das Mikrofon des UKW-
Funkgeräts in die Hand. »Bluff Radio, hier spricht die *Korimako*.
Erbitte Erlaubnis, den Hafen zu verlassen. Bitte kommen!«

Die Stimme einer Frau kam über den Äther. »Hier ist Bluff Radio.
Schalten Sie auf Kanal 14.«

»Verstanden, Mary.« Er wechselte den Kanal. »*Korimako* erbit-
tet nochmals die Erlaubnis, den Hafen zu verlassen.«

»Erlaubnis erteilt, Gib. Wir werden heute Abend noch einmal
Kontakt mit Ihnen aufnehmen.«

»Verstanden. *Korimako* over and out.« Er hängte das Mikrofon
wieder ein, schaltete den Autopiloten an und widmete seine Aufmerksamkeit dem GPS. Libby kniete auf dem Sitz vor den vorderen
Fenstern und sah zu, wie er die Wegpunkte eingab. Er nahm seine
wollene Seemannsmütze von ihrem Platz über dem Kompass und
setzte sie auf.

»Jetzt sehen Sie wirklich wie ein richtiger Seebär aus«, sagte sie
zu ihm.

Er lächelte sie kurz an, zog seine Wetterkleidung über und schob
die Backbordtür auf. Er ging an der Reling entlang und überprüfte
die Verankerung der Tauchflaschen. Dann kontrollierte er sowohl auf
der Backbord- als auch auf der Steuerbordseite die Aluabdeckung, die
sie an den Seitenfenstern angebracht hatten. Tom schrubbte noch einmal das Deck. Er steckte den Schlauch durch eines der Speigatten,
während John-Cody die Segelleine anholte und den Klüver hisste.
Libby beobachtete ihn, sah, wie sich das Segel von der Trommel an
der Luvspiere abwickelte und musste dabei unwillkürlich an das denken, was Ned Pole gesagt hatte. John-Cody arbeitete schnell und rou-
tiniert, sicherte die Segelleine an der Winsch und setzte den Kurs fest,
den sie den ganzen Weg nach Süden beibehalten würden. Libby beobachtete ihn durch die Vorderfenster: Sie beobachtete auch Tom und
stellte sich vor, wie die beiden vor so vielen Jahren zusammen als
Fischer gearbeitet hatten.

Jonah bereitete zwischenzeitlich Specksandwiches zu, die er unter dem Grill toastete, bevor die Wellen zu heftig wurden und die Küche sturmsicher gemacht werden musste. Er hatte bereits einen Korb voller Brote und kalter Pizza bereit gestellt: Es gab Obst im Überfluss, die Trinkwassertanks waren voll bis zum Rand. Jonah sang bei der Arbeit Maori-Lieder. Das Stampfen unter ihren Füßen verstärkte sich zusehends, als sie auf Steward Island zuhielten. Nächster Halt: subantarktische Gewässer, dachte Libby, und wenn wir Glück haben, eine Bucht voller Wale.

Noch bevor sie Steward Island hinter sich gelassen hatten, zog der Himmel zu. Dunkle, zornige Wolken senkten sich im Westen und Osten auf den Horizont, während vor ihnen eine graue Wand auf die ebenso düstere See traf. Als sie die Meeresstraße durchquerten, erreichte die Dünung eine Höhe von drei Metern. Libby stand neben der Steuerbordtür und verlagerte ihr Gewicht im Rhythmus des schlingernden Bootes von einem Bein aufs andere. John-Cody stand auf der Brücke. Die Arme vor der Brust verschränkt, die Mütze auf dem Kopf und die Ärmel seines Pullovers bis zum Ellbogen nach oben gekrempelt, starrte er auf die See hinaus. Sein Gesicht war zerfurcht, und seine Haut hatte dieselbe graue Farbe, die Libby schon tags zuvor bemerkt hatte.

»Alles o.k., Boss?«, fragte sie ihn.

Er sah sie an. »Mir geht es gut. Und Ihnen?«

»Auch.«

»Falls Sie arbeiten wollen, lassen Sie sich von uns nicht abhalten. Der Kartentisch gehört Ihnen.«

»Danke. Aber ich werde noch ein Weilchen hier oben bleiben.«

John-Cody ging nach achtern und setzte sich in die Persenning-kajüte, um eine Zigarette zu rauchen. Libby beobachtete ihn. Ihr war ein wenig übel: Normalerweise wurde sie nicht seekrank, doch die *Korimako* war ein relativ kleines Boot und die See rauer, als sie das jemals erlebt hatte. Große Wellen spülten schon jetzt über den Bugspriet und überfluteten das weiße Stahldeck, bevor das Wasser durch die Speigatten wieder abfloss. Das Boot stürzte nach jeder Welle in ein tiefes, schäumendes Tal hinab, bevor es wieder hochkam, um die nächste anzugehen.

Sie ging unter Deck und schaltete ihren Computer ein. Sie spürte einen kühlen Luftzug, als die Ruderhaustür oben geöffnet wurde, dann hörte sie, wie John-Cody Tom zurief, die Heizung anzustellen. Sie startete das Programm zur Geräuschidentifizierung, das sie schon im Dusky Sound eingesetzt hatte. Leider hatte es keine Ergebnisse geliefert, die Poles Genehmigung verhindern konnten. Sie lehnte sich auf dem Plastikdrehstuhl zurück und presste ihre Fäuste auf die Oberschenkel. John-Cody kam hinter ihr die Stufen herunter und ging kurz in seine Kabine. Er kam mit einem Buch wieder heraus und band den Vorhang zurück, damit sich nicht noch mehr Kondenswasser in der Kabine sammelte. Dann öffnete er die Tür zu Libbys Kabine und arretierte sie ebenfalls. Sie drehte sich auf ihrem Stuhl herum und sah ihn mit geneigtem Kopf an, um den Titel des Buchs zu entziffern.

»Das ist nur Schund«, sagte er. »Aber so geht wenigstens die Zeit vorbei.« Er sah an ihr vorbei auf den Bildschirm. »Sie arbeiten also immer noch dran?«

Sie nickte. »Aber ich bekomme einfach keine Ergebnisse. Genauer gesagt, ich bekomme schon welche, aber nicht so schnell wie nötig.«

»Pole.«

Sie nickte.

»Ich erwarte auch nicht das Unmögliche.«

Sie sah ihn aus halb geschlossenen Augen an. »So einen Satz habe ich von Ihnen eigentlich nicht erwartet.«

Er schwieg.

»Korrigieren Sie mich, aber höre ich da eine Spur Resignation?«

»Realismus, nicht Resignation.«

»Sie glauben also nicht, dass Sie bei der Verhandlung Erfolg haben werden?«

Er zog eine Grimasse. »Ich weiß nicht einmal, wann sie stattfinden wird.«

Er ging nach oben, wo er es sich auf der Sitzbank hinter dem Tisch bequem machte und versuchte, sich in dem billigen Krimi zu vergraben, den er in Invercargill gekauft hatte. Jonah hatte die Pantry schon vor längerer Zeit gesichert und das Gas abgestellt. Um Tee und

Kaffee zu machen, benutzten sie jetzt den Wasserkocher. Tom trank eine Mischung aus Teebaumöl und heißem Wasser, die die Nerven beruhigen sollte: Nicht dass er unter großer Nervosität zu leiden gehabt hätte. Mit etwas Honig gesüßt, schmeckte ihm dieses Gebräu jedoch vorzüglich, und was für Captain Cook gut genug war, konnte ihm ja wohl nicht schaden.

Der Tag schleppte sich dahin, Stunde um Stunde, begleitet vom ständigen Auf und Ab der Wellen. Libby ging wieder nach oben und stellte sich an ihren Lieblingsplatz neben der Steuerbordtür, wo sie durch die gischtbespritzten Vorderfenster, durch die man wegen des Plexiglases bereits nur mehr wenig klare Sicht hatte, die blasser werdende Horizontlinie betrachtete. Dann entdeckte sie einen Gibson's Albatross, der mit dem Luftstrom in die Wellentäler hinabsegelte und wieder aufstieg. Er flog allein, und er brauchte keinen einzigen Flügelschlag zu machen, als er, geschickt den Wind ausnutzend, immer wieder zwischen den Wellen verschwand und dann wieder auftauchte, gerade noch in der Nähe des Bootes und wenige Augenblicke später schon weit entfernt.

Die Dünung wurde noch stärker, als sie Steward Island hinter sich ließen und die Strömungen des Südpazifiks einsetzten. John-Cody erklärte ihr, dass sie erst südlich der Snares ihre Kraft richtig entfalten würden, dass sie sie aber bereits jetzt spüren konnten. Der Wind kam noch immer aus Norden und traf sie direkt am Heck, so dass die *Korimako* schlecht luvte und John-Cody überlegte, den Klüver wieder einzuholen. Genau in dem Augenblick, in dem er sich dazu entschloss, drehte der Wind jedoch, und das Segel blähte sich voll auf.

Als es dunkel wurde, ging er nach unten und legte sich in seine Kabine. Es war abgesprochen, dass jeder von ihnen eine zweistündige Wache übernehmen sollte, damit sie jeweils sechs Stunden am Stück schlafen konnten. John-Cody schloss die Augen und schlief sofort ein. Das war höchst selten der Fall, aber es hatte ihn eine Art von Müdigkeit überfallen, wie er sie seit den ersten Tagen nach Mahinas Tod nicht mehr gespürt hatte. Außerdem war er mit Tom an Bord wesentlich entspannter. Tom war vermutlich sogar der bessere Skipper von ihnen, obwohl er auf weniger Erfahrung in der Subantarktis zurückgreifen konnte als er selbst. Er hatte jedoch fast alle Meere befahren und verfügte außerdem über ein ungeheures theoretisches Wissen. Tom war es jetzt auch, der die erste Wache übernahm.

Libby leistete ihm anfangs Gesellschaft. Im Salon war es wegen der Aluminiumbleche dunkel, die Luftfeuchtigkeit sehr hoch. Er erzählte ihr Geschichten aus der Zeit, als er noch vor der Banks Peninsula gefischt hatte. Einmal hatte er plötzlich ein Schiff namens *Jailer* im Nebel auftauchen sehen. Es war Freitag, der 13. Mai, gewesen. Der Tag war bitterkalt. Er fuhr als jüngstes Mitglied einer Mannschaft von sieben Seeleuten auf einem Trawler, und er hatte gerade Wache, als plötzlich dieses Schiff auftauchte. Es segelte nah, viel zu nah, an ihnen vorbei. Richtig nervös machte ihn jedoch die Tatsache, dass er es auf dem Radarschirm nicht gesehen hatte. Er rannte hinaus an Deck, rief den Matrosen, die auf dem Deck des anderen Schiffs arbeiteten und den Beinahezusammenstoß nicht einmal bemerkt zu haben schienen, ein paar unfreundliche Bemerkungen zu. Sie ignorierten ihn jedoch, und die beiden Schiffe entfernten sich wieder voneinander. Dann verschwand die *Jailer* im Nebel.

Zwei Wochen später legten sie in ihrem Heimathafen an. Er saß an der Bar, trank ein Bier und las gerade eine alte Ausgabe der Otago Times. Er verschluckte sich und bekam eine Gänsehaut, als er las, dass die *Jailer* am Dienstag, den 10. Mai, mit Mann und Maus gesunken war.

Libby schwieg, nachdem Tom ihr die Geschichte erzählt hatte. Sie beobachtete seine von Fältchen umgebenen Augen, die das Geisterschiff wieder vor sich sahen.

»Sie dürfen den Radarschirm nachts nie aus den Augen lassen«, schärfte er ihr noch einmal ein, bevor sie nach unten ging. »Und beobachten Sie den Horizont. Der Himmel ist immer ein wenig heller als die See. Beobachten Sie das Radar und den Horizont, und machen Sie die Tür auf, wenn Sie nicht genug sehen können.«

Libby ging zu ihrer Kabine hinunter. Da sie die vergangene Nacht so schlecht geschlafen hatte und auch wegen des ständigen Schlingerns des Bootes, war sie mit einem Mal sehr müde. Der Dieselmotor brummte in ihren Ohren, hin und wieder akzentuiert durch das

Klatschen der Wellen gegen den stählernen Rumpf des Schiffes. In John-Codys Kabine brannte kein Licht. Er lag, ihr das Gesicht zugewandt, in seiner Koje. Die Augen hatte er geschlossen, ein Arm hing über die Bettkante. Seine Jeans lagen zerknüllt auf dem Boden, daneben sein Pullover. Sie konnte sehen, dass er sein T-Shirt anhatte. Sie stand einen Moment da und betrachtete ihn im matten Lichtschein der Brücke. Der Rand seiner Koje war mit Kissen gepolstert, da in den Doppelkojen keine Sicherungsgurte angebracht waren. Sein Gesicht sah sehr mitgenommen aus, und wieder fragte sie sich, was geschehen war. Irgendetwas war passiert, aber da er es ihr nicht sagte, wollte sie ihn auch nicht danach fragen. Sie warf einen Blick zum Kartentisch, wo seine Aktentasche stand, fest verschlossen. Sie war aus Leder und sehr alt, eine Mappe, wie sie normalerweise Collegedozenten mit sich herumtrugen. Sie sah ihn wieder an. Jetzt bedeckte ein Schatten sein Gesicht, so dass sie seine Augen nicht mehr erkennen konnte. Sie verspürte das heftige Verlangen, dieses Gesicht zu berühren und es zärtlich zu küssen.

Noch erstaunt über ihre Gefühle, ging sie in ihre Kabine. Plötzlich war sie sehr verlegen. Hatte er sie eben nicht doch beobachtet? Er rührte sich jedoch nicht. Die einzigen Geräusche waren das monotone Brummen des Motors und das Rauschen der See. Sie ließ ihre Tür offen stehen, schälte sich aus ihren Sachen und setzte sich auf die Koje. Das Boot schlingerte plötzlich so heftig, dass sie fast herabgefallen wäre. Als Nächstes bemerkte sie John-Cody, der in Unterhose und T-Shirt auf der Brücke stand. Libby ging zum Fuß des Niedergangs und hörte, wie Tom ihm versicherte, alles sei in bester Ordnung. Die Strömung hätte gewechselt, mehr nicht.

Libby sah die Silhouetten der beiden Männer vor dem Vorderfenster. John-Cody war groß und hielt sich sehr gerade, die Konturen seiner Beinmuskeln zeichneten sich deutlich ab. Sie ertappte sich dabei, wie sie ihren Blick an diesen Beinen entlangwandern ließ. Wieder summte ihr Körper vor Verlangen. Sie ging in ihre Kabine zurück und schob gerade ihre nackten Beine unter die Bettdecke, als John-Cody leise den Niedergang herunterkam.

»Alles o.k., Lib?« Er blieb in der Tür stehen, während sie sich weiter zudeckte.

»Ja.«

»Ist Ihnen schlecht?«

»Nein.«

»Prima.«

Sie hörte, wie er wieder in seine Koje kletterte, und binnen Sekunden war alles wieder wie zuvor. Nur noch das Brummen der Maschine und das Rauschen der Wellen. Im Gegensatz zu John-Cody lag sie in ihrer Koje mit dem Kopf zum Heck, was ihr bequemer schien. Sie hatte jedoch noch nie in ihrem Leben so gelegen, dass die Wellen von der Seite auftrafen. Zu ihrer Überraschung empfand sie die heftige Dünung nun als ziemlich beruhigend. Sie lag auf dem Rücken, rollte im Rhythmus der Wellenbewegungen hin und her, manchmal mit solchem Schwung, dass sie sich um ihre Körperachse drehte. Der Schlaf forderte jedoch nachdrücklich sein Recht, und ihr fielen bald die Augen zu. Das Nächste, was sie wahrnahm, war John-Cody, der sie wachrüttelte.

»An Deck, Seemann.« Er verschwand nach oben. Libby setzte sich auf, rieb sich die Augen und sah auf die Leuchtzeiger ihrer Taucheruhr. Es war kurz vor Mitternacht. Sie hatte also fast vier Stunden geschlafen. Tom war um zehn von John-Cody abgelöst worden, der die letzte Wache gehalten hatte. Sie sollte Jonah um zwei Uhr wecken, danach konnte sie bis acht schlafen. Sie setzte einen Fuß auf den Boden, mit dem anderen stütze sie sich an der Wand zu John-Codys Kabine ab, während sie einen Pullover über den Kopf zog.

Im Salon war alles ruhig. Als einzige Beleuchtung brannte die Lampe über dem Herd; der grüne Bildschirm des Radargeräts leuchtete. Neben der Steuerbordtür glühte das GPS in matten weißen Linien, die wie blasses Mondlicht aussahen.

John-Cody goss gerade kochendes Wasser in zwei Becher, in denen Teebeutel hingen, und reichte ihr einen. Sie verschüttete den Tee fast, als das Boot plötzlich einen Satz machte.

»Stellen Sie ihn am besten dort zwischen das Radar und den Autopiloten.« John-Cody zeigte auf die Stelle, wo er normalerweise seinen abstellte. »Ich gehe jetzt nach unten«, sagte er. »Sie brauchen nichts anderes zu tun, als ein wachsames Auge auf die Instrumente zu haben.« Er tippte auf den Radarschirm. »Diese Ringe hier auf dem Bildschirm stehen jeweils für eine Entfernung von einer Achtel-meile. Sie haben also genügend Zeit, andere Schiffe zu warnen.«

»Wie sieht es mit Riffen aus?«

»Zwischen hier und Port Ross gibt es keine. Das Meer ist hier hundertfünfzig Meter tief; wenn wir den Festlandsockel hinter uns lassen, fällt es sogar auf eine Tiefe von sechshundertfünfzig Metern ab.« Er deutete auf den Drehzahlmesser und die Temperatur-anzeige. »Das ist ganz einfach«, sagte er. »Die Temperatur muss immer unter vierzig Grad und die Drehzahl bei neunhundertfünfzig liegen. Fassen Sie den Gashebel nicht an, es sei denn, es ist unum-gänglich. Falls die Drehzahl unter neunhundertfünfzig fällt, holen Sie mich sofort. Wenn Sie mich wecken müssen, stellen Sie sich bitte vor meine Koje und rufen mich. Fassen Sie mich auf keinen Fall an. O.k.?«

Libby nickte. »Wie ist unsere derzeitige Position?«

Sie gingen gemeinsam zum GPS, und er zeigte auf die Loxodrome. »Lassen Sie die *Korimako* nicht mehr als eine Meile nach rechts oder links abweichen. Der Wind und die Strömung werden sie gelegent-lich vom Kurs abbringen, Sie müssen also auch das GPS im Auge behalten. Falls Sie den Kurs ändern müssen, benutzen Sie den Auto-piloten.« Er zeigte ihr die drei Einstellungen »Auto«, »Servo« und »Kompass« des Gerätes. »So, wie sie jetzt gerade fährt, ist alles in Ordnung. Aber greifen Sie ruhig ein, wenn es nötig ist.« Er lächelte sie an. »Glauben Sie, dass Sie mit den Instrumenten klarkommen?«

»Ich denke schon.«

»Braves Mädchen.« Er holte seinen Tabaksbeutel aus der Brust-tasche. »Ich gehe jetzt vor die Tür und rauche noch eine. Die *Kori-mako* gehört Ihnen.«

Libby konzentrierte sich sofort auf ihre Aufgabe. Sie überprüfte in kurzen Abständen die Anzeigen, das Radar und dann ihre Posi-tion auf der Loxodrome. Der Wind kam jetzt aus Nordwesten, also von steuerbord. John-Cody stand draußen vor der Backbordtür und rauchte seine Zigarette. Er hatte ihr den Rücken zugekehrt, der Wind zerzauste sein Haar, Gischt bespritzte seine Schuhe. Die Wel-len waren jetzt zum ersten Mal seit längerem weniger als drei Meter hoch. Libby sah zum Himmel hinauf und entdeckte zwischen den

Wolken ein paar Sterne. Der Nachmittag war grau gewesen. Es hatte sich ein Sturm angekündigt, der dann glücklicherweise doch nicht heraufgezogen war. Ihr steckte die Müdigkeit noch in den Knochen. Bei Sturm die Wache zu übernehmen, wenn permanent Wellen über das Deck spülten, hätte ihr jetzt gerade noch gefehlt.

John-Cody schaute noch einmal herein und überprüfte alles, dann ging er nach unten und verschwand in seiner Kabine. Libby hatte gehofft, er würde noch bleiben, aber das tat er nicht. Ob es nun an seiner Erschöpfung lag, oder ob dies ein weiteres Anzeichen seines plötzlich so distanzierten Verhaltens war, konnte sie nicht sagen. Sobald er jedoch gegangen war, befiel sie eine seltsame Einsamkeit. Sie starrte die Buglichter an, wo die Wellen den Kettenkasten überspülten und die Gischt im Lichtschein wie Diamanten funkelte.

Sie ließ den Skipperstuhl ein Stück herunter und setzte sich eine Weile hin, konnte in dieser Position aber nicht über das Armaturenbrett sehen. Es war bequemer, wenn sie sich hinstellte und sich an den Rücken des umgedrehten Sitzes lehnte. Die Quarzuhr und das Barometer, das ein Tief, also Regen, ankündigte, befanden sich in der Wand zu ihrer Linken. Libby lauschte dem beständigen Zischen und Knacken in den ansonsten stummen Lautsprechern. Das Ruderhaus knarrte und stöhnte. Holz, Metall und Plastik, all das arbeitete unter dem wechselnden Druck des Rumpfes. Jonah und Tom schliefen im Vorderschiff. Libby bückte sich, um den Niedergang hinunterzusehen. Sie stellte fest, dass die Dieselheizung ausgeschaltet war. Wieder überkam sie diese Einsamkeit.

Eine große Welle traf die *Korimako*, als sie in ein tiefes Wellental eintauchte. Gischt schoss schäumend über den Bug. Libby wurde so heftig gegen das Armaturenbrett geschleudert, dass sie sich an der Kante festhalten musste. Sie erwartete John-Cody jeden Augenblick auf der Brücke zurück; er kam jedoch nicht. Sie lächelte erleichtert, als ihr klar wurde, dass derart heftige Bewegungen offensichtlich zum ganz normalen Verhalten des Bootes gehörten. Sie stand da und machte sich auf den nächsten Ruck gefasst, dieser blieb aber aus, da die Welle sie jetzt trug. Libby nahm wieder jenen Gang an, den Tom den Südpazifik-Shuffle nannte: abwechselnd ein Bein gebeugt, ein

Bein gestreckt, immer im Rhythmus der Wellen, die das Boot einmal nach backbord, dann wieder nach steuerbord warfen. Sie spürte eine Art Druck in ihren Eingeweiden, den sie für die ersten Anzeichen von Seekrankheit hielt. Aber ihr war nicht wirklich übel, und mit der Zeit genügte schon die Verantwortung, allein Wache zu halten, dieses Gefühl aus ihrem Bewusstsein zu verdrängen.

Zwei Stunden lang bewegte sie sich wie eine Krabbe auf der Brücke hin und her, ging immer wieder vom Radarschirm zum Temperaturanzeiger und dann weiter zum Drehzahlmesser, schließlich über den Gang zum GPS. John-Cody hatte zwei dieser Geräte an Bord: Es diente gleichzeitig als Tiefenmesser, wenn er in den Fjords arbeitete, aber er schaltete immer nur eines ein. Sein Grundsatz lautete: Vorsicht und noch einmal Vorsicht. Es gab an Bord alles in zweifacher Ausführung, einschließlich der Einseitenbandfunkgeräte über dem Kartentisch. Mastantennen waren sogar drei über dem Deck installiert. Es war also höchst unwahrscheinlich, dass sie längere Zeit ohne Funkverbindung wären, und das beruhigte sie ungemein. Sie hatte am Abend vorher noch mit Bree gesprochen, die im Büro gewesen war. Sie hatten vereinbart, jeden Tag um halb fünf kurz miteinander zu reden.

Libby machte sich eine Tasse Tee und riskierte es sogar, auf der Leeseite eine halbe Zigarette zu rauchen, wurde aber von der Gischt nass. Das Salz des Meeres war dafür verantwortlich, dass sich die Schiebetüren schon wieder wesentlich schwerer öffnen ließen. Libby nahm sich vor, John-Codys Beispiel zu folgen und die Schienen am nächsten Morgen mit Spülmittel zu schmieren. Jonahs Wache sollte um zwei Uhr beginnen, aber er kam, kurz bevor sie ihn wecken wollte, mit offenem Haar und vom Schlaf verquollenem Gesicht schon den Niedergang herauf. »Eine Tasse Tee?«, fragte er sie und schaltete schon den Wasserkocher ein. »War irgendwas?«

»Nein, nichts.«

»So gefällt mir das.« Er fischte ein Sandwich aus dem Korb, wickelte es aus der Frischhaltefolie und verdrückte es mit zwei großen Bissen. Dann nahm er ein weiteres, dazu einen Apfel, und biss von beiden abwechselnd ab. Libby konnte jetzt nach unten gehen, doch sie war noch nicht müde. Außerdem war sie froh, ein wenig

Gesellschaft zu haben. Das Boot konnte trotz seiner geringen Größe und der Tatsache, dass man hier sehr eng zusammenrücken musste, ein ziemlich einsamer Ort sein. Zum Teil lag das wohl am unablässigen Brummen der Maschinen, das einem unter Deck das Gefühl vermittelte, völlig isoliert zu sein. Also blieb sie noch einige Zeit oben bei Jonah. Ihre Stimmung hellte sich zusehends auf, als er leise Musik einschaltete und hin und wieder einen Scherz machte.

Er erzählte von seinem Leben, von seiner Kindheit, während der er zusammen mit seinen Eltern und seiner älteren Schwester auf der ganzen Südinsel herumgekommen war. Sein Vater hatte alle möglichen Jobs gehabt, hatte als Fischer, Verkäufer, Vertreter und sogar als Bergarbeiter in Zentral-Otago gearbeitet. Eine Zeit lang hatten sie auch in Naseby gewohnt, wo der alte Mann jetzt lebte. Er erinnerte sich an die Sonntage, an denen alle Pubs bis auf ein einziges am Danseys Pass geschlossen hatten, in dem sich fast alle Einwohner von Naseby zur Mittagszeit trafen. Um dorthin zu gelangen, mussten sie ungefähr zwanzig Meilen weit über unbefestigte Straßen fahren. Wenn die Polizei Kontrollen fuhr, riefen die Leute im letzten Haus, das die Ordnungshüter passieren mussten, jedes Mal im Pub an, damit jedem genug Zeit blieb, die Kneipe zu verlassen, und der Wirt die Türen absperren konnte. Während ihre Eltern sich mit ihren Freunden amüsierten, blieben er, Mahina und die anderen Kinder sich selbst überlassen. Der Pass war von Bergen und von Schluchten umgeben. Tief unten hatte ein Fluss sein Bett gegraben. Im Sommer planschten sie im kühlen Wasser und spielten im Busch Verstecken. Im Winter brachten sie selbst gebaute Schlitten mit und rodelten damit, über Felsen und Baumstümpfe holpernd, die steilen Hänge hinunter.

Er sprach mit einer Zärtlichkeit von seiner Kindheit, die Libby völlig fremd war. Ihre eigene Kindheit war der von Bree sehr ähnlich gewesen. Ihre Eltern waren mit ihr auf der ganzen Welt herumgereist. Sie war sieben Jahre jünger als das jüngste ihrer Geschwister und hatte sich, schon bevor sie ins Internat kam, daran gewöhnt, allein zu sein. Aus dem Internat war sie dreimal ausgerissen, bis ihr Vater ihr die Leviten las und damit drohte, sie, wenn sie sich nicht auf ihren Hosenboden setzte und lernte, verstoßen würde, sobald sie sechzehn wurde. Aus irgendeinem Grund hatte diese Drohung, im Gegensatz zu vielen anderen, Wirkung gezeigt. Libby hatte sich von diesem Zeitpunkt an zu einer wahren Musterschülerin entwickelt. Schließlich hatte sie ihr Abitur sogar zwei Jahre früher als alle anderen gemacht.

Jonah erzählte ihr, dass Mahina schon als kleines Mädchen die Vögel an ihren Stimmen, die Bäume an ihren Samen und die Blumen an ihrem Duft erkannt hatte. Sobald sie alt genug gewesen war, ihr Dingi selbst zu steuern, überredete sie Southland Tours, es kostenlos nach Deep Cove zu bringen. Sie hatte mit den Fischern vereinbart, dass sie ihr Boot dort am Kai vertäuen durfte. Angesichts dieser Erinnerung überzog ein breites Lächeln sein Gesicht. »Sie hat immer alles durchgesetzt, was sie wollte.«

Libby sah die stille Freude der Erinnerung in seinem Gesicht. »Sie haben ihren Tod inzwischen verarbeitet«, sagte sie. »Sie sprechen voller Zärtlichkeit und Liebe von ihr.«

»Genauso habe ich sie auch in Erinnerung.« Jonah stützte sich auf seine Ellbogen und lächelte sie im Halbdunkel an. »Mahina ist gegangen, Libby. Sie hat uns an dem Tag verlassen, als John-Cody ihre Asche auf dem Meer verstreut hat.« Jetzt leuchteten seine Augen. »Sicher ist sie so schnell wie möglich in die Tiefe getaucht, um dort eine Weile mit den Delfinen zu schwimmen, bevor sie sich auf den Weg nach Norden und aufs offene Meer hinaus gemacht hat. Sie hat keine Pause eingelegt, bis sie nach Rerenga Wairua kam, den nördlichsten Punkt von Aotearoa, den die Pakeha Cape Reinga nennen. Dieser Ort ist für alle Maori tabu. Dort erst hat sie Rast gemacht: Ein letzter Blick nach Süden, dann ist sie die Landspitze hinuntergestiegen, in die Welt unserer Ahnen.« Er hielt inne. Sein Blick strahlte. »Sie wollte, dass man sie gehen lässt, sie wollte vergessen dürfen und sich nicht mehr umsehen müssen. Jetzt hat sie keine Erinnerungen mehr. Wir sind für sie nicht einmal mehr flüchtige Schatten. Sie ist gegangen und für diese Welt verloren. Jetzt tanzt sie durch die nächste.« Sein Gesicht verdüsterte sich, und er warf einen Blick über seine Schulter zum Niedergang. »Es sei denn, Gib hat sie noch nicht gehen lassen.«

Libby war plötzlich zutiefst beunruhigt. »Sie meinen, er könnte sie hier wie in einer Falle festhalten?«

»Ja. Wenn er noch an sie denkt, dann ist sie gewissermaßen hier gefangen. Sie hat ihn sehr geliebt. Das könnte sie hier halten. Deshalb hat sie ihm auch ein Jahr Zeit gegeben, über ihren Tod hinwegzukommen, genug Zeit, um loszulassen und sein Leben weiterzuleben. Dieser Mann hat noch so viele Aufgaben zu erfüllen. Er weiß mehr als jeder andere, deshalb ist er es, der zurückbleiben musste. Am Schluss wusste er über diese Gegend sogar mehr als Mahina selbst.«

»Über Fjordland?«

»Nicht nur über Fjordland, über Aotearoa, über alles, was tabu ist, über die Seele der Dinge.« Er schüttelte den Kopf. »Es war furchtbar, ihn dieses letzte Jahr erleben zu müssen. Deshalb war ich auch so oft in Naseby. Ich dachte, das Schlimmste käme erst, wenn er sie endlich gehen lässt. Ohne dieses Versprechen, das sie ihm abgenommen hat, wäre er mit Sicherheit zerbrochen.« Er machte eine ausladende Geste. »Aber dann sind Sie und Bree gekommen, und das hat ihm geholfen.«

»Bis jetzt.«

Jonah nickte. »Ja, bis jetzt. Was ist eigentlich mit ihm los, Lib? In einer solchen Verfassung habe ich ihn noch nie gesehen.«

»Ich weiß auch nicht, was geschehen ist.« Libby zuckte hilflos mit den Schultern. »Er hat sich mit Ned Pole getroffen, und dann ist er plötzlich über den Pass gefahren und eine Woche in Deep Cove geblieben. Als er zurückkam, ist er sofort nach Dunedin gefahren, und jetzt sind wir auf dem Weg in die Subantarktis.«

»Was hat er in Dunedin gemacht?«

Sie schüttelte den Kopf. »Ich weiß es nicht, Jonah.«

John-Cody lag in seiner Koje und hörte leise Stimmen auf der Brücke. Ein Blick auf seine Taucheruhr sagte ihm, dass Jonah jetzt Wache hatte. Libby war jedoch noch nicht in ihrer Kabine. Er lag auf dem Rücken und starrte das Muster an, das der Vorhang an die Decke warf. Das Geräusch des Dieselmotors war ihm so vertraut, dass er es normalerweise nicht mehr hörte, auch das Rauschen der

See blendete er gewöhnlich einfach aus. Heute Nacht jedoch nahm er jeden Laut wahr, das tiefe Brummen des Motors, das beständige Klatschen des Wasser gegen den Stahl. Alles hallte durch seinen Kopf, als wollte es Erinnerungen wachrufen, sein Gedächtnis quälen und seine Gefühle aufwühlen. Er war unterwegs zu einem Ort vollkommener Trostlosigkeit und Einsamkeit, wo im Morgengesang der Vögel die Myriaden von Stimmen ertönten, die einst in Fjordland erschollen. Er war dorthin unterwegs, wo die Südkaper einander umwarben, wo sie sich paarten und ihre Kälber gebaren. Er war dorthin unterwegs, wo Neuseeland-Seelöwen den Strand und Albatrosse den Himmel beherrschten. Er war dorthin unterwegs, wo die ewige Geschichte von Mensch und See ihre Kapitel schrieb wie nirgendwo sonst, wo der eine die andere bekämpft hatte und bei diesem Kampf nicht selten den Tod fand.

Er hätte eigentlich zufrieden sein sollen. Alles hier auf diesem Boot war ihm vertraut, aber er war nicht zufrieden. Er fühlte sich isoliert und verloren. Verwirrung hatte sich in seinem Verstand ausgebreitet wie ein ungebetener, aufdringlicher Gast. Er bemühte sich mit aller Macht, sich an Mahina zu erinnern: Seit diese neue Situation entstanden war, hatte er nichts anderes getan, als seine Gedanken auf Mahina zu konzentrieren. Sie war seine Vergangenheit, seine Verbindung zu allem, was man ihm jetzt nehmen wollte. Aber er sah ihr Bild nur noch verschwommen, verschwommener denn je, und dieses Gefühl beunruhigte ihn mehr als alles andere.

Er lag in seiner Koje und versuchte, an sie zu denken, versuchte, sich die unwiederbringlichen Momente der Liebe ins Gedächtnis zu rufen, die Leidenschaft, die sie füreinander empfunden hatten. Aber es war Libby, die jetzt seine Gedanken beherrschte. Er hatte sie vorhin gespürt, als sie, nur einen Schritt von ihm entfernt, so warm und nah in ihrer Koje gelegen hatte. Jetzt dachte er wieder an sie, wie er das auch schon im Homestay getan hatte, als er sie sich nackt unter der Dusche vorgestellt hatte. Er dachte an sie, wie er einen heimlichen Blick auf sie warf, als sie sich vor der Heizung abtrocknete oder aus der Dusche im Achterschiff kam und nur ein Handtuch ihre Brüste bedeckte. Schulter, Arm, Oberschenkel, kurze Blicke auf nackte Haut, sie setzten Gefühle in ihm frei, von denen er geglaubt hatte, sie niemals wieder zu spüren. In den fünfundzwanzig Jahren mit Mahina hatte er kein einziges Mal an eine andere Frau gedacht. Er und Mahina, sie bildeten eine so vollkommene Einheit, sie waren so aufeinander fixiert, dass der bloße Gedanke an den Körper einer anderen, an den Duft einer anderen, nichts als Widerwillen in ihm ausgelöst hätte. Jetzt aber, selbst wo seine Zukunft so düster aussah, stellte er fest, dass er sich körperlich zu Libby hingezogen fühlte: Er wollte in ihrer Nähe sitzen, in ihrer Nähe stehen, sie beobachten, in ihrem Duft baden, wenn sie an ihm vorbeiging. Er war sich der Bewegungen ihres Mundes bewusst, wenn sie redete, der lebhaften Gesten, wenn sie diesen oder jenen Gedanken erläuterte. Er bewunderte ihre Nasenlinie, die elegante Schönheit ihrer Wangenknochen, den perfekten Bogen zwischen ihrem Hals und ihrem Schlüsselbein. Während des Sommers lernte er die Kraft in ihren Gliedern, die straffen Muskeln ihrer Waden, die gespannte Linie der Achillessehne zu schätzen. Er hörte ihr zu, wenn sie etwas sagte, erkannte in ihren Worten dieselbe Autorität und Sicherheit, mit der auch Mahina immer gesprochen hatte.

Es lief ihm kalt über den Rücken, wenn er hörte, wie sie Supper Cove bei Nacht beschrieb und ihm vom Flüstern der Tuheru in der Dunkelheit erzählte. Er hatte die Tuheru noch nie gehört, nicht einmal ahnungsweise. Mahina aber hatte so oft von ihnen gesprochen, und hier war die nüchtern und wissenschaftlich denkende Dr. Liberty Bass, die, ohne es zu wissen, Mahinas Worte wiederholte. Er dachte daran, wie sie damals am Sealers Beach barfuß durch den Busch gegangen war, daran, wie die Delfine ihr begegneten und sie akzeptierten, beinahe wie eine Artgenossin. Die Parallelen waren unheimlich: Er war jedoch nicht sicher, ob sie tatsächlich vorhanden waren, oder ob er sie nur sah, weil er sie sehen wollte. Wollte er Mahina in der Gestalt einer anderen Frau zurückhaben? War es das, worum es hier ging? Aber spielte das eine Rolle? Wie konnte es das überhaupt? Und wenn es keine Rolle spielte, warum quälte er sich dann so? Warum ließ er zu, dass diese Gedanken wie ein Fluss, der über die Ufer trat, seinen Verstand überschwemmten.

Er hörte sie den Niedergang herunterkommen und fragte sich eine Sekunde lang, ob sie wieder stehen bleiben und ihn ansehen würde.

Sie hatte vorhin das Licht im Rücken gehabt, deshalb hatte er ihre Augen nicht sehen können. Bestimmt hatte sie seine auch nicht erkannt; sie hätte ihn sonst niemals so offen und ohne ein Wort zu sagen angestarrt. Es hatte eine stille Schönheit in diesem Augenblick gelegen. Er dachte an das, was Alex über Libby gesagt hatte, nämlich dass sie als Frau gewisse Dinge bemerkt hätte, die ihm entgangen seien. Er hatte Libby nach diesem Gespräch genau beobachtet, hatte aber nichts entdecken können, was Alex' Meinung bestätigte: jedenfalls nicht bis zu diesem einen Augenblick heute Nacht, als Libby dagestanden und ihn angestarrt hatte.

Jetzt kam sie herunter und warf einen kurzen Blick zu ihm herüber. Diesmal blieb sie jedoch nicht stehen. Er konnte Jonah auf der Brücke hin und her gehen hören. Libby ging in ihre Kabine. Er setzte sich auf, lauschte, wie sie sich auszog, aber das Brummen der Maschine übertönte alles. Er zählte die Sekunden, stellte sich vor, wie lange sie brauchte, um Jeans, Socken und T-Shirt auszuziehen und in ihre Koje zu schlüpfen. Mit trockenem Hals, verwundert über sich selbst, legte er sich wieder hin.

19

John-Cody übernahm die Wache um sechs, und Jonah kehrte in seine Koje zurück. Libby wachte um sieben auf. Sie zog ihren Bademantel an, stieg den Achterniedergang hinauf und fand John-Cody am Salontisch, wo er gerade Kaffee trank. Das Boot stieg vor dem Horizont auf und ab. Die Dünung bewirkte eine gleichmäßige Seitwärtsbewegung, aber die See war nicht rau. Libby hatte inzwischen keine Probleme mehr mit Unwohlsein.

»Morgen«, sagte sie.

»Morgen. Es ist noch heißer Kaffee da, wenn Sie welchen wollen.«

Sie schenkte sich ein und nahm sich Milch aus der Kühlbox.

John-Cody hatte den in seine Einzelteile zerlegten Schalter einer Bilgepumpe vor sich auf dem Tisch liegen. Libby stand, ihren Kaffeebecher an die Brust gedrückt, neben der Steuerbordtür.

»Der Platz gefällt Ihnen wohl?«, sagte John-Cody zu ihr.

Sie sah sich um. »Man steht hier ganz gut, und ich finde allmählich meine Balance.«

Er stand auf und trat zu ihr. »Sie hätten nicht aufzustehen brauchen. Es wird noch eine ganze Weile dauern, bis Tom und Jonah nach oben kommen.«

»Ich war sowieso wach.« Libby strich sich eine Haarsträhne aus der Stirn. »Wie lange werden wir noch unterwegs sein?«

»Vierzehn, fünfzehn Stunden vielleicht.«

»Was ist mit dem Wetter?«

Er lehnte sich an das Armaturenbrett und betrachtet den Horizont. Es wurde allmählich heller. Der Himmel war klar. »Ich denke, es sollte so bleiben. Aber hier unten kann man das nie mit Bestimmtheit sagen. Je weiter wir uns Port Ross nähern, desto unbeständiger wird es. Die Strömungen des Meeres verlaufen dort oft gegen die Windrichtung, was für interessante Wellenbewegungen sorgt. Außerdem brauen sich da sehr schnell Stürme zusammen.« Er lächelte sie wieder an. »Aber wenn wir erst einmal in Port Ross sind, kann uns das Wetter nichts mehr anhaben.«

»Was meinen Sie, werden wir Wale sehen?«

»Sie sind bestimmt auf dem Weg dorthin. Vielleicht begegnen wir schon einem oder zweien auf unserer Fahrt.«

»Und Delfine?«

Er verzog das Gesicht. »Bei Delfinen kann man das nie vorhersagen. Ich lasse es Sie wissen, wenn wir das Gebiet erreichen, in dem ich sie normalerweise sichte.«

Er schenkte sich Kaffee nach, ging zur Navigationsecke der Brücke hinüber und warf einen Blick auf den Autopiloten. Er stellte ihn, da sich die Meeresströmung verändert hatte, auf ein paar Grad weiter backbord ein. Libby sah ihm dabei zu. Ihr Blick hing seinen katzenhaft geschmeidigen Bewegungen nach. Hier auf dem Boot war er in seinem Element, hier war er zu Hause und wirkte entspannter als irgendwo sonst. Sie war überzeugt, dass er selbst im schlimmsten, unberechenbarsten Wetter vollkommen ruhig blieb. In diesem Augenblick wurde ihr bewusst, wie geborgen sie sich mit ihm fühlte. Er vermittelte ihr ein Gefühl von Sicherheit, das über seine Rolle als Skipper weit hinausging. Dieser Gedanke mutete seltsam an, denn sie hatte früher kaum über Sicherheit nachgedacht. Nachdem sie, so lange sie denken konnte, immer von der Hand in den Mund gelebt hatte, hatte das Wort »Sicherheit« keine große Bedeutung mehr.

Eine Stunde später knisterte es im Lautsprecher des Funkgeräts, und Brees Stimme kam über den Äther.

»*Korimako*, *Korimako*, *Korimako*. Hier spricht *Kori*-Basis. Bitte kommen, Kapitän.«

Libby sah John-Cody an. Er lächelte, aber selbst in diesem Augenblick trübte eine gewisse Anspannung seinen Blick. Er ging zum Kartentisch und nahm das Mikrofon. »Ich höre dich laut und deutlich. Bree. Wie geht es dir?«

»Danke, gut.«

»Du klingst schon wie ein richtiger Kiwi, meine Kleine.« Er kicherte in sich hinein. »Du bist ganz offensichtlich viel zu viel mit Hunter zusammen.«

»Das kann nie zu viel sein. Wie spät ich es jetzt bei Ihnen?«

»Genauso spät wie bei dir. Wartest du gerade auf den Bus?«

»Ja. Wo sind Sie jetzt?«

»Nördlich der Auckland-Inseln. Bis dahin haben wir noch vierzehn Stunden Fahrt vor uns.«

»Dann sind Sie heute Abend ja schon da?«

John-Cody sah auf seine Uhr. »Richtig. Wir werden die alte Flunderbombe wahrscheinlich gegen neun werfen.«

»Sie meinen den Bruce-Anker.«

Er lachte wieder und sagte ihr dann, dass sie ihm fehlte. »Ich hole dir jetzt deine Mum ans Mikro. Bleib dran.«

Er reichte Libby das Mikrofon weiter und ging auf die Brücke zurück. Der Klüver stand schlecht, also zog er seine Wetterkleidung an und schob die Backbordtür auf. Auf dem Deck war es nass und rutschig, da die See noch immer in jedem Wellental darüber hinwegspülte. John-Cody bückte sich zur Wisch hinunter und überprüfte die Spannung der Leine. Der Wind pfiff ihm um die Ohren, die Kälte prickelte auf seiner Haut, und im Deck unter seinen Füßen spürte er die Vibrationen des Motors. Er lockerte die Segelleine ein kleines Stück: Der Wind fuhr ins Segel, und es blähte sich auf. Er warf einen Blick zum Himmel hinauf und überlegte, ob er das Besansegel setzen sollte, aber dazu brauchte er Jonahs Hilfe. Nun gut, das konnte warten. Er stand auf und kämpfte sich im Seitwärtsgang über das schlingernde Deck nach vorn zum Kettenkasten, wo der Kettenstopper klapperte. Er fixierte ihn hinter der Ankerwinsch.

Dann richtete er sich wieder auf. Der Wind zerzauste seine Haare, und die Gischt benetzte sein Gesicht, als sich das Boot wieder senkte. Wasser spülte über seine Stiefel und lief das Deck entlang. Er stand einen Moment da, starrte nach vorn und fühlte sich plötzlich sehr lebendig: Er konnte das Salz in der Luft schmecken. Er nahm diesen besonderen Geruch der See wahr, der mehr als nur salzig war – ihren Reichtum, ihre Tiefe, die Nässe und die Kälte, etwas, das man mit Worten nicht beschreiben konnte. Ein Schrei backbord achteraus ließ ihn aufblicken, während er sich mit beiden Händen am Bugkorb fest hielt. Er sah einen Albatross mit schwarzer Stirn steile Kurven fliegen wie ein Flugzeug bei einer Flugshow. Der

Vogel kreuzte jetzt tief über den Wellen und verschwand in einem Wellental. Kurz vor dem Bug der Korimako kam er wieder zum Vorschein und stieg direkt über John-Codys Kopf in die Höhe. Er stand da, fasziniert von diesem vollkommenen, dynamischen Flug und der Fähigkeit, die unterschiedlichen Windgeschwindigkeiten auszunutzen und sich davon tragen zu lassen. Albatrosse konnten über eine Strecke von fünftausend Kilometern in der Luft bleiben und hatten danach immer noch genügend Gewicht, ein Junges groß-zuziehen.

Er sah wieder zum Horizont. Der Kurs führte immer noch genau nach Süden. Sie würden ihm folgen, bis Land in Sicht kam, sich dann ein kleines Stück ostwärts halten – sie mussten den heftigen Wind-böen ausweichen, die regelmäßig am North East Cape tobten. Aber bis sie dort ankamen, dauerte es noch eine kleine Ewigkeit. Vor ihnen lag noch ein ganzer Tag Fahrt.

Steuerbord achteraus blies plötzlich ein Wal. John-Cody drehte sich um, um sich zu vergewissern, ob Libby ihn ebenfalls bemerkt hatte. Er sah, dass sie in der Tür stand und den Handlauf umklam-merte. Als er sich wieder umdrehte, blies der Wal ein zweites Mal: zwei einzelne Luftströme, die, deutlich erkennbar als V, fünf Meter in die Luft gestoßen wurden. Das Tier drehte sich herum; schaum-gekrönte Wellen brachen sich blau und grün über seinem Rücken, als brandeten sie gegen Felsen an einem Strand.

Libby kam zu ihm. Ihre Jacke fest um sich gewickelt, wählte sie den sichersten Weg über die Mitte des Decks. Das Boot stampfte und schlingerte. John-Cody streckte ihr seine Hand entgegen, umschloss ihre Finger und zog sie zu sich, als sie über den Kettenkasten stieg.

»Ein Südkaper«, rief sie. »Eine v-förmige Fontäne.«

Er nickte. Bartenwale haben, im Gegensatz zu Delfinen, zwei Blas-löcher. Die Süd- und Nordkaper und ihre Vettern, die Grönlandwale, bewegten sich sehr langsam, und die beiden Fontänen schossen als deutlich voneinander abgegrenzte Ströme in die Luft, wogegen Blau-, Finn- und Seiwale einen einzigen, starken Strom ausstießen. An der v-förmigen Fontäne konnte man einen Südkaper schon von weitem identifizieren. Libby und John-Cody sahen dem Wal zu, wie er abtauchte. Ein paar Minuten später kam er wieder an die Oberfläche und stieß diesmal eine noch höhere Dampffontäne aus. Libby musste daran denken, welche Kraft hinter diesem Blasen steckte. Der Wal tauscht während eines Atemzugs neunzig Prozent der Luft in seinen Lungen aus, beim Menschen sind es nur dreizehn Prozent. Sie drehte sich zu John-Cody um und strich sich die Haare zurück, die ihr der Wind ständig ins Gesicht blies.

»Jedes Mal wenn ich einen Wal sehe, muss ich daran denken, dass diese Tiere einmal an Land gelebt haben«, sagte sie.

John-Cody verzog das Gesicht. »Vielleicht entwickeln wir Menschen uns, wenn wir alles zerstört haben, in dieselbe Richtung.«

Er blieb an Deck, während sie nach drinnen ging, und zündete sich eine Zigarette an, die Hände um sein Benzinfeuerzeug gelegt, um die Flamme vor dem Wind zu schützen. Er erinnerte sich an das letzte Mal, als er auf dem offenen Meer einen Südkaper gesehen hatte. Er und Mahina waren mit einer Filmcrew, die einen Dokumentarfilm über die Stadt Hardwicke an der Erebus Cove drehte, nach Süden gefahren. Hardwicke war eine Walfängersiedlung, die damals allein zu dem Zweck entstanden war, ebenjene Geschöpfe zu jagen und zu töten, die jetzt, hundertfünfzig Jahre später, dorthin zurückkehrten, um sich ungestört zu vermehren. Sie hatten ein kleines Stück nördlich von Port Ross vier Stunden lang zwei Südkaper beim Paarungstanz beobachtet. Als die Crew später in der Davis Bay gefilmt hatte, waren er und Mahina allein am Bootsschuppen und dem Depot aus dem Zweiten Weltkrieg vorbei, wo Wachen postiert waren, zum Friedhof gegangen. Dort hatten sie im tosenden Wind gestanden und all jener gedacht, die vergeblich versucht hatten, die Inseln zu zähmen.

Er drückte seine Zigarette aus und steckte die Kippe in seine Tasche, dann drehte er sich um, um auch nach drinnen zu gehen. Plötzlich stand Mahina vor ihm. Sie lehnte an der leeseitigen Backbordtür. Er erstarrte, während ihm der Schrecken ins Gesicht geschrieben stand, dann wurde ihm bewusst, dass die Frau dort nicht Mahina, sondern Libby war.

Drinnen war es bei geschlossener Tür wesentlich leiser. Hier dominierte das beständige Brummen der Maschinen. Es war jetzt beinahe acht Uhr. John-Cody konnte Jonah unter Deck hantieren hören. Libby war nach unten gegangen, um zu duschen. Als sie in ein Handtuch gewickelt aus ihrer Kabine kam, gelang es ihm, einen kurzen Blick auf sie zu werfen. Vorhin war er einen Moment lang ziemlich schockiert gewesen, weil er sie für Mahina gehalten hatte. Dann kam ihm plötzlich ein schrecklicher Gedanke. Was, wenn er Mahina noch immer nicht hatte gehen lassen? Sie war ein Jahr lang bei ihm geblieben, um ihn zu beschützen, und schon das war wesentlich länger, als sie hätte bleiben sollen. Nach diesem Jahr jedoch musste er sie endlich loslassen: So war es zwischen ihnen vereinbart. Was, wenn er diese Vereinbarung nicht eingehalten hatte? Wenn er sich immer noch an sie klammerte – sie zur Gefangenen zwischen zwei Welten machte, so dass sie weder die eine verlassen noch die andere betreten konnte?

Dieser Gedanke ging ihm nicht aus dem Kopf, während er am Kartentisch saß und einen allgemeinen Funkspruch absetzte, um herauszufinden, ob sich noch andere Schiffe in der Gegend befanden. Es meldete sich niemand. Bluff Harbour teilte ihm jedoch mit, dass die *Moeraki* in den nächsten vierundzwanzig Stunden Kurs nach Süden nehmen würde. Libby war zwischenzeitlich aus der Dusche gekommen und arretierte gerade die Tür ihrer Kabine. Er drehte sich um und sah sie vor sich stehen, das Handtuch um den Körper, die Haare nass und die Haut vom heißen Wasser krebsrot. Ihre Schienbeine waren glatt, der Spann ihrer kleinen Füße gewölbt wie bei einer Balletttänzerin. Sie wischte sich ein paar Wassertropfen von der Nase und schnupperte demonstrativ, weil es aus der Pantry verführerisch nach Essen roch.

»Jonah macht gerade Frühstück«, sagte John-Cody. »Was halten Sie von einer großen Portion Eiern mit Speck?«

»Sehr viel. Ich bin so hungrig, dass ich ein ganzes Pferd verdrücken könnte.« Sie ging in ihre Kabine, und er beugte sich wieder über seine Karten. Libby setzte sich, einen Fuß an die Wand gestützt, um nicht die Balance zu verlieren, auf ihre Bettkante und rubbelte sich mit dem Handtuch die Haare trocken.

»Vielen Dank für das, was Sie für Bree getan haben«, sagte sie plötzlich.

»Das ist schon o.k.« John-Cody drehte sich auf seinem Stuhl herum und erhaschte einen Blick auf die Unterseite ihres Schenkels, da sie ihren Fuß noch immer an die Wand drückte.

»Sie ist gern mit Ihnen zusammen.«

»Nun, ich würde sagen, mittlerweile zieht sie Hunters Gesellschaft eindeutig vor.«

»Das ist etwas vollkommen anderes, John-Cody. Sie wissen doch genau, was ich meine.« Libby blies die Backen auf. »Ich fühle mich wegen dieser Briefe immer noch absolut entsetzlich. Weiß der Himmel, wie lange das schon so ging.«

»Sie brauchen sich nicht schlecht zu fühlen.« John-Cody stand auf. »Das habe ich Ihnen schon einmal gesagt, Lib. Wir müssen in unserem Leben oft eine Wahl treffen. Und dann bleibt uns nichts anderes übrig, als dazu zu stehen und unser Bestes zu geben. Sie lieben Bree. Das ist offensichtlich. Sie haben für sie immer getan, was Sie konnten. Abgesehen davon hat es ihr vielleicht einfach nur gut getan, diese Briefe zu schreiben: Vielleicht hat ihr das geholfen, besser mit allem fertig zu werden. Ich weiß, wie sehr Sie das beunruhigt, aber ich glaube nicht, dass es ihr geschadet hat.«

»Sind Sie wirklich sicher?« Libby sah besorgt aus. Sie war beunruhigt, und diese Sorge saß tief in ihrer Seele. Sie spiegelte vielleicht auch seine eigene Situation. »Es gibt vieles in meinem Leben, was ich heute anders machen würde.« Sie lehnte sich zurück, so dass das Handtuch ein wenig tiefer rutschte und ihr Brustansatz frei wurde.

»Das können wir wohl alle sagen. Wir tun eben, was wir tun, Lib. Wir tun es einfach.«

Er klappte die Platte des Kartentischs nach oben und fluchte plötzlich leise. Libby stand auf und ging hinüber.

»Was ist los?« Sie stützte sich mit einer Hand an der Tischkante ab, mit der anderen hielt sie das Handtuch fest.

John-Cody hatte einen Kompass mit Gummigehäuse in der Hand, dessen Nadel sich wie wild drehte. Er schüttelte den Kopf. »Den wollte ich eigentlich ersetzten. Als ich das letzte Mal an Bord war, habe ich ihn extra herausgelegt.« Er holte tief Luft. »Das kommt davon, wenn man mit seinen Gedanken ständig woanders ist.«

Libby wollte ihn fragen, was er damit meinte. Sie wollte ihn fragen, weshalb er neuerdings so bedrückt und so schweigsam war. Aber bevor sie etwas sagen konnte, warf er den nutzlosen Kompass ärgerlich in die Ecke und stieg den Niedergang zur Brücke hinauf.

Die Delfine waren nicht dort, wo John-Cody sie erwartet hatte. Er, Tom und Libby suchten verschiedene Abschnitte des Horizonts ab, ohne etwas zu entdecken. Die Wellen waren viel zu hoch, um sie blasen zu sehen, also mussten sie darauf vertrauen, die Tiere selbst auszumachen. Aber kein einziger Delfin tauchte auf. Libby war seltsamerweise enttäuscht, obwohl sie die Unberechenbarkeit der Meeressäuger zur Genüge kannte. Sie schwieg eine Weile und ging nach unten, um darüber nachzudenken, welche Auswirkungen diese neue Situation für ihre Forschungen haben konnte.

Eine Stunde später rief John-Cody sie auf die Brücke und deutete zum Horizont. Libby stand da, starrte aufs Meer hinaus und spürte, wie die Begeisterung sie wieder packte. Der Tag neigte sich langsam seinem Ende zu, schwarze Wolken, an den Rändern ausgefranst und regenschwer, lagen über dem Horizont. Sonnenstrahlen brachen immer noch durch die Wolken wie filigrane Bänder aus Licht, die zur Erde hinabstürzten. Drei riesige Felsen ragten hoch aus dem Ozean, dahinter sah Libby die gezackten Höhenzüge einer Küstenlinie.

»Das ist die Nordküste der Auckland-Inseln«, sagte John-Cody. »Willkommen in der Subantarktis.«

Langsam wurde es dunkel. Libby spürte an der Bewegung der *Korimako*, wie sich die Dünung erneut veränderte. John-Cody war jetzt sehr konzentriert, wanderte zwischen dem GPS und dem Radar hin und her wie ein Leopard in seinem Käfig. Die Wolken entluden ihre Fracht. Der Wind peitschte den Regen in einem Winkel von fünfundvierzig Grad über das Meer. Er prasselte auf die *Korimako* herab wie eine Ladung Knallfrösche. Jonah machte in der Pantry alles dicht, dann holten er und Tom den Klüver ein. Als sie wieder hereinkamen, floss der Regen in kleinen Bächen an ihrer wasserfesten Kleidung herunter. Libby brachte die tropfnassen Sachen sofort in den Maschinenraum und hängte sie zum Trocknen auf die Leine. Hinter ihr dröhnte der große Gardner-Motor. Es roch nach Dieselöl und nach Salz, eine Mischung, die ihr plötzlich übel werden ließ.

Als sie wieder auf die Brücke trat, steuerte John-Cody in östlicher Richtung die Nordküste entlang, wo sich in der Three Cave Bay südlich von North East Cape Bärenrobben fortpflanzten und Krähenscharben nisteten. Libby öffnete die Steuerbordtür einen Spalt und konnte das Donnern der Wellen hören, die sich in Küstennähe zu fast drei Meter hohen Brechern aufbauten und dann gegen die Klippen krachten, wobei an den Felswänden senkrechte Wassersäulen aufstiegen. Scharfkantige schwarze Felsen durchtrennten die Wellen wie gezahnte Messer. Die See brodelte weiß, grau und gelb. John-Cody stellte sich hinter Libby und berührte sie fast. Sie konnte seinen warmen Atem in ihrem Nacken spüren.

»Ein atemberaubender Anblick, nicht wahr?«

»Einfach unglaublich.«

»Hier am nördlichen Riff ist 1887 die *Derry Castle* zerschellt. Sie hatte zweiundzwanzig Seeleute und einen Passagier an Bord«, hörte sie seine Stimme tief, aber leise an ihrem Ohr. »Fünfzehn sind ertrunken.«

Libby fröstelte plötzlich. Sie schob die Tür wieder zu. »Hören Sie«, sagte sie. »Bringen Sie uns doch einfach nach Port Ross.«

Und das tat er dann auch. Er hielt die *Korimako* östlich und südlich der gefährlichen Strömungen, die um Pebble Point vorherrschten. Schließlich fuhren sie, schon bei Dunkelheit, in den natürlichen Hafen zwischen Enderby und Ewing Islands hinein. Im Lee von Enderby war die See jetzt wesentlich ruhiger. Der Wind heulte zwar noch immer, aber sie befanden sich jetzt in geschützten Wassern, und Libby spürte, wie die Südpazifikdünung unter ihren Füßen nachließ.

Sie gingen in der Sandy Bay vor Anker. Ihr Ankerplatz befand sich ganz in der Nähe eines Rasens aus Blasentang. Jonah heizte den Gasherd an. »Wer ist für Hammeleintopf?« Er stellte einen Topf mit einem Gericht, das er schon an Land vorbereitet hatte, auf die Arbeitsplatte und nahm den Deckel ab. Libby beugte sich darüber, schnupperte und lächelte.

»Es riecht sogar kalt gut.«

»Weil es eben gut ist, Libby, vor allem, wenn man es so kocht wie ich« – er zwinkerte ihr zu, und seine schwarzen Augen leuchteten – »mit gerösteten Kumara als Einlage.«

»Das hört sich ja noch besser an.« Sowohl Libby als auch Bree hatten, seit sie in Neuseeland lebten, eine Vorliebe für die Süßkartoffel der Maori entwickelt.

Sie öffnete eine Flasche gekühlten Montana Chardonnay und schenkte vier große Gläser ein, dann stellte sie eine weitere Flasche in den Kühler. Sie rief John-Cody und Tom, die gerade die Maschine überprüften, nach oben, und sie stießen gemeinsam auf ihre sichere Fahrt nach Süden an. Den großen Dieselmotor hatten sie zwischenzeitlich abgestellt, nur der Hilfsmotor lief noch. Libby trank gerade einen Schluck, als sie ein Grollen hörte, lang gezogen, mit schnarrenden Untertönen, ein Geräusch, das fast einem Vibrieren gleichkam. »Das ist ein Südkaper«, sagte sie.

Sie gingen an Deck. Wegen der Kälte der Winternacht trugen sie ihre dicken Jacken. Die Sterne versteckten sich hinter schweren Regenwolken, das Wasser schimmerte pechschwarz. Die Berge erhoben sich als graue Schatten über der Sandy Bay. Libby hörte am Strand Neuseelandseelöwen bellen.

Plötzlich bewegte sich das Wasser hinter ihnen. Sie gingen zur anderen Seite, wo sich eine große dunkle Masse wie eine ölige Sandbank aus dem Meer erhob. Schwarz und vor ablaufendem Wasser glänzend, drehte sich der große Wal auf die Seite und klatschte mit einer schaufelartigen, meterlangen Brustflosse auf die Wasseroberfläche. Sie wurden alle klatschnass. Libby trat einen Schritt zurück und hielt den Atem an, dann sah sie wieder aufs Meer hinunter. Der Wal hob gerade seinen Kopf, sie konnte deutlich die heller gefärbte Hautschwiele auf seiner Schnauze sehen, auf der sich Seepocken angesiedelt hatten. In einiger Entfernung vom Boot blies jetzt ein zweiter Wal, und sie hörten eine Geräuschexplosion, als würde ein Gummireifen platzen. »Anscheinend sind schon ziemlich viele hier«, sagte John-Cody.

Die Wale waren in diesem Jahr früh dran. Es war erst Mai. Die Mehrzahl von ihnen würde bis November hier bleiben, um sich in Gruppen zu paaren. Die Männchen waren darauf aus, ihre Gene weiterzugeben und paarten sich deshalb mit einer großen Zahl von

Weibchen, wobei ein Tier jeweils den Samen seines Vorgängers ersetzte. Die Walkühe würden während der gesamten Saison Junge gebären, und wenn der Frühling den Winter ablöste, verließen sie den natürlichen Hafen wieder und wanderten nach Norden.

In dieser Nacht lag Libby in ihrer Koje und lauschte den Walen, den brüllenden, grunzenden und vibrierenden Lauten, die so tieffrequent waren, dass sie den Schiffsrumpf erbeben ließen. Diese Töne ähnelten in keiner Weise dem Gesang der Buckelwale. Die Südkaper kommunizierten auf einer wesentlich tieferen Frequenz und konnten so einen Ton viele Meilen weit durch den Ozean schicken. Anders als die Delfine benutzten sie kein Echolot, aber es galt inzwischen als gesichert, dass ihre tieffrequenten Impulse auch dazu dienten, über große Distanzen zu navigieren.

Die Südkaper waren eine überaus sanfte Walart, langsam in ihren Bewegungen, aber auch sehr neugierig. Sie zogen flaches Wasser vor, was ihnen fast einmal zum Verhängnis geworden wäre. Die Basken hatten die Art, die auf der nördlichen Halbkugel zu finden war, im Mittelalter stark bejagt und faktisch ausgerottet. Dasselbe war mit den Walen hier im Südpazifik geschehen. Libby wusste, dass viele neuseeländische Wissenschaftler die Überzeugung hegten, diese Wale hier seien die direkten Nachkommen der letzten Tiere, die im neunzehnten Jahrhundert überlebt hatten. Die Farbe ihrer Haut unterschied sich ein klein wenig von der ihrer Vettern im Norden: Die weißen oder grauen Hautflächen waren größer, außerdem waren sie auf der Unterseite ihres Bauches stärker gesprenkelt. Das deutete auf Inzucht hin, die zwangsläufig immer dann auftrat, wenn eine Population zu stark dezimiert wurde. Insgesamt gab es nur noch ein paar tausend Südkaper. Morgen wollte Libby versuchen, mit einigen zu tauchen.

John-Cody wachte mitten in der Nacht auf. Der Wind hatte sich weitgehend gelegt und war nur noch als leises Flüstern zu vernehmen. Vielleicht hatte ihn die plötzliche Stille geweckt. Er stand auf, zog sich an und ging im Dunkeln die Treppe hinauf. Die Wolken hatten sich aufgelöst, Mondlicht erhellte das Ruderhaus von allen Seiten. Sobald sie den Anker geworfen hatten, entfernten er und Tom die Aluminiumbleche von den Fenstern, um den klaustrophobischen Gefühlen, die sich bei jeder Fahrt nach Süden einstellten, ein Ende zu machen. Jetzt stand er einen Augenblick einfach nur still, um seine Gedanken zu sammeln, während er fasziniert den unterschiedlichen Tönen lauschte, die die Wale von sich gaben.

Er holte seinen Tabaksbeutel aus der Brusttasche seines Hemdes und drehte sich eine Zigarette, dann ging er hinaus an Deck, um sie zu rauchen. Die Luft war kühl, aber mild im Vergleich zu der eisigen Kälte, die herrschte, wenn der Wind wehte, und das war hier normalerweise immer der Fall: Tatsächlich konnte er sich nicht daran erinnern, in der Subantarktis jemals eine so ruhige Nacht erlebt zu haben. Er ging nach vorn zum Bug, lehnte sich dort an die Reling und betrachtete die dunklen Umrisse der Seelöwen am Strand, hinter dem Seetangrasen. Ein weiterer Wal rief. Es war ein unheimliches Geräusch, das die Nacht mit dunklen, misstönenden Klanggebilden erfüllte. Er musste an die Schiffbrüchigen vergangener Zeiten denken, Seeleute wie er, die es, als ihre Schiffe sanken, mit viel Glück ans Ufer geschafft hatten. Er dachte auch an die weniger Glücklichen, die ertrunken oder an den Klippen zerschmettert worden waren. Er dachte an die Morioro-Maori, die fast vierzehn Jahre auf diesen Inseln gelebt und es somit länger ausgehalten hatten als irgendjemand sonst. Aber selbst sie hatten die Inseln schließlich verlassen. Niemandem war es bis jetzt gelungen, sie dauerhaft zu besiedeln. Vielleicht hatten er und Mahina sie deshalb so geliebt.

Die Walfänger waren nicht lange geblieben, ebenso wenig die Robbenfänger, sie aber hatten diese Inseln erst verlassen, als sie die Robbenpopulation fast ausgerottet hatten. Charles Enderbys Stadt Hardwicke hatte nur drei bittere Jahre existiert und war 1852 aufgegeben worden. Jetzt gehörten die Inseln wieder den Riesenkräutern, dem dichten Rata-Wald und den Tieren, die sich, durch den Menschen ungehindert, wieder vermehren konnten.

John-Cody ging an der Reling entlang. Er trug Schuhe mit weichen Sohlen, um die drei Schlafenden unter Deck nicht zu wecken. Er überprüfte am Bug und am Heck sowie auf beiden Seiten die Taue, die Segelleinen, die Rettungsringe und den Tauchkasten. Dann rauchte er, an die Persenningkajüte gelehnt, seine Zigarette und schöpfte anschließend mit der hohlen Hand Wasser aus dem Frischwasserfass, um einen Schluck zu trinken. Wieder rief ein Walbulle in der Tiefe des Meeres. Der Ton hallte in seiner Seele nach. Er sah zum nächtlichen Firmament hinauf, wo Myriaden von Sternen funkelten. Er suchte nach denen, die er so gut kannte. Lyra und Vega, Aquila. Das Sternbild des Herkules fast genau im Norden, Corona Borealis im Westen und Serpens Caput ebenfalls im Westen. Er vertraute im Stillen darauf, dass Tom sie genauso gut kannte wie er. Dann ging er unter Deck.

Libby lag wach in ihrer Koje. Sie hatte vorhin gehört, wie John-Cody sich in seiner hin und her gewälzt hatte, als quälten ihn schlimme Albträume. Als er dann aufstand, konnte sie durch ihre offene Tür seine Silhouette sehen, die sich oben am Niedergang im Mondlicht abzeichnete. Sie hatte zuerst zu ihm gehen wollen, es dann aber doch nicht getan. Weshalb, konnte sie selbst nicht genau sagen: Sie hörte, wie er oben an Deck herumging, während sie in ihrem Bett nachdachte. Zehn Minuten später lag er dann wieder in seiner Koje. Er hatte seine Leselampe eingeschaltet.

Libby drehte sich auf die andere Seite und versuchte zu schlafen, fand aber keine Ruhe. Sie war aufgewühlt, und ihr schossen die verschiedensten Dinge durch den Kopf. Sie dachte an Bree und an ihr gemeinsames Leben hier in Neuseeland, sie dachte an Nehemiah Pole und den Dusky Sound, sie dachte daran, wie John-Cody sich seit dem Tag, als die beiden miteinander gesprochen hatten, verändert hatte. Sein Blick wirkte jetzt völlig abwesend, als wäre er nur körperlich bei ihnen, während seine Gedanken weit abschweiften. Er hatte seinen Humor verloren und schien wieder ebenso verzweifelt zu sein wie damals, als sie und Bree ihn kennen gelernt hatten. Warum machte sie sich eigentlich solche Sorgen um ihn? Ihre Aufgabe war der Dusky Sound, waren die Delfine dort und deren Schicksal.

Und trotzdem: Sie musste ständig an John-Cody denken. Das ging jetzt schon eine ganze Weile so, zu Hause, wenn sie allein im Dusky Sound arbeitete und selbst hier auf diesem Boot. Sie setzte sich auf und starrte den Lichtkegel an, der aus seiner Kabine auf den Boden des Kartenzimmers fiel. Sie schlüpfte aus ihrem Bett und ging zur Toilette. Als sie wieder zurückkam, sah sie ihn auf dem Rücken liegen. Sein Gesicht war ruhig und verschlossen. Er schlief wie ein Toter.

20

Sobald es am nächsten Morgen hell wurde, ging Libby an Deck. Tief hängende, dunkle Gewitterwolken zogen dahin, der Wind fegte über Port Ross, ließ auf dem Wasser schäumende Wellenkämme tanzen und fuhr in die dicht stehenden Rata-Bäume, deren Stämme nur ein Stück weit gerade nach oben wuchsen und dann im rechten Winkel abknickten. Ihre Äste bildeten ein dichtes Geflecht aus Blattwerk, das die Uferböschungen von Enderby Island überzog. Libby konnte Tausende von Vögeln singen hören. Ihr vielstimmiger Gesang übertönte sogar den heulenden Wind mit einem seltsam klagenden Timbre. John-Cody kam an Deck und stellte sich neben sie.

»Welche Vögel leben außer dem Albatross und dem Mollymawk noch hier?«, fragte sie ihn.

»Auf Adams Islands findet man vor allem die flugunfähige Krickente, die es nirgendwo sonst gibt.« Er lächelte. »Die Vögel, die Sie jetzt trotz des Windes hören, sind Glockenvögel. Nachts können Sie auch Weißkopfsturmvögel hören. Glockenvögel und Sturmvögel wiederum sind die Beute der Neuseelandfalken. Und das sind ziemlich zähe kleine Burschen. Es ist bekannt, dass sie sogar Menschen angreifen, wenn sie ihre Brut in Gefahr wähnen.«

Auf der anderen Seite der Bucht sprang gerade ein Wal aus dem Wasser. Sie sahen beide zu, wie er hochkam, sich in der Luft auf die Seite drehte und dann mit einem Geräusch wie zerspringendes Glas auf die Wasseroberfläche krachte. Libby kniff ihre Augen zu schmalen Schlitzen zusammen: Der Wal hatte eine wesentlich hellere Farbe als die meisten Südkaper, die sie bisher gesehen hatte. Sein Rücken zeigte ein pudriges Blaugrau mit einzelnen elfenbeinfarbenen Flecken. Er drehte sich wieder herum und streckte dabei die Brustflossen aus dem Wasser, so dass sie seinen getüpfelten, cremefarbenen Bauch sehen konnten.

»Moby Dick«, sagte John-Cody.

Libby starrte ihn an. »Sie haben diesen Wal schon mal gesehen?«

»O, ja. Jedes Mal, wenn ich hier unten war. Er gehört immer zu den Ersten, die hierher kommen.«

Libby starrte wieder das riesige, blassgraue Tier an, das jetzt in unmittelbarer Nähe der *Korimako* durch die Wellen pflügte. »Der weiße Wal«, murmelte sie.

Er lächelte, während er mit gefalteten Händen auf der Reling lehnte. »Nicht direkt weiß, aber so hell, wie ich sonst noch keinen Südkaper gesehen habe.«

Sie beobachteten, wie sich jetzt ein anderer Wal Moby Dick anschloss. Er war ein wenig kleiner und wesentlich dunkler gefärbt. Die beiden Tiere schwammen langsam auf die *Korimako* zu, um diesen eigenartigen Neuankömmling in Augenschein zu nehmen. Libby hatte schon oft Wale gesehen, trotzdem überkam sie bei ihrem Anblick jedes Mal wieder dasselbe Gefühl: beinahe kindliche Vorfreude und Erwartung. Sie und John-Cody standen nebeneinander an der Reling, während die beiden Wale auf sie zukamen. Das Wasser klatschte gegen ihre Haut, als sie mit ihren tonnenschweren Körpern durch die See pflügten und dabei eine derart starke Bugwelle erzeugten, dass die *Korimako* zu schaukeln anfing. Moby Dick hob eine seiner großen Brustflossen und schlug damit wieder aufs Wasser, dann schwamm er näher an den anderen Wal heran und begann, ihn zu liebkosen. Libby nahm an, dass es sich bei dem anderen Tier um ein Weibchen handelte. Moby Dick streichelte die Walkuh sanft, und sie vernahmen ein tiefes Grunzen und gleichzeitig ein höheres Geräusch, das beinahe wie das Miauen einer Katze klang.

Die beiden riesigen Meeressäuger bewegten sich mit unglaublicher Eleganz durch das Wasser und näherten sich schließlich dem Boot. Libby konnte ihre Hautschwielen auf dem großen, schaufelförmigen Unterkiefer erkennen, die weiß und faserig wie eingetrocknete Batteriesäure aussahen und ihr fast wie Tätowierungen vorkamen. Die Walkuh tauchte direkt neben dem Boot mit ihrem Kopf, der ungefähr ein Viertel ihrer Körperlänge betrug, aus dem Wasser, um ihre Umgebung zu beobachten. Ihr Kiefer war tiefschwarz. Vier runde Hautschwielen liefen in einer Linie über ihren

Schädel nach hinten. Sie sank mit einem tiefen, kehligen Stöhnen wieder in die Wellen zurück und streifte mit ihrer Fluke den Rumpf des Bootes, so dass dieses wie ein Korken auf dem Wasser hüpfte. Moby Dick folgte ihr. Die beiden schwammen noch ein Stück an der Oberfläche nebeneinanderher, bevor sie schließlich in die Tiefen des Meeres abtauchten. Moby Dick schlug mit seinem Schwanz noch einmal kurz aufs Wasser, dabei konnten sie nur noch seine große graue Fluke vor dem Hintergrund der Sandy Bay sehen, dann verschwand er endgültig: Libby starrte ihm hinterher, während sich das Bild seiner Liebkosung, so gewaltig und gleichzeitig doch so sanft, für immer in ihr Gedächtnis brannte.

Als sie nach dem Frühstück wieder an Deck ging, schwamm Moby Dick in unmittelbarer Nähe. Diesmal war er allein. Er spielte und schlug dabei mit seinen Brustflossen und seiner Fluke so heftig aufs Wasser, dass ein Gischtregen auf das Deck niederging. Der Wind hatte wieder nachgelassen, aber es hingen immer noch dicke, graue Wolken am Himmel, die sich wie Rauchfahnen an den Bergen entlangzogen.

Moby Dick kam wieder zum Boot. Libby öffnete den Deckel des Tauchkastens, wo sie ihren Trockentauchanzug verstaut hatte. John-Cody sah ihr einen Moment lang durchs Pantryfenster zu, dann ging er an Deck.

»Sie können nicht allein tauchen, Lib.«

»Dann begleiten Sie mich doch.« Sie hatte bereits ihre Jacke ausgezogen und legte ihr Unterzeug zurecht. Er zögerte. Er wollte tauchen, aber noch nicht jetzt, und nicht, wenn Libby dabei war.

»Sie sind hier schon mal getaucht, nicht wahr?«, sagte sie.

Er nickte. »In einem Sieben-Millimeter-Nasstauchanzug: Es war verdammt kalt.«

Sie lachte. »Sie sind ein zäher Bursche, und wir werden nicht lange unten sein. Ich habe eine Unterwasservideokamera dabei, John-Cody. Das hier ist eine wirklich großartige Gelegenheit, sie auszuprobieren.«

»Das Umweltschutzministerium verbietet, mit den Walen zu schwimmen.«

Sie sah ihn kopfschüttelnd an. »Das Umweltschutzministerium

ist aber nicht hier. Abgesehen davon, arbeite ich für das Umweltschutzministerium, haben Sie das schon vergessen?«

Sie streifte ihre Jeans herunter, und es kamen ein weißer Slip und zwei braune Beine zum Vorschein. Dann setzte sie sich auf den Tauchkasten, um die Jeans völlig abzustreifen. Er starrte ihre glatten Schenkel an. Libby bemerkte seinen Blick und bekam eine Gänsehaut, die bestimmt nichts mit der Kälte zu tun hatte. Es war, als würde er sie mit den Augen streicheln, sie liebkosen wie Moby Dick das Weibchen, das er umworben hatte. Sie legte die Jeans ordentlich zusammen und stand auf. John-Cody ertappte sich, wie er ihren Po anstarrte. Sein Blick verfolgte die geschmeidigen Muskeln unter der Haut ihrer Beine. Sie zog ihr Fleecehemd über den Kopf und stand jetzt nur in T-Shirt und Schlüpfer vor ihm. Plötzlich zeichneten sich ihre Brustwarzen unter dem dünnen Stoff ab.

»Ziehen Sie sich jetzt um, oder wollen Sie weiter da stehen und mich anstarren?«

John-Cody wurde rot. »Entschuldigen Sie bitte. Ich wollte keineswegs ...«

»Ist schon o.k.« Sie lachte. »Sehen wir zu, dass wir so schnell wie möglich ins Wasser kommen.«

Er stand immer noch reglos da und wusste nicht, was er tun sollte. Mit einem Mal war er sich so vieler Dinge nicht mehr sicher. Jonah klopfte ans Fenster. John-Cody drehte sich um und sah ein Grinsen von einem Ohr zum anderen auf seinem Gesicht. Er färbte sich dunkelrot. Dann bückte er sich, um seinen Tauchanzug aus dem Kasten zu holen.

Libby zog ihr Unterzeug an und schloss den Reißverschluss. Sie sah jetzt aus wie ein Riesenbaby im Strampelanzug. John-Cody half ihr, den steifen Trockentauchanzug aus Neopren anzulegen, und schloss die Reißverschlüsse über den Schultern. Er wünschte jetzt, ebenfalls einen Trockentauchanzug mitgenommen zu haben: Er kannte diese Gewässer und wusste, wie kalt sie besonders zu dieser Jahreszeit waren. Es würde höchstens zwanzig Minuten dauern, bis das Blut in seinen Adern zu Eis erstarrte, aber er wollte Libby nicht allein tauchen lassen. Er selbst war hier nur einmal allein getaucht, und das nur sehr kurz. Die Seelöwenkolonie lockte von Zeit zu Zeit einen Mako-Hai oder sogar einen weißen Hai an, und ein Taucher in einem schwarzen Anzug sah einem Seelöwen unglücklicherweise ziemlich ähnlich. Vor ein paar Jahren hatte ein Wissenschaftler vor Campbell Island beim Angriff eines weißen Hais einen Arm verloren. Allein das beherzte Eingreifen seiner zwanzigjährigen Begleiterin hatte ihm das Leben gerettet.

Er zog rasch seinen Anzug an, holte anschließend sein Gurtzeug aus dem Kasten und beobachtete aufmerksam, wie Libby ihres prüfte. Sein Tauchcomputer, den er ans Handgelenk schnallen konnte, lag in dem kleinen Schränkchen unter dem Steuerrad. Er ging ins Ruderhaus, um ihn zu holen. Dann bat er Tom und Jonah, das Beiboot vom Heckwerk herunterzulassen. An Deck überprüfte Libby in der Zwischenzeit mit fachmännischem Blick die Druckluftflaschen. Sie hob zwei davon aus ihrer Halterung, John-Cody überprüfte sie noch einmal, dann nahm er seine Maske und seine Flossen, und sie gingen gemeinsam zum Heck.

Die *Korimako* war zwar das einzige Wasserfahrzeug in Port Ross, aber er hisste trotzdem die Tauchflagge. Als Nächstes befestigte er seine Sauerstoffflasche auf dem Tragegestell, das er sich anschließend umschnallte. Unter dem plötzlichen Gewicht beugte er den Rücken. Libby war bereits fertig und überprüfte die Luftzufuhr durch das Mundstück. Das Beiboot befand sich schon auf dem Wasser. Tom fuhr ein paar Kreise damit, um das Wasser im Boden durch das Lenzventil abfließen zu lassen. Nachdem er das Ventil wieder geschlossen hatte, manövrierte er an die Tauchplattform heran, und Libby und John-Cody stiegen ein.

Sie fuhren sehr vorsichtig. Es waren schon einige Wale in der Bucht, sie schwammen langsam und hielten sich nahe der Wasseroberfläche auf. Sowohl Libby als auch John-Cody hatten ihre Tauchermasken an ihren Bändern um den Hals hängen. Sie setzten sie erst auf, als Moby Dick den Kopf aus dem Wasser hob, um seine Umgebung zu beobachten.

Tom drosselte den Motor. Libby ließ sich über die Bootswand rückwärts ins Wasser hinab. Als sie wieder auftauchte, reichte Tom ihr die Videokamera. Das Wasser war blaugrün und kristallklar. John-Cody holte noch einmal tief Luft und ließ sich fallen. Er spürte den plötzlichen Blutandrang in seinen Lungen, als ihn das Wasser in seinen eisigen Griff nahm. Einen Moment lang war er zu nichts anderem fähig, als sich auf seinen Atem zu konzentrieren, der heftig und abgehackt aus seiner Brust stieß, bevor er wieder auftauchte. Es spülte seine Maske aus und trat Wasser, bis es ihm endlich gelang, langsamer zu atmen. Das Wasser war eiskalt, kälter, als er es in Erinnerung hatte. Er musste an die kalten und dunklen Orte denken, zu denen nur die Wale hinabtauchen konnten. Libby gab ihm das O.k.-Zeichen und tauchte bis auf zehn Meter hinab.

Langsam mit den Füßen paddelnd, schwamm sie einen Kreis von dreihundertsechzig Grad. John-Cody tippte ihr auf die Schulter. Sie sah ihn an, während ihre Augen hinter der Maske strahlten. Er zeigte über ihre Schulter. Sie drehte sich um und erkannte einen riesigen schwarzen Schatten, der aus dem diffusen Licht heraus auf sie zukam. Wieder berührte John-Cody Libbys Schulter, dann zeigte er nach unten, und sie tauchten tiefer, bis sie sich direkt unter dem Wal befanden. Libby filmte die ganze Zeit. John-Cody beobachtete aufmerksam, was sonst noch um sie herum geschah.

Da die Sandy Bay nahe bei lag, glitten ein paar große Seelöwenmännchen mit flügelähnlichem Flossenschlag an ihnen vorbei. Einer von ihnen drehte plötzlich um, kam direkt auf ihn zu und bellte ihm ins Gesicht. John-Cody sah ihm in die Augen und stieß einen Schwall Luftblasen aus. Der Seelöwe bellte noch einmal, dann tauchte er ab und war verschwunden. Der vorbeiziehende Wal, groß wie eine Lokomotive, schwamm jetzt genau über ihnen. Das Wasser war plötzlich nicht mehr grün sondern grau. Angesichts der Nähe zu einem so großen, mächtigen und intelligenten Tier durchlief ihn eine vertraute freudige Erregung. Er spürte, wie er vollkommen ruhig wurde. Er trat mit langsamen Flossenschlägen Wasser, als der Wal in den Tiefen der jetzt wieder grünen See verschwand.

Libby hatte ihre Kamera abgesetzt und winkte ihn näher heran. Er schwamm auf sie zu, sie strahlte vor Begeisterung. Sie sahen sich einen Augenblick lang an, dann streckte Libby ihre Hand aus und drückte sanft seinen Arm.

Ein Wal hatte sich umgedreht und schwamm jetzt in einem großen Bogen um sie herum. Es war nicht Moby Dick, sondern ein kleineres

Tier. John-Cody konnte die Genitalschlitze und die angeschwollenen Milchdrüsen sehen. Er runzelte die Stirn und sah Libby an, die offenbar dasselbe dachte. Die Walkuh war hochträchtig. Sie musste sich also im letzten Juli gepaart haben. Die Tragezeit der Südkaper betrug zehn Monate, nach der Geburt wurde das Junge noch zwölf Monate gesäugt. Die Südkaper gebaren nur alle drei Jahre ein Junges. Die trächtigen Kühe suchten für die Geburt in flachen Buchten Schutz, oftmals schwammen sie dabei allein, manchmal aber auch in Begleitung eines weiteren Wals, der gewissermaßen als Hebamme fungierte.

Die werdende Mutter schwamm langsam im Kreis. Libby filmte sie und versuchte vor allem, ihre individuellen Erkennungsmerkmale zu dokumentieren. Auf der Bauchunterseite war sie marmoriert wie ein gescheckstes Pferd. Sie zeigte sich kooperativ und näherte sich ihnen direkt von vorn, so dass Libby Lage und Art der Hautschwielen, die Kieferlinie und die Maulspitze genau im Bild hatte: All diese Merkmale waren einzigartig, und viele Jahre Übung versetzten Libby in die Lage, einzelne Tiere sicher und schnell zu identifizieren.

Die trächtige Walkuh entfernte sich jetzt wieder von ihnen, und zwei Bullen, die ein weiteres Weibchen vor sich her schubsten, kamen auf Libby und John-Cody zu. John-Cody signalisierte Libby, sofort weiter hinunterzutauchen. Dies hier waren Wale im Balzritual, bei dem sich manchmal sechs oder sieben Bullen mit derselben Kuh paarten. Das bedeutete jede Menge Unruhe und Flukenbewegungen im Wasser, die sie leicht in Gefahr bringen konnten. Beim Abtauchen filmte Libby die Männchen, die jetzt das Weibchen umkreisten. Dieses lag auf dem Rücken und hob die Brustflossen aus dem Wasser. Die Männchen liebkosten es mit Maul, Flanke und Brustflossen. Später würden sie versuchen, das Weibchen umzudrehen, wenn es das nicht von selbst zum Atmen tat. Dann würden sie nacheinander unter das Tier tauchen und sich mit ihm paaren.

Das jetzt war jedoch nichts anderes als ein sanftes Vorspiel, zwei Männchen, die um dasselbe Weibchen warben, wobei ein jeder sich darzustellen versuchte, sich in spielerischen Rollen um sie herum bewegte, mit seinem Körper den ihren streifte, sie mit Brustflosse,

Bauch oder der Unterseite seines Kiefers immer wieder berührte. John-Cody spürte, wie die Kälte des Wassers langsam die Luftschicht abkühlte, die sich zwischen seiner Haut und seinem Anzug befand. Er warf einen Blick auf den Tauchcomputer – Zeit zum Auftauchen. Die werbenden Wale entfernten sich allmählich und ließen sie allein im Wasser zurück. Er hielt Libby das Gerät entgegen. Sie nickte, und sie begannen langsam mit dem Aufstieg.

Wieder an Deck, schäumte Libby geradezu vor Begeisterung. Sie war schon früher mit Walen getaucht, aber es war ihr noch nie gelungen, ein Paarungsritual zu filmen. Sie schälte sich aus ihrem Anzug und öffnete den Reißverschluss ihres Unterzeugs ein Stück. Dann reinigte sie ihre Kamera und nahm den Film heraus, den sie sorgfältig in einem wieder verschließbaren Polyethylenbeutel verstaute. Jonah und Tom warteten an Deck. Sie sahen sie an und lächelten, als sie wie ein Wasserfall losplapperte.

John-Cody lehnte, noch immer in seinem tropfnassen Tauchanzug und mit am Kopf klebenden nassen Haaren, an der Reling, trank einen heißen Kaffee und rauchte eine Selbstgedrehte. Er starrte auf den offenen Naturhafen hinaus, wo die See gegen die Klippen von Ewing Island brandete. An seine Ohren drangen die verschiedensten Geräusche, das Heulen des Windes, das Klatschen des Wassers gegen den Schiffsrumpf, das Knarren der Wanten. An der Küste zog ein Sturm auf. Mit einem Schlag wurde ihm die absolute Trostlosigkeit dieser Gegend wieder bewusst. Ein kalter Schauder lief ihm über den Rücken, gleichzeitig erfüllte ihn ein Gefühl großer Einsamkeit, das auch die Gesellschaft noch so vieler Menschen nicht lindern konnte. Er hörte Libby, und er hörte Tom und Jonah, und dennoch nahm er nichts anderes wahr, als das Kreischen des Windes, den traurigen Schrei eines Albatrosses und das wütende Anrennen der Wellen gegen den Fels.

Er starrte den großen Rata-Wald an, durch den er und Mahina zuerst gegangen, später gekrochen waren, da sich die Äste immer weiter zum Boden hinabbogen. Torfhaltige Erde unter nackten Füßen: Sie hatten sich unter dem Blätterdach geliebt, wo ineinander verwobene Äste dem Wind ein wenig Widerstand boten.

Er spürte, dass ihn jemand beobachtet. Als er sich umdrehte, sah er Libby, die auf dem Tauchkasten hockte, zu reden aufgehört hatte und ihn anstarrte. Er sah sie an, und sie erwiderte seinen Blick. In ihren verständnisvollen Augen lag große Sanftheit. Da spürte er trotz aller Hoffnungslosigkeit ein heftiges Verlangen nach ihr, eine tiefe Sehnsucht, die von seiner Brust zu seinen Lenden hinunterströmte und eine Brücke zwischen dem Geistigen und dem Körperlichen schlug. Es war ein unheimliches Gefühl, eines, das er in keiner Weise verstand: eines, dem ein Ruch von Verrat anhaftete.

»Das war wirklich unglaublich«, sagte Libby. »Vielen Dank.«

John-Cody spürte das Boot unter seinen Füßen hin und her schaukeln. »Wir müssen uns sofort einen geschützten Ankerplatz suchen. Wir sind schon viel zu lange hier.«

Er streifte den Tauchanzug ab und stand zitternd vor Kälte in Boxer-Shorts und T-Shirt vor ihr. Tom konnte anscheinend seine Gedanken lesen. Er hatte bereits die Maschinen gestartet. Jonah war schon dabei, die Ankerkette aufzuschießen, während John-Cody und Libby unter Deck gingen, um heiß zu duschen.

»Da braut sich ein richtiger Orkan zusammen«, sagte John-Cody zu Tom. »Bring uns auf schnellstem Weg nach Laurie Harbour.«

Als er unter die Dusche im Vorschiff trat, hörte er die Ankerkette rasseln und spürte, wie Tom Gas gab. Er fror erbärmlich. Das eisige Wasser und der scharfe Wind hatten ihm sehr zugesetzt. Es dauerte eine ganze Weile, bis er unter dem heißen Wasser auftaute. Nur langsam nahm seine Haut wieder einen rosigen Farbton an. Er stand einfach nur da und ließ das Wasser auf seinen Körper prasseln. Dann wusch er sich die Haare und versuchte, die Bilder der Erinnerung zu verdrängen, die in ihm aufstiegen. Moby Dicks Anblick hatte sie wieder wachgerufen: das Ritual der Paarung, die trächtige Walkuh, die neues Leben in sich trug. Das alles beunruhigte ihn. Es entsprach nicht seinen Erwartungen.

Sie fuhren unter Maschine an der Erebus Cove vorbei, um schließlich in Laurie Harbour Anker zu werfen. Die Wassertiefe variierte hier zwischen zwölf und siebenundsechzig Metern. John-Cody, inzwischen angezogen und aufgewärmt, überwachte ständig ihre Position, wobei er das Radar und das Tiefenlot verwendete und außerdem auch noch auf Sicht navigierte, die sich allerdings zunehmend verschlechterte. Der Wind blies zwar weniger heftig, aber er pfiff immer noch durch die Persenningkajüte, ließ die transparente Plastiktür hin und her schlagen und rüttelte an den Drahtwanten, so dass sie summten, sangen und vibrierten.

Libby arbeitete am Kartentisch. Sie hatte ihren Computer aufgestellt und die Digitalkamera angeschlossen, um sich die Aufnahmen noch einmal anzusehen. Sie waren gut, besser als alles, was sie je gemacht hatte. Nun konnte sie auch Standbilder ansehen und einen genauen Blick auf die trächtige Kuh werfen. Sie fuhr sich mit der Hand durch die Haare und lehnte sich zurück. John-Cody kam gerade die Treppe herunter und beugte sich über ihre Schulter.

»Es ist bald so weit«, sagte sie. »Vielleicht gelingt es uns sogar, die Geburt zu filmen. Das hat bis jetzt noch niemand geschafft.«

John-Cody sah sie an und zog die Mundwinkel herunter. »Ich habe Ihnen ja schon erzählt, dass wir das einmal versucht haben. Es war dunkel, und unsere Lampen haben Unmengen von Krill angelockt.« Er zog die Schultern hoch. »Eine Geburt ist etwas sehr Privates, Libby. Vielleicht wollen die Wale dabei nicht beobachtet werden.«

»Vielleicht. Trotzdem würde ich es gern versuchen. Stellen Sie sich vor, was das für die Wissenschaft bedeuten würde, falls es uns tatsächlich gelingt.«

John-Cody sah zur Decke, als der Wind das Boot wieder schaukeln ließ. »Ich befürchte, Sie werden damit noch eine Weile warten müssen. Dieser Sturm wird sich nämlich nicht so schnell wieder legen.«

»Glauben Sie wirklich?«

»Ich weiß es. Der Wind kommt aus Nordost. Er hat uns fest im Griff, und das wird auch noch eine ganze Zeit so bleiben.«

Sie zog erstaunt eine Augenbraue hoch. »Das sagt Ihnen alles Ihre Erfahrung?«

»Nein, das sagte die Wettervorhersage, die ich gerade gehört habe.«

Der Wetterbericht sollte Recht behalten. Der Sturm entfaltete sich zu seiner vollen Stärke und ließ dann drei Tage lang nicht nach. Libby arbeitete so viel wie möglich am Kartentisch. Sie hängte die Hydrofone über die Bordwand, um den Paarungsrufen der Wale zu lauschen, und zeichnete stundenlang, die Kopfhörer auf den Ohren, die verschiedenen Klangmuster auf. Sie isolierte einige und speicherte sie in verschiedenen Programmen, damit sie sie später weiter auswerten konnte. Da gab es tieffrequente Schallimpulse, Töne, die zwischen einer halben Sekunde und zwanzig Sekunden andauerten, Vibrationen, die wie ein Schnarchen klangen, und ein tiefes, kehliges Stöhnen. Diese Form der Kommunikation stellte zweifellos eine Art Sprache dar, von der nur bekannt war, dass die Wale, abhängig von den Bedingungen im Wasser, einander über große Distanzen hören konnten. Zu Zeiten wie diesen, wenn sie viele Stunden damit zubrachte, ihnen zuzuhören und über ihre weiten Wanderungen nachzudenken, fühlte Libby sich im großen Plan des Universums mehr als klein und unbedeutend.

John-Cody lag in seiner Koje und lauschte dem Geräusch des Windes in den Wanten auf dem Achterdeck. Er starrte die Decke an und erinnerte sich daran, wie er vor nunmehr fast dreißig Jahren ebenfalls an eine Decke gestarrt hatte. Damals hatte er eine Entscheidung getroffen, die sein Leben für immer verändern sollte.

Er war wieder im Big Daddy's in der Bourbon Street, saß mit den Mitgliedern seiner Band in einem Zimmer im ersten Stock und hielt seinen Einberufungsbescheid in der Hand. Sie hatten ihn heute alle bekommen. Dewey starrte auf das Schreiben und beteuerte immer wieder, dass er nicht einmal wüsste, wo Vietnam lag.

»In Südostasien, Dewey. Dort ist es heiß und feucht, und Typen wie wir werden dort jeden Tag getötet oder zu Krüppeln gemacht.« John-Cody sah den Brief an, in dem die US Army ihn zum Dienst in Vietnam aufforderte: um Menschen zu erschießen und vielleicht selbst erschossen zu werden.

»Zu Krüppeln gemacht?«, sagte Dewey.

»Ihnen wird was weggeschossen.« John-Cody sah ihn an. »Arme oder Beine oder vielleicht auch der Kopf. Du hast die Bilder im Fernsehen doch gesehen. Sie tun alles, dass diese Dinge nicht gezeigt werden, aber dies ist Amerika, und sie können es nicht verhindern.«

»Was soll jetzt aus der Band werden?«, fragt Jimmy Tibbins. »Ich meine, wir sind doch gerade erst richtig ins Geschäft gekommen.«

»Ich weiß.« John-Cody klimperte ein paar Akkorde auf seiner Gitarre, dann legte er die Fender zur Seite. Er hatte drei Jahre Zeitungen ausgetragen, bis er genug Geld zusammengehabt hatte, um sie zu kaufen. Der Wind drückte den Regen gegen die Fensterläden, die in ihren Verankerungen klapperten.

»Ein richtiger Orkan«, sagte jemand. »Er zieht die ganze Golfküste entlang. Sie befürchten schwere Überschwemmungen unten bei Mobile.«

Dann gingen sie auseinander, jeder so bedrückt wie der andere. In den Einberufungsbescheiden teilte man ihnen das Datum für die Musterung mit, danach folgte die Kampfausbildung und schließlich der Dschungel Südostasiens. John-Cody legte sein Instrument in den Gitarrenkasten und ging nach Hause. In diesem Teil der Stadt konnte es nachts auf den Straßen durchaus gefährlich werden, aber er war hier aufgewachsen und kannte einen relativ sicheren Schleichweg.

Er lag in seinem Bett und hörte seinen Vater durch die Wand schnarchen. Seine Schwester stand auf und ging zur Toilette. Sie hatte ihn am Abend gefragt, wie lange er in Asien bleiben müsste, aber er hatte ihr die Frage nicht beantworten können. Jetzt lag er da, die Hände hinter dem Kopf verschränkt, und starrte das Netz feiner Risse an, das die Decke überzog.

Sein Vater hatte ihm den Brief ungeöffnet in die Hand gedrückt: Sie wussten beide, was drinstand. Sie setzten sich zusammen an den Küchentisch und starrten ihn an. Seine Mutter ließ sie allein, damit sie ungestört miteinander reden konnten.

»Warst du im Krieg, Dad?«, fragte John-Cody ihn.

Sein Vater schüttelte den Kopf. »Dein Großvater ist im Zweiten Weltkrieg gefallen. Mich haben sie nicht genommen.« Bei diesen Worten schlug er sich mit der Hand auf den Oberschenkel. Er hatte mit dreizehn einen schweren Unfall gehabt, war operiert worden und hatte ein drei Zentimeter kürzeres Bein zurückbehalten.

»Wärst du in den Krieg gezogen?«

»Ich hätte keine Wahl gehabt.«

»Genau wie ich jetzt keine Wahl habe.«

Sein Vater sagte nichts. Er sah ihn über den Tisch hinweg nur mit ruhigem Blick an.

»Ich möchte Musik machen, Dad. Ich will niemanden töten.«

Sein Vater nickte. Er spielte Mundharmonika, und das sehr gut. Tagsüber arbeitete er am Bahnhof, abends spielte er in Cajun-Clubs. Es gab nichts mehr weiter zu sagen. Durch ihren Briefschlitz war ein Schreiben der Regierung geflattert, in dem John-Cody aufgefordert wurde, seinem Land zu dienen. Er ging nicht aufs College. Für ihn hatte es auch nie eine echte Chance gegeben, aufs College zu gehen, und so hatte er seine Zukunft in der Musik gesehen. Seine Band spielte Rock 'n' Roll und jene Art von Blues, den das Publikum in New Orleans erwartete. Sie waren inzwischen so gut, dass man auf sie aufmerksam wurde.

Später hatte er hellwach in seinem Bett gelegen und eine Entscheidung getroffen. Es war kein bewusster, die Konsequenzen abwägender Entschluss gewesen, aber am nächsten Morgen stand er in aller Frühe auf, packte eine kleine Tasche, nahm seine Gitarre und verließ still und leise das Haus. Er hatte von dem, was er in der Bourbon Street verdiente, ein paar hundert Dollar zurückgelegt. Jetzt ging er zum Busbahnhof und nahm einen Greyhound-Bus nach Westen. Er sagte niemandem etwas. Ohne sich auch nur einmal umzudrehen, schlich er einfach davon und verließ New Orleans für immer.

In Dallas stieg er aus dem Bus und spielte auf der Straße, um ein paar Dollars zu verdienen, bevor er sich wieder an den Highway stellte und seinen Daumen in den Wind hielt. Zwei Monate später stieg er in McCall, einer kleinen Stadt in Idaho, direkt am Payette Lake, aus einem Pick-up. Das, was er sah, gefiel ihm, er machte sich älter, als er war, und bekam einen Job als Barkeeper in Hogan's Hotel. Er hatte bereits drei Jahre lang in verschiedenen Clubs gespielt und dabei einigen der besten Barkeeper der Welt zugesehen, wie sie Cocktails mixten. Er wusste mehr über Drinks als die meisten Gäste, die Hogan's am Wochenende besuchten, und er besaß außerdem eine fantastische Gitarre, die er nahezu perfekt spielen konnte. Er hatte sich angewöhnt, wie sein Vater zu hinken, um neugierigen Fragen aus dem Weg zu gehen. Für sein Alter wirkte er sehr erwachsen, denn er trug mit seinen siebzehn Jahren bereits einen richtigen Bart. Sein Haar, das er wie viele Veteranen lang wachsen ließ, und das Hinken ließen viele glauben, er sei bereits in Vietnam gewesen. Einige sprachen ihn darauf an, doch er wich dieser Art von Unterhaltung immer geschickt aus. Nach ein paar Monaten hatten sich Hogan's Einnahmen am Wochenende verdoppelt, und das lag vor allem an ihm und seinem Gitarrenspiel.

Und dann kam eines Tages das FBI und verhaftete ihn. Er hatte Hogan begleitet, als dieser die Einnahmen des letzten Abends auf der Bank einzahlen wollte. Plötzlich hielt ein Sedan neben ihm am Straßenrand, und zwei Agenten sprangen heraus. Er hatte mit einem Mal Schweiß auf der Stirn, obwohl die Luft bereits herbstlich kühl war und sich die Blätter der Zedern rostbraun verfärbten. Der eine beobachtete die Straße, während der andere ihm Handschellen anlegte, dann drückten sie seinen Kopf herunter wie bei einem Schwerverbrecher und verfrachteten ihn höchst unsanft auf die Rückbank des Wagens. Die Passanten standen einfach nur da und starrten ihnen mit offenem Mund nach, als sie ihn aus der Stadt brachten.

21

Die Erinnerung an diese beiden FBI-Agenten verfolgte John-Cody
während der gesamten folgenden Woche. Schon seit drei Tagen
saßen sie in Port Ross fest. Die atmosphärischen Bedingungen
waren so schlecht, dass sie Alex nur sehr selten über Sprechfunk erreichen konnten. John-Cody, Jonah und Tom erledigten alle möglichen Arbeiten, die an Bord anfielen, während Libby über ihr System von Hydrofonen die Aktivitäten der Wale überwachte. Sobald
das Wetter es erlaubte, fuhr John-Cody mit dem Beiboot zur Erebus
Cove hinüber, wo sie ein weiteres, an einer Boje befestigtes Hydrofon zu Wasser brachten. Libby konnte die beeindruckende Kraft des
Südpazifiks sehen, als er wütend gegen Friday Island und gegen
Rapoka Point brandete, die zwischen Enderby und der Hauptinsel
lagen. Das Geräusch war Furcht erregend, ein beständiges, ohren-
betäubendes Tosen, das sogar das Heulen des Windes übertönte. Sie
dachte an die *Derry Castle*, an die *Grafton* und an den Schiffbruch
der *Invercauld*. »Das hier ist ein entsetzlicher Ort zum Sterben«,
sagte sie.

John-Cody, der im Heck des Beibootes saß, sah sie wortlos an.

Wieder an Bord der *Korimako*, musste er ständig über Libbys
Worte nachdenken, während der Himmel finster und drohend auf
ihn herabsah, als erzürnte er schon allein mit seinen Gedanken die
Götter. Das wiederum erinnerte ihn wieder an Mahina und die un-
gewohnte Verwirrung, die noch immer in seinem Kopf herrschte: So
viele widerstreitende Emotionen, ein solch unlösbares Gewirr von
Gedanken. Er hatte das Gefühl, sein Kopf könnte jeden Moment
platzen. Er stand auf und ging an Deck, um Luft zu schöpfen. Als
er ins Freie hinaustrat, schien ihn die Kraft des Windes zu Boden
drücken zu wollen. Er stand an der Reling, während Gischt und
Regen in kleinen Bächen an seinem Ölzeug herabliefen, allein mit

seinen Gedanken, mit diesem Ort und den Stimmen der Wale, die sich im Sturm erhoben.

Die FBI-Agenten hatten ihn nach Boise gebracht, wo er zum ersten Mal in seinem Leben eingesperrt wurde. In seinem Magen lag ein Gewicht, schwer wie ein Mühlstein, als sich der Schlüssel im Schloss drehte. In der Zelle gab es ein winziges Fenster, nicht größer als ein schmaler Schlitz in der Wand. Die Gitterstäbe nahmen auch seiner Seele die Freiheit. Er konnte spüren, wie die Klaustrophobie ihre Finger nach ihm ausstreckte. Er stand auf und ging in der Zelle auf und ab wie eine gefangene Raubkatze. Er ließ seine Hände an den Seiten hängen, knetete sie und schüttelte sie aus, um sie zu lockern, wie er das immer tat, bevor er anfing zu spielen. Seine Gitarre lag in seinem Zimmer in Hogan's Bar, das er im oberen Stock gemietet hatte. Das war der einzige Gedanke, den er jetzt noch denken konnte. In der Zelle war es unglaublich stickig, jedenfalls kam es ihm so vor, und er musste geradezu darum kämpfen, wenigstens etwas Luft in seine Lungen zu bekommen. Er bekam Seitenstechen und konnte weder sitzen noch stehen, ohne dass es höllisch wehtat.

Draußen auf dem Korridor hörte er Schritte. Erst jetzt wurde ihm richtig bewusst, dass er eingesperrt war. Man hatte ihm seine Freiheit genommen, die ihm wichtiger war als alles andere, man hatte ihm die Möglichkeit genommen, zu kommen und zu gehen, wie es ihm gefiel. Die Handschellen hatten seine Handgelenke wund gescheuert, da man ihn gezwungen hatte, den ganzen Weg von McCall bis hierher auf seinen Händen zu sitzen. Er sah die Tür an, die keine Klinke hatte, berührte die glatte Fläche mit seinen Fingerspitzen, fuhr mit der Handfläche darüber, als brauchten seine Augen die Bestätigung von einem anderen Sinn, dass er diese Zelle nicht verlassen konnte. Seine gesamte Zukunft, selbst die Entscheidung, zu leben oder zu sterben, lag allein in der Hand jener Menschen auf der anderen Seite der Tür. Wenn sie sie nicht öffneten, würde er in dieser Zelle sterben wie schon so viele Unglückliche in irgendwelchen unterirdischen Verliesen.

Er setzte sich auf das Bett und versuchte, seine Lage zumindest gedanklich in den Griff zu bekommen. Er hatte Fahnenflucht begangen, war einfach davongelaufen, in der Hoffnung, dass sie ihn niemals finden würden. Er wollte nicht kämpfen. Das hatte er in dem Moment gewusst, in dem er den Einberufungsbescheid in den Händen gehalten hatte. Er war sich dessen sicher gewesen, als er in diesem Zimmer im ersten Stock auf seiner Gitarre geklimpert und sich eine Stille über die Band gesenkt hatte, wie er sie noch nie erlebt hatte. Selbst jetzt war er sich noch absolut sicher. Er hatte Angst wie noch nie in seinem Leben, und er hatte nicht die leiseste Ahnung, was sie mit ihm anstellen würden. Er wusste jedoch mit absoluter Sicherheit, dass er niemals einen Kampfanzug anziehen, ein M-16 in die Hand nehmen und damit auf einen anderen Menschen schießen würde. Das lag einfach jenseits seiner Vorstellungskraft, genauso wie es jenseits seiner Vorstellung lag, jemanden in einer dunklen Ecke des French Quarter niederzuschlagen und auszurauben.

Endlich öffnete sich die Tür, und er sah in das Gesicht eines weiteren FBI-Agenten, eines kleinen, aber kräftig gebauten Mannes Mitte zwanzig mit kurz geschorenem Haar. Er hielt einen Stapel Papiere in der Hand, machte eine auffordernde Geste und trat einen Schritt von der Tür zurück. »Beweg deinen Arsch, Cowboy.«

John-Cody trat in den Korridor, und die verbrauchte Luft in seinen Lungen brach als Husten aus ihm heraus. Der Agent sah ihn an. »Da drin ist es ganz schön stickig, nicht wahr?« Er führte John-Cody zu einem kahlen, nüchternen Vernehmungsraum, in dem lediglich ein Tisch mit einer dünnen Platte und zwei Stühle standen. John-Cody setzte sich, legte beide Hände in den Schoß und versuchte, das Zittern in seinen Gliedmaßen zu unterdrücken. Der Agent spürte seine Angst. Seine Augen wurden dunkel, als ob ihn John-Codys Hilflosigkeit regelrecht elektrisierte.

»Sie haben sich Ihrer Einberufung entzogen. Sie sind also ein Feigling, Mr. Gibbs.« Er lehnte sich auf seinem Stuhl zurück und ließ dabei einen Ellbogen auf der Rückenlehne ruhen. »Sie sind kein Patriot. Ihr Land ruft Sie, und Sie lassen es im Stich.« Er schüttelte den Kopf. »Wenn es nach mir ginge, dann würden wir Feiglinge wie Sie auf der Stelle erschießen. Für mich sind Sie ein Deserteur, verstehen Sie, auch wenn Sie noch nie Soldat gewesen sind.«

John-Cody war sich jedes Atemzugs bewusst, der seine Lungen

verließ und sie wieder füllte. Er sagte nichts, hielt seinen Blick gesenkt und konzentrierte sich darauf weiterzuatmen. Wenn er das nicht getan hätte, wäre er vermutlich sofort tot umgefallen.

»Die Armee ist jedoch ein bisschen flexibler als ich, Gibbs.« Der Agent lehnte sich wieder nach vorn. »Sie haben also Glück. Es gibt eine Menge Leute wie Sie, die abhauen und denken, niemand würde sie finden.« Er verzog das Gesicht. »Weil Sie noch jung und unerfahren sind, ist man Ihnen gegenüber jedoch großzügig.« Er stand auf. »Ich werde Sie also nach Fort Brett bringen, wo man Sie noch einmal auffordern wird, Ihren Militärdienst anzutreten. Ich finde es verdammt anständig, dass man Ihnen noch eine zweite Chance geben will, finden Sie nicht auch?«

John-Cody starrte ihn an und wurde plötzlich völlig ruhig. Er hörte auf zu zittern und sah dem Agenten direkt in die Augen.

»Das wird nichts ändern.«

»Wie bitte?«

»Ich werde keine Waffe in die Hand nehmen.« John-Cody kniff die Augen zusammen. »Sie mögen das vielleicht für Feigheit halten, Sir, aber ich könnte genauso wenig jemanden in Vietnam erschießen, wie ich Ihre Pistole nehmen und Sie erschießen könnte.« Er zuckte mit den Schultern. »Wie Sie sehen, wäre ich für die Armee völlig wertlos.«

»Sie Sind wohl ein richtiger kleiner Klugscheißer, was?«

»Nein, Sir, ich sage Ihnen nur die Wahrheit.«

Der Agent lachte. »Dann sollten Sie sich schnellstens an Ihre Zelle hier gewöhnen. Sie werden nämlich bald für längere Zeit in einer ähnlichen sitzen, nur dass Sie die dann nicht für sich allein haben werden.« Er beugte sich zu ihm herüber und grinste ihn höhnisch an. »Sie verstehen doch, was ich meine?«

Libby brachte John-Cody, der im Ankerkasten stand und die Holzplanken schrubbte, auf denen normalerweise die aufgerollte Kette lag, eine Tasse Kaffee. Sie lagen jetzt schon eine ganze Weile in Port Ross vor Anker, und er hatte sich zwischenzeitlich ausgerechnet, dass ihm noch elf Tage blieben, bis man ihn des Landes verwies. Der Sturm wühlte schon seit über einer Woche die See auf. Erst heute

Morgen hatte er so weit nachgelassen, dass die Wellen sich merklich beruhigten. Libby hatte die ganze Zeit an Bord gearbeitet, denn das Wasser in Port Ross war viel zu unruhig, um vom Beiboot aus irgendwelche Untersuchungen vorzunehmen. Wegen der Strömungen, die von der offenen See in den Naturhafen hineindrückten, war aber auch an einen Tauchgang nicht zu denken. Sie hockte sich neben den Ankerkasten. John-Cody roch den Kaffee, bevor er ihn sah. Er hob den Kopf und wischte sich mit dem Handrücken den Schmutz von der Stirn.

»Der Sturm hat sich gelegt«, sagte Libby.

Er nickte. »Endlich. Aber so ist das hier unten nun einmal. Deshalb haben wir auch zusätzliche Vorräte mitgenommen. Einmal haben wir hier zwei volle Wochen festgesessen.«

»Wir können also erst wieder auslaufen, wenn sich das Wetter gebessert hat?«

»Sie haben die Wellen ja selbst gesehen, Lib. Wir müssten gegen einen Wind ankämpfen, der nichts anderes tut, als uns wieder zurückzutreiben. Einmal hatten Tom und ich bereits zwei Drittel des Wegs nach Steward Island zurückgelegt, als der Wind auf Nord gedreht hat und uns nichts anderes übrig blieb, als umzukehren.«

Libby wärmte sich die Hände an ihrer Kaffeetasse. »Ich möchte unbedingt noch einmal tauchen. Vielleicht gelingt es uns ja, die trächtige Kuh zu finden.«

Er stellte seinen Becher auf dem Deck ab und stieg aus dem Kettenkasten. Der Wind hatte in der Tat deutlich nachgelassen: Er zerzauste zwar immer noch John-Codys Haare, die unter seiner Mütze hervorschauten, aber die schweren grauen Wolken waren verschwunden. Der Himmel war jetzt klar und blau. Die Wintersonne schien plötzlich mit großer Kraft auf ihre Köpfe herunter.

»Wahrscheinlich hat sie ihr Junges bereits bekommen.«

Libby schüttelte den Kopf. »So weit war sie noch nicht. Ich kenne mich da aus«, fügte sie hinzu, als er sie zweifelnd ansah. »Das ist mein Job, John-Cody. Glauben Sie mir, ich weiß, wovon ich spreche.«

Er lehnte sich mit einem Arm auf die Reling. »Das bezweifle ich in keiner Weise, Libby. Ich konnte Sie schließlich inzwischen ein bisschen beobachten.« Er schwieg einen Augenblick und sah zu, wie die Sonne ihr Licht über die Felsen goss und silberne Splitter aufleuchten ließ, als hätte jemand Flitter über ihre gezackten Ränder gestreut. Eine die Sinne betäubende Stille hatte sich über die Landschaft gesenkt. Er sprach weiter, ohne sich zu ihr umzudrehen.

»Morgen früh. Wir werden das Beiboot nehmen und versuchen, sie zu finden.«

Seine Stimme klang hohl und leise. Libby versuchte, den Ausdruck in seinen Augen zu erkennen, aber er starrte aufs Meer hinaus.

An diesem Abend briet Jonah Schweinefleisch mit Äpfeln und Kumara. Libby freute sich schon beim Abendessen auf den nächsten Morgen. Sie hatte fast den ganzen Tag am Kartentisch gearbeitet, bevor sie und John-Cody das Beiboot genommen und Port Ross, dessen Wasser jetzt ruhig und glatt vor ihnen lag und nur in unmittelbarer Nähe der Felsen weiße Schaumkronen trug, rundherum abgefahren hatten. Sie hatten dreißig Wale gezählt. John-Cody hatte ihr erzählt, das sei nur die Vorhut: Im Laufe des Winters würden noch viel mehr Tiere kommen. Sie hatten mit dem Boot sehr vorsichtig manövriert, wobei John-Cody im Heck stand und stets darauf achtete, wo sich die zwanzig Meter langen Giganten gerade aufhielten. Sie schwammen direkt unter der Oberfläche und hoben immer wieder ihren Kopf, um zu blasen. Das klang, als würde Luft aus einem Pressluftschlauch entweichen. Libby hatte viele Fotos geschossen, vor allem von den Fluken. Von den Hautschwielen der Tiere hingegen waren ihr kaum gute Bilder gelungen, da sie die Wale nur sehr selten im richtigen Winkel vor die Kamera bekommen hatte. Sie hatten beide nach der trächtigen Kuh Ausschau gehalten, sie aber nicht gesehen.

John-Cody hatte Libby versichert, dass sie sich keine Gedanken zu machen brauchte und die Walkuh sicher noch in der Nähe war. Sie sahen mehrere Kühe mit Kälbern, jedoch keines so klein, dass man annehmen konnte, es sei gerade erst geboren worden. Die Walkuh war wahrscheinlich auf die offene See hinausgeschwommen, um dort nach Nahrung zu suchen. Für die Geburt würde sie aber mit Sicherheit wieder in geschütztere Gewässer kommen. Morgen würden sie ihre Tauchanzüge anziehen und erneut die Bucht abfahren.

Nach dem Abendessen fing John-Cody einen Funkspruch der *Moeraki* auf, die auf hoher See nordwestlich von Port Ross auf Fischfang war. Der Skipper teilt ihm mit, dass sie Probleme mit ihren Maschinen hätten, und fragte ihn, ob er zufällig ein paar Ersatzölfilter an Bord habe. John-Cody hatte immer Ersatzfilter dabei und wollte ihm, wenn er nach Port Ross käme, gern ein paar überlassen.

Später funkte Libby dann Bree an. Dies war seit Tagen wieder das erste Gespräch, und es erleichterte sie sehr zu hören, dass in Manapouri alles in Ordnung war. Bree schien bei Hunter und seiner Familie am Blackmount viel Spaß zu haben. Sie versicherte Libby, in der Schule liefe alles prima. Außerdem sei sie in Rugby viel besser, als sie gedacht hätte.

»Ich bin ein ganz passabler Werfer, Mum«, sagte sie. »Ich kann den Ball sogar schon richtig mit Effet versehen.« Sie erzählte auch, dass Ned Pole ihr zwei weitere Reitstunden gegeben hatte. Er hatte sogar ein paar Sprünge aufgebaut, die sie problemlos bewältigt hatte. Hunter hatte sie begleitet und Barrio in allen Gangarten geritten.

»Mr. Pole war wirklich begeistert, Mum. Ich denke, so wie Hunter auf Barrio geritten ist, hat ihn das an seinen Sohn erinnert.« Sie hielt inne und seufzte. »Ich wünschte, du und John-Cody, ihr würdet Mr. Pole mögen. Er ist wirklich sehr nett.«

Libby hörte ihr zu und nickte. »Es ist nicht so, dass wir ihn nicht mögen, Bree. Wir sind nur, was den Dusky Sound betrifft, entschieden anderer Meinung als er. Das ist alles.«

»Ja, aber da gibt es doch sicherlich eine Kompromissmöglichkeit? Das ist doch genau das, was du mir ständig sagst: Ich soll immer kompromissbereit sein. Es muss doch irgendeinen Weg geben. Es wäre so cool, wenn ihr euch alle gut miteinander verstehen würdet.«

John-Cody stand schweigend auf der Brücke und lauschte Brees Stimme, die aus den Lautsprechern scholl.

In dieser Nacht konnte er nicht schlafen. Er lag in seiner Koje und betrachtete durch das Bullauge das Mondlicht, das sich im Wasser spiegelte. Das Boot knarrte und stöhnte, als sich das Metall als Reaktion auf die verschiedenen Drücke, die auf den Rumpf wirkten, ausdehnte und zusammenzog. Heute Nacht konnte er jedes Geräusch mit einer Klarheit hören, die ihm normalerweise versagt blieb. Da waren das Knarren der hölzernen Stufen, die zum Salon und zur Brücke hinaufführten, ein Bleistift, der auf dem Kartentisch hin und her rollte, das helle Knacken des Metalls des Herdes, das flatternde Rasseln der Wanten, das hohle Klatschen des Wassers gegen den Rumpf, das rhythmische Schnarren von Libbys Atem. Er hatte die Augen weit geöffnet: Die Stunden verrannen, dennoch verlor er in dieser Nacht jeden Bezug zur Zeit.

Der hin und her rollende Bleistift begann, ihn zu stören. Er stand auf und steckte ihn in seine Aktentasche, die wie immer neben dem Kartentisch stand. Dann stellte er die Tasche auf den Tisch und nahm den vertrauten Umschlag heraus, in dem die drei Briefe der Einwanderungsbehörde steckten. Er las sie noch einmal, ohne dabei Licht zu machen. Dann stand er eine Weile im Halbdunkel da. Schließlich steckte er die Briefe wieder in die Tasche zurück und ging nach oben, wo er durch die Seitenfenster die schwarze Wasseroberfläche anstarrte. Ein Stück weiter Richtung Laurie Harbour blies gerade ein Wal. Die Dampffontäne glitzerte im Mondlicht wie ein angestrahlter Springbrunnen. Er hörte Grunzen, Stöhnen und lange Tongirlanden: Er hörte leise, brummende Ächzer und ein schwaches Miauen, das von der Hauptgruppe jenseits der Erebus Cove kam. In den ruhigeren Nächten, wenn sich der Schall ungehindert durchs Wasser fortpflanzte, trugen die Töne viel weiter. Er drehte sich eine Zigarette und sah zum Mond hinauf.

Der Nachthimmel wurde langsam heller. Der Morgen nahte, und wieder wurde ihm bewusst, wie lebendig er sich hier unten fühlte. Er stand an der Reling neben dem Gitter, hinter dem die Druckluftflaschen verstaut waren, und wählte diejenige aus, die er verwenden würde. Das Wasser bewegte sich unter den Speigatten, dick und schwarz, an einigen Stellen, dort, wo sich das Licht des Mondes und der Sterne auf der Oberfläche brach, von schmalen Lichtstreifen erhellt. Laurie Harbour war an der tiefsten Stelle nur siebenundzwanzig Meter tief, doch ihn überzogen Wälder aus Blasentang, in denen er sich verlieren würde. Er rauchte seine Zigarette zu Ende, drehte sich eine weitere und rauchte auch die. Dann nahm er, gerade als die Morgendämmerung herauf zog, die Sauerstoffflasche aus ihrer Halterung, überprüfte den Druckmesser und ließ die Hälfte der Luft ab. Jetzt war allenfalls noch für zwanzig Minuten Sauerstoff in der Flasche.

Sein Taucheranzug lag wieder im Kasten, den er leise öffnete, um niemanden zu wecken. Vorsichtig zog er den Anzug an. Er strich sein Haar zurück, damit die Haube es vollständig bedeckte, und nahm einen fünfzehn Kilo schweren Bleigürtel heraus. Er trug seine Ausrüstung zum Achterdeck, wo er sie an die Persenningkajüte lehnte, dann holte er seine Maske und seine Flossen. Er schnallte sich die Sauerstoffflasche um und zog den Gurt über seiner Brust fest, während Atemregler und Ersatzregler an ihren Schläuchen baumelten. Er hatte sich wie üblich seinen Tauchcomputer ums Handgelenk geschnallt, heute jedoch mehr aus Gewohnheit als aus einem anderen Grund. Dann spülte er, nachdem er zur Tauchplattform hinuntergeklettert war, seine Maske sorgfältig aus. Der Wind fühlte sich auf seinem unbedeckten Gesicht frisch und kühl an. Das Wasser an seinen Fingern war eiskalt.

Bevor er seine Handschuhe anzog, nahm John-Cody den tangiwai, den Tränenstein, den Mahina ihm geschenkt hatte, in die rechte Hand. Das eng anliegende Material des Handschuhs drückte ihn fest in seine Handfläche. Er setzte die Tauchmaske auf und überprüfte die Luftzufuhr.

Libby wachte mit einem seltsamen Gefühl in der Magengrube auf: Es war keine Angst, aber etwas, das dem sehr nahe kam. Sie war sich der Stille bewusst. Es schien vollkommene Windstille zu herrschen, eine absolute Seltenheit hier unten. Sie hatte sich inzwischen an das ständige Geräusch des Windes gewöhnt. Es war für sie zu etwas völlig Alltäglichem geworden, das sie immer und überallhin begleitete. Jetzt jedoch war es völlig still, und diese Stille hatte etwas Gespenstisches. Sie wurde noch durch die Stille in John-Codys Kabine verstärkt. Libby stand hastig auf, zog ihren Bademantel an und sah, dass er nicht in seinem Bett lag. Wieder stieg dieses seltsame Gefühl in ihr auf. Sie starrte das leere Bett an, als könne es ihr sagen, weshalb er es verlassen hatte. Sie warf einen Blick auf den Kartentisch: Seine Aktentasche, die am Abend noch neben dem Tisch gestanden hatte, stand jetzt darauf. Nur in ihren Bademantel gehüllt, stieg sie die Stufen zum Salon und zur Brücke hinauf, aber er war nirgends zu sehen. Die Backbordtür stand jedoch einen Spalt offen. Libby spürte, wie kalte Luft durch den Schlitz strömte.

John-Cody glitt ins eisige Wasser, das ihm augenblicklich die Luft nahm. Er hielt sich noch einen Moment an den Lamellen der Tauchplattform fest, bis sich seine Atmung normalisiert und er sich an die Kälte des Wassers gewöhnt hatte. Durch seine Maske konnte er verschwommen den Rumpf der *Korimako* erkennen, unter deren Namen der ihres Heimathafens stand. Erinnerungen stiegen in ihm hoch: die Erinnerung an den Tag, an dem er beschlossen hatte, nicht mehr auf Fischfang zu gehen, da er und Mahina es als wichtiger ansahen, den Besuchern von Fjordland ein wenig Wissen über die zerbrechliche Ökologie dieser Gegend zu vermitteln. Die Erinnerung an den Tag, an dem er nach Australien geflogen war, weil er die Anzeige gelesen hatte, in der die *Korimako* zum Verkauf angeboten wurde. Als sie beide alles auf eine Karte gesetzt und jeden Penny, den sie besaßen, und noch dazu eine Menge Geld, das sie nicht besaßen, in das Boot gesteckt hatten, hatte dies auf sie wie eine Art Katalysator gewirkt. Davor hatten sie für ihre Törns zwar regelmäßig andere Boote gechartert, aber erst als sie ihr eigenes besaßen, hatten sie ihre Aufgabe wirklich ernst genommen.

Allmählich wurde sein Atem gleichmäßiger, und er entspannte sich. Seine Gedanken begannen abzuschweifen, fast so, als ob er träumte. Er stieß sich ab und entfernte sich mit ruhigen Flossenschlägen von der Tauchplattform. Dann schwamm er ein paar Meter an der Oberfläche, bevor er abtauchte. Nur eine Ansammlung von Luftblasen zeugte davon, dass er eben noch hier gewesen war.

Libby kam an Deck. Sie zog den Bademantel fester um sich, während sie unter ihren nackten Füßen das kalte Metall spürte. John-Cody war offensichtlich nicht auf dem Vorderdeck, also ging sie den schmalen Gang am Ruderhaus entlang nach hinten. Auf dem Achterdeck war jedoch auch nichts von ihm zu sehen. Sie verzog das Gesicht. Dann hörte sie das Klatschen von Flossen und sah einen dunklen Schatten, der fünfzehn Meter vom Heck entfernt knapp unter der Wasseroberfläche dahinglitt. Sie wollte ihm schon etwas zurufen, wusste aber, dass er sie nicht hören würde, also lehnte sie sich über die Reling und beobachtete die Kette von Luftblasen, die er beim Abtauchen hinter sich herzog. Plötzlich packte sie die Angst. Warum tauchte er um diese Zeit, und warum war er allein ins Wasser gegangen? Und das, obwohl er die ganze Zeit darauf bestanden hatte, dass sie nicht ohne Begleitung tauchte? Sie dachte wieder an seine Niedergeschlagenheit, an diese schreckliche Schweigsamkeit, die ihn seit dem Gespräch mit Ned Pole begleitet hatte. Sie stand am Heck, beobachtete die Spur von Luftblasen, die sich allmählich entfernte. Sie fühlte sich absolut hilflos.

John-Cody schwamm jetzt mit gleichmäßigen Flossenschlägen direkt nach unten. Er spürte, wie das kalte Wasser über seinen Körper strömte. Um ihn herum war es vollkommen still. Er hörte nur seinen rasselnden Atem, der ihn am Leben hielt und der jetzt jede Faser seines Seins erfüllte. Das Wasser war kalt und klar: Er sah ein paar Fische mit silbernen Rücken, die vor ihm davonschwammen. Unter ihm streckte der Blasentang, der am Boden in der Nähe des Ufers wurzelte, seine Finger nach ihm aus. Vertikale Reihen gelben und braunen Tangs, die aussahen wie die Tentakel eines gigantischen, sich im Wasser wiegenden Seeungeheuers oder auch wie das in der Strömung schwebende Haar einer vom Himmel gestürzten Göttin. Die Wale liebten es, durch diesen Tang zu schwimmen und dann langsam zur Oberfläche aufzusteigen, so dass sich die dicken Wedel über ihre empfindlichen Blaslöcher legten.

Während er immer tiefer hinabtauchte, zog sein Leben in einer Art und Weise noch einmal vor seinen Augen vorbei, wie er das nie erwartet hätte. Er sah die Gesichter seiner Eltern, die schon vor so vielen Jahren in New Orleans gestorben waren. Nachdem er damals die Stadt verlassen hatte, hatte er sie nur noch ein einziges Mal gesehen, und zwar als sie, kurz bevor man ihn auf Bewährung entlassen hatte, nach McNeil Island kamen, um ihn zu besuchen. Er sah die Bourbon Street im Regen, konnte seine Gitarre hören, die jetzt sogar seine Atemgeräusche übertönte. Er sah die Straßen in Texas, rechts und links des Asphaltbandes nur trockene, staubige Wüste und rollende Büsche, die der Wind vor sich hertrieb. Er sah die Eisskulpturen in McCall, den zugefrorenen Payette Lake, wo begeisterte Angler im Winter Löcher ins Eis bohrten. Er sah den vereisten Highway auf der Camas Prairie und den Hinterkopf des FBI-Agenten, kurz bevor sie ins Schleudern gerieten.

Er sah das Autowrack und sich selbst, wie er knöcheltief im Pulverschnee auf der Straße oberhalb der Unfallstelle stand wie eine im Mondlicht vor Kälte zitternde Eisgestalt. Er erinnerte sich an die frostige Luft und seinen Atem, der in der Kälte sofort zu dichtem Nebel kondensierte. Er dachte daran, wie still diese Nacht in Idaho gewesen war, bevor die Scheinwerfer des Lastwagens die Straße erhellt hatten und das Rattern des Dieselmotors die Stille unterbrach. Er erinnerte sich an die Seemannskneipe in Bellingham und daran, wie ihn der Erste Maat angestarrt hatte: an das Schiff, das die Meeresstraße hinaufgedampft war, an das gallige Gefühl in seinem Bauch, als sie auf die offene See hinausfuhren. Er erinnerte sich an Hawaii und an das zweite und dritte Schiff, auf dem er gearbeitet hatte, daran, wie die neuseeländische Küstenwache das Boot durchsucht hatte, und an seinen Entschluss, das Schiff zu verlassen, als der Skipper ihnen sagte, dass sie ihren Fang nach Bluff Cove bringen würden. Er sah die Rotwildfalle am Yuvali Beach, und er sah Mahina, so wie er sie zum allerersten Mal gesehen hatte, schlammbedeckt bis über die nackten Knöchel, weil sie gerade aus dem Boot gesprungen war.

Er tauchte weiter in die Tiefe und hörte den ersten Wal laut und ziemlich hoch grunzen. Es klang fast wie ein Ausschnitt aus dem Gesang eines Buckelwals, ein Ruf, der wie eine Warnung durch den Ozean hallte.

Libby stand ein paar Minuten an der Heckreling, bevor die Kälte und ihre Angst sie wieder nach drinnen trieben. Der helle Sonnenschein von gestern war wieder den vertrauten Nebelschleiern gewichen. Das dichte Grün südlich der Hooker Hills, die Rata-Bäume und die unzähligen Büsche schienen plötzlich gegen das Boot Front machen zu wollen. Wie auf Kommando verließen Hunderte von schwarzen Sturmvögeln ihre Nester und flogen aufs Meer hinaus. Sie erschreckten Libby, diese Räuber der Subantarktis, die sich mit einem gemeinsamen Schrei und mächtigen Flügelschlägen in die

Luft erhoben und auf den Ozean hinausflogen. Sie beobachtete, wie ein Paar den großen Schwarm verließ und sich, einander umwerbend, hoch in die Lüfte erhob. Das Männchen, mit angelegten Schwingen, herausgereckter Brust und geöffnetem Schnabel, schrie seinem Weibchen als schwarze Silhouette am Himmel seinen Ruf entgegen.

Libby ging nach unten und zog sich schnell an, dann warf sie noch einmal einen Blick in John-Codys Kabine und hoffte dabei, irgendetwas zu sehen, das darauf hinwies, was er vorhatte. Man konnte es vielleicht weibliche Intuition nennen, sie fand zumindest keine anderes Wort dafür, jedenfalls war sie sicher, dass etwas nicht stimmte. Sie überlegte schon, ob sie Tom und Jonah wecken sollte, aber aus irgendeinem Grund, den sie sich selbst nicht erklären konnte, tat sie es nicht. Am Kartentisch blieb sie stehen und starrte John-Codys offene Aktentasche an, die jetzt an einer anderen Stelle stand als gestern Abend. Sie sah hinein, und ihr Blick fiel auf einen zerknitterten braunen Umschlag. Sie konnte sich nicht erinnern, ihn schon einmal gesehen zu haben, und runzelte die Stirn, als sie den Stempel der Einwanderungsbehörde sah. Der Umschlag enthielt drei Briefe, aber es war nur eine Hand voll Wörter, die auf ihre Sinne einstürmte.

... eine Frist von zweiundvierzig Tagen, um das Land zu verlassen. Widrigenfalls droht Ihnen eine Gefängnisstrafe und die anschließende Zwangsausweisung.

22

Der Wal war ein junges Männchen, noch nicht einmal zehn Jahre alt, also kaum der Kinderstube entwachsen: Sein Rücken war dunkel gefärbt, fast so schwarz wie der seiner Vorfahren, seine Schwanzfluke und die Spitzen seiner Brustflossen waren jedoch gesprenkelt. Er wurde von Seelöwen geärgert. Sie schossen auf ihn zu, kniffen ihn in die Fluke und torpedierten seine Flanken. John-Cody tauchte an der Gruppe vorbei weiter nach unten und sah den Tieren noch einen Augenblick zu. Zwei junge Seelöwen schossen direkt auf ihn zu und umkreisten ihn mit einer Eleganz, die ihre schwerfälligen Bewegungen an Land Lügen strafte. Sie bellten ihn an, als wüssten sie, was er vorhatte. Sein Entschluss war jedoch unumstößlich. Er tauchte langsam weiter nach unten. Ganze Kaskaden von Blasentang erhoben sich aus dem Meeresboden, um ihn zu empfangen, gelb und braun und mit anderen Seegrasarten vermischt. Zwei Gelbaugenpinguine schossen auf der Jagd nach Krill an ihm vorbei. Wahrscheinlich hielten sie ihn für einen Seelöwen und machten deshalb einen weiten Bogen um ihn. Das Wasser schimmerte klar und blau. Leuchtende Balken aus Sonnenlicht drangen glitzernd durch die Oberfläche bis in diese Tiefe. Hier unten gab es keine Strömung. Die einzige Bewegung, die er spürte, stammte von einem Wal, der in einiger Entfernung an ihm vorbeischwamm. Obwohl Wale in der Regel mehr als fünfundsiebzig Tonnen wogen, konnten sie sich erstaunlich schnell bewegen. Von ihrer Fluke getroffen zu werden bedeutete im günstigsten Fall ein paar Knochenbrüche.

John-Cody nahm die Kälte des Wassers nicht mehr wahr. Zum ersten Mal seit langer Zeit hatte er wieder einen klaren Kopf. Ihn überkam fast ein Gefühl des Friedens, dennoch rief etwas in seinem Inneren, nicht laut genug, um ihn von seinem Entschluss abzubringen, doch er hörte es. Tom würde die anderen beiden sicher nach

Hause bringen: Das war der eigentliche Grund, weshalb er ihn auf diese Fahrt mitgenommen hatte. Jonah war zwar ein guter Seemann, und Libby wusste ebenfalls, wie sie sich auf einem Boot zu verhalten hatte, aber seine Garantie war Tom.

Er konzentrierte sich wieder auf sich selbst. Sobald er den Brief der Einwanderungsbehörde gelesen hatte, hatte er bereits dunkel geahnt, dass er es nicht schaffen würde. Fjordland war sein Zuhause, er wollte kein anderes mehr haben: Das Boot, die Sunde und dieser Ort hier, mit Wind so stark, dass er das Wasser zu Wänden auftürmte und die Klippen hinaufschob. Sein Kampf war verloren, Pole und seine Geldgeber waren einfach zu mächtig. Außerdem hielten sie einen Trumpf in den Händen, dem er nichts entgegenzusetzen hatte. Er fragte sich erneut, wie es diesem Mann hatte gelingen können, in seiner Vergangenheit herumzustochern. Aber Pole war ein Vietnamveteran – und stolz darauf. Seine Frau war Anwältin, und ein guter Privatdetektiv konnte fast alles über einen herausfinden. Aber all das spielte jetzt keine Rolle mehr. Sie wollten die *Korimako*, aber es wäre nicht der Skipper, der sie heimbrächte.

Libby steckte den Brief in die Gesäßtasche ihrer Jeans und überlegte, ob sie Tom wecken sollte. Es schien ihr der naheliegendste Gedanke, dennoch hielt sie etwas davon ab. Sie wusste nicht genau, was, aber vielleicht stellten sich ihre Befürchtungen ja doch als völlig unbegründet heraus. Wenn sie Tom jetzt also weckte, würde sie sich bei John-Cody nicht gerade beliebt machten, wenn er wieder an Bord kam. Falls er wieder an Bord kam. Der Brief sagte alles. Er enthielt die Antwort auf die Frage, warum er überhaupt hierher gefahren war. Er wusste, dass keine realistische Chance bestand, so weit im Süden eine ortstreue Delfinschule zu finden: Sie hatten das beide von Anfang an gewusst. Sie hatte die Gelegenheit, die seltenen Südkaper zu sehen, beim Schopf gepackt. John-Cody war nur aus einem Grund gekommen: Er wollte hier sterben.

Bei diesem Gedanken drehte sich ihr fast der Magen um. Sie ging wieder an Deck. Dort stand sie am Heck und hielt nach Luftblasen Ausschau, dieser verräterischen Spur aufsteigender Lufttaschen, die ihr zeigten, wo er tauchte und dass er noch lebte. Sie konnte jedoch keine entdecken. Sie ging nach backbord, ließ ihren Blick am Boot entlangschweifen und bemerkte, dass die Tauchflagge noch um die Wanten gewickelt war. Er hatte sie also nicht gehisst. Er zog sie sonst immer auf, eine Gewohnheit, die er selbst hier unten, wo es weit und breit kein anderes Schiff gab, nicht aufgebeben hatte. Libby umklammerte die Heckreling mit eiskalten Fingern und suchte die ruhige Oberfläche der Bucht verzweifelt nach irgendeiner Spur von ihm ab, aber da war nichts. Sie brauchte einen höher gelegenen Standpunkt. Am Klüvermast befand sich in zehn Metern Höhe ein Krähennest: Ohne nachzudenken, rannte sie zum Vorderdeck und begann, den Mast hinaufzuklettern.

Moby Dick bewegte sich mit der Eleganz eines Tieres, das nur halb so groß war wie er. Ein grauer, stummer Geist, der die Tiefen des Ozeans mit sanften, gleichmäßigen Schlägen seiner Fluke durchmaß. Genau wie das jüngere Männchen war auch er von spielenden Seelöwen geplagt und schikaniert worden, aber sie hatten nach kurzer Zeit wieder von ihm abgelassen, und jetzt tauchte er mit seinem mächtigen Körper in die Tiefe.

John-Cody sah ihn aus dem Augenwinkel auf sich zukommen. Er drehte sich vorsichtig um und beobachtete, wie der große Wal sich ihm näherte. Er hatte Moby Dick vor sieben Jahren das erste Mal gesehen, und er kam jedes Mal, wenn John-Cody im Winter hierher fuhr, zum Boot. Dabei rollte er sich spielerisch herum und schlug mit den Brustflossen auf die Wasseroberfläche, als begrüßte er einen alten Freund. Während seiner Ruhephasen pflegte er mit geschlossenen Augen auf der Seite zu dösen, während Mahina sich über die Reling beugte und ihm etwas in ihrer Muttersprache vorsang. Jetzt schwamm er über den dichten Schichten von Blasentang direkt auf John-Cody zu.

Libby stand mit dem Rücken zum Bug auf den Salings und suchte mit dem Fernglas die Oberfläche des Meeres nach Luftblasen ab. Tom kam, irgendetwas Unverständliches vor sich hinmurmelnd, an Deck und kratzte sich dabei am Kopf. Sie hörte, wie Jonah begann, in der Pantry herumzuklappern.

»Was machen Sie denn da oben?«, rief Tom ihr zu.

Sie antwortete ihm nicht sofort: Sie beobachtete gerade Moby Dick, der hundert Meter vom Heck der *Korimako* entfernt steil nach unten abtauchte. Sie sah, wie er noch einmal mit seiner Fluke aufs Wasser schlug, dann verschwand auch diese.

»John-Cody ist tauchen gegangen.« Sie ließ ihr Fernglas sinken und sah zu Tom hinunter. Die Sonne war inzwischen aufgegangen, brannte Löcher in den Nebel und wurde vom weißen Stahl des Decks reflektiert.

»Er ist was?«

Sie kletterte den Mast hinunter und sprang neben ihm aufs Deck. »Ich weiß. Es klingt verrückt. Er hat mir verboten, allein tauchen zu gehen, und jetzt ist er es, der allein ins Wasser geht. Er hat nur einen Sieben-Millimeter-Nasstauchanzug an, und er hat nicht mal die Flagge gehisst.« Sie zeigte auf die Wanten. »Ich mache mir große Sorgen, Tom. Er ist in allen Dingen, die dieses Boot betreffen, so pedantisch, und dann vergisst er einfach, die Tauchflagge zu hissen.«

»Er war in letzter Zeit ziemlich still, das gebe ich zu.« Jetzt runzelte auch Tom besorgt die Stirn. Libby folgte ihm nach drinnen. Den Brief, der in ihrer Gesäßtasche steckte, erwähnte sie noch immer nicht. Tom sagte Jonah, was er gerade von Libby erfahren hatte. Jonah strich sich nachdenklich sein dichtes Haar aus der Stirn.

»Zum Tauchen ist es verdammt kalt.«

Libby sah ihm in die Augen. »Ich habe keine Luftblasen gesehen.«

John-Cody verhielt sich völlig still, während Moby Dick näher kam. Der Wal gab keinen Ton von sich und schwamm sehr langsam. Seine Fluke bewegte er kaum. Mit knapp über zwanzig Metern war er einer der größten Wale hier in der Bucht. John-Cody war, verglichen mit ihm, winzig und völlig unbedeutend, nicht mehr als ein kleiner Punkt im Meer. Dennoch näherte sich ihm der Wal mit größter Vorsicht, ja beinahe ängstlich. John-Codys Entschluss begann zum ersten Mal, seit er im Wasser war, zu wanken. Er verharrte an Ort und Stelle und dachte an seinen Luftvorrat. Der Wal schwamm sieben Meter über seinem Kopf einen Kreis. Es wurde dunkel über

John-Cody. Auf dem Meeresgrund zeichnete sich ein riesiger Schatten ab.

Die See war jetzt schwarz geworden, und er spürte mit einem Mal die Kälte in seinen Knochen. Die Dunkelheit in seinem Inneren lichtete sich etwas. Er stellte sich plötzlich vor, wie diese Gegend vom Regen gepeitscht wurde, wie der Wind heulte. Er stellte sich vor, wie Stürme tagelang über das Land fegten. Libbys Worte hallten in seinem Kopf: *Ein entsetzlicher Ort zum Sterben.*

Moby Dick kam immer noch langsam auf ihn zu. Mit einem Mal wurde John-Cody sich dieses gigantischen Körpers bewusst, und er bekam plötzlich Angst. Panik schnürte ihm die Kehle zu, er war drauf und dran, zur Oberfläche zu flüchten. Der Wal, der vielleicht seine Unruhe spürte, drehte sich im Wasser herum, schwamm jetzt noch langsamer und ließ sich dann auf Augenhöhe zu ihm herabsinken, als wolle er ihn sich genauer ansehen. John-Cody versuchte mit einem Flossenschlag, wieder etwas Abstand zwischen sich und das Tier zu bringen. Der Wal war jetzt so nah, dass er nur noch eine große graue Mauer vor sich sah, so lang wie die *Korimako* und dreimal so hoch wie er selbst. Moby Dicks Auge war groß und hell wie das eines Albinos. Eingebettet in Speckwülste, stand es seitlich vom Kopf ab. Die Pupille war groß, dunkel und rund. John-Cody konnte jede einzelne Schwiele auf seiner Haut erkennen, jede Falte in den Wülsten, die es umgaben. Das Auge schaute ihn unverwandt an. John-Cody konnte direkt hineinsehen, als ob ihm der Wal einen Blick in seine Seele gewährte: eine Seele, die Alt und Jung verband, die ein Brücke schlug zwischen großer Weisheit und der Unberechenbarkeit des Törichten.

Die See umspülte ihn mit ihren kalten Fluten: In seinen Anzug eingeschlossen, war das einzige Geräusch, das er hörte, das Rasseln seines Atems und die sanften, immer höher werdenden Grunzlaute, die der Wal jetzt von sich gab. John-Cody starrte in sein Auge und sah dort Mahina. Er blinzelte, vergaß dabei fast zu atmen, dann sah er noch einmal hin, und sie war immer noch da: nicht bleich und matt, dem Tode nah, das Gesicht vom Krebs gezeichnet, sondern jung und voller Leben, mit feurigem Glanz in ihren Haaren und diesem dunklen Blick, der ihm schon bei ihrer ersten Begegnung aufgefallen war.

Mit einem Schlag wich alle Kraft aus seinen Gliedern. Er sah noch einmal hin, doch da war nur Moby Dick, der ihn immer noch unverwandt anstarrte. Er war dem Wal so nah, dass er ihn berühren konnte, und so streckte er unwillkürlich seine Hand aus und legte sie auf die runzelige Hügellandschaft seiner Hautschwielen. Einen Augenblick lang verharrten sie beide so, vollkommen reglos achtzehn Meter unter dem Meeresspiegel, dann warf John-Cody einen Blick auf seinen Tauchcomputer und stellte fest, dass er gerade noch genug Luft hatte, um es bis zur Oberfläche zu schaffen.

Das Fernglas um den Hals, kletterte Libby wieder zu den Salings hinauf und stellte sich ins Krähennest. Tom lehnte an der Heckreling, und Jonah stand auf dem Dach des Ruderhauses. Sie hielten angestrengt nach Luftblasen Ausschau. Libby suchte die Bucht mit dem Fernglas ab: Sie hatte die beste Aussicht und ließ ihren Blick jetzt langsam über das Wasser wandern, ignorierte dabei blasende Wale, durch das Wasser schießende Pinguine und Seelöwen, die plötzlich auftauchten, um sich gegenseitig anzubellen. Sie hatte Moby Dick vorhin etwa hundert Meter vom Heck entfernt abtauchen sehen und konzentrierte sich jetzt mit klopfendem Herzen und einem Wirrwarr an Gedanken in ihrem Kopf auf ebendieses Gebiet. Sie starrte schon eine ganze Zeit angestrengt auf das Wasser, als sie sich plötzlich fragte, wie lange sie John-Cody jetzt schon suchte. Sie setzte das Fernglas ab, warf einen Blick auf ihre Uhr und sah dann wieder auf die Bucht hinaus. Fünfzig Meter vom Heck entfernt entdeckte sie auf einmal Luftblasen.

Sie stieß einen Schrei aus, worauf die beiden anderen ebenfalls in diese Richtung schauten. Sie hob ihr Fernglas wieder an die Augen, sah die Blasen jetzt deutlicher und wusste, dass John-Cody mit dem Aufstieg begonnen hatte. Sie beobachtete die Luftblasen und nagte nervös an ihrer Unterlippe, dann entdeckte sie knapp unter der Wasseroberfläche seinen schwarzen Taucheranzug. Sie sah noch mehr Blasen, die jetzt wie ein Geysir sprudelten. Kurz darauf tauchte die Haube seines Anzugs aus dem Wasser auf, und er spuckte den Atemregler aus.

John-Cody spürte die Sonne auf seinem Kopf, als er die letzten Meter nach oben stieg, nachdem er die abschließende Dekompressionsstufe hinter sich gebracht hatte. Er spuckte sein Mundstück aus und sah in der Ferne das weiße Heck der *Korimako*. Er nahm seine Maske ab und ließ sich einen Augenblick auf dem Rücken treiben. Seine Sauerstoffflasche sorgte für starken Auftrieb, da sie fast leer war. Er starrte die dicken, weißen Kumuluswolken mit ihren grauen Rändern an, die sich wie eine Decke über den weiten Himmel legten. Tränen rannen ihm übers Gesicht. Er gab keinen Laut von sich, und er wusste auch nicht, weshalb er überhaupt weinte. Er wusste nur, dass er Mahina in Moby Dicks Auge gesehen hatte und dass sie ihm etwas hatte mitteilen wollen. Er fühlte sich schwach, schwächer denn je. Seine Entschlossenheit war dahin. Er lag mit weit ausgebreiteten Armen da, während seine Flossen aus dem Wasser ragten. Dann sah er zum Boot hinüber und stellte fest, dass Libby im Krähennest stand und ihn beobachtete. Instinktiv hob er eine Hand zum Kopf und machte das O.k.-Zeichen.

Libby sah seine Geste und atmete erleichtert auf. Plötzlich spürte sie ihr Herz rasen. Sie musste sich am Stahlring festhalten, der als Stütze um das Krähennest herumlief.

»Er ist o.k.«, rief sie den beiden anderen zu. »Ich nehme das Beiboot und hole ihn. Jonah, mach einen Kessel mit Wasser heiß und bring den Hilfsmotor auf Touren, damit er heiß duschen kann. Er muss halb erfroren sein.«

Tom machte das Beiboot los, und Libby stellte sich ins Heck. Sie warf den Motor an und fuhr mit Vollgas über die Bucht auf John-Cody zu.

Er lag immer noch an derselben Stelle im Wasser, an der er aufgetaucht war, schaute zum Himmel hinauf und sah Mahina noch einmal vor sich. Warum war sie zu ihm gekommen? Was versuchte sie ihm zu sagen? Seit sie Bluff Cove verlassen hatten, überkam ihn jetzt schon zum zweiten Mal das Gefühl, dass sie immer noch in dieser Welt gefangen war, dass sie nicht zu ihren Ahnen heimkehren konnte und statt dessen in seinem Bewusstsein langsam erstickte.

Seine Gedanken wurden vom Brummen eines Motors unterbrochen. Als er sich im Wasser aufrichtete, sah er Libby mit dem Boot auf sich zukommen. Auf ihrem Gesicht lag eine seltsame Mischung aus Angst und Erleichterung. Er schwamm langsam auf sie zu, während seine Tauchmaske um seinen Hals baumelte. Sie fuhr einen Kreis um ihn herum, brachte dann das Boot links von ihm zum Stillstand und schaltete den Motor auf Leerlauf. Sie sahen einander einen Moment lang in die Augen, sie im Boot stehend, er im Wasser schwimmend, mittlerweile halb erfroren. Er sagte kein Wort, schnallte einfach nur seine leere Sauerstoffflasche ab und hievte sie über die Bootswand.

23

Libby sprach an diesem Nachmittag über Funk mit Bree. Die *Korimako* lag immer noch in Laurie Harbour vor Anker. Sie hatte kurz vorher die hochträchtige Walkuh gesehen, die sich wie ein Nilpferd im flachen Wasser wälzte. John-Cody war den ganzen Tag über sehr still gewesen und hatte sich ihnen gegenüber noch distanzierter verhalten als in den vergangenen Tagen. Er hatte, nachdem Libby ihn an Bord gezogen hatte, im Beiboot gesessen, stumm seine Flossen und seine Maske in der Hand gehalten und zugesehen, wie das Wasser an der Bootswand vorbeiglitt. Er hatte kein Wort über seinen Tauchgang und dessen Grund verloren, und Libby hatte sich nicht im Stande gefühlt, ihn danach zu fragen. Wieder zurück an Bord der *Korimako*, war sie nach unten gegangen. Sie war erleichtert gewesen, als sie mit ihrer Tochter Funkkontakt bekam.

»Mum, ich glaube, ich bin in Hunter verliebt«, sagte Bree zu ihr.

»Bree, du bist noch nicht einmal dreizehn.«

»Na und? Was hat Liebe denn mit dem Alter zu tun?«

»Nun, vermutlich gar nichts. Hast du ihn schon geküsst?«

»Könnte schon sein.«

Libby lachte, als ihr klar wurde, wie schnell Bree jetzt erwachsen wurde.

»Und woher weißt du, dass du verliebt bist?«

»Das spüre ich, Mum. Hunter ist – er ist so mmmmmm. Mir wird immer richtig heiß, wenn ich in seiner Nähe bin.«

»Mmmmmmm? Was ist mmmmmm?«

»Du weißt schon, was ich meine. Aber ich will nicht per Funk darüber sprechen. Auf der Farm gefällt es mir total gut. Hunters Eltern sind sehr nett zu mir, und jetzt, da Mr. Pole mir Unterricht gibt, kann ich auch schon viel besser reiten. Hunter und ich helfen seinen Eltern bei den Schafen. Am Samstag waren wir mit unseren Pferden sogar oben in den Bergen. Es war ziemlich kalt, aber ich habe mich wie ein richtiger Cowboy gefühlt. Plötzlich kam mir die Welt so unendlich groß vor. Ich bin hier so glücklich. Ich will in Neuseeland bleiben. Nicht nur zwei Jahre, sondern für immer.«

»Wir werden sehen.«

»Ich will aber nicht sehen, Mum. Lass uns hier bleiben. Ich gehe hier gern zur Schule. Du kannst mich doch nicht ständig durch die Gegend schleifen.«

»Bree, ich mache das doch nicht, weil es mir gefällt. Es liegt an ...«

»Ich weiß, ich weiß, deine Arbeit. Aber versuch es doch wenigstens, Mum. Es gefällt mir hier richtig gut. Ich bin so glücklich. Ich war in meinem ganzen Leben noch nie so glücklich wie jetzt. Da sind Hunter und Sierra und die Hütte und der See und du und John-Cody.« Bree hielt inne. »Wie geht es eigentlich John-Cody? Er war so schweigsam, als ihr abgefahren seid. Ich weiß, dass du ihn sehr magst, Mum. Sag, wie geht es ihm?«

Libby lachte laut.

»Jetzt entschuldige, Mum, aber ich sehe doch, wie du ihn immer anschaust. Mach dir keine Sorgen, ich empfinde dasselbe für Hunter. Das ist die Liebe, Mum. Du solltest dich nicht dagegen wehren. Du hast sowieso keine Chance.«

»Du bist also plötzlich zur Expertin geworden.«

Bree lachte. »John-Cody mag dich ebenfalls, das kann man übrigens auch sehen.«

Libby setzte sich kerzengerade hin.

»Aber er hat Mahina noch nicht losgelassen, noch nicht richtig, meine ich. Das muss er aber, denn sie ist nicht mehr da. Vielleicht kannst du ihm ja dabei helfen. Er hat sie noch nicht gehen lassen, und deshalb ist er auch so traurig, aber Mahina würde nicht wollen, dass er traurig ist.«

Libby überlegte und fand, an dem, was ihre Tochter da sagte, war durchaus etwas dran. »Meinst du wirklich?«, fragte sie.

»Ja.«

Libby dachte an die Briefe von der Einwanderungsbehörde, und ihre Stimmung verdüsterte sich wieder. »Bree, bitte, pass auf dich auf«, sagte sie dann. »Wir sind bald wieder zu Hause.«

»Nein, Mum: Pass du lieber auf dich auf. Ich bin hier an Land sicher. Aber du bist auf dem Meer, und ihr habt noch eine Fahrt von vierhundertsiebzig Kilometern vor euch, oder hast du das schon vergessen?«

»Du brauchst dir keine Sorgen zu machen, John-Cody ist ein ganz hervorragender Skipper, und hier unten gibt es keine Eisberge.«

»Mum.«

»Was?«

»Ich habe es übrigens ernst gemeint ..., das von vorhin, dass ich hier bleiben möchte. Anfangs dachte ich, es würde mir hier überhaupt nicht gefallen, aber das stimmt nicht, ich finde es absolut toll. Ich will nicht schon wieder irgendwo anders hinziehen. Ich will hier bleiben, und ich will, dass du John-Cody heiratest.«

Libby starrte durch das Bullauge die Seelöwen an, die sich, eine Flosse erhoben und im rechten Winkel abgebogen, auf dem Rücken im Wasser treiben ließen. Sie hatte dieses Verhalten schon bei den Bärenrobben im Dusky Sound beobachtet, hatte aber nicht die leiseste Ahnung, was es bedeutete.«

»Ich denke, du solltest ihn fragen. Er wird es nämlich niemals tun.«

»Bree!«

»Warum denn nicht? Wir leben schließlich im neuen Jahrtausend, Mum. Jetzt ist Frauen-Power angesagt, vergiss das nicht.«

Libby musste wieder lachen. »Ich werde es mir merken. Aber komm du jetzt bloß nicht auf die Idee, Hunter zu fragen.«

Als Libby wieder zurück auf die Brücke ging, stand John-Cody am Bug und rauchte eine Zigarette. Durch die offenen Türen des Ruderhauses wehte ein kalter Luftzug in den Salon. Tom kam gerade von achtern und schloss die windwärts gelegene Tür. Libby konnte Jonah im Maschinenraum arbeiten hören. Im Boot roch es nach Diesel von der Heizung und nach Kaffee, der in der Kanne kalt geworden war. John-Cody richtete sich auf und schnitt seine Zigarette ab. Der Wind wehte ihm die Haare ins Gesicht. Er starrte auf die Wolken. Sein Blick wirkte plötzlich besorgt, dann kam er ins Ruderhaus zurück und studierte aufmerksam das Barometer. Libby sah, dass der Luftdruck rapide fiel.

»Zieht etwa schon wieder ein Sturm auf?«, fragte sie ihn.

»Ja.«

»Wann wird er uns erreichen?«

»In weniger als vierundzwanzig Stunden.« John-Cody sah sie fragend an. »Warum?«

»Weil ich heute Nachmittag die trächtige Walkuh gesehen habe: Ihr Junges kann jederzeit kommen.«

Er sah auf seine Uhr und warf einen Blick aus dem Fenster. Es dämmerte bereits. Die Tage wurden beständig kürzer. »Falls Sie versuchen wollen, nachts unter Wasser zu filmen: Vergessen Sie's«, sagte er. »Sie hätten nicht die geringste Chance. Aber wenn wir die Walkuh morgen noch finden sollten, werde ich mit Ihnen tauchen.«

Sie sahen einander einen Moment an, und Libby dachte an Brees Worte. Es stimmte, ihr lag sehr viel an ihm. Sie ertappte sich ständig dabei, dass ihre Gedanken um ihn kreisten. Sie mochte seinen Geruch, spürte gern seine Männlichkeit in ihrer Nähe. Sie liebte die Furchen in seinem Gesicht, die blaue Ader, die unterhalb seines Auges verlief. Sie liebte die Falten um seinen Mund und die Sehnen seiner gebräunten Unterarme. »Ich habe eben mit Bree gesprochen«, sagte sie. »Sie hat sich in Hunter verliebt.«

John-Cody lächelte. Es war seit Tagen das erste Mal. »Hat sie Ihnen das am Funkgerät erzählt?«

»Ja.«

»Gut, dann weiß es jetzt die gesamte Fischereiflotte im Südpazifik. Wie geht es ihr?«

»Sie vermisst Sie sehr.«

Sein Blick verdüsterte sich wieder. Er sah an ihr vorbei zum Fenster hinaus. »Hat sie Ihnen das gesagt?«

Libby nickte. »Sie hat auch wissen wollen, warum Sie vor der Fahrt so still waren. Und sie hat mich gefragt, ob sie immer noch so still sind.«

»Was haben Sie ihr geantwortet?«

»Dass sich daran nichts geändert hat.«

Er starrte den Boden an.

»Warum sind Sie heute Morgen allein getaucht?«

Er antwortete nicht. Libby wartete. Er konnte ihre Erwartung spüren, konnte fühlen, wie nah sie bei ihm stand, konnte ihr Haar riechen, die Textur ihrer Haut erkennen. Er ging er an ihr vorbei zum Achterniedergang.

»Ich muss mit der *Moeraki* sprechen«, sagte er. »Ich will wissen, ob sie den Ölfilter repariert haben.«

An diesem Abend gingen Tom und Jonah nach dem Essen in den Maschinenraum hinunter, um ein paar Kontrollen vorzunehmen. Es gehörte zu Toms Gewohnheiten, den Gardner-Motor immer wieder zu ölen und zu kontrollieren, ob alle Anzeigen ordnungsgemäß arbeiteten. Da Tom ein ausgezeichneter Lehrer war, lernte Jonah dabei viel über die Wartung von Schiffsmotoren. Der Sturm hatte noch nicht seine volle Stärke erreicht. Libby saß im Salon und las ein Buch, während sie dem Knarren der Wanten am Achterdeck lauschte. John-Cody hatte vergeblich versucht, die *Moeraki* zu erreichen, bevor er dann bei Bluff Radio nachfragte, ob es irgendwelche Neuigkeiten gab. Man sagte ihm, dass das Boot immer noch draußen war und sich zum letzten vereinbarten Zeitpunkt nicht gemeldet hatte. Er kam mit angespanntem Gesicht die Stufen herauf.

»Besteht Grund zur Besorgnis?«, fragte ihn Libby.

»Nein, es gibt eine Menge Gründe, warum sich ein Boot nicht meldet. Sie haben ja selbst schon erlebt, welche atmosphärischen Bedingungen hier unten manchmal herrschen: Oft bekommt man einfach kein ordentliches Signal rein. Das ist mir schon öfter passiert.« Er zuckte mit den Schultern. »Jack Mackay ist ein hervorragender Skipper, und die *Moeraki* ist ein gutes Schiff. Es ist ihnen bestimmt nichts passiert.«

Er schwieg eine Weile. Schließlich stand er auf, um Kaffee zu machen, und brachte Libby einen Becher an den Tisch. Er schaltete leise Musik ein, dann saßen sie schweigend da und tranken ihren Kaffee. Libby dachte an das, was Bree über sie und John-Cody gesagt hatte, und fragte sich, ob wirklich jemand ihrem Gespräch zugehört hatte. Sie fragte sich aber auch, ob sie das überhaupt störte. John-Cody starrte an ihr vorbei durch die dunklen Fenster.

»Woran denken Sie gerade?«, fragte Libby ihn. »Ich gäbe viel dafür, das zu erfahren.«

Er sah sie an. »Ich glaube nicht, dass meine Gedanken so interessant sind.

»Warum überlassen Sie diese Entscheidung nicht mir?«

»Es gibt nichts, was ich Ihnen erzählen könnte.«

»Da bin ich aber ganz anderer Ansicht.« Libby wollte in den sauren Apfel beißen, hatte plötzlich aber Angst davor. »Warum sind Sie heute Morgen allein getaucht?«

»Ich bin hier schon oft allein getaucht. Bei Ihnen ist das etwas anderes. Solange Sie sich auf meinem Boot befinden, trage ich die Verantwortung für Sie, Libby. Es hat auf diesem Boot bereits einen Toten gegeben. Ich will nicht, dass so etwas noch einmal passiert. Deshalb habe ich Ihnen auch gesagt, Sie sollen nicht ohne Begleitung ins Wasser gehen.«

Sie nickte. »Aber warum haben Sie die Tauchflagge nicht gehisst? Das tun Sie doch sonst immer.«

Er merkte, dass sie ihm etwas zu entlocken versuchte, das preiszugeben er nicht bereit war. Er schwieg. Libby beobachtete sein Gesicht, den düsteren Ausdruck um seine Augen und die angestrengt gerunzelte Stirn.

»Ich habe den Brief von der Einwanderungsbehörde gelesen. Was geht da vor sich, John-Cody?« Es war ihr einfach so rausgerutscht. Sie hatte das nicht sagen wollen, aber sie hatte es getan. Sie hörte ihre Worte, ohne sie mit ihrer Stimme in Zusammenhang zu bringen. Er musterte sie mit zusammengekniffenen Augen.

»Es tut mir Leid. Ich wollte nicht in Ihre Privatsphäre eindringen. Aber Sie waren allein im Wasser, und ich habe mir große Sorgen um Sie gemacht. Sie waren die ganze Zeit schon so still und so in sich gekehrt. Ich wusste nicht, was ich davon halten sollte.«

John-Cody saß da und starrte einen Fingernagel an. Die Musik schwebte leise durch den Raum. Hin und wieder drangen auch Toms und Jonahs Stimmen nach oben. Er biss sich auf die Lippen und sah sie an.

»Kommen Sie mit in die Persenningkajüte hinaus«, sagte er dann.

Libby folgte ihm nach draußen. Sie nahm zwei Zigaretten aus ihrem Päckchen, brach die Filter ab und gab ihm eine. Er zündete sie mit zitternden Händen an, dann setzten sie sich an den Tisch. Die

Plastiktür war ein Stück nach oben gerollt, und sie sahen die Sterne kalt und hell wie Diamanten am Himmel funkeln. John-Cody rauchte schweigend seine Zigarette, dann sah er sie über den Tisch hinweg an.

»Ich werde in den Vereinigten Staaten steckbrieflich gesucht«, begann er mit ruhiger Stimme. »Ich habe Ihnen erzählt, dass ich nicht in Vietnam gewesen bin, aber ich habe Ihnen nicht gesagt, warum ich nicht dort war.« Er hielt inne und nahm einen Zug. »Ich habe mich geweigert. Als ich meinen Einberufungsbescheid erhalten habe, bin ich einfach abgehauen. Ein paar Monate später hat mich das FBI festgenommen. Sie haben mich zu einem Armeestützpunkt nach Seattle gebracht.«

Sie legten ihm keine Handschellen an. Er war allerdings überzeugt davon, dass ihn der junge Beamte auf dem Beifahrersitz am liebsten gefesselt und geknebelt in den Kofferraum geworfen hätte. Er saß schweigend auf der Rückbank, während sich die beiden Agenten mit leiser Stimme über Themen unterhielten, die ihn in keiner Weise interessierten. Die Landschaft zog an ihm vorbei, der Armeestützpunkt rückte näher. Er hatte keine Ahnung, was sie mit ihm anstellen würden. Der Beamte hatte etwas von einer zweiten Chance gesagt, was immer das auch heißen mochte. Trotzdem hatte er Angst. Er verfiel nicht in Panik, aber es blieb eine nagende Beklommenheit, die ihn von allen Seiten stumm und dunkel belauerte, und er sah keine Möglichkeit, etwas dagegen zu tun. Er dachte an New Orleans, an seine Eltern und seine Schwester, an die Mitglieder seiner Band, die jetzt gerade ihre Kampfausbildung durchmachten oder vielleicht schon in Vietnam waren. Vielleicht befanden sie sich aber auch schon in einem Leichensack auf dem Weg nach Hause. Die Chance, dass ein Soldat gleich bei seinem ersten Einsatz im Dschungel getötet wurde, war vermutlich ziemlich hoch. Die Unerfahrenen erwischte es in der Regel zuerst, je länger man dann dort war, desto größer wurde die Chance zu überleben. Man wurde unweigerlich zu einem echten Soldaten, denn die Erfahrungen dort ließen einem keine andere Wahl.

Sie trafen spät in der Nacht auf der Militärbasis ein, hielten am

Tor, wo zwei Marines mit Pistolen und M-16-Gewehren das Auto und die Identität der beiden FBI-Agenten überprüften und John-Cody mit einer Taschenlampe direkt ins Gesicht leuchteten. Schließlich winkten sie den Wagen durch. Die beiden Agenten stiegen aus und legten John-Cody Handschellen an, dann führten sie ihn die Treppe eines Holzgebäudes hinauf und übergaben ihn formal der Militärpolizei.

Ein sehr großer, sehr kräftig gebauter Offizier, kahlköpfig und mit einem dünnen Schnurrbart, nahm seine Personalien auf. Dann brachte man ihn wortlos in eine Zelle am anderen Ende des Blocks. Die Tür fiel hinter ihm ins Schloss und wurde zugesperrt. John-Cody setzte sich in der Stille der Nacht auf die Pritsche und lauschte seinem Herzschlag. Die Zelle war winzig, zwei Meter auf ungefähr einen Meter zwanzig: Er hatte sie abgeschritten. Da die Pritsche eine Wandseite fast vollständig einnahm, hatte er sich beinahe seitwärts hineinzwängen müssen. Das erinnerte ihn an einen alten Fernsehfilm, den er einmal über das Sing Sing in New York gesehen hatte. Er setzte sich und versuchte, nicht in Tränen auszubrechen. Vielleicht sollte einfach nach Vietnam gehen, sich töten lassen oder ein paar andere Menschen töten und so das Ganze hinter sich bringen. Er versuchte, Klarheit darüber zu gewinnen, warum er sich entschieden hatte, der Einberufung keine Folge zu leisten: Lag es wirklich daran, dass er kein Gewehr in die Hand nehmen wollte, oder war er einfach nur feige, wie der FBI-Mann ihm vorgeworfen hatte?

Er musste irgendwann doch eingeschlafen sein, denn am nächsten Morgen wurde er durch das Geräusch des Riegels geweckt. Er sah in das Gesicht eines Militärpolizisten. »Guten Morgen, Soldat. Heute ist Ihr Glückstag. Sie werden dieses Gefängnis als freier Mann verlassen.«

John-Cody sah ihn an und schwieg.

»Nicht so schlapp, Soldat. Kommen Sie.«

Der Offizier führte ihn nach draußen ins grelle Sonnenlicht, wo eine Gruppe von Marines in Kampfanzügen auf dem Exerzierplatz Drillübungen durchführte. John-Cody stand mit seinem schulterlangen Haar da und rieb sich die Augen wie ein verschlafenes Kind. Man führte ihn über den Platz, wo die Soldaten jetzt zu exerzieren aufgehört hatten und ihn auspfiffen: Das gehörte zweifellos zu der hier üblichen psychologischen Vorgehensweise. Es überraschte ihn selbst, als er die Schultern straffte und seinen Kopf gerade hielt wie ein unschuldig Verurteilter auf dem Weg zum Galgen. Man führte ihn zwischen zwei Baracken hindurch, dann stand er einem Drill-sergeant gegenüber. Dieser war zwar kleiner als er, aber wesentlich breiter und stämmiger. Sein Gesicht sah aus, als hätte er seine Kind-heit im Boxring verbracht. Der Militärpolizist übergab ihn der Ob-hut des Sergeants, der ihn zum Tor führte. Dort sah John-Cody eine Gruppe von zwanzig Rekruten in Zivil in einer Reihe vor den auf Hochglanz polierten Stufen des Wachhauses stehen. Er atmete tief durch die Nase ein und sah geradeaus, als der Sergeant ihm einen Platz in dieser Reihe zuwies. Dann hörte er die Stimme des Mannes als heiseres Flüstern an seinem Ohr:

»Blamieren Sie mich bloß nicht, Sie Arschloch.«

John-Codys Herz schlug schneller. Der Sergeant ging zehn Meter weiter, drehte sich dann militärisch zackig um und pflanzte sich, breitbeinig und mit hinter dem Rücken verschränkten Händen, vor den Rekruten auf. Er ließ seinen Blick langsam über die Reihe un-erfahrener junger Gesichter wandern, an deren Ende John-Cody stand.

»Gentlemen«, sagte er. »Mein Name ist Sergeant Oslowski. »Ihr prächtigen Exemplare stolzer amerikanischer Männer seid aufge-fordert worden, für euer Land zu kämpfen.« Er hielt inne, fuhr sich mit der Zunge über die Lippen und ließ seinen Blick dann auf John-Cody ruhen. »Treten Sie also alle einen Schritt nach vorn und emp-fangen Sie die Ehre, die man Ihnen gewährt.«

Alle traten einen Schritt nach vorn: alle außer John-Cody, der sich, die Hände hinter dem Rücken verschränkt, nicht vom Fleck rührte. Er atmete stoßweise, aber er reckte das Kinn in die Luft und hielt seinen Blick unverwandt auf einen Rotschwanzhabicht gerich-tet, der als Silhouette am Himmel schwebte. Er wartete, während es rings um ihn herum totenstill wurde, dann hörte er, wie der Sergeant mit schwerem Schritt auf ihn zu kam, sich neben ihn stellte und ihm ins Ohr zischte.

»Ich sagte, treten Sie vor, und nehmen Sie diese Ehre an.«

John-Cody rührte sich noch immer nicht von der Stelle.

»Haben Sie verstanden, was ich gesagt habe?«

»Ja, Sir.«

»Dann treten Sie vor.«

»Nein, Sir.«

»Noch einmal: Treten Sie vor, Gibbs.«

»Das werde ich nicht tun, Sir.«

Die anderen starrten in jetzt an, einige voller Spott, andere mit unverhohlener Bewunderung im Blick. Oslowski trat vor ihn und nickte den beiden Militärpolizisten in der Nähe zu. Er befahl ihnen, ihm Handschellen anzulegen und ihn in den Bunker zu werfen, bis er zur Vernunft gekommen sei. Kurz bevor sie John-Cody abführten, drehte dieser sich noch einmal zu Oslowski um.

»Es wird nichts an meinem Entschluss ändern, Sir«, sagte er. »Ich werde niemals nach Vietnam gehen.«

»Darauf würde ich nicht wetten, mein Junge.«

Sie sperrten ihn eine Woche lang ein: Er wurde völlig isoliert, seine Mahlzeiten und Trinkwasser schob man ihm durch einen Schlitz in der Tür. In seiner Zelle stand ein Eimer, der ihm als Toilette diente. Man gestand ihm ein einzige Rolle Toilettenpapier zu. Der Eimer wurde nicht ein einziges Mal geleert. Der Gestank setzte sich hinten in seinem Hals fest, so dass ihm ständig übel war. Nachts war es am schlimmsten. In der Zelle war es stickig. Sie hatte nur ein einziges, winziges Fenster, durch das ihn Marines und junge Rekruten gleichermaßen mit allen Schimpfwörtern belegten, die er kannte, und dazu noch mit vielen, die er bis dahin noch nie gehört hatte.

Sein Entschluss festigte sich jedoch zusehends. Er wurde ruhiger. Jetzt war er sicher, dass sie ihn nicht brechen würden. Die Isolationshaft beflügelte ihn auf eine Art und Weise, wie er es niemals für möglich gehalten hätte. Er erlaubte seinen Gedanken umherzuschweifen, nach Louisiana, seinen sumpfigen Flussarmen und dem großen Fluss, nach New Orleans im heftigen Sommerregen, zur Hitze und dem feuchten Geruch der Straßen des French Quarter, die jeden Morgen mit Schläuchen abgespritzt wurden. Er fragte sich, was seine Eltern gerade machten, ob sie überhaupt jemand informiert hatte. Aber sie waren sich zweifellos über seine Situation im

Klaren, auch wenn er sich, nachdem er New Orleans verlassen hatte, nicht mehr bei ihnen gemeldet hatte. Das FBI hatte ihn mit Sicherheit zuerst zu Hause gesucht, als er nicht zur Musterung erschienen war.

Am Ende der Woche gestattete man ihm, seinen Eimer zu leeren. dann wurde er wieder in seine Zelle gebracht. An diesem Abend, nicht lange nach Einbruch der Dunkelheit, wurde plötzlich die Tür geöffnet und zwei Militärpolizisten führten ihn in die Nacht hinaus. Sie befahlen ihm, am Zaun des Stützpunktes entlangzulaufen, während sie ihn rechts und links flankierten. Anschließend ließen sie ihn im Trab kreuz und quer zwischen den Quartieren und den Speisesälen laufen, damit ihn jeder sehen konnte. Wieder wurde er auf jede nur erdenkliche Art und Weise beschimpft. Er lief jedoch mit einem Lächeln auf dem Gesicht. Den Blick hatte er fest auf den Horizont gerichtet, er sah weder nach rechts noch nach links, selbst als ihn eine leere Bierdose knapp unterhalb der Rippen traf. Die MPs befahlen Marschtempo und übergaben ihn schließlich vor der Treppe eines langen, niedrigen Gebäudes zwei anderen Militärpolizisten. Hier blieb er stehen, um wieder zu Atem zu kommen, aber man packte ihn an beiden Armen, zerrte ihn die Stufen hinauf und schleppte ihn dann in ein Zimmer, in dem es so dunkel war, dass er nicht einmal seine eigene Hand vor den Augen sehen konnte. Hinter ihm wurde die Tür zugeschlagen. Er stand reglos da und hatte nicht die leiseste Ahnung, wo er sich befand.

Er wusste nicht, wie lange er dort in der Dunkelheit gestanden hatte, als plötzlich rechts und links von ihm Musik zu spielen begann: Erst nach einiger Zeit erkannte er, dass es sich um eine Aufnahme von Glen Miller und seiner Bigband aus den vierziger Jahren handelte. Die Musik umgab ihn, und auf der Wand am anderen Ende des Raumes, der, wie sich jetzt herausstellte, schmal und lang war, nahmen Bilder Gestalt an. Filmprojektionen, GIs aus dem Zweiten Weltkrieg in Landungsbooten auf dem Ärmelkanal. Dazu hörte er die Stimme eines Sprechers, der erklärte, dass die Armee der Vereinigten Staaten der Garant der freien Welt sei, ein Bollwerk gegen das Vorrücken des Kommunismus. Der Kommentar sollte Ängste wecken, Angst auslösen vor der roten Gefahr, die sich gerade in

Südostasien manifestierte und jedermann bedrohte. Er sah John Wayne in einem Ausschnitt aus einem Film über einen Krieg, in dem er nie gekämpft hatte. John-Cody stand mit verschränkten Armen da, während Bild um Bild, Stimme um Stimme auf seine Sinne eindrangen. Das Ganze dauerte zwanzig Minuten oder sogar länger. Es mutete fast an wie ein Werbespot, danach erhob sich eine einzelne Stimme über die Klänge der Bigband.

»John-Cody Gibbs, Sie wurden auserwählt, Ihrem Land zu dienen. Treten Sie vor, und nehmen Sie diese Ehre an.«

John-Cody rührte sich nicht vom Fleck.

»Treten Sie also vor, mein Sohn. Ihr Land braucht Sie.«

»Nein, Sir.«

»Treten Sie vor.«

»Nein, Sir.«

»Gibbs, treten Sie vor, und dienen Sie Ihrem Land.«

»Nein, Sir. Das werde ich nicht, Sir.«

»Ich fordere Sie zum letzten Mal auf: Treten Sie vor, John-Cody Gibbs.«

»Nein, Sir.« Jetzt schon ein wenig gereizt. »Das werde ich auf keinen Fall, Sir.«

John-Cody starrte Libby im Halbdunkel an. Zwischen seinen Fingern glomm eine neue Zigarette. Er hörte Jonah hinter dem Pantryfenster auf und ab gehen.

»Sie haben mich zu drei Jahren Staatsgefängnis verurteilt«, sagte er. »Nach achtzehn Monaten hat man mich vorzeitig aus der Haft entlassen, aber mit der Auflage, im Staat Washington zu bleiben. Ich habe dort aber keine Arbeit gefunden, dafür hat mein Bewährungshelfer schon gesorgt. Also bin ich über die Grenze nach Idaho gegangen. Dort haben sie mich dann wieder geschnappt. Auf dem Weg zurück zum Gefängnis ist der Wagen auf einer verschneiten Straße verunglückt. Ich bin unverletzt geblieben und habe mich auf den Weg zur Küste gemacht. In Bellingham habe ich auf einem Trawler angeheuert. Meine Fahrt ging nach Hawaii. Irgendwann bin ich dann hier gelandet. Den Rest kennen Sie ja.«

Libby starrte ihn an. »Dann sind Sie also illegal hier.«

Er nickte. »Ich habe Mahina nie geheiratet und auch nie die neuseeländische Staatsbürgerschaft beantragt.«

»Aber das Ganze ist doch schon fünfundzwanzig Jahre her, John-Cody. Die können Sie doch nach fünfundzwanzig Jahren nicht mehr ausweisen?«

»Normalerweise würden sie das auch nicht tun. Das haben sie mir jedenfalls gesagt. Aber ich werde noch immer vom FBI gesucht.«

Libby saß mit verschränkten Armen da. »Ich dachte, es hätte eine Amnestie für diejenigen gegeben, die damals verweigert haben.«

»Das stimmt.«

»Also, dann ist doch alles in Ordnung.«

Er schüttelte den Kopf. »Darum geht es in meinem Fall nicht, Libby. Ich habe meine Bewährungsauflagen verletzt. Genau genommen, bin ich also ein Verbrecher.«

24

Libby wachte auf, weil sie eine leichte Bewegung unter dem Schiffsrumpf spürte: Auf dem Boot war alles still, sie konnte nur das Klatschen des Wassers gegen die stählernen Bootswände hören. Sie lag
auf dem Rücken und sah das Mondlicht durch das kleine Bullauge
fallen; es warf Schatten auf die offene Tür, die sie an der Wand fest-
gehakt hatte. Sie konnte Zigarettenrauch riechen; das war un-
gewöhnlich, denn John-Cody hatte im Boot das Rauchen verboten.
Sie stand auf und zog ihren Bademantel über T-Shirt und Slip. John-
Codys Bett war leer.

Er lehnte in der halboffenen Backbordtür, rauchte eine Zigarette
und hörte den Walbullen zu, die einander in der Dunkelheit etwas
zuriefen. Dicke Wolken hingen über den Bergen. Sie berührten fast
das Ufer, im Wasser der Bucht spiegelte sich der Mond. Der Wind
hatte sich gelegt, gleichzeitig war das Barometer weiter gefallen. Es
war nur noch eine Frage der Zeit, bis der Sturm losbrach.

John-Cody hörte Libbys Schritte auf den Stufen und das gleichmäßige Knarren des Holzes. Er blieb stehen, wo er war, beobachtete
den Horizont und entdeckte ganz in der Nähe des Bootes die graue
Dampffontäne eines blasenden Wals. In der Bucht konnte man jetzt
die unterschiedlichsten Geräusche hören. Immer wieder Stöhn- und
Grunzlaute und in der Ferne ein tieferes, grollendes Brüllen, das er
noch in keinem Fachbuch beschrieben gefunden hatte. Libby kam
auf die Brücke. Er drehte sich nicht zu ihr um, spürte aber ihre
Gegenwart. Er witterte sie wie ein Tier mit leicht geblähten Nasenflügeln. Er nahm noch einen Zug an seiner Zigarette und schnitt
dann das Ende ab. Als er sich endlich umdrehte, stand sie hinter ihm.
Ihr ovales Gesicht wirkte im Mondlicht sehr blass. Plötzlich wanderte sein Blick hungrig über ihre Gesichtszüge. Keiner von beiden
sagte ein Wort.

Seltsame Gedanken nahmen seinen Verstand in Besitz. Er konnte nicht einmal mehr sagen, was er gerade fühlte. Hinter ihm rollte sich ein Wal in der Brandung und brachte das Wasser zum Kochen. Libby sah in sein Gesicht. Ihr Blick senkte sich mit einem Verlangen, das er noch nie zuvor gesehen hatte, in seine Augen.

Sie betrachtete seine verwüsteten Gesichtszüge, sah den gehetzten Blick in seinen Augen, das stahlgraue Haar mit den fransigen Spitzen. Sie verharrte auf den Falten um seinen Mund, dem im Halbdunkel matten Rot seiner Lippen, dem leichten Höcker auf seiner Nase, dem kräftigen Kiefer. Sie studierte sein Kinn, seinen Hals, seine Brust unter dem offenen Hemdkragen. Sie verfolgte die Linie seiner Schultern, die breit und immer noch kräftig waren, seinen Oberkörper, der in schmale, straffe Hüften überging. Sie sah ihn an und wusste, dass sie jetzt das sah, was Mahina damals gesehen hatte, als er noch jung gewesen war. Es war der hell erleuchtete Tunnel in die Seele eines Mannes. Sie sah die Furcht in seinen Augen, die Verwirrung und die plötzliche Angst vor der Zukunft. Sie sagte noch immer kein Wort: Sie spürte, wie sich ihr Magen verkrampfte. Einen solchen Schmerz hatte sie noch nie in ihrem Leben gespürt. In diesem Augenblick wusste sie, dass sie ihn liebte.

John-Cody richtete sich auf. Libby legte ihre Handfläche auf seine Brust. Ihm wurde bewusst, dass sie fühlen konnte, wie heftig sein Herz schlug, und das machte ihn plötzlich verwundbar. Er wollte sich ihr entziehen. Sein Körper gehorchte jedoch nicht. Sie kam noch näher an ihn heran, und wieder fing er an zu zittern. Sie legte ihre Hand um seinen Nacken. Ihre Finger fühlten sich kühl an. Sie drehte sein Gesicht vorsichtig zu sich und streifte mit ihren Lippen sanft seinen Mund.

Zuerst reagierte er nicht. Er konnte es einfach nicht. Er versuchte, an Mahina zu denken, aber sie war plötzlich nicht mehr da. Ihn überkam mit einem Schlag das Gefühl, tief unten im Meer zu schwimmen. Er hörte ein Rauschen in den Ohren, spürte um sich herum kühle Fluten. In diesem Augenblick war Mahina frei wie ein Delfin. Gischt spritzte auf, als sie durch die Wellen schoss und sich auf den Weg nach Norden zum letzten Ruheplatz machte, hinter dem die Welt ihrer Vorfahren lag. Da wusste er, dass er sie tatsächlich fest gehalten hatte, dass er sein Versprechen gebrochen und sie gefangen gehalten hatte. Ihn überkam unendliche Müdigkeit, als Libby ihn in die Arme nahm. Diese Müdigkeit nahm vollständig von ihm Besitz. Er küsste Libby, zog sie an sich. Mahina war jetzt frei. Jetzt konnte sie hinauf zu den Sternen fliegen und den Atem der Ewigkeit spüren.

Libby, die seine Mattigkeit fühlte, schlang die Arme um ihn. Sie zog ihn an sich und hielt ihn fest. Das Gesicht an seinem Hals vergraben, spürte sie seine kratzenden Bartstoppeln auf ihrer Wange. Sie rieb sich an ihm, stupste ihn wie ein junger Hund mit ihrer Nase. Er legte seinen Kopf an ihr Gesicht, hielt sie fest, begehrte sie und nahm sie mit seinem ganzen Wesen in sich auf. Libby zerrte an den Druckknöpfen seines Hemdes, bis sie einer nach dem anderen aufsprang. John-Cody lehnte sich mit dem Rücken gegen das Armaturenbrett, die Beine leicht gespreizt, den Kopf im Nacken, während sie ihn liebkoste: Er schloss die Augen und spürte den Druck ihrer Fingerspitzen, ihrer Nägel, als ihre Hände über seinen Bauch zum Gürtel seiner Jeans wanderten.

In ihm entflammte ein Feuer, das mit Mahinas Tod erloschen war, das aber, seit er Libby kannte, wieder zu schwelen begonnen hatte. Jetzt brannte es lichterloh.

Libby trat einen Schritt zurück, ließ ihren Bademantel von den Schultern rutschen und zog ihr T-Shirt aus. Die kalte Luft, die durch die offene Backbordtür hereinströmte, verursachte ihr eine Gänsehaut und ließ ihre vollen, roten Brustwarzen hart werden. John-Cody schluckte. Er zog seine Jeans aus und kam auf sie zu. Libby zog ihn in ihre Arme und drückte sich an ihn. Sie hob ein Bein, so dass sie ihren Fuß auf dem Rand der Sitzbank abstützen konnte und er ihren warmen Oberschenkel an seinem fühlen konnte.

Er nahm sie im Stehen, drückte sie ans Steuerrad und hob sie hoch. Sie liebten sich verzweifelt, wild und ungestüm. Beide gaben keinen Laut von sich, während Jonah und Tom nur ein paar Schritt von ihnen entfernt unten in ihren Kojen schliefen. Die Luft war kalt und frisch, ihr Atem kondensierte. Trotzdem waren beide schweißüberströmt, während sie sich, Gesicht an Gesicht, mit ineinander verwobenen Haaren mit den Lippen berührten, sie aufeinander pressten. John-Cody verlor sich im Feuer von Libbys Liebe, spürte ihre nackten Brüste auf seiner Haut und roch ihren Duft, schwer und berauschend.

Danach verharrten sie einfach, so wie sie waren, während Libby John-Cody so festhielt, wie sie in ihrem ganzen Leben noch keinen Menschen gehalten hatte. Nur ganz langsam lockerte sie ihre Umarmung und schmiegte sich, ihre glühende Wange an seine Brust gelegt, einfach an ihn, während die Leidenschaft, die so heftig entflammt war, langsam einer sanften Zärtlichkeit wich.

John-Cody hob Libbys Bademantel auf und legte ihn um ihre Schultern, dann zog er seine Jeans an und schloss den Gürtel. Keiner sagte ein Wort. Sie standen einfach nur da und hielten sich gegenseitig fest, während sie zusahen, wie der Mond über Laurie Harbour langsam unterging, und den Walen lauschten, die sich in der Nacht unterhielten.

Am nächsten Morgen wachte John-Cody ziemlich früh auf. Er lag allein im Halbdunkel seiner Koje. Libby war in der Nacht zu ihm gekommen, und sie hatten sich noch einmal geliebt, dann war er eingeschlafen, während sie neben ihm lag. Jetzt konnte er sie durch die dünne Wand zwischen ihren Kabinen atmen hören. Er nahm an, dass sie Jonahs und Toms wegen in ihre eigene Koje zurückgegangen war. Er schloss die Augen und sah sie nackt auf der Brücke stehen, ihr Körper halb im Schatten verborgen. Wieder wuchs in ihm das Verlangen. Er sah ihre Augen, hörte ihre Stimme, und er konnte sie riechen. Einen Augenblick lang ließ er seinen Gefühlen freien Lauf, dann versuchte er, an Mahina zu denken, denn die altbekannten Schuldgefühle suchten ihn wieder heim. Er kam sich wie ein Verräter vor. Es gelang ihm jedoch nicht, sich Mahinas Bild in Erinnerung zu rufen; sie war endgültig fort, gegangen für immer. Er freute sich für sie, doch seine eigene Zukunft war heute noch genauso düster wie gestern, nur dass diese neue Situation mit Libby alles noch viel komplizierter machte.

Eine unendliche Traurigkeit überfiel ihn. Er wusste, dass er sie nicht abschütteln konnte, also schlug er die Bettdecke zurück und stand auf. Während er sich anzog, spürte er die schaukelnde Bewegung des Bootes. Er ging zur Brücke, sah den Morgennebel langsam über das Wasser treiben. Am Rand der Bucht stiegen Gischtfontänen auf, kleine Windhosen, weiß gefärbte Böen, sichere Zeichen, dass der Wind dort draußen erheblich auffrischte. Er trank seinen Kaffee und sah einen Wal durch die Wellen pflügen. Der Wal vollführte extrem hohe Sprünge und klatschte dann auf das Wasser, als wäre es Beton. John-Cody dachte kurz an seine Zukunft. An eine Zukunft, die es nicht mehr gab. Er fragte sich, wie er dem, was ihn erwartete, überhaupt entgegentreten sollte. Schon der erste Sturm hatte seine Frist von zweiundvierzig Tagen erheblich verkürzt. Sie würden bald die Heimfahrt antreten müssen, wenn er überhaupt noch Zeit haben wollte, die wichtigsten Dinge zu regeln. Sein Blick wanderte zum Tauchkasten, und er fragte sich, ob er jetzt, da Mahina frei war, noch einmal die Kraft hatte, es zu versuchen.

Als er sah, wie sich die trächtige Kuh in den Untiefen auf der anderen Seite der Bucht im Wasser wälzte, ging er nach unten, um Libby zu wecken.

Tom und Jonah ließen das Beiboot zu Wasser, indem sie es mit den Handwinschen vorsichtig herunterkurbelten, bis es mit seinem Aluminiumboden hinter der Tauchplattform im Wasser auflag. Libby und John-Cody, die bereits ihre Taucheranzüge trugen und die Kameraausrüstung in der Hand hielten, kletterten hinein.

»Wir haben nicht mehr viel Zeit«, sagte John-Cody. »Der Wind hat bereits zugelegt, und wenn der Weg in sichere Gewässer so weit ist, ist das eine verdammt ernste Angelegenheit.«

Das Wasser erschien ihnen noch kälter als gestern. John-Cody bereute es, dass er, obwohl er sich jetzt endlich einen Trockentauchanzug hätte leisten können, noch immer keinen besaß. Bei diesen Temperaturen würde er es mit seinen alten Knochen nicht lange im Wasser aushalten. Er konnte nur hoffen, dass die Walkuh wirklich kurz vor der Geburt stand. Sie versuchten, sich von den Wirbelströmungen fern zu halten, die von der offenen See hereindrückten, und schwammen in ruhigeres Wasser, in dem sich nur Blasentang sanft am Meeresgrund wiegte.

Die Walkuh hielt sich, etwa dreißig Meter von ihnen entfernt, in Ufernähe und in relativ flachem Wasser auf. Als John-Cody ihren runden, prallen Bauch sah, war er sicher, dass die Geburt unmittelbar bevorstand. Ein seltsames Gefühl überkam ihn, als er zuerst Wasser trat und dann Libby folgte, die unter den Leib des großen Tieres schwamm, während es an der Oberfläche heftig blies. Er war hierher gekommen, um zu sterben, aber mit Libbys Hilfe war es ihm gelungen, Mahina endlich gehen lassen. Jetzt tauchte er wieder, diesmal aber nicht, um seinem Leben ein Ende zu machen, sondern um Zeuge bei der Entstehung neuen Lebens zu werden.

Die Kuh brüllte jetzt, und dieses Geräusch vibrierte wie ein Schmerzensschrei derart laut durch das Wasser, dass er zusammenzuckte: Der Wal drehte sich vorsichtig auf die Seite und wieder zurück, rollte im Wasser, so dass die Druckwelle sowohl Libby als auch John-Cody zurückstieß. Nachdem sie sich wieder stabilisiert hatten, erkannten sie einen zweiten Wal, der auf sie zuschwamm. Die beiden Tiere begrüßten sich, strichen mit ihren Flanken aneinander vorbei, streichelten sich mit ihren Brustflossen und rollten sich im Meer. Libby befand sich direkt unter ihnen, trat Wasser und filmte sie dabei. Als sie noch näher an die beiden Tiere heranschwamm, hielt sich John-Cody ein wenig abseits und beobachtete, wie die Wale auf sie reagierten. Würden sie ihre Gegenwart tolerieren oder nicht? Die Helferin, die jetzt die beiden Taucher wahrgenommen hatte, drehte sich um, schwamm auf sie zu und verharrte schließlich wie eine riesige schwarze Mauer vor ihnen. Eine Linie weißer Hautschwielen lief an ihrem Kiefer entlang. Die Walkuh nahm sie ins Visier, wobei ihr Auge in seinem Sockel aus Fett hin- und herrollte, dann stieg sie wieder zu der trächtigen Kuh auf, um ihr beizustehen.

John-Cody schwamm zu Libby hinüber. Ihre Augen hinter ihrer Tauchermaske strahlten vor Freude riesengroß. Er bedeutete ihr, ein Stück weiter hinabzutauchen und dann einen Bogen zu schwimmen, um hinter die beiden Wale zu gelangen. Sie schwammen schnell, bewegten sich mit raschem Flossenschlag nach unten, während John-Cody ständig den Tiefenmesser und ihre Tauchzeit im Auge behielt. Sie befanden sich vor Beacon Point, nicht weit von der Stelle entfernt, an der Hardwicke gestanden hatte. John-Cody spürte plötzlich eine neue, beunruhigende Strömung, die sich ihren Weg in die Bucht suchte.

Libby schwamm jetzt langsamer und richtete sich auf, sie filmte unentwegt. Die begleitende Walkuh schwamm jetzt um die trächtige Kuh herum, deren Genitalschlitz sich inzwischen deutlich geweitet hatte. Libby spürte, wie ihr Adrenalin ins Blut schoss, als ihr bewusst wurde, dass der Geburtsvorgang begonnen hatte. Die Kuh rollte sich wieder herum und stöhnte. Libby konnte, gewissermaßen von Frau zu Frau, ihre Schmerzen nachfühlen. Plötzlich musste sie an Bree denken und fragte sich, was ihre Tochter im Augenblick wohl gerade tat. Die Kuh stöhnte wieder und schlug dabei so fest auf die Wasseroberfläche, dass die Bewegung des Wassers Libby fast die Kamera aus der Hand gerissen hätte. Sie filmte jedoch weiter und erkannte, wie durch den sich weitenden Genitalschlitz die Schwanzflosse des Kalbs hindurchtrat.

John-Cody starrte auf das Schauspiel, das sich vor seinen Augen abspielte. Für den Bruchteil einer Sekunde sah er wieder Mahina in Moby Dicks Auge. Mahina, die ihm sagte, dass dies nicht die für ihn bestimmte Zeit sei, dass die Welt neues Leben erwartete. Da spürte er, wie alles im Fluss war, spürte den Kreislauf von Leben, Tod und Wiedergeburt.

Das neugeborene Kalb wurde sofort von der Hebamme betreut, dann drehte sich auch die Mutter herum und sah sich ihr Baby an. John-Cody beobachtete alles aus der Entfernung, merkte jedoch plötzlich, dass irgendetwas nicht stimmte. Jetzt packte ihn auch Libby am Arm und zeigte aufgeregt auf das Walkalb. Er sah genauer hin: Das Baby trieb einfach nur im Wasser statt, seinem Instinkt folgend, zur Oberfläche hinaufzuschwimmen, um seinen ersten, lebenswichtigen Atemzug zu tun.

Die Hebamme hatte sich ein Stück zurückgezogen. Die Mutter schwamm jetzt unter ihr Kalb und bugsierte es mit ihrem Maul sanft hinauf zur Wasseroberfläche. Der kleine Wal bewegte sich jedoch noch immer nicht. Er musste sich jedoch bewegen, um zu atmen, und er musste ständig schwimmen, bis er so viel Fett angesetzt hatte, dass sein Auftrieb ausreichte, um ihn nahe der Wasseroberfläche zu halten.

Sie konnten jedoch keine Bewegung der kleinen Fluke ausmachen, kein Heben des Kopfes mit seiner Ansammlung weiß gefärbter Hautschwielen. Die Mutter nahm das Baby auf ihr Maul und hob es an die Oberfläche. John-Cody beobachtete das Ganze, jeder Muskel seines Körpers angespannt. Das Kalb atmete nicht, und als die Mutter es los ließ, sank es nach unten wie ein Stein. Er starrte die Mutter an, die sich jetzt wieder unter ihrem Baby befand und es erneut hinauf zur Wasseroberfläche schob: Noch immer wollte es nicht atmen und ging wieder unter.

Die Mutter versuchte es wieder und wieder, doch das Baby sank jedes Mal wieder nach unten. Seine Fluke blieb reglos. Der kleine Wal atmete nicht. *Komm schon.* John-Cody formulierte die Worte in seinem Kopf. *Komm schon. Du musst atmen.*

Die Mutter schob ihr Baby wieder zur Oberfläche, aber als sie die Schnauze wegzog, ging es sofort wieder unter. John-Cody spürte Libbys Hand auf seinem Arm und schloss die Faust fest um den Tangi-wai in seiner Handfläche. *Atme. Verdammt, du sollst atmen.*

Aber das Baby wollte nicht atmen, wollte nicht schwimmen. Seine Fluke war reglos wie alter Gummi, seine runzelige Haut wirkte im Blaugrün des Wassers bedenklich blass.

Jetzt trat wieder die Hebamme in Aktion. Sie stupste die Mutter mit ihrem Maul an und begann nun ihrerseits, den kleinen Wal hinauf zur Oberfläche zu schieben. Gemeinsam versuchten es die beiden Wale wieder und wieder und wieder, während das Kalb reglos und in merkwürdig schlaffer Haltung über ihren Mäulern lag. Die Hebamme zog sich schließlich wieder zurück, und die Mutter versuchte es allein weiter: Das Kalb rollte jedoch von ihrem Maul und sank wieder nach unten. John-Cody spürte plötzlich eine unendliche Leere in seiner Seele, als die Mutter keine Anstalten mehr machte, ihrem Baby zu helfen.

Plötzlich zuckte das Kalb zusammen, schlug zum ersten Mal mit seiner Fluke und schwamm hinauf zur Oberfläche, als sei es gerade eben aus einem tiefen Schlaf erwacht. Die Mutter schwamm unter ihr Kalb, als sei sie nicht sicher, ob es das schaffen würde, aber es war schon an der Oberfläche und saugte den Sauerstoff ein. Es blies, tauchte und blies noch einmal. John-Cody schloss wieder seine Faust um den Tränenstein. Auch Libby schwamm jetzt nach oben. Sie hielt die ganze Zeit die Kamera auf die Wale gerichtet, sah ihn aber zunächst nicht an. Dann kam sie mit ihrem Gesicht nah an seines heran, und er konnte durch ihre Maske erkennen, dass Tränen in ihren Augen standen.

Ein Blick auf sein Handgelenk sagte ihm, dass es höchste Zeit für den Aufstieg war. Sie begannen, eingehüllt in eine Wolke aus Luftblasen, gemeinsam langsam nach oben zu schwimmen, bis sie auftauchten und das Kalb blasen sahen. John-Cody nahm seine Maske ab und schnappte begierig nach Luft, während er sich neben Libby auf dem Rücken treiben ließ und sie sich an den Händen hielten.

Er hörte das Jaulen eines Außenbordmotors und sah Jonah im Beiboot über die Bucht auf sie zurasen. Der Instinkt sagte ihm, dass etwas nicht stimmte. Sie schwammen auf das Beiboot zu und versuchten dabei, Jonah von der Stelle weg zu dirigieren, wo das Walkalb gerade die ersten Minuten seines Lebens genoss. Jonah sah die beiden und fuhr langsamer. Als er sie erreichte, hatte John-Cody bereits die Schnallen seines Gestells für die Sauerstoffflasche gelöst.

»Was ist los?«

»Die *Moeraki*.« Jonahs Augen waren fast schwarz. »Sie haben einen Notruf abgesetzt, dann brach der Funkkontakt ab.«

John-Cody zog sich über die Bordwand.

»Tom meint, auf der anderen Seite der Landspitze Rauch gesehen zu haben.« Jonah zeigte über die Bucht nach Norden. John-Cody kniff die Augen zusammen. Auch er sah die dunklen Fäden, die jenseits von Rapoke Point auf der Meerseite von Enderby Island in den Himmel stiegen. Er hatte Derartiges jedoch schon viele Male gesehen und wusste, dass es sich dabei genauso gut um eine bestimmte Wolkenformation handeln konnte, die in dieser Gegend häufig vorkam. Er stand auf, schirmte seine Augen ab und beobachtete, dass sich die Spiralen mit dem Wind bewegten. Es gab keine Möglichkeit, von hier aus mit Sicherheit zu sagen, ob das, was er da sah, nur Wolken waren oder tatsächlich der Rauch eines brennenden Schiffs. Jonah zog Libby über die Bootswand: John-Cody ging zum Ruder und fuhr das Beiboot schnell zur *Korimako* zurück.

Im Ruderhaus streifte er sofort den Tauchanzug ab und stand in nassem T-Shirt und Unterhosen da. Tom kam aus dem Maschinenraum. John-Cody warf sich ein Handtuch um die Schultern und ging zum Steuerrad. Er schlug es hart nach steuerbord ein und gab Vollgas. Sie konnten es sich durchaus leisten, den Anker ein wenig hinter sich herzuschleifen, jedenfalls, solange das Boot dadurch nicht in Schräglage geriet. Er sah zum Himmel hinauf, der sich dunkel und drohend über der Bucht spannte. Er wusste, dass der Sturm jetzt Kraft sammelte. Libby runzelte die Stirn, als sie Port Ross in östlicher Richtung verließen, denn sie sah im Land direkt im Norden jede Menge Lücken.

»Wären wir nicht schneller, wenn wir direkten Kurs nehmen würden?«, fragte sie.

John-Cody antwortete ihr, ohne sie anzusehen. »Das wäre zu gefährlich, Libby. Es gibt dort keine sichere Durchfahrt. Wir müssen den langen Weg außen herum nehmen.«

Sein Gesicht erstarrte plötzlich, als er unter seinen Füßen spürte, dass die Strömung aus Westen kam.

»Aus welcher Richtung kommt der Wind, Tom?«

»Direkt aus Osten.« Toms Stimme klang sehr ernst. John-Cody wusste, dass Tom es ebenfalls spürte. Die beiden Männer sahen sich an und schwiegen. John-Cody stand am Steuerrad. Libby gab ihm seine Jeans, die auf der Bank lag.

»Was ist los?«, fragte sie ihn, als er sie über seine blau gefrorenen Beine steifte.

»Geh sofort nach unten, Lib, und versuch, die *Moeraki* über Funk zu erreichen.«

Libby rannte die Stufen des Achterniedergangs hinunter und riss das Mikrofon des Einseitenbandfunkgeräts aus seiner Halterung. »*Moeraki, Moeraki, Moeraki*. Hier spricht die *Korimako*. Bitte kommen, over.«

John-Cody stand auf der Brücke und steuerte die *Korimako* mit Vollgas auf die Ausfahrt von Port Ross und das North East Cape zu. Tom stand genau wie Jonah neben ihm. Keiner von ihnen sagte ein Wort, als sie sahen, wie die Windböen die See hinter der Landspitze aufwühlten.

»Melden sie sich, Libby?«, rief John-Cody den Niedergang hinunter.

»Nein.«

»Versuch es weiter.« Er sah nach vorn, dann warf er Tom einen Blick zu. »Halt Kurs«, sagte er, dann übergab er ihm das Steuer und ging nach draußen an Deck. Er blieb einen Augenblick neben dem Tauchkasten stehen, während ihm der Wind direkt ins Gesicht blies, und beobachtete die schaumgekrönten Wellen am Horizont. Aus Erfahrung wusste er, dass Stürme direkt vor dem North East Cape am stärksten tobten und sich etwa eine Meile östlich die Küste von Enderby Island hinauf etwas abschwächten. Wenn es ihnen also gelang, den Sturm zu umfahren, bekämen sie keine größeren Probleme. Aber dafür brauchten sie Zeit; die *Moeraki* und ihre Crew waren dann vielleicht schon verloren. Er kaute auf der Unterlippe herum, während er nachdachte. Die Aluminiumverkleidungen waren noch nicht wieder an den Seitenfenstern befestigt, und sie hatten jetzt auch so gut wie keine Zeit mehr, sie anzubringen. Er sah Tom durch die verschwommene Plexiglasscheibe an. Ihr Blick traf sich – sie dachten beide dasselbe. Sie mussten es einfach riskieren. Sie mussten direkt durch das Auge des Sturms fahren, und das mit einer Westströmung unter ihren Füßen und dem Ostwind im Gesicht.

Als sie den Windschatten der Landspitze verließen und auf die kabbelige See gelangten, krachten schon die ersten großen Wellen über den Bug. John-Cody ging wieder auf die Brücke, arbeitete sich von dort zum Achterniedergang vor und rief zu Libby hinunter: »Mach dich da unten auf einiges gefasst, Lib. Es kann ziemlich rau werden.«

Sie hob den Kopf. Einen Moment lang schauten sie sich einfach nur an, dann widmete sie ihre Aufmerksamkeit wieder voll und ganz dem Funkgerät.

John-Cody stellte den Autopiloten ein und signalisierte Jonah, ihm mit den Aluverkleidungen zu helfen. Auch Tom kam dazu. Mit vereinten Kräften gelang es ihnen schließlich, die Leeseite zu sichern, dann arbeiteten sie sich um das Heck herum zur windwärtigen Seite hinüber, wo sich der Vorgang noch wesentlich schwieriger gestalten würde. Sie befanden sich jetzt schon ein gutes Stück jenseits des North East Cape. Die See überspülte das Deck. John-Cody konnte sich in seinen Gummistiefeln auf dem nassen Boden kaum auf den Beinen halten, während Jonah sich an der Reling festhielt, als sie versuchten, die Verkleidung am Fenster anzubringen.

»Es hat keinen Sinn!«, brüllte Tom ihnen, die Hände zu einer Art Schalltrichter geformt, durch den tosenden Wind zu. Mit großer Mühe gelang es ihnen, die Bleche wieder auf die Leeseite zurückzutragen und dort zu verstauen.

Der Wind zerrte mit solcher Gewalt am Tussock-Gras auf Enderby Island, dass große Büschel einfach aus der Erde gerissen und von den Windhosen aufs Meer getragen wurden. Das Wasser war schwarz und schaumbedeckt. Hohe Wellen brachen sich zwischen den Felsen, die sich wie zackige, abgebrochene Zähne unterhalb der Klippen erhoben.

Die *Korimako* wurde wie ein Kreisel hin und her geworfen. Sie rollte von einer Seite auf die andere, während sie sich gleichzeitig gegen den Wind stemmte und immer wieder in Wellentäler hinabschoss, an deren tiefstem Punkt die Wellen hoch über dem Deck aufragten und sich mit einem Geräusch brachen, das wie Gewehrschüsse klang. Libby saß unter Deck am Kartentisch. Sie hielt sich mit einer Hand fest und hatte beide Knie gespreizt, während sie vergeblich versuchte, Funkkontakt zur *Moeraki* herzustellen. Irgendwann erschien John-Codys Kopf am Niedergang.

»Gib es auf, Lib. Du wirst sie jetzt nicht reinkriegen.«

Sie kam, immer noch in ihrem Nylonunterzeug, das sie unter ihrem Trockentauchanzug getragen hatte, die Stufen zur Brücke herauf. Da das Boot heftig schlingerte, musste sie sich dabei mit aller Kraft ans Geländer klammern. Die Vorderfenster wurden ständig überspült, so dass man fast nichts mehr erkennen konnte. John-Cody steuerte deshalb nach Radar, wobei die Strömung den Kiel immer wieder herumwirbelte. Jonah hatte in der Pantry alles dicht gemacht, aber das Boot rollte so heftig, dass das Geschirr hin und her rutschte, Vorräte gegen die Türen der Kästen polterten und Töpfe und Pfannen ständig mit einem metallischen Klirren aneinanderstießen, das Libby durch Mark und Bein ging.

Sie näherten sich jetzt dem Auge des Sturms. Libby starrte durch die Steuerbordfenster die weißen Windhosen an, die sich von den Wellenkämmen nach oben in den Himmel schraubten: Geisterhaft und gespenstisch stiegen sie auf, schwärmten über den Ozean aus, als kämpften sie gegeneinander. Libby stellte sich neben John-Cody, der, jeden Muskel seines Körpers angespannt, das Steuerrad hielt. Sie krallte die Hände in die Oberkante der Bank. Tom hatte ihren Lieblingsplatz an der Steuerbordtür besetzt. Er stützte sich mit seinem gesamten Gewicht auf den Rand des Armaturenbretts, während er die Füße gegen den Kühlkastens hinter sich stemmte. Jonah saß am Tisch und versuchte, sich dort irgendwie fest zu halten.

John-Cody starrte unverwandt durch die vom Wasser überspülten Fenster und dachte dabei an die Crew des Fischfangschiffs, die nördlich von Enderby Island in Not geraten war. Er sah Libby von der Seite her an.

»Hast du vorhin am Funkgerät mit irgendeinem anderen Schiff Kontakt gehabt?«

Sie schüttelte den Kopf.

Dann starrte sie plötzlich mit schreckgeweiteten Augen an ihm vorbei durch das Fenster, denn direkt vor ihnen erhob sich plötzlich eine riesige Wasserwand.

John-Cody sah den panischen Ausdruck in ihren Augen. Er drehte sich um. Ihm stockte der Atem.

»O mein Gott.« Dann schrie er: »Stehende Welle. Stehende Welle. Weg von den Fenstern.«

Er hatte den Satz noch nicht beendet, als Libby sah, wie eine weiße Kruste vom Kamm abzublättern begann, als die Welle brach. Sie ragte mehr als fünfzehn Meter auf, dann begrub sie die *Korimako* unter sich.

Libby blieb keine Zeit mehr, zu reagieren: Die Wassermassen trafen das Boot mit einem ohrenbetäubenden Krachen. Sie hörte ein gewaltiges Getöse, eine Art Donnergrollen direkt über sich, dann spürte sie die Wucht des Windes, hörte es am Bug laut knallen, und Tonnen und Abertonnen von Wasser ließen die verstärkten Fensterscheiben splittern. Eine Sekunde lang hörte sie nichts anderes als ein lautes Reißen, dann gaben die Fenster nach, und sie wurde wie eine Puppe gegen die Wand rechts neben den Achterniedergang geschleudert. Das Wasser nahm ihr den Atem. Es hob sie hoch, hielt sie eine Sekunde lang mit eisigen Fingern fest, und drückte sie dann zu Boden. Es hüllte sie in Dunkelheit ein, während es über sie hinwegströmte, drang in ihren Mund, ihre Nase und ihre Lungen, verstopfte ihre Ohren und machte sie blind. Sie begann instinktiv zu strampeln und dann, die Hände zum Schutz vor ihr Gesicht gestreckt, wie ein Taucher Wasser zu treten.

John-Cody ließ sich, kurz bevor die Welle das Boot traf, auf beide Knie fallen, packte die Spaken des Steuerrads und hielt sich daran fest. Er spürte, wie Tom gegen ihn geschleudert und wieder fortgerissen wurde. Mit aller Kraft klammerte er sich an die Spaken, als das Wasser an ihm zerrte, als befände er sich in einem Flugzeug mit plötzlichem Druckabfall. Das Wasser riss, krallte und zog an ihm. Es saugte und brodelte, drang in seine Ohren, füllte seinen Mund: Er schmeckte Blut und Salz und glaubte einen Moment lang fest, dass er ertrinken würde. Dann spürte er die *Korimako* heftig rollen und befürchtete eine entsetzliche Sekunde lang, sie könnte umschlagen. Sie schnellte jedoch mit einem gewaltigen Ruck wieder nach oben, so dass es ihm die Hände vom Steuerrad riss. Er wurde zur Seite geschleudert und krachte gegen die Steuerbordtür.

Das Boot richtete sich wieder gerade auf. Sein Instinkt übernahm die Kontrolle über seinen Körper, während er verzweifelt nach irgendetwas tastete, woran er Halt finden konnte: Seine Hand fand die Tür des Schalterkastens, und er klammerte sich daran. Das Wasser brodelte und zischte um ihn herum, als es sich durch die zerschmetterten Fenster seinen Weg nach draußen suchte und dann durch die Speigatten ablief. John-Cody rappelte sich auf und sah sich, bis zur Taille im eiskalten Seewasser stehend, nach den anderen um. Die Kabinen unten waren voll gelaufen, und Tom trieb, das Gesicht nach unten, in der Nähe des Niedergangs zum Vorschiff im Wasser. John-Cody packte ihn an den Haaren und zog ihn hoch. Er öffnete die Augen, hustete und spuckte. Erbrochenes mischte sich mit dem Seewasser. Jonah tauchte, eine Platzwunde über dem Auge, hinter ihm aus dem Wasser auf, beugte sich aber sofort wieder unter Wasser, um nach dem Schalter der Bilgepumpe zu suchen. John-Cody hörte, wie der Schalter einrastete, dann ertönte ein Summen. Er schickte ein kurzes Dankgebet zum Himmel, als die Pumpen anliefen.

Er sah sich nach Libby um, konnte sie jedoch nirgendwo entdecken. Gleichzeitig schlug er das Steuerrad nach backbord ein und drehte das Heck der *Korimako* auf diese Weise in den Wind. Schließlich zeigte das Boot in die Richtung, aus der sie gekommen waren. Er stand am Steuer, während der Wasserspiegel im Boot allmählich fiel und sie mit Vollgas Kurs auf einen geschützten Ankerplatz nahmen. Er schrie Jonah zu, er solle Libby suchen. Wenige Augenblicke später erschien dieser, Libby vor sich herschiebend, auf den Stufen des Achterniedergangs. John-Cody starrte sie an. Sie war kreidebleich und zitterte entsetzlich. Der Schock stand ihr noch immer im Gesicht.

»Alles in Ordnung?«, brüllte er, um den Lärm der Pumpen und das Tosen des Windes zu übertönen, der sie jetzt direkt am Heck traf. Sie erwiderte seinen Blick zunächst stumm, dann nickte sie. Ihre Augenlider flatterten, schlossen sich und öffneten sich, dann sah sie ihn wieder an.

John-Cody steuerte per Hand und musste dabei sowohl gegen die Strömung kämpfen, die sie von vorn traf, als auch gegen den Wind, der jetzt von hinten drückte. Die *Korimako* krängte und schlingerte. Wieder überflutete eine Welle das Boot, und John-Cody verlor den Halt. Er ging in die Knie. Nur mit Mühe gelang es ihm, wieder aufzustehen. Unter Deck war alles überflutet. Die Pumpen schafften es kaum, die eingedrungenen Wassermassen zu bewältigen. Sie mussten so schnell wie möglich vorankommen, und so drückte er den Gashebel bis zum Anschlag nach vorn. Der Motor ratterte und hämmerte unter seinen Füßen in einem wilden Stakkato.

»Was in aller Welt war das?«, schrie ihm Libby zu und stellte sich direkt neben ihn.

»Eine stehende Welle. Die Strömung aus Westen ist auf den Wind aus Osten getroffen, dadurch hat sich das Wasser zu einer Art Wand aufgebaut, die immer höher wurde, bis die Schwerkraft schließlich gesiegt hat und die Welle brechen ließ.«

Dann sah er, dass der Kompasskopf verschwunden war. Er war aus seiner Aufhängung am Armaturenbrett gerissen worden. John-Cody starrte das GPS und das Radar an; beide Bildschirme waren schwarz. Als er dann einen Blick auf den Autopiloten warf, gefror ihm das Blut in den Adern. Sämtliche Anzeigen drehten sich wie wild.

25

Ned Pole saß in seinem Büro und hörte den Funkverkehr auf See ab. Er kaute nervös an einem Fingernagel. Er hatte den Notruf der *Moeraki* empfangen und gehört, wie Tom Blanch auf der *Korimako* geantwortet hatte. Das war alles. Er fragte die Skipper seiner Langustenboote, aber auch sie konnten ihm nicht mehr sagen. Jetzt saß er an seinem Schreibtisch und starrte gedankenverloren aus dem Fenster. Jane telefonierte mit ihren Geldgebern in den Vereinigten Staaten. Sie berichtete ihnen, dass John-Cody in Kürze das Land verlassen würde. Er hörte mit einem Ohr, dass sie gerade die *Korimako* und den Kai erwähnte. Sie war der Meinung, dass man den Preis jetzt deutlich drücken konnte. Ned Pole ging zum Fenster und sah auf die hintere Koppel hinaus, wo die drei Pferde unter den Bäumen Schutz vor dem strömenden Regen gesucht hatten. Barrio wieherte und scharrte mit dem Huf auf dem nassen Boden: Pole hatte ihn, seit er Hunter Caldwell auf seinem Rücken gesehen und er ihn so sehr an seinen Sohn erinnert hatte, selbst nicht mehr geritten.

Hinter ihm legte Jane gerade auf. »Alles läuft bestens«, sagte sie. »Du sollst ihnen so schnell wie möglich die Detailpläne per E-Mail schicken.«

Pole sah sie fragend an.

»Die Pläne, Ned, für den Sund. Wie das Ganze ablaufen soll. Es ist dein Projekt, das darfst du nicht vergessen. Es ist deine große Chance, allen zu beweisen, dass du doch ein guter Geschäftsmann bist.« Sie sah ihn mit schief gelegtem Kopf an. Ihre Augen blickten ein wenig spöttisch.

»Die *Moeraki* wird vermisst.«

Jane zog fragend eine Augenbraue hoch.

»Die *Moeraki* ist ein Fischereiboot. Ihre letzte bekannte Position war nördlich der Auckland-Inseln.«

»Und?«

»Sie hat einen Notruf abgesetzt, der von der *Korimako* beantwortet wurde. Seitdem haben sie zu keinem der beiden Boote mehr Kontakt gehabt.«

»Und?«, fragte Jane wieder.

»Möglicherweise sind beide gesunken.«

Jane zuckte mit den Schultern. »Nun, in diesem Fall hätte sich Gibbs' Ausweisung von selbst erledigt.«

Pole sah sie nur schweigend an. In diesem Augenblick wurde ihm klar, dass er sie hasste. »Du bist noch nie draußen auf See gewesen, nicht wahr?«, sagte er dann.

»Nein, und ich habe auch nicht die Absicht, jemals meinen Fuß auf ein Schiff zu setzen.« Jane setzte sich an ihren Schreibtisch und zeigte demonstrativ auf seinen Arbeitsplatz. »Vielleicht hättest du jetzt die Güte, dich um diese E-Mail zu kümmern, Ned. Wir müssen unser Zuhause retten, oder hast du das vergessen?«

Alex telefonierte mit Bluff Harbour. Auch sie hatte den Notruf der *Moeraki* und Toms Antwort mitgehört. Von diesem Zeitpunkt an hatte sie permanent versucht, Funkkontakt zur *Korimako* zu bekommen, was ihr jedoch bisher nicht gelungen war. Jetzt erkundigte sie sich bei Bluff Radio, ob dort ein Signal von John-Codys Boot empfangen worden war. Auch dort hatte man nichts gehört, versprach jedoch, sich sofort bei ihr zu melden, sobald eine Nachricht einging. Sie wusste, dass sich in den subantarktischen Gewässern keine anderen Boote aufhielten. Die Position des nächsten Schiffes lag hinter Pukaki Rise, etwa dreihundert Kilometer nordöstlich von Port Ross. Alex ging ins Büro und setzte sich auf ihren Stuhl. Sie warf einen Blick auf ihre Armbanduhr: Bree würde bald von der Schule nach Hause kommen, und sie fragte sich zum hundertsten Mal, was sie ihr sagen sollte. Das Mädchen würde mit seiner Mutter sprechen wollen und sich sicher Sorgen machen, wenn das nicht möglich war. Sie sah aus dem Fester, während sie ein unheilvolles Gefühl befiel: Über den Bergen ballten sich Gewitterwolken zusammen.

John-Cody warf wieder in Port Ross Anker. Libby lauschte dem schrecklichen metallischen Rasseln, das dabei durch das Boot hallte. Die Bilgepumpen arbeiteten noch immer auf Hochtouren. Unter Deck stand das Wasser jetzt nur noch kniehoch. Auf der Brücke war alles tropfnass. Seegras und Schlick überzogen das Boot mit grünbraunem Schlamm. Es war eiskalt, sie konnten jedoch nicht heizen, weil die Dieselheizung ausgefallen war. Libby schlug vor, den Herd einzuschalten, damit sie sich wenigstens ein wenig wärmen konnten, aber John-Cody sagte, sie müssten Gas sparen. Er starrte das Armaturenbrett an. Sein Gesicht sah schmal, grau und nachdenklich aus. Libby folgte seinem Blick. Sie wusste bereits, dass der Kompass kaputt war. Jetzt sah sie ihn am Radar und den beiden GPS-Konsolen hantieren. Sämtliche Bildschirme waren ausgefallen. Tom stellte sich neben sie. Seine Haare klebten ihm am Kopf, seine Kleidung war tropfnass. Er zitterte vor Kälte. Sämtliche Kabinen waren noch überschwemmt. An Bord gab es kein einziges trockenes Kleidungsstück mehr.

John-Cody drehte an Knöpfen und drückte Schalter, doch die Bildschirme blieben tot. Er zog den Monitor nach vorn, sah sich dessen Rückseite an und begann, leise zu fluchen.

»Alles kaputt?«, fragte Libby und verlieh den Befürchtungen aller Ausdruck.

John-Cody sah sie an. »Beide Geräte sind total im Eimer.« Er schlug mit der flachen Hand auf die Oberseite des Monitors. »Tom, kümmer dich bitte um die Pumpen. Ich versuche inzwischen, jemanden zu erreichen.« Er ging den Niedergang hinunter und watete durch das knietiefe Wasser. »Libby«, rief er, »zieh einen Nasstauchanzug an. Das ist die einzige Möglichkeit, warm zu bleiben. Jonah, sobald die Pumpen klar sind, mach uns bitte was zu essen.« Er nahm das Mikrofon des ersten Funkgeräts, stellte die Anzeige auf 4417 ein. Das Rauschen und Knistern der Interferenzen erfüllte den Raum.

»*Kori*-Basis, *Kori*-Basis, hier spricht die *Korimako*. Bitte kommen, Alex.«

Nichts.

»*Kori*-Basis, *Kori*-Basis, *Kori*-Basis, hier spricht die *Korimako*. Bitte kommen.«

Noch immer nichts: Nicht einmal die Interferenzen änderten sich.

John-Cody legte das Mikrofon weg und versuchte es mit dem zweiten Funkgerät, erhielt aber auch hier keine Antwort. Er stieg die Stufen hinauf und ging hinaus an Deck. Der Wind legte sich allmählich. Das war ein gutes Zeichen, da der Sturm offenbar auch um das North East Cape herum an Kraft verlor. Er sah auf seine Uhr: Es war fünf und fast vollständig dunkel. Er ging nach achtern und überprüfte die Antennenmaste für die Funkgeräte. Einer war weggerissen worden, der andere auf halber Höhe abgeknickt. Der Ersatzmast, hoch oben am Besanmast, schien jedoch unbeschädigt zu sein. John-Cody fragte sich, wie es der *Moeraki* ergangen war. Dabei lief es ihm kalt über den Rücken. Zu seinem großen Erstaunen fand er eine trockene Zigarette in seinem Tabaksbeutel. Er zündete sie an, nahm einen tiefen Zug und atmete den Rauch langsam durch den Mund wieder aus, während er zusah, wie ein Stück weiter in der Bucht ein Wal mehrere Luftsprünge nacheinander vollführte. Er hätte sich ohrfeigen können, weil er den Handkompass nicht hatte reparieren lassen.

Tom kam zu ihm nach achtern. Sie sahen sich schweigend an.

»Wir haben die Navigation vollständig verloren«, sagte John-Cody zu ihm.

»Wir können es trotzdem schaffen.«

John-Cody sah zum Himmel, den schwere Wolken bedeckten. »Ja, aber zuerst muss es aufklaren.«

Tom lehnte sich an die Reling. Er hatte sich eine nasse Decke um die Schultern gelegt.

»Zieh dir einen Nasstauchanzug an«, sagte John-Cody ihm.

»Es ist keiner da, der mir passt.« Tom klopfte sich auf seinen Bauch. »Ich komme schon klar.« Er warf einen sehnsüchtigen Blick auf John-Codys Zigarette, worauf dieser sie ihm anbot. Tom lehnte jedoch ab. »Ich bin gerade dabei, mir das Rauchen abzugewöhnen, Gib. Wenn ich jetzt bei diesem Stress ohne Zigaretten klarkomme, dann habe ich es, glaube ich, wirklich geschafft.«

»Wir müssen zuerst mal die kaputten Fenster mit Brettern abdichten«, sagte John-Cody. »Danach sollten wir versuchen, die Heizung in Gang zu bringen.«

Die drei Männer gingen nach unten, während Libby Suppe kochte. Sie warfen die Matratzen aus den Kojen, nahmen die Sperrholzbretter heraus und trugen sie nach oben. Die drei mittleren Fenster waren einfach nicht mehr da, in den anderen befanden sich, dort wo das schützende Plexiglas nachgegeben und über das Glas gekratzt hatte, lange Risse. John-Cody holte eine Säge aus dem Werkzeugkasten im Maschinenraum, und sie begannen, die Bretter zurechtzuschneiden. Sie mussten an den hölzernen Verstrebungen auf der Innenseite befestigt werden, da sich außen keine Befestigungsmöglichkeit befand. Tom sägte sie, so gut es ging, zurecht, und Jonah schraubte sie fest. Vorher bohrten sie jedoch in jedes Brett noch ein kleines Loch, damit sie wenigstens etwas Sicht hatten. Als sie damit fertig waren, wischte sich John-Cody den Schweiß von der Stirn. Inzwischen war seine Kleidung angetrocknet; die körperliche Arbeit ließ es ihnen wenigstens wärmer werden. Libby war bereits oben auf dem Vorschiff gewesen und hatte einige der nassen Decken über die Leine im Maschinenraum gehängt. Die Dieselheizung war jedoch immer noch nicht in Betrieb.

John-Cody sah die mit Brettern versehenen Fenster skeptisch an, während er die heiße Suppe trank, die Libby ihm in die Hand gedrückt hatte. »Das wird genügen müssen«, sagte er. »Wir werden die Seitenverkleidungen nicht wieder anbringen, weil wir auf Sicht fahren müssen.«

»Ist das nicht zu gefährlich?« Libby sah ihn verblüfft an.

Er zuckte mit den Schultern. »Ich denke, nur wenn wir wirklich Pech haben, werden wir auf eine zweite stehende Welle treffen. Da wir aber weder Kompass noch GPS noch sonst etwas haben, das funktioniert, bleibt uns nichts anders übrig, als uns auf unsere Augen zu verlassen, meine Liebe.« Er sah sie über den Rand seines Bechers hinweg an. »Wir haben auch keinen Autopiloten mehr, also müssen wir mit manueller Steuerung nach Hause fahren.« Er hielt inne und sah die anderen an. »Das bedeutet, dass wir uns bei den Wachen jeweils in kurzen Abständen ablösen werden. Das ist die beste Methode, konzentriert zu bleiben und den Kurs irgendwie beizubehalten.«

»Aber wie sollen wir denn überhaupt einen Kurs bestimmen?«, fragte Libby ihn. »Bei dir klingt es, als sei das möglich.«

»Wir haben keine andere Wahl, Libby. Wir müssen schließlich irgendwie nach Hause kommen.«

»Warum bleiben wir nicht einfach hier und warten auf Hilfe?«

»Weil das Boot, abgesehen von der Navigation, absolut seetauglich ist: Ich bin schon auf Fischerbooten gefahren, die sich in weit schlimmerem Zustand befunden haben als jetzt die *Korimako*. Einige waren nichts anderes als schwimmende Särge.« Er legte ihr die Hand auf die Schulter. »Hör zu, von hier aus sind es ungefähr vierundzwanzig Stunden bis zu den Snares. Das heißt, vierundzwanzig Stunden bei günstigen Witterungsverhältnissen. Im Moment haben wir Nordwind. Der Sturm beschränkt sich wohl im Wesentlichen auf das Gebiet um das North East Cape herum. Wenn der Wind dreht, wird er zunächst aus Nordwesten, dann aus Westen und schließlich aus Südwesten kommen. Wir können mit jeder dieser Windrichtungen etwas anfangen.«

»Willst du segeln?«, fragte Jonah.

»Ja, aber wir werden nur den Klüver hissen. Die *Kori* ist angeschlagen, Jonah. Ich will nicht beide Segel gleichzeitig riskieren.«

Mit einem Mal fühlte sich John-Cody wesentlich besser: Es gab für ihn kein Zurück mehr. Ob es der Liebesakt mit Libby im Ruderhaus, die Geburt des Wales oder Mahinas endgültiger Abschied war, die das bewirkt hatten, konnte er selbst nicht sagen, aber er fühlte sich plötzlich wieder lebendig und voller Energie. Was auch immer auf ihn zukommen mochte, er würde sich dem stellen. Außerdem hatte er Bree versprochen, ihre Mutter sicher nach Hause zu bringen.

»Haben wir noch genug Treibstoff?«, fragte Libby ihn.

»Eigentlich sind wir schon länger hier unten, als ich ursprünglich geplant hatte, und wir haben mit unserem kleinen Ausflug von heute Morgen zusätzlich Treibstoff verbraucht, aber solange wir einen Teil des Rückwegs unter Segel fahren können, brauchen wir uns keine Sorgen zu machen.«

»Aber wie werden wir navigieren?«

»Wir werden gissen.«

Libby zog fragend eine Augenbraue hoch. John-Cody bedeutete ihr mit einem Wink, ihm zu folgen. Sie ging hinter ihm an Deck, wo er seinen Arm um ihre Schultern legte und zum noch immer stark bewölkten Himmel zeigte. »Irgendwo da oben ist das Kreuz des Südens. Ich habe es dir schon einmal gezeigt, weißt du noch? Wenn man das Kreuz des Südens vor sich hat, kann man zwischen den Seitenarmen und dem Schaft Süden bestimmen. Und wenn ich weiß, wo Süden ist, kann ich das Boot nach Norden steuern. Und dorthin müssen wir, wenn wir nach Hause wollen.«

Nach Hause. Die Worte hallten in seinem Kopf wider. Auch Libby hatte sie gehört. Es war wie der Schlag einer Glocke. Sie sah ihn an und strich seine Haare zurück, die ihm der Wind ins Gesicht geweht hatte. Er hielt sie einen Augenblick lang fest, dann beugte er sich zu ihr herunter und küsste sie, während ihm der salzige Wind kalt ins Gesicht blies. Er sah ihr in die Augen und las darin viele Fragen. Dann berührte er mit den Fingern sanft ihre Lippen.

»Wir sollten versuchen, ein wenig Schlaf zu bekommen. Wir werden morgen früh um acht losfahren.«

»Nicht früher?«

Er schüttelte den Kopf. »Ich möchte die Snares unbedingt bei Tageslicht erreichen. Gott steh uns bei, wenn wir in der Dunkelheit, ohne Kompass und Radar dort ankommen. Nein, wir fahren hier um acht los. Da wir dem Sturm ausweichen müssen, werden wir meiner Schätzung nach etwa sechsundzwanzig Stunden brauchen. Das bedeutet, dass wir ungefähr um zehn Uhr vormittags dort ankommen müssten.«

In der Nacht wurde es sehr kalt, deshalb blieben sie alle im Ruderhaus. Libby und Tom lagen auf der c-förmigen Bank am Tisch, John-Cody hatte sich an der Wand zur Brücke ausgestreckt, und Jonah lag zwischen dem vorderen und dem hinteren Niedergang. Es war ihnen schließlich gelungen, die Heizung zum Laufen zu bringen. Jetzt brannte sie mit flackernder, orangefarbener Flamme vor sich hin. Das Wasser war vollständig aus dem Boot gepumpt, aber noch immer war alles an Bord feucht und kalt. Unter Deck war es zudem noch ziemlich dunkel. Libby lag in der Dunkelheit da, eine klamme Decke über sich gebreitet, und lauschte Toms angestrengtem Atem. Sie dachte an Bree. Heute hatte sie wieder nicht mit ihr sprechen können, denn noch immer war kein Funkkontakt möglich. Sie fragte sich, was Bree wohl gerade tat, was sie dachte, ob sie sich Sorgen um sie machte, oder ob Alex ihr gesagt hatte, dass es ganz normal sei, wenn man zu einem Boot in der Subantarktis keinen Funkkontakt bekam. Atmosphärische Störungen. Seit sie hier war, hatte Bree mit Sicherheit schon eine Menge über atmosphärische Störungen gelernt.

Sie sah auf ihre Uhr: Erst neun, aber der Tag war mehr als anstrengend gewesen, und sie war sehr müde. Der Schlaf würde trotz ihrer unbequemen Liegestatt nicht lange auf sich warten lassen. Sie dachte an John-Cody und wie sehr sie ihn liebte. Es blieben ihnen jedoch nur noch ein paar gemeinsame Tage. Gott allein wusste, wie lange sie zurück zur Südinsel brauchen würden. Das hieß, wenn sie es überhaupt jemals schafften. Er hatte vom Kreuz des Südens gesprochen, aber während des Tages waren keine Sterne zu sehen: Er hatte ihr nicht gesagt, wie sie dann navigieren sollten. Dieser Gedanke ließ sie frösteln. Sie schloss die Augen und versuchte, an glücklichere Zeiten zu denken.

Ihre Gedanken wanderten umher. Sie dachte an das Walkalb, dessen Geburt sie miterlebt hatten, und betete, dass ihre Videoausrüstung dem Ansturm der stehenden Welle standgehalten hatte. Sie hatte sie, als sie wieder an Bord waren, sofort in ihren Aluminiumkoffern verstaut. Die Aufnahmen sollten deshalb eigentlich keinen Schaden genommen haben. Vor ihrem geistigen Auge sah sie jetzt wieder das Kalb, hörte wieder die Stimme in ihrem Kopf, die es beschworen hatte zu leben, während es gleichzeitig schien, als sei ihm der Tod gewiss. Sie erinnerte sich an die verzweifelten Bemühungen der Mutter, das Neugeborene zur Oberfläche zu bringen, damit es seinen ersten Atemzug tun konnte. In diesen Augenblicken zwischen Leben und Tod hatte die Walkuh aus einem Instinkt heraus gehandelt, der sich in den Jahrmillionen der Evolution entwickelt hatte. Eine Zeit lang hatte das Ganze wirklich auf Messers Schneide gestanden, dann aber war da plötzlich neues Leben gewesen. Und nur wenige Minuten später hatte Jonah ihnen gesagt, dass nördlich von Enderby Island eine Schiffsmannschaft in Seenot war.

Sie öffnete die Augen und starrte die Schatten an der Decke an, die das von der Wasseroberfläche reflektierte Restlicht warf. Eines hatte sie über das Meer gelernt: Es war niemals pechschwarz. Anders als bei Dunkelheit an Land, konnte man auf See immer den Horizont sehen. Das Meer war immer eine Spur dunkler als der Himmel, und man konnte selbst in der tiefsten Nacht immer noch etwas erkennen. Das würde ihnen auf ihrer Fahrt nach Norden helfen. Sie wären in der Lage, andere Schiffe oder Hindernisse auszumachen, bevor sie mit ihnen kollidierten. Vielleicht würde es John-Cody am Morgen ja auch gelingen, Funkkontakt aufzunehmen.

Bree hielt Hunters Hand. Die beiden saßen bei Alex. Sie waren aus dem Bus gestiegen und dann ins Büro gekommen, weil Bree über Funk mit ihrer Mutter sprechen wollte. Sie hatte sie jedoch nicht erreicht. Alex hatte ihre Ängste zu verbergen versucht, Bree aber hatte sie schon nach kürzester Zeit durchschaut. Sie fragte ganz gezielt nach, worauf Alex ihr die Wahrheit sagte: ein Boot namens *Moeraki* wurde vermisst, und die *Korimako* hatte auf den Notruf geantwortet. Bree kannte diesen Notruf aus einem Film, den sie im Fernsehen gesehen hatte. Mayday, Mayday, Mayday. Jetzt lief es ihr kalt über den Rücken, und sie hielt Hunters Hand noch fester. Alex saß in einem der Sessel, während Bree und Hunter sich gemeinsam in den anderen gequetscht hatten und den Funkverkehr zwischen den Skippern der verschiedenen Boote über Fisherman's Radio verfolgten. Keinem von ihnen war es bisher gelungen, die *Moeraki* oder die *Korimako* zu erreichen.

Bree nahm den besorgten Unterton in den Stimmen der Männer wahr: Kameraden, die möglicherweise im Südpazifik verschollen waren, das war genau das, was sie alle am meisten fürchteten. Sie sah Hunter an, und er drückte fest ihre Hand. Sierra, die die bedrückte Stimmung spürte, saß, den Kopf auf Brees Oberschenkeln, vor ihnen und sah sie mit ihren dunkelbraunen Hundeaugen an. Bree hörte den Dieselmotor eines Pick-up draußen vor der Tür, dann wurde eine Tür zugeschlagen. Schritte kamen den Weg entlang auf das Haus zu. Sierra knurrte leise. Dann klopfte jemand: Bree sprang auf, um die Tür zu öffnen. Vor ihr im Verandalicht stand groß und hager Ned Pole.

»Tag, Bree.«

»Mr. Pole. Kommen Sie doch rein.« Bree drehte sich zu Alex um. »Es ist Mr. Pole, Alex.«

Pole trat ein. Sierra beschnüffelte ihn und legte sich dann wieder hin. Pole hatte seinen Hut abgenommen und drehte ihn in seinen Händen. Er nickte Hunter zu, dann sah er Alex an. »Ich dachte, ich schau mal kurz vorbei, Alex. Der Wetterbericht sagt, dass der Sturm, der nördlich von Port Ross tobt, bald nachlassen wird. Sie wollen morgen ein Flugzeug runterschicken.«

Alex stand auf und stellte Kaffeewasser auf. Pole setzte sich in den Sessel, den sie gerade frei gemacht hatte, und streckte die Beine aus. »Sie haben also noch immer nichts von der *Korimako* gehört?«

Alex schüttelte den Kopf. »Das Letzte, was ich gehört habe, war, wie Tom auf den Notruf der *Moeraki* geantwortet hat.«

»Das liegt sicher nur an diesem Sturm. Sie brauchen sich keine Sorgen zu machen. Die atmosphärischen Störungen machen jeden Funkverkehr unmöglich. Sie werden sehen, morgen früh werden Sie mit der *Korimako* sprechen können.« Dann sah er Bree an. »Du brauchst dir wirklich keine Sorgen um deine Mum zu machen, Bree. Gib ist ein guter Skipper. Außerdem hat er noch Tom an Bord, und ich kenne in ganz Neuseeland keinen besseren Seemann als Tom Blanch.«

»Tom ist schon seit Jahren nicht mehr zur See gefahren«, meinte Alex.

»Das spielt keine Rolle. Seine Erfahrung ist noch immer Gold wert.« Wieder sah er Bree an. »Keine Bange: Deine Mutter wird schon bald nach Hause kommen. Wahrscheinlich haben sie nur in irgendeiner Bucht vor dem Sturm Schutz gesucht.«

Hunter sah ihn an. »Glauben Sie, dass sie das andere Boot noch rechtzeitig erreicht haben, Mr. Pole?«

Poles Gesicht wurde plötzlich ernst. Seine Augen waren jetzt schmal und dunkel. »Ich kann es dir nicht sagen, Hunter. Ich hoffe es aber.« Er sah jetzt wieder Alex an. »Die *Moeraki* kommt aus Dunedin. Ich kenne den Skipper ziemlich gut.«

»Sie haben irgendwelche Probleme mit den Maschinen gemeldet«, sagte Alex.

Pole nickte langsam und stand dann auf. »Vielen Dank für den Kaffee, Alex, aber ich muss jetzt gehen. Ich wollte nur kurz reinschauen und sehen, wie es den beiden jungen Leuten hier geht.« Wieder drehte er seinen Hut unbeholfen in den Händen. »Falls ihr irgendetwas braucht, wisst ihr ja, wo ihr mich findet.«

Die Sonne weckte Libby; sie setzte sich abrupt auf und wäre fast mit dem Kopf gegen die Tischkante geschlagen. Die anderen waren bereits alle wach. Gerade in diesem Moment sprang der Hilfsmotor an, und sie hörte das vertraute, beruhigende Tuckern des Diesels, das den Boden an Deck vibrieren ließ. John-Cody und Jonah gingen hoch und begannen, an der Ankerwinsch zu drehen. Libby runzelte die Stirn, dann erinnerte sie sich wieder daran, dass die stehende Welle praktisch die gesamte Elektronik lahm gelegt hatte. Tom kam, immer noch in seinen feuchten Sachen, aus dem Maschinenraum herauf. Jonah trug einen Nasstauchanzug. John-Cody hingegen hatte wieder seine immer noch feuchten Jeans und den Pullover angezogen, die Libby gestern zum Trocknen aufgehängt hatte. Sie ging an Deck und fragte, ob sie für sie alle Frühstück machen sollte, worauf Jonah ihr zurief, dass sich im Kühlschrank noch Eier und Speck befänden. Libby warf einen Blick zu John-Cody hinüber. Sie sahen sich kurz an, dann kurbelte er weiter an der Winde. Ihm stand der Schweiß auf der Stirn, seine Armmuskeln traten deutlich hervor, und an seinem Hals schwollen die Adern.

Zehn Minuten nach acht versuchten sie dann, mit Maschinenkraft südlich von Ewing Island den Sturm zu umfahren, der am North East Cape immer noch mit unverminderter Heftigkeit tobte. Als sie östlich der Insel aufs offene Meer kamen, sah Libby die Wellen mit solcher Gewalt an die Klippen branden, dass diese in weißen Schaum gehüllt waren. Tom stellte sich neben sie. »Kaum zu glauben, dass wir da gestern noch mittendrin waren.«

Libby schauderte. »Vielleicht hätten wir doch nicht riskieren sollen hindurchzufahren.«

Tom schüttelte entschieden den Kopf. »Ein Notruf ist ein Notruf, Libby: Er bedeutet nichts anderes, als dass eine ernste, unmittelbare Gefahr für Leib und Leben droht. Wir mussten auf diesen Notruf reagieren, und wir mussten versuchen, auf schnellstem Weg die letzte bekannte Position der *Moeraki* zu erreichen.«

John-Cody stand wieder am Steuerrad, während Jonah draußen an Deck arbeitete. Auf dem ganzen Boot fing es wegen der nassen Matratzen, Teppiche und Decken allmählich zu stinken an. Auf den Kästen vor den Fenstern hingen ganze Bündel Seetang. Jonah holte den Wasserschlauch, um wenigstens das Deck zu reinigen. Libby beobachtete ihn dabei, während sie gegenüber von John-Cody an der Steuerbordtür stand. Im Ruderhaus war es finster, da die Fenster mit Brettern abgedichtet waren. Durch die kleinen Sichtlöcher in der Mitte pfiff jedoch der Wind, und es war noch immer sehr kalt. John-Cody ließ die Heizung zwar auf vollen Touren laufen, aber das reichte bei weitem nicht aus, das Boot auch nur einigermaßen zu trocknen. Die Plätze, auf denen sie letzte Nacht geschlafen hatten, waren unangenehm feucht und rochen bereits modrig. Libbys Nasstauchanzug gluckste bei jeder Bewegung. Sie fühlte sich darin wie eingesperrt, deshalb überlegte sie, ob sie ihn nicht besser ausziehen sollte.

»Du hast die Wahl zwischen Bewegungsfreiheit und Wärme«, sagte John-Cody.

»Du hast doch auch keinen Taucheranzug an, und Tom genauso wenig.«

»Ja, aber nur weil Jonah meinen Anzug hat und Tom keinen findet, der ihm passt.« John-Cody lächelte sie an. »Mach dir unseretwegen keine Gedanken, Lib. Versuch einfach nur, selbst warm zu bleiben.«

»Wenn das Unterzeug meines Trockentauchanzugs nicht klatschnass wäre, könnte ich das ja anziehen. Soll ich noch einmal versuchen, Funkkontakt zu bekommen«, fragte sie ihn.

»Tu das.«

Libby ging nach achtern und setzte sich auf den Plastikdrehstuhl am Kartentisch. Dann versuchte sie es fast zehn Minuten lang vergeblich an beiden Funkgeräten. Schließlich kam sie wieder in den Salon herauf. John-Cody stand breitschultrig am Steuerrad, ließ es durch seine Hände hin- und herlaufen, um den Kurs der Strömung, deren Bewegung er unter seinen Füßen spüren konnte, anzupassen. Er warf einen Blick über seine Schulter.

»Versuch es später noch einmal, wenn wir um den Sturm herum

sind. Er blockiert wahrscheinlich das Signal. Wir haben immer noch eine unbeschädigte Antenne, es müsste also funktionieren.«

Libby stellte sich jetzt neben ihn und sah durch das kleine Guckloch vor ihrem Gesicht auf die See hinaus. Die Bretter waren zwar nur sehr grob zugeschnitten, aber bombenfest verschraubt. Nur für den Fall, dass das Boot auf eine weitere stehende Welle treffen sollte. Jonah kam herein. Er hatte sich das Haar zum Pferdeschwanz gebunden.

»Das Deck ist sauber, Boss.«

John-Cody nickte. »Dann sei so gut und geh Tom zur Hand. Einer der Metallbügel, mit denen das Beiboot am Heckwerk befestigt ist, ist locker. Ich möchte nicht, dass wir das Boot verlieren, falls wir noch einmal in schweres Wetter geraten.«

Jonah verschwand wieder an Deck. John-Cody drehte sich zu Libby um. »Könntest du für ein paar Minuten das Ruder übernehmen und das Schiff auf Kurs halten?«

Libby übernahm das Steuerrad und streifte dabei mit ihrer Hand seine. Er hielt ihre Finger einen Moment lang fest, dann strich er ihr eine lose Haarsträhne hinters Ohr. »Die Brücke gehört dir«, sagte er zu ihr.

Er ging an Deck. Sie beobachtete ihn durch das Loch in der Holzverkleidung vor dem Fenster. Er stand mit dem Rücken zu ihr am Besanmast und schirmte seine Augen vor der Sonne ab, die sich hier und da ihren Weg durch die aufgelockerte Wolkendecke bahnte. Dann hob er seine linke Hand und warf einen Blick auf seine Armbanduhr. Schließlich sah er nach steuerbord, dorthin, wo der Sturm noch immer tobte. Anschließend kam er wieder zu ihr und übernahm das Ruder.

»Was hast du eben gemacht?«, fragte Libby.

Er sah sie an. »Hast du noch irgendwo trockene Zigaretten?«

Libby zuckte mit den Schultern. »Willst du etwa hier im Ruderhaus rauchen?«

»Warum nicht? Das Ruderhaus ist sowieso ruiniert. Ich hoffe, dass der Rauch zumindest den Geruch nach modrigem Seegras ein wenig überdeckt.«

Libby suchte in ihren Sachen und fand tatsächlich ein Päckchen trockener Zigaretten. Aber auch sie waren völlig durchnässt gewesen, deshalb hatte das Papier einen gelben Farbton angenommen. Sie zündete ihm eine davon an. Er inhalierte tief und blies den Rauch seitlich aus seinem Mundwinkel.

»Was hast du eben da draußen gemacht?« Da die *Korimako* jetzt wieder in der Dünung stampfte, musst sich Libby an der Rückenlehne der Sitzbank festhalten.

»Ich habe eine Peilung nach der Sonne vorgenommen.« John-Cody drehte am Steuerrad, während das Boot bockend und ruckend die Brecher durchstieß, die über den Bug hinwegspülten. »Der Wind schlägt um«, murmelte er.

Tom steckte seinen Kopf durch die Steuerbordtür herein. »Der Wind dreht gerade auf West.«

John-Cody nickte. »Setz den Klüver, sobald wir Kurs nach Norden nehmen.«

»Bist du sicher, dass der Klüver genügt?«

»Ich denke schon. Wir sind angeschlagen, vergiss das nicht, Tom. Wir sollten also nichts riskieren.« Er sah Libby wieder an. »Wenn wir nach Norden fahren, kann uns der Sturm nichts mehr anhaben. Deine Aufgabe ist es dann, das Funkgerät zu besetzen.«

»Und wie willst du wissen, wo Norden ist?«

»Norden kannst du mit Hilfe deiner Armbanduhr bestimmen«, erklärte er. »Du tust nichts anderes, als den Stundenzeiger auf die Sonne zu richten oder, falls der Himmel bewölkt ist, dorthin, wo du glaubst, dass die Sonne steht. Dann schaust du, wo sich die Zwölf befindet. Die Mittellinie zwischen dem Stundenzeiger und der Zwölf zeigt rückwärts immer auf Norden.«

Libbys Augen strahlten plötzlich. »Dann wissen wir also bei Tag, wo Norden ist, und in der Nacht, wo Süden ist. Das ist toll«, sagte sie.

»Das heißt, wenn in der Nacht Sterne zu sehen sind: Im Gegensatz zur Sonne sind sie bei bedecktem Himmel nicht zu lokalisieren.«

John-Cody steuerte die *Korimako* von Port Ross aus zunächst ungefähr vier Seemeilen weit in östlicher Richtung und dann nach Norden, wobei er versuchte, sich ein wenig nordwestlich zu halten.

Jonah und Tom setzten den Klüver und fixierten die Halteleine. Libby ging nach unten und schaltete die Funkgeräte wieder ein. Sie hörte, fast überdeckt vom Knistern und Rauschen der Störungen, eine Stimme. Sie drehte am Abstimmknopf, bis das Knistern nachließ und sie ganz deutlich hörte, wie jemand versuchte, die *Moeraki* anzufunken. Sie rief nach John-Cody, der sofort die Stufen herunterkam. Sie lauschten beide am Funkgerät, dann runzelte John-Cody die Stirn. »Sie haben offensichtlich ein Suchflugzeug losgeschickt.« Er nahm ihr das Mikrofon aus der Hand und rief das Flugzeug. »Foxtrott Tango Alpha eins–sieben, hier spricht die *Korimako*, bitte kommen. Over.«

In den Lautsprechern zischte, knackte und pfiff es, dann hörten sie, immer wieder von Störungen unterbrochen, eine Stimme.

»Wir hören Sie, *Korimako*. Wie ist Ihre Position? Over.«

John-Cody drückte wieder auf die Sendetaste. »Genaue Position unbekannt: Sämtliche Navigationseinrichtungen sind tot. Geschätzte Position etwa vier Meilen östlich von Port Ross. Wir versuchen, den Sturm zu umfahren. Gibt es Nachrichten von der *Moeraki*? Over.«

»Negativ, *Korimako*: Aber wir suchen weiter.«

John-Cody sah Libby an. Einen Augenblick lang dachte er an all die Schiffe, die an den wilden Klippen dieser Inseln zerschellt waren: Er kannte ihre Namen auswendig, denn er hatte sie sich schon vor Jahren eingeprägt und niemals wieder vergessen.

»Verstanden, Foxtrott Tango Alpha.«

»Haben Sie Verletzte an Bord? Brauchen Sie Hilfe? Over.« Die Stimme war jetzt wieder wesentlich leiser und kaum noch zu verstehen.

»Wir sind seetüchtig, aber alle unsere Instrumente sind ausgefallen. Over.«

Außer dem Knistern war jetzt jedoch nichts mehr zu hören. John-Cody schaltete das Funkgerät wieder auf die Lautsprecher auf der Brücke um. Sie gingen gemeinsam nach oben, wo Tom am Steuerrad stand und Jonah sich mit dem Herd abmühte.

Libby überlegte wieder, ob sie ihren Nasstauchanzug ausziehen und ihre normale Kleidung, die noch im Maschinenraum zum Trocknen hing, anziehen sollte. Jonah trug allerdings noch seinen Anzug, außerdem war es im Ruderhaus ziemlich kalt und zugig. Sie sah nach, ob ihre Sachen inzwischen getrocknet waren, doch sie waren immer noch sehr feucht. Also ließ sie sie hängen und ging auf die Brücke zurück.

Die See war jetzt wieder rauer, und Wellen unmittelbar um das Boot herum bildeten ihren Horizont. Das Wasser war graublau und mit Gischt besprenkelt. Schiefergraue Brecher klatschten gegen den Rumpf. Der Wind drehte von Nordwest auf West, so dass sich das Segel blähte und sich kräftig an den Rändern bauschte. Die Maschine lief gleichbleibend auf siebeneinhalb Knoten, und selbst Libby wusste, dass sie, falls der Wind in die falsche Richtung drehte, alles andere als schnell vorankommen würden. John-Cody musste ihre Gedanken gelesen haben, denn er kam zu ihr und stellte sich, den Rücken zum Kühlschrank, die Arme vor der Brust verschränkt, neben sie.

»Die Wellen sind nur ungefähr vier Meter hoch, Lib. Wenn wir unten in den Wellentälern sind, sieht es schlimmer aus, als es ist; wir kommen einigermaßen gut voran. Wir haben günstigen Wind, und er wird sich wahrscheinlich noch so weit drehen, dass er direkt von hinten kommt. Wenn alles gut geht, werden wir morgen früh die Snares sehen.«

»Und dann?«, fragte sie ihn.

Er legte ihr eine Hand auf die Schulter. »Darüber denken wir nach, wenn wir dort sind.«

Ihre Worte wollten ihm jedoch nicht mehr aus dem Kopf gehen. Wenn sie die Snares unversehrt erreicht hatten, waren es nur noch vier Stunden Fahrt, dann lag Steward Island oder sogar die Küste der Südinsel vor ihnen. Falls sie das schafften, blieben ihm nur noch eine Hand voll Tage, bevor er Aotearoa für immer verlassen musste. In der letzten Nacht hatte er Tom und Jonah seine Geschichte erzählt. Danach hatten alle lange Zeit einfach nur schweigend dagesessen. Dieses Schweigen umgab ihn auch jetzt, und wieder fragte er sich, wie er das alles durchstehen sollte. Er hatte sich geschworen, die *Korimako* und seine Crew sicher nach Hause zu bringen. Aber was kam dann? Die Ausweisung, die Vereinigten Staaten und das FBI? Nach fünfundzwanzig Jahren in Freiheit wieder das Gefängnis –

würden sie ihm das wirklich antun? Er wusste es einfach nicht. Der Gedanke an seine Zukunft ließ ihn jedoch weit mehr frösteln als der kalte Wind, der durch die Holzbretter pfiff. Er konzentrierte sich wieder darauf, die *Korimako* zu steuern, während sich ihr Bug durch die Wellen kämpfte, die über das Deck spülten.

Kurz darauf wurde er in seinen Gedanken durch eine Stimme unterbrochen, die laut und deutlich aus den Lautsprechern des Funkgeräts schallte.

»*Korimako, Korimako, Korimako*: Hier spricht *Kori*-Basis. Bitte kommen, Boss.«

John-Cody rannte, dicht gefolgt von Libby, den Achterniedergang hinunter. »Alex, hier spricht Gib. Wir hören dich laut und deutlich.«

»Gott sei Dank. Was zum Teufel ist bei euch los?«

»Wir sind auf eine stehende Welle getroffen, als wir der *Moeraki* zu Hilfe kommen wollten. Gibt es irgendeine Neuigkeit von ihr?«

»Nein.«

John-Cody biss sich auf die Lippen.

»Was ist eine stehende Welle?«, fragte Alex.

»Frag lieber nicht. Es genügt, wenn ich sage, dass wir durch sie das Radar, das GPS und den Kompass verloren haben.«

»Du willst mich wohl auf den Arm nehmen.«

»Nein, ganz bestimmt nicht. Aber wir sind alle o.k. Wir haben den Sturm umfahren und sind jetzt auf Kurs Nordnordwest. Unser erstes Ziel sind die Snares. Was sagt der Wetterbericht?«

»Der ist für die nächsten vierundzwanzig Stunden ganz viel versprechend.«

»Gut.« John-Cody nahm Libbys Hand. Sie hörten Brees Stimme im Hintergrund. Er gab Libby das Mikrofon.

»Bree, ich bin's. Bist du o.k.?«

»Ach, Mum. Ich habe mir solche Sorgen um dich gemacht.«

»Es ist alles in Ordnung, mein Schatz. Es geht mir gut. Du weißt doch, dass ich in den besten Händen bin.«

»Ist wirklich alles in Ordnung? Alex hat mir gesagt, dass ihr auf einen Notruf reagiert habt.«

»Alles ist bestens, Bree. Du brauchst dir um uns keine Sorgen zu machen. Wir werden schneller wieder in Bluff Cove sein, als du glaubst.«

»Gott sei Dank, Mum. Ich will nicht, dass du so etwas noch mal machst. Bitte komm einfach nur nach Hause. Wir dachten schon, du wärst tot. Ich dachte, das Boot sei gesunken und ich würde dich niemals wiedersehen.« Sie brach mit erstickter Stimme ab. »Kannst du mir jetzt John-Cody geben?«

»O.k., mein Schatz. Ich hab dich lieb.«

»Ich hab dich auch lieb, Mum. Pass bitte auf dich auf.«

Libby gab John-Cody das Mikrofon zurück.

»Hey, Bree. Wie geht's dir?«

»Passen Sie bitte auf meine Mum auf?«

»Natürlich werde ich das.« Er kam ein Stück näher ans Funkgerät heran und sagte dann. »Du vertraust mir doch, nicht wahr?«

»Natürlich.«

»Ich bringe sie nach Hause, das verspreche ich dir. Du musst nur noch ein bisschen Geduld haben, das ist alles.«

»O.k. Danke. Ich hab Sie lieb.«

»Ich hab dich auch lieb, Breezy.« John-Cody gab das Mikro wieder Libby und ging den Niedergang hinauf. Libby spürte seinen Schmerz so intensiv, als wäre es ihr eigener. »Kümmere dich ein bisschen um Alex, Bree, und ruf uns, wann immer du willst. Und denk daran, falls du nicht durchkommen solltest, dann liegt das nur am Wetter. Es geht uns hier unten gut. Du brauchst dir also keine Sorgen zu machen. John-Cody weiß genau, was er tut.«

»Du liebst ihn, nicht wahr, Mum?«

»Ja, Bree, ich liebe ihn sehr.«

»Dann heirate ihn doch. Ich will, dass wir hier in Neuseeland bleiben.«

Libby schloss die Augen. Sie wusste, dass John-Cody ihr Gespräch über die Lautsprecher auf der Brücke mithören konnte.

»Ich muss jetzt Schluss machen, Bree. Ich habe jetzt Wache.«

»Hast du es ihm schon gesagt, Mum? Du weißt, dass du es ihm sagen musst.«

»Bree«, sagte sie, »mach dir keine Gedanken. Es ist wirklich alles in Ordnung.«

Libby ging die Stufen zum Salon hinauf. Ihr fiel die Stille auf: Der Motor tuckerte, und das Boot gab sein vertrautes metallisches Brummen von sich, aber die drei Männer schwiegen. John-Cody stand breitschultrig am Steuerrad und kehrte ihr den Rücken zu. Libby konnte in den Lautsprechern wieder das Zischen und Knistern der Störungen hören. Sie stand einen Moment völlig ratlos da. Sie hatte nicht die geringste Ahnung, wie sie Bree John-Codys bevorstehende Ausweisung mitteilen sollte. Dann ging sie zu ihm, der mit starrem Blick durch das Guckloch direkt vor seinem Gesicht sah, und stellte sich neben ihn. Der Wind lag eiskalt auf seiner Haut, trocknete sie aus, ließ seine Augen tränen. Er hielt das hölzerne Steuerrad mit beiden Händen fest, bewegte es vorsichtig nach backbord oder steuerbord, wann immer die Strömung sich änderte. Libby stand neben ihm, sah dort hin, wo er hinsah, dann streckte sie ihre Hand aus und verschränkte ihre Finger mit seinen. John-Cody drehte das Rad nach steuerbord, und Libby steuerte mit ihm.

26

Im Winter wurde es im Südpazifik bereits sehr früh dunkel. Land sahen sie schon seit langem nicht mehr. John-Cody überprüfte jede Stunde den Kurs, so gut es ging, und Tom tat in unregelmäßigen Abständen dasselbe. Jede Welle, durch die sie pflügten, jeder Gischtschauer, der das Deck mit weißen Perlen überzog, brachte sie den Snares näher. Libby, die jetzt am Steuerrad stand, sah durch das Guckloch immer wieder zum wolkenverhangenen Himmel. Sie war besorgt, und ihre Sorge wuchs mit jedem Augenblick, den die Welt draußen dunkler wurde. Wie sollten sie ihren Kurs halten, wenn sie das Kreuz des Südens nicht sehen konnten?

Sowohl John-Cody als auch Tom schwiegen. John-Cody saß auf der Bank, Tom hockte, die Hände auf die Knie gelegt, auf dem Skipperstuhl. Jonah hatte ein paar Stunden geschlafen. Offensichtlich war ihm das selbst in dem feuchten, modrigen Bettzeug gelungen. Jetzt kam er, als wäre er im Schlaf von bösen Träumen heimgesucht worden, mit offenem Haar und finster vor sich hin brummend nach oben.

Allmählich gingen die Essensvorräte zur Neige. Er suchte im Kühlschrank nach etwas, das er zum Abendessen machen konnte, und fand ein paar Konservendosen. Libby spürte die Müdigkeit in ihren Knochen, während das Licht draußen langsam verblasste und die Wellen vor ihnen immer dunkler wurden. Als Tom sie am Ruder ablöste, setzte sie sich, den Geruch von Salz und Gummi in der Nase, zum Essen an den Tisch. Hin und wieder warf sie einen Blick über ihre Schulter in der Hoffnung, endlich die Sterne zu sehen. Das war jedoch nicht der Fall. Sie sah John-Cody an und erwartete fast, in seinen Augen Besorgnis zu entdecken. Er aß langsam, führte seine Gabel systematisch zum Mund und kaute mechanisch. Sein Gesicht war verschlossen. Er behielt seine Gedanken für sich. Hin und wieder trank er einen Schluck aus seinem Wasserglas. Plötzlich geriet die *Korimako* in einen Wirbel, der das Geschirr auf dem Tisch ins Rutschen brachte, so dass sie es fest halten mussten. Libby sah, wie Tom hektisch das Steuerrad hin und her drehte und sich krampfhaft bemühte, den Kurs zu halten. John-Cody hatte ihr erklärt, dass die Strömung sie ständig von ihrer grob berechneten Loxodrome abtrieb und sie daher gezwungen waren, mit möglichst gleichbleibender Geschwindigkeit zu fahren und ständig per Hand den Kurs zu korrigieren. Da ihnen der Kompass fehlte, konnten sie jedoch nicht überprüfen, inwieweit das gelang.

Libby hörte auf einmal ein dumpfes, schlagendes Geräusch vom Heck her. John-Codys Gesichtsausdruck bestätigte, dass er es ebenfalls gehört hatte.

»Was war das?«, fragte sie ihn.

»Ein lockerer Schäkel an der Heckwerkwinsch.« Er sah Tom an. »Ich denke, wir werden das Beiboot verlieren, Tom. Die Welle hat das Heckwerk zu sehr beschädigt.«

Tom sah über seine Schulter. »Meinst du, wir sollen es einfach zu Wasser lassen und vertäuen?«

John-Cody verzog das Gesicht. »Ich gehe raus und sehe mir den Schäkel noch einmal an.«

Im Ruderhaus wurde es schlagartig kälter, als er die leewärtige Tür öffnete. Libby fröstelte und bewegte ihre Schultern, während sie zusah, wie er die Tür hinter sich wieder schloss und in die Nacht verschwand. Es war jetzt fast vollständig dunkel: Vom Horizont konnten sie wegen des hohen Wellengangs nichts mehr sehen. Die Wellen kamen ihr wie schwarze Wände vor.

John-Cody arbeitete sich langsam nach achtern voran, wobei er sich permanent an der Reling fest halten musste, da die *Korimako* in der Dünung heftig ruckte und schlingerte. Er schätzte die Wellen jetzt auf fast vier Meter. Der Wind im Westen hatte merklich aufgefrischt, verhielt sich jedoch genau so, wie er es vorhergesagt hatte. Das war einer der wenigen Lichtblicke. Sie waren jetzt schon seit fast zehn Stunden unterwegs, und er hoffte, dass die Richtung, in die sie fuhren, tatsächlich stimmte. Der von der Backbordseite über den Bug wehende Wind wies allerdings darauf hin, dass sie nicht allzu weit vom Kurs abgekommen sein konnten, vorausgesetzt, er hatte tatsächlich auf West gedreht: Wegen des schlechten Empfangs war es unmöglich gewesen, den Wetterbericht zu empfangen, doch sein Instinkt sagte ihm, dass der Wind sich definitiv gedreht hatte. Er stand jetzt vor dem Heckwerk und erkannte auf den ersten Blick, dass Tom Recht hatte. Es war am besten, das Beiboot zu Wasser zu lassen und zu vertäuen. Er blieb noch einen Moment am Heck stehen und hielt sich mit beiden Händen an der Reling fest. Er sah hinaus auf die stampfenden und rollenden Wellen, während die *Korimako* bockte wie ein wildes Pferd. Allein konnte er das Beiboot nicht hinablassen, schon gar nicht angesichts des Zustandes, in dem sich der Schäkel befand, also ging er vorsichtig an der Steuerbordseite entlang zurück zum Ruderhaus. Libby stand wieder am Steuer, Tom saß auf der feuchten Bank und aß sein Abendessen. John-Cody berührte Libby an der Schulter und übernahm das Ruder, worauf sie sich neben Tom setzte und sich mit den Daumenballen ihre müden Augen rieb. John-Cody starrte durch die Löcher in den Brettern zum Himmel, während die Gischt sein Gesicht benetzte. Er konnte jedoch keine Lücke in der Wolkendecke sehen. Langsam fing auch er an, sich Sorgen zu machen: Sie waren jetzt schon länger ohne Tageslicht, die Sterne zu sehen war jedoch überlebenswichtig.

Hinter ihm schob Tom seinen Teller zur Seite und stand auf. »Ich lasse jetzt das Beiboot runter, Gib.«

John-Cody sah ihn über seine Schulter hinweg an. »Das schaffst du nicht allein.«

»Ich helfe dir, Tom«, sagte Libby.

Tom sah zuerst sie und dann John-Cody an. John-Cody warf Libby einen kurzen Blick zu. »O.k. Aber seid vorsichtig. Das kleine Boot ist nämlich ziemlich schwer.«

Tom zog seine wasserfeste Kleidung an und band die Hose mit dem Taillenband zusammen. Libby trug immer noch ihren Nasstauchanzug, dessen Reißverschluss sie jetzt bis oben schloss. Dann zog sie ihre nassen Gummistiefel an. John-Cody spürte, wie sich die Strömung unter seinen Füßen wieder veränderte und steuerte ein paar Grad nach backbord. Wieder sah er zum Himmel hinauf, aber immer noch sah er keine Sterne, nach denen er hätte navigieren können.

Libby schloss die Tür hinter sich und folgte Tom, wobei sie die Hand immer an der Reling hielt. Die Deckbeleuchtung war eingeschaltet, die See hingegen schwarz wie Pech. Die Dünung rollte als wuchtige schwarze Platten an ihnen vorbei. Der Wind heulte in ihren Ohren. Sie hielt sich fest und wartete, während Tom den Schäkel in Augenschein nahm, den er in der einen Hand hielt. Mit der anderen stützte er sich ab.

»Wir werden das Beiboot einfach so, wie es ist, hinunterlassen, Lib«, schrie er ihr über den Sturm hinweg zu. »Das hier können wir draußen nicht reparieren.« Er zeigte auf das Seil um die Klampe am Heckwerk. »Gehen Sie auf die leewärtige Seite.«

Der Wind zerrte an ihm. Libby sah, wie seine bauschige Wetterkleidung sich wie ein Segel blähte. Tom streifte die Kapuze zurück, damit er etwas sehen konnte, aber der Wind fing sich darin und ließ sie an seinem Hinterkopf hin und her flattern wie eine Fahne. Libby hielt das Seil fest und machte sich bereit, die Schlinge von der Klampe zu lösen. Gerade als Tom die Hand zum Mund hob, um etwas zu rufen, krachte eine gewaltige Welle über das Heck.

Libby nahm all ihre Kraft zusammen und umklammerte das Seil mit festem Griff, als das Wasser über sie hinwegspülte. Es drang in ihren Mund und ihre Nase und nahm ihr gleichzeitig die Sicht und die Luft. Sie verlor das Gleichgewicht und rutschte mit ihren Stiefeln über das glitschige Deck. Sie schrie, als sie spürte, wie der Sog des ablaufenden Wassers sie über Bord zu ziehen drohte. Zum Glück bekam sie eine der Streben der Reling zwischen die Beine. Dies und das Seil verhinderten, dass sie vom Boot gespült wurde. Sie suchte, verzweifelt nach Luft schnappend und halb blind, mit den Füßen nach einem Halt, fand ihn, verlor ihn wieder. Schließlich kam sie wieder auf die Füße, eine Hand an der Reling, während sie mit der anderen immer noch das Seil umklammerte. Sie sah zu Tom hinüber, aber Tom war nicht mehr da.

Einen Augenblick lang begriff sie überhaupt nichts. Dann wurde ihr klar, was passiert sein musste. Mit einem Schlag fand sie ihre Stimme wieder.

»Mann über Bord!«, schrie sie, so laut sie konnte, aber die Worte gingen im Tosen des Windes unter. Ihr Herz hämmerte wie wild in ihrer Brust, sie packte die Reling und hielt verzweifelt nach Tom Ausschau. Sie konnte ihn jedoch nirgends sehen, also hangelte sie die Steuerbordseite entlang und riss die Tür zum Ruderhaus auf.

John-Cody starrte sie an und sah ihr kalkweißes, von klatschnassen Haaren umrahmtes Gesicht.

»Tom ist über Bord gegangen.«

John-Cody reagierte sofort. Er nahm das Gas zurück und legte den Rückwärtsgang ein.

»Jonah, nimm du das Ruder. Libby, geh sofort wieder nach achtern. Du hättest Tom im Wasser nicht aus den Augen lassen dürfen.«

»Ich habe ihn doch überhaupt nicht mehr gesehen.«

»Verdammt. Geh nach achtern.«

Libby ging wieder in den Wind hinaus. Die *Korimako* schoss gerade wieder in ein Wellental hinab: Wasser donnerte über das Heck und dann das Deck entlang, umspülte schäumend ihre Knöchel.

Jonah stand jetzt am Steuerrad. »Hart achteraus«, befahl John-Cody ihm. »Halte sie hart achteraus.« Er wollte gerade durch die Tür nach draußen gehen, als Jonahs Stimme ihn innehalten ließ.

»Der Klüver.« Er zeigte auf die Löcher in den Brettern vor dem Fenster. John-Cody zögerte eine Sekunde lang.

»Nein«, sagte er. »Lass ihn oben. Er stabilisiert das Boot. Hart achteraus, Jonah. Halte den Kurs, aber gib ihr die Zügel ein bisschen frei.«

Libby hielt sich mit aller Kraft an der Heckreling fest. Sie hatte den Blick auf die schwarzen Wogen geheftet und suchte verzweifelt nach irgendeiner Spur von Tom. Entsetzliche Gedanken schossen ihr durch den Kopf: Er hatte keinen Nasstauchanzug an und, viel schlimmer, er hatte nicht einmal eine Schwimmweste angelegt, als er mit ihr an Deck ging. Sie bekam einen trockenen Mund, Schweiß trat ihr auf die Stirn und plötzlich wurde ihr glühend heiß. John-Cody stand jetzt neben ihr: Er warf einen der rotweißen Rettungsringe ins Wasser. Mitten in den schwarzen Wellen begann dessen Blinklicht zu leuchten.

Sie fuhren jetzt rückwärts. Das Heck der *Korimako* neigte sich nach unten, so dass sie sich wieder fest halten mussten, als die Wellen gegen das Achterschiff brandeten. John-Cody starrte angestrengt in die Dunkelheit, während die Angst sein Herz wie eine kalte Faust umschloss. Erinnerungen, Bluff Cove vor fünfundzwanzig Jahren, seine erste Begegnung mit Tom. Das Langustenboot, Rotwildfallen, das Grinsen auf Toms Gesicht, als er feststellte, dass Mahina und John-Cody ein Paar waren.

»Tom?«, schrie er in die Nacht hinaus, aber die Nacht verschluckte seine Stimme einfach. »Libby. Hilf mir mit dem Beiboot. Wir müssen es zu Wasser lassen. Vielleicht kann er sich daran fest halten.«

Wieder wickelte Libby das Seil um ihre Hand. Dann ließen sie das Boot gemeinsam ins Wasser.

Sie fuhren immer noch rückwärts. John-Cody sah immer wieder nach backbord und nach steuerbord, dann packte er Libby am Arm. »Sag Jonah, er soll mit halber Kraft fahren. Ich will nicht, dass Tom in die Propeller gerät.« Libby hangelte sich am Deck entlang zum Ruderhaus, während John-Cody von steuerbord nach backbord ging und mit angestrengtem Blick weiter nach Tom suchte. Gischt spritzte auf und durchnässte ihn völlig, Salz brannte in seinen Augen, trocknete seinen Mund aus, bis seine Lippen aufplatzten. Er starrte die Wellen an, die auf und ab wogende Dünung, die dunklen Wellenberge und die noch dunkleren Täler: Von Tom war keine Spur zu sehen. Der Rettungsring schwamm auf den Wellen. John-Cody konnte sehen, wie das Blinklicht an- und ausging. Das Beiboot zerrte an seinem Tau, prallte immer wieder gegen die Steuerbordseite, da die *Korimako* weiterhin rückwärts fuhr. Er spürte, dass Jonah den Motor drosselte, dann stand Libby wieder neben ihm.

»Irgendwas zu sehen?«, schrie sie in den Wind.

»Nein.« John-Cody ging auf dem Achterschiff hin und her, lehnte sich über die Reling, fragte sich, ob er ins Beiboot steigen und von dort aus weitersuchen sollte. Die Wellen waren jedoch viel zu hoch, und das kleine Gefährt, in dem bereits das Wasser stand, schwang an seinem Tau bedenklich hin und her.

»Tom!«, schrie er. »Tom!«

Auch Libby schrie sich die Seele aus dem Leib. Gemeinsam riefen sie immer wieder seinen Namen. Keine Antwort: Die wogende See war gnadenlos. Sie verriet keine Spur von Tom. Der Rettungsring kam ab und zu in Sicht, verschwand dann wieder, das Licht blinkte ungerührt weiter. John-Cody schob Libby zur Seite und lief zum Ruderhaus zurück.

»Volle Kraft voraus, Jonah.« Er zögerte. »Nein, ich mach das selbst. Geh du nach achtern und hilf Libby.«

Jonah verschwand wie der Blitz aus dem Ruderhaus, und John-Cody übernahm das Steuerrad. Er legte wieder den Vorwärtsgang ein und drehte das Steuer so lange, bis die *Korimako* seiner Schätzung nach eine Sechziggradkurve nach backbord fuhr. Er wollte eine Williamson-Wende fahren, so wie die großen Schiffe das taten, um ihren Kurs möglichst genau zurückzuverfolgen, wenn ein Mann über Bord gegangen war. Er fuhr ein Stück geradeaus, bis die Distanz ungefähr stimmte, dann drehte er das Ruder vier volle Umdrehungen nach steuerbord, und die *Korimako* stemmte sich in den Wind.

Libby und Jonah, die noch am Heck standen, hielten sich krampfhaft fest, als das Schiff krängte und tief ins Wasser tauchte, so dass das Deck jetzt wieder von Seewasser überspült wurde. Libby starrte weiter auf die See hinaus. In einen Augenblick glaubte sie, etwas zu sehen, dann wieder nicht: Da blitzte doch etwas weiß auf – Toms Haare? – nein, es war nur eine Schaumkrone.

Da die Breitseite der *Korimako* jetzt der Strömung ausgesetzt war, bekam das Boot schwere Schlagseite, bis sie vollständig gewendet hatten. Libby ging zum Bug vor, wobei sie sich am Handlauf auf der Steuerbordseite des Ruderhauses fest hielt, Jonah tat dasselbe an der Backbordseite. Beide suchten sie weiter verzweifelt das Wasser ab. Langsam wurde jedoch die Zeit knapp: Tom hatte keine Schwimmweste an, die ihn über Wasser hielt, und das Meer war eiskalt. Libbys Fingerknöchel waren krebsrot. Ihre Hände, die das Metall der Reling umklammerten, spürte sie schon lange nicht mehr. John-Cody hatte das Boot, zumindest soweit er es einschätzen konnte, jetzt auf einen Kurs hundertachtzig Grad entgegen ihrem ursprünglichen gebracht. Er verließ das Steuerrad für einen Augenblick, um Jonah am Arm fest zu halten.

»Halt sie auf Kurs, halbe Geschwindigkeit: Halt sie ruhig, Jonah.« Er suchte im Kasten unter dem Armaturenbrett nach der großen Taschenlampe. Es war die stärkste, die er an Bord hatte. An ihrem Griff befand sich eine Schlaufe, die man sich um das Handgelenk wickeln konnte. Er sah Jonah wieder an. »Du solltest sie wirklich ruhig halten, ich werde nämlich ein wenig klettern müssen.«

An Deck wäre er dort, wo das Wasser durch die Speigatten drückte, beinahe zu Fall gekommen. Dann war er am Klüver und kletterte Hand über Hand die zehn Meter bis zu den Salings hinauf.

Libby beobachtete ihn, wie er trotz des heftigen Wellengangs, einem Affen gleich, den Mast hochkletterte. An den Salings angekommen, zog er sich durch den Metallreifen des Krähennests nach oben und stellte sich aufrecht hin. Das Boot schaukelte, das Deck unter ihm schwankte von einer Seite zur anderen, während er mit dem Strahl der Taschenlampe das Meer absuchte. Von hier oben sah die Welt ein wenig heller aus. Die See war nicht ganz so schwarz. Aber das Meer war so ungeheuer groß. Es erstreckte sich in allen Richtungen bis zum Horizont. Alles, was er sah, waren weiße Schaumflocken, die wie tropfender Speichel am Kinn eines Riesen aussahen. Er sah und suchte in alle Richtungen. Die Taschenlampe warf ein fahles, gelbliches Licht auf die Wellen, von Tom konnte er jedoch keine Spur sehen. Die Panik schnürte ihm die Kehle zu, brannte in seinem Mund bitter wie Galle. Was sollte er nur tun?

Die Antwort war: gar nichts. Es war genau wie damals bei Elijah Pole: Er konnte überhaupt nichts tun. Er sah auf das Deck hinunter, sah im Licht der Taschenlampe Libbys Gesicht, die, dieselbe Angst in ihren Augen, zu ihm hinaufschaute. Jonah kam aus der Backbordtür und hielt sich die Hände als Schalltrichter vor den Mund.

John-Cody versuchte nicht, ihm zu antworten. Er reagierte nicht einmal auf ihn. Er hielt die Taschenlampe weiter aufs Wasser gerichtet, ließ ihren Strahl um das Boot herum wandern. Vergeblich. In diesem Augenblick wusste er, dass Tom Blanch tot war. Und dann spürte er, wie die Strömung, gewissermaßen als Reaktion darauf, dass der Kampf vorbei war, plötzlich schwächer wurde. Er spürte es, weil der Mast nun weniger schwankte und der Wind ihm nicht mehr so heftig ins Gesicht blies: Er kam zwar noch immer aus Westen, hatte aber mit einem Schlag nachgelassen. Als er nach oben schaute, konnte er zwischen den Wolken einzelne Sterne sehen.

Zurück im Ruderhaus zögerte er einen Moment, überlegte. Jonah versuchte unter Deck, Funkkontakt zu einem anderen Schiff in diesem Gebiet herzustellen. Er empfing jedoch nur statisches Rauschen und kam mit grauem Gesicht und resigniertem Kopfschütteln wieder nach oben. Libby stand immer noch an Deck, umklammerte mit ihren Händen die Reling und starrte aufs Meer. Der Schock saß tief. Vor ihrem geistigen Auge erlebte sie alles noch einmal: sah, wie die *Korimako* von der Welle getroffen wurde, wie sie selbst fast über Bord gegangen wäre, dann doch noch Halt gefunden hatte, nur um festzustellen, das Tom plötzlich weg war. Es kam ihr fast vor, als hätte die See ein Opfer verlangt, aber eben nur ein einziges. Sie wusste nicht, wie lange sie nach Tom gesucht hatten: Es schien ihr, als hätte die Zeit still gestanden. Tom aber war siebenundfünfzig Jahre alt, und das Meer war eiskalt; er hatte keine Schwimmweste angehabt und keinen Nasstauchanzug getragen.

John-Cody kam an Deck und stellte sich neben sie. »Er ist tot, nicht wahr?«, sagte Libby, ohne die Worte richtig zu hören, denn ihre Stimme verlor sich fast im Aufruhr der Elemente. Der Wind hatte jedoch nachgelassen, und ihr Klang hallte in ihrem Kopf nach wie eine Glocke.

John-Cody lehnte sich auf die Reling und starrte schweigend ins Wasser. Sein Herz weigerte sich noch immer, das zu akzeptieren, was ihm sein Verstand sagte. Eine Weile war er sich jedes einzelnen seiner Atemzüge bewusst, dann richtete er sich auf und sah den grauen Horizont an.

»Ja«, sagte er. »Er ist tot.«

Stille im Ruderhaus: John-Cody sah auf die Borduhr. Sie waren jetzt seit ungefähr vierzehn Stunden unterwegs, aber er hatte keine Ahnung, wie lange sie sich schon hier aufhielten. Immer noch kreuzten sie hin und her und suchten das Meer ab. Er wusste, dass sie ihn nicht finden würden: Inzwischen war viel zu viel Zeit vergangen. Sie mussten weiterfahren. Das Wichtigste war jetzt, Jonah und Libby sicher nach Hause zu bringen, aber er wollte diesen Ort nicht verlassen. Libby stellte sich neben ihn ans Steuerrad.

»Es tut mir so Leid«, sagte sie. »Da war eine Welle. Ich bin selbst fast über Bord gegangen. Als ich wieder Halt hatte, war Tom nicht mehr da.«

John-Cody biss sich auf die Lippen. »Hier unten kann man leicht über Bord gehen. Tom hätte eine Schwimmweste anlegen müssen.« Aber wie heuchlerisch war das: Er selbst war gerade erst bei vier Meter hohen Wellen ohne Schwimmweste zu den Salings hinaufgeklettert. Aber es stimmte natürlich: Tom hätte eine Schwimmweste anlegen müssen, das galt für sie beide.

»Warum bleiben wir nicht hier, bis es hell wird?«, fragte Libby.

»Weil Tom tot ist, Libby.« John-Cody wusste es. Es war dieselbe Art von Gewissheit, die er damals gespürt hatte, als Mahina gestorben war. Dieselbe Gewissheit hatte ihm auch gesagt, dass Eli Pole tot war, als er über den Bugkorb gesehen und festgestellt hatte, dass Eli sich im Fall verheddert hatte. Er beugte sich nach vorn, um einen Blick durch die Löcher in den Brettern zu werfen. Der Sturm flaute noch weiter ab. Die Dünung war inzwischen wesentlich niedriger. Er starrte zum Himmel hinauf und sah funkelnde Sterne vor dem schwarzen Hintergrund des Firmaments.

Er nahm die Peilung nach dem Kreuz des Südens vor und brachte die *Korimako* wieder auf nordnordwestlichen Kurs. Er konnte die Position jedoch nicht genau bestimmen: Sie hatten durch die Suchaktion viel Zeit verloren. Obwohl er wusste, wie lange und mit welcher Geschwindigkeit sie unterwegs gewesen waren, hatte er nicht die leiseste Ahnung, wie weit die Strömung sie inzwischen von ihrem eigentlichen Kurs abgetrieben hatte. Er war nun wirklich beunruhigt.

Tom war tot. Er würde später noch genug Zeit finden, um ihn zu trauern. Jetzt aber war er für zwei weitere Menschenleben verantwortlich. Der Funkkontakt war wieder abgebrochen. Sie konnten also nicht mit Hilfe rechnen. Außer der Peilung, die er gerade vorgenommen hatte, hatte er keinerlei Hinweis auf ihre Position. Irgendwo vor ihnen mussten die Snares liegen, und vor diesen lag die Western Chain, fünf größere Felsen, die sich als etwa zwei Meilen lange Kette durchs Meer zogen. Er stand am Steuerrad, während die Zeiger der Borduhr langsam über die Elf wanderten und Libby auf der Bank hinter ihm einnickte. Jonah brachte ihm einen Becher schwarzen Kaffee.

»Jonah, würdest du mir eine Zigarette suchen?«

Jonah kramte in Libbys Rucksack herum, den sie ans Fenster zur Persenningkajüte gelehnt hatte, und fand schließlich ein zerknittertes Päckchen. John-Cody nahm sein Feuerzeug aus der Hemdtasche. Der Rauch fühlte sich gut in seiner Lunge an und beruhigte ihn. Jonah setzte sich auf die Bank. Er legte den Kopf in die Hände, schloss die Augen und schwieg.

John-Cody steuerte die *Korimako* durch die Nacht, während der Wind durch die Löcher im Sperrholzbrett, das die vordere Fensterscheibe ersetzte, sein Gesicht kühlte. Die Kälte hielt ihn wach, und es erleichterte ihn, als er merkte, dass das Wetter langsam besser zu werden schien. Das konnte ihre Fahrt nach Norden nur begünstigen. Es bedeutete auch, dass sie bald wieder Funkkontakt haben würden. Er drehte den Lautstärkeregler an den Lautsprechern hoch, um nur ja keinen Funkkontakt zu verpassen. Er dachte an Bree und sein Versprechen, ihre Mutter heil nach Hause zu bringen. Er dachte an die Weisheit, die dieses Mädchen mit seinen zwölf Jahren bereits hatte, an ihren reichen Schatz an Erfahrungen, mit dem sie alle jedes Mal wieder neu überraschte.

Er warf einen Blick über seine Schulter und sah die schlafende Libby an, die aufrecht auf der nassen Bank saß, den Kopf in den Nacken gelegt, die Augen fest geschlossen. Sie atmete leise durch ihre Nase, ihre Brüste hoben und senkten sich unter dem eng anliegenden 7-mm-Anzug. Ihre schwarzen Haare umrahmten ihr bleiches, abgespanntes Gesicht. Sie hatte dunkle Ringe unter den Augen.

Er sah wieder nach vorn und nahm einen Zug an seiner Zigarette, behielt den Rauch so lange er konnte in den Lungen, bevor er ihn wieder ausatmete. Als er hörte, wie sie im Schlaf leise schnarchte, musste John-Cody unwillkürlich lächeln. Doch dann dachte er an Tom, und das Lächeln erstarb auf seinen Lippen. Er öffnete die Backbordtür, um die Zigarettenkippe ins Meer zu schnippen, und spürte den Wind auf seinem Gesicht. Wie er vermutet hatte, drehte er langsam auf Südwest. Aber er hatte seine wütenden Kraft verloren. Die Wellen konnten inzwischen kaum mehr als drei Meter hoch sein, und ihre Höhe nahm weiter ab.

Die Welt war einheitlich grau und schwarz, wobei der Himmel

weicher und weniger kompakt als die See wirkte. Ein Königsalba-
tross ließ sich von den Luftströmungen in der Nähe des Bootes tragen, stieg über dem Bug in die Höhe und drehte nach Osten ab.
John-Cody sah zu, wie der Vogel davonflog. Ihm wurde bewusst,
wie wenig Zeit nur noch blieb. Die Entscheidungen, die er getroffen
hatte, würden ihn wieder ins Gefängnis bringen, und seine Chancen,
jemals wieder hierher zu kommen, waren gleich null. Also stand er
am Steuerrad, beobachtete die Welt durch die Seitenfenster und
nahm das Grau, Schwarz und Silber der See in sich auf, als der
Mond sein Licht über die Wellen goss, so dass sie aussahen wie ge-
hämmertes Metall. Er nahm den Geruch des Meeres in sich auf, den
Tang in der Luft, das Salz und die Feuchtigkeit im Wind. Er nahm
die Gischtflocken, die am Bug der *Korimako* in die Luft gewirbelt
wurden, und das Mondlicht, das auf den Salings schimmerte, in sich
auf. Er nahm jede sich am Horizont bewegenden Form in sich auf,
schloss die Augen und sah Moby Dick in den Tiefen von Port Ross
vor sich.

Jonah löste ihn um ein Uhr nachts ab, um vier löste Libby dann Jonah ab. John-Cody schlief auf der Bank direkt hinter ihr, zusammen-
gesackt, mit verschränkten Armen. Die grauen Linien in seinem Gesicht und sein Haar, das bis auf seine Schultern fiel, verrieten sein
Alter. Sein Mund stand ein kleines Stück offen, Bartstoppeln, die
aussahen wie Salz und Pfeffer, überzogen sein Kinn und seine Wangen. Libby dachte an Toms weiße Haare und seine strahlend blauen
Augen und weinte stille Tränen um ihn, während sie am Steuerrad
stand. Sie spürte einen Schmerz in ihrer Magengrube, halb Angst,
halb Sehnsucht. Um sicherzugehen, dass sie keinem anderen Boot
nahe kamen und keines ihnen, sah sie immer wieder nach backbord
und steuerbord, nach achtern und voraus. Sie spürte ihre Sehnsucht
nach einer gemeinsamen Zukunft, auch wenn sie vergessen hatte,
wie viele Tage John-Cody überhaupt noch blieben. Eine Zukunft
ohne ihn war für sie keine mehr. Es war das erste Mal in ihren zwei-
unddreißig Jahren, dass sie etwas Derartiges fühlte, und sie fragte
sich, wie Bree wohl reagieren würde, wenn sie ihr die Nachricht er-
öffneten.

Sie dachte an Ned Pole und seine Pläne für den Dusky Sound. Irgendwie war dieser Mann für sie nicht greifbar, sie verstand ihn einfach nicht. Er hatte den Mädchen, die Bree tyrannisiert hatten, Einhalt geboten, und das zu einer Zeit, als Libby nicht einmal wusste, dass ihre Tochter schikaniert wurde. Er hatte Brees Leben hier unten lebenswert gemacht, während er gleichzeitig John-Codys Leben zerstört hatte. Er hatte John-Cody keinen einzigen Vorwurf gemacht, als sein einziger Sohn auf seinem Schiff gestorben war, dennoch hatte er ein paar Jahre später dafür gesorgt, dass er dieses Land verlassen musste. Das alles ergab einfach keinen Sinn: Das Geschäft im Dusky Sound war für Pole offenbar so wichtig, dass es ihn vollkommen gefühllos und gleichgültig machte. Und dennoch verhielt er sich Bree gegenüber genauso freundlich und fürsorglich wie John-Cody.

Die *Korimako* fuhr jetzt nach Nordwesten. Der Wind ließ noch weiter nach, und schließlich luvte sie schlecht. Das Segel flatterte nur mehr wie ein Bettlaken an einer Wäscheleine. Libby dachte, dass sie den Klüver einholen sollten, aber Jonah und John-Cody schliefen, und sie musste am Steuerrad bleiben. Das Segel würde ihre Fahrt jedoch nicht behindern. Der Motor lief mit 950 Umdrehungen, und das Boot machte konstant siebeneinhalb Knoten. Sie sah durch das Loch im Sperrholzbrett und spürte Feuchtigkeit auf ihrem Gesicht: Nebel stieg über dem Meer auf, geisterhaft wie Rauch. Sie schüttelte ungläubig den Kopf: Das hatte ihnen gerade noch gefehlt. Sie schaute zum Himmel hinauf und stellte fest, dass die Sterne verschwanden; die Morgendämmerung kündigte sich an. Die Welt war grau und trostlos, und es senkte sich eine Stille über sie herab, die selbst das Tuckern der Maschine erstickte.

John-Cody träumte: Er und Tom waren in der Foveaux Strait, westlich von Dog Island, in einen Sturm geraten. Sie fuhren mit der Strömung und suchten Schutz vor einem Wind, der aus allen Richtungen zu kommen schien. Das Deck wurde ständig überspült. Nur sie beide waren an Bord. Toms Gesicht war weiß vor Angst. John-Cody konnte die Anspannung auch in seinem eigenen spüren, während er verzweifelt mit dem sich wild drehenden Steuerrad kämpfte. Um sie herum tobte die See, dass es wie Donner in seinen Ohren hallte. Die Wellen bauten sich auf und wurden immer höher, blieben dann, wie es schien, eine Ewigkeit vor ihnen stehen, bevor sie mit einem Geräusch wie Peitschenknallen gegen die Fenster brandeten. Er starrte das Glas an und fragte sich, wie lange es wohl noch dauern würde, bis es zerbrach und sie über Bord gespült wurden, um in den Fluten den sicheren Tod zu finden. Die Strömung unter seinen Füßen veränderte sich spürbar. Er riss das Steuerrad herum, aber sie schwenkte schon wieder, dann öffnete er die Augen, sah, dass Libby am Ruder vor sich hin döste und Jonah, den Kopf in den Händen, am Tisch eingeschlafen war. Der Sturm war genauso verschwunden wie Tom; er erkannte, dass er nur geträumt hatte.

Er stand vorsichtig auf, um Jonah nicht zu wecken. Graues Licht sickerte durch die Fenster. Er sah auf die Uhr über dem Barometer: Es war fast acht, und es wurde langsam hell. Acht Uhr: Er spürte keine Strömung mehr unter seinen Füßen. Schweiß brach ihm aus. Er schob leise die Backbordtür auf und ging nach draußen.

Die *Korimako* fuhr durch eine See, glatt wie ein Spiegel. Dicker Nebel hüllte das Boot ein, so dass er kaum noch den Bug erkennen konnte. Eine Weile stand er einfach nur da, den Kopf erhoben wie ein Jäger. Dann spürte er eine Bewegung. Es lief ihm eiskalt über den Rücken.

»Libby?« Er rüttelte sie wach.

Sie schrie erschrocken auf. »Entschuldigung, es tut mir Leid. Ich wollte nicht –«

»Stell den Motor ab.«

»Was?«

»Tu, was ich dir sage. Der schwarze Hebel.« Er zeigte auf das Armaturenbrett vor ihr. »Zieh ihn hoch.«

Libby tat, was er gesagt hatte, der Motor bebte und starb ab. John-Cody ging wieder an Deck hinaus und wartete, bis das Metall zu vibrieren aufgehört hatte. Das Boot schaukelte jetzt ruhig hin und her, das Wasser klatschte sanft gegen den stählernen Rumpf, die Wanten knarrten. Abgesehen von diesen Geräuschen hörte er jedoch nichts, außer … ja, da war etwas. Er spürte, wie alle Kraft seinen Körper zu verlassen schien. Es war ein langsames Rauschen, ein Geräusch, das Generationen von Seeleuten mit Entsetzen erfüllt hatte.

Ein Geräusch wie feuchter Atem, hohl und lang gezogen. Dann ein Augenblick der Stille, bevor, jetzt deutlicher, das Donnern von Wellen auf Fels zu hören war.

Er ging wieder nach drinnen, schob Libby einfach vom Steuerrad weg und drehte den Zündschlüssel rum. Dann riss er das Ruder nach steuerbord herum und fuhr eine volle Wende.

»Was ist denn los?« Libby, die gegen die Tür geschleudert worden war, rappelte sich wieder auf. Jonah stand neben ihr und sah ihn fragend an.

»Felsen.« John-Cody stieß das Wort zwischen seinen zusammengebissenen Zähnen hervor. »Wellen auf Felsen, die wir nicht sehen können.« Er schaute Jonah an. »Geh an Deck. Ich fahre ein Stück nach Süden und stelle dann die Maschinen ab. Sag mir, wenn du nichts mehr hörst.«

Jonah ging an Deck, und Libby stellte sich neben John-Cody. »Wenn da Felsen sind, dann ist da doch auch Land.«

Er sah sie ungeduldig an. »Wie lange fahren wir schon durch den Nebel?«

»Keine Ahnung. Ich muss wohl eingenickt sein.«

»Du hättest mich wecken sollen, als du müde wurdest.«

»Es tut mir Leid.« Sie sah ihn an. »Aber wenn da Land ist…«

»Das ist noch kein Land. Ich glaube, das ist die Western Chain.« Libby runzelte die Stirn.

»Tahi, Rua, Toru, Wha, Rima: fünf gewaltige Felsen, Libby. Riesige Felsen mitten im Ozean. Wenn wir dort auf Grund laufen, sind wir alle tot.«

Sie fuhren ein paar Minuten lang nach Süden, dann stellte er die Maschine ab.

»Übernimm du das Ruder.« John-Cody ging an Deck, während Libby das Steuerrad übernahm. Er und Jonah lauschten angestrengt in den Nebel hinein. »Hörst du etwas?«, fragte er, als die Vibrationen wieder aufgehört hatten. Jonah sah ihn an und nickte.

Wieder zurück auf der Brücke, startete John-Cody den Motor, um noch weiter nach Süden zu fahren. Das Geräusch war jetzt eindeutig von der Steuerbordseite gekommen. Sie fuhren also zur Sicherheit noch ein paar Minuten in südliche Richtung, bevor sie es erneut versuchten. Er stellte sich neben Jonah an die Steuerbordreling und sah nach Westen in das diffuse Licht.

»Hörst du etwas?«

Jonah schüttelte den Kopf.

»Ich auch nicht.« John-Cody strich sich das vom Nebel feuchte Haar aus dem Gesicht und ging wieder hinein, um den Motor zu starten. Jetzt steuerte er das Boot nach Osten. Sie fuhren etwa eine Meile, dann drehte er das Steuerrad nach backbord. Libby beobachtete ihn. Er konnte immer noch das Rollen der Meeresströmung spüren, obwohl sich der Wind vollständig gelegt hatte und das Wasser so spiegelglatt wie ein Mühlteich war.

»Was machen wir jetzt?«, fragte sie ihn.

»Wir fahren wieder nach Norden. Und wir lauschen.«

Sie fuhren weiter. Dann stellte er wieder den Motor ab und starrte durch die Löcher im Brett vor dem Fenster, bis Jonah den Kopf schüttelte. John-Cody startete die Maschine. Wieder fuhren sie ein Stück nach Norden, wieder stellte er den Motor ab. Immer noch schüttelte Jonah den Kopf. John-Cody startete die Maschine, und sie fuhren weiter nach Norden. Beim nächsten Stop aber nickte Jonah.

John-Cody überließ Libby das Steuerrad und ging an Deck. Er stand da und lauschte. Diesmal scholl das Rauschen von backbord. Er spürte immer noch die Strömung unter seinen Füßen und nickte Jonah zu. »Das ist die Western Chain«, sagte er. »Das ist das Rollen des Südpazifiks.«

»Und was nun?«, fragte Libby, als er wieder hereinkam.

John-Cody legte einen Arm um ihre Schultern. »Jetzt fahren wir eine Stunde lang nach Osten und dann mit aller Vorsicht nach Norden. Wir befinden uns jetzt östlich der Western Chain. In ein paar Stunden werden wir im Windschatten der Snares sein. Dort warten wir dann, bis sich der Nebel auflöst und wir die Inseln sehen können.« Er brach ab und starrte durch die Löcher in den Brettern. »Danach sind es noch vier Stunden Fahrt, bis wir Steward Island erreichen. Und von dort aus dauert es nicht mehr lange, bis Bluff Cove in Sicht kommt.«

27

Bree und Alex erwarteten sie bereits in Bluff Cove. Nachdem sie die Snares hinter sich gelassen hatten und Steward Island schon fast in Sicht war, hatte Libby sich über Funk bei ihnen gemeldet und ihnen mitgeteilt, wann sie in Bluff Cove ankommen würden. John-Cody hatte sie gebeten, die Nachricht von Toms Tod noch nicht weiterzugeben. Tom war verheiratet gewesen, und John-Cody wollte vermeiden, dass seine Frau über Funk davon erfuhr. Alex hatte ihr Auto auf dem Kai abgestellt. Libby stand am Bug und sah Bree wie wild winken, als das Boot im Hafen einlief. John-Cody stand am Ruder und starrte durch die Löcher in den Brettern, während er steuerte. Die Treibstofftanks waren so gut wie leer. Die *Korimako* kehrte schwer angeschlagen von ihrer Fahrt zurück. Und sie hatten ein Mitglied der Crew verloren. John-Cody fühlte sich so erschöpft wie noch nie in seinem Leben. Es gelang ihm nur mit größter Mühe, das Boot längsseits zu bringen. Er würde es Jonahs Obhut übergeben, der die nötigen Reparaturen veranlassen sollte, bevor er Toms Pick-up nach Manapouri zurückfuhr. Es würde zwei weitere Tage dauern, die *Korimako* zum Kai nach Deep Cove zu schaffen, dann blieben ihm nur noch zwei Tage, bis er Neuseeland verlassen musste.

Als sie anlegten, sprang Bree an Bord. Libby nahm sie in die Arme und drückte sie fest an sich. John-Cody warf die Heckleine auf den Kai, während Jonah den Bug sicherte. Bree gab ihrer Mutter einen dicken Kuss, dann entwand sie sich ihren Armen, lief nach achtern und warf John-Cody die Arme um den Hals. »Danke, danke, danke«, sagte sie.

»He, Breezy, kein Grund, sich aufzuregen.«

Stumme Tränen rannen Bree über die Wangen, dann breitete sich ein strahlendes Lächeln auf ihrem Gesicht aus, und sie wischte ihre Wangen mit dem Handrücken trocken. »Sie kann einen manchmal ganz schön nerven, John-Cody, aber sie ist die einzige Mutter, die ich habe.« Sie sah zu Libby hinüber, die gerade mit Alex sprach.

»Wo ist Tom?«

John-Cody legte beide Hände auf ihre Schultern. »Tom ist tot, Bree. Er ist im Sturm über Bord gegangen und ertrunken.«

Bree starrte ihn an, dann traten ihr wieder Tränen in die Augen. Sie klammerte sich an ihn, und diesmal schluchzte sie laut und ohne wieder aufhören zu können. John-Cody hielt sie fest an sich gedrückt, spürte, wie ihr Körper vom Weinen geschüttelt wurde. Er starrte ihrer beider Spiegelbild an, das das ölig schwarze Wasser reflektierte. Libby kam zu ihnen und legte ihre Hand auf Brees Schulter. Einen Augenblick lang blieben die drei so stehen, während John-Cody Libby stumm ansah und Bree ihren Kopf an seiner Brust vergrub.

Alex fuhr sie nach Hause. Als sie vor dem Haus hielten, konnte sich John-Cody vor Erschöpfung kaum mehr auf den Beinen halten. Er war so müde, dass er es fast nicht geschafft hätte, aus dem Wagen zu steigen. Libby nahm ihn bei der Hand, um ihn zur Haustür zu führen. Er blieb aber stehen und bat Alex um die Schlüssel für seinen Pick-up.

»Ich muss zu Ellen Blanch fahren. Ich kann nicht zulassen, dass ihr irgendjemand anderer das mit Tom sagt.«

»Dann fahre ich dich«, sagte Libby.

»Nein.« Er schüttelte den Kopf. »Du bleibst bei Bree.«

Daraufhin bot Alex an, ihn zu fahren, und John-Cody stieg wieder in den Wagen. Sie fuhren die kurze Strecke zu Toms Haus in der View Street. Unendlich müde kletterte John-Cody aus dem Auto und tastete in seiner Tasche nach dem Trost spendenden Tangi-wai-Stein. Er schloss seine Hand fest darum, als er bemerkte, dass Ellen in der Haustür stand und auf ihn wartete. Sie war weißhaarig und kam ihm plötzlich sehr gebrechlich vor. Da wurde ihm klar, dass sie es bereits wusste.

Bree machte ihrer Mutter eine Tasse Tee. Libby setzte sich in einen Sessel, hielt die Tasse mit beiden Händen und ließ den Dampf des heißen Getränks über ihr Gesicht streichen. Bree, die an der Küchenanrichte lehnte, sah ihr stumm zu. Sierra kam angetrottet und legte Libby ihren Kopf in den Schoß. Libby starrte ins knisternde Kaminfeuer, das Bree für sie angezündet hatte, und wurde sich ihrer tiefen seelischen Erschöpfung bewusst. Sie saß immer noch schweigend dort, als sie hörte, wie ein Auto vor dem Haus hielt und die Haustür geöffnet wurde. Als sie aufblickte, sah sie John-Cody auf der Schwelle stehen. Sein Gesicht hatte die Farbe und das Aussehen alten Pergaments, verblichen und zerfurcht, von blauen Adern durchzogen. Er lehnte am Türrahmen, als fürchte er, seine Beine könnten ihm den Dienst verweigern.

»Warst du bei ihr?«, fragte Libby ihn.

Er nickte.

»Du solltest jetzt schlafen.«

Wieder nickte er. Libby stand aus ihrem Sessel auf, stellte die Teetasse ab und streckte ihre Hand aus. »Komm«, sagte sie. »Ich helfe dir.«

John-Cody stolperte wie ein Blinder auf Libby zu, nahm ihre Hand und folgte ihr in das Schlafzimmer, das er früher mit Mahina geteilt hatte.

Libby setzte ihn auf das Bett und zog ihm die Stiefel aus. Er streifte seinen Pullover und sein Hemd über den Kopf, dann öffnete sie den Gürtel seiner Jeans und zog sie herunter. Er stand nackt vor ihr, und sie betrachtete seinen straffen, geschmeidigen Körper. Dann schlug sie die Bettdecke zurück. Er fiel ins Bett und war eingeschlafen, bevor sein Kopf das Kopfkissen berührte.

Libby beobachtete ihn, während er reglos vor ihr lag. Sein Gesicht war wie das eines Toten. Als sie seine Jeans vom Boden nahm, fiel der grüne Stein, den Mahina ihm geschenkt hatte, aus der Tasche. Sie hob ihn auf und fuhr mit den Fingern an seinem Rand entlang, dann legte sie ihn auf die Frisierkommode. Als sie sich umdrehte, sah sie Bree, die sie von der Tür aus beobachtete.

»Du liebst ihn, nicht wahr?«

Libby nickte. »Ja, sehr.«

Bree lächelte sie an. »Ich fahre jetzt zu Hunter. Du solltest dich auch ausschlafen, Mum. Du siehst ziemlich erschöpft aus. Ich werde auch ganz leise sein, wenn ich nach Hause komme.«

Libby lächelte und nickte. Als Bree gegangen war, setzte sie sich aufs Bett. John-Cody lag still und reglos vor ihr. Kein Ton war zu hören, nur die Bettdecke hob und senkte sich leicht im Rhythmus seines Atems.

Sie schlüpfte nackt zu ihm ins Bett, stützte sich auf ihren Ellbogen und spürte seinen Atem auf ihrer Haut. Sie beugte sich mit dem Gesicht über ihn, kam mit ihrer Nase, ihrem Mund, ihrer Wange ganz dicht an ihn heran, berührte ihn leicht und folgte den Konturen seines Gesichts mit ihrem, küsste ihn aber nicht. Er lag da wie ein Stein, hatte sich unendlich tief in sich selbst zurückgezogen. Sie betrachtete ihn eine ganze Weile, dann wurden auch ihre Lider schwer. Sie küsste ihn auf den Mund, drehte sich um und ließ ihren Kopf in das kühle Kissen sinken.

28

Am nächsten Morgen wachte Libby noch vor John-Cody auf. Sie hatte keine Ahnung, wie spät es war. Sie wusste nur, dass sie wesentlich länger geschlafen hatte als sonst. Aus dem Wohnzimmer war kein Geräusch zu hören. Sie stand auf, zog ihren Bademantel an und ging hinüber. Ein Blick in Brees Zimmer bestätigte ihr, dass sie schon fort war. Sie war offensichtlich allein aufgestanden, hatte gefrühstückt und war zum Bus gegangen, ohne sie zu aufzuwecken. Die Uhr am Herd zeigte Viertel nach neun. Libby sah aus dem Fenster: Tief hängende, strahlend weiße Wolken am Himmel kündigten Schnee an. Die Luft war eiskalt. Libby legte Kohle im Kamin nach, dann ging sie ins Schlafzimmer zurück. John-Cody lag auf der Seite und schlief noch immer tief und fest. Sie schlüpfte wieder zu ihm ins Bett. Er bewegte sich und murmelte etwas, worauf sie ihm beruhigende Worte ins Ohr flüsterte und ihm mit der Hand zärtlich über die Stirn strich. Sie schlief wieder ein. Als sie zum zweiten Mal aufwachte, saß er, eine Tasse Tee in den Händen, im Bademantel auf der Bettkante. Sie rieb sich verschlafen übers Gesicht und setzte sich auf. Dabei rutschte ihr die Bettdecke von den Brüsten. Als sie das plötzliche Verlangen in seinem Blick aufflackern sah, nahm sie ihm die Tasse aus der Hand und stellte sie auf dem Nachttisch ab, dann zog sie ihn am Kragen seines Bademantels zu sich. Er schob die Bettdecke zur Seite. Keiner von beiden sagte ein Wort, als er sich auf sie legte, ihre Beine auseinander schob und langsam und sanft in sie eindrang.

Sie lagen feucht und klebrig auf dem Bett und hielten einander so fest umschlungen, als hinge ihr Leben davon ab. John-Cody starrte zuerst die Decke und dann die Holzverkleidung der Wände an.

»Was siehst du?«, fragte Libby ihn.

»Ich sehe dich.«

»Bist du da ganz sicher?«

Er stützte sich auf einen Ellbogen und ließ seinen Blick durch das Zimmer schweifen. »Ja, Mahina ist nicht mehr hier. Ich habe sie länger fest gehalten, als ich das hätte tun sollen. Unten bei den Auckland-Inseln habe ich sie endlich losgelassen, und sie ist gegangen.« Er ließ die Luft langsam zwischen seinen Zähnen entweichen, dann erzählte er ihr, was sie bereits wusste: dass er sich hatte umbringen wollen; dass er mit einem Luftvorrat für gerade mal zwanzig Minuten getaucht war und dass Moby Dick in den Tiefen von Port Ross zu ihm gekommen war. Er erzählte ihr, dass der Wal in seine Seele geblickt und dass er Mahina in seinem Auge gesehen hatte, dann ließ er sich, Libby in seinen Armen, wieder in die Kissen fallen, während er das Gewicht ihrer Brüste auf seinem Körper spürte.

»Nach dieser Begegnung war ich mir nicht mehr sicher, was ich tun sollte. Meine Entscheidung war in Frage gestellt. Mein Panzer hatte Risse bekommen. Ich war völlig verwirrt. Als wir dann am nächsten Tag das neugeborene Kalb gesehen haben, wollte ich einfach nur noch eins: Es sollte leben. Da wusste ich, dass ich weitermachen musste.«

Er überlegte. Drei Tage noch, dann wäre er wieder in den Vereinigten Staaten.

»Ich muss jetzt aufstehen«, sagte er dann. »Ich habe mir noch nicht mal ein Flugticket gekauft, und ich will auf keinen Fall eins von der Einwanderungsbehörde spendiert bekommen.«

Wieder strich ihm Libby zärtlich übers Gesicht. »Ich werde dich begleiten.«

Er nahm ihre Hand und küsste sie. »Nein, du bleibst hier. Du musst deine Forschungen im Dusky Sound weiterführen.«

»Ich will aber nicht ohne dich hier bleiben.«

»Ich möchte aber, dass du das tust. Wenn ich nicht mehr da bin, bist du der einzige Mensch, der noch zwischen Pole und diesen Hotels steht. Du musst einfach weitermachen.«

»Was wirst du tun?«, fragte sie ihn.

»Ich weiß es nicht. Ich habe nicht die geringste Ahnung, was passieren wird, wenn ich meinen Fuß wieder auf amerikanischen Boden setze.«

Tränen schimmerten in Libbys Augen. »Ich möchte bei dir sein, John-Cody.«

»Das geht nicht. Bleib hier. Leb hier. Lass die *Korimako* reparieren. Bree will hier bleiben, oder hast du das etwa schon vergessen? Sie hat es verdient, wenigstens ein bisschen Stabilität in ihr Leben zu bekommen.«

»Bree will auch, dass ich dich heirate.«

Er lächelte. »Das weiß ich.«

»Du hast unser Gespräch also mitgehört. Sie wünscht sich das mehr als alles andere.«

»Sie wird schon klarkommen.«

Libby sah ihn an, eine Hand in die Bettdecke gekrallt. »Und was ist mit dir?«

John-Cody seufzte. »Es ist Zeit, mich meiner Vergangenheit zu stellen. Egal, ob ich es nun zugebe oder nicht, aber sie hat mich das letzte Vierteljahrhundert verfolgt. Vielleicht hat Ned mir sogar einen Gefallen getan.«

»Das sehe ich anders.«

Er zuckte mit den Schultern. »Ich auch. Aber ich habe jetzt keine andere Wahl mehr. Wenn ich bis Donnerstag das Land nicht verlassen habe, wird man mich verhaften, und dann wird automatisch ein fünfjähriges Einreiseverbot gegen mich verhängt. Ich darf dann nicht einmal mehr in die Nähe von Neuseeland kommen: Das kann ich nicht geschehen lassen, meine Liebe, nicht, wenn du hier bist.« Er stand auf. »Hilfst du mir beim Packen? Mir bleibt nämlich nicht mehr viel Zeit.«

Bree begann bitterlich zu weinen, als sie ihr an diesem Abend von John-Codys bevorstehender Abreise erzählten. Sie ging völlig verstört in ihr Zimmer, wo sie sie noch eine ganze Zeit lang schluchzen hörten. Libby und John-Cody saßen im Wohnzimmer am Kamin und warteten, bis sie sich wieder beruhigt hatte, dann ging John-Cody zu ihr.

»He, Breezy.«

Bree sah ihn mit verquollenem Gesicht an und wischte sich mit der Hand über die Augen.

»Ich will nicht, dass Sie gehen. Warum muss immer mir so etwas passieren? Immer wenn ich denke, dass endlich alles läuft, passiert irgendetwas, und alles ist wieder kaputt.«

Er setzte sich neben sie. Sie nahm seine Hand und malte mit ihren Fingern Muster auf seine Handfläche. »Ich will nicht, dass Sie weg gehen.«

»Du wirst schon damit klarkommen.« John-Cody fasste sie unter dem Kinn und drehte ihren Kopf zu sich. »Du hast deine Mum und Alex. Und du hast Hunter. Außerdem sind da noch Sierra und deine Klassenkameraden.«

»Ich will aber, dass Sie bei mir sind.« Bree schlang die Arme um ihn und hielt ihn fest.

»Ich auch. Aber ich muss nach Amerika zurück.«

»Aber warum? Warum hat Mr. Pole das getan?«

John-Cody zuckte mit den Schultern. »Ich weiß es nicht, Bree. Ich habe mich das auch schon oft gefragt.« Er stand auf. »Vielleicht will er sich doch noch wegen Eli an mir rächen.« Er blies die Backen auf. »Du darfst aber nicht schlecht von ihm denken. Er hat dir schließlich sehr geholfen, nicht wahr?«

»Ich wünschte, er hätte das nicht getan.« Bree war zutiefst verletzt. »Ich wünschte, ich hätte niemals Reitunterricht bei ihm genommen. Ich werde nie wieder zu ihm fahren.«

Bree hatte am nächsten Tag Schule. In der Mittagspause ging sie zur Kirche in der Mokoni Street in Te Anau, wo sie gemeinsam mit John-Cody und ihrer Mutter am Gedenkgottesdienst für Tom Blanch teilnahm. Das Gebäude war bis auf den letzten Platz besetzt, viele Fischer und Leute aus der Stadt waren gekommen. Nach dem Gottesdienst strömten die Trauergäste auf den Kirchplatz hinaus. Bree sah Ned Poles Kopf und Schultern aus der Menge herausragen. Neben ihm stand seine Frau. Anschließend gingen alle zum Friedhof, um vor Toms Grabstein, den John-Cody in Auftrag gegeben hatte, ein Gebet zu sprechen. Bree hatte John-Cody und Ned Pole beobachtet; keiner hatte den anderen während des Gottesdienstes auch nur eines Blickes gewürdigt. Nach der Trauerfeier führte John-Cody Ellen Blanch zu ihrem Auto und fuhr mit ihr und Libby nach

Hause. Bree würde zu Fuß zur Schule zurückgehen, um Hunter an der Bushaltestelle zu treffen. Sie blieb noch eine Weile vor dem Grabstein stehen. Er trug die schlichte Inschrift: *Liebster Tom Blanch: innig geliebter Ehemann und Freund.*

Der Friedhof leerte sich rasch, denn die Bewohner von Te Anau hatten sich nach all den Helikopterunfällen und all den Seeleuten, die im Laufe der Jahre draußen auf See geblieben waren, an Begräbnisse gewöhnt. Bree gehörte zu den letzten Besuchern auf dem Friedhof. Sie wollte gerade zur Schule zurückgehen, als sie vor einem der Gräber oben auf dem Hügel eine Gestalt kauern sah. Sie suchte sich einen Weg zwischen den Grabsteinen hindurch und erkannte schließlich Ned Pole. Er legte gerade frische Blumen auf Elijahs Grab.

Offensichtlich hatte er sie kommen gehört, denn er hob den Kopf. Sie sahen sich in die Augen. Einen Moment lang war sein Blick streng, als hätte sie ihn in einem sehr privaten und kostbaren Augenblick gestört. Dann wurde er weich, und Pole forderte sie mit einer Handbewegung auf, näher zu kommen.

»Wie geht's dir, kleine Lady?«

Sie stand einfach nur da, die Hände hinter dem Rücken verschränkt. Ihre Augen waren starr. Ihr Unterkiefer bebte. Sie konnte spüren, wie ihr Herz hämmerte, als sie daran dachte, wie groß er war, wenn er aufstand. Aber sie musste das hier und heute klären, also nahm sie all ihren Mut zusammen.

»Warum haben Sie das getan?«

Pole runzelte die Stirn. »Was genau soll ich getan haben?«

»Sie haben John-Cody angezeigt.«

Pole schwieg.

»War es wegen Ihres Sohnes?« Bree zeigte auf Elijahs Grabstein.

»Bree...«

»War es das? Ich glaube nicht, dass er das gewollt hätte. Nach dem, was Sie mir von ihm erzählt haben, hätte er bestimmt nicht gewollt, dass Sie das tun.«

»Bree, ich habe John-Cody nicht...« Pole unterbrach sich. Wie sollte er ihr das alles erklären?

»John-Cody hat gesagt, dass Sie es waren. Und Mum sagt das auch.«

»Nein, so einfach ist das nicht.«

»Er wollte Mum heiraten. Das weiß ich.« Bree biss sich auf die Unterlippe.

Pole machte einen Schritt auf sie zu. »Bree, es gibt da Dinge, die du noch nicht verstehst.«

Bree wich vor ihm zurück. »Sie meinen die Sache mit dem Dusky Sound. Die verstehe ich sehr wohl. Sie wollen dort Hotels aufziehen, und Mum und John-Cody sind dagegen. Das ist aber doch kein Grund, John-Cody anzuzeigen.« Dicke Tränen liefen ihr über die Wangen.

»Bree, bitte weine nicht. Es war wirklich nicht so, wie du glaubst. Die Dinge sind niemals so einfach. Da sind geschäftliche Belange zu berücksichtigen. Und es geht um die Arbeitsplätze von Menschen, die sie dringend brauchen.«

»Aber das, was Sie getan haben, ist so unfair. John-Cody lebt schon so lange hier. Neuseeland ist sein Zuhause. Er ist ein guter Mensch. Er hat nichts Unrechtes getan.«

Pole kniff die Augen ein wenig zusammen und starrte an ihr vorbei in die Ferne, sah gleichzeitig in die Zukunft und in die Vergangenheit. »Du hast Recht. Er hat nichts Unrechtes getan.«

»Dann machen Sie dem, was da gerade passiert, ein Ende. Reden Sie mit den Behörden, sagen Sie ihnen, dass sie ihn in Ruhe lassen sollen.«

»Das kann ich nicht.« Pole hob beide Hände und ließ sie hilflos wieder sinken. »Es gibt nichts, was ich jetzt noch tun könnte.« Er ging noch einen Schritt auf sie zu, aber sie wich wieder vor ihm zurück.

»Bree.«

Bree zitterte am ganzen Körper. »Sie haben mein Leben zerstört. Ich dachte, ich könnte endlich glücklich werden, aber dann sind Sie gekommen und haben alles zerstört.« Sie ging davon, stolperte und drehte sie sich noch einmal zu ihm um. »Ich will nie wieder eines Ihrer Pferde reiten, und ich werde Sie niemals wieder besuchen. Und Hunter sage ich, dass er das auch nicht tun soll. Sie hätten John-Cody nicht wegschicken dürfen.«

»Bree.«

»Er hätte doch mein Vater werden können!«

Noch lange nachdem sie gegangen war, hallten ihre Worte in Poles Ohren nach. Der Wind wehte wieder stärker. Schnee lag in der Luft. Er zog den Mantel fester um sich und sah noch einmal zum Grabstein seines Sohnes zurück. Er ließ seinen Blick über das Gras und die Blumen schweifen, deren Blütenblätter der Wind bereits verstreut hatte. Dann fuhr er langsam nach Hause, stellte seinen Pickup ab, blieb aber noch eine Weile im Wagen sitzen. Er rauchte eine seiner schwarzen Zigarren, während er den Pferden auf der Koppel zusah. Er hatte sein Anwesen gerettet, aber er war all dessen plötzlich überdrüssig. Er sah Jane in ihrem gemeinsamen Arbeitszimmer. Sie stand vor dem durchgehenden Balkonfenster und telefonierte. Er starrte zu ihr hoch und dachte dabei wie immer an Mahina. Sie war wie ein Schatten, den auch das hellste Sonnenlicht nicht zu vertreiben mochte. Er sah sie vor sich, wie sie nackt durch den Busch wanderte. Ihm stockte der Atem, und er roch wieder das Blut des Rotwilds und den harzigen Geruch des Todes.

John-Cody stand, seine Reisetasche in der Hand, zusammen mit Libby im Flughafengebäude. Sie hatte ihn nach Christchurch gefahren. Gleich würde er in das Flugzeug nach Los Angeles steigen, aber er konnte es immer noch nicht glauben. Es war alles so schnell gegangen. Seine Handflächen waren feucht, seine Stirn heiß, und er schwitzte, als hätte er hohes Fieber. Jetzt, da er Libby ansah, wurde ihm klar, wie sehr er sie liebte.

»Ich weiß nicht, was ich noch sagen soll.«

Sie sah ihm in die Augen. »Vergiss mich bitte nicht.«

»Dich vergessen?« Er schüttelte den Kopf. »Himmel, Libby.« Er ließ seine Tasche fallen und nahm sie in seine Arme. »Wie könnte ich dich je vergessen?«

Sie war weich und roch unglaublich weiblich. Ihr Haar an seinem Gesicht war der duftende Inbegriff ihres Wesens. John-Cody spürte, wie sich sein Magen verkrampfte. Er hielt sie noch einmal fest, dann schob er sie sanft von sich weg. »Sag Bree noch einmal alles Liebe von mir«, meinte er. »Und lass bitte die *Korimako* reparieren.«

Libby legte ihre Hand auf seine Wange. »Ruf mich bitte sofort an, wenn du Näheres weißt.«

John-Cody gelang es zu lächeln. »Lib, sie werden mir nur einen einzigen Telefonanruf gestatten, und ich weiß nicht, ob das auch ein Ferngespräch nach Neuseeland sein darf.« Er sah die Angst in ihren Augen aufflackern und strich ihr beruhigend übers Haar. »Du brauchst dir keine Sorgen zu machen, ich krieg das schon irgendwie hin.« Plötzlich wollte er allein sein. Er wollte diesen Abschied nicht noch länger hinauszielen. »Ich rufe dich an.« Er blieb noch einen Moment stehen. »Schau von Zeit zu Zeit mal bei Ellen Blanch vorbei. Sie war fast vierzig Jahre mit Tom verheiratet. Sie vermisst ihn bestimmt sehr.«

»John-Cody.«

»Ja.«

»Sobald ich mit meiner Arbeit hier fertig bin, komme ich zu dir. Und ich werde Bree mitbringen.«

»Ich weiß nicht einmal, wo ich dann sein werde.«

»Das spielt keine Rolle. Ich werde dich finden.«

Sie sahen einander an, dann küsste sie ihn noch einmal und drehte sich wortlos um. Sie ging mit geradem Rücken und ohne sich noch einmal umzusehen aus dem Gebäude. Er sah ihr nach, bis sie durch die Automatiktüren hindurch- und in die Nacht hinausgegangen war. Er griff in die Tasche seiner Jeans und suchte nach dem vertrauten, Trost spendenden Tangi-wai, aber er war nicht da. Er suchte in der anderen Tasche und fluchte leise vor sich hin. Der Stein lag zu Hause auf der Frisierkommode.

Er bezahlte die Flughafengebühr und wollte gerade in den Abflugbereich gehen, als ihm eine Reihe von Telefonen ins Auge fiel. Er blieb stehen. Es gab da noch etwas, das er erledigen musste. Etwas, das er unbedingt wissen musste, bevor er Neuseeland endgültig verließ. Er fischte eine Hand voll Kleingeld aus seiner Tasche, nahm den Hörer ab und wählte.

Es war schon spät, und Kobi schlief wahrscheinlich schon, aber John-Cody wusste, dass der alte Mann das Telefon auf dem Nachttisch neben seinem Bett stehen hatte. Er hob nach dem dritten Läuten ab.

»Kobi, ich bin's, Gib. Entschuldige bitte, dass ich dich geweckt habe.«

»Ist schon in Ordnung, Kumpel, wie geht's?«

»Ich bin am Flughafen.«

Der alte Mann schwieg einen Augenblick. »Dann ist es also so weit?«

»Ja, leider.«

»Du wirst mir fehlen, Kumpel. Jetzt verlässt mich also noch jemand von euch.« Er ließ die Luft zischend zwischen seinen Zähnen entweichen.

»Kobi, ich habe nicht viel Zeit, aber da gibt es etwas, das ich unbedingt wissen muss.«

»Was?«

»Es geht um Mahina. Ich weiß, dass sie sich nach dem Tod ihrer Mutter immer dir anvertraut hat. Ich muss dich jetzt etwas fragen, von dem ich glaube, dass sie es dir vielleicht gesagt hat. Hatte sie jemals eine Beziehung mit Ned Pole?«

Kobi schwieg einen Augenblick, dann räusperte er sich. »Du hast mich das schon einmal gefragt. Die Antwort ist die gleiche wie damals. Nein, Kamerad, hatte sie nicht.«

»Bist du dir ganz sicher, Kobi? Hätte sie es dir überhaupt erzählt?«

»Sie hat mir immer alles erzählt, Gib. Ich hätte es also auf jeden Fall erfahren.«

John-Cody spürte ein Gefühl unendlicher Erleichterung. »Danke, Kobi. Du wirst mir sehr fehlen.«

»Du mir auch. Pass auf dich auf.«

»Das mach ich. Auf Wiedersehen, Kobi.«

»Auf Wiedersehen, Gib.«

Kobi legte auf und blieb einen Augenblick im Dunkeln in seinem Bett liegen, dann schaltete er die Nachttischlampe an und stand auf. Im Zimmer war es eiskalt, und seine alten Knochen schmerzten, aber er ging zu seiner Kommode hinüber und nahm den Brief heraus, den Mahina ihm kurz vor ihrem Tod geschrieben hatte.

Libby übernachtete im Flughafenhotel. Sie weinte bis spät in die Nacht. So etwas hatte sie noch nie getan, aber sie empfand ein ungeheures Gefühl des Verlustes. Ihre Tränen flossen, und sie konnte nichts dagegen tun. Schließlich war sie vom Weinen völlig erschöpft und schlief ein. Als sie am nächsten Morgen aufwachte, fragte sie sich beim Blick auf die Uhr, ob John-Cody schon in den Vereinigten Staaten war. Sie rechnete nach, doch er konnte noch nicht dort sein. Sie stand auf, bezahlte ihre Rechung, kaufte an der Tankstelle einen Becher Kaffee und fuhr nach Manapouri zurück. Die Fahrt durch Zentral-Otago hinunter nach Queenstrown und von dort aus weiter nach Fjordland dauerte den ganzen Tag. Sie rechnete sich aus, dass John-Cody jetzt seit dreizehn Stunden unterwegs war, und versuchte, sich vorzustellen, was er fühlte, wenn sein Flugzeug amerikanischen Boden berührte.

Als John-Cody in Los Angeles landete, spürte er ein merkwürdiges Zittern in seinen Gliedern. Es war nicht so sehr Angst als vielmehr eine tiefe Beklommenheit: Während des Fluges waren ihm unablässig Erinnerungen und Gedanken durch den Kopf gegangen. Er hatte die verschiedensten Ängste durchlebt, und er hatte sich gefragt, ob er Libby jemals wiedersehen würde, ob er jemals wieder auf dem Tauchkasten an Bord der *Korimako* sitzen und der Stille des Doubtful Sound lauschen würde. Schließlich war er in unruhigen Schlaf gesunken. Albträume hatten ihn gequält, von Elijah Poles Gesicht und Toms weißen Haaren, kaum sichtbar zwischen den Wellen. Da er einen Fensterplatz hatte, konnte er die Gebäude von Los Angeles, die sich in quadratischen Blöcken vom Wüstenboden erhoben, schon aus der Ferne sehen. Smog lag dort, wo die Sonnenstrahlen nicht hingelangten, über der Stadt. Als das Flugzeug tiefer ging, konnte er Schnellstraßen erkennen, auf denen sich der Verkehr staute.

Er sah die beiden FBI-Agenten schon, als er die geschlossene Gangway zum Ausgang entlang ging: graue Anzüge und kurz geschnittenes Haar. Ihre Dienstmarken steckten deutlich sichtbar in den Brusttaschen ihrer Jacketts. Mit einem Mal war er wieder in McCall, er hatte die Auflagen für seine vorzeitige Haftentlassung verletzt, und dies waren dieselben Männer wie damals. Natürlich war das Unsinn. Inzwischen waren fünfundzwanzig Jahre vergangen, und die beiden Männer da waren noch sehr jung. Er hatte der Einwanderungsbehörde in Neuseeland seine Abflugzeit mitgeteilt, und diese hatte offensichtlich das FBI informiert. Die beiden Agenten erkannten ihn und kamen auf ihn zu. Er wartete auf sie. Seine Leinentasche, das einzige Gepäckstück, trug er in der Hand. Seine Haare waren lang und ungekämmt, und sie hatten immer noch fransige Spitzen.

»Mr. Gibbs?« Der Kleinere der beiden, dunkles Haar und strahlend blaue Augen, sprach ihn an. »Ich bin Special Agent Thomas. Und das hier ist Special Agent Givens.«

John-Cody sah den anderen Mann an, der ihm ein wenig betreten zulächelte. Sie schienen sich nicht besonders wohl in ihrer Haut zu fühlen, kamen ihm beinahe verlegen vor. Er stellte seine Tasche auf dem Boden ab.

»Wollen Sie mir Handschellen anlegen?«

»Aber nein, Sir«, sagte Givens. »Jedenfalls nicht, solange Sie uns nicht davonlaufen.«

John-Cody schüttelte den Kopf. »Ich habe gerade damit aufgehört, mein Sohn.«

Sie begleiteten ihn durch den Einwanderungs- und den Zollschalter. Er ignorierte die Blicke der anderen Reisenden, die ihn neugierig anstarrten. Er schwieg, und die Agenten schwiegen ebenfalls. Sie informierten ihn lediglich darüber, dass sie jetzt nach Seattle weiterfliegen würden. Sie hofften, eine weitere Reise werde nicht zu anstrengend für ihn sein.

Im Flugzeug saßen sie auf drei nebeneinander liegenden Plätzen, John-Cody in der Mitte. Sie erzählten ihm, dass das Büro in Seattle damals in den Siebzigern seinen Fall bearbeitet hätte und dass sie ihn deshalb jetzt dorthin brachten.

»Was wird dann passieren?«, fragte John-Cody Agent Thomas. »Muss ich meine restlichen achtzehn Monate absitzen – und dazu noch das, was ich dafür kriege, weil ich die Auflagen für meine bedingte Haftentlassung verletzt habe?«

»Sir, ehrlich gesagt, habe ich nicht die geringste Ahnung. Ich hatte noch nie mit einem Fall wie Ihrem zu tun. Ich meine Vietnam und so.«

Givens lächelte. »Mann, ich war zu der Zeit noch nicht mal geboren.« Er sah John-Cody an. »Sie waren Skipper in Neuseeland?«

»Aotearoa«, sagte John-Cody. »So nennen die Maori dieses Land und ich auch.«

»Also dann Aotearoa. Was für ein Boot haben Sie?«

»Eine Ketsch.« John-Cody sah ihn an. »Segeln Sie auch?«

Givens nickte. »Schon lange. Draußen vor San Diego.«

»Das ist ein gutes Revier.«

»Das finden wir auch.« Givens sah ihn an. »Die neuseeländische Einwanderungsbehörde hat uns mitgeteilt, dass Sie gerade von einem Törn in die Subantarktis zurückgekommen sind. Dort unten ist es doch ziemlich rau.«

John-Cody kniff die Augen zusammen. »Ja«, sagte er dann, »ziemlich rau.«

Danach verstummte die Unterhaltung. Am Flughafen in Seattle holte sie ein weiterer Agent mit dem Wagen ab. John-Cody saß neben Givens auf der Rückbank, während sie durch die Innenstadt zur Außenstelle des FBI fuhren. Das quadratische, dreistöckige Gebäude wurde von FBI-Beamten in schwarzen Uniformen bewacht. Thomas ging immer unmittelbar neben ihm, während Givens die Türen öffnete, dann führten sie ihn durch einen Flur, an dessen Ende sich wieder eine Tür befand. Als John-Cody das Türschloss sah, bekam er einen trockenen Mund. Thomas öffnete. John-Cody sah eine Pritsche mit einem weißen Kopfkissen und einer grauen Decke. Auf der Stelle waren die Erinnerungen wieder da. Einen Moment lang stand er einfach nur reglos im Flur.

»Gehen Sie bitte hinein, Mr. Gibbs.«

Er sah Thomas an und rang nach Luft.

»Bitte, Sir. Es ist nur eine Arrestzelle.«

John-Cody ging hinein, die Tür fiel hinter ihm ins Schloss, und er hörte, wie der Schlüssel umgedreht wurde. Wieder war er gefangen wie ein Tier. Er schloss die Augen und sah Hall's Arm mit seinen Rimu- und Kahikatea-Beständen, davor Toi Toi und Rispengras. Er sah die dichten Südbuchenwälder und hörte die Weka-Ralle rufen. Und hoch über all dem lag Schnee auf dem Gipfel des Mount Danae.

Jonah saß bei seinem Vater in dem eingebauten Zimmer in der Gemischtwarenhandlung in Naseby. Kobi lag ausgestreckt auf dem Bett, den Kopf auf ein paar Kissen gebettet, neben sich eine Tüte Süßigkeiten. Der Fernseher in der Ecke lief. Jonah saß am Tisch und starrte das Foto an, das Mahina und John-Cody zeigte, kurz nachdem sie ein Paar geworden waren. Seine Mutter, die es aufgenommen hatte, war nicht mehr da, Mahina war nicht mehr da, und seit heute war auch John-Cody nicht mehr da. Er sah seinen Vater an und stellte fest, das auch er das Foto auf dem Kaminsims anstarrte.

»Hotels im Dusky Sound.« Kobi schüttelte verständnislos den Kopf, atmete tief aus und schloss wieder die Augen. »Ich habe früher oft im Dusky Sound gefischt. Deine Schwester hat diesen Ort schon als ganz kleines Mädchen geliebt.« Er blieb noch ein paar Minuten so liegen, dann setzte er sich plötzlich auf. »Ned Pole, hm. Er war schon immer ein Witzbold.« Er nahm seine Geldbörse vom Regal neben seinem Bett. »Geh uns ein oder zwei Bier holen, Jonah. Nein, noch besser: Geh zum Pub rüber und lass ein paar anzapfen. Ich habe heute Lust auf einen Drink.«

Jonah stand auf und kramte in seiner Jackentasche herum. »Ich lade dich ein, Dad.«

»Nein, Junge.« Kobi schüttelte den Kopf. »Ich bin es, der dich einlädt. Geh schon mal vor und lass anzapfen.«

Jonah nahm die Geldbörse und verließ das Zimmer. Kobi wartete, bis er hörte, wie die Schiebetür auf der Rückseite des Lagerhauses geschlossen wurde, dann schob er seine Hand unter das Kopfkissen und zog Mahinas Brief hervor. Sie hatte ihn geschrieben, als sie wusste, dass sie bald sterben würde. Als er ihn gelesen hatte und vor allem, bis er seinen Inhalt verstanden hatte, war sie bereits tot gewesen. Jetzt hielt er ihn mit zitternden Händen vor sich, dann schob er ihn in seine Jackentasche und nahm seinen Hut. Er würde Jonah bitten müssen, ihn morgen früh nach Te Anau zu fahren.

Libby saß bei Alex im Büro. Sie sollte eigentlich schon längst wieder im Dusky Sound sein, aber sie konnte sich einfach nicht dazu aufraffen. Sie hatte den ganzen Morgen mit Abgeordneten der Grünen telefoniert und sie dazu zu bewegen versucht, das Problem der Nationalparkgrenzen ganz oben auf ihre Prioritätenliste zu setzen. Sie hatte ihnen gesagt, dass die Verhandlung über Poles Antrag unmittelbar bevorstand und dass, falls nicht sofort etwas unternommen wurde, die Fjorde niemals wieder wie früher sein würden. Natürlich war allen die Situation klar, und das Repräsentantenhaus befasste sich auch bereits mit der Sache, aber es gab keinerlei Möglichkeit, den parlamentarischen Prozess zu beschleunigen. Da die Verhandlung in weniger als einer Woche stattfinden würde, versuchte Libby, selbst noch eine Submission einzureichen. Sie würde die Delfinschule als Beweis ins Feld führen. Das Umweltschutzministerium hatte ihr zugesagt, sie zu unterstützen. Aber sie war sich durchaus bewusst, dass sie nicht in der Lage war, die Standorttreue der Schule zu beweisen. Auch der Verweis auf die Notwendigkeit eines akustischen Modells würde ins Leere laufen. Ihr standen weder die hierfür erforderlichen Gelder noch die Zeit zur Verfügung, ein solches Modell zu erstellen. Darüber hinaus war der wirtschaftliche Druck in dieser Region enorm. Fjordland war vom Tourismus abhängig, und Pole tat nichts anderes, als neue Einnahmequellen dafür zu erschließen. Er würde gewinnen: Etwas ganz tief in ihr sagte ihr, dass er gewinnen würde. Jetzt, ohne John-Cody, zeichnete sich das immer deutlicher ab.

Sie saß auf der Couch und sah sich die Videobänder an, die sie aus Port Ross mitgebracht hatte. Ihre Ängste waren mit einem Schlag vergessen. Begeisterung überkam sie: Die Geschehnisse in der Subantarktis, Toms tragischer Tod und John-Codys Ausweisung hatten das, was ihr gelungen war, vollkommen überschattet. Sie war der erste und einzige Mensch auf diesem Planeten, der die Geburt eines Südkapers gefilmt hatte. Nicht nur die Geburt, sondern auch das anschließende Drama, als das Kalb nicht atmen wollte. Alex sah sich die Aufnahmen mit ihr zusammen an. Anschließend saßen sie beide völlig überwältigt da.

»Mein Gott, Libby, das sind wirklich sensationelle Bilder«, sagte Alex. »Du kannst ein Vermögen damit machen.«

Libby sah sie an und stand auf. »Ich würde nicht unbedingt von einem Vermögen sprechen, aber ich denke schon, dass ich ein paar

Dollar dafür bekommen werde. Ich denke, ich sollte sie zuerst Steve Watson in Dunedin zeigen.«

John-Cody saß eine Stunde lang in der Zelle. Sechzig Minuten, die ihm wie eine Ewigkeit vorkamen. Seine Handflächen waren schweißnass, seine Haare klebten ihm am Kopf. Er durchlebte noch einmal all die Gefühle, die er vor fünfundzwanzig Jahren empfunden hatte. Als er schließlich hörte, wie sich ein Schlüssel im Schloss drehte, wollte er es zuerst nicht glauben, doch die Tür ging auf und Agent Thomas lächelte ihn freundlich an. Er trat einen Schritt zur Seite und bedeutete ihm mit einem Wink, ihm zu folgen.

»Der Dienst habende Special Agent möchte Sie sehen, Mr. Gibbs.«

John-Cody folgte ihm durch den Flur in den nächsten Stock. Dort betraten sie ein Foyer, das mit einem ledernen Chesterfieldsofa und dazu passenden Sesseln in FBI-Blau ausgestattet war. Das Wappen mit dem Motto »Fidelity Bravery Integrity« schmückte die Wand. Eine Sekretärin hob den Kopf und schaute ihnen neugierig hinterher, als Thomas ihn in ein geräumiges Büro führte. John-Cody sah einen großen Schreibtisch und an einer Wand eine Sitzecke mit zwei Sofas. Eine Seite des Raumes beherrschte eine Fensterfront, vor der ein großer Mann in blauem Anzug stand. Seine Hände steckten in den Hosentaschen, und er kehrte ihnen den Rücken zu.

»Mr. Gibb, Sir.« Thomas zog sich zurück und schloss leise die Tür. John-Cody stand in seinen Jeans und seinem Jeanshemd da, während der Agent ihm immer noch den Rücken zukehrte. Sein Haar war weiß. Er trug einen militärisch kurzen Haarschnitt, sein Nacken, den Fältchen durchzogen, war sorgfältig ausrasiert. Jetzt drehte er sich um, und John-Cody sah in ein flaches Gesicht mit einem kantigen Kinn. Etwas an diesem Gesicht kam ihm vertraut vor.

»Setzen Sie sich doch, Mr. Gibbs.« Der Mann deutete auf einen Sessel mit hoher Rückenlehne, der vor dem Schreibtisch stand, dann nahm er selbst im Schreibtischsessel Platz und legte die Fingerspitzen aneinander. Einen Moment lang sahen sich die beiden Männer wortlos an, dann legte der Agent den Kopf schief.

»Spielen Sie eigentlich immer noch Gitarre?«

John-Cody runzelte die Stirn.

»Sie erinnern sich nicht mehr an mich, nicht wahr?«

»Sollte ich das?«

Der Agent lehnte sich in seinem Sessel zurück. »Das letzte Mal haben wir uns auf der Camas Prairie gesehen. Es war eine verdammt stürmische und kalte Nacht. Ich bin Agent Muller. Ich war es, der Sie damals verhaftet hat.« Er lächelte jetzt fast. »Ich erinnere mich noch gut daran, dass Sie meinem Partner und mir davon abgeraten haben, nachts zu fahren. Ich denke, wir hätten auf Sie hören sollen.«

Jetzt war die Erinnerung wieder da: das Gesicht, die Augen und die eckigen, wie gemeißelt wirkenden Gesichtszüge. John-Cody nickte langsam. »Sie haben damals auf dem Beifahrersitz gesessen.«

»Das ist richtig.«

Einen Augenblick lang sahen sie einander an, dann betrachtete John-Cody den Schreibtisch, und sein Blick fiel auf die Visitenkarte, die dort auf einem Tablett lag. »Sie haben also Karriere gemacht.«

Der Agent lachte. »Dafür habe ich allerdings auch fünfundzwanzig Jahre gebraucht, Mr. Gibbs. Aber Sie haben Recht, ich bin der Chef dieser Außenstelle. Und was haben Sie so gemacht, seit wir uns das letzte Mal gesehen haben?«

»Ich war in Neuseeland Kapitän eines Bootes.«

»Das habe ich gehört. Es tut mir Leid, dass wir Sie zurückholen mussten.«

»Mir auch.« John-Cody fuhr mit der Zunge auf der Innenseite seiner Wangen entlang. »Was ist aus Ihrem Partner geworden?«

Das Gesicht des Agenten verdüsterte sich. »Er ist bei diesem Unfall gestorben.«

Wieder stand John-Cody an jener Straße, während sein Atem in der Luft kondensierte. »Das tut mir wirklich Leid.«

»Das war nicht Ihre Schuld.« Muller beugte sich jetzt nach vorn. »Wenn Sie nicht nach Grangeville gefahren wären und den Sheriff informiert hätten, säße ich jetzt auch nicht hier. Dafür möchte ich Ihnen danken.«

Sie sahen sich eine Weile lang an. »Was soll jetzt mit mir geschehen?«, fragte John-Cody.

Der Agent schob seinen Sessel zurück und stand auf. »Jetzt lasse ich Sie erst mal in einem Hotel einquartieren. Ruhen Sie sich ein wenig aus. Wir sprechen uns dann in ein, zwei Tagen wieder.«

»Muss ich wieder ins Gefängnis?«

Das Gesicht des Agenten wurde ernst. »Nicht, wenn ich das verhindern kann.«

29

John-Cody übernachtete in einem Hotel in Seattle. Muller hatte ihm das Zimmer von seinem Büro aus telefonisch reservieren lassen, dann fuhr er ihn mit seinem Privatwagen in die Innenstadt.

»Hier sind Sie gut untergebracht«, sagte er. »Ich muss mit dem Staatsanwalt über Ihren Fall sprechen. Sobald ich Näheres weiß, schicke ich Ihnen einen Wagen.« Er lächelte. »Versprechen Sie mir, dass Sie nicht wieder abhauen.«

John-Cody erwiderte das Lächeln. »Sie haben mein Wort.«

»Das genügt mir.« Muller beugte sich hinüber und öffnete ihm die Beifahrertür.

John-Cody bezog sein Zimmer, dann ging er in die Hotelbar und bestellte sich ein Bier und ein kleines Glas Whiskey. John-Cody nippte kurz an dem Bier, das der Barkeeper vor ihn gestellt hatte, und leerte dann den Whisky in einem Zug. Er bestellte einen weiteren, den er ebenfalls in einem Zug austrank. Schließlich bestellte er sich ein drittes Glas. An diesem nippte er jedoch nur noch.

»War es so schlimm?«, fragte ihn der Barkeeper.

»Ziemlich.«

Draußen war es immer noch warm – der Sommer auf der Nordhalbkugel. Nachdem für ihn die Jahreszeiten so viele Jahre lang genau entgegengesetzt verlaufen waren, kam ihm das widersinnig vor. Er bestellte sich in der Bar etwas zu essen, dann ging er auf sein Zimmer und schlief bis zum nächsten Morgen durch.

Er verbrachte eine ganze Woche im Hotel und wartete darauf, dass Muller oder jemand anderes vom FBI sich bei ihm meldete. Da er zu viel Zeit zum Nachdenken hatte, wanderte er ziellos in der Stadt herum. An zwei aufeinander folgenden Tagen nahm er sich ein Taxi zu den Docks. Dort saß er stundenlang, trank Kaffee aus Styroporbechern und sah den Fischerbooten zu, die ein- und ausliefen.

Die Möwen schrien, und es tat ihm gut, das Salz in der Luft zu riechen und den Wind auf dem Gesicht zu spüren. Vor allem tat es ihm gut, aufs Meer hinauszuschauen.

Als er am Abend des siebten Tages ins Hotel zurückkam, wartete Agent Thomas auf ihn.

»Ich soll Sie sofort zum Chef bringen, Sir«, erklärte er ihm.

John-Codys Augen wurden schmal. »Das klingt aber gar nicht gut.«

Thomas' Gesicht blieb absolut ausdruckslos. Er zeigte auf einen Wagen auf dem Parkplatz des Hotels. John-Cody ging voraus. Sein Herz schlug wild gegen seine Rippen, und er spürte wieder dieses flaue Gefühl im Magen: Er war plötzlich froh, wenigstens noch etwas Zeit am Hafen verbracht zu haben.

Thomas wechselte auf dem Weg durch die Stadt kaum ein Wort mit ihm. Er stellte den Wagen in der Tiefgarage ab, und sie fuhren gemeinsam mit dem Fahrstuhl nach oben. Muller telefonierte gerade, als Thomas John-Cody in sein Büro führte. Er bedeutete ihm mit einem Wink, in einem der Sessel Platz zu nehmen. John-Cody setzte sich und versuchte, sich auf seine Atmung zu konzentrieren. Draußen vor den Fenstern konnte er den Verkehrslärm hören: lautes Hupen, röhrende Motoren. Er wusste, dass er sich an diese Geräuschkulisse niemals wieder gewöhnen würde. Muller wippte beim Telefonieren in seinem Sessel vor und zurück. Hin und wieder warf er John-Cody einen ausdruckslosen Blick zu. Schließlich hielt es John-Cody nicht länger aus. Er stand auf und ging zum Fenster hinüber. Alles, was er dort jedoch sehen konnte, waren Häuser, die Straße unter ihm und hunderte von Autos, an denen diese Stadt allmählich erstickte. Hinter ihm legte Muller endlich auf.

»Wie geht's Ihnen?«

John-Cody drehte sich um. »Ich weiß es nicht. Aber vielleicht können Sie es mir ja sagen.«

Muller nahm ein gefaltetes Papier von seinem Schreibtisch und kam zu ihm ans Fenster. Er zeigte nach draußen. »Kein besonders schöner Ausblick, aber besser als so manch anderer, schätze ich.« Er reichte ihm das Blatt.

»Was ist das?« John-Cody nahm den Bogen vorsichtig entgegen.

»Die staatsanwaltliche Verfügung, Ihren Fall betreffend, Mr. Gibbs.«

»Und was steht drin?«

»Warum lesen Sie nicht selbst?«

John-Cody sah ihm in die Augen. »Warum sagen Sie es mir nicht?«

»O.k.« Muller schob seine Hände in die Hosentaschen und zog die Schultern nach vorn, dann lächelte er. »Nun, mit einem Wort – Sie sind ein freier Mann, Mr. Gibbs.«

Einen Augenblick lang gab John-Cody keinen Ton von sich, dann faltete er das Papier vorsichtig auseinander.

»Im Wesentlichen folgt die Staatsanwaltschaft meiner Argumentation«, fuhr Muller fort. »Ihr Vergehen liegt jetzt fünfundzwanzig Jahre zurück, Ihre Entscheidung ist aus Gewissensgründen erfolgt. Sie sind kein Verbrecher, Mr. Gibbs. Für mich waren Sie das ohnehin nie. Man erteilt Ihnen, genau wie allen anderen Verweigerern, hiermit Amnestie.«

»Und was ist mit meinem Verstoß gegen die Auflagen meiner Haftentlassung?«

»Das ist vergessen. Aus den Akten entfernt. Nie geschehen. Sie haben eine völlig weiße Weste und können gehen, wohin Sie wollen.«

John-Cody sah ihn an. »Überall hin, außer nach Neuseeland.«

Mullers Gesicht verdüsterte sich. »Das tut mir wirklich Leid.«

»Mir auch.« John-Cody streckte ihm die Hand entgegen. »Aber das ist jedenfalls nicht Ihre Schuld. Vielen Dank für das, was Sie für mich getan haben.«

»Ich habe nichts anderes getan, als ein wenig gesunden Menschenverstand walten zu lassen.« Muller schüttelte ihm die Hand. »Viel Glück, Mr. Gibbs.«

Dann stand John-Cody draußen auf dem Bürgersteig, wo Thomas schon neben dem Auto wartete, um ihn zum Hotel zurückzufahren. Er war frei, aber er saß gleichzeitig auch in der Falle. Sein Zuhause war tausende von Meilen entfernt, aber es gab keine Möglichkeit, dorthin zurückzukehren. Der Verkehr rauschte an ihm vorbei. Der Lärm hämmerte auf seine Trommelfelle ein. Er schloss für einen Augenblick die Augen und dachte an Neuseeland. Aber es half nichts. Auch wenn er seine Fantasie noch so sehr anstrengte, es brachte ihn nicht dorthin zurück.

»Mr. Gibbs?« Thomas' Stimme riss ihn aus seinen Gedanken.

John-Cody straffte die Schultern und ging zum Auto.

Am folgenden Morgen rief er Libby vom Münzfernsprecher im Hotelfoyer an.

»Dann ist deine Akte also sauber?«, sagte sie.

»Ja. Aber ich sitze hier fest. Ich kann nicht nach Hause zurück.«

Libby schwieg. Er wusste, dass sie mit den Tränen kämpfte. »Was wirst du jetzt machen?«, fragte sie ihn schließlich.

»Ich weiß es noch nicht. Aber du wirst mir bald Geld schicken müssen. Wie laufen die Reparaturen am Boot?«

»Alles planmäßig. Ich habe mich persönlich davon überzeugt. Jonah kommt gerade aus Naseby. Er fährt dann weiter nach Invercargill, um die *Korimako* abzuholen.«

»Wie geht es Bree?«, fragte John-Cody.

»Ganz gut. Aber sie ist manchmal ein bisschen mürrisch. Sie vermisst dich schrecklich. Sie hat mich schon nach deiner Adresse gefragt, damit sie dir schreiben kann.«

John-Cody schwieg einen Augenblick. »Von diesen anderen Briefen hat sie aber keinen mehr geschrieben, oder?«

»Nein. Ich habe mit Jean gesprochen, John-Cody. Sie hat mir versprochen, dass sie mir sofort Bescheid sagen wird, falls Bree wieder einen solchen Brief bei ihr abgibt.«

John-Cody lehnte sich an die Wand der Telefonzelle. »Hör zu, sobald ich weiß, wo ich fürs Erste wohnen werde, rufe ich dich an und gebe dir die Adresse. Im Moment weiß ich weder, was ich tun, noch, wohin ich gehen werde. Ich fühle mich total verloren, Libby. So verloren, wie ich mich in meinem ganzen Leben noch nicht gefühlt habe.« Er hielt einen Moment inne. »Hör zu, mein Kleingeld geht gleich zu Ende. Ich rufe dich auf jeden Fall an, sobald ich Genaueres weiß. In der Zwischenzeit schreibst du die *Korimako* am besten zum Verkauf aus, den Kai auch. Ich brauche nämlich Geld.«

Er legte auf. Libby starrte ihre Handfläche an, in der der Tangi-wai-Stein lag, den Mahina in der Anita Bay gefunden hatte. Sie hatte ihn an sich genommen, als sie nach John-Codys Abreise festgestellt hatte, dass er immer noch auf der Frisierkommode lag. Sie trug ihn immer bei sich. Sie stand auf und ging in den Garten, wo Schnee auf den Ästen der Bäume lag. Kein einziger Vogel sang. Sie schlang die Arme um ihre Brust, schloss die Augen und stellte sich vor, John-Cody stünde neben ihr. Tief in ihrem Inneren spürte sie einen ungeheuren Schmerz. Sie musste das Schluchzen unterdrücken, das in ihrer Kehle aufstieg.

Sie rief Steve Watson am Marine Studies Centre in Dunedin an und vereinbarte mit ihm für den nächsten Tag einen Termin. Watson war gerade im Labor, als sie das Forschungszentrum betrat. Sie gingen gemeinsam zum Vortragsraum, wo ein Fernseh- und ein Videogerät standen. Er sah sich den Film an. Vor Staunen blieb ihm der Mund offen stehen.

»Mein Gott, das ist ja unglaublich, geradezu fantastisch.«

»Das dachte ich mir auch.«

»Wer ist der andere Taucher?«

»John-Cody Gibbs.«

Watson runzelte die Stirn. »He, diese Sache tut mir wirklich Leid. Ich habe gehört, dass Sie ein Paar waren.«

»Das waren wir, ja. Nun, sagen wir so, wir waren gerade dabei, eines zu werden. Ja, man kann sagen, wir waren eines.«

»Ich bin ihm ein paarmal begegnet. Es gibt nur wenige Menschen, die sich so für den Schutz von Fjordland einsetzen wie er. Er ist ein fantastischer Mensch, Libby.«

»Das stimmt. Bedauerlich nur, dass die Einwanderungsbehörde das völlig anders sieht.«

»Ich habe gehört, das er vom FBI gesucht wird.«

»Er wurde gesucht.«

»Jetzt also nicht mehr?«

Sie schüttelte den Kopf. »Er hat mich gestern aus Seattle angerufen. Sie haben ihn begnadigt, das Verfahren gegen ihn wurde eingestellt, was auch immer. Jedenfalls ist er nicht einmal mehr vorbestraft.«

»Ist diese Entscheidung rechtskräftig?«

»Absolut.« Libby starrte ihn an. »Warum fragen Sie?«

Watson stand auf und schaltete das Videogerät aus. Er nahm die Kassette heraus und gab sie Libby zurück. »Dieses Band hier ist viel Geld wert, Libby. Sogar sehr viel Geld. Sie könnten es entweder an eine Fernsehgesellschaft verkaufen oder damit auf Vortragsreisen gehen, oder beides.« Er hielt einen Augenblick inne. »Haben Sie sich schon überlegt, was Sie nach dem Dusky Sound machen wollen?«

»Was ich machen will?« Libby nickte. »Als Erstes werde ich versuchen zu beweisen, dass es dort eine ortstreue Delfinschule gibt.«

»Und danach?«

»Danach werde ich das Geld, das ich für dieses Video bekomme, zur Finanzierung eines akustischen Modells verwenden.«

»Sie meinen, ein Modell des Dusky Sounds?«

»Ja, und auch eines vom Doubtful Sound. Falls sie in einem der Sunde Hotels aufziehen, werden sie das nämlich bald auch im anderen versuchen.«

Watson runzelte die Stirn. »Das wird Jahre dauern.«

»Vielleicht, aber das ist es jedenfalls, was ich vorhabe.«

Er setzte sich wieder hin und verschränkte die Arme. »Libby, da ist noch etwas, das ich Ihnen sagen muss. Ich verlasse die Universität. Man hat mir einen Posten beim World Wide Fund for Nature angeboten.«

»Das ist ja wunderbar, Steve. Herzlichen Glückwunsch.«

»Danke.« Er schob seine Brille auf der Nase ein Stück nach oben. »Das bedeutet, dass meine Stelle als Leiter der Cetaceen-Forschung frei wird. Natürlich wäre für meinen Nachfolger die Promotion eine unabdingbare Voraussetzung.« Er lächelte sie an. »Ich weiß nicht, was Sie davon halten, aber ich denke, ich habe gerade die am besten geeignete Kandidatin vor mir sitzen.«

»Meine Arbeit in Fjordland ist noch nicht beendet, Steve.«

»Das weiß ich. Aber Sie haben sich mit der Kommunikation von Delfinen intensiver beschäftigt als sonst irgendjemand, den ich kenne, Libby. Und nicht nur das, Sie wissen mehr über Bartenwale, als ich jemals wissen werde. Es läge also durchaus im Interesse der Universität, wenn Sie die Leitung unseres Teams übernähmen.«

»Würde ich die Stelle denn überhaupt bekommen?«

»Natürlich. Und das wissen Sie auch. Die Universität wünscht sich vor allem Kontinuität und einen reibungslosen Übergang. Sie stehen für beides.«

»Aber warum sollte ich sie haben wollen?«

Watson sah sie genau an. »Aus zwei Gründen.«

»Und die wären?«

»Erstens: Die akustische Studie könnte von der Universität durchgeführt werden, falls es Ihnen gelingt, die Finanzierung zu sichern. Und Sie haben mir gerade gesagt, dass Sie sie sichern können.«

»Und zweitens?«

»Sie könnten eine ständige Aufenthaltsgenehmigung für Neuseeland beantragen. Irgendwann auch die Staatsbürgerschaft, falls Sie das wollen.«

Libby sah abrupt auf.

»Ihr Ehemann könnte dasselbe tun«, fuhr Watson fort. »Wenn er einen guten Leumund hat und nicht anderweitig strafverfolgt wird.«

Libby starrte ihn an. »Ich bin aber nicht verheiratet, Steve.«

»Noch nicht, oder?«

Jonah fuhr mit Kobi nach Te Anau.

»Wo wohnt dieser Witzbold Pole jetzt eigentlich?«, fragte Kobi.

Jonah sah seinen Vater an. »Am Golfplatz. Warum fragst du?«

»Fährst du mich bitte zu ihm?«

»Zu Ned Pole?«

»Ja, zu Ned Pole.«

Jonah bog von der Hauptstraße ab und folgte dem Weg zu Poles Haus. Der rotsilberne Twincab stand in der Einfahrt. Kobi sah seinen Sohn an, als sie hielten.

»Setz mich hier einfach ab, Jonah. Ned wird mich später nach Manapouri zurückfahren.«

»Bist du da sicher, Dad?«

»Ich bin mir verdammt sicher. Du kannst ruhig weiterfahren.«

Kobi gelang es nur mit großer Anstrengung, aus dem Auto zu steigen, dann wartete er, auf seinen Stock gestützt, und sah zu, wie Jonah den Wagen wendete und wieder zurückfuhr. Als er verschwunden war, betrachtete Kobi das Haus.

Pole, der gerade in der Scheune Heu in die Raufen füllte, beobachtete ihn. Im Winter standen seine Pferde immer in der Scheune, und Barrio, der sich auf sein Fressen freute, trat schon ungeduldig gegen die Tür. Pole beachtete ihn jedoch nicht: Seine ganze Aufmerksamkeit galt dem verschrumpelten alten Mann, der auf sein Haus zuschlurfte. Kobi Pavaro, Mahina Pavaros Vater: Er hatte ihn seit zwanzig Jahren nicht mehr gesehen, aber er würde dieses Gesicht zu jeder Zeit und an jedem Ort erkennen. Er lehnte sich einen Augenblick an die Stalltür, dann trat Barrio wieder dagegen. Der Schlag ging ihm durch Mark und Bein.

»Genug jetzt«, rief er ihm barsch zu und warf Heu in die Raufe.

Kobi, der jetzt im Hof stand, hörte seine Stimme und sah zur Scheune hinüber. Er wartete. Wenige Augenblicke später tauchte Pole in der Tür auf, und die beiden Männer sahen sich an.

Kobi räusperte sich. »Ich muss mit dir reden, Pole.«

Pole ging auf ihn zu und dankte Gott im Stillen, dass Jane nicht da war. Sie war für ein paar Tage in die Staaten geflogen. Er sah Kobi an, der mit gebeugtem Rücken vor ihm stand. Kobi blickte zurück.

»Kobi«, sagte er. »Es ist lange her, dass wir uns das letzte Mal begegnet sind. Schön, dich zu sehen.«

Die Augen des alten Mannes waren blasse Schlitze. »Glaubst du das wirklich? Wenn du gehört hast, was ich dir zu sagen habe, denkst du vielleicht anders darüber.«

30

Pole starrte den alten Mann an: Kobis Stimme war leise, kaum mehr als ein Flüstern, aber es lag eine unausgesprochene Drohung in seinen Worten, die ihn erstarren ließ. Kobi war klein und gebrechlich, aber sein Blick scharf wie eine Rasierklinge. Seine Worte trafen ihn ins Mark. Pole sah an ihm und an der unteren Koppel vorbei zum Manuka-Wäldchen. Er war wieder ihm Busch, wo er gerade einen Rothirsch ausweidete, um ihn für den Abtransport mit dem Helikopter fertig zu machen.

Dass sich jemand näherte, hörte er, lange bevor er es sah: Er hatte zwei Jahre bei den Special Forces in Vietnam gedient. Es war seine Aufgabe gewesen, im Dschungel auf Spähtrupp zu gehen. Jeden Feind sofort zu entdecken war lebenswichtig gewesen. Er wusste, dass die Person barfuß ging, das sagte ihm das typische Geräusch nackter Füße auf dem Waldboden. Es war wesentlich leiser als das harter Stiefelsohlen, die Äste bogen sich, bevor sie brachen. Feine Unterschiede, die einem ungeübten Ohr unweigerlich entgingen. Er sah durch die Zweige, sah nackte Haut, und spürte einen Kloß in seinem Hals.

Er beobachtete sie weiter. Schweiß stand auf seiner Stirn. Sie ging zwischen den Buchen, den schwankenden Fuchsiengewächsen und den Holzlianen dahin, die sich durch den Wald rankten. Sie bewegte sich vorsichtig und ruhig, verletzte im Vorbeigehen kein einziges Blatt. Sie schob die Wedel eines Kronenfarns zur Seite und hielt inne, um einen Gelbkopfschnäpper zu beobachten. Die Vögel sangen um sie herum, als ob sie sie kannten. Sie verhielten sich, als wäre ihre Gegenwart so normal wie die ihrer Artgenossen. Sie war eine Maori, noch keine neunzehn Jahre alt, und sie war so nackt, wie Gott sie geschaffen hatte.

Sie kam direkt auf ihn zu. Pole duckte sich, sein Blick fiel auf das

Rotwildblut an seinen Händen und Armen, das die Härchen auf seiner Haut verklebte. Er war sich des Geruchs des Todes bewusst, der schwarzen Leere in den Augen des Hirsches, den er mit einem einzigen Schuss erlegt hatte. Kleine Blutblasen überzogen das Maul des Tieres, und Pole ließ seinen Blick von dem schwarzen Blut zum schwarzen Haar des Mädchens wandern: Mahina Pavaro, John-Cody Gibbs' neue Freundin.

Er kniff die Augen zusammen, als er daran dachte. Pole begehrte Mahina. Er hatte sie von dem Augenblick an begehrt, als er sie zum ersten Mal im Busch gesehen hatte. Sie war damals genau so nackt gewesen wie jetzt; vor drei Jahren. Sie streifte seit ihrem fünfzehnten Lebensjahr so durch den Busch. Er hatte sie schon oft gesehen. Er war ein stiller Beobachter gewesen, hatte sich damit zufrieden gegeben, sie nur anzusehen, während ihm das Verlangen den Hals ebenso zuschnürte wie seine Lenden belebte. Er hatte nicht ein einziges Mal zugelassen, dass sie seine Anwesenheit bemerkte, denn dann würde sie in Zukunft noch wachsamer sein. Er kannte jedoch die Wege, die sie wählte, und unterwegs mit der Helikoptermannschaft sorgte er dafür, dass sie immer ihn im Busch absetzten, um die erlegten Tiere für den Transport vorzubereiten.

Er war verheiratet, und er hatte einen Sohn. Wenn er Mahina beobachtete, dachte er oft an seine Frau, und Schuldgefühle zogen wie feiner Nebel durch sein Bewusstsein. Sie hatten sich in letzter Zeit jedoch deutlich vermindert: Seit Elis Geburt zeigte seine Frau so gut wie kein Interesse mehr an ihm. Es kam ihm vor, als hätte sie ihn ausschließlich für die Zeugung benötigt, für mehr nicht: Sie wurde schwanger, sie bekam ihr Kind, und Pole fühlte sich in seiner eigenen Familie mehr und mehr als Außenseiter. Aber ihm blieben diese heimlichen Momente, wenn er Mahina beobachtete. Er liebte sie und begehrte sie. Dennoch war er damit zufrieden gewesen, sie nur zu beobachten, jedenfalls bis zu jenem Tag am Gaer Arm, an dem er sich gerade an einen Hirsch heranpirschte, als das Motorengeräusch eines Beiboots in der Camelot-Flussmündung seine Beute aufscheuchte. Neugier trieb ihn zu der Lichtung mit dem Wasserfall. Und dort hatte er Mahina zusammen mit John-Cody Gibbs gesehen, und seine Welt war aus den Fugen geraten.

Er hatte sich hinter einem Felsen versteckt, während sie knietief im eisigen Wasser standen und ihre Shorts und T-Shirts auszogen. Gibbs hatte sie sich genommen, und zwar nicht nur in diesem Augenblick, sondern für immer. In diesem Moment wusste er, dass er sie verloren hatte: Und dieser Verlust hatte die Dunkelheit, in der er nach Hause ging, noch schwärzer erscheinen lassen.

Und jetzt war sie wieder da, trat auf die Lichtung hinaus und kam direkt auf ihn zu: Er konnte sie zwischen dem Farn und dem Unterholz sehen, erhaschte einen Blick auf ihre Schenkel und ihren Bauch, auf ihr schwarzes Schamhaar. Wenn sie weiter in diese Richtung ging, würde sie unweigerlich über ihn stolpern. Sie kam immer näher. Jetzt sah er ihre Brüste, ihre vollen, dunklen Brustwarzen. Er sah, wie ihr Haar ihre Schultern berührte, als sie sich zwischen den Bäumen bückte. Noch wenige Meter, und sie würde ihn sehen. Das war jetzt unvermeidlich. Er kauerte noch einen Augenblick neben dem erlegten Hirsch, dann stand er auf.

Mahina schrie laut auf und machte unwillkürlich einen Satz nach hinten: Der Schreck stand ihr ins Gesicht geschrieben, dann trat Angst in ihre Augen. Sie standen sich einen Augenblick lang gegenüber, während Pole, der sie weit überragte, auf sie herunterschaute. Er schluckte, während die Lust in ihm wuchs. Er sagte kein Wort, starrte sie einfach nur weiter an, stumm wie ein Tier, dann streckte er langsam seine blutbeschmierte Hand aus und berührte sie. Mahina schauderte zurück, versuchte, ihre Blöße zu bedecken. Irgendwo hoch über ihnen schrie ein Falke. Pole packte Mahina an der Schulter, grub seine Finger in ihr Fleisch. Er beugte sich zu ihr herunter und versuchte, sie zu küssen.

Mahina drehte den Kopf weg und entwand sich seinem Griff: Ihr Fuß verfing sich jedoch zwischen ein paar Wurzeln, und sie fiel hin. Jetzt stand Pole über ihr. Seine Hände hingen schlaff an seinen Seiten. Eine Seite seines Gesichts war dort, wo er sich den Schweiß weggewischt hatte, mit Blut beschmiert. Die Sonne schien zwischen den Baumkronen hindurch auf Mahinas glatte, dunkle Haut. Sie bewegte sich, auf dem Waldboden rückwärts rutschend, von ihm weg, wobei ihre Schenkel aneinander rieben. Er stand einfach nur da und starrte sie an, rührte sich nicht, brachte kein Wort heraus, denn seine Zunge war in seinem Mund geschwollen. Wieder schrie der Falke, diesmal wesentlich näher, und wieder ignorierte Pole ihn. Mahina versuchte aufzustehen, verlor in ihrer Panik aber ein zweites Mal die Balance. Pole ließ sich neben sie auf die Knie fallen. Er packte ihre Hand, sie aber wehrte ihn ab und begann, mit den Beinen wild um sich zu treten. Dadurch zeigte sie noch mehr von ihrer Blöße, und Poles Augen wurden trüb. Mit einer Hand hielt er einen ihrer Knöchel fest, mit der anderen fuhr er ihr über den Oberschenkel. Ein grobes, raues Streicheln mit Fingernägeln wie Klauen.

Der Falke traf ihn mit der Wucht eines Faustschlags und hinterließ einen stechenden Schmerz neben seinem linken Auge. Pole riss beide Arme hoch, um sich zu schützen, und sah, wie der Vogel mit stahlblauen Schwingen durch die Luft rauschte und ihn voller Zorn anschrie. Mahina rollte zur Seite, rappelte sich auf die Füße und verschwand im Busch. Der Falke schoss jetzt wieder auf Pole herab. Er versuchte, sich mit wilden, unkontrollierten Faustschlägen zu wehren. Erst jetzt sah er das Nest, das sich unter einem Felsgesims zu seinen Füßen befand.

Der Bann war jedoch gebrochen. Sein Herz hämmerte gegen seine Rippen. Er sprang auf die Füße und rief Mahina hinterher.

Sie rannte durch den Busch, während Poles Stimme durch das Tal hallte und die Buchen mit ihren Ästen nach ihr griffen. Sie rannte blindlings weiter, die Hände zum Schutz vor sich ausgestreckt, den Hügel hinunter, brach durch das Unterholz, dann hörte sie, dass er sie verfolgte. Ein Schrei stieg in ihrer Kehle hoch, aber sie unterdrückte ihn und rannte weiter, duckte sich unter den Ästen der Bäume hindurch, stolperte über Wurzeln und abgebrochene Zweige, die Füße mit Schlamm und nassen Pflanzenresten beschmiert. Sie rannte und rannte. Sie rannte, bis sie hinter der letzten Baumreihe Wasser glitzern sah. Alles, woran sie jetzt noch denken konnte, waren ihre Kleider und ihr Boot und daran, von hier fortzukommen.

»Mahina.« Wieder hörte sie ihn hinter sich rufen. »Mahina, warte. Ich wollte dir nichts tun. Warte. Du hast das falsch verstanden. Warte.«

Aber sie hatte nichts falsch verstanden, und sie rannte und stolperte weiter, das Gesicht von Zweigen zerkratzt, Schrammen auf ihrer nackten Haut, frierend, obwohl Schweiß ihren Körper bedeckte.

Pole stolperte blindlings hinter ihr her, während ihn zunächst Angst, dann Panik und plötzlich auch Abscheu vor sich selbst überfielen. Was hatte er sich nur dabei gedacht? Was in aller Welt hatte er da getan? Immer wieder rief er nach ihr. Die einzige Antwort waren die Rufe der Waldvögel, die sich wie ein Schrei gegen ihn erhoben. Schließlich blieb er stehen. Aus der Ferne hörte er das Wuppwupp der Rotorblätter des Helikopters. Er versuchte, wieder zu Atem zu kommen, während er vornüber gebeugt dastand und sich mit seinen blutverschmierten Händen auf den Knien abstützte. Dann suchte er noch einmal den Busch vor sich mit den Augen ab. Mahina war verschwunden, hatte sich wie Nebel zwischen den Bäumen in nichts aufgelöst.

Instinktiv fasste er die säbelförmige Narbe an seinem linken Auge an. Kobis Stimme holte ihn in die Gegenwart zurück. Er sah den alten Mann an, dann starrte er wieder zur Koppel hinüber, zum See und zu den Bergen.

»Mahina hat mir einen Brief geschrieben«, sagte Kobi. »Sie hat mir genau geschildert, was du damals getan hast. Wir haben nie darüber gesprochen. Sie wollte, dass ich Bescheid weiß. Sie hat gesagt, dass ich diese Sache für mich behalten soll, denn sie hatte Angst davor, wie John-Cody oder, noch viel schlimmer, wie ihr Bruder möglicherweise reagieren würde. John-Cody ist ein friedfertiger Mann, aber Jonah ist ein Krieger.« Er hielt inne und sah das Haus an. »Ist deine Frau zu Hause?«, fragte er. »Sie wird die Erste sein, der ich die Geschichte erzähle, und dann werde ich den Brief veröffentlichen lassen. Deine tollen amerikanischen Geldgeber werden dich fallen lassen wie eine heiße Kartoffel.«

Pole war kreidebleich geworden. »So war das damals nicht, Kobi.«

»So steht es aber in Mahinas Brief.«

»Vielleicht hat sie es damals so empfunden. Das musste sie wohl. Aber so war es nicht.« Pole sah wieder an Kobi vorbei zur Koppel, denn er konnte ihm einfach nicht in die Augen sehen. »Ich habe ihr nichts zu Leide getan, Kobi. Ich habe ihr nicht wehgetan.«

»Du wolltest es aber.« Kobi zeigte mit dem Ende seines Spazierstocks auf Poles Narbe. »Ein Falke: Was wäre geschehen, wenn dieses Falkenweibchen sein Nest nicht verteidigt hätte?«

Pole schwieg, bohrte die Fingerknöchel der einen Hand in die Handfläche der anderen. Er sah an Kobi vorbei, sah im Geiste wieder den Busch, sah Mahinas Nacktheit.

»Niemand wird dir diese Geschichte glauben«, sagte Pole ruhig.

Kobi lachte. Seine Stimmbänder knackten wie trockene Zweige. »Ach nein? Was für einen Grund hätte ich, ein alter Mann aus Naseby, schon, sie in die Welt zu setzen? Und was, wenn sie mir doch glauben? Jonah würde dich umbringen. Aber selbst, wenn er es nicht täte, wer würde in Zukunft schon mit einem Mann wie dir, einem Vergewaltiger, auf die Jagd gehen wollen?«

Kobis Worte zeigten Wirkung. Pole schloss die Augen. Unbekannte Gefühle trafen in seinem Inneren aufeinander. Es war eine Mischung aus Angst, Abscheu vor sich selbst und in gewisser Weise auch – Erleichterung.

»Ich habe davon erst erfahren, als Mahina im Sterben lag«, sagte Kobi. »Diese Geschichte war ihr letzter Trumpf. Sie würde für Mahina im Nachhinein eine Demütigung bedeuten, aber das war es ihr wert, wenn es ihr dadurch gelingen würde, den Dusky Sound zu retten.«

»Kobi.« Poles Stimme war jetzt nur noch ein heiseres Flüstern. »Du vergisst eines: Meine Geldgeber werden schnell einen anderen finden.«

Kobi schüttelte den Kopf. »Nein, das werden sie nicht. Ich weiß schon selbst nicht mehr, wie oft ich von dem ›großen Mann‹ gehört habe, dem ›original australischen Buschmann‹, dem besten Jäger und Führer in ganz Fjordland. Nein, ihre Pläne haben ohne dich nicht die geringste Chance. Das Projekt ist untrennbar mit deinem Namen verknüpft. Abgesehen davon läge auf dem ganzen Projekt ein Makel. Gib auf, Pole, oder ich sage allen, wer und was du wirklich bist.«

Er drehte sich zur Scheune um, wo er ein Pferd stampfen hörte. Einen Augenblick stand er da und sah das Haus und die Koppeln an, dann wandte er sich wieder Pole zu. »Fahr mich nach Manapouri«, sagte er.

Pole sagte auf der Fahrt kein einziges Wort. Die Sonne kam hinter den Wolken hervor und wärmte die Gipfel der Berge. Der See des trauernden Herzens glitzerte eisig blau. »Ich bin kein schlechter Mensch, Kobi«, sagte er schließlich, als sie vor dem Büro hielten.

»Nein?« Der alte Mann starrte durch die Windschutzscheibe nach vorn.

Pole fasste ihn bei der Schulter. »Hast du dich nie gefragt, weshalb ich nichts gegen John-Cody unternommen habe, als Eli umgekommen ist?«

»Elis Tod war ein Unfall, und das weißt du auch. Falls es zu deiner Gewissensberuhigung beigetragen hat, nichts gegen John-Cody zu unternehmen, dann ist das deine Sache.« Kobi schob seine Hand weg und öffnete die Beifahrertür.

Pole sah zu, wie er über die kleine Holzbrücke schlurfte und im Büro verschwand, dann wendete er seinen Pick-up und fuhr nach Hause. Dort blieb er noch eine Weile im Wagen sitzen. Er hörte die Vögel in den Bäumen singen und den Wind durch das Gras streichen. Er fühlte sich seltsam befreit. Schließlich stieg er aus und ging ins Haus, in sein Schlafzimmer, wo Janes Sachen auf dem Frisiertisch verstreut lagen. Er ging nach oben ins Arbeitszimmer und ließ seinen Blick langsam über seine Jagdgewehre, das Faxgerät und die beiden Computer schweifen. Dann setzte er sich in seinen Ledersessel und schaukelte vor und zurück. Sein Sohn auf dem Foto lächelte ihn an. Pole starrte das Bild lange an, dann griff er zum Telefon und wählte die Nummer des Bezirksrats. Nach dem Gespräch schrieb er Jane einen Brief und klebte ihn an ihren Bildschirm. Dann ging er wieder ins Schlafzimmer, warf ein paar Kleidungsstücke in eine alte Reisetasche und schloss sie. Schließlich nahm er seine Bibel und Elis Foto von seinem Schreibtisch und ging zu seinem Pick-up hinaus.

John-Cody war in New Orleans, wo er sich ein schäbiges Zimmer im French Quarter gemietet hatte und in einem Restaurant in der Decatur Street als Kellner arbeitete. Er war jetzt schon seit einem Monat hier, doch Libby hatte ihm noch immer kein Geld geschickt. Das beunruhigte ihn. Die Lebenshaltungskosten waren deutlich höher, als er in Erinnerung hatte. Er war auf die Trinkgelder angewiesen, um einigermaßen über die Runden zu kommen. Er hatte sich eine Gitarre gekauft. An seinen freien Tagen saß er auf den Steinstufen des Washington Artillery Park, nur eine Straße weiter vom Jackson Square, spielte Blues und verdiente sich damit ein paar Dollars.

Eigentlich hatte er gar nicht vorgehabt, nach New Orleans zu gehen. Er hatte, seit er die Staaten damals verlassen hatte, nicht mehr in einer Großstadt gelebt und zweifelte daran, die Hektik und das Gedränge jemals wieder ertragen zu können. Als Agent Muller ihm gesagt hatte, dass er frei sei, hatte er nicht gewusst, was er tun sollte: Er hatte das FBI-Gebäude verlassen und war zum Hotel gefahren, wo er seine Tasche gepackt hatte. Dann hatte er auf dem Bürgersteig gestanden, ohne auch nur zu wissen, in welche Richtung er gehen sollte. Eineinhalb Wochen später kam er schließlich an derselben Greyhound-Busstation an, von der er fünfundzwanzig Jahre früher abgefahren war. Er ging durch die vertrauten und dennoch fremd anmutenden Straßen von New Orleans, ging zum ehemaligen Haus seiner Eltern in der Innenstadt und beobachtete von der anderen Straßenseite aus die Familie, die inzwischen dort wohnte. Er konnte selbst nicht genau sagen, warum er nach New Orleans gefahren war. Vielleicht einfach nur, weil dies in den Vereinigten Staaten der einzige Ort war, den er einigermaßen kannte, außer Hogan's Bar in McCall natürlich. Er überlegte, ob er noch einmal dorthin fahren sollte. Die letzten beiden Male hatte ihm das jedoch wenig Glück gebracht, außerdem war Hogan wahrscheinlich schon lange tot. Da ihn aber eine Art innerer Rastlosigkeit trieb und er, genau wie vor so vielen Jahren, den Ruf der Straße spürte, hatte er einen Bus in den Süden genommen.

New Orleans brütete in der Sommerhitze. Die meisten Touristen hatten aufgegeben und waren wieder nach Hause gefahren. Das French Quarter lag Tag und Nacht unter einer Dunstglocke, und nur die häufigen Gewitter, die vom Golf hereinkamen, brachten ein wenig Abkühlung. Jetzt saß er auf der Treppe am Park, die Gitarre auf den Knien, und zupfte an den Saiten. Es war eines seiner eigenen Stücke, das er schon eine ganze Weile nicht mehr gespielt hatte. Er wartete sehnsüchtig auf einen Anruf von Libby und dachte an den Dusky Sound. Es gab nichts, was er jetzt noch für Fjordland tun konnte. Er würde den Sund wahrscheinlich niemals wiedersehen. Wenn er seine Augen schloss, stand er auf der Brücke der *Korimako*, das Boot unter Segeln, und fuhr zwischen den Inseln hindurch, während der Wind über die Five Fingers Peninsula fegte.

Er spielte mit gesenktem Kopf. Nur hin und wieder sah er auf, um die menschlichen Statuen, die Künstler und Kartenleger auf dem Jackson Square zu betrachten. Einige von ihnen, die genau wie er in ihrer Freizeit hier saßen, einen umgedrehten Hut zu ihren Füßen, kannte er inzwischen. Er hatte eine kalte Zigarette im Mundwinkel, spielte Gitarre und dachte an die Vergangenheit, als er und seine Band im Big Daddy's gerade groß rausgekommen waren.

Libby öffnete die Tür des Restaurants in der Decatur Street und warf einen raschen Blick auf die Kellner, die, weiße Schürzen um die Taille, auf den mittäglichen Ansturm warteten, der sich jedoch nicht so recht einstellen wollte. Einer von ihnen nahm eine Serviette und kam mit einem strahlenden Lächeln auf sie zu.

»Mittagessen für eine Person, Mam?«

Libby lächelte und schüttelte den Kopf. »Nein«, sagte sie. »ich bin auf der Suche nach John-Cody Gibbs.«

»Der hat heute frei.«

Libby machte ein langes Gesicht. »Können Sie mir sagen, wo ich ihn finden kann?«

»Nun, wahrscheinlich ist er zu Hause. Aber wissen Sie was – Sie sollten es vielleicht am Jackson Square versuchen. Wenn er frei hat, spielt er dort nämlich manchmal Gitarre.«

Libby bedankte sich und verließ das Restaurant. Sie ging zu Fuß zu der nur wenige Blocks entfernten Royal Street und dann weiter zum Jackson Square. Sie war zwar noch nie in ihrem Leben in New Orleans gewesen, aber in ihrem Hotel hatte man ihr eine kleine Straßenkarte des French Quarter gegeben.

Als sie zum Jackson Square kam, begann ein Clown auf Stelzen sie unablässig zu umkreisen. Schließlich griff sie in ihre Handtasche und gab ihm ein paar Dollars, worauf er sich theatralisch vor ihr verbeugte. Libby ging zwischen den Reihen von Porträtkünstlern und

Wahrsagern hindurch und an den Landstreichern vorbei, die an den Geländern lehnten. Sie lief das gesamte Gelände ab, konnte John-Cody aber nirgendwo entdecken. Dann ging sie wieder zur Decatur Street zurück. Direkt hinter den Bahngleisen floss der Mississippi träge dahin, und ihr stieg der Geruch des in der Sonne trocknenden Schlamms in die Nase. Sie ließ ihren Blick zur alten Jax-Brauerei und zu ihrem Hotel zurückschweifen, dann wieder über die Straße, von der aus eine Betontreppe zu zwei Kanonen hinaufführte. Dort sah sie ihn endlich sitzen. Er spielte Gitarre.

Sie beobachtete ihn lange Zeit, während sie Schmetterlinge im Bauch hatte. Sein langes Haar, vor neun Monaten abgeschnitten, hatte immer noch fransige Enden. Zwei von Maultieren gezogene Karren rumpelten an ihr vorbei. Schließlich überquerte sie die Straße und ging zu der Treppe hinüber.

John-Cody spielte leise vor sich hin, ohne dabei aufzusehen und ohne auf Zuhörer zu achten. Er war einfach in seine Erinnerungen versunken: sehr persönliche, außergewöhnliche und alte Erinnerungen. Er zupfte an den Saiten und sang mit leiser Stimme. Plötzlich fiel ein Schatten auf ihn, weil jemand direkt vor ihm stand. Immer noch sah er nicht auf. Hinter ihm ertönte das Horn eines der Flussboote. Es war ein langer, lauter Ton, in dem die ganze Hitze des Tages lag.

»Wie wäre es mit einem Südinsel-Blues?«

Er hörte zu spielen auf.

»Irgendetwas aus Aotearoa vielleicht.«

Er schirmte seine Augen mit der Hand ab und sah in Libbys Gesicht. Einen Augenblick lang starrte er sie nur an, dann stand er auf und nahm sie in die Arme. Sie küssten sich lange, zuerst zärtlich, dann leidenschaftlicher. Schließlich lösten sie sich wieder voneinander und setzen sich auf die Stufen. Er starrte sie an und konnte noch immer nicht glauben, dass sie hier war. Sie zeigte auf die Gitarre.

»Damit könntest du dir ohne weiteres deinen Lebensunterhalt verdienen.«

»Das werde ich vielleicht auch tun müssen. Es sei denn, du hast mir ein bisschen Geld mitgebracht.«

»Ich habe dir erst mal etwas anderes mitgebracht.«

Sie nahm das Stück Grünstein aus ihrer Handtasche und legte es in seine Hand. John-Cody starrte den Stein an und war im Geiste wieder mit Mahina am Fraser's Beach, neben dem Blaugummibaum. Er schloss die Hand zur Faust, so dass sich die Kanten fest in seine Handfläche drückten. Dann nahm er Libbys Hand und legte ihn hinein. »Er gehört jetzt dir«, sagte er.

Sie sah ihm in die Augen, dann auf den Stein, und küsste ihn schließlich noch einmal. Auf der anderen Straßenseite klatschten zwei der Clowns begeistert Beifall, und John-Cody tippte sich zum Gruß an die Stirn. Libby saß da und hielt seine Hand. Sie legte ihren Kopf an seine Schulter, schloss die Augen und fühlte, dass sie zu Hause war.

»Was ist inzwischen im Dusky Sound passiert?«

»Das ist einer der Gründe, warum ich hier bin.« Dann lächelte sie. »Ned Pole hat seinen Antrag zurückgezogen.«

»Er hat was getan?« John-Cody starrte sie völlig verblüfft an.

»Er hat seinen Antrag zurückgezogen. Ich weiß auch nicht, warum, aber er hat es getan, und damit ist das ganze Projekt gestorben. Er hat Te Anau verlassen. Niemand weiß, wo er jetzt steckt. Die Bank lässt sein Haus versteigern, und seine Frau will in die Vereinigten Staaten zurück.«

»Ich verstehe das nicht.«

Libby zuckte mit den Schultern. »Ich auch nicht, John-Cody. Jonah hat Kobi zu ihm gefahren, weil er mit Pole sprechen wollte. Kurze Zeit später ruft jemand vom Bezirksrat bei Alex im Büro an und teilt uns mit, dass Pole seinen Antrag zurückgezogen hat. Ich habe daraufhin sofort ein Moratorium für fünf Jahre beantragt.«

»Fünf Jahre?«

Sie nickte. »So lange werde ich nämlich brauchen, bis ich meine Forschungen beendet habe.«

Er runzelte die Stirn. »Um zu beweisen, dass es im Dusky Sound eine ortstreue Delfinschule gibt?«

»Nein, um ein akustisches Modell zu erstellen.« Wieder nahm sie seine Hand. »John-Cody, neben dir sitzt die neue Leiterin der Cetaceen-Forschung der Universität von Otago. Ich habe den Film verkauft, den wir vor den Auckland-Inseln von der Geburt des

Wals gemacht haben. Das Geld, das ich dafür bekommen habe, reicht leicht aus, um das Forschungsprojekt zu finanzieren. Ich kann es mir sogar leisten, für die gesamte Dauer des Projekts ein Boot zu chartern.«

»Das ist wirklich toll, Lib. Dann bleibst du also in Neuseeland. Bree ist sicher überglücklich.«

»Das ist sie nicht, sie vermisst dich nämlich schrecklich. Ohne dich ist sie nicht mehr dieselbe.«

John-Cody biss sich auf die Lippen und starrte über den Platz, wo der weiße Stein der Kathedrale das Sonnenlicht reflektierte.

»Ich habe auch schon ein Boot im Kopf, das ich gern chartern würde«, fuhr Libby fort, »aber es hat im Augenblick keinen Skipper. Du kannst mir nicht zufällig jemanden empfehlen, oder?«

Er lehnte sich zurück und lächelte. »Lib, das ist eine wunderbare Vorstellung, aber wie du weißt, kann ich nicht nach Neuseeland zurück.«

»Nein? Du hast eine weiße Weste, John-Cody. Und du hast in Neuseeland eine Menge Leute, die jederzeit für dich bürgen.«

»Ich wünschte, es wäre so einfach.«

Libby nahm seine Hand zwischen ihre beiden Hände. »John-Cody, hör zu, die Anstellung an der Universität ist auf Dauer. Das bedeutet, dass ich eine unbefristete Aufenthaltsgenehmigung beantragen kann. Nach einer gewissen Zeit auch die neuseeländische Staatsbürgerschaft.« Sie hielt inne und legte ihre Hand auf seine Wange. Sie zitterte ein wenig. »Und mein Ehemann ebenfalls.«

Lange Zeit starrte John-Cody sie einfach nur an. Ihm stockte der Atem. Er hörte Maultierhufe klappern und Motoren brummen, hörte die Clowns lachen, hörte, wie die Wellen des Flusses gegen die Uferpromenade klatschten. Die Sonne brannte auf seinen Kopf. Der Wind war heiß und feucht. Libby fasste in seine Haare und fächerte die fransigen Enden zwischen ihren Fingern auseinander. »Meinst du nicht, dass es langsam Zeit für einen ordentlichen Haarschnitt wäre?«, fragte sie.

John-Cody stand auf dem offenen Deck des Bootes, mit dem sie den Lake Manapouri überquerten. Bree stand neben ihm, ihre Hand in seiner. Anschließend fuhren sie mit dem Bus über die Berge. Am Wilmot Pass sah er auf Deep Cove hinab, als wäre dies das erste Mal. Der Fahrer hielt am Straßenrand, und John-Cody stieg mit den Touristen aus dem Bus. Er ging in die Hocke, legte seine die Arme auf die Oberschenkel und blickte auf den stillen Sund hinaus, der sich zum Meer hin schlängelte. Libby stellte sich genau wie Bree und Hunter neben ihn. Dann standen sie gemeinsam da und sahen in die Stille hinaus. John-Cody dachte an Mahina und Tom Blanch und an all die Jahre, die er für diese Gegend gekämpft hatte. Er schaute den goldenen Ehering an seiner Hand an, dann fiel sein Blick auf Libbys Ring, der in der Sonne glitzerte.

Als der Bus schließlich zum Kai fuhr, konnte er durch das Busfenster schon hier und da einen Blick auf die *Korimako* erhaschen. Am Kai angekommen, stieg er aus und sah sein Boot atemlos und mit freudig klopfendem Herzen an. Libby trug die Taschen, während Hunter und Bree die Lebensmittelkartons ausluden. John-Cody ließ sie allein und ging langsam die Eisentreppe hinunter, dorthin, wo die *Korimako* in strahlendem Weiß am Kai lag. Das Sonnenlicht blendete ihn auf dem sauber geschrubbten Stahldeck. Die Backbordtür stand offen, und er hörte leise Musik, dann stand plötzlich Jonah in der Tür, ein breites Grinsen im Gesicht.

»Schön, dich zu sehen, Boss. Willkommen an Bord.«

Sie gaben sich die Hand, dann umarmten sie sich. Jonah zerquetschte ihn fast. Er zeigte auf die glänzenden Fenster, die mit brandneuen Plexiglasscheiben versehen waren. John-Cody ging auf die Brücke, fuhr mit den Fingern über das polierte Holz des Armaturenbretts. Er nahm all die Gerüche auf, von denen er gedacht hatte, dass sie künftig nichts als Erinnerungen wären.

Jonah machte die Leinen vorn los, Hunter achtern. Dann löste Libby die Spring. Bree stand neben John-Cody und drehte das Steuerrad nach steuerbord: Sie ließ das Horn dreimal ertönen, dann legte sie ab.

Sie fuhren unter Maschine den Sund hinauf, wo der Commander Peak seit Urzeiten die Einfahrt zur Meerenge bewachte. Um diese Zeit des Jahres schoss kein Wasserfall an seinen Flanken herunter. John-Cody stand jetzt am Ruder und steuerte von Hand, bis sie zur

Malaspina Reach gelangten, dann schaltete er auf Autopilot um und ging zu Libby hinaus an Deck. Nördlich von Seymour Island rief Bree ihnen von backbord etwas zu, und sie sahen nahe an der Felswand Delfine blasen. Nur wenige Augenblicke später begannen die Tiere, angeführt von Quasimodo, auf der Bugwelle zu reiten. Sie begleiteten die *Korimako* bis zum Bradshaw Sound hinauf und verließen das Boot erst, als es in den Gaer Arm fuhr. John-Cody brachte die *Korimako* nahe an die Flussmündung bei Shoal Cove heran, wo der Camelot River, der aus den Bergen kam, ins Meer mündete. Er kontrollierte die Wassertiefe, warf den Anker und fuhr das Boot ein kleines Stück zurück, bis sich der Anker fest in den Grund eingegraben hatte, dann stellte er den Motor ab. Als die Schatten länger wurden, stand er noch immer an Deck. Libby nahm seine Hand: Gemeinsam lehnten sie am Bugkorb und lauschten dem Gesang der Glockenvögel in dem kleinen Kahikatea-Wäldchen.

Danksagung

Mein besonderer Dank gilt Greg »Gib« Gibson, meinem Freund – der ursprünglich nicht gehen wollte.

Außerdem danke ich Lance Shaw, Ruth Dalley, Jimmy Sheard, Andy Williams, Essie, Pam, Liz, Stoney Burke, dem Marine Studies Centre der Universität Otago, dem Southland District Council und Fjordland Travel. Der Abdruck der Auszüge aus Thomas Musgraves Tagebuch, die auf Seite 367 zitiert werden, erfolgt mit freundlicher Genehmigung des Southland Museum in Invercargill.